YORHALLI
y la lágrima negra

Jonas I. S. Athié

YORHALLI
y la lágrima negra

Ilustración de cubierta: Jonas Isaí Sánchez Athié
Diseño de cubierta: Jonas Isaí Sánchez Athié

2.ª edición: agosto 2023

Todos los nombres, personajes, lugares y acontecimientos de esta novela son producto de la imaginación del autor.

ISBN-13: 9798768107390

Asimilación

Treinta mil años pasaron desde la aparición de la civilización humana en Théralli, un planeta en el borde exterior de la Vía Láctea, cuatro veces más grande que el planeta tierra y con dos satélites naturales o lunas, a los que posteriormente se les conoció como Koyol y Xauki. Los días en Théralli duraban treinta y dos horas, tardando en promedio trescientos noventa y seis días en dar la vuelta a su estrella solar.

A este tiempo se le conoce como la primera edad.

La tecnología avanzó lo suficiente como para permitir a los humanos colonizar ambos satélites, con la finalidad de utilizar los recursos dentro de ellos. Pero, así como su tecnología avanzó, también lo hizo su codicia y soberbia. Pronto las guerras se hicieron incontrolables, todas las formas de gobierno y religiones fallaron en el objetivo de buscar la paz.

La ciencia sobrepasaba el intelecto humano y las inteligencias artificiales nublaban el juicio de los humanos más poderosos, haciéndolos pensar que la balanza se inclinaba a su favor, propiciando así más guerras. Para la población, no había mal que la ciencia no pudiese solucionar, sustituyendo a la naturaleza, que pasó a ser un simple bien estético; tener un parque nacional o reserva natural, era solo una forma de demostrar su superioridad social ante las otras naciones. Poco a poco el planeta comenzó a ser consumido, al igual que los satélites naturales, haciendo que los humanos planearan aventurarse a los planetas más cercanos, en su afán de obtener los recursos necesarios para conservar su forma de vida, cómoda y consumista.

El planeta estaba cubierto de cadáveres y las fosas comunes se habían vuelto una normalidad en la población, así como los parques o áreas públicas. La población civil se resistía a involucrarse en los combates, ya que sus intereses eran plenamente económicos, la búsqueda de riqueza y comodidad se había convertido en la prioridad de las mentes humanas.

La maquinaria de guerra se vio obligada a experimentar con la clonación y el crecimiento acelerado, para producir humanos en masa cual máquinas de batalla; ya que las armas autónomas, muchas veces sufrían de ataques cibernéticos orquestados por inteligencias artificiales enemigas, por lo que no eran cien por ciento fiables. Pero pronto estos humanos comenzaron a rebelarse, ya que los problemas psicológicos alusivos a su "creación" sobrepasaban sus mentes. Los androides de batalla eran una mejor opción, pero los componentes para la fabricación de estos eran escasos. La experimentación con prisioneros de guerra se aceleraba, en la búsqueda de una mejor opción para crear guerreros más eficaces y baratos.

Mientras tanto, la población estaba sumida en el egoísmo y la codicia, destruían su propio planeta con el fin de conseguir la superioridad ante sus semejantes; pronto todo esto llegaría a su fin.

Dentro de cada humano, parecía comenzar a faltar algo, era un sentimiento que todos tenían, pero al cual no le daban importancia alguna, ya que la banalidad de su mundo los cegaba. Al cabo de un tiempo, una extraña energía comenzó a rondar el planeta, parecida a la neblina, pero de un color negro. Por años, los científicos intentaron descifrar su procedencia y composición, pero era inútil, como si no perteneciera a la realidad. Simplemente estaba ahí, podían verla, pero no sentirla y mucho menos contenerla en un medio para su estudio.

Con el tiempo, los humanos dejaron de darle importancia y siguieron sus banales vidas. Las guerras continuaban, al punto de que poblaciones enteras, principalmente de los países más pobres, eran exterminadas.

Los humanos comenzaron a tornarse grises, debido a las toxinas y las cenizas que rodeaban la atmósfera. En algunos casos, las armas químicas utilizadas para el exterminio eran tan potentes que no permitían la descomposición de los cadáveres, por lo cual eran enterrados a gran profundidad, poblaciones enteras estaban cimentadas por cuerpos humanos. Otras veces era tal la cantidad de cadáveres que simplemente los acumulaban en inmensos cráteres dejados por los constantes bombardeos, formando así inmensas fosas.

La más grande de estas fosas, conocida como "el lago de cadáveres", comenzó a ser visitada como un centro turístico, ya que los cadáveres no se descomponían. Pasado un tiempo, la extraña neblina negra comenzó a acumularse con más intensidad en esta zona, provocando temor en la población, que decidió bombardearla.

Pero algo pasó, las grandes bombas utilizadas parecieron desvanecerse dentro de la neblina, que, en ese punto ya era tan oscura que era imposible ver a través de ella, inclusive para la tecnología más sofisticada. Los humanos comenzaron a entrar en pánico, el miedo se apoderaba de ellos, ya que el crecimiento de esta neblina sobre el lago de cadáveres se incrementaba, sin que ellos supieran que era lo que realmente estaba pasando.

La humanidad decidió utilizar armas nucleares sobre esta, pero al igual que su demás armamento, al entrar en contacto con la neblina, se desvanecía. Era tal su desesperación, que hacían explotar sus armas más potentes al borde de la neblina, creyendo que la radiación la afectaría, pero esto solo dañaba más el planeta. Y la radiación, parecía ser absorbida por la neblina.

Pareciera que los humanos comenzaban al fin a trabajar juntos, pero era el miedo lo que los unía. Los grandes políticos y las religiones comenzaron a ver este fenómeno, como una forma de propagar sus ideologías entre la población, creando así, nuevas divisiones entre ella; pero de pronto pasó...

"El despertar de la bestia", así fue conocido ese fatídico día, dando comienzo de la segunda edad.

El día en que la neblina fue completamente absorbida por la gran fosa, surgiendo de ella una gran masa negra, la cual, contenía los cuerpos inertes que parecían danzar completos o en partes por dentro de esta e igualmente contenía las armas utilizadas para intentar destruirla; irradiaba toda esa energía utilizada en los constantes ataques de la humanidad.

No pasó mucho para que fuese rodeada por una gran diversidad de maquinaria de guerra, que pretendía detener su inminente avance. Pero esta gran masa parecía no moverse, como si estuviese a la espera de algún acontecimiento, por lo que el ataque humano se encontraba expectante. Pronto las imágenes de esta gran masa sin forma estaban por todo el mundo, la internet propagaba rápidamente esta escena sin precedentes.

No había persona en el planeta que no tuviese un dispositivo móvil conectado a internet. Ya que las grandes corporaciones los proporcionaban de manera gratuita, inclusive eran obligación en la mayoría de las naciones, con el propósito de mantener controlada a la población y obtener información de ella, ya sea con fines comerciales o políticos.

En los países tecnológicamente más avanzados, los injertos cerebrales para mejorar de forma artificial las capacidades cognoscitivas eran una normalidad, así como la sustitución de partes del cuerpo por apéndices tecnológicos para incrementar sus capacidades físicas. Todos estos artilugios estaban igualmente conectados a la internet.

Ya que todo dispositivo móvil contaba con una imagen del extraño ser, este, pudo dar un mensaje, formando al mismo tiempo un anormal rostro, creado con diferentes partes de los millones de cadáveres que había asimilado dentro de sí. Y en forma de un breve susurro o texto, según la manera en que se utilizara el dispositivo comunicó:

7

—Su tiempo se ha terminado.

Al recibir este mensaje, la humanidad se paralizó, causando desastres alrededor de todo el planeta ya que habían perdido el control de sus cuerpos, un sentimiento de terror y angustia llenaba sus mentes, pero eran incapaces de controlar sus movimientos, que aferraban su vista al rostro de este extraño ser y los obligaban a seguir leyendo o escuchando su mensaje.

—Yo soy todo aquello que su maldad representa.

—Soy, el principio del fin, la sombra que oculta el sol, la campana que anuncia su muerte.

Pareciese que todos los seres humanos estaban inmersos en la misma pesadilla, la oscuridad se apoderaba de sus mentes, dentro de ellas, las palabras de este ser hacían eco incontrolablemente, como si miles de angustiantes voces susurraran a sus espaldas, lo que comenzaba a destruir las psiques más débiles, haciéndolas caer en la locura sin que sus cuerpos pudiesen reaccionar.

—Contemplen su odio.

—Y desesperen…

Al término de este mensaje, la gente recobró el control de su cuerpo y el mundo se cubrió de sombra, haciendo que los humanos entraran en desesperación. Muchos de ellos, sumidos en la locura buscaron el medio más próximo para silenciar el eco de este mensaje dentro de sus mentes, suicidándose.

Todos los gobiernos ordenaron el pronto exterminio de esta gran masa, la cual parecía absorber los ataques de las armas humanas, regresándolos con mayor potencia y destruyéndolo todo a su paso; mientras asimilaba los restos, volviéndose así más poderosa. La gran masa, comenzó entonces a dividirse para avanzar en todas direcciones, absorbiendo cada máquina y ser que se encontraba a su paso.

Estos seres eran capaces de utilizar los componentes biológicos y mecánicos dentro de ellos de forma más eficiente y aunque eran incapaces de volar, los ataques aéreos eran ineficaces, ya que estas "bestias" como fueron nombradas por los humanos (debido a que para desplazarse adoptaban una forma cuadrúpeda), podían hacer uso de la gran energía que habían absorbido de los ataques nucleares, para proyectar rayos de energía a distancias inconcebibles, alcanzando con facilidad cualquier maquina aérea.

Las bestias eran imparables, cada arma con la que se les atacaba era absorbida, incluso los humanos, estos seres se conectaban con sus cerebros para usar sus conocimientos y perfeccionar la maquinaria de guerra asimilada, lo que hacía que algunos humanos dentro de las bestias conservaran una conciencia parcial de lo que ocurría a su alrededor, una vez que sus conocimientos eran extraídos, las bestias tomaban el control total, matándolos; en conclusión, evolucionaban con cada ser o maquina con la que tenían contacto y todas las fosas de cadáveres que se encontraban a su paso, se transformaban en sus homologas, creando así más de estos seres.

Los habitantes más ricos del planeta intentaron escapar a las colonias lunares, que ya para ese punto contaban con una gran sobrepoblación; pero las bestias tenían conocimiento de ello, ya que, gracias a la internet, tenían información de todo lo que sucedía en el planeta, lo cual los humanos desconocían.

Pero al llegar a las lunas, de los dispositivos móviles llevados por estos humanos, comenzó a emerger la neblina. Haciendo que los colonos lunares los matasen en ese mismo instante, por temor a que hayan traído consigo a estas bestias, pero era demasiado tarde…

La neblina entró en los cadáveres, controlándolos y fusionándolos, creando poco a poco una nueva bestia, que asimilaba la tecnología y los demás seres vivos a su alrededor. Fue entonces que los humanos se dieron cuenta que la bestia había utilizado la internet para movilizarse y obtener información sobre cada avance humano.

Y así continuó el gran exterminio, fruto de la podredumbre humana.

Unos cuantos humanos comenzaron a comprender, que esta energía oscura provenía del propio planeta, que aquello que habían comenzado a perder antes de la aparición de la neblina, era su conexión con este, esa conexión con la energía que les había otorgado la vida, una energía que circulaba por todo el universo y así mismo en Théralli; comprendieron que, al perderla, su propia energía se comenzó a corromper, dando inicio a la aparición de la neblina.

Pocos fueron los humanos que comprendieron esta verdad y siguieron luchando pese a su inminente extinción; comenzaron a sentir, como esta conexión que habían perdido empezaba a retornar a ellos, dándoles la fuerza para continuar en su lucha por salvar a sus semejantes. Conscientes de dicha conexión con la energía del mundo, comenzaron a llamarla Théra, y todos aquellos que realizaban actos puros en beneficio de los demás, comenzaban a recuperar su conexión. Pero esto era insuficiente, no había arma humana que detuviera a las bestias, además de que la internet, conectada a cada aparato tecnológico del planeta, era controlada por la gran bestia.

De entre todos estos humanos uno de ellos destacó, Tohalli, un ex deportista que dirigía a un gran grupo de supervivientes. Él antes que nadie, había sentido de vuelta la conexión con Théra, ya que desde el primer momento en que la neblina negra apareció, comenzó a tener el presentimiento de que lo perdido anteriormente, era la razón por la cual esa neblina había aparecido; Tohalli había gastado todo su dinero en refugios, presintiendo lo que estaba por venir. Estos refugios se interconectaban entre sí por extensos túneles, y no tenían conexión alguna con la internet, por lo tanto, en el momento del despertar de la bestia, pudo salvar a una gran cantidad de personas, al prohibirles cualquier dispositivo conectado a internet para poder entrar.

Pero no todas estas personas soportaron el no poder conectarse a internet, ya que la perversión y el morbo se habían convertido en parte de su vida, estas escondieron dispositivos móviles con los cuales conectarse a la internet; al hacerlo, las bestias pudieron localizar los refugios subterráneos. Tohalli pudo sentir que las bestias se aproximaban, de alguna extraña manera, sus sentidos se habían agudizado y era capaz de sentir la presencia de estos seres, por lo que pudo alertar a los supervivientes, cogiendo así los dispositivos móviles que habían introducido y tomando un camino diferente para darles tiempo. Tohalli intentó llevar a las bestias hasta una salida lejana de los refugios, consciente de que esto significaba su muerte; al salir del refugio Tohalli dio media vuelta para hacer frente a las bestias, dentro de su corazón no había miedo alguno y una gran paz lo sobrecogía, había logrado salvar a muchas personas.

Un extraño silencio se apoderó del lugar, las luces dentro del túnel se apagaron repentinamente y la oscuridad se cernió sobre él, la tierra comenzó a temblar y el crujir de la estructura del túnel rompió el silencio; provenientes de las profundidades se comenzaron a escuchar una gran cantidad de murmullos que preguntaban:

—¿Dónde están?¿Dónde se esconden?

A lo que consecuentemente otros murmullos respondían:

—Están aquí, ¡búscalos, encuéntralos, acábalos!

Pronto estos murmullos se comenzaron a transformar en gritos desesperantes, en miles de angustiosos reclamos ensordecedores, incomprensibles y abrumadores, a cada segundo la tierra se sacudía con más fuerza y las voces se intensificaban; las bestias podían sentir los dispositivos móviles portados por Tohalli.

Tras un fuerte sonido causado por el derrumbe de gran parte del túnel, un torrente de humo y escombros salió proyectado por la salida de este, golpeando a Tohalli, que, pese a las heridas provocadas por los escombros, se mantuvo firme intentando vislumbrar lo que había salido de él.

De un momento a otro apareció frente a él una gran bestia con forma canina, que contenía dentro de sí miles de cuerpos humanos, algunos de estos colgaban cual títeres a unos tres metros de su portador, sujetos únicamente del cráneo por largas y delgadas protuberancias que salían del repulsivo ser, los cuales le servían para observar sus alrededores, estos hablaban entre sí, comunicándose cada movimiento o sonido que pudiesen captar. La bestia era negra con pequeños contrastes de colores debido a la ropa de los humanos asimilados en ella, su cabeza era la de un can desfigurado con la mandíbula torcida, sus miles de dientes estaban conformados por huesos y piezas mecánicas, su lengua era un gran conjunto de órganos sangrantes y de ella colgaban cientos de cabezas humanas, cámaras y demás artilugios tecnológicos que le permitían observar a su alrededor, ya que las bestias eran naturalmente ciegas y necesitaban de otros seres o máquinas para percibir la materia física.

La maquinaria de guerra dentro de la bestia parecía estar lista para el combate, pero esta no lo atacó, simplemente comenzó a caminar alrededor de él, era un ser imponente, su masa se asemejaba a la de un gran edificio departamental, con cada paso hacia temblar la tierra y los gritos de dolor provenientes de los humanos asimilados eran incesantes y ensordecedores, pero Tohalli se mantenía en pie observándola sin temor alguno.

—Escoria maldita, parásito del lodo, carne descompuesta, alimento de la tierra, corrupción incesante —susurraban las miles de voces dentro de la bestia.

—Nos ha engañado, sí él nos ha engañado, te has dejado engañar, engaño, mentiras, traición, malditos parásitos —hablaban las voces entre sí; el semblante en los rostros de los miles de cadáveres era de odio, se veían unos a otros culpándose, sus ojos iban de un lado a otro, refunfuñando y maldiciendo, algunos mordían sus lenguas, arrancándolas y escupiéndolas hacia Tohalli.

La bestia se detuvo frente a él al no ver respuesta alguna, sin previo aviso este ser pareció derretirse, cual cera en un día soleado, transformándose en una gran masa sin forma que comenzó a rodearlo, de ella se generaron grandes patas parecidas a las de los insectos, poco a poco comenzó a tomar la forma de un gran ciempiés, que caminaba sin cesar alrededor de Tohalli.

—¿Qué estás esperando? —dijo entonces Tohalli a la gran bestia.

La gran bestia se detuvo, sus enormes patas formadas por restos humanos y mecánicos comenzaron a vibrar; de pronto, frente a Tohalli, surgió de la bestia una protuberancia, que se extendía hacia él, en ella se formó un rostro, hecho con fragmentos de varios rostros humanos, mostrando una expresión de intriga.

—¿Acaso no me tienes miedo? —susurraron miles de voces que provenían de la gran bestia; todos los rostros dentro de ella apuntaban al humano con un semblante de desprecio.

—¿Por qué he de tenerte miedo? —respondió Tohalli que se mantenía calmo, sus ojos parecían brillar, como si reflejaran la inexistente luz de un día soleado.

La gran bestia dejó de vibrar, como si se hubiera quedado sin respuesta alguna y el rostro formado en la protuberancia mostró un semblante terrorífico, de miedo y angustia.

—Después de todo, no eres más que un producto de nuestra debilidad —afirmó Tohalli.

La gran bestia enfureció, soltando miles de alaridos y llantos provenientes de las bocas inertes dentro de ella, las manos de los cadáveres querían darle alcance para estrangularlo y la gran masa que componía a la bestia comenzó a burbujear como si estuviese en ebullición. La protuberancia entonces ocultó el rostro que había formado, y de ella comenzó a salir un cañón, de una gran máquina de guerra que había asimilado; el cuerpo de la bestia comenzó a irradiar energía, que parecía dirigirse al cañón.

Tohalli, estando frente a su inminente fin, vio al cielo por última vez, añorando el calor del sol y dirigiendo sus brazos hacia este, que permanecía oculto tras una gran oscuridad que asolaba el planeta desde el despertar de la bestia; la bestia entonces realizó su ataque, utilizando todo el poder que tenía, mientras miles de voces dentro de ella gritaban de dolor y lloraban de desesperación.

Un silencio abismal llenó por un momento el lugar, siendo interrumpido por miles de gritos provenientes de la gran bestia, eran gritos de dolor y agonía, al ver como la oscuridad que cubría el cielo en esa zona del planeta se había desvanecido y un potente rayo de sol había caído justo sobre Tohalli, protegiéndolo de alguna manera del ataque de la gran bestia.

Tohalli comenzó a irradiar una intensa luz, similar a la del sol, con tanta potencia, que la bestia retrocedió habiendo sido cegados sus miles de ojos. Esta, en compañía de miles de gritos de desesperación, comenzó a transformarse en una gran araña, sus patas eran como grandes cuchillas y de ellas salían brazos humanos que sujetaban armas con sus manos. De su cabeza surgieron cuatro enormes cañones y en su cuerpo comenzaba a acumularse todo el armamento que había asimilado; sus gritos eran angustiantes y ensordecedores, la bestia mostraba un temor irracional. Y eufórica, atacó a Tohalli; de alguna forma Tohalli derrotó a la bestia, pero esa es una historia para otra ocasión…

Este fue un hecho aislado y la población humana no se dio cuenta de ello, pero sí las bestias, que comenzaron a temer a los humanos, por lo que apresuraron su exterminio. Pronto, alrededor de todo el planeta, varios humanos de corazón noble, que habían demostrado cualidades excepcionales y únicas, recuperaron su conexión con Théra de una forma más intensa a la que se tenía anteriormente; estos fueron dotados con dones, seis para ser exactos.

Estos seis humanos, incluido Tohalli, podían utilizar esta energía y materializar armas con ella, con las cuales podían cortar a las bestias, sin que estas pudiesen regenerarse o asimilar esta energía. A estas armas se les conoció como los filos primigenios u originales y a sus portadores, como heredar, ya que se consideraban los herederos de Théra. Estos primeros heredar, comenzaron a compartir sus conocimientos, ya que Théra podía comunicarse con ellos, no era una comunicación directa, sino que ellos simplemente podían sentir lo que Théra quería comunicarles.

Algunos humanos, poco a poco comenzaron a recuperar su conexión con Théra, dándoles la capacidad de sentir a las bestias y así, ayudar a sus homólogos humanos a escapar. Gracias a estos conocimientos, otros humanos, pudieron heredar filos, estos no eran tan fuertes, pero les permitían luchar contra las bestias. Los pocos humanos restantes, luchaban por su supervivencia, pero gracias a la aparición de los heredar, había una luz de esperanza.

La balanza comenzó a equilibrarse y los heredar fueron clasificados según su poder, para asignarles tareas y coordinarlos; los seis primeros heredar, poseedores de los filos primigenios, fueron nombrados Murhendoar, su fuerte conexión con Théra, pareció darles la inmortalidad, ya que no envejecían; en cuanto a los demás heredar, su vida parecía prolongarse, aunque la mayoría de ellos cayeron a merced de las bestias, que ya ocupaban el setenta por ciento del planeta. Aquellos humanos que habían recuperado su conexión con Théra, vivían entre ciento cincuenta y doscientos años; sus cuerpos eran más resistentes a los efectos radiactivos y tóxicos que provocaban las bestias en la atmósfera para exterminar a cada ser viviente del planeta. La guerra duró tres mil años, dando como resultado la extinción de los humanos que no habían recuperado su conexión con Théra, pero también la muerte de la gran bestia.

Y con esto, comienza la tercera edad.

De los treinta mil millones de humanos en el planeta, solo sobrevivieron menos de medio millón, y de las lunas jamás se supo lo que había pasado; los humanos sobrevivientes se nombraron a sí mismos theranios. Théralli estaba devastado, menos del treinta por ciento del planeta era habitable y los theranios comenzaron las labores de reconstrucción de su perdida civilización. Pero, aunque las bestias habían sido exterminadas, por el planeta aun rondaban pequeños fragmentos de ellas, pequeñas sombras, rezagos de aquella neblina que se ocultaban a la espera de poder corromper a algún theranio; a estas se les conoció como vestigios.

Esto hacía que la lucha continuara, no solo para restaurar el planeta y destruir a los vestigios, sino también, una lucha interna, para no sucumbir a la antigua perversión humana dentro de sus mentes. Con el tiempo, los theranios comenzaron a dividir las zonas habitables según el filo que heredaban.

Pasando otros tres mil años desde el comienzo de la tercera edad, y dando paso a la cuarta y actual edad.

Así fue como nacieron las seis naciones:

El País del Sol, protegido por Tohalli, Murhendoar y primer heredero del filo de luz solar, al norte de la zona habitable.

El País de Cristal, protegido por Maculli, Murhendoar y tercer heredero del filo cristal, al oeste de la zona habitable.

El País Latente o de la Tierra, protegido por Nellhua, Murhendoar y segunda heredera del filo de vida, al este de la zona habitable.

Entre la zona este y oeste, se encuentran dos países:

El País de la Luna, protegido por Mahalli, Murhendoar y tercera heredera del filo lunar, limitando con el País de Cristal.

El País de la Llama, protegido por Cihillic, Murhendoar y segundo heredero del filo llameante, limitando con el País de la Tierra.

Y, por último, al sur se encuentra el País de la Tormenta, protegido por Dohamir, Murhendoar y tercer heredero del filo tormenta.

Con el tiempo, la conexión de los theranios con Théra se debilitó, ralentizando así el combate contra los vestigios y la expansión de la zona habitable. Esto comenzó a generar pequeñas disputas por el territorio, sobre todo entre los dos países céntricos. Y así estalló la guerra entre el País de la Llama y el País de la Luna, cerniendo nuevamente un ápice de oscuridad en el mundo, para el cual deberán prepararse ya que este nuevo enemigo es más letal que todo lo que hayan combatido con anterioridad.

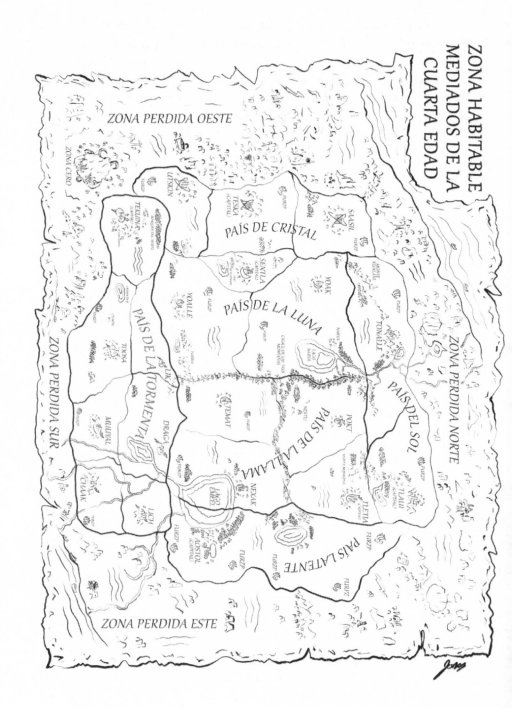

La Murhedar

Querida hija, lamento haber partido de forma apresurada. Quiero que sepas, que, aunque imperceptible, te he visto crecer, te he escuchado reír, he sentido la espléndida energía que emana de ti, he podido sentir tu tristeza, tu enojo, tu alegría. Quiero que sepas que siempre estuve a tu lado, que te acompañé en cada momento, que nunca solté tu mano. He podido mirar a través de tus ojos y sentido la calidez de tu espíritu. Ahora que partes a una nueva vida, no quiero que lo olvides, no quiero que pierdas el camino. La adversidad será desmesurada, los caminos diversos y la oscuridad agobiante. No habrá luz que guíe tu camino, ni sombra que muestre compasión; no habrá refugio que pueda otorgarte paz, ni palabras que te generen sosiego. Recorrerás sola ese lóbrego camino, un suplicio que parecerá eterno, la tentación por librarte de él será constante y la muerte te extenderá su mano para reconfortarte. Pero deberás luchar, aunque sientas que la oscuridad te consume, aunque el dolor te sobrepase, aunque tu carne revele tus huesos, tu caminar debe ser firme y tu mente sagaz. Solo dentro de ti esta la fuerza que se opondrá al mal venidero. Recuerda siempre estas palabras, antes de comenzar una misión, antes de entablar un combate, antes de que caiga la noche.

—Madre…

La noche se avecinaba; el sol caía entre los enormes árboles chamuscados de un antiguo bosque de coníferas. La luz de Koyol comenzaba a dominar la atmósfera y la sombra de Kélfalli se abría paso a lo largo de un estrecho camino entre los árboles, sus huellas quedaban marcadas en las cenizas (evidencia de un combate reciente) mientras caminaba hacia el punto de encuentro. Frente a él, la escasa luz solar se elevaba sobre lejanas cordilleras dando paso a la oscuridad, el viento comenzaba a soplar discretamente, elevando las cenizas y hojas marchitas del suelo, haciéndolas bailar entre los árboles. «Ya muy poco es lo que nos ha quedado después del gran exterminio como para destruirlo en absurdas disputas», pensaba, frunciendo ligeramente su nariz, ya acostumbrada al olor del fuego y la sangre que dominaba la zona. Pronto el camino dio lugar a un pequeño claro, donde se encontraba una gran formación rocosa que sobresalía de entre el chamuscado bosque. «Este debe ser el punto de encuentro», pensó mientras comenzaba a subir sobre una gran roca parecida a una espina angulada a unos cuarenta grados, lo que le permitió caminar sobre esta con facilidad.

Ya sobre la gran roca y observando a su alrededor, el que pareciese un campo de batalla, pensó: «Los heredar del filo llameante son demasiado destructivos, este poder debería enfocarse en cosas más importantes». Una ligera brisa que hizo bailar su largo y blanquecino cabello le reveló un distintivo aroma, parecido al azufre; el cielo estaba algo nublado, tapando parcialmente a Koyol en su fase menguante. «Ya no deberían tardar, será mejor que termine con esto pronto».

—Sí, estoy completamente solo —dijo Kélfalli, mientras volteaba levemente a su espalda.

De pronto el viento calmó y el silencio se apoderó del lugar. Kélfalli, volteando por completo, suspiró, mientras con su mano izquierda rebuscaba en el bolsillo de su gabardina, sacando de ella una réplica de un viejo paquete de cigarrillos.

—¡Vaya! Es el último —comentó, sacando un delgado cigarrillo del empaque, con sus fuertes y magulladas manos, colocándolo en su boca—. ¿Me harían el favor? —susurró entonces.

Sin previo aviso, una pequeña llama salió disparada de entre las sombras del bosque, prendiendo su cigarrillo. Kélfalli, aspirando levemente de este, bajó hasta la base de la gran roca, mientras un extraño calor comenzaba a dominar la zona, y caminó unos cuantos metros, apartándose de la formación rocosa, quedando totalmente al descubierto y sin la ventaja que la altura le proporcionaba.

—No deberían perder el tiempo espiando a un viejo heredar y mucho menos atacarle —dijo con una agradable sonrisa en el rostro, haciendo una pausa para esperar una respuesta, sin ser correspondido—. Pero antes permítanme felicitarlos, su nivel de ocultación es realmente magnífico, ante cualquier otro heredar hubieran pasado desapercibidos. Puedo detectar gran poder en ustedes, seguramente su destreza asemeje su fuerza, sería un honor sucumbir ante heredar tan habilidosos. Aunque si se retiran, lo valoraré y tomaré como un símbolo de cortesía; la decisión es suya.

El calor de la zona comenzó a aumentar, haciendo que Kélfalli se quitara la gabardina, dejándola simplemente caer al suelo y revelando así una vieja y opaca armadura azul índigo, delgada y creada para un combate ágil y preciso; una armadura de placas que daba libertad total a las articulaciones. Bajo ella portaba un ligero y viejo suéter negro, parecía ser bordado a mano. Kélfalli era un hombre de estatura algo encima del promedio, con una complexión atlética, y aunque de edad avanzada, conservaba un rostro relativamente joven. Sus cejas eran espesas y bajo ellas habitaban unos grandes ojos azules, dentro de los cuales navegaban diminutas estrellas. Su nariz era convexa y con una cicatriz de batalla que la atravesaba verticalmente, su rostro era afilado y de un semblante fuerte. Habiendo vivido más de novecientos años, su mirada era la de un hombre que lo había visto todo, casi inexpresiva pero serena.

—Veo que han decidido luchar, pero por favor preséntense ante mí, no quisiera combatir entre las sombras con mis hermanos.

De pronto una parte del bosque comenzó a quemarse, el fuego arrasaba rápidamente con los restos, convirtiéndolos en cenizas y de los cuales surgieron dos jóvenes guerreros; altos y fornidos, uno con armadura pesada y otro con una armadura ligera, ambas rojas como la sangre e imbuidas en fuego, como si este recorriera poco a poco la armadura, así como las venas recorren el cuerpo, y expulsando calor de ellas. Sus armaduras se veían desgastadas por la batalla y sus rostros, aunque jóvenes, se veían magullados y con un semblante fuerte.

—Yo soy Kélfalli, Murhedar de Mahalli, comandante supremo de los heredar poseedores del filo de luz de luna —dijo, mientras extendía su brazo derecho hacia un costado.

Su armadura dejó atrás esa apariencia vieja y desgastada, reavivando su espléndido color azul índigo y comenzando a despedir destellos blanquecinos que la recorrían de un lado a otro, revelando pequeños brillos blancos como estrellas que salpicaban toda la armadura, mientras que las estrellas dentro de sus ojos parecían comenzar a danzar. La armadura de un heredar forma parte de su filo, por lo que el heredar puede invocarla o desvanecerla a voluntad. En el caso de Kélfalli, habitualmente dejaba expuesta una "sombra" de su armadura, para después invocarla completamente; un simple gusto estético.

Una luz azul blanquecina cubrió su brazo derecho extendido, y de ella fue surgiendo un filo parecido al de una espada curva, que recorría desde el codo hasta casi un metro desde su mano hasta la punta del filo. Este era el filo lunar, que se caracterizaba por su color azul índigo, con pequeños destellos como estrellas que brillan y bailan con el movimiento del portador, cabe destacar que mientras más estrellas posea el filo, más poderoso es su portador. El filo de Kélfalli era impresionante, una luz azul blanquecina se desprendía de él, estaba bañado de estrellas y era de una tonalidad más oscura que la habitual; los destellos de su armadura eran bellos y brillantes, estos reflejaban diferentes colores.

—¿Con quiénes he de enfrentarme esta noche? —preguntó Kélfalli. El viento a su alrededor se agitaba con fuerza, y la luz emitida por su filo iluminaba por completo el claro; su energía podía sentirse a kilómetros y de su armadura parecían comenzar a escapar pequeñas estrellas multicolor.

—¡Yo soy Mayi, heredar del filo llameante! —exclamó uno de los jóvenes guerreros.

—¡Y yo soy Eder, heredar del filo llameante! —replicó el segundo.

Al decir esto, los jóvenes heredar se inclinaron en señal de respeto ante su oponente.

—Somos el equipo de reconocimiento, heredar de primer nivel, pero dadas las circunstancias, será un honor enfrentarnos a usted —dijo Mayi con orgullo y valentía.

Mientras su compañero decía esto, Eder lanzaba una bengala color rojo al aire, para revelar su ubicación, provocando una confiada sonrisa por parte de Kélfalli, quien veía como la bengala se elevaba e iluminaba sus ojos, dándoles una tonalidad rojiza.

—Nuestro deber ha sido cumplido, aunque logre vencernos, habrá sido un honor haber servido al gran Cihillic, Murhendoar del filo llameante —dijo el joven Eder.

Dicho esto, los jóvenes heredar comenzaron a tomar distancia el uno del otro, colocándose a los costados de Kélfalli, quien permanecía relajado, dejando caer el brazo con el que sostenía su filo y manteniendo el cigarrillo con la mano de su otro brazo, mientras observaba los movimientos de ambos heredar. Ya en posición, las armaduras de los dos jóvenes heredar comenzaron a arder en llamas, alternando entre una tonalidad amarilla y roja.

Mayi, el joven heredar de armadura pesada extendió ambos brazos frente a él, uno encima del otro, con sus manos en posición vertical, y expulsando de ellas una gran llama, surgió un filo, con la forma de una enorme alabarda de al menos tres metros de longitud, un filo que solo alguien de gran fuerza podría blandir, de él emergían grandes llamas rojas. Los filo llameante se distinguen de entre los otros filos por su variabilidad de color, según el portador, el fuego que emana del filo puede ser de tonalidades rojas, amarillas o azules; este último es el más raro de entre todos los filo llameante y solo se conoce a un portador vivo de este: Cilluen hija de Cihillic, Murhendoar del filo llameante.

Al mismo tiempo, Eder, el joven heredar de armadura ligera, extendió su mano derecha frente a él y la izquierda a su costado, de ellas surgieron llamas amarillentas, de donde emergieron filos parecidos a delgadas y largas dagas, de las cuales parecía escurrir fuego como si de sangre se tratase; el joven heredar tomó una posición de combate, como si fuese un lobo esperando a su presa.

—Puedo ver por qué unieron sus habilidades —apuntó Kélfalli, observándolos con detenimiento mientras pensaba: «Un ataque fuerte y devastador que obligue al enemigo a esquivarlo, mientras el otro, de forma ágil y precisa termina al oponente con un ataque a sus órganos vitales, usando dagas que penetren fácilmente la armadura del enemigo y lo queme por dentro, una gran estrategia, es una pena que tengan que desperdiciar sus vidas».

—Bien, creo que es hora de terminar con esto —añadió, dejando caer el cigarrillo ya consumido de su mano.

El ambiente se volvió tenso, el calor que emanaban los filos de Mayi y Eder era tal, que el aire a su alrededor se distorsionaba mientras el cigarrillo seguía cayendo. Pareciese que el tiempo se hubiera detenido, pero en el instante en que este tocó el suelo; sobre Kélfalli, a unos nueve metros de altura ya se encontraba Mayi empuñando su enorme alabarda, preparado para aplastarlo y destruir todo a su paso, al mismo tiempo, Eder, con sus dagas y a gran velocidad, se colocó en un punto ciego, esperando a que Kélfalli esquivara el ataque para así embestirlo.

Mayi avivó el fuego de su alabarda y se abalanzó en picada sobre Kélfalli, como si fuese un gran meteoro cayendo sobre la tierra, y al caer se generó una gran explosión; Eder se precipitó buscando su blanco entre las llamas y el polvo, pero atónito, el heredar vio como Kélfalli con una sola mano y sin usar siquiera su filo, detuvo el ataque sin esfuerzo alguno, como si de una hoja de papel se tratase el gran filo de Mayi.

—Eres realmente fuerte Mayi —apuntó Kélfalli, su mano parecía comenzar a temblar debido a la gran fuerza que ejercía el filo del heredar sobre él. Era tal la fuerza que el suelo bajo Kélfalli comenzaba a compactarse, hundiendo levemente al Murhedar—. Has demostrado ser digno del filo que portas, ¿por qué no mejor te retiras?

Impávido, Mayi avivó su filo con intensas llamas que podrían sofocar a cualquiera, creando así una tormenta de fuego alrededor de Kélfalli, con la intención de obligarlo a soltar su filo. Eder no pudo entrar en acción mientras esto sucedía, así que permaneció expectante, listo para terminar con su presa en cuanto esta se retirara del fuego. Pero Kélfalli, inmutable, bajó el filo de Mayi y con un rápido movimiento de su filo, cortó las manos de su oponente. El cuerpo sin manos de Mayi comenzó a caer, y al estar su rostro a la par del rostro de Kélfalli, este último, con otro rápido movimiento de su filo cortó limpiamente la cabeza del heredar, mientras dejaba caer a su lado la alabarda, que aún tenía las manos aferradas de su portador, cayendo al mismo tiempo que el cuerpo y cabeza de este. Los movimientos de Kélfalli eran rápidos y precisos, intentando así no causar sufrimiento en sus víctimas.

Al ver esto, Eder enfureció y su cuerpo se cubrió de llamas, tan intensas que todo a su alrededor comenzó a arder y se abalanzó sobre Kélfalli, dejando a su paso una estela de fuego. Kélfalli, sin adoptar otra postura y sin siquiera buscar visualmente a su atacante permanecía inmóvil. Al ver esto, el heredar cambió la dirección de su ataque moviéndose de forma aleatoria tras Kélfalli, pero tal parece no haber una abertura. «Maldito, ni siquiera piensa voltear a verme, no tengo opción tengo que atacarlo ahora», pensó el heredar, al mismo tiempo que con un rápido movimiento de pies cambió su dirección de ataque colocándose al lado izquierdo de Kélfalli, en el cual no portaba filo. «Ese es el punto», pensó el heredar y saltó velozmente sobre su presa dirigiendo sus dagas a las articulaciones desprotegidas de Kélfalli. Pero antes de lograr su objetivo, se detuvo bruscamente en el aire y para su sorpresa, Kélfalli se encontraba justo frente a él, con su filo atravesándole el pecho, y con un último aliento susurró:

—Fue un Honor.

Kélfalli desvaneció su filo, y sin dejar caer el cuerpo inerte de su oponente, lo tomó en brazos y lo llevó al lado de su compañero, reuniendo también las partes cercenadas de este y colocándolas junto a su cuerpo. Al morir, la armadura y el filo de los heredar se desvanece.

—Mayi y Eder, fue un honor enfrentarlos, Théra los recibirá con orgullo del otro lado —dijo, inclinándose en señal de respeto. «Mientras los vestigios corrompen nuestras mentes y los perdidos desmiembran nuestros cuerpos, nosotros nos matamos unos a otros… ¡Qué desperdicio! Deberíamos concentrarnos en cosas más importantes que en disputas sin sentido, esto solo nos debilita», pensó mientras tanteaba el suelo, buscando un buen lugar donde enterrar a los heredar caídos, recogiendo la colilla del cigarrillo consumido y colocándose nuevamente su gabardina.

Kélfalli caminó nuevamente hacia la formación rocosa, donde encontró un lugar adecuado para sepultar a los caídos, justo bajo la gran roca angulada, «están por llegar, pero no puedo sentir aquel poder entre ellos» pensó.

—¡Maestro Kélfalli! —gritó una voz femenina en la lejanía.

De entre las sombras de la noche apareció una bella joven…

—Yúnuen, ¿por qué han tardado tanto? —preguntó Kélfalli a la joven, con un semblante bastante molesto.

Yúnuen entonces, saltó sobre Kélfalli, abrazándolo con cariño. Haciendo cambiar su semblante molesto, por un semblante más alegre, y provocando una sonrisa en él. Kélfalli correspondió su abrazo y la bajó al suelo. Yúnuen se separó un poco de él y notó los cuerpos de los heredar de la llama.

—¿Te han herido, tío Kélfa? —preguntó.

Kélfalli sacudió el cabello de Yúnuen y con una sonrisa en el rostro dijo:

—Vamos, ayúdame a sepultarlos.

—Sí tío Kélfa —respondió Yúnuen con mucha alegría, pero al intentar levantar el cuerpo de Mayi, se dio cuenta de que no contaba con la cabeza, asustándose y tropezando, cayendo el cuerpo inerte del heredar sobre ella.

El ambiente se llenó entonces de risas, era el escuadrón de Yúnuen que recién llegaba, habiéndose quedado atrás, ya que Yúnuen se adelantó al sentir la presencia del filo de Kélfalli. Cuando dos filos han combatido juntos por largos periodos de tiempo, pueden llegar a unirse y hacen que su portador pueda sentir la presencia del otro, es una conexión que pocos filos pueden lograr. Kélfalli, llevando la palma de su mano hasta su frente inclinó la cabeza y suspiró.

Yúnuen se quitó delicadamente de encima el cercenado cuerpo del heredar, pudiendo observar también la falta de manos en este. «El corte está hecho exactamente entre el hueso pisiforme y el cúbito, el filo de Kélfa siempre ha hecho cortes muy limpios, aún por sobre la armadura desplegada de un heredar es capaz de colocar su filo en los puntos precisos, es espectacular», pensaba mientras acomodaba el cuerpo del heredar.

—¡Noveno escuadrón del filo lunar! —ordenó Kélfalli con una voz firme dirigiéndose al escuadrón.

El escuadrón, aterrado por la voz de Kélfalli, tomó una posición firme inclinando su cabeza en señal de respeto.

—¡Sí gran maestro Kélfalli! —respondieron al unísono.

—Den sepultura a estos cuerpos —ordenó Kélfalli, señalando el lugar donde debían hacerlo y dirigiéndose hacia su sobrina.

El escuadrón, compuesto por cuatro heredar del filo lunar, obedeció al instante y comenzó a cavar las tumbas al pie de la gran roca en forma de espina.

—Yúnuen, ¿dónde está Yorhalli? —preguntó Kélfalli, mientras observaba a su alrededor buscándola.

—Se adelantó para hacer el reconocimiento de toda la zona, seguramente ya ha pasado por aquí tío Kélfa —respondió Yúnuen, mientras se tocaba la frente con el puño intentando recordar mejor.

—Imposible, debí darme cuenta de su presencia —se extrañó Kélfalli.

—Quizá pasó antes de tu llegada tío —contestó Yúnuen.

—Sí, quizá fue por eso —añadió Kélfalli, reflexionando su llegada al lugar de encuentro.

«¿Tan rápida es, que no pude sentir su presencia?», Kélfalli guardaba silencio reflexionando sobre la cuestión. «Sí, debió ser ella», pensó mientras recordaba su camino al punto de encuentro, ya que en un momento sintió una extraña brisa que atravesaba el bosque, a la cual no tomo importancia, puesto que era tan leve que hasta un pájaro pudo crearla. Kélfalli sonrió de forma burlona para sí mismo y le dijo:

—Yúnuen, ven conmigo y siéntate a mi lado.

Juntos, subieron a la gran roca y se sentaron al filo de esta, justo encima del escuadrón que preparaba las tumbas. De un momento a otro el viento sopló con más fuerza, desplazando las nubes, lo que permitió que la luz de Koyol iluminara a Yúnuen.

—Mira —susurró un heredar del escuadrón a uno de sus compañeros mientras le daba un leve golpe con el codo. Todo el escuadrón se detuvo para contemplar la escena.

Yúnuen era una mujer de increíble belleza, su piel era tersa y de un color gris azulado, sus ojos eran azul turquesa, grandes y brillantes como la luna, de una calidez incomparable que desbordaba dulzura. Su pequeña nariz y pómulos estaban cubiertos de pequeñas pecas brillantes, que simulaban ser estrellas bajo sus ojos. Su sonrisa no tenía comparación, era perfecta y maravillaba a quien la viese, contagiaba alegría y esperanza, era imposible no sentirse regocijado al verla. La morfología de su rostro era afilada y delicada, con orejas pequeñas de las cuales colgaban diminutos y brillantes aretes multicolor en forma de estrellas, desde el hélix hasta el lóbulo, los cuales habían sido un regalo de Kélfalli. Su cabello, largo y sedoso que bailaba suavemente con la brisa, era ondulado y de un color castaño claro con destellos de luz azul. En definitiva, era difícil no enamorarse de la belleza que Yúnuen desbordaba.

—¡A trabajar! —ordenó Kélfalli al escuadrón, consciente de la gran belleza de su sobrina.

—¡Sí Gran Maestro! —respondió al unísono todo el escuadrón, dándose prisa en su encargo y temeroso de una represalia del poderoso Murhedar.

Yúnuen se dio cuenta de lo ocurrido y aunque sonrojada, y algo avergonzada, soltó una pequeña sonrisa burlona mientras veía al escuadrón, que temeroso de Kélfalli, se apuraba en su encargo.

Kélfalli, ostentaba numerosos títulos en su haber. Primero, es el "supremo comandante" del ejercito del filo lunar, título que le fue entregado por la gran Murhendoar del filo lunar Mahalli después de la muerte de Heldari. Segundo, es "gran maestro" del filo lunar, el cual se obtiene al enseñar las artes del combate por más de trescientos años a los heredar del filo lunar. Tercero, es un "Murhedar", título que se obtiene al sobrepasar los poderes de un heredar. De entre todos los Murhedar de filo lunar, Kélfalli es el más condecorado, solo por debajo de Mahalli, quien es la Murhendoar, título con el que es nombrado el portador o heredero de uno de los filos originales.

—En fin —dijo Kélfalli mientras vigilaba al escuadrón—. Háblame de ella, en la red se cuentan muchas historias y sus registros de misión son de lo más interesantes.

La red, es la conexión única a lo que queda de internet en el planeta, después de el gran exterminio. Esta es realmente limitada, solo es posible acceder a pocas páginas que a menudo se desconectan, y en las cuales los theranios comparten y conviven unos con otros. Los heredar acceden a estas a través de dispositivos que portan en sus antebrazos, los cuales proyectan una pantalla digital por la que pueden navegar en la red. Esta es protegida y monitoreada por los heredar de filo cristal, quienes se encargan de recuperar y purificar la antigua tecnología del planeta.

—No me sorprende, conozco a Yorha desde hace más de cuarenta años, cuando se mudó con nosotros a Harma, en las colinas del sur con Feralli, su madre. Siempre ha sabido destacarse de entre los demás, es una mujer intempestiva, valiente y decidida, aunque algo impulsiva diría yo —respondió Yúnuen.

«¡¿Cuarenta años?!... ¿Tan rápido ha pasado el tiempo desde la muerte de su padre?», pensó Kélfalli, observando el horizonte mientras recordaba aquella época. «Aún no puedo creer su partida, tal parece que su hija heredó su actitud, esa impulsividad, no, más bien imprudencia».

—Piensas en Heldari, ¿verdad? —intuyó Yúnuen—. Ahora que lo pienso, Feralli jamás lo mencionaba estando frente a Yorha.

—Puedo entender por qué —dijo Kélfalli—. La muerte de su padre pudo ser por demás traumática para Yorhalli.

—Sé que él falleció en un ataque de los filos corruptos a la capital —dijo Yúnuen—. Pero desconozco los detalles, la carpeta de investigación está clasificada como secreta y solo el consejo tiene acceso a ella.

—¿Recuerdas la razón por la cual comenzó este conflicto? —le preguntó Kélfalli.

—Sí claro, un aumento de la tención por las disputas territoriales, más específicamente por el cruce de las tres montañas y el acceso a las aguas del gran lago Narva —respondió Yúnuen.

Este cruce es un punto estratégico en la frontera entre el País de la Luna y el País de la Llama, donde se puede transitar fácilmente sin tener que traspasar las grandes cordilleras que forman una frontera natural entre ambos países y da acceso al lago Narva, que se encuentra en el País de la Luna.

—No es la verdadera razón —apuntó Kélfalli.

Al escuchar esto, todo el escuadrón se detuvo y prestó atención al Murhedar.

—Lo que voy a decir no saldrá de este lugar —dijo con una voz perturbadora a lo que sus oyentes respondieron asintiendo con la cabeza—. Un gran grupo de perdidos y vestigios, procedentes del País de la Llama se infiltraron sin ser percibidos hasta la capital, al parecer su objetivo era la casa de Heldari, desafortunadamente mi familia estaba con ellos en ese momento. Feralli de alguna manera salvó a Yorhalli y según sus palabras ellas dos eran el objetivo, no obstante, el consejo Murhedar llegó a la conclusión de que el objetivo era Mahalli, ya que había sido invitada por Heldari y Feralli aquella noche para hablar sobre el futuro de Yorhalli. El consejo igualmente llegó a la conclusión de que la intromisión de este grupo había sido un error del País de la Llama, sin descartar también que este hecho haya sido premeditado por algún miembro de las fuerzas de Cihillic, lo que desató el actual conflicto.

—Sabía que Heldari había sucumbido en combate, pero Feralli jamás nos contó esa historia, en cuanto a Yorha, parece no recordar nada de lo sucedido —sostuvo Yúnuen—. ¿Crees que en verdad Yorha haya sido el objetivo de aquel grupo?

—Nada está claro de aquel momento, al llegar Mahalli fue tal su furia que acabó con todos en un instante, para después seguir su rastro, dejando a cargo de la investigación de la escena a los grandes maestros del consejo Murhedar —contestó Kélfalli.

—Yorha siempre ha tenido una energía muy peculiar, no me sorprendería que eso atrajese a aquellos seres —reflexionó Yúnuen.

—¿Entonces, los memes y relatos en la red sobre Yorhalli son verdaderos? —preguntó Kélfalli.

Yúnuen soltó una ligera risa al escuchar esta pregunta.

—A mi tío, el poderoso Murhedar, el que ha peleado con cada uno de los filos, el que no le teme a nada, el más sabio y respetado, ¿le intrigan los memes y chismes de la red?

—Los rumores sobre Yorhalli han sido tan raros que se han extendido hasta el País del Sol, desde su nacimiento ha sido una intriga para todos nosotros; ella nació siendo un heredar. Yo la conocí cuando solo era una bebé recién nacida, en el momento en que la vi, no daba fe a lo que me decían mis ojos —respondió Kélfalli, buscando excusar su pregunta ante Yúnuen.

Cuando un theranio nace, lo hace sin su filo activo. Este se tiene de forma natural en su código genético, y puede o no activarse, todo depende del individuo y de las acciones que este cometa, si su filo detecta gran nobleza en sus actos, puede despertarlo. Al hacerlo se le conoce como heredar, dejando así de ser un theranio. Pocos theranios son capaces de obtener su filo y convertirse en heredar.

—¿Así que es debido a Yorha y no a mí, que solicitaste a este escuadrón? —cuestionó indignada Yúnuen cruzando sus brazos y bajando la mirada.

—Es el mejor escuadrón según el consejo Murhedar. Su porcentaje de éxito en las misiones que se le han asignado es del cien por ciento, conservando a todos los miembros del escuadrón original. Sus misiones, por mucho han sido las más arriesgadas, suicidas dirían muchos, su historial es intachable. Aunque la orden de asignarles esta misión fue directamente de Mahalli y no mía —respondió Kélfalli, que parecía estar ocultando algo.

—Es verdad, pero tío Kélfa, en realidad Yorha es completamente responsable del éxito de dichas misiones.

—Pues sí, es verdad —murmuró un miembro del escuadrón.

—Sin Yorha estaríamos todos fritos —añadió otro.

—Y, aunque no tengamos la fuerza, ni la habilidad para estar a la par de Yorha en el combate, es un honor poder ayudarle cuando es preciso —dijo Yúnuen con orgullo tras los comentarios de sus compañeros.

—O al menos no estorbarle —murmuró otro de sus compañeros, causando la risa entre los demás miembros del escuadrón.

Al escuchar esto, Yúnuen se avergonzó y agachó la cabeza; Kélfalli con una leve sonrisa, puso su mano sobre la espalda de Yúnuen, con el fin de reconfortarla. Al mismo tiempo, observó al escuadrón con detenimiento, fijándose a detalle en cada uno de sus miembros.

«Jasha, postulante para el examen Murhedar, un historial intachable; veterano de la guardia norte del filo lunar, asignado al noveno escuadrón por sus habilidades en el combate a larga distancia y capacidad de rastreo».

«Yoltic, postulante para el examen Murhedar, veterano del cuarto escuadrón del filo lunar; maestro de la academia heredar del sur en la asignatura "artes del sigilo", asignado al noveno escuadrón por sus habilidades de espionaje y combate furtivo».

«Xaly, postulante para el examen Murhedar, veterano de la guardia norte del filo lunar; trabajó junto al segundo escuadrón de filo cristal en el estudio de los vestigios y protección a científicos en la zona perdida oeste, asignado al noveno escuadrón por sus conocimientos defensivos y habilidades en el combate».

«Nenet, postulante para el examen Murhedar, veterano del séptimo escuadrón del filo lunar que se especializaba en el combate contra los perdidos; asignado al noveno escuadrón por sus conocimientos y habilidades en el combate».

«Estos son heredar de primer nivel, puedo sentir su poder, tienen el mejor entrenamiento y experiencia en el combate, a cualquier Murhedar le costaría trabajo enfrentarlos. ¿Qué tan poderosa es Yorhalli, como para que ellos mismos se consideren simples ayudantes?», pensó.

Yúnuen nuevamente observó a su tío, intentando descifrar sus pensamientos. Su mirada era dulce e inquieta, con sus ojos titilantes y brillantes. Kélfalli se dio cuenta de esto y sonrió, viendo a Yúnuen con dulzura, como la que solo un padre puede proyectar a un hijo amado.

—¿En qué piensas tío? —preguntó Yúnuen.

—Ya han pasado cuarenta y siete años, desde que tu primo y tu tía nos dejaron, partiendo a una nueva vida. Tú eres lo único que me queda, eres para mí una fuente de luz y esperanza —contestó Kélfalli.

Théra, es como se le conoce a la energía o fuente vital, una especie de corriente espiritual que recorre el planeta y que se comunica con todos los seres vivos, conectándolos unos con otros y de la cual proviene la vida.

—Debo admitir que cuando supe tu decisión de unirte al escuadrón de Yorhalli me preocupé, ella es la Murhedar más joven que ha existido, obteniendo el título con tan solo cuarenta y cinco años, y las misiones que le son asignadas son ridículamente peligrosas. Es por eso por lo que decidí venir en persona, no entiendo las razones por las cuales Mahalli, asigna estas misiones a Yorhalli y no a otro Murhedar con más experiencia. Desde la muerte de Heldari, Mahalli y yo hemos perdido comunicación, y mis intentos de acercarme a ella como su amigo, son infructuosos —añadió Kélfalli, pudiéndose notar la angustia en su voz.

—No tienes por qué angustiarte tío Kélfa, soy una heredar de primer nivel, además soy mayor que Yorha por dos años; tú mismo me entrenaste, conozco las mejores técnicas y creo ser capaz de enfrentar cualquier reto. Además, soy la estratega del escuadrón, sin mí, Yorha estaría perdida —dijo Yúnuen con mucho orgullo tras una pequeña risa nerviosa, intentando impresionar a Kélfalli.

—¡Pero claro! —confirmó Jasha al mismo tiempo en que salía de una de las tumbas ya terminada—. Yúnuen es el cerebro, Yorha la espada y nosotros la armadura, mientras estemos juntos somos invencibles.

Al escuchar estas palabras Yúnuen sonrió, deslizando suavemente los dedos sobre su mejilla hasta la nuca, para recoger su cabello, que, por el viento, cubría parte de su rostro. Por un segundo cruzó una dulce mirada con Jasha, para después voltear alegremente a ver la expresión de Kélfalli.

«Han logrado formar una conexión, esa es la verdadera fortaleza de un escuadrón, que solo un gran líder puede lograr», pensó Kélfalli mientras sonreía, dando un pequeño salto para bajar de la gran roca y colocarse a la par del escuadrón.

—Y díganme, ¿cómo es ella? —preguntó al escuadrón.

—Es muy fuerte —dijo Nenet con una voz burlona. Él era un heredar de estatura promedio y un físico atlético algo más fornido que sus compañeros, de cabello castaño con destellos azul blanquecinos y alborotado, con una peculiar sonrisa torcida y de personalidad alegre y relajada; siempre intentaba alegrar a sus compañeros aun en las misiones más peligrosas—. Más fuerte inclusive que todo el escuadrón junto.

—Su velocidad no tiene comparación —añadió Yoltic. Él era alto, con una gran y puntiaguda nariz que lo caracterizaba, su cabello era corto y negro, con pequeños destellos azul blanquecino, de personalidad serena y confiada; él solía ser quien resolvía las discusiones en el escuadrón —. Es la Murhedar más rápida que haya visto.

—Y es valiente, no hay enemigo al que ella tema enfrentar —apuntó Xaly, el más serio del escuadrón, de carácter fuerte y rojizos cabellos, aunque solía tener fricciones con Nenet, ellos dos eran los mejores amigos.

—Además es realmente optimista, alegre, confiada y siempre tiene en el rostro esa gran sonrisa —comentaba Jasha mientras contabilizaba con sus dedos las virtudes de la Murhedar. Él era el mayor de todo el escuadrón, con ciento sesenta y ocho años, era un heredar de personalidad afable y cariñosa, siempre atento y servicial con sus compañeros; alto y de cabellos negros con destellos de luz azul blanquecina, cejas rectas y abundantes, con una pequeña y redondeada nariz, de barba corta y siempre bien arreglada, sus ojos eran grandes y brillantes contagiaban alegría y sosiego.

—De mal carácter —mustió Yoltic. Todos voltearon a verlo y comenzaron a reír.

—Muy mal carácter —afirmó Nenet.

—Ella no se enojaría tanto si no "metieras la pata" a cada momento —reclamó Xaly a Nenet.

—Al menos no me tiene que estar salvando por "hacerme el valiente" —respondió Nenet a la acusación de Xaly.

Kélfalli observó como todo el escuadrón hablaba sobre Yorhalli con una sonrisa honesta en el rostro, bromeando y discutiendo sobre ella. «Es igual a mi primer escuadrón, con Heldari como líder, realmente su padre sigue vivo en ella», pensó, provocando así que más dudas crecieran en su corazón.

Yúnuen saltó para bajar con los demás, pero al hacerlo, cayó dentro de una de las tumbas que se habían cavado, haciendo que todo el escuadrón comenzara a reír a carcajadas. Jasha, en medio de las risas, le extendió una mano para ayudarla a salir.

—Ella destaca en muchos aspectos —comentó Yúnuen mientras salía del agujero—, pero, en definitiva, es el combate por lo que sobresale, es algo difícil de describir y más aún de ver.

Al escuchar esto, el semblante de Kélfalli cambió, tornándose serio y algo sorprendido por lo dicho anteriormente.

—Suficiente, denles ya sepultura a los cuerpos— ordenó al escuadrón.

Los heredar trajeron los cuerpos de sus homólogos caídos, colocándolos en las tumbas recién cavadas. Una vez rellenadas, Kélfalli se acercó a ellas, colocando una de sus rodillas sobre el suelo y diciendo:

—Aquí yacen Eder y Mayi, heredar de la llama, quienes sucumbieron en el combate realizando tareas de reconocimiento para su nación. Que Théra los reciba en sus fuentes de gloria —dicho esto, colocó su mano en medio de ambas tumbas y de ella comenzó a surgir un cristal, que se extendió sobre ellas, este reflejaba la luz de la luna formando pequeños brillos como estrellas en él.

—Tomen posición de alerta, no tardan en venir —ordenó Kélfalli.

El escuadrón se repartió entre las sombras del bosque, formando un perímetro alrededor de Yúnuen y Kélfalli.

—Así que es difícil de describir —dijo Kélfalli mientras se acercaba a su sobrina—. El filo de Yorhalli siempre ha sido intrigante, y más aún su origen. Heldari me contó que ella había nacido muerta, o al menos eso creyeron los médicos. Pero al parecer se habían equivocado, lo que nadie se explica, es el porqué nació con su filo despierto.

—Feralli nos contó ese relato a Yorha y a mí cuando éramos pequeñas, pero, a decir verdad, la madre de Yorha se comportaba de manera muy extraña, siempre que podía evitaba que Yorha utilizara su filo, no fue hasta que tuvo la edad para entrar a la academia heredar, que lo utilizó con libertad —respondió Yúnuen.

—Después de la repentina muerte de Heldari, Feralli no tardó en marcharse de la capital, le ofrecí quedarse en mi casa, pero no quiso, así que tu padre le ofreció un hogar, muy lejos, al sur, en las colinas de Harma, en donde tu madre y tú vivían —añadió Kélfalli, mientras observaba como las nubes pasaban frente a Koyol, gracias a una repentina brisa de viento.

Yúnuen pudo notar la nostalgia dentro de Kélfalli y se recargó en su brazo dulcemente, por un momento ambos heredar observaron con nostalgia a Koyol.

—Recuerdo el día en que llegaron, preparábamos la cena cuando fui corriendo para abrirles la entrada, Yorha se veía muy triste y aunque solo tenía cinco años jamás la vi derramar una lágrima, por el contrario, Feralli, siempre parecía estar alegre pese a la reciente muerte de Heldari, no había momento del día en que no intentara contagiar esa felicidad a Yorha y a mí; realmente era muy severa, nunca permitió que Yorha estuviera triste. En lo particular, me gustaba mucho convivir con ellas y contagiarme esa alegría; poco a poco Yorha y yo nos volvimos mejores amigas, en el instituto siempre estaba a mi lado, yo era su protectora, pero a medida que fue creciendo, se ganó el corazón de todo el pueblo, y mi admiración, ella siempre fue la mejor en todo, nunca nadie pudo vencerla en ninguna competencia. Cuando obtuve mi título de heredar y mi madre me envió a la capital para que me entrenases, ella ya formaba parte de un escuadrón.

Kélfalli sonrió y tomó el hombro de su sobrina.

—De todos mis discípulos tú eres la más competente, y no lo digo por que seas mi sobrina, sino porque persististe y lograste terminar los entrenamientos más duros, entrenamientos que muchos otros heredar no pudieron soportar.

Esto hizo sonreír a Yúnuen, que abrazó con fuerza a Kélfalli.

—Sin ti no lo hubiera conseguido tío, ser aceptada en su escuadrón fue un gran logro para mí; el noveno escuadrón de heredar del filo lunar, conocido por sus logros y misiones suicidas, el más popular en la red. Estar junto a Yorha en la batalla me ha llenado de orgullo y felicidad, aunque ella haga casi todo el trabajo.

—Es natural, gracias a su particular condición, ha aventajado a toda su generación. Quisiera poder estudiarla, pero siempre que intento acércame a ella, Mahalli o el consejo me asignan una tarea, ya sea ayudando al filo cristal en las fronteras de la zona perdida, o como embajador con las otras naciones. Hay muchas cosas que me intrigan, cuando se supo del nacimiento de Yorha y su particular condición, Mahalli fue la primera en interesarse, pero al verla, ordenó que nadie fuera del consejo de Murhedar y los familiares cercanos, supiera sobre lo sucedido. Heldari y yo cuestionamos a Mahalli el porqué, pero ella no nos dio respuesta, dijo que primero lo hablaría en el gran concilio de los Murhendoar, pero poco después estalló la guerra y el concilio fue pospuesto, he intentado hablar con Mahalli, pero siempre evita el tema de Yorha. Su comportamiento ha cambiado mucho en los últimos años, y de sus dos consejeros ni se diga, no hay nada que los haga hablar, pese a que fueron mis alumnos, la confidencialidad que les exige Mahalli sobre sus asuntos personales es inquebrantable— contestó Kélfalli.

Yúnuen se mostró pensativa, con su puño pegado al mentón.

—Es como si Mahalli la protegiera de algo, ¿pero de qué? —intuyó Yúnuen—, Yorha es la Murhedar favorita de Mahalli o al menos eso parece, la trata como a una hermana.

—Está claro que Mahalli está ocultando algo, sus incursiones en solitario a la zona perdida son cada vez más frecuentes y prolongadas, parece estar dándole caza a alguien y se apoya de Yorhalli como antes de Heldari, creo que puede verlo dentro de ella —comentó Kélfalli.

—Feralli nunca opinó al respecto, aunque sabes tío Kélfa, siempre sospeche un poco de ella, ya que, siendo su madre, sabría la razón, pero nunca mencionó nada, siempre nos pidió que guardáramos en secreto el filo de Yorha —añadió Yúnuen—, Yorha siempre fue diferente tío, sus ojos son…

Yúnuen, pensativa, caminó un poco, intentando pensar una forma de expresar con palabras lo que sentía.

—Son tan profundos y oscuros, es como ver la inmensidad del cielo nocturno y perderte en él, dentro de ellos puedes encontrar paz, el tiempo no parece avanzar de la misma forma cuando la vez. ¡Y su cabello tío Kélfa! Es tan oscuro que ni a plena luz del día se puede distinguir entre uno de sus cabellos y otro; si acaricias ese cabello, pareciese que tu mano se pierde en la oscuridad, como si fuese trasportada a otro mundo. Y su filo, es la cosa más extraña que haya visto tío, es de un color azul realmente oscuro, lleno de estrellas, pero que simulasen estar alejándose cada vez más; si observas su filo por mucho tiempo puedes perderte dentro de su oscuridad, como si fueses absorbido por este, en vez de parecer ver el cielo nocturno, como en cualquier otro filo de luz de luna.

Kélfalli miró hacia Koyol, mostrándose pensativo y reflexionando las palabras dichas por su sobrina, las cuales hicieron llegar a su mente viejos relatos, antiguas leyendas de finales de la segunda edad.

—Pero esas son solo viejas leyendas, ¿o no? —murmuró sin darse cuenta.

—¿Leyendas? —preguntó Yúnuen.

—Cuentos de viejos como yo.

— ¿Qué cuentos tío Kélfa? —Yúnuen creía saber a qué se refería.

De pronto Kélfalli guardó silencio, pareció haber sentido una presencia.

—Se acercan, reúne al escuadrón.

Rápidamente Yúnuen alzó su mano, emitiendo de ella una pequeña luz proveniente de su filo, en lugar de llamarlos por medio de su red.

La red es libre para todos los theranios sin importar su procedencia y está resguardada por los filo cristal, por lo cual no es usada para el combate entre heredar. La red proporciona inteligencia en la lucha contra los vestigios, y usarla para combatir contra otros heredar se considera deshonroso.

De un momento a otro todo el escuadrón apareció en formación de batalla detrás de Kélfalli, ya con sus filos listos para el combate; Kélfalli apartó a Yúnuen colocándola detrás de él y caminó serenamente hacia la dirección de donde provenía aquella fuerza que había detectado anteriormente. «Si realmente las leyendas son ciertas, Yorhalli podría cambiar el curso de la batalla en contra de los vestigios y poder así evitar la corrupción en los filos; o quizá ella ha adquirido un vestigio que ha corrompido su filo», pensaba.

Mientras Kélfalli avanzaba, pequeñas brasas ardientes comenzaron a surgir del suelo que parecía humear, haciendo que el calor en la zona empezara a aumentar.

—¡Gran maestro Kélfalli, comandante supremo de Mahalli! —exclamó una voz de forma alegre y sorpresiva, que provenía de entre el humo y las brasas.

—Joven Xomak, Murhedar del filo llameante, no te había visto desde que eras tan solo un niño —respondió Kélfalli.

—Me honra que me recuerde gran maestro —añadió Xomak mientras salía de entre el humo y las brasas, y tras él, quince heredar del filo llameante ya con sus filos preparados para la batalla; el calor generado por esta acumulación de poder era inmenso.

Xomak era un joven alto y apuesto, con un gran físico moldeado por el combate. Sus ojos eran color miel, que pareciesen reflejar la luz como si fuesen de oro; su cabello era igualmente color miel y su piel era de una tonalidad morena grisácea, su rostro estaba cubierto con una espesa barba, limpia y bien arreglada; su mentón era cuadrado y de una quijada fuerte. Vestía su uniforme de Capitán, que se caracterizaba por ser de color vino, con pequeños detalles dorados; en el lado izquierdo del pecho colgaban las insignias y condecoraciones ganadas por sus proezas en el combate. Aun siendo joven, Xomak había participado en numerosas batallas, obteniendo el título de Murhedar por su valentía al combatir contra los vestigios y filos corruptos en la zona perdida.

—No era necesaria tal bienvenida, solo he venido a saludar a mi sobrina, por asuntos de poca relevancia, pronto me marcharé —explicó Kélfalli.

—Realmente mi tarea era encontrar y detener al noveno escuadrón, liderado por Yorha, pero al verlo, sé que está en juego algo mucho más importante, lamentablemente no puedo dejarlo marchar. Sería una pena dejar pasar esta oportunidad —contestó Xomak.

—Lo que sería una pena, es perder a un Murhedar tan joven y talentoso por una absurda disputa —añadió Kélfalli, observando a los heredar que acompañaban a Xomak—. Corrígeme si me equivoco, pero pensé que tu escuadrón contaba únicamente con siete miembros.

—Está usted en lo correcto Maestro, estos heredar se han ofrecido para salvaguardar la región y estaba por asignarlos en diferentes puntos para que vigilasen la zona y dieran aviso en cuanto hubiera señales de Yorha, pero no esperaba su tan apresurada aparición —contestó Xomak—.

Antes de venir a su encuentro, les he pedido que se retiraran, pero insistieron en hacerle frente a Yorha.

—Espero que no tengan pensado hacerme frente a mí —dijo Kélfalli, dirigiéndose a los heredar de la llama.

Xomak caminó hacia Kélfalli, mientras su cuerpo comenzaba a prenderse en fuego. De él surgieron intensas llamas y el aire a su alrededor se volvió sofocante, el suelo que pisaba comenzaba a tornarse rojo, como si estuviese a punto de transformarse en lava; la energía que se desprendía de él era descomunal, todo a su alrededor comenzó a vibrar, haciendo titilar las pequeñas piedras sueltas que ahí se encontraban, como si las llamas que surgían de él enloquecieran y quisieran escapar. Entonces, en su pecho apareció un círculo de luz, que generó grandes llamas, revelando así su armadura, que primero surgió de su pecho y fue cubriendo su cuerpo por completo; era una armadura de un rojo intenso y brillante, pareciese que hubiera llamas dentro de ella, que bailaban con los movimientos de su portador. La armadura cubría cada parte de su cuerpo, de la cintura para abajo era algo más gruesa y de bordes afilados, lo que indicaba que no usaba sus piernas en el combate muy a menudo, así que las protegía; la armadura en el torso era algo más ligera, lo que daba libertad a sus brazos. Su cuello y cráneo estaban igualmente protegidos, con excepción de la "t" en el rostro, que dejaba al descubierto sus ojos, así como parte de su nariz y boca, muy similar a un casco espartano.

Al ver esto, los heredar de la llama, eufóricos por el combate que se avecinaba, avivaron sus filos, desprendiendo grandes llamas de ellos. Todo a su alrededor comenzó a arder y el tórrido aire nublaba la visibilidad, pero no para ellos, que parecían exhalar fuego como si de dragones se tratasen.

Xomak se detuvo justo frente a Kélfalli.

—Han pasado ya muchos años desde que combatí bajo sus órdenes en la frontera oeste, un estilo de combate como el suyo jamás se olvida, pero créame que soy mil veces más poderoso que en aquella ocasión.

—No tienes por qué ponerte a prueba, no dudo de tu gran poder, ni de tus grandes habilidades, solo pienso que es un desperdicio de tiempo, tanto tuyo como mío, el tener que combatir —respondió Kélfalli con los brazos abiertos, como esperando recibir un abrazo y viendo fijamente a los ojos de Xomak.

Xomak se mostró impávido, pero a lo lejos, vio por un instante las tumbas de sus exploradores, haciendo que su semblante se volviera reflexivo.

—Usted es un hombre honorable gran maestro Kélfalli, le pagaré con la misma moneda, y si así quiere respetaré la vida de su escuadrón y claro está, la de su bella sobrina.

Al decir esto, Xomak volteó a ver a Yúnuen con una encantadora sonrisa. Yúnuen se tornó completamente roja, y apenada usó sus manos para esconderse el rostro con su cabello.

Kélfalli, inmutable como siempre y con una sonrisa contestó:

—Te lo agradezco Xomak, pero ambos sabemos el resultado de este combate.

Al decir esto, el ambiente se tornó tenso, las llamas de los heredar de filo llameante comenzaron a palpitar, en señal de que ya estaban listos para atacar, haciendo que el fuego se extendiera por toda la zona. Por su parte el escuadrón de filo lunar permanecía a la espera de las órdenes de Kélfalli.

La energía proveniente de Xomak era sofocante, provocando que los heredar del escuadrón de filo lunar invocaran su armadura por completo para no sufrir los efectos del calor; parecían estar dentro de un horno, el aire a su alrededor se distorsionaba y la tierra al rojo vivo comenzaba a emblandecer, era una energía abrumadora que podía sentirse a kilómetros.

Pero antes de que Xomak pudiese responder, una intensa luz acompañada de una fuerte ventisca de viento asoló el lugar, disipando el humo y las cenizas; haciendo disminuir el calor y la intensidad de las llamas de todo el escuadrón. El tiempo pareció detenerse y los heredar de la llama, se miraron los unos a los otros, sorprendidos por la intensidad de la ventisca. De pronto se sintió una extraña presión en el aire, y aparecieron por todo el lugar pequeños brillos como estrellas, dejados por la ventisca.

—No sé cómo podías soportar ese calor Kélfalli —dijo una voz femenina que parecía provenir del cielo.

—¡Yorha! —gritó Yúnuen con alegría, acercándose a un lado de Kélfalli. Todo el escuadrón de filo lunar gritó al unísono al ver a su líder, haciendo brillar sus filos y levantándolos al aire, lo que provocó que una gran luz azul blanquecina cubriera todo el lugar.

Al disiparse la luz, en las alturas se visualizó una silueta femenina. Era Yorha, parada sobre la copa de un gran árbol chamuscado por el fuego, se veía ligera como una pluma, en la rama más alta y frágil sin siquiera doblarla, apoyada únicamente sobre las puntas de los dedos de su pie derecho. Era una figura espectral, su cabello, que llegaba casi hasta sus rodillas, bailaba con la brisa, ocultándola completamente, como un velo de oscuridad rodeado de estrellas que flotaban a su alrededor.

La mirada de Xomak se tornó seria, casi pareciera estar enojado, y observó con detalle la escena, dentro de sus ojos pareciese que daba comienzo una tormenta de fuego. Los demás miembros del escuadrón de filo llameante se mostraron sorprendidos al verla y aún más por su capacidad de disminuir el ardor de sus filos con un solo movimiento. De pronto la luz de Koyol alcanzó a Yorha, mientras ella colocaba su largo cabello a sus espaldas de un solo movimiento; como si fuese una cortina que revelase el escenario, una enorme y confiada sonrisa apareció detrás.

Kélfalli permanecía inmutable, como si desde un principio supiera lo que pasaría, y observando fijamente a Yorha, no pudo evitar que se le escapara una ligera mueca que semejaba ser una sonrisa. «Es la misma sonrisa confiada de su padre y al parecer, heredó esa petulante actitud», pensó.

Yorha era más alta que un hombre promedio, su cuerpo era atlético, pero femenino, su cintura la hacía parecer un estrecho reloj de arena ligeramente más delgado en la parte superior, sus piernas eran largas y fuertes. Su rostro tenía la forma de un diamante, con los pómulos marcados y una nariz recta y perfilada, su tersa piel era gris blanquecina. Tenía una gran sonrisa, delimitada por pequeños hoyuelos a sus costados, sus cejas eran rectas y abundantes, bajo ellas grandes pestañas ocultaban sus ojos. Unos ojos tan oscuros que, al verlos, parecía que pudieses conectar con otro universo, dominado por la oscuridad, pero lleno de paz y rodeado de millones de estrellas. La mitad de su frente era cubierta por un largo fleco, que recorría el costado derecho de su rostro llegando hasta la altura de su mentón, pero sin cubrir sus ojos.

Su armadura, de una sola pieza, era ligera y entallada, algo más gruesa en las zonas del pecho, hombros y cadera; cubría todo su cuerpo, dejando únicamente la cabeza descubierta, en las puntas de sus dedos se formaron gruesas y afiladas garras; era de color azul índigo, pero tan oscuro que pareciese negro a simple vista, si no fuera por la luz nocturna se perdería en la oscuridad de la noche. A través de ella parecían navegar pequeñas luces parecidas a estrellas lejanas.

Yorha volteó hacia Kélfalli, quien permanecía observándola, estudiando cada detalle.

—No se preocupe anciano, he cuidado muy bien de Yúnuen —le dijo, con una sonrisa burlona y guiñando al mismo tiempo uno de sus ojos.

Kélfalli, indignado por haber sido nombrado "anciano", cruzó los brazos y volteó la mirada. Yúnuen por su parte, solo pudo taparse la boca con sus manos, intentando no reír. Mientras tanto, Xomak permanecía observando, sin decir una sola palabra, analizando cada detalle de Yorha, sus movimientos y armadura. De pronto, los ojos de Yorha y Xomak se encontraron, era un momento sumamente tenso entre ambos Murhedar. Un silencio sepulcral cubría la zona, y el sonriente y confiado rostro de Yorha se tornó serio.

Los heredar de la llama, excitados por la tensión del ambiente, avivaron nuevamente las llamas de sus filos, levantándolos y desprendiendo grandes llamas de ellos, todos tomaron posiciones de combate, en dirección a Yorha, quien permanecía cruzando miradas con Xomak. De pronto Yorha volteo en dirección a los heredar de la llama, quienes afianzaron sus filos, preparándose para el inminente ataque, y de un momento a otro, Yorha pareció desaparecer…

La batalla del claro

Los heredar quedaron desconcertados, mirándose los unos a los otros y hacia todas direcciones, buscando su objetivo; en menos de un segundo, Yorha cayó en medio de todos ellos, con tal fuerza que hizo temblar la tierra, desquebrajando el suelo y haciendo caer los árboles cercanos; la onda de choque fue tan fuerte, que los heredar fueron lanzados, cayendo aturdidos alrededor de la Murhedar. Todo esto mientras Xomak observaba inmutable.

El más fuerte de los heredar de filo llameante, se recuperó casi al instante, dando una apresurada vuelta de ciento ochenta grados en dirección a Yorha, su armadura prendió en intensas llamas amarillas; y blandiendo su enorme filo en forma de lanza, la embistió con una furia abrazadora. Yorha, sin siquiera voltear, con un leve movimiento de su mano desvió el ataque, que provenía de su costado izquierdo, haciendo que el filo enemigo pasase a centímetros por delante de ella, poniendo a su alcance al heredar; y antes siquiera pudiese este reaccionar, Yorha lo tomó del cuello con su mano derecha, con tal fuerza que pudieron oírse crujir las vértebras cervicales, rompiéndose e incapacitándolo al instante.

«Ese heredar no tenía oportunidad, su ataque fue apresurado y usó demasiada fuerza, lo que permitió a Yorha, usar esa fuerza a su favor; es realmente hábil», pensó Kélfalli, observando cada movimiento de la Murhedar.

En ese momento Yorha alzó al heredar, que aún sujetaba del cuello, su agarre era increíblemente fuerte, se podía ver como la armadura del heredar estaba hecha añicos en la zona que Yorha sujetaba. Los demás heredar no pudieron más que observar, mientras se recuperaban del impacto.

Yorha, que aún permanecía en medio de los heredar, puso su vista en Xomak, levantando su mano izquierda frente a ella; del puño de esta, comenzó a emanar una luz azul blanquecina, que poco a poco se volvía más intensa, acumulando una gran energía dentro de esta, que parecía querer escapar, de pronto Yorha abrió su mano y una intensa luz se desprendió de ella, cegando por completo a los heredar que se encontraban a su alrededor. Al desvanecerse esa luz, comenzó a formarse un filo en forma de una delgada daga, de al menos treinta centímetros de longitud, con la cual apuntó a Xomak, aventando el cuerpo inerte del heredar que aún sostenía con su mano derecha a los pies del Murhedar, no solo para que no estorbase en el combate sino como un claro símbolo de desafío.

—¡Yo soy Yorhalli, hija de Heldari, Murhedar del filo de luz de luna, capitana del noveno escuadrón del filo lunar! Enfréntenme y prometo otorgarles una muerte honorable, de lo contrario son libres de retirarse.

«Definitivamente es igual a su padre», pensó Kélfalli mientras se apartaba disgustado por la aparente arrogancia de Yorha, y con una mirada ordenó al escuadrón hacer lo mismo.

Mientras tanto Xomak permanecía inmutable, con los brazos cruzados y un semblante molesto, observando a la Murhedar. Es entonces cuando la armadura de Yorha, que en ese momento la cubría solo hasta la base del cuello, comenzó a invadir su rostro, hasta alcanzar la raíz de su nariz, dejando expuestos sus ojos y la parte superior del cráneo, quedando libre su cabello.

Yorha comenzó a agazaparse como un felino, tomando así una posición de combate casi al ras del suelo y apoyando su mano derecha sobre este; tenía la pierna izquierda flexionada frente a ella, y por encima de esta pierna su mano izquierda con la cual sostenía su daga, que se encontraba en posición defensiva cubriendo su antebrazo; su pierna derecha se encontraba casi completamente estirada a su costado, y ligeramente atrás. Su cabello parecía cubrirla casi por completo, deslizándose sobre su espalda hasta tocar el suelo y danzando suavemente con la brisa.

«De alguna forma su cabello parece ocultarla entre la oscuridad de la noche, es como un velo de sombras que danza con el viento, haciendo perder de vista momentáneamente partes del cuerpo de Yorhalli por donde este pasa; sus ojos parecen no estar, hasta que los buscas con detenimiento, pero es como caer en un agujero negro, una vez que los encuentras pareciera que te absorben en su oscuridad» pensó Kélfalli al ver la postura de Yorha, dándose cuenta de lo antes mencionado por Yúnuen, "su forma de combatir es difícil de explicar y más aún de ver".

Los heredar alrededor de Yorha comenzaron a recuperarse y avivaron sus filos; rápidamente cuatro de los heredar de la llama más cercanos a Yorha, ya recuperados, tomaron posición de combate; en ese momento cruzaron miradas entre ellos, como si ya supieran la táctica que debían usar. Un instante después, los cuatro heredar se abalanzaron en contra de la Murhedar, dos por delante y otros dos a sus costados; los dos primeros, formando grandes hachas de doble filo y actuando como un solo individuo, saltaron al aire para realizar un ataque vertical sobre Yorha, al mismo tiempo en que a los costados de Yorha, sus otros dos compañeros, la embestían formando grandes mandobles.

Estos últimos se detuvieron bruscamente al perder de vista su objetivo, que, para su sorpresa, se había lanzado al aire en dirección a sus compañeros; los heredar en el aire intentaron cerrar su defensa, juntando sus filos para no dar apertura a su ahora atacante; pero antes de lograrlo, Yorha ya se encontraba justo en medio de ellos. El tiempo pareció detenerse para ambos heredar, quienes apenas pudieron voltear sus ojos para ver a su atacante.

Yorha cruzó la mirada con el heredar a su izquierda, quien, al ver sus ojos, pareció perderse en su oscuridad, sin darse cuenta de que el filo de la Murhedar cortaba limpiamente su garganta, con tal fuerza que por poco no se desprendió la cabeza del heredar de su cuerpo. Al mismo tiempo, Yorha sujetó el cuello del heredar a su derecha, mientras se proyectaba a mayor altura; nada pudo hacer este, puesto que la fuerza de Yorha, sobrepasaba a la de cualquier heredar. Ya a una altura considerable y con gran rapidez, Yorha dio media vuelta, arrojando así con una fuerza desmedida a su oponente en contra de uno de los dos heredar que habían intentado embestirla, fue tal la rapidez con la que fue arrojado, que al objetivo le fue imposible esquivarlo, quedando ambos heredar fuera de combate. El cuarto heredar restante quedó impactado al ver la escena sucedida. Olvidando así a su oponente, quien con gran fuerza cayó sobre él, aplastándolo contra el suelo y dejándolo incapacitado al instante. Ambos impactos llenaron de sangre la zona y a los diez heredar restantes, que apresurados rodearon a Yorha, tomando posición de combate.

«La gran velocidad de Yorha ya hace difícil seguirla en combate a simple vista, pero ese velo de sombras hace aún más desafiante ver sus movimientos, solo un ojo experto puede darles seguimiento», pensaba Kélfalli, «aunque ese estilo de combate no es el que esperaría de la hija de Heldari, quien no perdería su tiempo alardeando de tal manera».

Yorha permanecía en cuclillas sobre su oponente, parecía relajada, su largo cabello la cubría casi por completo.

—Se los pondré más fácil —dijo mientras se incorporaba, sacando de uno de sus bolsillos una pequeña y brillante liga rosa, y usando ambas manos, comenzó a recoger su cabello, formando una larga coleta tras ella. Hecho esto, Yorha procedió a acomodar su fleco, que había quedado algo desalineado tras haber recogido su cabello.

Los heredar a su alrededor enfurecieron y las llamas de sus filos ardieron de manera más intensa; el fuego que procedía de estos parecía

41

perder el control, bailando alrededor de su portador. De pronto, los heredar se abalanzaron sobre Yorha, todos a la vez.

Yorha permanecía de pie, aun acomodando su cabello y utilizando la cámara de su red para verlo, mientras los ataques llegaban por todas direcciones. El primer ataque llegó por su espalda a una velocidad desenfrenada, como si una bola de fuego la embistiese; Yorha, con una velocidad que solo un Murhedar experimentado podría igualar, giró el torso a su flanco izquierdo, evitando así el ataque, poniendo a su alcance al heredar de la llama, y con un veloz corte de su filo, desprendió completamente el brazo del atacante, y antes siquiera pudiese este reaccionar, Yorha, dando un giro sobre sí misma, propinó una patada al heredar, proyectándolo lejos de la zona de combate e impactándolo contra escombros de los árboles chamuscados.

En ese mismo instante, frente a ella, ya se encontraban dos heredar embistiéndola con sus grandes filos en forma de mandobles envueltos en llamas, haciendo cada uno un corte horizontal, cubriendo así ambos flancos de la Murhedar. Yorha se agazapó rápidamente, esquivando los filos de sus atacantes, los cuales chocaron entre si produciendo una gran llamarada; con un rápido movimiento de su filo, Yorha hizo un gran corte que atravesó el abdomen de ambos heredar, dejándolos fuera de combate.

La Murhedar entonces, sacudió la sangre y viseras de su filo y saltó rápidamente de entre los dos heredar, evitando así un ataque que provenía desde lo alto, que, al chocar con el suelo, causó una gran explosión. Yorha no tardó en contraatacar, girando sobre sí misma en el aire, e impulsándose con su propio poder, dejando tras ella una estela de pequeñas luces como estrellas, cayendo rápidamente sobre su atacante y enterrándole su daga en la parte superior del cráneo.

Apenas tocó el piso, otro heredar ya lanzaba un ataque desde el costado derecho desarmado de Yorha, quien aún tenía su filo enterrado en el cráneo de su oponente, y sin siquiera retirarlo para defenderse, utilizó su pierna para propinar un golpe vertical al filo del heredar atacante, haciéndolo impactarse contra el suelo y poniendo al alcance el rostro del heredar. Yorha rápidamente introdujo sus dedos índice y medio en los ojos de su atacante, haciendo que este gritara de dolor, al hacer esto, Yorha pudo introducir su dedo pulgar dentro de la boca del heredar, y obteniendo así un mejor agarre cerró su puño, desprendiendo la parte central del rostro. Es una maniobra grotesca, pero efectiva, ya que al instante dejó incapacitado al heredar.

42

—¡Basta ya! —ordenó Xomak, quien había permanecido observando cada detalle del combate.

Los heredar restantes dieron un paso atrás, desvaneciendo sus filos. El humo y el polvo provocado por el combate comenzó a disminuir, revelando así la escena, haciéndola visible para los heredar de luz de luna, quienes se encontraban a unos metros del lugar junto a Kélfalli. La sangre bañaba el piso y a los heredar caídos. Algunos de ellos, irreconocibles, todavía permanecían en llamas. Yorha desvaneció su filo, que aún se encontraba clavado dentro del cráneo de su oponente, haciendo que el cuerpo inerte de este se desplomara contra el suelo.

«Aun sin la ventaja del velo de sombras, esos heredar no tenían la más mínima oportunidad, no creo que sea lo que Xomak esperaba, pero debió detenerlos desde el segundo ataque», pensó Kélfalli mientras observaba disgustado la escena.

—Kélfalli —dijo Xomak— deja a mis heredar retirarse y llevarse a sus compañeros caídos, ya han cumplido su propósito.

El gran Murhedar asintió con la cabeza, se notaba sumamente molesto tras ver el poco respeto que Yorha había mostrado a sus oponentes, y por la tardía intervención de Xomak. Yorha pudo notar el descontento de Kélfalli y se apartó de la zona de combate, para permitir a los heredar restantes recoger los restos de sus compañeros. Mientras lo hacía, su mirada y la de Xomak se cruzaron, la tensión entre ambos Murhedar comenzaba a crecer; la energía de ambos filos ejercía presión sobre el aire a su alrededor, como si este se volviera más denso. Yorha se recargó en un árbol chamuscado, apoyando uno de sus pies sobre este, y cruzando los brazos inclinó levemente la cabeza, haciendo que su fleco cubriera parte de su rostro. Esto hacía que su rostro se desvaneciera, como si una oscuridad lo rodeara, dando una sensación de ser observado a quien intentara ver tras él.

«Pese a su insensatez, no puedo evitar sentir una parte de Heldari dentro de ella. Pero esa oscuridad no es normal en un filo lunar, me gustaría saber la opinión de Maculli sobre su peculiar condición», pensaba Kélfalli mientras observaba a Yorha.

—Vaya que quiere impresionarte tío Kélfa —comentó Yúnuen mientras se acercaba a su costado izquierdo— normalmente no es así, ella prefiere terminar rápidamente el combate para no ponernos en peligro.

—Eso es totalmente innecesario —respondió Kélfalli.

—Es culpa mía tío Kélfa, creo que le he contado muchas historias sobre ti.

Kélfalli sonrió dulcemente viendo a su sobrina, al mismo tiempo que le sacudía el cabello con su mano, «no puedo sentir la totalidad del poder de Yorhalli, como si estuviera ocultándolo a propósito, pero eso es imposible con su filo ya expuesto», pensaba mientras volteaba a ver a Yorha. La Murhedar sintió nuevamente la mirada de Kélfalli, girando levemente su rostro hacia él, y aunque su fleco lo oscurecía, Kélfalli pudo ver a través de él, conectando con los ojos de la Murhedar. Ella hizo a un lado su fleco y le sonrió, rompiendo la tensión entre ambos. En ese momento un recuerdo que vino a la mente de Kélfalli lo hizo sonreír, «esa petulante sonrisa, aun en las situaciones más adversas, definitivamente es hija de Heldari».

Mientras tanto, los heredar de la llama terminaban de retirar los restos de sus compañeros. Una vez retirados, Xomak caminó al centro de la zona de combate, aún cubierta por la sangre de su escuadrón, e inclinándose, colocó una de sus rodillas en el suelo, estirando su mano para tocar el piso, de ella surgió una llama que comenzó a propagarse por toda la zona, quemando así la sangre de los heredar caídos hasta no dejar rastro de ella. Yúnuen observó dicha acción y se conmovió.

—¿Por qué alguien tan noble es nuestro enemigo? —preguntó entonces a Kélfalli.

—Ellos no son nuestro enemigo —contestó Kélfalli—, únicamente persiguen y defienden una verdad diferente a la nuestra. Para ellos, tanto como para nosotros, su lucha es justa y honorable, debemos respetarlos y honrarlos en combate.

Xomak se incorporó y volteando a ver a Yúnuen dijo:

—Tu maestro habla con sabiduría, ninguno de nosotros es el verdadero enemigo, pero aun así henos aquí.

Al escuchar esto, Yorha se tornó roja y agachó la cabeza, avergonzada por el brutal trato propinado a los heredar de la llama.

—Ellos se ofrecieron para esta tarea, y dieron sus vidas de una forma honorable, nuestra insensatez no les quitará ese honor —dijo Xomak al notar la actitud de Yorha.

Yorha levantó entonces su mirada, en ese momento sus ojos y los de Xomak se conectaron entre sí. Los ojos de Xomak eran cálidos, había pasión en su mirada, al adentrarte en ellos eras envuelto en una tormenta de fuego, causando excitación. Mientras que los ojos de Yorha eran grandes y oscuros, como dos agujeros negros que podían trasportarte a la parte más lejana del universo y contemplar dentro de ellos todas las estrellas de este. Xomak apartó sorprendido su mirada, se notaba muy agitado, sacudiendo su cabeza y parpadeando fuertemente para recuperar la concentración.

—Jamás vi unos ojos como los tuyos, al verte puedo saber que todos los rumores sobre ti en la red son ciertos, es una lástima que tengan que llegar a su fin.

Yorha se separó del árbol en el que se encontraba, caminando suavemente en dirección al Murhedar, sus pasos eran ligeros e imperceptibles, aún entre los restos calcinados del bosque, no dejaba rastro tras de sí, como si se tratase de un fantasma, deteniéndose a escasos metros de su oponente.

—Yorhalli, Murhedar del filo lunar. ¡Yo soy Xomak, Murhedar del filo llameante, capitán del doceavo escuadrón de heredar de la llama, y he venido a detener tu avance sean cuales sean tus intenciones! —exclamó el Murhedar, haciendo que sus palabras retumbaran en los oídos de aquellos presentes. En ese mismo momento el suelo a su alrededor comenzó a vibrar y a calentarse, tornándose rojo. Kélfalli se colocó frente a Yúnuen y al escuadrón, sabiendo ya lo que estaba por venir.

La armadura de Xomak comenzó a arder de forma intensa, las llamas que emergían de ella parecían escaparse, quemando todo con lo que hacían contacto; los restos ya carbonizados del bosque comenzaron a tornarse rojos por el calor de las llamas; el ambiente se hizo sofocante y humeante. Xomak estiró su brazo derecho apuntando a Yorha y extendió la palma de su mano, la cual comenzaba a rodearse de fuego, generando una pequeña tormenta; las llamas que la rodeaban giraban a su alrededor de forma descontrolada, cada vez más rápido. De pronto, de ella surgió una gran bola de fuego que se propagó desmesuradamente por toda la zona, haciendo arder nuevamente el bosque ya chamuscado, y consumiendo todo a su paso.

Yúnuen y los demás heredar de filo lunar, permanecieron intactos a la gran bola de fuego, gracias a Kélfalli, quien se mantuvo de brazos cruzados frente a ellos, recibiendo el impacto sin sufrir el más mínimo daño. Tras la gran llamarada, en la mano de Xomak apareció un filo, una gran espada recta de doble filo, de un color rojo intenso, de ella surgían llamas que se agitaban fuera de control danzando sobre el filo del Murhedar, de este escurría fuego como si de sangre se tratase.

—¿Qué clase de técnica es esa? —preguntó Yoltic.

—Es la sangre infernal, permite al heredar portador quemar por dentro a su contrincante, si este es alcanzado por su filo —contestó Yúnuen— verás, al realizar el corte, estas llamas entran al torrente sanguíneo, invadiendo y quemando el sistema circulatorio enemigo, incapacitándolo en su totalidad.

«Esa técnica es la misma que usaba uno de los heredar de su escuadrón de reconocimiento, una bastante avanzada, usar diferentes técnicas así en un solo filo, conlleva mucha práctica y dedicación, veo que Xomak ha crecido mucho desde la última vez que lo vi», pensaba Kélfalli mientras observaba la escena «pero me sorprende más aún Yorhalli, quien durante todo este tiempo se ha mantenido a ras del suelo usando la técnica de pies ligeros, he de admitir que incluso a mí se me habría hecho innecesario y desgastante mantenerla, eso le da una ventaja, ya que su cuerpo no hace fricción con el suelo y puede alcanzar mayor velocidad. Este será un combate interesante».

—Tío, ¿no crees que deberíamos ayudar a Yorha? —dijo Yúnuen un poco preocupada, sin recibir respuesta alguna. Pero a diferencia de ella, los demás miembros del escuadrón se mostraban emocionados y a la espera del combate.

Mientras tanto, Yorha permanecía inmutable frente a Xomak, la gran llamarada no le había causado daño alguno, una tenue estela de luz azul blanquecina la rodeaba, y en su armadura comenzaban a formarse pequeños brillos, como estrellas que salían de ella y flotaban a su alrededor. Su mirada permanecía perdida en la oscuridad, pareciese que no encontraba una salida dentro de sí misma, como si se encontrase flotando en la inmensidad del espacio. Xomak estaba perplejo, debido a la nula reacción de Yorha ante la situación, y buscando dentro de su mirada, pudo por un instante conectar con ella. En ese instante pudo ver una sombra dentro de la Murhedar, rodeada de un manto de luz y estrellas, dentro de ella vagaba Yorha, parecía no tener rumbo.

Kélfalli se dio cuenta de la conexión que tuvieron ambos Murhedar, pareciesen haber sido congelados en el tiempo. «Por un momento estuve a punto de tener esa conexión, pero Yorhalli la evitó, es muy poco común poder lograr una conexión así, pero parece que ella puede hacerlo a voluntad, o quizá sea algo involuntario, no lo sé», pensó mientras analizaba la situación.

—¡Vamos Yorha! —gritó Yúnuen, causando así, gritos de ánimo y apoyo de todo el escuadrón.

En ese momento Yorha reaccionó, recuperando la luz en su mirada que contenía un millar de estrellas danzando dentro de ella. Y volteando a ver a su escuadrón, mostró esa gran y confiada sonrisa que la caracterizaba, solo para volver a voltear, fijando su mirada en Xomak, quien se encontraba confundido con lo que había pasado. Yorha dio un paso atrás, al mismo tiempo, su armadura comenzó a brillar, llenándose de destellos azules blanquecinos. El aire alrededor de ella empezó a enfriarse y agitarse, causando un gran contraste entre ella y Xomak, como si se tratase de dos ventiscas chocando entre sí. Las estrellas dentro de la armadura de Yorha aumentaron desmesuradamente, danzando y deslizándose dentro de esta, algunas de ellas se escapaban y flotaban alrededor de la Murhedar.

«La oscuridad de su armadura no ha disminuido ni un poco, el contraste entre la luz de su filo y la oscuridad tras él es impresionante, ¿cómo una Murhedar de la luna puede portar un filo tan oscuro? No es propio de un filo lunar», pensaba Kélfalli.

Yorha hizo aparecer en su mano izquierda su pequeño filo en forma de daga, mientras estiraba su brazo derecho frente a ella, como queriendo alcanzar un objeto lejano con su mano. De ella comenzaron a surgir pequeñas estrellas que rodeaban su brazo, danzando alrededor de este. Era una escena confusa, ya que, aun habiendo luz, era difícil de ver, pareciera que una extraña oscuridad rodeaba su mano, y de esta fue surgiendo un filo, con la forma de una delgada katana, era un filo largo, de un metro y medio aproximadamente.

Este filo era de color negro y absorbía la luz a su alrededor, convirtiéndola en pequeñas estrellas dentro de él. Al hacerlo comenzaba a emitir una luz azul blanquecina que lo rodeaba y parecía volver a ser absorbida por el filo, convirtiéndose en un ciclo dentro de este. Kélfalli quedó desconcertado al ver el filo de Yorha, e intentaba analizarlo para encontrar una explicación.

—¿Qué pasa tío Kélfa? —preguntó Yúnuen.

—No logro ver a través de su filo, intento encontrar el porqué de tal anomalía — respondió Kélfalli.

—Su filo es muy cambiante, a veces es de un azul oscuro, muy parecido al tuyo, pero en ocasiones como esta, es completamente negro, pero no es algo que ella controle —comentó Yúnuen.

Kélfalli se mostró reflexivo al escuchar esto, ya que la tonalidad de la luz emitida por el filo de un heredar puede variar según la técnica usada, pero nunca su color base.

—Retírense y esperen mis órdenes —ordenó Kélfalli al escuadrón.

—Ya lo escucharon —replicó Yúnuen.

—Tú también retírate —ordenó Kélfalli a Yúnuen.

—Pero tío no puedo dejar a Yorha sola, puede necesitarme —contestó Yúnuen con una voz afligida.

—Es una orden —repuso el Murhedar

Yúnuen volteó a ver a Yorha mientras pensaba:

«Por favor no mueras, no sin que yo esté a tu lado».

Kélfalli al ver la preocupación en el rostro de su sobrina la tomó del hombro y le susurró:

—Aquí estoy yo, ¿no es así?

En ese momento Yúnuen suspiró como una forma de alivio mental, confiaba plenamente en Kélfalli.

—Vamos Yúnuen —dijo Jasha, tomándola de la mano y retirándola del lugar. Mientras se alejaban, Yúnuen jamás retiro su mirada de la escena.

«Lo siento, pero su presencia solo me distrae», pensó Kélfalli mientras los observaba marcharse y retornaba su mirada a la escena del combate.

Xomak entonces tomó una posición de combate, sosteniendo su gran mandoble con ambas manos, colocándolo de forma horizontal a su costado derecho, con la punta de su filo apuntando a Yorha.

—No sé qué secreto se oculte tras ese filo, pero no será fácil derrotarme.

—Ni yo misma lo sé —respondió Yorha, mientras asumía una posición de combate, con su katana inclinada de forma vertical frente a ella y la daga a su costado izquierdo, ligeramente separada de su pierna.

—Puedo sentir el grandioso poder que emana de tu filo, mis llamas son atraídas por él, como si de un agujero negro se tratase —dijo Xomak—, siento el frio que hay en su interior, la oscuridad que lo consume, aun así, el brillo que proviene de él es espléndido.

La energía que emanaban los filos de ambos Murhedar empezó a elevarse, haciendo temblar el suelo a su alrededor, que comenzaba a resquebrajarse y compactarse por la presión que generaba el poder de ambos contendientes. Un gran silencio se apodero del lugar, la tensión entre ambos Murhedar era intensa, y entonces sucedió…

Los pies de ambos Murhedar se separaron del suelo, chocando sus filos entre sí, lo que ocasionó una gran explosión que a su vez generó una onda de fuego y luz que se esparció por todo el lugar. Al disiparse dejó ver a ambos Murhedar suspendidos en el aire, con sus filos encontrados entre sí. La fricción entre ambos filos generaba grandes llamas y destellos de luz, las llamas del filo de Xomak parecían envolver al de Yorha y ser succionadas por este, devolviéndolas en forma de luz azul blanquecina; la energía producida era tal, que comenzaba a ejercer presión sobre la tierra, generando poco a poco un cráter bajo ellos.

«Increíble, puede hacer frente al ataque de Xomak usando una sola mano, al parecer la energía del filo de Xomak es atraída al filo de Yorhalli, pero esto no la hace disminuir, es como si fluyera entre ambos filos; esto solo sucede entre filos homogéneos, al parecer el filo de Yorhalli puede asimilar la energía de otros filos, ¿pero qué propósito tiene eso?», pensaba Kélfalli mientras observaba el combate.

Xomak comenzó a irradiar más energía, haciendo que todo a su alrededor prendiera en fuego, de su armadura se desprendían grandes llamas, que comenzaron a absorber el oxígeno de la zona, con el motivo de sofocar a Yorha, quien rápidamente lanzó una estocada con su daga, Xomak, de forma precisa desvió el ataque, esto le dio tiempo a Yorha de salir de la zona en llamas. Pero implacable, Xomak se lanzó sobre ella con una serie de golpes rápidos y sucesivos de su filo, con cada golpe expulsaba llamas más grandes e intensas, con un poder tan abrazador, que al impactar con el filo de Yorha, las llamas continuaban su camino, quemando todo a su paso.

Yorha con gran habilidad desviaba cada ataque, haciendo que las llamas del filo de Xomak la evadieran; los movimientos de Yorha eran agiles y precisos, moviéndose al compás del filo rival, como si de una danza se tratase, formando un solo individuo. Mientras lo hacía, mantenía su daga a la espera de una apertura en la defensa de Xomak, la cual parecía infranqueable. Xomak, al ver que su ataque era ineficaz, lanzó una patada al pecho de Yorha, obligándola a cubrirse y lanzándola lejos de la zona, impulsándose así hacia atrás. Ambos Murhedar cayeron al mismo tiempo de pie fuera del cráter formado por el chocar de ambas fuerzas, mirándose el uno al otro a través del humeante y enrojecido cráter.

«Está claro que la fuerza no será suficiente», pensó Xomak «es increíblemente ágil, no puedo encontrar una apertura en su defensa, ha podido predecir cada uno de mis ataques, es como si su filo fuera una extensión del mío, y además debo limitar mis movimientos ya que aún conserva esa daga, necesito cambiar mi técnica».

Mientras tanto Yorha permanecía a la espera, apoyando su largo filo en el hombro, con una postura relajada y la cabeza en alto. Su mirada era casi inexpresiva, parecía que estaba sumida en una oscuridad, dentro de la cual no había nada que observar. De pronto, el filo de Xomak, comenzó a irradiar una gran energía, generando intensas y descontroladas llamas, que a su vez comenzaban a danzar alrededor del Murhedar. En medio de una tormenta de llamas, Xomak alzó su gran filo y comenzó a dividirlo, al hacerlo, brotaron de él grandes llamaradas que se esparcían por la zona prendiendo en fuego todo lo que tocaban. De este gran filo se formaron dos mandobles rectos de color carmesí, los cuales no desprendían fuego, sino que este se mantenía guardado en su interior, intensificando el color de ambos filos, al punto de que pareciese que estaban a punto de estallar.

En ese mismo instante en que separó su filo, apareció frente a Yorha, a escasos centímetros de su rostro, haciendo reaccionar a la Murhedar, que parecía regresar a la realidad al cruzar su mirada con la de Xomak. Pero el Murhedar interrumpió el momento, atacando a Yorha con ambos filos, en múltiples direcciones y a gran velocidad. Yorha, con su larga katana, bloqueó cada uno de los ataques. Los embates de Xomak generaban estallidos de luz amarilla, retumbando en el filo de Yorha y haciendo que este vibrara con intensidad, provocando que Yorha tuviera que ejercer más fuerza para poder controlar su filo.

«Ya veo, Xomak se ha decidido por la técnica del punto de quiebre, en la cual reúne todo su poder dentro del filo, evitando que se propague innecesariamente y concentrándolo en un solo punto de impacto contra el filo rival, lo cual lo hace oscilar y desestabiliza a su portador, esta técnica es perfecta contra enemigos que superan la fuerza del usuario, aunque difícil de mantener y con la complicación de que cada golpe debe dar repetidamente en el mismo punto que el anterior», pensó Kélfalli mientras analizaba el combate.

Con cada ataque, Xomak aumentaba su velocidad, a tal grado que era imposible distinguir sus movimientos, haciendo que el ataque de sus filos se asemejara el batir de las alas de un colibrí. Yorha, parecía bloquear sus ataques, pero ahora con más dificultad, ya que su filo se desestabilizaba con cada golpe. La energía desprendida por el chocar de ambas fuerzas, podía sentirse a kilómetros, y los destellos desprendidos, podían verse aún más lejos. Yúnuen, pudiendo sentir esta energía, permanecía de pie en dirección al combate, apoyando sus puños contra su pecho.

—No te preocupes —le dijo Jasha tomándola del hombro—, ella estará bien, siempre es así.

—Es verdad —acentuó Nenet—, si alguien es capaz de enfrentarse a Xomak, es ella.

Todos los miembros del escuadrón comenzaron a pronunciar palabras de aliento, aunque Yúnuen no parecía prestarles atención.

—La capitana confía plenamente en ti, ¿no es así? —apuntó Jasha.

Esto hizo que Yúnuen volteara a verlo.

—Todo lo que el escuadrón ha logrado, es gracias a ella, ¿no quisieran alguna vez, devolverle ese favor?, todo el tiempo nos protege, y en la medida de lo posible siempre ha evitado que tengamos que combatir, ¿cuántos de ustedes pueden decir que no han visto caer compañeros de sus antiguos escuadrones por la corrupción de los vestigios? Desde que este escuadrón fue formado, nadie ha caído y eso es gracias a Yorhalli, que lo da todo por nosotros, y quisiera hacer lo mismo por ella algún día —al escuchar esto, los miembros del escuadrón se quedaron sin palabras y se mostraron avergonzados, mirándose los unos a los otros—. Mi tío Kélfalli está aquí, eso quiere decir que la misión que se nos va a asignar, quizá, sea la más importante que nos hayan dado nunca. Ha llegado nuestro momento, presiento que esta vez podremos demostrarle a Yorha lo que valemos.

Yúnuen entonces, caminó frente a ellos, colocándose en un punto ligeramente más alto. La corriente de aire provocada por el combate entre Yorha y Xomak, llegaba hasta ella, haciendo que su cabello bailara sobre sus hombros.

—¡Nosotros somos el noveno escuadrón del filo lunar, somos heredar de primer nivel, seleccionados por el consejo de Murhedar para misiones de extremo peligro, no hay enemigo que no podamos enfrentar, ni problema que no podamos solucionar!

Mientras decía estas palabras, el escuadrón alzaba su mirada para verla, causando una sonrisa en cada uno de los miembros, quienes se acercaron a ella y la cargaron sobre sus hombros, volteándola en dirección al combate, para que tuviera una mejor visión de este.

Ya en el campo de batalla, Kélfalli observaba el implacable ataque de Xomak

«Pese a que Yorhalli únicamente está usando una mano para defenderse, los ataques de Xomak parecen no encontrar su objetivo, como si la oscuridad de los ojos de Yorhalli entorpeciesen sus sentidos, haciéndolo perderse en su profundidad. Xomak sigue intensificando su ataque, como si estos estuvieran dando en el punto preciso, pero no se da cuenta de que Yorhalli cambia ligeramente la dirección de este, eso es algo que un Murhedar debería poder ver, aunque la mirada de Xomak parece estar sumida en los ojos de Yorhalli y su filo, siendo atraído a una dirección equivoca por el filo de Yorhalli», pensó.

—¡Concéntrate Xomak! —exclamó Kélfalli.

En ese momento Xomak reaccionó, observando cómo sus ataques estaban fallando su objetivo. Y cambiando bruscamente su forma de ataque, giró sobre sí mismo, con una serie de patadas y estocadas continuas, a tal velocidad que poco a poco parecía convertirse en un tornado de fuego. Yorha comenzó a retroceder debido a la intensidad del ataque de Xomak, que había recuperado la concentración, poco podía hacer para contraatacar, ya que su mano izquierda permanecía a la espera, empuñando su daga, en busca de una apertura que al parecer nunca llegaría.

De pronto Yorha con una rapidez inconcebible, retrocedió unos metros y cambió la posición de su filo, que se encontraba apuntando hacia su oponente y pasó a tomar una posición contraria, apuntando a su espalda y cubriendo su antebrazo. De su filo surgió una intensa luz, y lanzándose a su oponente, lo enfrentó contra las espadas de Xomak, quien no pudo más que intentar resistir el golpe con todas sus fuerzas. Otro gran estallido de luz surgió del filo de Yorha, que giró bruscamente sobre sí misma, aventando a Xomak y haciéndolo chocar con los restos de un árbol chamuscado, destruyéndolo y cayendo este sobre el Murhedar.

— ¡Se supone que estás de mi lado! —reclamó Yorha a Kélfalli.

Kélfalli sonrió de forma burlona y pensó: «Estarías muy orgulloso de tu hija, Heldari, es impresionante, desgraciadamente tiene tu petulante personalidad y esa sonrisa tan engreída que te distinguía, sus habilidades son únicas, quisiera poder ver de lo que es capaz, pero por alguna razón Mahalli me mantiene alejado de ella, quizá sea una coincidencia, pero no parece serlo», habiendo ya deducido que Yorha solo estaba midiendo a Xomak.

Pero antes de que Kélfalli pudiese responder, surgió una gran explosión proveniente de los restos donde había caído Xomak, lanzando un gigantesco tronco chamuscado en dirección a Yorha, quien, de un preciso corte dividió el tronco a la mitad, pasando cada mitad por un costado de Yorha, sin siquiera rozarla. Inmediatamente después, Xomak impactó sus filos contra el filo de la Murhedar con gran fuerza; el chocar de ambos filos provocó una gran onda de choque de fuego y luz, que devastó todo a su paso lanzando a Yorha, quien, con gran habilidad, se recuperó en el aire, cayendo de pie, pero la energía del impacto la arrastró varios metros, deteniéndose justo antes de chocar con los restos del bosque.

Yorha se incorporó, colocando la katana sobre su hombro, y su puño con el cual sujetaba la daga, apoyado en su cintura; con un pequeño movimiento acomodó su largo fleco que estaba sobre su rostro, quedando con la cabeza en alto, y con una confiada sonrisa dijo:

—Al fin despiertas dormilón.

Al escuchar esto, Xomak enfureció, haciendo que grandes llamas se desprendieran de sus filos; un gran torrente de fuego se desprendió de sus pies y el aire a su alrededor se agitaba desmesuradamente, los ojos del

Murhedar parecían emanar fuego, preparándose para abalanzarse sobre su oponente.

—Un filo largo y ligero, quizá una lanza, que posea filos dobles en cada extremo —sugirió Kélfalli, haciendo que el Murhedar de la llama se detuviera—. Combina ataques de media y larga distancia, concéntrate en tu técnica y vigila sus movimientos, no te distraigas, evita perderte en su oscuridad.

Xomak asintió con la cabeza juntando sus dos filos, los cuales emitieron una intensa luz mientras se fusionaban y alargaban, formando una delgada lanza con un doble filo en cada extremo, alrededor de esta comenzaron a formarse delgados y pequeños filos flotantes que recorrían la lanza en medio de las llamas que esta generaba.

Yorha, al observar esto, desvaneció su daga y sostuvo su katana con ambas manos, colocándola frente a ella. De pronto las estrellas dentro del filo y armadura de Yorha, comenzaron a agitarse, moviéndose incontrolablemente de un lado a otro, un brillo azul blanquecino comenzó a emanar de ella provocando una ligera brisa. Algunas de las estrellas dentro del filo de Yorha comenzaron a salir de este y a flotar a su alrededor.

—¿Listo ya? —preguntó Yorha al Murhedar de la llama, asumiendo una postura de combate.

—Más que nunca —respondió Xomak con una sonrisa.

—Esperaba no tener que arruinar esa encantadora sonrisa —murmuró Yorha.

Xomak frunció el ceño y echó ligeramente la cabeza hacia atrás en señal de confusión.

Yorha al notarlo, abrió los ojos exageradamente, habiéndose dado cuenta de que por descuido "pensó en voz alta" y comenzó a enrojecer, pero para evitar una respuesta del Murhedar dijo rápidamente:

—Haré esto más interesante —dicho esto, Yorha cerró los ojos, dándole una ventaja a Xomak, quien ya no debía preocuparse ahora por la abrumadora mirada de la Murhedar.

Xomak solamente sonrío sin decir nada, ya que la acción de Yorha le había quitado un peso de encima en el combate.

«Es igual de torpe que su padre», pensó Kélfalli al ver lo sucedido, «pero ahora que ha perdido su ventaja sobre Xomak, podrá demostrar su verdadera habilidad».

—Que comience el juego —susurró Yorha mientras saltaba hacia su oponente, al hacerlo, tras de sí dejo una gran estela de luz azul blanquecina la cual desprendía pequeños destellos de luz.

Xomak por su parte saltó al aire verticalmente, alcanzando la altura a la que estaba Yorha, y apuntando su lanza hacia la Murhedar, hizo que los pequeños filos que flotaban alrededor de ella se lanzaran como proyectiles en llamas, causando pequeñas explosiones que precedían su movimiento; su velocidad era superior a la de cualquier arma de fuego de la antigüedad.

Yorha, con gran habilidad esquivó cada proyectil sintiendo el calor que provenía de ellos e incrementando su velocidad para embestir al Murhedar. Xomak se preparó para recibir el impacto mientras que los filos proyectados, comenzaron a retornar hacia él. Entonces ambos filos chocaron en el aire, haciendo surgir de ellos una lluvia de fuego y destellos, parecidos a pequeñas estrellas. La fuerza del impacto fue tal que generó una segunda onda de choque, aún más fuerte que la anterior, destruyendo todo a su alrededor y sintiéndose en kilómetros a la redonda.

Xomak, ya sin la distracción de los ojos de la Murhedar, pudo mover su lanza con maestría, dirigiendo sus ataques a cada punto descubierto de Yorha, mientras a lo lejos podían verse los pequeños proyectiles regresar, apuntando a Yorha, que pudiendo sentir el calor proveniente del filo de Xomak, desviaba y bloqueaba cada ataque, que poco a poco aumentaban su velocidad y fuerza.

«Es increíble, como la danza entre dos hermosas aves, una hecha de fuego y otra de estrellas», pensó Kélfalli mientras observaba inmutable el combate.

Yorha comenzó a ejercer presión pasando a la ofensiva, y entre cada bloqueo lanzaba una estocada a su oponente. Su fuerza, al ser superior, comenzó a darle ventaja, haciendo retroceder a Xomak, quien, con todas sus fuerzas, hizo un gran corte vertical, obligándola a cubrirse. En ese momento, los proyectiles se encontraban ya a unos cuantos centímetros de la Murhedar, quien, con gran rapidez cambió su posición para evadirlos, aunque dos de ellos alcanzaron a rozarla, uno pasó por su cabello, cortando la liga con la que lo había amarrado, y el otro rozó su costado izquierdo causando una muesca en la armadura de Yorha.

Xomak quedó atónito por la velocidad de Yorha e hizo que los proyectiles se incorporaran a su filo, flotando nuevamente alrededor de este. Ambos Murhedar descendieron lentamente al suelo. Mientras lo hacía, Yorha recogió en el aire la pequeña liga rosa que sostenía su cabello y que había sido cortada por los proyectiles de Xomak.

—Este fue un regalo de mi madre —dijo, observando con nostalgia la pequeña liga rota, para después volver a cerrar sus ojos.

—Me encargare de regresárselo en cuanto acabe contigo —contestó Xomak, «mi siguiente ataque debe ser el último, ya sé cómo dañar su filo, solo es cuestión de restringir su velocidad», pensó.

Yorha sonrió de forma burlona al escuchar las palabras de Xomak y guardó la pequeña liga en su bolsillo.

—Ahora tendré que pedir una prestada —dijo la Murhedar, mientras volteaba a ver a Kélfalli de forma burlona.

Kélfalli entrecerró los ojos en señal de molestia, pero internamente intentaba no sonreír, ya que el recuerdo de como Heldari siempre se mofaba de su larga cabellera, llego a su mente, causándole sosiego.

En ese momento los ojos de Xomak prendieron en fuego y de su armadura comenzaron a surgir inmensas llamas; el aire a su alrededor comenzó a formar una ventisca, avivando aún más las llamas provenientes del Murhedar. Estas llamas comenzaron a extenderse alrededor de ambos contendientes, envolviéndolos en un tornado de fuego, lo suficientemente alto para dificultar el escape de ambos Murhedar y reduciendo el espacio de combate, dando así una ventaja al doble filo de Xomak. Los proyectiles que flotaban alrededor del filo de Xomak, pasaron a unirse al tornado de fuego, a la espera del siguiente ataque.

Yorha permanecía atenta, con su filo en posición defensiva, concentrando sus sentidos para poder predecir los ataques del Murhedar de la llama. De un momento a otro Xomak embistió a Yorha con ferocidad, lanzando ataques en todas direcciones, con cada golpe, de su filo se desprendían pequeñas brasas ardientes, que poco a poco comenzaban a infestar el área. Yorha intentaba evadirlas, pero los proyectiles de Xomak comenzaron a dispararse en contra de ella, obligándola a defenderse también de estos, bloqueándolos o esquivándolos. Las pequeñas brasas ardientes, comenzaron a caer sobre la Murhedar, quedando adheridas a ella.

Las brasas ardientes flotaban y se acumulaban alrededor de ellos. Xomak intensificaba sus ataques, y los proyectiles se disparaban cada vez con más frecuencia, esto obligaba a Yorha a concentrarse en su defensa, sin tener en cuenta estas pequeñas brasas.

«Aún con toda esa presión, Yorhalli mantiene sus ojos cerrados, lo que dificulta su defensa. ¿Qué piensa hacer para salir de esta disyuntiva?», pensaba Kélfalli, que se mantenía a escasos metros por fuera del tornado de fuego.

Xomak, consciente de que la balanza estaba inclinada a su favor, hizo que todos sus proyectiles atacaran al mismo tiempo a la Murhedar, obligándola a concentrarse en ellos, mientras Xomak daba un gran salto en el aire, saliendo por completo del tornado de fuego que los rodeaba. Yorha intentó saltar para darle alcance, pero fue detenida bruscamente. En un instante las brasas se habían fundido en sus pies, y solidificándose, la sujetaron al piso.

—¡Es tu fin! —exclamó Xomak, y extendiendo su brazo en dirección a la Murhedar, abrió su mano, lo que hizo que todas las brasas que flotaban alrededor de Yorha, se cerraran sobre ella, apresándola, en ese mismo momento las llamas del tornado de fuego comenzaron a arder con más intensidad.

«Te tengo», pensó Xomak mientras cerraba la mano, haciendo que el tornado de fuego que aún contenía los proyectiles se cerrara sobre Yorha, como una enorme bola de llamas, lo que causó una explosión, tan intensa que el propio Xomak salió despedido lejos del lugar.

La onda de choque recorrió varios kilómetros, llegando así al lugar donde aguardaban Yúnuen y los demás miembros del escuadrón, que permanecían en una pequeña colina observando el lejano combate, la onda fue tan fuerte que los sacó de balance, dejando caer a Yúnuen, a quien todavía cargaban sobre sus hombros.

Yúnuen se incorporó rápidamente y se dispuso a ir hacia el lugar del combate, pero algo la detuvo, un pequeño brillo procedente del filo de Yorha flotaba sobre ella; este fue cayendo poco a poco hasta reposar en las manos de Yúnuen, quien las había juntado para recibirlo. Esto la hizo sonreír, cerrando sus manos sobre el brillo y pegándolas a su pecho.

—¡Vaya! Ahora tendré que limpiarme —dijo Kélfalli, mientras se sacudía las cenizas de la explosión sucedida a escasos metros de él y que había formado un inmenso cráter a su alrededor.

A lo lejos, Xomak se acercaba al cráter, conmocionado por el poder de la explosión, «no sentí haber aplicado tanto poder sobre mis llamas, aun así, no creo que haya salido bien de esta», pensaba mientras bajaba por la orilla del cráter. Dentro de este se sentía un frio inquietante y una extraña oscuridad lo cubría, era casi imposible ver el suelo, que permanecía humeante.

Pronto el humo comenzó a disiparse, ya que el suelo, negro como la noche, estaba completamente frio. Xomak avivó sus llamas y comenzó a caminar a ciegas en dirección al centro del cráter. De entre la oscuridad comenzaron a surgir pequeños brillos, parecidos a estrellas. Esto inquietó a

Xomak, que creó una esfera de fuego a su alrededor, la cual era rodeada por pequeños filos y se colocó en posición defensiva. Esto con la intención de poder detectar cualquier ataque antes de que llegase a su cuerpo.

—Mi turno —susurró una voz en el vacío.

Al escuchar esto, Xomak hizo estallar la esfera de fuego que lo rodeaba, lanzando cientos de proyectiles a su alrededor, que explotaban al contacto con la superficie del cráter.

—¡¿Dónde estás?! —gritó Xomak, mientras avivaba su filo, haciendo que grandes llamas salieran de él.

El Murhedar de la llama mantenía una posición defensiva, a la espera del inminente ataque, sosteniendo fuertemente su filo con la mano derecha, mientras que con la izquierda generaba una gran llama, con la intención de iluminar la zona y poder ver la sombra de su oponente. Un silencio abismal llenaba el lugar; el Murhedar intentaba concentrarse para sentir a su contrincante, pero era en vano, la oscuridad, junto con esos pequeños brillos flotantes a su alrededor, parecían distorsionar sus sentidos.

De pronto, frente a él y de entre la oscuridad apareció Yorha, que aún permanecía con los ojos cerrados y una confiada sonrisa. «Esa posición», pensó Xomak al verla, «es como si hubiese ya realizado alguna técnica, ¿será esta oscuridad?». Yorha estaba agazapada, con su brazo derecho extendido a su costado y el lado cortante del filo apuntando a su espalda; su mano izquierda tocaba el suelo, como si la hubiera utilizado para detener su marcha.

—¡Te borrare esa sonrisa del rostro! —gritó Xomak enfurecido, dispuesto a abalanzarse sobre la Murhedar con todas sus fuerzas. Pero algo lo detuvo bruscamente...

«¿Qué pasa? Mi mano, no puedo sentirla», pensó, volteando a ver su mano izquierda, alzándola para analizarla, pero al hacerlo, observó como esta comenzó a deslizarse limpiamente, separándose de su brazo y cayendo al suelo. El Murhedar quedó atónito, observando cómo pequeños chorros de sangre comenzaban a salir de su herida.

No pasó mucho para que el Murhedar recobrara el sentido, cerrando los ojos y llenando su brazo de fuego para cauterizar la herida, pudiéndose notar en su rostro el dolor que esto le causaba. De la herida de Xomak, comenzó a surgir un filo en forma de una espada corta y el filo que sostenía con su mano derecha, se convirtió en una gran cimitarra. Ambos filos comenzaron a irradiar energía de forma intensa y su armadura empezó a rodearse de llamas, mientras el Murhedar tomaba una posición de combate. Pese a la intensidad abrazadora de las llamas de Xomak, la oscuridad aún rodeaba el cráter, opacando la luz proveniente de las llamas, y las estrellas que llenaban dicha oscuridad comenzaron a danzar lentamente alrededor de ambos Murhedar.

«¿Sera esta mi técnica?», se preguntaba Kélfalli, al ver los pequeños brillos como estrellas que flotaban rodeando a los Murhedar.

En ese momento Xomak se lanzó enfurecido contra Yorha. Con su espada corta daba rápidas estocadas, mientras que, con la cimitarra, hacia devastadores cortes en todas direcciones, generando grandes llamaradas con cada ataque, pero sin poder acertar ni un solo golpe. Pareciera que la Murhedar supiese de antemano todos sus movimientos, esquivándolos a una velocidad excepcional, como si pudiese dar pequeños saltos en el tiempo.

Los ataques de Xomak comenzaron a intensificarse y aumentar su velocidad, dejando tras de sí grandes estelas de fuego. Pero al no dar en el blanco, los ataques provocaban enormes llamaradas que iban de un lado a otro, persiguiendo a la Murhedar, quien danzaba alrededor del fuego, apareciendo y desapareciendo en posiciones diferentes, alrededor de Xomak. Esto enfureció aún más al Murhedar, quien, con un gran grito, azotó su filo contra el suelo, generando una gran explosión de la cual salieron cientos de proyectiles afilados a todo su alrededor.

Al hacer esto, Xomak perdió de vista a Yorha, que pareció haberse desvanecido. Desesperado, el Murhedar volteaba hacia todas direcciones buscando a su contrincante, que repentinamente apareció a sus pies. La escena parecía suceder en cámara lenta, Xomak, impactado, intentó reaccionar mientras veía el largo y oscuro cabello de la Murhedar bailar con el movimiento de esta, quien, con una rapidez inconcebible, le propinó una patada en el mentón que lo proyectó en el aire.

Ya en el aire y notablemente malherido, el Murhedar intentaba tomar una posición defensiva e incrementó el blindaje de su armadura, pero en ese instante, Yorha lo sobrepasó, haciendo al mismo tiempo un corte vertical en el pecho de Xomak; gracias a la pronta acción del Murhedar, el corte no alcanzó los órganos internos. Aturdido por la patada de Yorha, Xomak no pudo más que observar como el oscuro cabello de la Murhedar pasaba frente a sus ojos, sintiendo el corte de su filo, mientras con su mirada apenas podía dar seguimiento al movimiento de Yorha.

«Impresionante, todo este tiempo no tuve oportunidad, ¿qué diablos eres Yorhalli?», pensó Xomak, viendo cómo Yorha tomaba más altura.

Ya sobre Xomak, Yorha giró rápidamente sobre sí misma, su cabello bailaba al compás de sus movimientos, generando oscuridad a su alrededor, sobre la cual, pequeñas estrellas flotaban libremente emitiendo luces de diversos colores. Este giro sirvió de impulso para propinar una segunda patada al Murhedar, esta vez en su cráneo, la cual lo devolvió al suelo haciéndolo chocar con gran intensidad contra este, agrandando aún más el cráter.

Yorha permaneció en el aire, esto, usando su gran poder para generar una fuerza de sustentación, lo que le permitía mantenerse en esa posición por un tiempo indefinido. La Murhedar extendió su filo en dirección a Xomak, haciendo que este emitiera un deslumbrante destello, que al desvanecerse reveló un cambio significativo en el filo de Yorha, que ahora estaba inundado de estrellas, las cuales salían y entraban a placer de su filo. Xomak se incorporó con dificultad y se preparó para intentar defenderse del inminente ataque, prendiendo fuego en su armadura para cauterizar el corte en su pecho. Incomodo, desvaneció su casco, que estaba destrozado por las patadas de Yorha.

Yorha abrió sus ojos para ver así por última vez a su oponente, estos se habían convertido en dos enormes y brillantes lunas, lo que solo sucede cuando un heredar de filo lunar está utilizando una gran cantidad de poder, con la diferencia de que la zona esclerótica en los ojos de Yorha se había vuelto negra cuando comúnmente se vuelve de un color azul índigo. Las miradas de ambos Murhedar se cruzaron entre sí, en ese momento Yorha pudo sentir la calidez del filo de Xomak, así mismo, el Murhedar de la llama, pudo sentir la paz que generaba la oscuridad dentro de los ojos de la Murhedar.

—Puedo sentir la calidez de su espíritu —susurró Yorha.

—Ve por ella —susurró Yorha nuevamente.

—No, no me pertenece —contestó la Murhedar a sí misma.

—La victoria es tuya, te pertenece.

—¡Basta ya! —exclamó, cerrando los ojos y sacudiendo su cabeza por un instante.

A la distancia, Kélfalli, quien había estado analizado hasta el más mínimo detalle del combate, pudo notar esta acción, frunciendo el ceño en señal de desconfianza, «no siento el poder suficiente dentro de ella como para haber logrado el cambio ocular, su entrenamiento es insuficiente, pero dada su peculiar naturaleza, quizá Théra habite con más intensidad dentro de ella, aunque esa oscuridad me desconcierta, es muy similar a la de un perdido», pensó.

De pronto, el filo de Yorha emitió una intensa luz azul blanquecina, iluminando toda la zona; una extraña energía proveniente de su filo distorsionaba el espacio a su alrededor, dificultando la visibilidad. Fue entonces que la Murhedar se lanzó en picada contra Xomak, dejando tras de sí una estela de pequeños brillos parecidos a estrellas. Xomak colocó su filo frente a él, en espera del ataque de la Murhedar e intentando predecir el movimiento de su oponente, pero la extraña energía emitida por el filo de Yorha le dificultaba hacerlo, así mismo, era difícil no perderse en su mirada. «No puedo caer aquí, debe haber una manera», pensaba mientras Yorha se acercaba a gran velocidad. Menos de un segundo después, Yorha cayó sobre él, como un halcón sobre su presa…

El impacto produjo una gran luz, que iluminó todo a kilómetros, provocando una gran ventisca que propagó pequeños destellos por todo el lugar, seguida de una poderosa onda de choque que recorrió la misma distancia que la luz. Mientras esta se desvanecía, un silencio sepulcral envolvió el momento.

«¿Qué fue eso, fue acaso mi final?», pensó Xomak, que había quedado cegado por la luz. Poco a poco, el Murhedar recuperó la vista, quedando atónito por lo que esta le reveló y cayendo de rodillas. Kélfalli estaba flotando en el aire sobre él, viéndolo a los ojos con un semblante sereno; su larga gabardina ondulaba con el viento y una bella luz azul blanquecina se desprendía de su armadura. En tan solo un instante, se había interpuesto entre Yorha y Xomak, deteniendo el ataque de la Murhedar con su filo, lo que generó esa gran luz, que solo puede hacerse chocando dos filos de luz lunar con gran poder. Yorha, sorprendida y aún en el aire, se impulsó hacia atrás, cayendo lentamente sobre la tierra. Kélfalli replicó esta acción y extendió su mano hacia el Murhedar.

—Aún hay mucho camino por delante joven Xomak.

Xomak, desvaneciendo su filo tomó la mano de Kélfalli y se levantó.

«Todo lo que Yúnuen me ha contado sobre él es verdad, no pude siquiera sentir su filo cuando de pronto ya estaba frente a mí, su velocidad es impresionante y su poder inquietante, no por nada es el Murhedar número uno; me pregunto si mi padre era igual de habilidoso», pensaba Yorha, aún sorprendida por la facilidad con la que Kélfalli detuvo su ataque, apareciendo en un instante frente a ella, con su filo en una sola mano y sin siquiera verla.

Kélfalli y Yorha cruzaron miradas, en los ojos de ambos Murhedar había grandes lunas y sus filos parecían haber entrado en comunión, emitiendo cada uno, una luz idéntica a la de su homólogo. Kélfalli se acercó al filo de Yorha, deslizando su mano al ras de este.

—Heldari usaba un filo similar —comentó Kélfalli mientras observaba el filo de Yorha con detenimiento—. ¿Lo sabias?

—No, a decir verdad, no se mucho sobre mi padre, Feralli solo me contaba sobre su carácter y algunas trivialidades, pero jamás mencionó nada sobre su filo —contestó Yorha.

—Él solía invocar una gran katana, de casi dos metros de largo, un filo majestuoso e imponente, aún no puedo creer que haya partido con Théra, por lo que veo él vive dentro de ti y esté donde esté, sé que está orgulloso de tus habilidades —dijo Kélfalli, tomando el filo de Yorha con su mano y absorbiendo dentro de si las estrellas que flotaban alrededor de este, poco a poco los filos de ambos Murhedar se desvanecieron y sus ojos recuperaron su forma original.

«Su filo parece poder conectar fácilmente con los demás, a tal grado que generó un cambio ocular en mis ojos, al parecer mi filo intenta conectar con el suyo, como antaño sucedía con su padre», pensaba Kélfalli.

Yorha no supo cómo reaccionar ante las palabras de Kélfalli, las cuales la llenaron de orgullo y nostalgia, bajando la mirada e intentando ocultar su sonrisa, «realmente espero que estés orgulloso de mí», pensó cuando de pronto pareció recordar algo y comenzó a tomar distancia.

—¿Qué ha pasado, están bien? —gritó Yúnuen quien llegaba apresurada junto con el escuadrón, que apenas si podían seguirle el paso.

—Vimos ese gran destello y decidimos venir —dijo Jasha.

Pero pronto guardaron silencio al observar la escena; un inmenso cráter que había hecho desaparecer el claro, la formación rocosa y parte del bosque a su alrededor.

—De lo que nos perdimos —comentó Nenet, llevándose las manos a la cabeza al observar el gran cráter.

—Siempre es un placer ver a la "capi" combatir —dijo Xaly con curiosidad, bajando al centro del cráter para investigar lo sucedido—. Me pregunto qué técnica utilizó esta vez.

Yúnuen por su parte se acercó a Kélfalli con cautela para escuchar su conversación.

—Hay mucho que aprender y más aún por lo que luchar —dijo Kélfalli al joven Murhedar de la llama.

—¿Por qué? —preguntó Xomak—, ¿por qué salvarme?

—Mi sobrina vio nobleza en ti, cuando el verdadero enemigo se avecine, los heredar como tú serán indispensables —respondió Kélfalli.

Xomak se inclinó en señal de agradecimiento, y volteando a ver a Yúnuen, sonrió. Yúnuen se tornó completamente roja y se ocultó tras Kélfalli. Mientras esto sucedía, Yorha se encontraba apartada, buscando algo entre las cenizas del cráter y al encontrarlo, se acercó a Xomak.

—Toma —le dijo Yorha al Murhedar, acercándole su mano cercenada durante el combate, la cual sostenía con ambas manos. Ella agachaba la cabeza avergonzada, pero al no recibir respuesta del Murhedar, levantó lentamente su mirada, haciendo aparecer sus grandes ojos de entre el fleco que los cubría. Xomak, quien era apenas más alto que la Murhedar, la observaba con un semblante sereno.

—Si te das prisa, quizá puedan salvarla —mustió Yorha.

—Al menos no fue mi encantadora sonrisa lo que perdí en este combate —contestó el Murhedar con una sonrisa.

«¡Ay no! Aún lo recuerda, ¿qué hago? Vamos di algo, no te quedes así», pensaba la Murhedar, se notaba sumamente nerviosa, fingiendo una sonrisa en respuesta al comentario de Xomak; sus mejillas se tornaron rojas y una pequeña gota de sudor bajó por su frente.

«Impresionante, en todo el combate no mostró ni una señal de fatiga, pero apenas le sonríe el joven Xomak y pareciese que está a punto de explotar», pensó Kélfalli mientras observa la escena, dejando escapar una sonrisa burlona. Xomak se acercó entonces a ella y tomó su mano cercenada.

—No —dijo el Murhedar de la llama, quien mientras observaba su mano generó una llama que comenzó a consumirla—. Esta marca me recordará que aún me falta mucho por recorrer y aprender.

Poco a poco la mano se convirtió en cenizas que comenzaron a ser arrastradas por la brisa y a caer al suelo. Xomak entonces cerró su puño, terminando de desbaratar su carbonizada mano y miró fijamente a los ojos de Yorha.

—Será muy diferente cuando volvamos a encontrarnos —le dijo confiado.

—Dalo por hecho, pero la próxima vez no seré tan discreta —contestó Yorha, causando una pequeña risa entre ambos Murhedar. Xomak, sonriendo, se acercó a Yorha, colocando su mano sobre el hombro de la Murhedar.

—Haces honor a todo lo que se cuenta sobre ti en la red Yorhalli, estoy orgulloso de haberte enfrentado —dijo con una voz alegre, mientras con su mano, recorrió el brazo de Yorha hasta tomarla de la mano; entonces, el Murhedar se inclinó, alzando la mano de Yorha y besándola.

Hecho esto, Xomak comenzó a retirarse del lugar, no sin antes inclinarse nuevamente ante Kélfalli.

Kélfalli no pudo más que sonreír de forma burlona, al ver a Yorha ruborizarse con un rostro de estupefacción. En ese momento Yorha se dio cuenta de que todo su escuadrón la rodeaba, viéndola de forma burlona.

—¿Y a ustedes qué demonios les sucede? —preguntó la Murhedar, intentando fingir que no había sucedido nada.

Jasha se acercó a ella mostrándole su red. En esta se mostraba un video, con el momento exacto en que Xomak besaba la mano de Yorha y ella se ruborizaba.

—¡Borra eso! —le gritó Yorha avergonzada.

En ese momento, todos los miembros del escuadrón mostraron sus redes, con el mismo video reproduciéndose en ellas.

—¡Voy a acabar con ustedes! —gritó furiosa la Murhedar, quien comenzó a perseguir a sus heredar. Mientras tanto Yúnuen se acercó a su tío, ambos veían marcharse a Xomak.

—¿Crees que todo esto termine pronto tío?

—No lo sé Yúnuen, Mahalli me mantiene fuera de este conflicto, los miembros del consejo han manejado toda esta "situación", no permitiéndome intervenir, sé que si pudiera conversar con Cihillic podríamos encontrar una solución.

—¿Y cómo es que has podido venir a vernos? —preguntó Yúnuen.

—Se supone que es mi día de descanso, aun así, Mahalli no está enterada de que tomé el papel de mensajero para esta misión, y el heredar mensajero, no tenía ninguna condicionante para no permitírmelo.

«Hay algo extraño detrás de todo esto, pero si no voy con cuidado, podría causar aún más conflictos, estoy casi seguro de que Mahalli sabe algo de lo que nadie más tiene conocimiento, algo de lo que intenta proteger a Yorhalli, ¿pero de qué?», pensó Kélfalli.

—¿Qué pasa tío Kélfa?

Kélfalli observó a su sobrina con una sonrisa, poniéndole la mano sobre su cabeza y sacudiéndole el cabello con dulzura.

—¡Yorhalli! —exclamó Kélfalli con una voz de mando.

Yorha, que estaba propinando una paliza a los miembros de su escuadrón, para que borraran el video, volteó y se incorporó, en una posición firme y de respeto.

—¡Noveno escuadrón! —ordenó Yorha, haciendo que todo su escuadrón tomara la misma posición detrás de ella.

—Ven conmigo —le ordenó Kélfalli.

—Y ustedes —dirigiéndose al escuadrón— borren el rastro y
síganos.

—A la orden gran maestro Kélfalli —dijeron todos al unísono.
Yúnuen por su parte corrió y abrazó a Yorha, quien soltó su postura para
corresponder el abrazo.

—Toma —le dijo Yúnuen a Yorha, entregándole una de sus ligas
para el cabello.

—Gracias, fue un combate emocionante, creo que los filo
llameante son muy escandalosos —contestó Yorha mientras se amarraba el
cabello.

—Lo que yo creo es que le gustaste —susurró Yúnuen.

—¿Bromeas? Solo es un fanfarrón, es claro que tú le gustaste
—respondió Yorha

—Chicas —susurró Kélfalli, quien se encontraba justo detrás de
ellas— no quisiera interrumpir el chisme, pero es hora de irnos.

Ambas heredar sonrieron al verlo y voltearon a verse entre sí, lo
que provocó que ambas comenzaran a reír; Kélfalli hizo un movimiento
con la cabeza, indicando al escuadrón su avance. Y como un rayo, Kélfalli,
Yorhalli y Yúnuen se perdieron en el horizonte, rumbo a la cordillera norte.

Los herederos de Quiyah

Los ecos del caminar sobre un par de tacones altos retumbaban en lo profundo de un gran túnel metálico, hecho por los humanos que habitaban antaño el planeta, para la obtención de gas natural. El túnel se encontraba a gran profundidad y recorría cientos de kilómetros; no llegaba a él ni un rastro de luz, el material con el que había sido fabricado impedía el crecimiento de organismos biológicos, por lo tanto, estaba intacto y lucía como recién colocado; el rastro de gas lo hacía en extremo volátil y tóxico.

Una silueta femenina iluminaba el túnel con una tenue luz, como si solo quisiera iluminar justo lo que había frente a ella, evitando así poder ser visualizada en la lejanía. Pronto el túnel se fue ensanchando, hasta llegar a una gran cavidad natural, en la que antaño se había depositado un yacimiento del preciado gas. Y de un salto, la silueta femenina bajó hasta lo más profundo del yacimiento, cayendo frente a lo que pareciese ser una gigantesca esfera de cristal. La oscuridad dominaba la zona, pese al tenue brillo de la silueta femenina y la esfera, era imposible visualizar las dimensiones de la gran cavidad.

—Puedo sentirla, aún sigue aquí... en este mundo —susurraron miles de voces al unísono que provenían de dentro de la esfera.

—No tardará mucho, y cuando eso suceda, será tu fin —contestó una voz femenina.

—Ella no caerá tan fácilmente... ¿Acaso tienes miedo? —susurraban las voces dentro de la esfera—. ¿Es acaso que tienes dudas?

—¡Calla ya maldita! —ordenó la voz femenina—. No es tan fácil como supones, una de ellas sospecha, insiste en investigar y es difícil apartarla; tus perdidos son inútiles.

—Ella no debe encontrarnos, al este, sí, al este debe llevarla también, una distracción debemos provocar, solo distraerla un poco, sería imposible derrotarla en este estado —susurraban entre sí las voces.

—Ninguno de ellos podrá encontrarte mientras permanezcas bajo mi poder, en cuanto a la oscura, no tendrá oportunidad contra su siguiente adversario —dijo la voz femenina.

—Podemos sentir tu inmensurable poder, un solo corte es lo que necesitas, y, aun así, manipulas a otros para que hagan el que consideras tu deber... risible —susurraron las voces de forma burlona a la vez que comenzaron a reír.

Miles de estremecedoras carcajadas sonaban al unísono y pequeñas voces susurraban:

—Es débil, no tiene la fuerza, no tiene la astucia, no es nadie, no es nada…

—¡Silencio! —ordenó la voz femenina—. No olvides que tu patética existencia esta confinada a mi voluntad, en cuanto te considere inútil te destruiré.

—Su mente es joven y ansiosa, su hambre de conocimiento será su perdición y nuestra salvación —susurraban entre sí las voces dentro de la esfera.

—Tienes suerte de que fuese yo quien te encontrase, si cualquiera de mis compañeros lo hubiese hecho te habría exterminado de inmediato —contestó la voz femenina.

—Tú eres más sabia que todos ellos, y gracias a ello ahora tienes la oportunidad de salvar a tu inmunda especie —susurraron las voces dentro de la esfera.

—¡Maldita escoria mentirosa! —respondió la voz femenina—, tus trucos no funcionarán conmigo, sé que su poder es diferente y tu maldita especie siente atracción hacia él, pero actuar directamente sería un grave error.

—Solo hazlo, ¡mátala! —gritaron al unísono las voces dentro de la esfera—. ¡Sí, mátala! No pasará mucho tiempo para que renazcamos gracias a su poder.

—Dalo por hecho, y después me dirás donde se esconde el resto de tu putrefacta especie y yo misma los exterminaré —respondió la voz femenina mientras apretaba con gran fuerza su puño. Esto hizo que la esfera se redujera poco a poco, provocando miles de gritos de dolor provenientes de las voces dentro de ésta.

A miles de kilómetros de tal lugar, se encontraban Kélfalli, Yúnuen y Yorha, a las faldas de una gran montaña rocosa rodeada de un frondoso bosque, que daba inicio a la cordillera norte, la cual es una frontera natural entre los países de la luna y de la llama. Yúnuen y Yorha se adelantaron entonces, subiendo la montaña y comenzando a buscar algo de forma apresurada.

—¡Aquí, este lugar es perfecto! —gritó Yúnuen dirigiéndose a Kélfalli.

—¡No, es mejor aquí, la vista es superior! —gritó igualmente Yorha desde un punto más alto.

—¡Tío mira, aquí hay una cueva con una pequeña saliente, creo que es el mejor lugar! —gritó nuevamente Yúnuen desde un lugar diferente.

—¡Pero ésta saliente es superior! —exclamó Yorha.

Kélfalli, quien permanecía de brazos cruzados, las observaba con un semblante de fastidio, llevando sus ojos hacia la parte superior de sus parpados, haciendo que estos se tornaran casi completamente blancos. Y después de un gran suspiro, saltó hacia el segundo lugar mencionado por Yúnuen, entrando a inspeccionar la pequeña cueva.

—Sí, aquí es perfecto —dijo Kélfalli

Yorha entonces saltó igualmente hacia el lugar.

—Perfecto ahora seremos cavernícolas —dijo la Murhedar, mientras miraba en todas direcciones inspeccionando la cueva.

—Mira esto Yorha —murmuró Yúnuen, quien estaba en cuclillas al fondo de la cueva, observando algo.

Yorha se acercó con cautela y se agachó junto a Yúnuen para poder observar. Se trataba de un pequeño y peludo roedor color marrón, con enormes orejas que se arrastraban por el suelo, sus ojos eran grandes y brillantes; su pequeña nariz se fruncía para olfatear, parándose en sus patas traseras y juntando sus patas delanteras para equilibrarse.

—¡Qué hermoso! —gritó Yorha al mismo tiempo en que usaba la cámara de su red para tomarle una fotografía.

—¡A ver! —exclamó Yúnuen mientras se juntaba a Yorha para ver la fotografía. Al hacer esto, causó que ambas perdieran el equilibro, cayéndose y espantando al pequeño roedor, que se escabulló perdiéndose entre las sombras. Entre risas, las heredar se incorporaron.

—Mira ya la posteé en la red —dijo Yorha mientras mostraba su red a Yúnuen.

—¿Qué? ¡Tu cámara se ve mil veces mejor que la mía! —reclamó Yúnuen al ver la fotografía.

—No es posible son el mismo modelo, ¿o no? —respondió Yorha acercando su red a la de Yúnuen—. A ver, vamos a tomarnos una foto en la misma posición y veamos cual sale mejor.

Ambas heredar se juntaron para tomarse una foto, pero al ver la imagen de la cámara, pudieron notar a Kélfalli y a todo el escuadrón detrás de ellas observándolas, como a la espera de que terminasen y con un semblante irritado. Esto hizo que ambas heredar desvanecieran sus redes y voltearan apenadas.

—Bien, si ya terminaron acérquense —dijo Kélfalli.

Yorha y Yúnuen se acercaron, mirándose entre sí e intentando no reír ante la situación.

—¡Yúnuen! Forma un campo de detección por todo el perímetro —ordenó Kélfalli—, todos los demás, hagan un rastreo en la zona, después de ello, regresen para entregarles su misión; pero si son descubiertos, aléjenlos del perímetro y regresen al campamento base.

Yúnuen salió de la cueva y se colocó justo en la orilla de la saliente; los demás heredar se dispersaron entre las sombras del bosque.

—No sabía que podías crear campos detectores —dijo Yorha mientras se acercaba a Yúnuen para observar su técnica.

—Es una técnica muy compleja, me la enseñó Kélfa durante mi entrenamiento —contestó Yúnuen.

—¡Eso es fantástico! —exclamó Yorha sorprendida—. ¿Puedes enseñarme?

—¡Claro! —respondió Yúnuen con alegría—, acérquese mi joven pupila.

—¡Ay cálmate, solo eres mayor que yo por dos años! —exclamó Yorha mientras daba un ligero empujón a Yúnuen.

«Me hubiese gustado entrenar a Yorhalli, creo que, con sus habilidades, hubiera sido candidata para entrenar en el País del Sol, al igual que su padre y yo lo hicimos antaño», pensó Kélfalli mientras las observaba.

—Bien, ahora observa —apuntó Yúnuen, haciendo que Yorha se pusiera en cuclillas a un lado suyo, su mirada era la de un curioso felino, con sus enormes ojos oscuros y llenos de estrellas observando cada detalle.

—La técnica consiste en crear filos imperceptibles —dijo Yúnuen mientras doblaba los brazos a sus costados, hasta que sus manos estuvieron casi a la par de su pecho. Hecho esto, entrecerró sus puños, para luego abrirlos completamente, surgiendo de entre sus dedos, delgados y livianos filos, casi transparentes, de unos quince centímetros cada uno, que sujetó entrecerrando sus puños nuevamente, los brillos dentro de estos eran muy tenues, prácticamente indetectables.

—Lo siguiente es visualizar el perímetro deseado, y clavarlos en los puntos menos visibles de este —fue entonces que Yúnuen cruzó sus brazos frente a su rostro, y se agazapó ligeramente. Sus ojos parecían concentrarse en diferentes puntos, moviéndose rápidamente de un lado a otro; Yúnuen lanzó todos sus filos a la vez, perdiéndose en diferentes puntos del bosque.

—Lo siguiente es formar una conexión entre ellos, para esto, hay que hacer que los brillos de cada filo se junten unos con otros por debajo de la tierra —explicó Yúnuen, mientras colocaba su mano derecha en el piso y cerraba los ojos para concentrarse en sus filos—, esto detectará cualquier presión o cambio en la temperatura cercanos a la barrera.

—Impresionante —dijo Yorha mientras se incorporaba e intentaba vislumbrar los filos de Yúnuen—, no logro verlos, ¡Yúnuen eres increíble!

—Gracias, no es una técnica fácil de lograr, pero inténtalo —respondió Yúnuen.

Yorha entonces se cruzó de piernas y se sentó, colocando su mano abierta frente a su rostro.

—Veamos, un filo imperceptible —murmuró la Murhedar mientras se concentraba.

—Vamos concéntrate, tú puedes —dijo Yúnuen sentándose a su lado.

De pronto, de la mano de Yorha surgió un pequeño filo, de un color azul claro, casi transparente, con cientos de pequeños brillos en su interior.

—¡Rayos! ¿Cómo lo haces? —exclamó la Murhedar desvaneciendo el pequeño filo.

—Usas demasiado poder —respondió Yúnuen—, ven, toma mi mano y déjame guiarte.

Estas palabras provocaron la atención de Kélfalli, quien se acercó curiosamente para observar. Yorha tomó la mano izquierda de Yúnuen con su mano derecha, las armaduras de ambas heredar comenzaron a brillar, y los brillos dentro de estas se agitaban como queriendo escapar. Los brillos que estaban en sus manos empezaron a intercambiarse y danzar dentro de la armadura ajena, como si ambas armaduras se unieran.

«Impresionante, pueden conectar sus filos con mucha facilidad, es una técnica muy compleja y requiere años de entrenamiento, inclusive Heldari y yo tuvimos problemas para lograrlo», pensó Kélfalli al observarlas.

—¿Puedes sentirlo? —preguntó Yúnuen al mismo tiempo que de su mano derecha, surgía un filo transparente, casi imperceptible con pequeños y tenues brillos.

—Sí, creo que ya lo tengo —contestó Yorha, mientras que de su mano izquierda surgía un filo, no tan transparente como el de Yúnuen y con brillos ligeramente más brillantes.

—¡Bien! Ya casi lo tienes —dijo Yúnuen con alegría—, solo es cuestión de práctica.

«Ella pudo sentir el actuar del filo de Yúnuen y así imitar su técnica casi a la perfección, ¿será así como aprendió mi técnica?», pensaba Kélfalli al verlas; con curiosidad se acercó a Yorha colocando su mano sobre el hombro de la Murhedar, lo cual hizo que ella soltara la mano de Yúnuen y volteara a verlo. En ese momento, los ojos de ambos Murhedar se conectaron.

La mirada de Kélfalli era serena, como la de una persona experimentada y llena de sabiduría, para Yorha, ver a través de sus ojos, fue adentrarse a una noche bañada de estrellas fugaces, que danzaban sobre el cielo con furia, veloces y destellantes, cayendo sobre la tierra y generando enormes estallidos de luz de los cuales surgían estrellas que se remontaban a los cielos y repetían el ciclo.

Para Kélfalli fue algo por demás confuso…

Dentro de ella se encontraba un vacío, una extraña oscuridad que asolaba la mente del Murhedar, ya que dentro de ella todo sentido era inútil, no había nada que ver, nada que sentir, nada que oler, nada que escuchar…

«¿Qué es este lugar?», pensó Kélfalli mientras doblegaba su mente confundida y caminaba sin rumbo.

—¿Confundido? —le preguntó una voz familiar que no parecía provenir de ningún lugar.

Kélfalli se detuvo al escuchar esto, intentando descubrir la procedencia de la voz.

—Siempre intentando deducir cualquier situación, ¡ya relájate! —dijo la voz en el vacío.

«¿Heldari? No, no es posible», pensó el Murhedar mientras aún intentaba dar una explicación a la situación. Pero la voz no contestó, pareció simplemente desvanecerse.

—¿Heldari? —susurró Kélfalli. De pronto la conexión se perdió, debido a que Yorha, al escuchar el nombre de su padre se apartó.

—¿Por qué preguntas por él? —cuestionó la Murhedar confundida.

Kélfalli, aún confundido con lo que pudo ver a través de los ojos de Yorha, observó a Yúnuen, quien estaba preocupada por lo que vio.

—Tío… tu mano —dijo Yúnuen con un rostro de angustia.

Kélfalli levantó entonces la mano para observarla, su armadura había perdido todas sus estrellas y se había vuelto negra. Y sin perder la calma, preguntó:

—Yúnuen, cuándo ves a través de los ojos de Yorhalli, ¿qué es lo que ves?

—Veo la profundidad del espacio, es como flotar en la parte más alejada del universo y contemplar el todo y la nada —contestó Yúnuen.

Kélfalli cerró los ojos y respiró profundamente, mientras hacía esto, su armadura fue recuperando su oscuro color azul índigo y poco a poco pequeños brillos comenzaron a danzar dentro de ella. Yorha, permanecía en silencio, con un semblante de intriga ante la situación.

—¿Estás bien Yorha? —preguntó Yúnuen.

Yorha, ignorando completamente la pregunta apartó a Yúnuen y se paró justo frente a Kélfalli. Ella era casi de su misma estatura, así que sus miradas estaban a la par. Los ojos de Yorha titilaban y brillaban con intensidad, dentro de ellos parecía haber una tormenta de estrellas mientras su respiración se aceleraba.

—¿Lo viste verdad? —preguntó la Murhedar.

Kélfalli no dio respuesta alguna y de forma analítica observó los ojos de Yorha. «Quizá tengas razón Heldari, pero si mis conjeturas son correctas, tu hija podría dar comienzo a una nueva era», pensó.

—Sé que lo hiciste —dijo Yorha al mismo tiempo en que se volteaba molesta por el silencio de Kélfalli.

—Pude escucharlo —contestó el Murhedar.

Yorha entonces se detuvo y el silencio se apoderó del lugar.

—Los escucho Kélfalli —susurró la Murhedar—, en mis sueños, ellos, me susurran.

—¿Ellos? —preguntó Yúnuen.

—Sí, creo que puedo escuchar a mi padre y a otros heredar durante mis sueños, aunque siempre intento ignorarlos —contestó la Murhedar—. Pero si Kélfalli también pudo escucharlos al conectar con mi ser... ¿Eso qué significa? ¿Qué significa Kélfalli?

Kélfalli se limitaba a observarla con un semblante inexpresivo, pero en su interior surgían a cada momento más dudas.

—¿Por qué nunca me lo dijiste? —preguntó Yúnuen molesta.

Yorha, ignorando nuevamente a su amiga, salió lentamente de la cueva, con su mirada clavada en Xauki, que comenzaba a surgir en el horizonte, seguida por Yúnuen, quien con suavidad se acercó a ella y tomó su mano, Yorha volteó su mirada hacia Yúnuen, quien la observaba con cariño, su expresión era comprensiva y apacible.

—Pensé que eran problemas psicológicos y supuse que eventualmente podría sobrellevarlos, quizá si alguien se hubiera enterado

71

de ello, mi puesto como capitana se pondría en duda —dijo Yorha—. Pero ahora que sé que no solo yo puedo escucharlas, no sé qué pensar.

—Tranquila —contestó Yúnuen con suavidad—, seguramente es una variante genética de tu filo, hay muchos ejemplos de ello, veamos, esta Cilluen conocida como la "felina infernal azul", ella posee un filo, que, aunque llameante, tiene propiedades totalmente distintas a las de cualquier otro filo de su tipo, tenemos suerte de nunca tener que enfrentarla. O nuestra amiga Linara, que es capaz de ceder su filo latente a bestias y plantas para manipularlas.

«Por supuesto que no es una variante genética», pensó Kélfalli «esto va más allá de lo que un filo puede hacer al conectar con otro o por sí mismo, puede ser que… No, no es posible, tengo que hablar con Tohalli, solo él sabrá orientarme».

Kélfalli se cruzó de piernas y se sentó suavemente sobre el suelo, observando a las dos heredar y buscando entre su gabardina, «es verdad, ese fue el último, y con lo difícil que es encontrar cigarrillos», pensó, pero un instante después levantó rápidamente la mano, atrapando algo que Yorha le había lanzado. Era una caja de cigarrillos completamente nueva, esto provocó en Kélfalli una ligera sonrisa.

Los theranios son inmunes a cualquier narcótico, gracias a la evolución que Théra provocó en sus cuerpos, por lo tanto, los efectos de cualquier droga o toxina producida por los humanos de antaño no surte efecto en ellos. Algunos como Kélfalli, encuentran interesantes las costumbres de sus antepasados y adoptan algunas, en este caso el cigarrillo que, aunque no produzca ningún efecto en él, le da una sensación de comunión con sus antepasados.

—Impresionante, esta es una caja de cigarrillos del final de la primera edad y está perfectamente bien preservada, debió estar en una cámara de conservación, ¿no es así? —preguntó Kélfalli con un semblante de curiosidad.

—Tan bien conservada como tú —respondió Yorha con una sonrisa.

Kélfalli entrecerró los ojos en señal de molestia, mientras Yúnuen soltó a reír llevando sus manos a la boca para disimularlo.

—La encontré en la zona sur, Yúnuen mencionó que te gustaban y cuando Mahalli me envió en la búsqueda de un perdido, este nos guio a una zona casi intacta muy cerca de la zona cero —añadió Yorha.

—Así que eso es lo que buscabas en aquella ocasión —se confirmó Yúnuen, acercándose a Kélfalli para también observar el paquete de cigarrillos—, lo encontraste en el centro comercial subterráneo, ¿no?

—Sí, muy por debajo de las instalaciones, en la cámara de conservación —afirmó Yorha sentándose junto a Kélfalli.

Se le conoce como perdido o filo corrupto a un heredar que ha sido corrompido por un vestigio, a diferencia de un theranio corrupto, estos son en extremo peligrosos, debido a que portan el poder de un filo y al mismo tiempo el de una bestia, solo un Murhedar es capaz de enfrentarse en combate uno a uno contra un perdido.

—¿Te guiaba? —preguntó Kélfalli.

—Sí, era como si me reconociera y me invitara a seguirle —respondió la Murhedar.

—¿Él se comunicó contigo?

—No, bueno sí, pero no directamente —trastabilló Yorha.

En ese momento Yúnuen se sentó atrás de Kélfalli y recargó su espalda contra la del Murhedar, cruzando sus piernas y apoyándolas en la pared rocosa de la cueva. De su bolsillo sacó una pequeña bolsa de dulces, pequeñas esferas brillantes y de diversos colores con olor a frutas. Yúnuen estiró su mano por sobre el hombro de Kélfalli para ofrecer un dulce a los Murhedar. Yorha inmediatamente tomó uno.

—¡Increíble, son dulces nékutik! —exclamó con alegría—. ¿Por qué no me habías dado uno? —preguntó mientras introducía con placer el pequeño dulce en su boca, que, al morder creó una explosión de sabores en su lengua.

—Los guardaba para una buena ocasión y creo que el que ustedes dos se conozcan es lo suficientemente especial —contestó Yúnuen, mientras acercaba la bolsa de nékutiks al rostro de Kélfalli, quien, aunque no disfrutaba mucho de los sabores dulces, tomó uno para darle el gusto a su sobrina.

—Vamos, cuéntenme que sucedió en aquella ocasión —dijo Kélfalli, mientras disimuladamente tragaba el dulce para no tener que saborearlo.

—Pues todo comenzó… —Dijeron al unísono ambas heredar interrumpiéndose la una a la otra, y entre risas, Yúnuen se incorporó y se sentó junto a Yorha; de inmediato la Murhedar tomó otro dulce de la pequeña bolsa.

—Si los quieres son tuyos —insinuó Yúnuen.

—¿En verdad? —preguntó Yorha, que sin pensarlo dos veces tomó la pequeña bolsa y la colocó entre sus piernas.

—Sí, en verdad —respondió Yúnuen mientras observaba como Yorha le arrebataba los dulces de su mano—, adelante, puedes tomarlos si quieres.

Yorha simplemente sonrió, con sus dientes manchados por los colores de los dulces devorados.

«¿Cómo es que un perdido pueda ponerse en contacto con un heredar? Estos no tienen juicio ni control sobre sus acciones, son plenamente controlados por los vestigios, y si fue una emboscada planeada ni siquiera Yorhalli habría salido ilesa de algo así, los alrededores de la zona cero tienen una gran concentración de vestigios indetectables y limitan directamente con el País de Cristal, ¿cómo es que Maculli permitió una incursión tan poco preparada?», pensaba Kélfalli mientras abría el paquete de cigarrillos y con delicadeza sacaba uno de ellos, colocándolo en su boca.

—Él no estaba enterado —dijo Yorha, suponiendo lo que pensaba Kélfalli—, al parecer Mahalli le informó a Roa donde exactamente estaba el rastro del perdido.

«Es obligación de cualquier heredar informar mediante la red a Maculli sobre el paradero de un perdido, inclusive si se trata de un Murhendoar, algo no está bien», pensó Kélfalli.

—¿Los consejeros de Mahalli te informaron personalmente?

—Sí, aunque esta vez mandó únicamente a Roa —respondió Yorha—. Creo que Mahalli me tiene un aprecio especial. Siempre me mantiene ocupada mientras el consejo Murhedar está activo, así me evito tal aburrimiento —dijo con una gran sonrisa en el rostro.

«Esa es la razón por la que Yorhalli nunca está en las reuniones del consejo, Mahalli la mantiene fuera intencionalmente, pero ¿por qué?», pensaba Kélfalli mientras encendía su cigarrillo.

—Cuéntenme exactamente todo lo que pasó en esa misión.

Yúnuen y Yorha se voltearon a ver entre sí y asintieron con la cabeza, como poniéndose de acuerdo en cómo contar lo sucedido, mientras el humo del cigarrillo de Kélfalli se escapaba de la pequeña cueva...

La lluvia era intensa aquel día, una gran tempestad asolaba el gran palacio de los vientos, ícono de la capital del País de la Tormenta, la cual colindaba al oeste con el País de Cristal, al norte con el País de la Luna y al sur con la zona perdida muy cerca de la zona cero. El palacio era impresionante, con tres enormes torres de casi un kilómetro de altura, era casi imposible no reconocerlo inclusive a grandes distancias y no solo por su gran altura, era una estructura majestuosa, los ciudadanos del País de la Tormenta eran grandes artesanos y su arquitectura se distinguía por sus formas abstractas; la fachada del gran palacio simulaba ser un par de dragones que recorrían las nubes de forma aleatoria hasta la cima de la torre central, cambiando así la dirección del viento, una historia que antaño se le contaba a los niños del País de la Tormenta.

Desde la cima de la torre central del palacio, podía observarse la zona cero, aquel punto donde todo comenzó, la gran fosa que dio nacimiento a la bestia. Yorha permanecía sentada a la orilla de un balcón en aquella torre que daba casi hasta la punta, donde los rayos no daban descanso a la estructura, con su pierna derecha colgando del balcón y su pierna izquierda sobre este, dando soporte a sus brazos que, cruzados, sostenían el mentón de la Murhedar.

«¿Cómo habrá sido el mundo en aquella época, antes de ti, antes de todo?», pensó Yorha.

—Como un sueño, un mundo basto y lleno de maravillas construidas por los humanos de antaño, donde no debías preocuparte por tus pensamientos, donde eras libre —susurró la Murhedar.

—Como una pesadilla, un mundo lleno de odio, de muerte, de avaricia, donde la libertad se limitaba a tus pensamientos —se contestó a sí misma.

De pronto, a lo lejos, en la zona cero, Yorha vislumbró una luz que la hizo levantarse, de inmediato su armadura se cerró sobre sus ojos, dándole una mejor visión. «¿Una señal?», pensó. Por un momento en ese mismo punto pareció verse una persona, una mujer alta y de cabellos negros como la noche, similares a los de Yorha. «No puede ser, ¿estaré alucinando?», pensaba, consciente de que su visión no era tan buena como para ver claramente a tales distancias.

—¿Qué es lo que viste? —preguntó una voz masculina en lo alto.

Yorha volteó sorprendida, en la punta de la torre se encontraba un hombre con una máscara negra, la cual cubría su rostro desde la raíz de la nariz hasta su mentón, él se sostenía del pararrayos con una mano, intentando vislumbrar lo que había observado Yorha, los rayos caían sobre él sin infringirle molestia alguna, pasando a través de su cuerpo. Pareciese que parte de la energía se conservara en él y el exceso fluyera a través de la torre, algunos de estos eran tan fuertes que hacían temblar la estructura, la cual estaba especialmente construida para acumular la energía de los rayos y utilizarla para la iluminación de la ciudad.

—Vi una silueta femenina, alta y atlética, con cabellos similares a los míos —contestó Yorha, que se encontraba sorprendida por la fuerza con que los rayos caían sobre aquel hombre.

El misterioso hombre saltó junto a Yorha a la orilla del balcón y la observó rápidamente de pies a cabeza, volteando nuevamente a ver el punto observado por la Murhedar.

—Así que tú eres Yorhalli —contestó el misterioso hombre.

«¿Cómo es posible que sin siquiera haber invocado su armadura pudiera resistir tales impactos?», pensó la Murhedar al verlo. Este, era un hombre de aspecto joven y de estatura promedio, apenas más bajo que Yorha, sus ojos eran como una tormenta, grises y destellantes, dentro de los cuales luchaban grandes ventiscas entre sí, dispersando rayos por doquier, aun así, su mirada era apacible, una extraña calma provenía de ella; su cabello, que rozaba ligeramente sus hombros, era de un gris oscuro, casi negro, en el cual había pequeños y constantes destellos de electricidad, como si hubiese una tormenta dentro de él, aún con su máscara podía distinguirse su nariz aguileña, una de sus cejas estaba incompleta, ya que una herida de combate atravesaba parte de su rostro, desde la frente, pasando por su ceja, hasta su oreja derecha. Su máscara parecía haberse fundido con su rostro y la piel comenzaba a invadir los bordes, era como si quisiera devorarla, el material con que estaba hecha no provenía realmente de su filo. De su cuerpo emanaba una extraña energía, invisible, pero que hizo estremecer el cuerpo de Yorha, que, al sentir esta energía dejó de observarlo y volteó en dirección a la zona cero.

—Hace milenios que no se detecta actividad alguna dentro de la gran fosa, pero sé que la energía de aquel ser sigue presente, ten cuidado con lo que puedas sentir —dijo aquel hombre.

—¿Con lo que pueda sentir? —preguntó Yorha—. ¿Has estado ahí, en la zona cero?

El extraño hombre, volteando en dirección a Yorha, solo se limitó a observarla. Su ceño se frunció, pareciese que sonreía, pero era difícil de saber debido a la máscara que cubría gran parte de su rostro. El hombre comenzó a caminar hacia atrás lentamente, por su parte Yorha sonrió, sabiendo lo que estaba por venir; el misterioso hombre se encontraba ya al borde del balcón, lo único que evitaba su caída eran las puntas de sus pies.

—Pronto las sombras caerán del cielo, y tú Yorhalli... ¿Qué es lo que harás? —dijo el misterioso hombre justo antes de saltar del balcón.

Yorha no perdió ni un segundo y al instante saltó tras él, invocando su armadura y juntando brazos y piernas para ganar velocidad, el viento y la lluvia azotaban implacables a la Murhedar, quien inmutable no perdía su objetivo. Aquel hombre volteó en el aire para observar a Yorha, que no tardó en alcanzarlo.

—¿Qué quieres decir con las sombras? —preguntó Yorha al misterioso hombre.

—¡Pronto lo sabremos! —contestó, en ese momento sus ojos se tornaron blancos y de ellos comenzó a surgir electricidad pura, que invadió rápidamente su cuerpo, del cual emergió una armadura, blanca como la luz de un rayo, a través de ella parecía recorrer una ventisca que le daba tonalidades grises. Al terminar de completarse su armadura, el misterioso hombre colocó sus dedos índice y medio en su sien para después apuntarlos a Yorha, como una señal de despedida. En ese mismo instante un poderoso rayo cayó sobre los dedos de aquel hombre, que, de alguna manera pudo remontar el rayo y usar su energía para desplazarse por las nubes, mientras los rayos caían sobre él y lo ayudaban a desplazarse por el tormentoso cielo.

Yorha, que se encontraba en caída libre no pudo más que maravillarse por la habilidad de aquel hombre, viendo cómo desaparecía entre la oscuridad del cielo. Ya a unos escasos metros del suelo, volteó bruscamente, generando una onda de energía con su mano, que sirvió como fuerza opositora a la fuerza de la caída, siendo la fuerza de Yorha superior, lo cual redujo considerablemente su velocidad, a tal punto, que su caída fue similar a la de una hoja de otoño, cayendo primero con la mano que generó la onda de energía, para posteriormente impulsarse y caer de pie, alrededor de la Murhedar quedaron flotando decenas de pequeños brillos blanquecinos, mientras ella volteaba a ver al cielo, intrigada por las palabras de aquel hombre.

Yorha había caído justamente a la entrada del palacio, llamando la atención de todos los que allí se encontraban. Al partir aquel hombre, repentinamente los vientos comenzaron a llevarse la tormenta en dirección al sur, hacia la zona cero.

—No por nada es el País de la Tormenta —comentó Yúnuen, que se acercaba a Yorha con una sombrilla y una maleta a su costado.

Yorha volteó a verla, inclinando la cabeza sobre su hombro y alzando una ceja, intentando expresar su desdén ante el pésimo chiste de su amiga, para después sonreír y juntarse a ella, resguardándose así de la lluvia, que poco a poco comenzaba a desvanecerse. Todo el escuadrón estaba ahí, a los pies de la escalinata del gran palacio.

—Ya era hora de que llegaran —reclamó la Murhedar a su escuadrón.

—No somos tan rápidos como ustedes —contestó Yoltic. Se veían exhaustos, todos sentados en el primer escalón de la gran escalinata. Los theranios del País de la Tormenta que pasaban junto a ellos, los observaban atentamente, saludándolos o inclinándose en señal de respeto, algunos incluso les regalaban bebidas o alimentos. El apoyo dado a los heredar por parte de los theranios, sea cual fuese su procedencia era total, de ellos dependía la supervivencia del planeta, por lo tanto, siempre intentaban ayudarlos. La mayoría quedaban sorprendidos al ver a Yorha y murmuraban entre sí intentando tomarle una foto con su red disimuladamente.

—¡Listo! —exclamó Yúnuen con alegría—. He comunicado el éxito de nuestra misión al cuartel general —dijo mientras desvanecía su red y cerraba su sombrilla, ya que la lluvia había cesado y el sol comenzaba a vislumbrarse entre las nubes.

—Déjame verla —dijo Yorha tomando la sombrilla con delicadeza—. Es muy bella, ¿dónde la compraste? —esta era una artesanía del País de la Tormenta, un cetro de acero negro en forma de dragón, adornado con bellas flores blancas hechas de un material parecido al marfil y de la punta emergían grandes pétalos que formaban la sombrilla.

—Aquí mismo en el palacio —contestó alegremente, mientras se sacudía las pequeñas gotas de lluvia dejadas por el viento que se negaban a caer de su armadura. La armadura de Yúnuen era similar a la armadura de Kélfalli, ligera y con las articulaciones descubiertas, pero a diferencia de esta, su color era más claro, como aquellas noches en las que Koyol y Xauki iluminaban la atmosfera en todo su esplendor.

—Toma, será mejor que la guardes antes de que la rompa —dijo Yorha, entregándole la sombrilla a Yúnuen—, no es la primera vez que estoy aquí, pero jamás me he tomado el tiempo de recorrer el palacio por dentro.

—¿De verdad nunca has entrado? —preguntó Yúnuen sorprendida—. ¿Qué acaso siempre trepas la torre en cuanto llegas al palacio?

Yorha sonrió para después voltear a ver la torre recordando lo acontecido

—No puedo evitarlo, me gusta recorrer el camino del dragón hasta la cima.

—Aprovechemos que no tenemos asignaciones pendientes para recorrerlo, ¿te parece? —propuso Yúnuen, mientras hacía desvanecer su armadura. Yúnuen vestía un ligero traje deportivo, conformado por unas licras negras y un top blanco. De su mochila sacó un par de zapatos deportivos igualmente blancos; los heredar no usan calzado bajo su armadura, ya que el estrés del combate suele destruirlo, en su lugar usan unos protectores, parecidos a los calcetines y fabricados de una tela altamente resistente a la fricción. Los demás miembros del escuadrón, aunque cansados observaban de reojo la escena, eran jóvenes y solteros, la atracción por Yúnuen les era en su mayoría, inevitable.

—Muy bien, ¡vamos levántense montón de perezosos! —ordenó Yorha al escuadrón.

—¿Es enserio? —preguntó Xaly mientras daba un sorbo a una bebida entregada por un ciudadano del País de la Tormenta.

—Pero si acabamos de llegar —añadió Yoltic. Lucían sumamente cansados, no parecían ser capaces siquiera de levantarse.

—Está bien, descansen y terminen sus alimentos, cuando regrese quiero que estén listos para nuestra partida —dijo la Murhedar con un tono comprensivo—, pero ¿quién tiene mi maleta?

—Yo —respondió Jasha, aventando la maleta a los brazos de la Murhedar.

Yorha colocó su maleta en el suelo y de ella sacó un par de tacones descubiertos, estos eran dorados y con pequeñas cintas brillantes para sujetarlos, no eran elegantes, más bien eran de uso casual. Esto causó de inmediato la sorpresa de todo el escuadrón. Xaly, al verlos se sorprendió tanto que comenzó a atragantarse con un pedazo de comida, por lo que Nenet tuvo que ayudarlo para que no se ahogase. Ninguno de ellos, pese a los años de servicio a su lado, la habían visto usar tacones; Yorha era una mujer que prefería la comodidad, por lo tanto, siempre usaba calzado deportivo.

—¿Crees que sepa usarlos? —susurró Nenet a Xaly.

—No lo sé, pero será interesante verlo —contestó Xaly.

—Les apuesto a que se tropieza en la escalinata —susurró Yoltic.

—No sean groseros —susurró Jasha, acercándose a sus compañeros para escuchar lo que susurraban—. ¿Qué están apostando?

Ella, ignorando a sus subordinados, colocó sus manos por sobre su cabeza y con un rápido movimiento, bajó las manos provocando una ventisca que de inmediato secó tanto su armadura como su cabello y que arremetió a todo el escuadrón, haciendo cesar sus murmullos.

La armadura de Yorha cubría por completo su cuerpo con excepción de la cabeza, por lo que era imposible saber lo que vestía por debajo de ella. Con una sonrisa maliciosa por lo ocurrido anteriormente, la Murhedar recogió su cabello, formando una coleta que se deslizaba por sobre su hombro derecho. Hecho esto, su armadura comenzó a desvanecerse, empezando por sus hombros, revelando un par de tirantes azul cielo que sostenían un ligero vestido del mismo color; en la parte superior, un pequeño olán rodeaba su pecho hasta su espalda, siendo este, lo único que cubría sus brazos. A medida que la armadura se desvanecía fue bajando el resto del vestido, una hilera de botones dorados lo cerraba en la parte frontal, y en la cintura era sostenido por un lazo azul cielo que formaba un moño. El vestido llegaba casi hasta sus rodillas a la par de su cabello, dejando sus pantorrillas descubiertas.

—¡Amiga luces increíble! —exclamó Yúnuen dando vueltas alrededor de Yorha para observar su vestido—, ¿de dónde lo sacaste? ¡Me encanta!

—Lo compré el verano pasado, pero nunca lo usé y como vi en la red que sería un día soleado, aproveché la ocasión —contestó Yorha mientras el sol comenzaba a dominar la atmosfera y las nubes se desvanecían por completo, dejando pequeños rastros en el cielo.

—No te veía usar un vestido desde que éramos unas niñas, ¿recuerdas? Incluso mi madre nos compró un vestido idéntico para la feria de las manzanas —dijo Yúnuen, que aún seguía sorprendida por el vestido de Yorha.

—Sí, ese horrendo vestido con una enorme manzana en el pecho —contestó la Murhedar.

—¡Ay! No era tan feo, además gracias a él nos dejaron entrar primero.

—Pues claro, les dimos tanta lástima que no tuvieron otra opción —dijo Yorha, provocando la risa de ambas.

El escuadrón permanecía en silencio, mirándose entre sí y atónitos por la imagen de Yorha usando un vestido, ninguno de ellos lo hubiese imaginado. Yorha por su parte, consciente de ello, parecía indiferente y se colocaba los tacones, utilizando a Yúnuen como apoyo. Después rebuscó en su maleta, sacando de ella unos pequeños aretes dorados, para después colocárselos con delicadeza.

—¿Bueno y a ustedes que les pasa? —preguntó la Murhedar a su escuadrón, al mismo tiempo en que lanzaba su maleta nuevamente a Jasha.

—No, no nada —trastabilló Nenet—. Luces muy, muy, ¿agradable? —mustió mientras volteaba a ver a sus compañeros, esperando su apoyo. Pero ellos estaban igualmente sin palabra alguna.

—Pues gracias, creo —contestó la Murhedar.

Yúnuen solo sonreía al notar el nerviosismo del escuadrón, dejando escapar una pequeña risa.

—¿Podrían cuidar también mi maleta por favor? —preguntó Yúnuen.

—Sí claro, pásamela —contestó Jasha, aliviado por haber roto la incomodidad del momento. Yúnuen entonces, guardó su sombrilla dentro de la maleta y se acercó al heredar para entregársela.

—Gracias, por favor ten mucho cuidado con ella Jasha —dijo, con esa bella sonrisa que la caracterizaba.

—Lo haré —contestó Jasha tímidamente, notándose ruborizado. Yúnuen tenía especial afecto por este heredar, ya que él, en repetidas ocasiones había demostrado su interés por ella.

—¡Vamos Yúnuen! —gritó Yorha que ya se encontraba a la mitad de la escalinata.

Yúnuen apurada le dio alcance mientras que Jasha la observaba, este último, sintiendo la mirada de sus compañeros volteó, todo el grupo lo veía de forma burlona, pero él, intentando simular indiferencia, acomodó las maletas junto a la suya.

—¡Quién hubiera imaginado a la capitana usando un vestido! —dijo Jasha intentando abrir la conversación para no ser molestado por su atracción hacia Yúnuen.

—¿La capitana es una mujer? —bromeó Nenet provocando la risa del escuadrón.

—Ya no serás el único que use un vestido —respondió Xaly a Nenet.

—¡Es una toga, torpe! —refunfuñó Nenet. Él siempre solía usar una larga toga gris en los días calurosos.

—Yorha es una mujer muy bella, pero creo que no sería capaz de salir con ella —comentó Yoltic con sobriedad.

—¿Qué, te da miedo? —contestó Nenet.

—La verdad es que sí —dijo Yoltic—. Además, ella no solo es una Murhedar, es famosa, me imagino que el chat de su red está repleto de pretendientes.

—Si te gusta deberías intentarlo, ¿qué puedes perder? —le contestó Jasha.

—¿Gustarme? No, yo solo decía —Añadió Yoltic al mismo tiempo en que veía como Yorha y Yúnuen se adentraban en el palacio.

La entrada del palacio era inmensa, dos enormes pilares con la forma de las patas de un dragón la sostenían y en la parte superior había una inscripción que decía:

Aquí habitan los herederos de Quiyah el dragón de la tormenta.

Al adentrarse más allá de la puerta, se encontraba una gran estatua, erigida en honor al primer Murhendoar del filo tormenta, Quiyah. Estaba fabricada de un material parecido al marfil y al pie de esta había un pequeño Jardín que la rodeaba, lleno de flores relámpago, estas tenían la peculiaridad de contener una pequeña carga eléctrica que absorbían en sus tallos, gracias a los rayos que impactaban el suelo, esto como un medio de defensa ante posibles depredadores.

—Me encantan estas flores —dijo Yúnuen acercándose al jardín e inclinándose para verlas.

—A mí no, alguna vez pise una estando descalza y créeme no quieres hacer eso —respondió Yorha sentándose en una pequeña banca que había junto al monumento—, es como pisar un clavo.

—¡Uy! Que horrible, pero si las tratas con cariño puedes incluso… —Yúnuen tomó entonces una flor con extrema delicadeza, lo cual no activó el sistema defensivo de esta y permitió a Yúnuen tomarla.

—¡Pudiste tomarla! —exclamó Yorha sorprendida, levantándose para observar la flor. De diminutos y abundantes pétalos blancos, los cuales podrías pasarte toda una tarde contando, su aroma era exquisito, sus estambres eran color gris, y a través de ellos parecía fluir la electricidad.

—¡Ay! —gritó Yorha después de acercar su dedo curiosamente a la flor—, ¡me dio un toque!

Yúnuen soltó una gran carcajada.

—¿Es enserio? —dijo entre risas—. Yorha has recibido golpes que acabarían con cualquier heredar, ¿y una pequeña flor te hace gritar?

—No era algo que esperaba —se excusó la Murhedar introduciendo su dedo en la boca para aliviar el dolor.

—Disculpe señorita —dijo una voz que provenía detrás de Yúnuen.

Yúnuen asustada volteó de un salto. Era uno de los heredar apostados en el palacio.

—No puede arrancar las flores de las jardineras del palacio —apuntó el heredar.

—Lo siento, la volveré a colocar en su lugar.

—Bueno, aunque para usted se pudiera hacer una excepción —contestó el heredar mientras tomaba la flor de las manos de Yúnuen y la colocaba suavemente en el cabello de la heredar—, listo, se ve mejor en usted que en cualquier jardinera.

—Ay gracias —dijo Yúnuen con una sonrisa para después voltear hacia su amiga—, Yorha ponte una igual, ¡anda!

—¿Yorha? —preguntó el heredar sorprendido y algo temeroso—, ¿te refieres a Yorhalli, la Murhedar de las sombras?

—¿Murhedar de las sombras? —se preguntó Yorha—. ¿Así es como me conocen aquí?

Yorha se acercó entonces al heredar, que asustado dio un paso atrás.

—No, no, disculpe solo es la forma que usamos en la red para hacer referencia a usted —trastabilló temeroso, retrocediendo lentamente mientras Yorha se acercaba a él.

El heredar, que la miraba hacia arriba ya que Yorha era más alta que él, quedó prendado en su mirada. Yorha, molesta por esta constante en su vida (era normal que quien no haya visto nunca a través de los ojos de Yorha, quedara perplejo por ello), tomó de los hombros al heredar y lo sacudió. Esto provocó la risa de todos a su alrededor, que no dudaron en grabar lo que estaba pasando.

—Reacciona, ¡reacciona ya! —exclamó Yorha mientras continuaba sacudiendo al heredar.

El heredar, que había recuperado la cordura desde la primera sacudida, no podía más que gritar ya que la fuerza de Yorha le impedía escapar, viéndose obligado a invocar su armadura.

—Ayúdenme —sollozó.

Yúnuen no dejaba de reír mientras se acercaba a Yorha para intentar detenerla.

—¡Amiga lo vas a matar! —dijo entre risas, tomando el hombro de Yorha.

Yorha entonces se detuvo, el pobre heredar había quedado sumamente maltrecho, parecía que una tormenta había pasado por su cabello.

—¿Estás bien? —preguntó Yúnuen.

El heredar se tambaleó y por poco cayó al piso, pero Yorha lo detuvo y lo ayudó a sentarse en una banca. Otros de los heredar apostados en el palacio se acercaron curiosos por las risas y la acumulación de personas alrededor de lo sucedido.

—¿Está todo bien señoritas? —preguntó uno de ellos.

Yúnuen se acercó al grupo de heredar para explicarles lo sucedido, mientras Yorha intentaba arreglar el cabello del heredar y lo sostenía para que no cayese, estaba algo mareado.

—Cuanto lo siento, a veces no mido mi fuerza, ¿podrías perdonarme?

El heredar volteó a verla y comenzó a reír.

—De verdad que es usted muy fuerte, mis amigos no van a creer lo que pasó.

—Yo creo que sí, mira —dijo Yorha mostrándole su red al heredar, en esta se visualizaba el video en el que la Murhedar lo sacudía y que al instante se había vuelto viral en la red.

El heredar sacó igualmente su red para ver el video y compartirlo a sus amigos; ambos reían mientras observaban la escena en la red del heredar. Al terminar, el joven se levantó y desvaneció su armadura, intentando poner en orden su maltrecho uniforme. Después se acercó a la jardinera y con delicadeza tomó una flor relámpago.

—Su amiga tiene razón, debería llevar una también —afirmó, mientras colocaba la flor en el cabello de Yorha que aún continuaba sentada.

—Gracias —susurró la Murhedar con una sonrisa. Yorha no estaba acostumbrada a ese tipo de atenciones y era muy notorio que le costaba encontrar palabras para contestar dicha acción.

—Los rumores en la red no le hacen justicia, es usted una mujer realmente encantadora —dijo el heredar—, bien, fue un placer conocerla señorita, debo continuar mi guardia.

El heredar hizo una reverencia y se marchó, siendo recibido entre risas y empujones por sus compañeros, que ya habían visto el video en la red.

—Esos heredar fueron realmente amables —dijo Yúnuen que caminaba hacia Yorha tras haber hablado con el grupo de guardias—. ¡Y mira! Uno de ellos nos dio un pase doble de la zona de baile.

—Déjame ver eso —contestó Yorha con curiosidad.

Yúnuen se sentó junto a Yorha y deslizó de su red el pase hacia la red de Yorha.

—Por eso me gusta venir contigo a estos lugares —comentó Yorha mientras una risa burlona se escapaba de su boca.

—¿Por qué? —cuestionó Yúnuen que trenzaba su cabello.

—Ese heredar quería invitarte a bailar, no era un regalo para nosotras.

—Ah… —contestó Yúnuen mientras reflexionaba sobre el momento en que el heredar le había entregado los boletos.

Ambas heredar echaron a reír por lo acontecido; Yorha archivó los boletos en su red y aprovechó para verse en su cámara, acomodando la pequeña flor en su cabello.

—¿Realmente hay una zona de baile en el palacio?

—¡Sí! Es muy bonita y además las bebidas que sirven ahí son deliciosas.

—¿Vienes mucho a este lugar verdad?

—A decir verdad sí, un poco, eso creo —Balbuceaba Yúnuen mientras veía hacia arriba haciendo memoria—, la última vez fue con un chico que me invitó a salir.

—¿Aquel heredar de cristal con el que te quedaste platicando después de la incursión en la ciudad perdida de Cúrzo?

—¿Cómo lo supiste?

—Su pueblo queda muy cerca de la frontera, era el más probable.

—¿El más probable? Lo dices como si saliera con muchos.

—Al menos te invitan, a mí ni caso me hacen.

—¡¿Qué dices?! Si tú eres famosa.

—Tan famosa que nunca me han invitado a conocer el palacio.

—Deberías tomarte un descanso Yorha —dijo Yúnuen tras un suspiro—, no es sano que vivas combatiendo.

—Creo que tienes razón.

—Vamos, yo te mostraré el palacio.

El gran palacio contaba con tres plantas, además de las inmensas torres que estaban dedicadas únicamente al personal combatiente y la vigilancia de la zona cero. La primera planta del palacio era una zona comercial de convivencia entre theranios de todas las naciones. La segunda planta estaba dedicada a la cultura y era cede de la universidad pública del País de la Tormenta, así como también del museo de historia regional. La tercera planta estaba dedicada a la política y el combate contra los vestigios, también era cede del gran concilio Murhendoar, que se había pospuesto desde el inicio de la guerra. El palacio era realmente inmenso, como una pequeña ciudad dentro de la ya gran ciudad capital.

—Oye te quedó muy bonita tu trenza, hazme una ¿sí? —pidió Yorha al ver la trenza ya terminada de Yúnuen.

—Bueno, pero ponte de pie tienes el cabello muy largo.

Yúnuen, al no encontrar una manera, tuvo que pararse sobre la banca para poder manejar bien el largo cabello de Yorha.

—¡Tu cabello es casi de mi altura!

—Ay, que exagerada eres.

—Es enserio, ve donde estoy parada.

Yorha volteó, y al verla ambas comenzaron a reír.

—Me encanta tu cabello jamás se enreda —comentó Yúnuen mientras trenzaba el largo y oscuro cabello de la Murhedar. La gente a su alrededor observaba curiosa, tomando fotos o grabando; las manos de Yúnuen parecían desvanecerse al entrar en contacto con el cabello de Yorha. Para los ojos de los theranios era difícil comprender la situación y dados los rumores en la red, no solían acercarse a Yorha al verla. Algunos de estos rumores inclusive aseguraban que al ver sus ojos se podía perder la memoria a corto plazo.

Yorha a menudo volteaba bruscamente hacia los theranios que la observaban, causándoles un gran susto seguido de risas, esto, aunque momentáneamente provocaba una sonrisa en la Murhedar, a la larga había infundido en ella un ligero sentimiento de rechazo. Eran pocos los theranios que se atrevían a hablarle, inclusive a los heredar les provocaba cierto temor el estar frente a frente ante la Murhedar.

—Quizá debería cortármelo como el tuyo —contestó Yorha, que reflexionaba al ver a los theranios huir de su mirada, volteando o simplemente agachando la cabeza.

—¡Qué dices! Claro que no, además tu cabello es muy ventajoso en el combate.

—¡Pero así no sería un circo para todos! —exclamó la Murhedar, provocando que los curiosos siguieran apenados su camino.

—Oye relájate.

—¡Ay, es que me desesperan¡

—Mira, ya quedó —dijo Yúnuen mientras bajaba de la banca y tomaba un video de la trenza con la cámara de su red, mientras la Murhedar, conectando su red con la de su amiga, podía ver lo que ella grababa.

—¡Gracias! Te quedó increíble, a mí siempre me sale mal —contestó Yorha, mirándose en la cámara de su red, que, gracias al cristal líquido contenido en ella, podía simular un espejo de hasta treinta centímetros. Yúnuen abrazó a su amiga mirando hacia la cámara para que pudiese tomar una foto de ambas trenzas.

—Listo —dijo Yorha—, ¿a dónde vamos primero?

—Ya es tarde, ¿qué tal si vamos a comer y después a la zona de baile?

—¡Sí! Ya tengo mucha hambre.

—Sígueme, creo que es por aquí.

La primera zona de la planta baja del palacio era un centro expositor, en el que las empresas y pequeños comerciantes mostraban sus productos o servicios, esto, para apoyar la economía local ya que el palacio era visitado por theranios de todas las naciones.

—¡Mira! —exclamó Yorha mientras corría hacia una de las pequeñas islas comerciales. En ella se encontraban expuestas prendas de vestir que cambiaban de diseños y colores.

—¿Es una aplicación para la red? —preguntó Yorha al expositor.

—Así es señorita, es un conjunto de nanorobots que se controlan mediante una aplicación en su red y cambian el color de su precioso vestido —contestó el expositor, evitando hábilmente el contacto visual.

—Muchas gracias, ¿podría mostrármelos por favor?

El expositor simplemente deslizó la mano sobre su red, pasando así la aplicación a la red de Yorha, la Murhedar de inmediato abrió la aplicación, lo que hizo que un pequeño dron volara hacia su red y descargara los nanorobots en esta.

—Veamos —dijo la Murhedar mientras observaba los colores en la aplicación—. ¿Puedo diseñar estampados o formas para añadirlos?

—Así es señorita simplemente los desliza desde su archivo hasta la aplicación y estos se añadirán automáticamente.

—¡Yo también quiero probarla! —exclamó Yúnuen. De inmediato el expositor deslizó otra prueba de la aplicación a la heredar.

—Este color esta precioso, "verde vintage" —dijo Yorha, dando un rápido toque a la aplicación.

Aunque imperceptibles, los diminutos robots se deslizaron a través del vestido de la Murhedar, haciendo un escaneo de este y colocándose en diferentes partes alrededor del vestido. De pronto, comenzó a cambiar de color, tornándose de un verde azulado muy tenue y conservando el color dorado de los botones.

—¡Está increíble! —exclamó la Murhedar—, vamos, pruébalo amiga.

—¡Ya voy! No decido los colores.

—Me la llevo —dijo Yorha al expositor.

—La garantía es de por vida y todas las actualizaciones son gratuitas, espero que disfrute su producto —dijo el expositor que deslizaba su mano nuevamente sobre la red para desbloquear la aplicación completa.

Los theranios de todas las naciones utilizaban una moneda única y contaban con una cuenta gratuita en la red desde su nacimiento, por lo que cada acción que necesitara una remuneración económica era automáticamente gratificada en la red y cada transacción se realizaba por medio de esta, haciendo innecesario el uso de una moneda física.

—¡Listo! —exclamó Yúnuen, mostrando un abstracto diseño a cuadros con tonalidades negras y grises. Los nanorobots inclusive cambiaron el color de su calzado a gris para que combinase con el de su atuendo.

—¡Vaya! Te ves increíble, deberías llevártela —comentó Yorha.

—¿Cuánto cuesta? —preguntó Yúnuen al Expositor.

—Quince mil criptos señorita, pero con su descuento como heredar ocho mil quinientos criptos.

—No lo sé Yorha, está muy cara y he estado ahorrando para mi casita.

—Désela —dijo Yorha.

Sin dudarlo el expositor desbloqueó la aplicación para Yúnuen.

—¡Yorha no! —exclamó Yúnuen apenada.

—Muy tarde —dijo la Murhedar con una sonrisa maliciosa.

Los heredar tenían una buena posición económica, ya que su trabajo era especialmente valorado y su vida corría más riesgo que la de cualquier otro theranio, pero también tenían la elección de retirarse después de diez años de servicio y trabajar en cualquier área que quisieran. Yorha al ser una Murhedar, además de su remuneración como heredar, ganaba según la misión asignada a su equipo y su nivel de peligrosidad. Por lo tanto, Yorha, al ser la Murhedar más activa de todo el consejo, sus capacidades económicas eran muy superiores a las de cualquier heredar.

—Gracias Yorha —mustió Yúnuen que se encontraba realmente avergonzada.

—Solo son unos cuantos criptos, ahora vamos a buscar algo de comer que muero de hambre y comienzo a fastidiarme.

Ambas comenzaron a caminar hacia la zona de alimentos, mientras Yúnuen jugaba con su nueva aplicación, cambiando repetidamente los colores y diseños de su atuendo. Pronto llegaron a una gran cúpula adornada con una bella pintura, en esta se representaban a los primeros seis filos primigenios enfrentando a la gran bestia. Yorha se detuvo entonces para admirar esta gran obra de arte.

—Es impresionante ¿no? —comentó Yúnuen al observar a su amiga perdida en la inmensidad de la cúpula.

—¿Ella es Iuhálli? —preguntó Yorha señalando hacia el centro de la pintura en la que se encontraba la Murhendoar combatiendo con la gran bestia.

—Así es, ella lanzó el último ataque, sacrificándose para derrotar a la gran bestia, se dice que fue un ataque tan devastador que ni siquiera Tohalli pudo mantenerse de pie ante tal manifestación de energía.

«Su silueta es idéntica a la de aquella mujer en la zona cero, ¿qué es lo que intentas comunicarme Iuhálli?», pensaba Yorha mientras observaba con detenimiento la pintura, «¿será que sigues aquí, entre nosotros? No, quizá Théra quiera decirme algo y utilice tu recuerdo».

—¿Yorha? —preguntó Yúnuen algo preocupada.

—¿Crees que algún día regrese? —preguntó la Murhedar.

—¿Quién?

—La bestia.

—Por supuesto que no, el mundo ya no es como en aquella época, no hay razón por la cual reaparezca, ¿por qué lo preguntas?

—Hoy durante la tormenta, en la cima de la torre principal un heredar me dijo que "pronto las sombras caerán del cielo".

—Que extraño, ¿qué habrá querido decir?

—No lo sé, cuando quise preguntarle se fue con la tormenta, ¡literal! Se fue entre sus nubes, utilizando los rayos para trasladarse.

—¡Yorha! —exclamó Yúnuen sorprendida—, ¿sabes a quien viste?

—Ni idea.

—¡Ese era Dumenor el jinete de los relámpagos!

—¿Y es importante?

—!ES UNA LEYENDA!

Yorha colocó el puño en su mentón, apoyando su codo en el antebrazo del brazo contrario intentando ubicar en su memoria el nombre mencionado.

—No, no me suena.

De pronto Yorha se estremeció, al igual que con la presencia de aquel heredar sobre la torre.

—Aquel heredar era mi hermano —dijo una profunda voz que provenía detrás de Yorha.

Yúnuen rápidamente se apartó e inclinó la cabeza, todos a su alrededor hicieron exactamente lo mismo, parecían algo atemorizados; Yorha al ver esto volteó lentamente.

—¿Dumenor? —preguntó mientras lo hacía.

—No, yo soy Dohamir el jinete de los vientos y Murhendoar del filo tormenta.

Yorha entonces dio un gran salto colocándose junto a Yúnuen e inclinando la cabeza.

—¿Por qué no me dijiste que estaba detrás de mí? —susurró a Yúnuen.

—Apareció de repente, no lo vi llegar.

—Tienes que estar más atenta, ¡tú eres la sensitiva del equipo!

—¡No tengo que estar atenta a nada, no estamos en misión!

Dohamir se acercó a las heredar mientras ambas continuaban discutiendo entre murmullos.

—Chicas —dijo el Murhendoar al mismo tiempo en que las tomaba del hombro.

Ambas heredar callaron al instante y sus rostros se ruborizaron, levantando lentamente la cabeza con un semblante extremadamente avergonzado.

Dohamir era una figura imponente, al verlo Yorha pudo encontrar similitudes entre su rostro y el de aquel heredar en lo alto de la torre, la nariz de ambos era aguileña y muy distintiva, sus ojos eran igualmente grises y destellantes, pero al contrario que su hermano, los ojos de Dohamir parecían contener enormes tornados dentro de sí, que manejaban los vientos a voluntad. Su mirada era intimidante y transmitía una sensación de seguridad. Su piel era de un gris claro, casi blanco. Su cabello era rizado y algo desordenado, como si el viento fluyera a través de él constantemente, y al igual que su hermano este era de un color gris oscuro, sus cejas eran abundantes y rectas. Su rostro era triangular y con un mentón fuerte; estaba cubierto por una barba corta y bien arreglada. Su vestimenta era casual, una camisa sencilla y unos pantalones cómodos, como si solo estuviese dando un paseo, aun así, la energía que este despedía era suficiente para estremecer a cualquiera; el poder de un Murhendoar era inconmensurable.

Yorha sentía este gran poder desprendiéndose de la mano del Murhendoar y recorriendo su cuerpo, pero no se atrevía a decir una sola palabra ya que se encontraba avergonzada por lo sucedido. En ese momento Dohamir también pudo sentirlo, el cómo su filo intentaba conectarse con el de Yorha.

«Que interesante, así que ella es Yorhalli, de la que tanto hablan, su filo es impresionante puedo sentir algo oculto en él; los filos de los heredar nacidos después de la segunda edad, no son capaces de conectarse con los filos primigenios, pero al parecer el filo de esta niña intenta hacerlo», pensó el Murhendoar.

—Síganme.

—Sí señor —dijeron ambas heredar al unísono.

Dohamir las dirigió hacia un elevador cercano, en la mente del Murhendoar no dejaba de rondar la idea de que Yorha contenía algo especial dentro de su filo, pero ¿qué?

—Creo que aquí se terminó nuestro recorrido —susurró Yúnuen.

—Que triste, muero de hambre —contestó Yorha.

—Yo también, espero que haya algo de comer a donde nos lleve.

Dohamir se detuvo bruscamente, causando que ambas heredar, que iban distraídas, chocaran con él y cayeran al piso.

—Es como chocar con un muro de acero —susurró Yúnuen mientras sobaba su rostro.

Yorha, intentando no reír, se levantó rápidamente y ayudó a su amiga a incorporarse.

—Así que tienen hambre —dijo Dohamir con una sonrisa—, bueno, pues vamos a comer algo.

Las heredar no pudieron ocultar la felicidad que estas palabras provocaron en sus estómagos, y ambas se miraron sonrientes entre sí.

—Disculpe señor —interrumpió una heredar, parecía muy apurada y algo agitada.

—Sí dime —contestó Dohamir.

—La señorita Mahalli se encuentra en su oficina y ha pedido verle.

—¡¿Mahalli?! —exclamaron al unísono Yúnuen, Yorha y Dohamir.

—Sí señor —respondió la heredar.

—Muy bien, veamos que quiere para poder comer algo —dijo Dohamir indicando a Yúnuen y a Yorha que lo siguieran.

—Disculpe, pero la señorita Mahalli insistió en que fuese una audiencia privada —dijo la heredar.

—Lo siento chicas será en otra ocasión, pero tengan, yo invito —dijo Dohamir mientras deslizaba la mano sobre su red y se retiraba acompañado de la heredar. Yúnuen y Yorha miraron simultáneamente su red, al hacerlo ambas quedaron estupefactas y gritaron de felicidad.

—¡Un millón de criptos! —gritaron viéndose la una a la otra sin poder creer lo que sucedía.

Dohamir las observaba sonriente mientras el elevador de cristal continuaba su marcha; aunque dentro de él surgían muchas incógnitas sobre Yorha, en ese momento su pensamiento se centraba en Mahalli, una visita un poco peculiar, puesto que era rara la vez en que ambos Murhendoar se veían desde el inicio del conflicto y más aún en privado.

—¡Vamos a comprar toda la comida que podamos comer! —exclamó Yorha.

—¡Aquí hay un restaurante que sirve una pizza deliciosa! —dijo Yúnuen mientras se le adelantaba a Yorha hacia la zona de alimentos.

—¡Oye espérame! —replicó Yorha mientras le daba alcance, no sin antes voltear en busca de Dohamir quien ya se encontraba saliendo del elevador.

«Puedo sentirlo, el poder de ambos Murhendoar es una fuerza impresionante que oprime mi pecho, es como si algo me atrajera hacia ellos, ¿qué pasa contigo Yorhalli? Relájate», pensaba Yorha, quien por alguna razón se encontraba muy agitada, su cuerpo no le respondía y su respiración se aceleraba, su filo parecía querer desprenderse de ella, quien con todas sus fuerzas intentaba retenerlo, la trenza de su cabello comenzó a deshacerse y este empezaba a suspenderse ligeramente en el aire, la tensión en su cuerpo provocó que sus músculos se contrajeran, lo que la hizo tambalear.

—¡Yorha! —exclamó Yúnuen mientras tomaba su hombro—, ¿estás bien?

Yorha se relajó al sentir la mano de Yúnuen y escuchar su voz.

—Sí, es solo que me preguntaba la razón por la cual Mahalli pediría una audiencia con Dohamir.

Yúnuen sabía que esa no era la razón de su comportamiento, dado a que, desde pequeñas Yorha había tenido ese tipo de episodios, algunos más notorios que otros, en los que pareciera entrar en conflicto con su propio cuerpo. Pero ambas ignoraron el hecho y siguieron caminando hacia la zona de alimentos.

—Deben ser asuntos personales, ¿recuerdas que igualmente pidió una audiencia personal con Maculli cuando estuvimos en Teska?

—Sí, pero aquella vez Roa y Koa la acompañaban, además siempre que Dohamir está, ella se comporta de forma extraña —reflexionó Yorha.

—¿A qué te refieres con extraña? —cuestionó Yúnuen.

—De pronto es más altruista y carismática, exagera todas sus expresiones e intenta estar más cerca de él, a decir verdad, me parece algo irritante.

—¿Crees que a ella le guste Dohamir?

—Yo creo que sí y no la culpo, es un hombre muy apuesto, aunque algo serio para ella, cuando la vuelva a ver se lo preguntaré, por ahora quiero tomarme un descanso porque siempre que ella y yo hablamos termina enviándome a alguna misión.

—Como quisiera poder tomar alguna de tus misiones en solitario.

—¿Bromeas Yúnuen? Son misiones muy arriesgadas.

—Creo que puedo con ellas —reclamó Yúnuen.

Yorha soltó una gran carcajada, pensando que Yúnuen estaba bromeando, lo cual no le hizo ninguna gracia a la heredar. Yorha suspiró, acercándose a su amiga y abrazándola con una mano mientras caminaban.

—Yo sé que eres capaz Yúnuen, pero si te recomiendo para la prueba de Murhedar, te mandarían a otro escuadrón y... ¿qué sería de nosotros sin ti?

—¿De verdad me recomendarías para la prueba de Murhedar? —preguntó Yúnuen, sorprendida por lo dicho anteriormente.

—Yúnuen, tú conoces técnicas que ni los Murhedar de la academia saben que existen, tu entrenamiento es muy superior, inclusive al mío.

—Y me faltó mucho por aprender, Kélfalli fue uno de los Murhedar elegidos para entrenar con Tohalli y los Murhedar del sol, la cantidad de técnicas que conoce es sorprendente. Tu padre también entrenó en el País del Sol, deberías postularte.

—Lo sé, pero con esta guerra no he tenido la oportunidad de postularme; creo que tú también podrías ser elegida. Sabes, ahora que lo mencionas yo nunca he visto a Kélfalli, bueno sí, pero no a menos de cien metros y mucho menos platicado con él, ni siquiera en el consejo Murhedar, casualmente cuando yo estoy, él no y viceversa; siempre he querido trabajar con él.

—Es raro, como comandante supremo, mi tío debería asignarnos nuestras misiones, pero parece que Mahalli nos tomó como escuadrón personal.

—Eso no me molesta, pero quisiera que dejara de enviar a sus lamebotas para asignarnos las misiones —dijo Yorha con desdén.

Yúnuen soltó una pequeña risa.

—¡¿Por qué les dices así?! —exclamó mientras intentaba contener la risa—. Sé que Koa suele ser muy pesada, pero Roa es muy agradable.

—¿Pesada? Es nefasta, ¿no has visto cómo me mira? Parece odiarme.

—¡Oye ten más respeto! —apuntó Yúnuen entre risas—, recuerda que ella es nuestra superior.

—Pues debería comportarse como tal —contestó Yorha con desdén.

—¡Mira es esa! —exclamó Yúnuen mientras se apresuraba.

Reencuentros

A la distancia había un pequeño comercio llamado Pizza-Ligia, esto debido al nombre de su creadora, la señora Ligia que normalmente estaba al frente con sus empleados para recibir a los comensales, pero al ver a Yúnuen acercarse, comenzó a preparar su pedido personalmente.

—Ya teníamos tiempo sin verla señorita —le dijo la señora Ligia con alegría.

—Sí, es que nos han tenido muy ocupados —contestó Yúnuen—, por cierto, le presento a Yorhalli.

—Hola —dijo la Murhedar mientras leía el menú, que al acercarse se había proyectado automáticamente en su red.

Al escuchar esto, todos los empleados del pequeño local salieron discretamente a observar a la Murhedar, con excusas tan absurdas como el rellenar los servilleteros (cosa que se hace de forma autómata).

—¿Ya sabe que ordenar señorita? —dijo un empleado al frente del local.

—Deme lo que ella pide siempre —contestó Yorha.

—Muy bien, una pizza especial familiar con una orden de papas especiadas y agua cítrica, ¿es correcto? —preguntó el empleado.

—Suena bien.

—Listo señorita enseguida le entregamos su orden.

El negocio era famoso en el palacio por esa forma tradicional de atender a sus clientes. Ya que toda la zona de alimentos estaba automatizada por medio de la red, solo era necesario sentarse y elegir los alimentos, que al instante eran llevados por un dron. El palacio contaba con la mayor tecnología; debido a ello, los heredar apostados en el palacio permanecían siempre alertas ya que la tecnología era un gran atractivo para los vestigios.

—Busquemos un lugar alto —dijo Yorha.

—Yo sé dónde —contestó Yúnuen apresurándose y jalando a Yorha de la mano.

A pocos metros se encontraba un corredor elevado que llevaba a una plataforma exterior del palacio, desde donde se podía ver gran parte de la ciudad. De inmediato Yorha corrió a la orilla de la plataforma para admirar la vista, el viento soplaba ligeramente, haciendo bailar su vestido y acariciando su piel mientras ella cerraba los ojos y se apoyaba en el barandal para poder sobresalir de la plataforma lo máximo posible; la plataforma estaba vacía debido a la reciente tormenta.

—No te muevas —dijo Yúnuen mientras saltaba fuera de la plataforma sosteniéndose del barandal con sus piernas e intentando encontrar la posición perfecta para tomar una foto a la Murhedar—, ¡listo! Quedó perfecta.

—A ver te tomo una yo —contestó Yorha mientras atoraba su pie en el barandal para poder sobresalir aún más de la plataforma, apoyada solo por este.

Yúnuen se sentó en el barandal y deshizo su trenza, acomodando su cabello para que la briza lo moviera suavemente y no cubriera su rostro.

—Ya está, déjame ver la mía —dijo Yorha.

Ambas se juntaron para ver su red y compartir sus fotografías. En ese momento, llegó el dron con sus pedidos de Pizza-Ligia.

—Elegiré la mesa —dijo Yúnuen mientras deslizaba la mano sobre su red, en donde se mostraban muchos estilos de mesas—. ¡Este es perfecto!

Al pulsar su red, del suelo comenzó a surgir una masa de metal líquido, que poco a poco adquirió la forma de una mesa circular endureciéndose al instante y tornándose de un color azul cielo, en ella parecían pasar lentamente pequeñas nubes, justo después de esto, otras dos pequeñas masas de metal liquido formaron sillas acoplándose a la estatura de las heredar; el dron colocó su pedido suavemente sobre la mesa y se retiró. Ambas heredar abrieron sus pizzas apresuradamente y comenzaron a devorarlas.

—¡Está deliciosa! —exclamó Yorha con un gran gesto de placer, mientras untaba una papa en un pequeño cubo de salsa que incluía el paquete.

Yúnuen, quien tenía la boca llena de pizza y papas solo se limitó a intentar sonreír. Mientras ellas comían, el viento comenzó a soplar con más intensidad y arremolinarse alrededor del palacio.

—Algo está pasando, este viento parece ser producto de un filo —dijo Yúnuen mientras observaba a detalle la dirección del viento.

El viento que se arremolinaba alrededor del palacio se dirigía a una cornisa en lo alto de una de las torres. Ambas heredar se levantaron de sus asientos para poder observar, invocando su armadura sobre sus ojos, la cual les permitía ver a grandes distancias con más detalle. En la cima se encontraban Mahalli y Dohamir.

—¿Qué crees que esté pasando entre esos dos? —preguntó Yorha.

—No lo sé, pero debe ser algo importante.

El viento comenzó a intensificarse de tal forma que se empezó a formar un enorme remolino alrededor de la torre. Yorha intentaba sostener su vestido, pero esto era imposible por lo que tuvo que invocar su armadura para resguardarlo, desabotonándolo para que se ajustara a sus piernas. De un momento a otro todo ese viento se acumuló en la cima de la torre, el sonido que este generaba era realmente estrepitoso y la gente en la cercanía del palacio buscó resguardo dentro de este, parecían saber lo que estaba a punto de pasar.

—¡Vamos! —exclamó Yorha.

—No, recuerda que es audiencia privada —contestó Yúnuen intentando persuadirla.

Pero sus palabras no detuvieron a la Murhedar, que con gran curiosidad dejó su calzado y saltó hacia la torre comenzando a subirla verticalmente, lo que hizo que Yúnuen invocara su armadura y la siguiera.

—¡Espera Yorha, esto no le va a agradar a Mahalli! —gritó Yúnuen, pero fue en vano, el sonido del viento era demasiado fuerte.

Ya a la mitad de la torre, el viento soplaba con tal intensidad, que comenzó a dificultar el avance de la Murhedar, quien intentaba no dañar la estructura, pero fue imposible y tuvo que incrustar su filo dentro esta, sacando pequeñas espinas de sus pies para poder sostenerse.

—¡Yorha! —gritaba Yúnuen con desesperación mientras intentaba soportar la poderosa ventisca proveniente de la cima. En ese momento Yorha la tomó de la mano, ayudándola a estabilizarse y continuar.

—¡Es un poder increíble! —exclamó Yorha—. ¡No sé qué este pasando allá arriba, pero tenemos que verlo!

En ese momento un sonido estruendoso asoló el lugar y el viento se detuvo, causando que ambas heredar cesaran su marcha, expectantes de lo que podría suceder. Un segundo después, de la cima de la torre, se desprendió una poderosa ventisca que a su vez causó una onda de choque que recorrió el lugar, arrojando a las heredar de la torre. Al ir cayendo, Yorha pudo vislumbrar en esa ventisca a Dohamir, que parecía fluir a través de ella perdiéndose en el horizonte. Rápidamente Yorha se impulsó hacia la torre, aferrándose con las puntas de sus dedos a la orilla de una ventana, intentando ver la dirección hacia donde había partido el Murhendoar. Mientras que Yúnuen se dirigió hacia su mesa, planeando con ayuda de su armadura que podía servir también como traje aéreo.

—Va a la zona perdida al este de Aostol —dijo una melodiosa pero intimidante voz femenina (Aostol era la capital del País Latente).

Yorha reconoció la voz al instante, era Mahalli, que se encontraba parada a su lado en posición perpendicular a la torre. Ella era una mujer esplendida, con un porte sin igual, su altura era semejante a la de Yorha. Famosa por su belleza y carácter impulsivo, Mahalli ostentaba una gran cabellera que terminaba a la par con su espalda, esta era de un color plateado con destellos azules, a través de ella navegaban diminutas estrellas, gracias a esto, en su juventud fue conocida como la loba plateada. Su piel era de un color gris muy claro, casi blanco y en toda la superficie de esta flotaban pequeñas estrellas de manera ocasional, pero cuando revelaba su filo se llenaba de estrellas que danzaban a la par de sus movimientos. Sus ojos eran azul rey, como una noche despejada e iluminada por Koyol y Xauki en su máximo esplendor, dentro de ellos había una lluvia de estrellas luchando por escapar antes del amanecer, estos irradiaban una tenue luz azul blanquecina, al verlos se adquiría una sensación de sosiego, sus largas pestañas, daban una sensación aún más penetrante a su mirada, sus cejas eran espesas y bien delineadas. Mahalli cuidaba muy bien de su aspecto, aún con todos los deberes que como Murhendoar tenía asignados, siempre parecía tener tiempo para lucir impecable. Su nariz era recta y ligeramente puntiaguda, acompañada por un pequeño lunar en el dorso derecho. Sus labios eran finos, siendo su labio inferior ligeramente más grueso. Su rostro tenía la forma de un diamante, delicado pero fuerte. Una de sus pequeñas orejas había perdido un lóbulo en una batalla, por lo que siempre procuraba usar pequeñas argollas plateadas en el hélix de cada oreja. En esa ocasión vestía una ligera blusa blanca revestida con un fino saco azul y unos pantalones que hacían juego. No portaba calzado, lo que indicaba que en cualquier momento desplegaría su filo.

—¿Hay algo que deba saber? —preguntó Yorha.

—No debería decírtelo, pero confió en ti más que en cualquier otro Murhedar del consejo.

—Gracias Mahalli.

—En mi más reciente exploración he encontrado un rastro que ningún perdido o vestigio hubieran podido dejar.

—¿Ya se lo has informado a Maculli?

—No, necesito tener la certeza de lo que es.

—¿Y no pudiste seguir el rastro?

—Eso intenté, pero a medida que lograba avanzar, poco a poco el rastro se dividió en miles de direcciones, es como si supiera que le estoy siguiendo la pista y se dividiera en pequeños fragmentos de sí mismo.

—¿Y quieres que mi escuadrón se encargue?

—No, es demasiado arriesgado, aún para ti, por eso pedí la ayuda de Dohamir, no hay nada que él no pueda encontrar.

—¿Qué puede ser tan peligroso como para que no pueda manejarlo?

—No lo sé Yorha, pero esto no es algo con lo que hayamos combatido antes, es un mal antiguo, puedo sentirlo.

—¿Una sombra? —preguntó Yorha, que comenzaba a sospechar de aquel heredar sobre la torre.

Al escuchar esto, Mahalli frunció el ceño confundida e inclinó ligeramente su cabeza.

—¿A qué te refieres con eso?

—Ese heredar —contestó Yorha intentando recordar el nombre—. ¡Dumenor! Dijo algo sobre unas sombras que caerían pronto.

—¿Dumenor hablo contigo? —preguntó Mahalli completamente intrigada—, ¿qué más te dijo?

—Solo eso, después se fue en dirección a la zona cero.

—Ese heredar es un misterio, no puedo creer que sea hermano de Dohamir.

—¿Tú lo conoces?

—Sí claro, él y yo fuimos compañeros hace muchos años en una brigada de reconocimiento, aunque hubiese preferido la compañía de Dohamir.

Yorha sonrió con descaro y observó a Mahalli de forma burlona.

—Te gusta.

De pronto, del cuerpo de Mahalli se desprendió una luz, tan intensa que opacaba a la luz del día, Yorha solo pudo cubrir sus ojos con una mano, invocando su armadura por completo para intentar soportar tal despliegue de poder, pero era inútil, aún con su armadura completa, podía sentir cómo la inmensa energía que se desprendía del cuerpo de Mahalli oprimía el suyo, era una sensación abrumadora. Al disiparse esta luz, la Murhedar retiró su mano para observar, Mahalli había invocado su armadura, esta era del color de sus ojos, bañada por miles de estrellas que la recorrían y desaparecían en su interior dando cabida a la llegada de más estrellas, era una armadura sumamente entallada y flexible, como un exoesqueleto que cubría cada parte de su cuerpo, con excepción de la cabeza.

—Ahora que lo mencionas, debo alcanzarlo —contestó Mahalli dándole a Yorha su pequeño saco azul—. ¿Puedes cuidármelo? No quiero que se maltrate.

—Está precioso, ¿dónde lo compraste? —dijo Yorha mientras inspeccionaba el saco y sentía la suavidad de la tela.

—Con mi sastre personal, te mandaré los datos por la red.

Yorha sentía una gran admiración hacia Mahalli, ella era la Murhendoar más joven que haya existido, su personalidad intempestiva y su sentido de la aventura la llevaron enfrentar grandes peligros. Para Yorha, Mahalli era como una hermana mayor.

—Tú siempre te ves increíble, seguro que él también lo piensa —afirmó Yorha mientras doblaba el pequeño saco.

—Ese heredar no va a darse cuenta de mis insinuaciones, ni golpeándolo con ellas en el rostro.

—Podrías intentarlo.

Ambas heredar comenzaron a reír mientras la armadura de Mahalli empezaba a invadir su rostro hasta la raíz de la nariz, y dejando escapar un suspiro, la Murhendoar pareció reflexionar.

—Ahora que lo pienso, sí hay algo en lo que puedes ayudarme, haré que Roa te informe la situación.

—¿Por qué no me lo dices ahora?

Mahalli guardó silencio y observó fijamente a los ojos de Yorha por unos segundos.

—Ten mucho cuidado Yorha, hay algo muy extraño entre nosotros, no confíes en nadie.

—¿Te refieres a Dumenor?

—No lo sé, pero cuando regrese me dirás donde compraste tu vestido, ¿de acuerdo?

—De acuerdo —contestó Yorha con una sonrisa mientras observaba como Mahalli tomaba impulso, desprendiéndose de la torre y desapareciendo en el horizonte, dejando una inmensa estela de pequeños brillos como estrellas tras ella.

«¿Un mal antiguo?», pensó Yorha mientras observaba el horizonte y tomaba un pequeño impulso para alcanzar a Yúnuen. «Sombras y males antiguos, no es algo que se suela mencionar, debe ser una bestia superviviente. ¡Sí! Debe ser eso, bueno solo espero que Yúnuen no se esté comiendo mi pizza». Yorha aterrizó suavemente junto a la mesa, desvaneciendo su armadura y viendo cómo, efectivamente, su amiga estaba ya comiendo de su pizza.

—¡Oye esa es mi pizza! —reclamó la Murhedar mientras abotonaba y acomodaba su vestido.

—¿Qué fue lo que te contó Mahalli? —preguntó Yúnuen, haciendo caso omiso y tomando otro pedazo de la pizza de Yorha.

—Es confidencial ya lo sabes.

—Por favor dime.

—No Yúnuen, además si te dijera te comprometería.

—¿Tan importante es? ¡Ya dime por favor! —exclamó Yúnuen que a cada momento se encontraba más impaciente, moviendo su silla a un lado de la Murhedar y dándole ligeros golpes en las costillas con el codo—. ¿Ya me dices? Anda, ya sabes que soy de confianza.

—¡Bueno ya! Está bien te diré, pero déjame comer —contestó la Murhedar, que no podía dar un mordisco a su pizza por el movimiento que los molestos golpes de Yúnuen provocaban.

—¡Sí! —exclamó alegremente la heredar.

—Pues cómo te lo digo —dijo Yorha mientras daba un gran mordisco a su pizza.

—Solo dímelo, ¡no me hagas sufrir, ya dime!

Yorha masticaba su pizza muy lentamente, con la mirada al cielo simulando pensar.

—Eres diabólica —dijo Yúnuen entrecerrando los ojos y cruzando los brazos.

—A ella le gusta —contestó Yorha.

—¿A quién le gusta qué?

—A Mahalli le gusta Dohamir.

—¿¡Qué!? —exclamó Yúnuen desconcertada—, ¿y solo por eso pidió una audiencia privada con él? Que extraño.

—Ya sabes que Mahalli es medio extraña para esas cosas —contestó Yorha, que era incapaz de traicionar la con fianza que la Murhendoar había puesto sobre ella, aun siendo Yúnuen su mejor amiga, consideró que un secreto como ese, no debería saberse por nadie más.

—¿Y por qué se fueron de esa forma tan precipitada? —preguntó Yúnuen.

—Fueron en dirección a la zona perdida al este de Aostol, algo van a investigar, buena excusa para estar a solas ¿no te parece?

—¡Por supuesto que no! Algo más se traen entre manos esos dos.

—Quizá, pero eso no nos concierne, a propósito, creo que nos van a encomendar una nueva misión.

—¿¡Qué!? Pero íbamos a tomar un descanso ¿recuerdas?

—Lo sé Yúnuen, pero ¿qué podía decirle? —Aunque dentro de sí, Yorha estaba ansiosa por recibir la misión, su curiosidad por este "mal antiguo" era cada vez mayor.

Yúnuen se distrajo de la conversación al ver el saco que portaba Yorha doblado en su antebrazo.

—¿Eso es de Mahalli?

—Sí, es su saco, mira —Yorha le dio el saco a Yúnuen y arrimó hacia sí la caja de pizza.

—Esta es una tela muy poco común, parece ser una antigua confección humana.

—Ella dijo que lo hizo su sastre, aunque no dudo que la tela sea de origen humano, ella más que nadie ha explorado la zona perdida.

—Siento que no sabemos nada de lo que hay allá afuera, con el poco avance que llevamos aún más del cincuenta por ciento del planeta es inhabitable, me encantaría visitar las viejas ruinas humanas más allá del océano, a donde solo los Murhendoar pueden llegar —comentó Yúnuen, viendo el pequeño saco con nostalgia—. Los humanos tenían gustos muy peculiares, eran tantos y tan diferentes uno del otro, su mundo estaba tan lleno de vida y diversidad. ¿Cómo pudieron perder el raciocinio, en qué punto perdieron el camino?

—Solo quienes vivimos la primera edad podríamos responderte —susurró Yorha.

—¿Cómo dices? —preguntó Yúnuen confundida al no reconocer la voz de Yorha en ese momento, dejando de observar el saco y observando a Yorha, quien parecía muy entretenida comiendo su pizza.

Yorha, sintiendo la mirada de su amiga tragó con esfuerzo el pedazo de pizza que recién había mordido.

—¿Qué cosa digo? —preguntó confundida.

—Acabas de decir que "quienes vivimos la primera edad podríamos responderte".

—Yo no dije tal cosa —negó Yorha dando otro gran mordisco a su pedazo de pizza.

Yúnuen extrañada, dobló el saco en su antebrazo, se levantó y se dirigió a la orilla de la plataforma, recargándose en el barandal y mirando hacia el horizonte, donde el sol comenzaba a ocultarse entre los edificios y árboles de la gran ciudad. Yorha tomó su gran caja de pizza y se acercó a ella, recargándose de espaldas en el barandal mientras continuaba comiendo. La plataforma comenzó entonces a llenarse de personas que iban a observar la puesta del sol.

—Ha de ser difícil ¿no lo crees? —comentó Yúnuen con nostalgia.

—¿Qué cosa?

—Ser una Murhendoar, teniendo todo ese poder, toda esa responsabilidad, debe ser difícil encontrar a alguien especial, a alguien con quien compartir, a quien amar.

—Creo que sé lo que debe sentir.

—¡Oye sí! Yo nunca te he conocido una pareja Yorha, ¿quién era ese último chico con el que saliste?

—¿Te refieres a Aniel?

Yúnuen tomó otro pedazo de pizza y asintió con la cabeza mientras daba un gran mordisco.

—Que te puedo decir, creo que lo único que buscaba era la fama de haber salido conmigo, sabes a veces parezco una especie de trofeo, a la fecha me sigue buscando por medio de la red preguntándome cómo he estado y esas cosas; como una forma de justificar sus acciones.

—Con razón comenzó a hablarme —contestó Yúnuen, buscando en su red la conversación y mostrándosela a Yorha.

—¿Es enserio? Qué patético —exclamó Yorha con desdén, aunque en su interior se preguntaba el porqué esa situación se repetía constantemente en su vida.

Yúnuen se tapó la boca intentando no soltar una gran carcajada.

—¿¡Por qué eres tan mala!? Yo creo que tú los intimidas y pocos tienen el valor de hablarte, yo quisiera provocar ese efecto en los demás.

—No Yúnuen, no es algo que quisieras, créeme.

Yorha caminó hacia la mesa, colocando su caja ya vacía sobre esta, al instante la mesa absorbió la basura y se volvió a integrar al suelo junto con las sillas. Yorha volvió con Yúnuen, ambas observaban la caída del sol, mientras la brisa acariciaba su piel.

—¡Yorha! —gritó una voz.

Yorha volteó rápidamente observando con alegría a una pareja que se acercaba lentamente hacia ellas. Yúnuen, que había reconocido la voz al instante, continuó observando el horizonte.

—¡Corban! —exclamó Yorha, corriendo hacia su viejo amigo y abrazándolo con fuerza, levantándolo del suelo y dando una vuelta sobre sí misma; realmente estaba muy feliz de verle.

—Amiga… amiga me asfixias —susurró Corban.

Yorha lo bajó al suelo y volteó a ver a la chica que acompañaba a su amigo.

103

—¿Y tú quién eres? —le preguntó la Murhedar con un semblante algo inquietante.

—¿Corban? —susurró la chica asustada por la expresión de la Murhedar, volteando a ver a Corban como una señal de auxilio. Corban se acercó a ella y la rodeó con su brazo.

—Ella es Dyna, somos pareja desde hace unos meses —respondió Corban a Yorha.

—¿¡Qué!? ¿Cómo es que no me enteré?

—Yorha, a veces te desapareces de la red por uno o dos meses.

—Sabes bien que en las misiones de la zona perdida la red se desactiva y solo funciona como un geolocalizador.

—Como sea, me alegra mucho encontrarte aquí, al fin veo que te relajas un poco.

—¿Y ustedes cómo es que se conocen? —preguntó Dyna, que intentaba mantener su mirada apartada de los ojos de Yorha.

—Somos amigos desde el instituto, ya tiene como… —Yorha se detuvo para pensar en el tiempo que había transcurrido desde que conoció a Corban—, cuarenta años quizá, ¿no?

—Sí ya tiene un poco de tiempo —contestó Corban entrecerrando los ojos—. ¿Esa de ahí es Yúnuen?

—Sí, sí es, no tiene mucho que regresamos de una misión.

—Iré a saludarla, ¿te molesta si te quedas con Yorha? —preguntó Corban a Dyna.

—No, está bien tú ve con ella —contestó Dyna algo nerviosa.

Corban fue entonces a saludar a Yúnuen, al hacerlo, Dyna pareció encogerse un poco y volteo hacia Yorha con una sonrisa incierta. Yorha comenzó a reír al ver el miedo que provocaba su mirada en Dyna, y buscando en su red seleccionó un par de sillas, que de inmediato se materializaron a sus pies.

—Relájate, todos esos rumores son falsos, mejor cuéntame cómo fue que se conocieron.

Ambas se sentaron y comenzaron a charlar, aunque era evidente el miedo que Yorha provocaba en Dyna. Ella era una mujer de estatura promedio, sus ojos eran verdes y su castaño cabello era tan lacio y delgado que sus pequeñas orejas se asomaban a sus costados, este apenas rozaba con sus hombros y cubría la frente con un pequeño fleco. Su nariz era pequeña y redondeada; su piel era morena grisácea y vestía una ligera blusa verde casi transparente y un holgado pantalón café, su cuello y pecho

104

estaban cubiertos por una mascada color crema y en sus pies portaba unas zapatillas de tacón bajo.

—Nos conocimos en la universidad, él trabajó como suplente de un amigo suyo que se accidentó y daba una de mis clases sobre artefactos tecnológicos humanos.

—¿Él era tu profesor? —preguntó Yorha con una gran sonrisa y un semblante sorprendido—. Nunca pensé que le gustara la docencia, de nosotros tres él siempre fue el más impaciente.

—Al principio sí era muy impaciente con nosotros, bueno… Solo en ocasiones —reflexionó Dyna—, pero pronto pareció tomarle el gusto, y a la fecha todo el grupo coincide en que ha sido uno de nuestros mejores profesores.

—Realmente no lo me lo puedo imaginar, pero dime, ¿qué estudias Dyna?

—Arqueología e historia humana.

—Eso mismo me hubiera gustado estudiar —dijo Yorha con alegría—. Los humanos eran criaturas muy interesantes, siempre que salgo a la zona perdida encuentro vestigios de su civilización y me encanta explorarlos.

—¡Qué envidia! —exclamó Dyna—, a mi grupo de investigación apenas si nos dejan recorrer unos cuantos kilómetros de la zona perdida y bajo estricta vigilancia de algún escuadrón, entiendo los peligros, pero quisiera tener más libertad para explorar las viejas ruinas humanas.

—Eso se puede arreglar, claro, si estás dispuesta a correr el riesgo y confiar en mí.

Dyna parecía dudosa de las palabras de Yorha y algo temerosa.

—¿A qué te refieres con eso?

—Como Murhedar y capitana de un escuadrón, gozo con ciertos privilegios de exploración en la zona perdida y podría hacer que nos acompañaras.

—No lo sé Yorha, con todo respeto, lo que se cuenta de tu escuadrón y sobre todo de ti es algo perturbador —mustió Dyna—, no creo poder seguirles el paso.

Yorha comenzó a reír al escuchar estas palabras.

—¿Perturbador? —cuestionó entre risas—. Dyna, no todas nuestras misiones son de exterminación, aunque esa sea nuestra especialidad, a veces podemos pasar días explorando zonas casi desérticas sin entablar combate alguno.

—Realmente me gustaría acompañarlos en alguna de esas exploraciones, mi próxima exploración es pasado mañana, pero es realmente restrictiva.

—Si es así, solicitaré el permiso para acompañarlos, estando yo ahí seguro serán menos restrictivos.

Dyna sin notarlo, miraba fijamente a los ojos de Yorha, su alegría parecía haber inhibido el temor que tenía a la mirada de la Murhedar.

—¿En verdad harías eso por mí?

—Sí, además no tengo ninguna misión asignada para esta semana.

—Gracias Yorha, eso sería fantástico.

Al terminar estas palabras Dyna se dio cuenta de que miraba fijamente los ojos de Yorha, su cuerpo se estremeció levemente, pero no apartó su mirada; ellos transmitían una extraña sensación de paz a la therania.

—No hay nada que agradecer —Yorha volteó la mirada al horizonte con un semblante reflexivo—, a propósito, un heredar del palacio mencionó que aquí me conocían como la "Murhedar de las sombras".

Una pequeña risa se escapó de la boca de Dyna, como recordando algo divertido, después puso su mano sobre el antebrazo de Yorha, haciendo que ella volteara a verle.

—Así es como se te conoce en Tekuina y deberías estar orgullosa, la gente te tiene un cariño especial aquí y hasta te alucinan.

—¿Cariño? —preguntó Yorha extrañada pero contenta.

—Sí, todos en Tekuina hablan de ti, recuerda que esta es la ciudad donde nacen las leyendas o al menos eso "dice el dicho".

—Una leyenda… —Reflexionaba Yorha.

—En esta ciudad se han librado grandes batallas; la colina sobre la que se construyó el palacio fue el lugar en donde los seis filos primigenios juraron vigilar eternamente la gran fosa de la bestia y dar sus vidas en caso de que esta regresara; también fue aquí en donde Dohamir y Dumenor derrotaron al gran vestigio de Draga (ciudad al noreste del País de la Tormenta, al borde de la frontera con el País Latente).

—¿Dumenor? —interrumpió Yorha—. ¿Él fue quien mató al gran vestigio de Draga?

—Así es, se dice que el relámpago que utilizó para asestar el golpe final fue tan poderoso que hoy en día se puede sentir la electricidad fluir en el subsuelo de la ciudad.

—Me hubiera gustado librar aquel combate —dijo Yorha ilusionada, intentando imaginar aquella batalla (el vestigio de Draga era tan poderoso que se le catalogó como una semibestia).

—Seguro librarás combates tan épicos como aquel, Yorha —añadió Dyna—. Tus actuales hazañas no pasan desapercibidas, todo acerca de ti es impresionante.

—Gracias Dyna, sé que Théra depara grandes cosas en mi haber —dijo Yorha mientras levantaba ambas manos frente a ella—. Y esta distintiva apariencia es un preludio de ello.

En ese momento sus manos se entrecerraron y su filo comenzó a emerger de ellas, cubriéndolas y formando unos puntiagudos guantes negros; sus manos temblaban, parecía ejercer fuerza en ellas para evitar que se cerraran.

—Yorha me asustas —mustió Dyna encogiendo levemente su cuerpo mientras veía fijamente la oscuridad del filo de Yorha.

Yorha desvaneció lentamente su filo y bajó las manos; después de un leve suspiro volteó hacia Dyna con una sonrisa.

—A veces también me asusta —dijo entre risas, con una expresión algo angustiante.

—Al ver tu filo puedo entender por qué entre la gente del País de la Tormenta se corre el rumor de que tú eres "la dama oscura".

—¿La dama oscura? —preguntó Yorha algo confundida—. Me parece familiar, creo haber visto de ella en la red.

—¡Sí! Es una creepypasta muy famosa en la red y se originó aquí en el país —dijo Dyna emocionada, parecía encantarle compartir ese tipo de "cosas" —. ¡Mira! Te enseño la última foto en la que fue captada, no encontrarás una mejor.

Dyna se acercó a Yorha y desplegó una pantalla holográfica frente a ellas con su red; en esta tenía una carpeta repleta de fotos y videos sobre la dama oscura, y de entre ellas seleccionó una y la amplió para que pudieran observarla con más detalle. Al observarla, el rostro de Yorha se tornó serio y sus ojos parecieron dilatarse para observar mejor la imagen.

—¿Podrías enviarme la imagen? Por favor —pidió Yorha algo consternada.

—Sí claro, te mandaré la carpeta completa —Dyna movió levemente su muñeca indicando a su red que enviara el contenido a la red de Yorha y desvaneció la pantalla.

De la red de Yorha se materializó una pantalla liquida que, aunque más pequeña que una holográfica, su calidad era por mucho superior, en ella pudieron ver la imagen de forma más detallada. La foto mostraba lo que parecía un gran árbol de caucho que había echado raíces sobre una antigua edificación humana, al parecer era la parte superior de un edificio que había quedado sepultado bajo la tierra; la vegetación dominaba la escena (heliconias en su mayoría). Al costado derecho del árbol se encontraba una silueta fémina, su cabello estaba suspendido en el aire como si este estuviera sumergido bajo el agua, sus codos se encontraban a la altura de sus hombros, ligeramente hacia atrás, como si estuviera dándose impulso; parecía estar saliendo del techo del edificio; por la posición de sus piernas se podía observar que había dado un gran salto para salir.

—¿En dónde fue tomada esta fotografía? —preguntó Yorha mientras acercaba la imagen para ver a la extraña mujer.

—Cerca de aquí, en la frontera suroeste, durante una exploración a la zona perdida.

Yorha comenzó a ver las demás fotos y videos de la supuesta dama oscura, pero en ninguno aparecía suficientemente clara como para poder identificarla.

—No vas a encontrar una foto más clara de ella que la que te mostré primero —dijo Dyna.

Yorha, algo molesta, volvió a la primera foto, estaba muy extrañada, como si pudiera reconocer a la persona que se mostraba en ellas.

—La luz, parece que pasa a través de ella —apuntó Yorha mientras acercaba la imagen, su resolución era el equivalente a dos millones de pixeles, por lo que no debería tener problemas para ver detalles, pero lo que se veía era realmente confuso, inclusive para ella, que estaba catalogada como una de las Murhedar con mejor visión del País de la Luna—. Si te fijas bien, pareciera que se puede ver lo que hay detrás de ella, pero no es así, es como si llevara puesto un traje de sigilo pero que en vez de imitar la superficie sobre la que está expuesta o proyectar lo que está detrás, este parece absorber la luz y solo refleja una pequeña cantidad de esta, lo que hace que el lente no capte la cantidad suficiente para mostrar una imagen clara; como si no estuviera ahí.

—No había pensado en ello —reflexionó Dyna—, los heredar apostados al caso creen que se trata de un perdido.

—No lo creo, un perdido no tiene esa capacidad, ni siquiera un heredar —dijo Yorha que parecía algo consternada, la forma del cabello y la figura de la persona le eran muy familiares—, ¿sabes quiénes están a cargo del caso?

—La verdad solo sé lo que dice la gente en la red, pero se dice que fue llamado un gran maestro del filo cristal para resolverlo.

«Me pregunto si podré acceder a esa información, estoy segura de que si me dieran el caso podría resolverlo... Supongo que tendré que hablar con Kakiaui para permitirme participar en el caso. ¿Qué puede ser tan importante como para tener que recurrir a un gran maestro del filo cristal?», pensaba Yorha sin darse cuenta de que Dyna la observaba.

—¿Hola? —Dyna pasó su mano frente al rostro de Yorha—. ¿Hay alguien en casa?

Yorha reaccionó y comenzó a reír.

—Perdona, pensaba en pedir que se me deje investigar el caso, pero dejemos ya de hablar sobre ello —dijo entre risas—. ¿Quieres saber algo interesante sobre Corban?

Dyna sonrió de forma maliciosa y asintió con la cabeza...

—Yúnuen, que grato es verte de nuevo —dijo Corban, recargándose en el barandal junto a la heredar.

—Hola Corban —contestó la heredar, acomodando su cabello y dirigiendo la vista hacia él, pero sin voltear completamente el rostro. Corban suspiró y guardó silencio mientras el sol terminaba de ocultarse frente a ellos.

—Ella se ve muy agradable, me da gusto que hayas encontrado a alguien —dijo Yúnuen moviendo su mirada hacia el cielo para esperar la aparición de la primera estrella.

—Gracias, es una persona increíble.

Yúnuen sintió desazón al escuchar estas palabras, apretando sus labios y parpadeando fuertemente intentando no reflejar esta emoción.

—¿Sigues trabajando en la fabricación de redes? —preguntó Yúnuen.

—Ahora trabajo en una empresa que se dedica a la creación de softwares de entretenimiento para la red, no es tan emocionante como el tuyo, pero es bastante gratificante.

—Lo tuyo siempre fue la tecnología.

—Sí me gusta, pero no pasa ni un día en que no piense qué habría pasado si también yo hubiera despertado mi filo.

Yúnuen volteó entonces a ver a su viejo amigo. «Su mirada sigue siendo la de ese tierno niño que jugaba con nosotras en cada receso de clases, tan dulce e inocente, realmente me alegra que no se haya convertido en heredar», pensó.

—¿Tengo algo entre los dientes? —preguntó Corban.

—No, para nada, tu sonrisa esta perfecta como siempre —respondió Yúnuen dejando escapar su bella sonrisa y clavando su mirada en los ojos de Corban.

—Gracias —dijo Corban un poco nervioso no pudiendo escapar de la mirada de Yúnuen. Por un instante ambos se miraron con nostalgia, hasta que Corban volteó a ver el cielo rompiendo la tensión—. ¡Mira, la primera estrella de la noche!

Yúnuen dio un gran suspiro, volteando a ver el cielo en busca de más estrellas.

—Hacíamos esto en cada anochecer ¿recuerdas?

—Sí, Yorha siempre ganaba —contestó Corban.

Yúnuen sonrió al recordar aquellas ocasiones, observando a Corban de reojo y agachando su mirada en dirección a la gran ciudad que poco a poco se iluminaba cobrando vida. Corban era un año mayor que Yúnuen, de una estatura por encima del promedio solo unos centímetros más bajo que Yorha, de cabello quebrado y rebelde, el cual nunca supo cómo peinar y de un color castaño rojizo. Carecía de vello facial, su piel era lisa y perfecta, de un color gris blanquecino. Sus ojos eran rojizos como un ladrillo, parecían tener un brillo natural y contagiaban gran alegría, su nariz era pequeña y recta, su rostro era ligeramente ovalado lo que remarcaba su sonrisa delimitada por pequeños hoyuelos, el izquierdo ligeramente más profundo que el derecho.

—Pero dime, ¿qué piensan hacer ahora, tienen algún plan? —preguntó Corban para romper el silencio.

—Tenemos unos boletos para la zona de baile.

—¡Fantástico! Nosotros también pensábamos ir —contestó Corban emocionado.

Yúnuen fingió una sonrisa, en su interior pensaba en la incomodidad que sentiría al estar con la pareja.

—Sí, fantástico —replicó, haciendo un esfuerzo por parecer lo más alegre posible.

—¡Dyna! —gritó Corban mientras se dirigía hacia ella, no sin antes detenerse y voltear—, vamos Yúnuen o se ocuparán los mejores lugares.

Después de un leve suspiro Yúnuen tomó fuerzas y fue con él. Yorha y Dyna parecían haber simpatizado y observaban de forma burlona a Corban mientras se acercaba.

—¿¡Qué le contaste de mi Yorhalli!? —exclamó Corban al darse cuenta de la forma en que lo observaban. Los tres comenzaron a reír, aunque la risa de Corban era más bien nerviosa.

—Nada malo cariño, no te angusties —contestó Dyna, levantándose para abrazarlo.

—Tampoco nada bueno —dijo Yorha de forma burlona mientras se levantaba y las sillas volvían a incorporarse al suelo.

—¿Qué fue lo que te dijo? —susurró Corban a Dyna mientras se abrazaban.

—Es un secreto —contestó.

—¿Qué es un secreto? —preguntó Yúnuen.

Yorha se acercó a Yúnuen y le susurró unas palabras al oído, las cuales hicieron reír a la heredar.

—¡Por Théra ya díganme! —exclamó Corban.

Las tres chicas comenzaron a reír a expensas del joven theranio, que hacia el esfuerzo por adivinar que sería lo que le ocultaban.

—No pienses tanto, realmente no es nada —dijo Yorha dándole un pequeño golpe en el hombro.

—Está bien mejor vámonos antes de que se llene —contestó Corban sobándose el hombro mientras pensaba en que podría ser aquello de lo que se reían sus amigas.

Al acercarse más, Yúnuen pudo notar que Dyna portaba un bolso.

—Disculpa… —le dijo Yúnuen algo apenada por no saber su nombre.

—Dyna —contestó la therania.

—Gracias, ¿Dyna podrías guardarme esto en tu bolso? —preguntó, acercándole el pequeño saco de Mahalli.

—Sí claro —Dyna tomó el saco, extendiéndolo frente a ella para verlo detenidamente—, está precioso, ¿dónde lo compraste?

—En realidad no es mío —mustió Yúnuen.

—Es de Mahalli —apuntó Yorha.

—¿¡De Mahalli!? —exclamaron Dyna y Corban al unísono.

Dyna asustada, dobló con cuidado el saco y lo guardó delicadamente en su bolso, abrazándolo con fuerza.

—Tranquila es solo un saco —le dijo Yorha.

—¡Pero es de Mahalli, una Murhendoar! —contestó Dyna preocupada, que jamás en su vida había sentido tanta responsabilidad.

—Dámelo, yo lo cuido —dijo Corban al ver la angustia en Dyna.

—No, no, está bien puedo con esto.

—Bien, será mejor que nos vayamos —dijo Corban. Partieron entonces hacia la zona de baile, dejando atrás la plataforma exterior y entrando al corredor que se dirigía a la zona de alimentos. Dyna y Corban iban por delante de las heredar, riendo y abrazándose, parecían una pareja realmente compatible.

—¿Estás bien? —susurró Yorha.

—Se ve realmente feliz —contestó Yúnuen con una sonrisa honesta en el rostro, observando con nostalgia a la pareja.

—Si no te sientes cómoda podemos irnos en cualquier momento.

—Gracias Yorha, pero estoy bien te lo aseguro.

Yúnuen se recargó en su amiga, abrazando su brazo y suspirando lentamente. Corban fue el gran amor de su vida antes de que ella despertara su filo, al hacerlo ambos tomaron la decisión de separarse, para que Yúnuen pudiese completar su entrenamiento en Sentla, la gran capital del País de la Luna y Corban estudiara la universidad en Tekuina, capital del País de la Tormenta.

—Quisiera ser tan fuerte como tú —dijo Yorha.

—¿En verdad? —preguntó Yúnuen sorprendida—, Yorha, tú eres la persona más fuerte que conozco y no lo digo solo literalmente.

—Es porque a mí nunca me ha pasado algo así, mis relaciones no duran mucho, pero sé que yo no podría actuar como tú lo haces en estos momentos —contestó Yorha.

—Es confuso, han pasado tantos años y aun así el verle me afecta, pero en mi interior estoy feliz por él, me tranquiliza ver que no ha cambiado en lo más mínimo y que aquí estará seguro —dijo Yúnuen con nostalgia—. No puedo creer que el tiempo haya pasado tan rápido, siempre pensé que él también despertaría su filo y que estaríamos juntos en un escuadrón.

Yorha pensaba en las palabras de Yúnuen mientras observaba con cariño a su viejo amigo.

—¿No te hubiera gustado una vida como theranio? —preguntó Yúnuen que reflexionaba que sería de ella si nunca hubiera despertado su filo.

—No, esa vida nunca fue para mí, Théra me marcó desde mi nacimiento, además entre los heredar hay quienes son capaces de verme sin perderse, de verme y sonreír, de verme y considerarme uno de ellos.

Corban se detuvo bruscamente y volteó a ver a Yorha, era como si hubiera podido sentir la tristeza de la Murhedar, una habilidad que desde pequeño parecía poseer. Y acercándose lentamente con una mirada de intriga dijo:

—De entre todas las miradas amiga mía, no cabe duda de que la tuya siempre ha sido la más dulce y no necesito ser un heredar para poder admirar su belleza.

Yorha se enterneció al escuchar estas palabras y sonrió, de pronto, de su piel comenzaron a desprenderse pequeñas luces como estrellas.

—¿Yorha qué haces? —preguntó Yúnuen sorprendida, separándose de la Murhedar para observar—. ¿Cómo haces esto sin tu filo activo?

—¡No lo sé! —contestó la Murhedar apenada mientras más y más brillos se desprendían de su piel.

Dyna y todos los demás theranios a su alrededor estaban maravillados y compartían el acontecimiento en la red, al tocar estos pequeños brillos, se absorbían en la piel, dando una sensación de calidez y dejando momentáneamente un brillo en esta. La zona de alimentos comenzó a llenarse de estos pequeños brillos, haciendo que varios heredar curiosos por el acontecimiento, se acercaran.

—¡No pares Yorha! —exclamó Corban tomando a Dyna y a Yorha de la mano, y haciéndolas correr tras él—, ¡vamos Yúnuen!

—¡En verdad no sé por qué está pasando esto! —gritó la Murhedar mientras corría.

«Increíble, estos brillos son idénticos a los de la piel de Mahalli», pensaba Yúnuen mientras analizaba los brillos y corría tras sus amigos. No pasó mucho para que llegaran a la zona de baile ya que estaba inmediatamente después de la zona de alimentos, al entrar, la red identificó automáticamente sus boletos, evitando así la necesidad de ser revisados físicamente.

—Les vas a fascinar Yorha —dijo Corban.

El lugar era inmenso y estaba repleto, en el centro había una gran pista de baile y cuatro pistas flotando alrededor de esta, gracias a un mecanismo magnético en el recinto. Flotando por encima de la gran pista se encontraban los DJ. Yorha estaba fascinada, jamás había visto tal espectáculo de luces y sonidos, el ritmo de la música se contagió rápidamente en la Murhedar que se acercaba curiosa pero tímida a la pista de baile. La gente a su alrededor comenzaba a darle espacio, fascinada por los brillos que desprendía.

—¿Tú también puedes hacer esto? —preguntó Dyna a Yúnuen.

—No sin mi filo activo, esta es una característica poco común, ni si quiera yo sabía que Yorha podía hacer esto —contestó la heredar mientras intentaba comprender la situación.

113

Los brillos que se desprendían de la piel de Yorha comenzaron a invadir el lugar. Todos querían tocarlos ya que la sensación era muy agradable y un gran grupo de personas comenzó a rodear a Yorha, llevándola hasta el centro de la gran pista de baile. Corban nunca se separó de su lado, animándola a bailar una vez se encontraron en el centro de la pista. Su mirada sincera y su alegre sonrisa dieron a la Murhedar la confianza suficiente para que, de un momento a otro, se encontrara bailando, rodeada de personas que la admiraban, bailaban y grababan con sus redes como los brillos se esparcían por todo el lugar.

—¿No vienes? —preguntó Dyna a Yúnuen.

—No, yo iré a la barra a pedirme algo de tomar.

—Te acompaño entonces.

—Mejor sí vamos con ellos —dijo Yúnuen al ver la amabilidad de la joven.

Les costó un gran esfuerzo atravesar a la densa multitud que rodeaba a Yorha, pero al final pudieron hacerlo. Yúnuen nunca había visto a su amiga así, alegre y rodeada de personas que no le temían, sino todo lo contrario, la abrazaban y se tomaban fotos con ella, susurrándole al oído e incluso besando sus mejillas; al tener contacto con ella, quedaban impregnados de pequeños brillos. Pronto esta alegría se contagió a la heredar que con gran habilidad se abrió paso y comenzó a bailar con su amiga, mientras que Corban, al ver a Dyna, se acercó a bailar con ella.

Avanzada la noche Yúnuen, Corban y Dyna se encontraban ya en la barra disfrutando de uno de los famosos cocteles del palacio. Yorha se convirtió una sensación y era llevada de un punto a otro del recinto por los theranios curiosos que querían conocerla.

—Jamás la había visto tan feliz —dijo Corban—, desde la graduación del instituto que no la veía sonreír de ese modo.

—¿Pudiste notarlo? —preguntó Yúnuen a Corban.

—¿Qué cosa?

—Sus ojos perdieron la oscuridad, ahora son azules como antes de que partiera a su entrenamiento.

—¿Quieren decir que sus ojos cambian? —preguntó Dyna.

—No lo sabemos —contestaron al unísono.

Yúnuen se mostró reflexiva, sorbiendo del popote de su bebida y observando a Yorha con detenimiento.

—No sé en qué momento sus ojos se cubrieron de oscuridad, pero cuando yo la volví a ver tiempo después de su partida del instituto, ya habían cambiado, mi tío Kélfa me comentó que al nacer sus ojos eran completamente negros.

Corban asintió con la cabeza, observando igualmente a Yorha.

—Creo que, de todos nuestros amigos, ella es la que más ha cambiado físicamente —comentó Corban dirigiéndose a Dyna—. Solo los que la conocemos desde pequeña podemos verla directamente a los ojos sin confundirnos, ya que, en esa época, dentro de ellos solo había felicidad y una pequeña lluvia de estrellas que los atravesaba esporádicamente.

—¿Eso pasa cuando te conviertes en heredar? —preguntó Dyna.

—No exactamente —contestó Yúnuen—. Al adquirir un filo, este solo añade características físicas a las propias, pero jamás las cambia, por ejemplo, en los filo lunar pueden aparecer brillos en los ojos o la piel, así como destellos blancos o azules en el cabello, pero conservando sus colores originales; en Yorha parece que, al usar finalmente su filo en los entrenamientos, este cambió totalmente el aspecto de sus ojos y de su cabello, incluso podría decir que su piel se tornó más blanca y fría de lo habitual.

Yorha, ya abrumada por la multitud, se abrió paso dirigiéndose hacia sus amigos. Pero algo la detuvo, una presencia conocida se encontraba en el recinto, apartada de la multitud y observándola. «No puede ser, ¿tenía que ser ahora?», pensó, cambiando su rumbo en dirección a dicha presencia «bien, terminemos con esto ya».

Yúnuen se percató de lo sucedido y se levantó para alcanzar a su amiga.

—Ya vuelvo, voy por Yorha.

—Sí, aquí te esperamos —contestó Dyna.

Yúnuen partió entonces, abriéndose paso entre la multitud.

—Es realmente hermosa —comentó Dyna.

—¿Quién? —preguntó Corban confundido.

—Yúnuen, es obvio que entre ustedes hubo algo.

—Lo hubo, es verdad.

—¿Y qué es lo que sientes ahora?

—Paz, el verla me trae recuerdos y me hace feliz que este bien.

Dyna vio con dulzura a Corban mientras se acercaba a él, envolviéndolo con sus brazos.

—Eres tan dulce.

Corban solo pudo sonreír mientras Dyna acercaba lentamente sus labios a los de él, acariciando suavemente su nuca y su espalda.

—¿Y bien? —refunfuñó Yorha que ya se encontraba al fondo del recinto, habiendo cesado ya de expulsar los brillos de su piel.

—No me mires así, tampoco me gusta servir de simple mensajero, estas misiones debería hacerlas yo mismo.

Yorha lo miró de forma despectiva para después buscar a su alrededor

—¿Y dónde dejaste a tu hermanita?

—Ella está atendiendo otros asuntos, al parecer soy el único que no tiene una misión asignada hoy en día.

—Mira Roa, solo dame la información para que podamos evitar esta conversación.

—No es tan sencillo —contestó Roa, indicando con la mirada que debían salir del recinto.

—Está bien, vamos.

Ambos Murhedar comenzaron a caminar hacia la salida del recinto. A su paso, todos se iban despidiendo de Yorha, agradecidos por su presencia y lamentando su partida, regalándole collares, pulseras y todo tipo de accesorios que trajeran encima, lo cual causo una gran alegría en la Murhedar, que intentaba colocárselos en su cuello o brazos.

—Sí que te gusta llamar la atención —dijo Roa.

Yorha, sin haberlo escuchado, continuaba despidiéndose de las personas que se encontraban en su camino, intentando no recibir más regalos, pero era inevitable pareciese que todos querían que ella se llevase algo de cada uno.

—¡Roa! —gritó Yúnuen, que intentaba atravesar la multitud.

—¿¡Yúnuen!? —exclamó Roa—. ¿Dónde estás?

Roa alcanzó a distinguir la mano de Yúnuen entre la multitud, apartando a la gente hasta llegar a ella. Roa era bastante alto, lo suficiente como para tener que inclinar levemente la cabeza al estar frente a Yorha y poder verla a los ojos.

—¡Ay gracias! Ya me sentía sofocada —dijo Yúnuen—, ¿y Yorha?

—Viene detrás, parece que su club de fans no la deja avanzar —contestó Roa de forma burlona.

—Salgamos de aquí y esperémosla afuera, ¿te parece?

Roa asintió con la mirada y ambos se adelantaron a la salida mientras que Yorha lentamente les daba alcance intentando no tirar todo lo que los theranios le regalaban, hasta que uno de ellos viéndola en apuros, le regalo su propia mochila.

—¿Vienes a darnos una misión verdad? —preguntó Yúnuen.

—Lo siento Yúnuen, eso es clasificado, además es una misión en solitario.

—Así que es en solitario ¡eh!

—No debí decir eso —murmuró Roa llevando su palma a la frente.

—Dime ¿sí? —cuestionó Yúnuen—. ¿Qué tipo de misión es?

—No Yúnuen, esta vez no me vas a convencer.

Yúnuen se acercó a Roa dulcemente abrazando su brazo y lanzando una mirada inocente.

—Por favor, Roa, sabes que puedes confiar en mí —dijo con una voz sumamente dulce. En su interior Yúnuen estaba consciente del gusto que Roa sentía por ella y no dudaba en utilizar esta ventaja a su favor, para obtener información importante sobre los acontecimientos en la capital.

—Sí Roa, dinos por favor —replicó Yorha, abrazando el otro brazo de Roa e imitando la mirada de Yúnuen.

Roa levantó la mirada con una expresión de desesperación mientras Yúnuen y Yorha echaban a reír.

—Está bien les diré, pero ya suéltenme —se rindió el Murhedar, provocando que ambas heredar lo soltaran—, vamos a un lugar más discreto.

—Esperen, avisaré a Corban —dijo Yúnuen mientras enviaba un mensaje a su amigo por medio de la red.

—¿Puedes decirle que le diga a Dyna que no podré acompañarla en su exploración? —pidió Yorha, a lo que Yúnuen asintió con la cabeza—, y que lo siento mucho, no pensé que nos enviarían tan pronto.

—Que sea rápido —dijo Roa que ya comenzaba a caminar dejándolas atrás. Al ver esto, Yúnuen corrió tras él saltando a su espalda y rodeándolo con brazos y piernas.

—¿Cárgame sí? —insistió Yúnuen.

—No Yúnuen, ¡bájate! —exclamó el Murhedar.

—¡A mí también cárgame! —gritó Yorha mientras saltaba a espaldas del Murhedar.

Esto hizo tambalear ligeramente al Murhedar, que sin mayor problema continuaba su paso. Roa era muy fornido y de aspecto imponente. Su cabello era lacio, corto a los costados y ligeramente largo en la parte superior, siempre bien peinado, de un color castaño claro con destellos blancos. Sus ojos eran azul rey, con grandes estrellas que flotaban dentro de ellos chocando entre sí; sus cejas rectas y bien arregladas. Su rostro, aunque regularmente de barba prominente, en ese momento se encontraba bien afeitado. Su nariz era cóncava y ligeramente puntiaguda, sus labios eran gruesos y una pequeña cicatriz de batalla los atravesaba verticalmente del lado derecho.

—¿Quieren por favor comportarse?

—Ay, no seas amargado —dijo Yúnuen.

—Sí Roa, no seas amargado —replicó Yorha que trepaba hábilmente sobre el Murhedar, sentándose sobre su hombro derecho y ayudando a Yúnuen a sentarse sobre el hombro izquierdo.

Roa, accediendo a la petición de las jóvenes heredar, levanto sus manos para sostener la cintura de ambas y mantenerlas estabilizadas. Los heredar del palacio observaban los hechos y murmuraban entre sí, riéndose y tomando fotos con su red. Era sumamente poco común ver que un gran maestro como lo era Roa anduviese por ahí "jugando" con otros heredar.

—Seré la burla de los grandes maestros cuando vean esto en la red —dijo Roa.

—Relájate viejo —contestó Yorha mientras revolvía el cabello del Murhedar con su mano y le daba un beso en la cabeza. Al ver esto, Yúnuen realizó la misma acción.

—Tienes tu cabello súper bonito Roa, ¿cómo lo haces? —preguntó Yúnuen.

—Sí Roa, ¿cómo lo haces? —replicó Yorha— y también hueles muy bien, ¡ah! Y se afeitó el muchacho.

—¡Es verdad! —confirmó Yúnuen sorprendida mientras ambas heredar acariciaban su rostro.

Roa simplemente suspiró y cerró los ojos, pidiendo a Théra que le diera la paciencia para aguantar a las heredar.

—Vas a ver a alguien, ¿no es así? —infirió Yúnuen.

—Ah, por eso te bañaste —comentó Yorha.

Roa se detuvo bruscamente y bajó los brazos rápidamente, lo que hizo que ambas heredar cayeran entre risas mientras Roa seguía su camino.

—¡No seas enojón! —exclamó Yúnuen.

Ambas heredar se incorporaron y le dieron alcance, abrazándolo mientras caminaban.

—¿Ya te enojaste? —preguntó Yorha.

—No —contestó el Murhedar claramente molesto.

—¿Seguro? —preguntó Yúnuen.

—Sí —apuntó Roa

Ambas heredar comenzaron a reír ante la situación y de un salto cada una le dio un beso en la mejilla al Murhedar, lo que despertó una sonrisa en él.

—¿Quién es la afortunada? ¡Cuéntanos! —preguntó Yúnuen.

—Está bien, les diré, pero guarden el secreto.

Ambas heredar se colocaron frente a él rápidamente impidiéndole el paso, sus miradas eran las de dos curiosos felinos. Roa volvió a suspirar, llevándose la mano a la nuca y rascándose suavemente.

—Es Linara —mustió sonrojado.

—¿¡QUÉ!? —exclamaron sorprendidas, mirándose primero entre sí y después al Murhedar.

—Que guardadito se lo tenían —dijo Yorha viéndolo coquetamente.

—Será nuestra primera cita —añadió Roa.

Yúnuen por su parte ya se encontraba mensajeándose con Linara. Ella era una vieja amiga de ambas heredar, con la que combatieron contra los vestigios en las fronteras del País Latente, una Murhedar de filo latente, famosa por sus peculiares habilidades.

—¡Yúnuen! —gritó Roa con desesperación intentando ver lo que Yúnuen escribía.

—¡Oye tranquilo viejo! —exclamó Yúnuen, colocando su mano al frente para calmar a Roa—, solo quiero saber si se encuentra en el palacio para saludarla.

—Quedamos de vernos en la zona de alimentos en cuanto termine de entregarle la misión a Yorha, por favor no me hagas quedar mal.

—¿Yo? —replicó Yúnuen, llevando la mano a su pecho—. Me ofendes, yo jamás haría algo así.

Una pequeña risa burlona se escapó de la heredar al decir estas palabras. Roa, ya habiéndose dado por vencido se sentó en la banca de un pequeño balcón al que habían llegado. Yorha se compadeció de él y comenzó a acomodar su cabello.

—Tranquilo, te ves muy apuesto —afirmó Yorha, acomodando cuidadosamente algunos cabellos que sobresalían.

—Sí, te ves increíble Roa, le vas a gustar mucho —comentó Yúnuen, acercándose para ayudar a Yorha.

—Listo, quedó mejor que antes —dijo Yorha con una alegre sonrisa, apartándose para observarlo. Roa utilizó su cámara para poder ver el resultado.

—Gracias, sí se ve mejor, creo —respondió Roa, viéndose de diferentes ángulos.

Yorha se sentó a su lado y lo abrazó. Yunuen por su parte se sentó en el suelo, inspeccionando la mochila con los obsequios que le habían entregado los theranios a Yorha en la zona de baile.

—Ahora sí, dime ¿qué es lo que Mahalli necesita? —preguntó Yorha.

—Denme sus manos —pidió Roa.

Yúnuen se acercó arrastrándose y dio su mano al Murhedar al igual que Yorha. Los tres heredar conectaron entonces sus filos, lo que permitía que pudiesen escuchar los pensamientos del otro. Esto era algo que solo un Murhedar podía lograr, pero gracias al entrenamiento de Kélfalli, Yúnuen había logrado perfeccionar esta técnica.

«Hace tres noches Mahalli completó una exploración en el hemisferio sur del planeta, en el cual encontró un rastro inusual, que conectaba con la zona perdida pero que se dividía en miles de rastros, cree que un grupo de perdidos está ayudando a la desconocida criatura. Mahalli pudo distinguir a uno de ellos, ya que anteriormente había atacado una zona de la frontera sur, este fue un hecho registrado y las investigaciones continúan, aunque el rastro principal se dirigió a la zona este, cerca de Aostol, ahí es a donde fueron actualmente Mahalli y Dohamir. Antes de informar a Maculli, Mahalli quiere que investigues este rastro y si es posible elimines al perdido que está dejando estos rastros falsos, pero ten cuidado puede que haya más de ellos, en ese caso deberás retirarte e informarnos su paradero. Por eso debes ir sola, solo tú puedes pasar desapercibida, te daré las coordenadas, la misión debe completarse lo antes posible». Roa desconectó su filo al término del mensaje y se incorporó.

—Ahora si me disculpan, creo que me están esperando —apuntó Roa acomodando el cuello de su camisa y observando su calzado.

Ambas heredar lo observaron detenidamente de pies a cabeza.

—Creo que hacen buena pareja —dijo Yúnuen, acercándose al heredar para arreglar la parte posterior del cuello de la camisa.

—¿En verdad? —preguntó Roa con una gran sonrisa, agachándose para permitir a Yúnuen tener una mejor visión de lo que hacía.

—¡Sí! Solo sé tú mismo y no estés nervioso —corroboró Yorha, remangando la camisa del Murhedar—, eres muy apuesto y al contrario que tu hermana eres muy agradable.

—Gracias Yorha, no creí que pensaras eso de mí —Roa se encontraba alegremente sorprendido, ya que su relación con la Murhedar siempre fue de todo menos amena.

—Tú me agradas Roa, pero cuando estás solo y no con tu insoportable hermana —Yorha dio un último vistazo al Murhedar—, estás listo.

—Por cierto, ¿Dónde está ella? —preguntó Yúnuen.

—Está con Kélfalli, no sé exactamente que misión tendrán, pero Mahalli le ordenó que fuese con él —contestó Roa.

—A mí nunca me ha dado misiones con Kélfalli, es más ¡ni siquiera lo conozco! —reclamó Yorha a Roa—, solo nos hemos visto por casualidad cuando hay consejo.

—¿De verdad nunca has tenido una misión con él? — Preguntó Roa con una sonrisa burlona, y dejando escapar una pequeña risa puso su mano en el hombro de Yorha—. Pues tienes suerte, trabajar con él es agotador.

Yúnuen se paró frente a Roa entrecerrando los ojos y viéndolo fijamente en señal de descontento por sus palabras.

—Bueno, lo que pasa es que Kélfalli es muy perfeccionista —dijo Roa intentando excusar sus palabras.

—En eso tienes algo de razón —admitió Yúnuen—, él suele no pasar nada por alto.

Un pequeño timbre sonó de repente, haciendo que Roa observara su red. Era Linara, preguntando por su ausencia en la zona de alimentos, lo que alteró al Murhedar, que rápidamente apartó a las heredar y salió despedido del lugar.

—¡Adiós! —exclamó el gran maestro, apresurándose para alcanzar a su cita.

—Le irá bien, a Linara le gustan los tipos serios como él —comentó Yúnuen mientras ambas heredar veían como Roa se alejaba.

—Avisaré a los chicos que tendrán la semana libre —dijo Yorha yendo hacia el balcón, sentándose y desplegando su red.

—¿Tanto vas a tardar? —preguntó Yúnuen mientras volvía a sentarse en el suelo, revisando los regalos de la maleta y sacando de ella una pulsera plateada con pequeñas estrellas grabadas en ella—, ¿puedo quedarme con esta?

Yorha volteó levemente la mirada y asintió con la cabeza.

—Conociendo a Mahalli, después de eliminar al perdido, seguro me hará realizar más investigaciones —añadió, guardando su red y acompañando a su amiga en la inspección de los obsequios.

—Te voy a extrañar amiga —dijo Yúnuen que no encontraba la forma de colocarse la pequeña pulsera—. ¿Cómo changos se pone esta cosa?

—A ver, déjame verla —Yorha tomó la pulsera, analizándola a detalle— ¡Ya está! Es a presión, dame tu mano.

Yorha simplemente empujó la pulsera contra la muñeca de Yúnuen, haciendo que esta se abriera de afuera hacia adentro.

—Y no creo que me extrañes —añadió Yorha con una gran sonrisa en el rostro, haciendo que Yúnuen perdiera interés en la pulsera, echando le cabeza hacia atrás y frunciendo el ceño.

—¿A qué te refieres? —preguntó Yúnuen confundida.

—Porque irás conmigo —dijo Yorha, lo que provocó que Yunuen saltara del piso con gran emoción.

—¿De verdad? Pero eso sería desobedecer una orden directa de Mahalli —dentro de sí, sus emociones eran confusas, se sentía feliz pero también preocupada por las implicaciones que eso podría causarle a Yorha.

—Una orden que nunca existió en los registros oficiales —contestó Yorha con una sonrisa confiada.

—No lo sé Yorha, no quiero que tengas problemas.

—¿Qué, no querías ir a una de mis misiones en solitario? —preguntó la Murhedar.

—Sí, pero… —Yúnuen, que jamás había desobedecido una orden, estaba sin palabras, pero la emoción de poder al fin participar en una "misión en solitario" con Yorha era demasiada para la heredar, que comenzaba a dar pequeños saltos involuntarios.

—Confía en mi Yúnuen —Yorha se acercó a su amiga tomándola del hombro y viéndola con serenidad. Lo que causó que Yúnuen se tranquilizara, cerrara los ojos y respirara lentamente.

—Bien, Jasha aún tiene nuestras cosas, le pediré que nos alcance en la torre sur —dijo Yúnuen mientras enviaba un mensaje a su compañero y ambas se encaminaban al punto de encuentro—, listo, ¿qué más sueles llevar en una misión así?

—Nada —se rio la Murhedar—, la verdad antes de partir como algo y me baño, nunca sé cuándo podré bañarme nuevamente.

—¿¡Nada!? —exclamó Yúnuen sorprendida—. ¿Enserio nada de nada?

—Solo lo que puedas llevar en los bolsillos, el sigilo es la prioridad, llevar algo que pueda hacer ruido o sobresalir de entre los escombros es muy peligroso, los sentidos de los perdidos son superiores a los nuestros, solo su falta de control sobre sus propias mentes nos da una ventaja en lo que a sigilo se refiere —contestó la Murhedar mientras se apresuraban a encontrarse con Jasha.

—Los perdidos contra los que hemos combatido siempre parecen estar poseídos por una ira irracional, será muy interesante ver a uno fuera del campo de batalla —Yúnuen estaba muy ansiosa por la misión, y aunque conocía perfectamente todas las técnicas de sigilo, estaba claro que Yorha tenía una gran ventaja sobre todos los demás heredar; comenzando así a preocuparse por no poder igualar sus habilidades.

En el camino Yorha reflexionaba sobre el comportamiento en solitario de los perdidos, ya que algunos de estos comportamientos, encajaban en algunas de esas extrañas y ocasionales facetas conductuales de la Murhedar. Yúnuen, intuyendo lo que su amiga pensaba, intentaba encontrar las palabras correctas para tranquilizarla, pero sin éxito alguno. Al pasar por la zona de alimentos, ambas heredar inspeccionaron con la vista el lugar, buscando a Linara y a Roa, pero no se encontraban ahí.

—¡Changos! —exclamó Yúnuen—, yo quería saludar a Linara, tiene muchísimo que no la vemos.

—No te preocupes al terminar estas misiones nos tomaremos un descanso y podremos ir a saludar a nuestras amigas del País Latente —apuntó Yorha—. Además, no terminamos el recorrido del palacio, solo espero que el cese de hostilidades con los filo llameante siga en pie para ese momento.

—¿Crees que la guerra termine pronto? —preguntó Yúnuen—. No me gusta combatir contra otros heredar, es aberrante y me entristece.

—Tampoco me gusta —admitió Yorha—, pero…

Yorha se detuvo y miró hacia el piso confundida, frunciendo el ceño y parpadeando con fuerza, para después hacer una inhalación lenta y prolongada.

—¿Pero? —cuestionó Yúnuen, que se colocó en cuclillas frente a Yorha para poder verla a los ojos—, ¿estás bien?

—¿Puedes guardar un secreto? —susurró la Murhedar sentándose en el suelo.

—Sí claro, puedes confiar en mí —afirmó Yúnuen de forma sensata, se notaba claramente preocupada por su amiga mientras la tomaba de las manos y conectaban sus filos.

«A veces siento una mayor satisfacción al derrotar a un heredar que a un vestigio o perdido», pensó Yorha, su mirada era de angustia.

Dentro de sus ojos, Yúnuen podía observar como las pequeñas estrellas estaban siendo absorbidas por la oscuridad.

«Debe ser porqué a diferencia de los vestigios o perdidos, los heredar pelean con honor y no por el simple hecho de destruir todo lo que tengan a su paso, lo que te hace sentir que peleaste contra un igual y no contra un simple ser irracional», contestó Yúnuen.

Yorha se tranquilizó al escuchar esto y suspiró, desconectando sus filos.

—Por supuesto, eso debe ser, gracias, amiga —dijo Yorha recuperando su sonrisa e incorporándose—, sigamos.

«Esos cambios de humor repentinos tan característicos de ella siempre me han inquietado, ojalá pudiera hablar con Kélfa sobre esto, él sabría qué hacer», pensaba Yúnuen mientras llegaban al punto de encuentro, durante todo el trayecto no dejaba de hacer memoria en todas las ocasiones en las que Yorha se comportaba de manera inusual, que ha decir verdad no eran pocas, pero por las cuales Yúnuen siempre había guardado silencio. No pasó mucho para que, a la distancia, pudieran ver a Jasha, ya en la entrada principal de la torre con sus maletas preparadas.

—Jasha siempre tan noble —dijo Yorha, enternecida al verlo de pie con las tres enormes maletas a su espalda, siempre con una sonrisa—. ¿Qué pasó entre ustedes dos?

—Él es muy lindo y sí, muy noble, siempre ha tenido un trato especial hacia mí, lo quiero y aprecio de todo corazón, pero no sé, hay algo que me detiene sabes, es como si dentro de mí supiera que él y yo no estamos destinados a estar juntos como pareja —respondió Yúnuen con un tono nostálgico. Después de haber visto a Corban con su nueva pareja, en su mente rondaba la idea de comenzar a buscar con quien compartir esa faceta romántica de su ser.

Yorha observó en Yúnuen esa mirada llorosa y brillante que mostraba siempre que era sobrecogida por la nostalgia y pensaba una forma de animar a su amiga.

—Hola chicas —dijo Jasha, acercándose a ellas para entregarles sus respectivas mochilas y mirándolas de forma burlona, alzando y bajando una de sus cejas—, sí que lo disfrutaron ¿verdad?

—¿A qué te refieres? —preguntó Yorha, frunciendo el ceño y entrecerrando los ojos.

—¿Qué no han visto la red? Sus videos y fotos en la zona de baile son tendencia —Jasha entonces mostró su red a las heredar, en ella se les

124

veía bailar en el centro de la pista, rodeadas de una gran multitud—. La red está repleta de ustedes dos, ¡debieron invitarnos!

—Yo les dije, pero quisieron seguir descansando —recalcó Yorha tocando repetidamente con la punta de su dedo índice el pecho Jasha—. ¡Si no fueran tan flojos, se hubieran divertido con nosotras!

—¡Pues si tú no fueras tan exigente, no nos cansaríamos tanto! —reclamó Jasha apartando la mano de Yorha y devolviéndole sus "piquetes" en el pecho.

Yorha se mostró sorprendida y confusa por el atrevimiento de Jasha, cubriéndose el pecho con sus brazos y viéndolo de manera desconcertante, lo que causó una gran risa en Yúnuen, que jamás habría esperado una reacción así por parte del heredar. Al darse cuenta de la expresión de Yorha, Jasha se ruborizó y quedó paralizado. Yúnuen se acercó cautelosamente al heredar mientras observaba como el rostro de Yorha comenzaba a tomar un semblante molesto, tomándolo de los hombros y acercándose lentamente a su oreja.

—Será mejor que corras —susurró Yúnuen al joven heredar, lo que hizo que de inmediato echara a correr.

—¡Vuelve aquí cobarde! —gritó Yorha mientras dejaba caer sus mochilas y daba alcance al heredar.

Yúnuen no hacía más que reír al ver como Jasha corría a toda velocidad para evitar la represaría de la Murhedar, pero fue en vano, Yorha le dio alcance, tomándolo del cuello con su brazo y llenándolo de coscorrones. El heredar quedó tendido en el piso sobándose la cabeza mientras Yorha regresaba con Yúnuen.

—Bueno, vamos a bañarnos y prepararnos para salir lo antes posible —dijo Yorha, chocando las palmas de sus manos una contra la otra repetidamente como sacudiéndose el polvo de ellas y sonriendo satisfactoriamente.

Yúnuen, que no dejaba de reír por lo sucedido, levantó las mochilas de la Murhedar y se las entregó mientras ambas entraban a la torre. La torre sur servía como hospedaje para los heredar, aunque dentro del palacio también existía un hotel, este estaba destinado al turismo y las visitas importantes. La torre este, estaba destinada para otorgar servicios de salud a los heredar heridos y también a la investigación médica. Por su parte la torre norte, la más grande de ellas, estaba totalmente dedicada al estudio y vigilancia de la zona cero, en esta radicaba el comandante supremo del filo tormenta, Kakiaui, desde donde dirigía todas las operaciones y mantenía contacto directo con Maculli.

Sorprendentemente, la zona cero era la menos contaminada por la radiación y las toxinas liberadas antaño por las bestias. Aunque destruidos, los alrededores de esta se encontraban muy bien conservados y permitían el estudio de la antigua civilización humana, lo que hizo a los estudiosos de la zona un blanco fácil para los vestigios y perdidos. Por lo que el acceso se tuvo que prohibir, solo era posible estudiar la zona con una escolta de heredar y el permiso previo de Kakiaui. A Yorha le fascinaban las misiones en esta área, ya que le permitían conocer más sobre la vida de los humanos y podía llevarse pequeños recuerdos para sus amigos.

«¿Un mal antiguo eh? Quizá uno de estos perdidos ha evolucionado o tal vez encontraron la forma de asimilarse entre sí como las antiguas bestias, pero... ¿Qué serán esas sombras de las que hablaba Dumenor?», pensaba Yorha mientras las gotas de agua casi hirviendo chocaban con su piel desnuda y se deslizaban sobre ella hasta llegar al piso de la ducha. La piel de Yorha era sumamente fría, lo que provocaba más vapor de lo habitual con el contacto del agua, era una sensación que disfrutaba y a menudo tomaba duchas muy largas.

—Yorha te vas a terminar el agua de toda la torre —reclamó Yúnuen que ya se encontraba terminado de vestirse y colocándose el ultimo protector de pies—. ¿Tu traje de sigilo también es tan incómodo?

Yúnuen, que jamás había usado el traje más que en los entrenamientos, se acercó al espejo, el traje era completamente blanco, exactamente del mismo color del piso, este tenía la capacidad de adaptar su color y textura al de las superficies con las que tenía contacto. Además, era extremadamente ajustado, lo que incomodaba a Yúnuen ya que no dejaba nada a la imaginación.

—No, creo que ya estoy acostumbrada a él —dijo Yorha mientras salía de la ducha y se acercaba al secador. Esta era una cabina de viento, que secaba en pocos segundos al usuario, al salir observó a Yúnuen que intentaba acomodarse el traje para que no le molestara en las zonas más ajustadas—. ¿No te dejaste nada debajo?

—No, ¿tenía que dejarme algo debajo? —preguntó Yúnuen apenada.

Yorha se echó a reír, sentándose en una de las dos camas de su habitación y rebuscando en su mochila. El cuarto era pequeño pero confortable, dos camas, una zona de aseo personal y junto a la ventana, una pequeña mesa con dos sillas desplegables.

—Yo me dejo un sostén deportivo y por supuesto una prenda inferior que dé a la cintura —dijo Yorha mostrándole sus prendas a Yúnuen.

—¡Changos, no tengo braguitas de talle alto! —exclamó Yúnuen—, voy a pedir unas, ¿te pido algo?

Yorha disintió con la cabeza mientras se ponía su traje de sigilo. Yúnuen por su parte veía los modelos de bragas en su red, pero no tardó mucho en encontrar uno, ya que pensó más en la utilidad que en su apariencia y seleccionó el más cómodo, de otro modo hubiera tardado "años" en decidirse.

—¿Ya llevas todo? —cuestionó Yorha que se colocaba en los muslos y pantorrillas unos bolsillos de combate. Estos eran pequeñas bolsas ultra resistentes que se adherían a los trajes de batalla o a la piel, en las cuales se llevaban generalmente suplementos alimenticios.

—Déjame ver —Yúnuen colocó sus bolsillos de combate sobre la cama y comenzó a organizarlos—, suplementos para una semana, cápsulas hidratantes, botiquín médico y dulces. Sí, creo que llevo todo lo necesario.

De pronto el timbre de su habitación sonó, avisando que el paquete pedido por Yúnuen había llegado. La heredar abrió la puerta y recibió el paquete del dron, que partió rápidamente a entregar otro pedido, cada piso de la torre contaba con su propia impresora 3d, por lo que los pedidos de la red eran confeccionados al instante en el mismo lugar. Rápidamente sacó la prenda del paquete y se dispuso a cambiarse. Yorha ya estaba lista y solo terminaba de abotonar el último botón de su abrigo.

—¿Tengo que llevar algo puesto encima? —preguntó Yúnuen.

—Por supuesto, es una misión secreta ¿recuerdas?

—Sí, sí, lo siento —trastabilló Yúnuen que se mostraba muy nerviosa, yendo de un lado a otro y olvidando que paso seguía en su preparación para la misión.

—Tranquila —dijo Yorha mientras una pequeña risa escapaba de su boca—, primero termina de vestirte ¿quieres?

Yúnuen apenada se detuvo dándose cuenta de que seguía en ropa interior y prosiguió a terminar de arreglarse. Yorha por su parte observaba el horizonte a través de la ventana, vislumbrando en este la frontera sur con la zona perdida.

—Tendremos que dar un gran rodeo para evitar la vigilancia de la frontera. Desde ahí, sin poder usar nuestros filos calculo que nos tomará un día llegar a las coordenadas que me dio Roa, y según la calidad del rastro entre nueve a quince horas encontrar el objetivo.

—¡Ya estoy lista! —exclamó Yúnuen, pero al ver el rostro reflexivo de Yorha, su semblante cambió, dentro de sí, Yúnuen estaba realmente preocupada, las misiones que Mahalli le daba a Yorha muchas veces no tenían sentido alguno o la guiaban hacia emboscadas terribles. Como Murhedar, Mahalli era famosa por su impulsividad y espontaneidad, lo que la llevaba a enfrentarse a muchos peligros innecesarios y pareciese que contagiaba esa conducta a Yorha—. Espero que Roa tenga razón y solo sea un perdido utilizado por la "cosa" para confundir a Mahalli. Pero… ¿Qué haremos si es un gran grupo de perdidos? Es más, ¿Qué haremos si era una emboscada contra Mahalli y el número de perdidos nos sobrepasa?

Yúnuen se acercó a la ventana junto a Yorha al no recibir respuesta y ambas observaron el horizonte.

—Pase lo que pase, Théra siempre nos ha guiado a Mahalli y a mí, las misiones que me otorga, aunque no lo parezcan puedo sentir que están encaminadas a algo por demás importante, así que no te preocupes —dijo Yorha intentando tranquilizar a Yúnuen.

—Mahalli te ve como su igual, pero no solo a nivel personal, sino que parece creer que tienen las mismas capacidades en el combate —añadió Yúnuen, pudiéndose notar la preocupación en su rostro—. Yo no te subestimo Yorha, solo intento protegerte.

Yorha observó serenamente a Yúnuen por un instante.

—Aún la recuerdo —Mencionó Yorha.

—¿Qué recuerdas?

—Tu promesa.

Yúnuen apartó su mirada y la dirigió a las alturas, como recordando aquel momento; pareció ruborizarse y después bajó la mirada, apartando su cabello para poder observar a Yorha.

—¿Realmente aún la recuerdas? No tenías más de seis años.

—Tan claro como si estuviese sucediendo en este momento —afirmó Yorha—, ese día estaba realmente aterrada de entrar al instituto.

—Es verdad, te aferrabas a mi mano mientras nuestras madres nos veían entrar, no tuve otra opción que llevarte hasta tu salón, al cual no querías entrar —añadió Yúnuen.

Yorha suspiró, apartándose de la ventana y sentándose en una de las sillas de la pequeña mesa del cuarto, Yúnuen no tardó en hacerle compañía y se sentó a su lado.

—Me prometiste que, aunque no pudiera verte, ni escucharte, estarías conmigo y me protegerías, que nada me haría daño mientras estuvieras viva.

Ambas guardaron silencio por un momento, la nostalgia por aquella época llenaba sus corazones.

—Sabes Yúnuen, sin esa promesa, no sería quien soy ahora —dijo Yorha tímidamente mientras su mirada se perdía en viejos recuerdos.

—¿De verdad? —preguntó Yúnuen gratamente sorprendida.

—Mi valentía en el instituto se debió a que sabía que tú estabas siempre cuidándome, tu promesa me dio la confianza para afrontar desafíos cada vez mayores, mucho de lo que he logrado ha dependido de ello.

Yúnuen saltó de su silla para abrazar a su amiga, pero al hacerlo, la pequeña silla se fue de lado y ambas cayeron al piso. Entre risas Yorha se levantó y ayudó a Yúnuen.

—No pasaba por mi mente que aún recordaras aquella promesa, aunque actualmente tú eres la que me protege a mí —el rostro de Yúnuen pareció acongojarse al decir estas palabras—. Me siento incapaz de cumplir mi promesa ahora.

—La cumples —afirmó Yorha mientras sujetaba las manos de Yúnuen y la miraba con dulzura—. Mientras tú sigas con vida no habrá fuerza que pueda detenerme.

—Gracias Yorhalli —el rostro de Yúnuen se llenó de alegría y una pequeña lágrima se escapó de sus ojos; después soltó las manos de Yorha y procedió a terminar de guardar sus cosas.

—¿Reservaste esta habitación o llevamos las cosas a los casilleros? —preguntó Yúnuen.

—Está reservada por un mes, así que déjalas aquí.

Yorha abrió la puerta y se recargó en el marco, esperando por Yúnuen, quien pensativa terminaba de acomodar sus cosas sobre la cama. «Espero que tengas razón, no sé qué nos depara el futuro, pero siempre nos ha puesto juntas y eso nos ha fortalecido, debo ser más fuerte, si lo que está por venir nos alcanza en este momento, me temo que nada podremos hacer con la fuerza que tenemos. Mahalli lo sabe, quizá por eso presiona tanto a Yorhalli, la está preparando, yo debo también prepararme».

—¿Todo bien? —preguntó Yorha.

—Sí, vámonos.

Ambas heredar salieron de la habitación y la puerta se cerró lentamente.

129

Una sombra bajo Tekuina

Poco pasaban de las tres de la mañana y las luces de la gran ciudad se atenuaban, relegando su tarea y permitiendo a Koyol y a Xauki cumplir su función. Los edificios y calles comenzaron a tornarse blancos; conforme la luz de ambas lunas cambiaba su posición, las luces de la ciudad se encendían en los espacios que ellas no podían alcanzar, evitando así que hubiese lugares sin iluminación, por esta razón se le conocía como la ciudad sin sombra, todo esto con la finalidad de poder detectar fácilmente a un vestigio o perdido, ya que dejan un rastro de oscuridad tras de sí y su color negro hace un contraste perfecto con el color de la ciudad. Cada cuadra de la metrópoli contaba con una torre de vigilancia y un heredar apostado en ella; era muy peligroso usar tecnología de vigilancia, ya que los vestigios podían utilizarla a su favor, por lo que la superficie de la ciudad y los espacios públicos no contaban con grandes artilugios tecnológicos.

Las calles de Tekuina rebozaban de vida aún a altas horas de la noche; su población era relativamente joven y pluricultural, ya que contaba con la universidad más grande de todo Théralli y recibía estudiantes procedentes de cada rincón habitado del planeta, esto hacía que contara con la protección de todas las naciones y el patrullaje era constante, ya que las grandes ciudades propiciaban la corrupción en las mentes más jóvenes, lo que a su vez provocaba que fueran asechadas por los vestigios. La superficie de la ciudad era exclusiva para los peatones; todos los medios de transporte transitaban vía subterránea, por lo que las calles gozaban de tranquilidad, haciendo que los murmullos y risas predominaran en el ambiente.

Bajo la ciudad la vigilancia era más severa, ya que el transporte podía ser asimilado y utilizado por los vestigios para atacar a los theranios, todas las grandes ciudades contaban con un único transporte, una gran serie de trenes de alta velocidad que podían dividirse en cientos de unidades para llevar a un solo pasajero hasta su destino; cada cuadra de la ciudad contaba con un elevador de acceso por lo que no era necesario tomar un tren determinado, gracias a la red, el transporte podía dividir la sección en la que pasajero se encontraba y llevarlo de forma independiente hasta su destino. El transporte individual fue eliminado para la población civil dentro de las grandes ciudades, ya que implicaba un gran riesgo.

—¿Cómo sueles traspasar la frontera sin dejar un registro antes? —preguntó Yúnuen mientras observaba en su red todos los accesos de la frontera sur, los cuales eran monitoreados de forma permanente; nadie podía entrar o salir sin una autorización del consejo de Murhedar del filo tormenta o de Kakiaui—. No veo ningún punto vulnerable.

—Hay dos formas en las que suelo hacerlo, la primera es pedir un permiso de exploración, pero limitaría mucho nuestro rango de acción y la duración; la segunda es subterránea —murmuró Yorha.

—¿Subterránea?

Yorha colocó su dedo índice frente sus labios, indicando que guardaran silencio. Fue entonces que llegaron al acceso de la torre hacia el subterráneo, un simple circulo en el suelo, qué, al pararse sobre él, pareció absorberlas, descendiéndolas hasta la estación del tren, donde un vagón aguardaba el ingreso de pasajeros, tras ellas otros theranios bajaban a la estación, una pareja y un pequeño grupo de amigos, subiendo todos juntos al pequeño vagón. Una vez dentro, el vagón se elevó magnéticamente y comenzó su marcha, incorporándose a otro grupo de vagones que pasaba en ese momento y dejaba otro vagón con un grupo de pasajeros para su descenso y la espera de más.

Los trenes no contaban con rieles, sino que flotaban magnéticamente en entre el techo y el suelo del subterráneo, facilitando así el movimiento de los vagones independientes; cada tren contaba con alrededor de cien vagones que podían separarse para llevar a los pasajeros a un lugar específico e incorporarse al siguiente tren. Los vagones eran rectangulares y contaban con una única puerta de acceso; con capacidad para veinte pasajeros, eran vagones sumamente espaciosos y al igual que en el palacio, los asientos se materializaban según las necesidades de los pasajeros.

Yúnuen y Yorha se sentaron al fondo del vagón, la pareja optó por sentarse justo frente a la puerta, mientras que el grupo de amigos (cinco en total) permanecía de pie en medio del vagón, menos uno de ellos que se sentó junto a una ventana. Ambas heredar pasaron desapercibidas entre los pasajeros gracias a su vestimenta, Yorha contaba con un gran abrigo acompañado de una mascada amarrada a su cabeza que ocultaban su cabello, mientras que Yúnuen llevaba una sudadera con gorro; ambas también portaban gafas oscuras para ocultar sus ojos, lo cual era común ya que la eterna luz nocturna de la ciudad era muchas veces molesta para la vista de las personas que regresaban a casa después de una larga jornada. El tren comenzó a alcanzar su máxima velocidad, mientras el grupo de amigos intentaba mantenerse de pie, parecía que lo tomaban como un reto, riéndose e intentando que los demás perdieran el equilibrio.

—¿Cuál es esa opción subterránea de la que hablas? —murmuró Yúnuen.

—Lo sabrás cuando lleguemos —contestó Yorha que veía con recelo a los demás pasajeros—. ¿No sientes algo extraño?

—¿Extraño, como qué?

—Una voz —dijo Yorha, observando a detalle cada parte del vagón—, susurros.

Yúnuen entró en estado de alerta y examinó a los demás pasajeros, buscando algún indicio de contaminación.

—¿Se te ofrece algo? —preguntó uno de ellos al sentir encima la mirada de Yúnuen.

Yúnuen se puso de pie, retirándose sus gafas y su gorra, revelando así su condición como heredar. Sorprendido, el grupo de amigos dejó de jugar y mostraron un semblante de preocupación, incluso el sujeto que se encontraba sentado volteó al ver a sus amigos cambiar su actitud.

—Lo siento señorita, ¿hay algún problema? —dijo otro de ellos.

—Su amigo, ¿se encuentra bien? —preguntó Yúnuen, señalando al theranio que se encontraba sentado.

—Sí —contestó él mismo—, es solo que me mareo mucho en estos trenes, soy nuevo en la ciudad y aún no me acostumbro.

—¿Alguno de ustedes se ha sentido o comportado diferente? —preguntó Yúnuen mientras se acercaba a cada uno de ellos y examinaba sus ojos. Todos contestaron con una negativa, mientras Yúnuen se abría paso y se dirigía a la pareja que en ese momento se encontraban muy asustados.

—¿Qué está pasando? —preguntó el joven theranio que sostenía fuertemente la mano de su pareja, mientras ella intentaba tranquilizarlo.

—Mi amiga ahí sentada sospecha que hay algo en el vagón —respondió Yúnuen, examinando los ojos de ambos jóvenes.

—¿Algo? —preguntó la joven asustada—. ¿Un vestigio?

Al escuchar esto todos los pasajeros entraron en pánico observándose unos a otros, ya que a todos los theranios se les enseña desde niños las señales de una posible contaminación por parte de un vestigio.

—¡Ey! —exclamó Yúnuen—. ¡Tranquilos, ya los revisé y parecen estar fuera de peligro!

—Lo ves amor, todo está bien —dijo el joven theranio, intentando tranquilizar a su pareja.

La primera señal de contaminación por vestigios se puede notar en el cambio de actitud de una persona, ya que comienza una batalla mental por el control de sus acciones y pensamientos, pero en algunos theranios mentalmente más fuertes, este proceso es mucho más lento, por lo que el cambio de actitud es mínimo. La segunda señal es física, sus ojos presentan derrames oculares y la sangre dentro de estos se comienza a tornar oscura, hasta el punto en el que se vuelve negra, llegando inclusive a derramar pequeñas gotas. Todos los theranios sin excepción, deben hacerse exámenes psicológicos y oculares mensuales para descartar algún indicio de corrupción.

—Parece estar todo en orden —confirmó Yúnuen mientras volvía a sentarse junto a Yorha, que aún observaba con recelo a los demás pasajeros—. ¿Aún lo escuchas?

—Ha cesado, pero no dejo de tener la sensación de que algo no va bien —susurró Yorha.

—Disculpen —mustió el joven theranio con su pareja, que temerosos se habían acercado a las heredar—. ¿Podemos sentarnos con ustedes?

—Sí, adelante —dijo Yúnuen a la pareja que se sentó tímidamente en frente de las heredar—. Y… ¿Cómo se llaman?

—Mi nombre es Moyoleuki, pero pueden decirme Moy —dijo el joven theranio.

Yúnuen jamás había escuchado ese nombre y se sorprendió.

—¡Vaya! Que nombre tan singular Moy, mi nombre es Yúnuen. ¿Y qué hay de ti? —preguntó a la joven therania

—El mío es Bahiana —contestó la joven—, un gusto Yúnuen.

La joven therania observó temerosa a Yorha, que no emitía ruido alguno; se encontraba de brazos cruzados, inmóvil e inexpresiva.

—¿Ella se encuentra bien? —preguntó a Yúnuen.

Yorha se retiró las gafas y sonrió a la therania, que de inmediato la reconoció y estremecida bajó la mirada, abrazando fuertemente a su pareja; Moy, igualmente sorprendido volteó la mirada hacia Bahiana.

—Es Yorhalli —susurró tímidamente al oído de Bahiana.

—Sí, ya se —contestó la joven.

Yorha se enterneció al ver la reacción de la joven pareja y se volvió a colocar las gafas, al hacerlo Moy pudo voltear a verla confiadamente.

—Sabíamos que te encontrabas en la ciudad, pero jamás pensamos verte frente a nosotros y mucho menos aquí en el subterráneo —comentó Moy con alegría.

—Es un placer poder verte en persona Yorhalli —la saludó Bahiana respetuosamente, estrechándole la mano—, te hemos visto mucho en la red.

—Por favor llámenme Yorha —dijo la Murhedar—. Y díganme ¿qué hacen aquí a esta hora? No parecen el tipo de persona que viene a pasear o divertirse.

Ambos theranios portaban una vestimenta casual, abrigados con un ligero suéter plateado que portaba un escudo al costado izquierdo del pecho, este los identificaba como estudiantes de la universidad de Tekuina (un escudo negro, triangular e inverso, con dos dragones plateados que se entrecruzaban, uno imbuido en electricidad y otro imbuido en viento).

—Nos quedamos estudiando en la biblioteca y se nos pasó el tiempo —contestó Bahiana, la joven se notaba algo nerviosa ante la pregunta de Yorha.

—Mañana tenemos un examen muy pesado y no queríamos distraernos estudiando en casa —añadió Moy—. Tú sabes, somos de esas personas que se distraen fácilmente.

—¿Qué están estudiando? —preguntó Yúnuen.

—Estudiamos un posgrado en mecánica cuántica —respondió Bahiana.

—¡Increíble! —exclamó Yúnuen con alegría—, yo también estudie física y antes de convertirme en heredar pensaba en estudiar un posgrado en dinámica o molecular.

—¿Y no has pensado en seguir tus estudios? —preguntó Bahiana—. Yo he visto a algunos compañeros que son heredar estudiar medio tiempo su posgrado a pesar de estar en servicio.

—Lo he pensado sí, pero mi carrera como heredar ha avanzado mucho como para darme descansos tan prolongados —el semblante de Yúnuen se tornó nostálgico al decir estas palabras.

—¿Perteneces al escuadrón de Yorha? —cuestionó Moy.

—Así es —dijo Yúnuen con orgullo.

Moy y Bahiana se miraron entre si sumamente sorprendidos, mientras que Yorha se mostraba reflexiva observando a Yúnuen.

—Una colega física perteneciente al escuadrón más famoso del filo lunar, que orgullo —manifestó Moy con alegría—, debió ser todo un desafío.

—Lo fue —confirmó Yúnuen—, al ser un escuadrón nuevo hubo muchos aspirantes.

—¿Nuevo? Pero si es solo el noveno escuadrón —dijo Moy confundido.

—A diferencia de los demás países, en nuestro país solo existen nueve escuadrones, siendo el nuestro el de formación más reciente —añadió Yúnuen.

Por su parte, Yorha se limitaba a escuchar la conversación, parecía algo angustiada y comenzaba a frotar sus manos.

—¿Es complicado entrar a un escuadrón en su país? —preguntó Bahiana—. Nunca he entendido cómo se manejan los rangos con los heredar y por qué no todos pueden formar parte de un escuadrón.

—Pertenecer a un escuadrón es especialmente difícil en nuestra nación, los requerimientos para formar parte de uno son muy exigentes, solo por debajo de los del País del Sol —explicó Yúnuen—. Estos requerimientos son impuestos por el supremo comandante de cada nación, con aprobación del consejo y del Murhendoar. Aunque, independientemente de su procedencia, los heredar son clasificados según sus habilidades físicas y cognoscitivas en cuatro niveles:

Primero están los heredar de cuarto nivel, que son aquellos que recién despertaron su filo, carecen del control, la habilidad y la fuerza para manejarlo correctamente. Su cuerpo está en proceso de acostumbrarse al poder que se les fue heredado, en esta etapa es cuando se sufren los cambios físicos y sus ojos adquieren las características del filo; un proceso sumamente doloroso.

Después se encuentran los heredar de tercer nivel, su cuerpo ha soportado con éxito la adaptación al filo y son capaces de manipular su energía para formar armas con él. Se encuentran en proceso de entrenamiento y comienzan sus estudios en el combate contra los vestigios y perdidos.

Una vez que han terminado sus entrenamientos y estudios de combate, se convierten en heredar de segundo nivel, aquí es cuando deciden qué rumbo quieren tomar. Pueden simplemente cumplir con su servicio de diez años, que consiste en la vigilancia de las fronteras, ciudades o caminos. También pueden formar una carrera como heredar, que consiste en la participación de la descontaminación de la zona perdida, esto incluye la lucha contra los vestigios y filos corruptos o perdidos, como ustedes los conozcan; para esto pasan a formar parte de un batallón, el cual está dirigido ya sea por un heredar de primer nivel o un Murhedar.

Cuando un heredar de segundo nivel alcanza cierto grado de habilidades físicas y cognoscitivas puede aplicar un examen para

135

convertirse en un heredar de primer nivel; en él, se ponen a prueba su poder y habilidades, así como su psique. Si el heredar no pasa todas las pruebas sin excepción, no podrá obtener el reconocimiento como heredar de primer nivel y deberá intentarlo al cabo de un año.

En la mayoría de las naciones, los heredar de segundo nivel que hayan superado la mayoría de las pruebas, pueden también postularse para pertenecer a un escuadrón. En nuestra nación es obligatorio tener el reconocimiento como heredar de primer nivel para pertenecer a un escuadrón.

—Y, por ejemplo, ¿qué pasa si alguien hereda un filo cristal, estando en el País del Sol? —preguntó Moy.

—¡Muy buena pregunta! —exclamó Yúnuen. Algo que a Yúnuen le encantaba era compartir sus conocimientos, casi tanto como adquirirlos—. Verás, durante el primer concilio Murhendoar de nuestra edad, hace mil cincuenta y cinco años, se realizó un acuerdo entre las seis naciones, al cual se le conoce como "acuerdo de asignación heredar", en este se contempla una diversidad de supuestos a los que un heredar puede verse sujeto. En el caso en cuestión, si el theranio es ciudadano natal del País del Sol o radica en este de forma permanente, su etapa como heredar de cuarto nivel, será atendida en su localidad, ya que trasladarse en esa etapa es sumamente peligroso, puesto que su estado lo hace más vulnerable a la corrupción. Una vez alcanzado el tercer nivel, debe trasladarse al país correspondiente a su filo para completar de forma adecuada su entrenamiento. Una vez concluidos sus entrenamientos puede decidir dónde hacer su servicio, aunque si decide hacer su servicio fuera del país natal de su filo, no podrá pertenecer a un escuadrón, pero sí a cualquier batallón.

—¿Qué? —preguntó Moy confundido—. ¿Por qué ya no puede pertenecer a un escuadrón?

Yúnuen puso el puño en su mentón, buscaba un ejemplo perfecto para poder explicar más claramente la cuestión.

—La conexión —mencionó Yorha.

Yúnuen, Bahiana y Moy voltearon a verla confundidos.

—Entre los heredar de filos homogéneos existe una conexión muy profunda, la cual se refuerza al formar parte de un escuadrón, esta es muy difícil de lograr entre filos heterogéneos y genera conflictos emocionales que no son propicios en el campo de batalla —explicó Yorha.

—Además los escuadrones obedecen en primera instancia al consejo Murhedar, pero también pueden recibir órdenes directas del comandante supremo o del Murhendoar de la nación a la que pertenecen.

136

En cambio, los batallones obedecen al FURZP (frente unido para la recuperación de la zona perdida) que está formado por los grandes maestros de todas las naciones —añadió Yúnuen—. Un buen ejemplo de esto es el actual conflicto entre nuestro país y el de la llama. Según los acuerdos internacionales, ningún heredar perteneciente al FURZP puede entrar en combate con otro heredar a menos que su vida dependa de ello. Es por eso por lo que la disputa no se lleva a la población civil, ya que, tanto en nuestras ciudades, como en las ciudades del País de la Llama, la guardia heredar está compuesta de diversidad de filos procedentes de todas las naciones. Por lo tanto, solo los heredar pertenecientes a un escuadrón tienen la capacidad de combatir contra otros heredar pertenecientes a escuadrones de diferentes naciones, ya que no forman parte de la FURZP. Además, todos nuestros combates han sido en zonas despobladas y puntos estratégicos que debiliten el avance de las construcciones ilegales que pretenden realizar.

—Pelear contra nuestros propios hermanos… —reflexionó Bahiana con un semblante de angustia—, debe ser algo difícil de digerir.

—Siempre intentamos no entrar en combate con el enemigo —dijo Yorha, acercándose a Bahiana en un intento de tranquilizarla—. La mayoría de nuestras incursiones en territorio del País de la Llama son únicamente para inhabilitar su maquinaria o averiguar sus posiciones, pero a veces el combate es inevitable.

—¿Y no sería más fácil retirarse? —los ojos de Bahiana parecían estar a punto de derramar una lágrima, al notarlo Moy la abrazó con su brazo y acarició dulcemente su hombro.

—Si la misión fue efectuada con éxito, la retirada es inmediata —explicó Yorha— pero si hay confrontación en plena misión, lo más probable es que tengamos que entrar en combate hasta que el objetivo sea cumplido o nos veamos obligados a retirarnos.

Bahiana apartó el brazo de Moy y su semblante se tornó serio mientras miraba fijamente a Yorha. La Murhedar, algo nerviosa pareció encogerse ante la presión que la mirada de la therania ejercía en ella.

—¿Entonces son verdaderas las historias de tus enfrentamientos con otros heredar? —cuestionó Bahiana a Yorha, refiriéndose a los heredar caídos a manos de la Murhedar.

—Sí —mustió Yorha mientras ambas se miraban fijamente.

Yúnuen estaba sorprendida por el atrevimiento de Bahiana, pero más aún por ver a Yorha intimidada por una therania. Moy por su parte parecía aterrado, como esperando una reacción de la intempestiva Murhedar.

—Bahiana, nosotras hacemos lo posible por evitar dichos combates, te lo puedo asegurar —dijo Yúnuen, desviando la mirada de la therania hacia ella—. Y es por eso por lo que nuestro escuadrón fue llamado para las incursiones en el País de la Llama. Somos expertos en misiones de alto riesgo, en las que la precisión y rapidez son un factor clave. Gracias a la peculiar condición de Yorha, puede realizar la mayoría de las misiones sin siquiera ser detectada.

—Espero que no tengan que volver a combatir contra otro heredar —dijo Bahiana volviendo a mirar a Yorha, pero con un semblante comprensivo—. No puedo imaginarme lo que has de sentir tras hacerlo.

—Nadie puede imaginárselo hasta que se ve obligado a hacerlo Bahiana —apuntó Yorha—, solo queda aprender a vivir con ello y honrar en combate a los caídos.

Inesperadamente Bahiana jaló a Yorha del brazo y la abrazó. Yorha estaba sorprendida, pero no pasó mucho para que se relajara y correspondiera el abrazo de Bahiana, retirándose sus gafas y cerrando los ojos. Yúnuen enternecida se levantó para abrazarlas también, jalando a Moy para un abrazo grupal.

—¿Honrar a los caídos? —susurró una voz al oído de Yorha.

Yorha abrió los ojos bruscamente buscando a su alrededor. El grupo de jóvenes parecía estar teniendo una conversación más seria, sus rostros se veían algo afligidos y habían tomado asiento. Todo a su alrededor estaba extrañamente en orden.

—No creo que sea lo que realmente sientes —susurró la voz—. ¿O sí?

Yorha se separó delicadamente de Bahiana, intentando mantener la calma para no asustarla mientras intentaba escuchar la plática del grupo de amigos.

—Siento haberte importunado con mis comentarios —se disculpó Bahiana.

—Todo lo contrario, yo agradezco tus palabras —dijo Yorha, se notaba algo de nerviosismo en su voz; cerró sus ojos y suspiró, esto pareció tranquilizarla—. Es bueno que alguien te recuerde que lo que estás haciendo no es algo a lo que uno deba acostumbrarse.

—¡Guau! —exclamó Moy, quien estaba realmente impresionado mientras observaba a Bahiana—, eres muy valiente corazón. ¡Mírame! Yo sigo temblando.

Yorha y Yúnuen al ver como las manos de Moy no dejaban de temblar se echaron a reír. Bahiana se acercó a él y lo tomó de las manos, acariciándolas para intentar calmarlo.

—Ojalá todos los theranios fueran tan valientes como tú —deseó Yorha que veía casi con cariño a Bahiana.

—Hacen bonita pareja —comentó Yúnuen con dulzura—. ¿Cuánto tiempo llevan juntos?

—Quince años y dos meses —contestó Moy alegremente—, aunque pareciese que solo han pasado unos meses.

—¿Por qué? —preguntaron las tres chicas al unísono, lo que provocó que las tres comenzaran a reír, deteniéndose para escuchar a Moy.

—Porque no hay un solo día en el que no aprenda algo nuevo a tu lado, en el que no me sorprenda algo de ti, como si no te conociese lo suficiente y quisiera estar a tu lado para descubrir que más hay detrás de esa bella sonrisa de la cual me enamoré —contestó Moy mientras miraba dulcemente a Bahiana.

Enternecida, Bahiana se acercó a él y lo besó con ternura.

—Es por esto por lo que luchamos —recordó Yúnuen a Yorha.

—¿Por los besos? —preguntó Yorha.

—¿¡Qué!? —exclamó Yúnuen entre risas—. ¡No!

—Que lástima —añadió Yorha lo que hizo que ambas se echaran a reír.

—¿Ustedes tienen pareja? —les preguntó Bahiana.

La risa de ambas heredar se interrumpió ante la pregunta de Bahiana. Y volteándose a ver nuevamente entre sí, simulando una expresión de tristeza, reanudaron sus risas de forma más intensa, esta se comenzó a contagiar, primero a Moy y después a Bahiana.

—No —contestó Yorha intentando dejar de reír—, pero verlos a ustedes me hace desearlo, realmente se puede sentir el cariño que se tienen, es algo conmovedor.

—Supongo que ha de ser más difícil para ustedes al ser heredar pertenecientes a un escuadrón —comentó Moy.

—Pues no es tan complicado como pareciese a simple vista, simplemente no me he tomado el tiempo para conocer realmente a alguien —dijo Yorha—. ¡Es más, ni siquiera me doy tiempo para mí!

—No sabe cómo hacerlo —añadió Yúnuen de forma burlona.

—¡Claro que se! Es solo que me surgen cosas más importantes que hacer —refutó Yorha.

—También es muy importante tomarse un tiempo para uno mismo —comentó Bahiana—, te podría enseñar si así quisieras.

Yorha pareció reflexionar.

—Es lo mismo que le digo yo —replicó Yúnuen, abrazando a Yorha con uno de sus brazos y estrujándola levemente—, deberíamos salir todos juntos algún día.

—¡Eso sería fantástico! —exclamó Bahiana emocionada—. ¿Por qué no se quedan esta noche con nosotros? Así podríamos salir mañana desde temprano y las llevamos a recorrer nuestra villa o podríamos …

—Cariño —la interrumpió Moy—, mañana es nuestro examen.

—Ay… —Suspiró Bahiana—, es verdad. Aun así, pueden quedarse con nosotros hoy, nuestro hogar también es el suyo.

—Gracias Bahiana —dijeron ambas heredar al unísono.

—Podría decirte lo mismo, pero como tal no tengo un hogar propio —dijo Yorha burlonamente—, podría decirse que soy una especie de nómada.

—Yo poseo un pequeño departamento en la capital, actualmente lo ocupan unos amigos de la universidad —dijo Yúnuen—, pero me gustaría comprar una casa aquí en Tekuina.

—Las propiedades en Tekuina son bastante difíciles de conseguir y sus precios son exorbitantes diría yo —comentó Moy—. Aunque tengo entendido que como heredar puedes conseguir preferencia obteniendo un grado de veterano, ¿o no es así?

—Sí, pero para ello aún faltan algunos años y no tengo prisa —respondió Yúnuen—. ¿Dónde queda su villa?

—A unos pocos kilómetros al este de la capital —contestó Moy—, es cerca de una base de investigación, les mostrare.

Moy desplegó una pequeña pantalla holográfica de su red, en la cual se mostraba el mapa del País de la Tormenta; Tekuina se encuentra justo en el límite suroeste del país, la ciudad abarca casi diez mil kilómetros cuadrados. La pequeña villa, llamada Chakiik, no se encontraba muy lejos del límite da la ciudad, pero tampoco de la frontera suroeste con la zona perdida, en donde se encontraba uno de los accesos principales para la investigación de la zona cero, por lo tanto, también había establecida una gran base de investigaciones de la FURZP.

—No es muy lejos del lugar a donde nos dirigimos —mencionó Yorha, mientras acercaba el mapa para inspeccionar la zona—. Podríamos hacerles compañía durante el trayecto.

—Eso sería fantástico, con todas esas historias de la dama oscura y los recientes ataques en la frontera, nos daría mucha tranquilidad su compañía —dijo Moy con alivio.

Yúnuen desvió la mirada e hizo una expresión de angustia, deslizando su mano por su cabello, desde la frente hasta la nuca. Yorha, dándose cuenta de ello entrecerró los ojos y la miró fijamente.

—¿Tú ya sabias sobre la supuesta dama oscura? —preguntó Yorha a Yúnuen.

—Sí, todos lo sabíamos ya, pero no te lo mencionamos porque también sabíamos que ibas a pedir que te asignaran el caso —respondió Yúnuen con resignación—. Pero creo que ahora eso será inevitable.

Yorha se mostró reflexiva y bajó la mirada sonriendo.

—Dyna me contó sobre ella, pero sabes, creo que después de este encargo tomaremos un largo descanso, además ya tenemos una invitación para conocer Chakiik —dijo mientras volteaba a ver a sus nuevos amigos, quienes se alegraron al escuchar esto; Yúnuen no podía creer las palabras de la Murhedar y no pudo contener su felicidad; una enorme sonrisa invadió su rostro.

—Les va a encantar la villa —dijo Bahiana con alegría—, es una verdadera obra de arte y puedo asegurarles que no hay un mejor lugar para que te relajes Yorha.

—Sí me hace falta —contestó la Murhedar mientras sobaba su cuello y su hombro.

—No tiene mucho que inauguraron la villa según veo —dijo Yúnuen mientras leía en su red información sobre Chakiik—. Bajo su villa existió un antiguo estadio deportivo humano y antes de ser readaptada para su ocupación, allí se encontraba el puesto de investigación y la entrada a la zona perdida, hace ciento setenta años.

—Sí, es una zona muy interesante, contamos con un pequeño museo de historia humana, que relata todo lo que sucedía en aquella época en donde ahora se encuentra la villa —comentó Moy.

Yúnuen, Bahiana y Moy comenzaron a platicar sobre la villa, parecían estar en armonía, mientras Yorha se limitaba a observarlos, sosegada por haber encontrado tal aceptación por parte de los theranios de Tekuina. «La ciudad donde nacen las leyendas eh… Quizá sea la razón por la que soy tan bien recibida, sus ciudadanos han visto cosas muy inusuales y su cercanía con la zona cero les ha dado valor, el valor incluso de hacerme frente, el valor que antaño los humanos despertaron para deshacerse de su inmundicia, esa inmundicia que a la fecha nos persigue. El valor para

141

enfrentarse a uno mismo, para estar solo ante la adversidad, para encontrar el camino en medio de la oscuridad. ¿Por qué se desvanece ese valor?», pensaba Yorha mientras observaba a sus nuevos amigos platicar con Yúnuen. «Pero... ¿por qué deben ser valientes? ¿Qué es lo que los obliga a serlo? ¿Y por qué los obliga? ¿Qué no somos libres de actuar y pensar cómo queramos? ¿Por qué todos tenemos que seguir una misma senda? Una senda de nobleza y humildad, de paz y armonía, de sinceridad y veracidad, de bondad y caridad, de empatía... La zozobra de los humanos de antaño nos hace esclavos de esta senda. ¿Por qué no podemos ser libres de actuar y pensar de formas diferentes? ¿Qué no somos merecedores de nuestra libertad?».

—¡No, no lo son! —gritó una voz que parecía contener dentro de sí otras voces que hacían eco de sus palabras.

Yorha solo pudo alzar la mirada...

—¡Es él! —gritó con desesperación uno de los jóvenes theranios en el vagón.

La mirada de Yorha se cruzó entonces con la de uno de ellos y fueron únicamente tres décimas de segundo. Sus ojos, una oscuridad total, de ellos se derramaba una espesa sangre negra que ejercía una gran presión haciendo que los ojos se desorbitaran; las venas de su rostro y cráneo se tornaron visibles, haciendo que el rostro del theranio se inflamara y su piel reventara, derramando la negra sangre. De las heridas abiertas en el rostro del theranio emergía una especie de masa negra cual tentáculos de un octópodo. Su nariz parecía haber sido partida a la mitad por la presión que ejercía la espesa sangre negra que escurría a chorros de ella con cada exhalación. Su boca mostraba una enorme sonrisa, pareciese que unos ganchos jalaban de ella, ya que las mejillas estaban desgarradas y podían verse los molares; los dientes estaban destrozados por la presión que ejercían unos sobre otros. Sus brazos crujieron y se desprendieron de su cuerpo, sostenidos a él por una repugnante masa negra que escurría sangre, agarrando a dos de sus amigos por el cuello; los dedos de las manos parecieron estirarse para rodear por completo el cuello de los theranios. Del estómago surgieron cuatro pares de costillas, abriendo por completo el torso del theranio y provocando que sus viseras se derramaran; cual ganchos, las costillas que estaban sostenidas por la inmunda masa negra, pescaron a los dos amigos restantes, pero también a Moy y a Bahiana, enganchándolos por la clavícula hasta la parte superior del omóplato. Terminando así las tres décimas de segundo.

142

—¡No! —gritó Yorha mientras invocaba su armadura y estiraba sus manos para intentar alcanzar a sus nuevos amigos, pero era muy tarde, el ahora vestigio, se había rodeado de los theranios, como un escudo viviente para evitar el ataque de la Murhedar.

—¡Maldita escoria! —gritó furiosa Yorha— ¡Déjalos, tu batalla es conmigo!

Yúnuen comenzaba a analizar el suceso con su armadura ya expuesta. La alarma del subterráneo se activó dos segundos después del ataque, desprendiendo el vagón en el que venían y cuatro vagones más, dos por el frente y dos detrás del vagón; eran vagones vacíos. Después, cuatro enormes paredes se cerraron sobre ellos; el grosor de estas paredes era de al menos diez metros.

—Un bonito grupo de ingenieros— susurró el vestigio, con cada palabra la boca de su portador parecía desgarrarse más, sus dientes crujían y los huesos de su rostro se rompían por la presión, cortando aún más su carne; la sangre que escurría de su piel y su torso abierto era nuevamente absorbida por enormes furúnculos que habían aparecido por todo su cuerpo.

—¡No te atrevas a hacerles daño! —gritó Yorha que llena de furia hacía emanar una enorme energía de ella, que se visualizaba como una tenue luz azul blanquecina; dentro de su armadura se formó una lluvia de estrellas agitadas que chocaban entre sí y generaban más de ellas; sus puños estaban entrecerrados, parecían temblar y de sus dedos surgieron largas garras de unos quince centímetros; ansiosa por la batalla comenzó a moverlos descontroladamente.

Los theranios gritaban y lloraban por el dolor que el agarre del vestigio les ocasionaba, los dos theranios que estaban sujetos por el cuello intentaban inútilmente asirse de la mano que los sostenía en el aire para no ser asfixiados.

—Él tenía dos meses sin realizarse su examen psicológico —trastabilló con dolor uno de los theranios.

—¡Cállate escoria! —gritó el vestigio mientras de su cuerpo brotaba un tentáculo negro que en la punta portaba una pequeña bola de huesos astillados, que poco a poco se fue acercando a la boca del theranio que había hablado.

—¡No, no, no por favor! —gritaba el theranio mientras la bola de huesos astillados se acercaba a su boca.

—¡Te dije que te callaras! —el vestigio introdujo bruscamente la bola de huesos en la boca del theranio, destrozando sus dientes al instante y dislocando su quijada, después comenzó a girarla dentro de la boca del theranio, destrozando su lengua, desprendiendo cada uno de sus dientes y lacerando su paladar. Al ver esto, Yorha se lanzó hacia él, pero se detuvo casi al instante.

—Ah, yo no haría eso si fuera tú, Oscura— dijo el vestigio, que al notar el inminente ataque de Yorha apretó el agarre que mantenía en Moy y a Bahiana, haciéndolos gritar.

Yorha solo pudo ver como la sangre de sus nuevos amigos escurría a través de sus cuerpos hasta llegar al piso; ella intentaba controlar su respiración y observaba cada detalle de la situación para buscar una apertura, pero era inútil, el vestigio tenía cubierto cualquier acceso a su corazón. Para derrotar a un vestigio o perdido es necesario destruir el corazón de su portador.

—Ya comuniqué la situación a la superficie —informó Yúnuen a Yorha—, parece que todo dependerá de nosotras, es un espacio muy amplio no creo que debamos preocuparnos por el oxígeno, al menos no dentro de un buen rato.

—Eso es excelente Yúnuen —dijo el vestigio, su rostro tembloroso comenzó a desplazarse a través de su hinchada cabeza, dejando un solo ojo en dirección a las heredar, esto le permitía observar a su alrededor sin cambiar la postura de su cuerpo; la piel y huesos ya desechos de su rostro, permitían que las partes de este se desplazarán con facilidad—. Es un tren excelente, me servirá para salir de aquí.

—Por ahora no podemos hacer nada sin herir de gravedad a los civiles —susurró Yúnuen a Yorha—, las paredes, el techo y el suelo están hechos de carbono modificado molecularmente, con un espesor de nueve metros y noventa y seis centímetros, dependiendo de la técnica que utilice el vestigio será el tiempo que tendremos para determinar las acciones que debemos tomar.

—En unos días estaremos tomando un té en su bello jardín se los prometo —dijo Yorha a la pareja que se aferraba a los ganchos que los sujetaban.

—No hagas promesas que no puedes cumplir parásito —se burló el vestigio, regresando su rostro a la parte frontal de la cabeza.

Moy y Bahiana, a sabiendas de que sus palabras solo alentarían al vestigio a hacerles daño, miraron a Yorha fijamente e inclinaron levemente la cabeza, como muestra de la confianza que tenían en su promesa.

—Parece que alguien se quedó dormido —dijo el vestigio, acercando al theranio con la boca destrozada que se había desmayado por

144

la pérdida de sangre. Al tenerlo cerca comenzó a introducir uno de sus tentáculos por el oído de su víctima, haciéndolo despertar y retorcerse de dolor; ya que no podía emitir sonido alguno, de su boca destrozada salían pequeños chorros de sangre—. Este era un estudiante destacado, sus conocimientos me servirán en demasía.

Del cuerpo de aquel vestigio comenzó a brotar una masa negra, primero de la boca y después de los furúnculos del cuerpo, esta empezó a rodear el cuerpo del theranio que aún se retorcía de dolor. Poco a poco ambos cuerpos se fueron juntando, los huesos del nuevo anexo comenzaron a romperse mientras era absorbido, formando así un revoltijo de piel, huesos y órganos. Lo único reconocible del nuevo anexo era la cabeza, que estaba sostenida por una protuberancia a la cual se unían los tentáculos que conectaban con el cerebro a través de los oídos. Los ojos del nuevo anexo enseguida se tornaros negros en su totalidad, ahora formaban parte del vestigio.

—Ya asimiló a uno de ellos, pero el campo de maniobra aún es muy estrecho —susurró Yorha a Yúnuen.

—Lo sé, debemos esperar a que asimile los vagones, eso nos dará más oportunidades de maniobra —contestó Yúnuen.

—Si eso es lo que quieren, les daré satisfacción —dijo burlonamente el vestigio, mientras que de su cuerpo comenzaban a surgir varios apéndices en forma de manos, creados con los huesos y músculos de los dos theranio y unidos por la repugnante masa negra; estos comenzaron a tomar poco a poco partes del tren. Para un vestigio, asimilar estructuras tecnológicas era algo tan natural como el respirar para un ser vivo, no necesitaba ejercer siquiera fuerza para desmantelar hasta las maquinas más resistentes; la espesa masa negra de alguna manera tenía la capacidad de fragmentar cada pieza sin gastar un mínimo de energía. A medida que un vestigio aumenta su masa no biológica, debe aumentar su masa biológica, en una proporción de veinte a uno.

No pasó mucho para que el primer vagón quedara completamente desmantelado, con cautela el vestigio tomó incluso las piezas sobre las que estaban paradas Yorha y Yúnuen, haciéndolas descender al piso del subterráneo. El vestigio por su parte se colocó arriba de otro de los vagones, para obtener la ventaja de la altura sobre las heredar.

—No parece estar protegiendo su corazón —dijo Yorha que observaba como el vestigio utilizaba las piezas del vagón para armar una especie de artilugio mecánico.

—Mientras tenga la ventaja de los rehenes no tiene por qué preocuparse por defender su corazón —comentó Yúnuen—, Yorha…

—¿Qué?

—No podemos permitir que salga de aquí, sabes lo que debemos hacer si no hay otra opción.

—Lo sé, pero eso no va a pasar.

—Si dejamos que salga podrías perder tu rango.

—Eso no me interesa —respondió Yorha molesta—. Lo más importante ahora es encontrar la manera de acabarlo sin que otro civil pierda la vida.

—Bien, estoy contigo —Yúnuen comenzó a rodear lentamente al vestigio para tener una perspectiva diferente.

Un ojo de la cabeza con la boca destrozada salió del cráneo sostenido por un apéndice de masa negra y le dio seguimiento a Yúnuen, mientras que el otro ojo se enfocaba en Yorha; los ojos de la cabeza principal se concentraban en el artilugio mecánico. El vestigio, usando sus apéndices en forma de manos, se elevó hasta el techo del subterráneo para analizarlo, sin perder de vista a las heredar.

—La densidad molecular es inconcebible, cualquier ataque directo sería inútil —señaló el vestigio en voz alta para provocar a las heredar—. Necesitare los cinco motores.

Cada vagón contaba con un motor propio para su desplazamiento individual. El vestigio acercó a los theranios que sostenía por el cuello, los cuales comenzaron a gritar e intentar zafarse de las deformadas manos que los sujetaban.

—¡No se queden ahí, ayúdenlos! —gritó desesperadamente su compañero, quien estaba enganchado del hombro—. ¡Los va a asimilar!

El vestigio pudo ver un leve cambio en la posición de Yúnuen y rápidamente se lanzó hacia el techo, quedando adherido magnéticamente de este con dos de sus extremidades; al mismo tiempo adelgazó su masa en la parte central, haciendo que la mayor parte de esta colgara de él como una bola de carne y piezas mecánicas ensangrentadas, rodeando su parte más delgada con los tres theranios a los cuales sujetaba con las costillas del cuerpo principal, mientras que mantenía en su parte superior el artilugio mecánico que estaba construyendo.

«Bueno, al menos ya sabemos dónde está el corazón», pensó Yorha. «Si quiere absorber los cuatro vagones restantes por completo, tendrá que asimilar al menos a tres civiles más, por lo que mantendrá vivos a Bahiana y a Moy, esto también hará que cambie su estrategia defensiva y ese debería ser el momento en el que deberíamos actuar, pero parece predecir perfectamente nuestros movimientos».

—Ten cuidado con esos pies Yúnuen —se burló el vestigio, pero sin recibir respuesta alguna.

Yúnuen estaba completamente concentrada en el estudio de la composición y movimientos del vestigio, lista para atacar al más mínimo descuido. Mientras que Yorha parecía mostrar calma, con las piernas ligeramente abiertas a la par de sus hombros y los brazos cruzados. El vestigio acercó a los dos heredar que sostenía del cuello hacia la parte inferior de su masa, pero al hacerlo también colocó alrededor del cuello de Moy y Bahiana una serie de cuchillos metálicos hechos con las piezas del vagón.

—Vamos Yúnuen, inténtalo —se burló el vestigio mientras rodeaba con su masa a los dos theranios sujetos del cuello, que gritaban y se retorcían desesperados. De un momento a otro, los aplastó, cesando así los angustiantes gritos de ambos; bajo su retorcida masa, el vestigio había formado una especie de contenedor cóncavo, en donde comenzó a caer la sangre de ambos theranios. Una vez lleno, el vestigio lo anexó al artilugio mecánico que estaba fabricando.

—¿Por qué? —sollozaba el theranio amigo de los cuatro asesinados—. ¿Por qué no hicieron nada?

—Porque estaríamos todos muertos —trastabilló Bahiana—, tienes que intentar calmarte, ellas nos sacarán de esto.

El vestigio comenzó entonces a desmantelar los demás vagones, anexándolos a su repugnante masa inferior y clasificando las piezas dentro de sí. Las piezas de especial interés eran cuidadosamente tomadas por una de las múltiples extremidades del vestigio y llevadas al artilugio en construcción. Mientras que los restos inservibles eran transformados en filosas extremidades metálicas que apuntaban a las heredar.

—¿Sigues conmigo amor? —preguntó Bahiana a Moy, que no emitía ruido alguno.

—Sí amor —contestó Moy con algo de dificultad—, creo que estoy perdiendo mucha sangre, me cuesta respirar.

—No te rindas, saldremos de esta —afirmó Bahiana, intentando consolar a su pareja.

De la masa inferior del vestigio comenzaron a surgir dos nuevos apéndices, los cuales portaban las cabezas de los últimos dos anexos, una de ellas se elevó hasta el artilugio en fabricación para dar soporte a la

147

cabeza principal, mientras la otra se elevó hasta la parte central, en donde se encontraban los civiles capturados.

—Parece que necesito uno más —dijo el vestigio, su voz era emitida por las tres cabezas que aún conservaban el habla.

Yorha apretó sus puños, parecía tensa y su semblante se mostraba enfurecido, de ella se comenzaron a desprender pequeños brillos como estrellas que poco a poco se alejaban y llenaban el lugar. La cabeza que observaba a los theranios pasó entonces a dirigirse hacia la Murhedar, quedando a unos pocos metros de ella, a la par de su mirada.

—Ten cuidado con lo que estás por hacer Oscura —sugirió el vestigio, haciendo que Yorha detuviera el avance de los pequeños brillos—. No te preocupes tus amigos vivirán, por ahora.

—Yorhalli —contestó la Murhedar con un semblante molesto, sus ojos parecían contener una lluvia de estrellas que se agitaba desmesuradamente y eran absorbidas por un agujero negro. Por el contrario, los ojos del vestigio eran completamente negros e inexpresivos, la sangre que brotaba de ellos no cesaba ni un segundo, como eternas lágrimas de un alma en sufrimiento.

—Ni siquiera recuerdas quién eres —dijo el vestigio mientras regresaba la cabeza hacia los theranios capturados.

Yorha y Yúnuen se miraron entre sí, extrañadas por las palabras del vestigio. Ninguna le dirigía la palabra, puesto que hablar con un vestigio era muy peligroso y podía llevar a la corrupción de la mente del interlocutor.

—¿A qué te refieres con eso? —preguntó Yúnuen dirigiéndose al vestigio.

Las cuatro cabezas del vestigio voltearon bruscamente a ver a la heredar, con excepción de uno de los ojos que inicialmente observaba a Yúnuen, este paso a observar a Yorha, de esta forma no perdía nunca la visibilidad de ambas heredar. La cabeza principal del vestigio bajó hasta ella y la miró fijamente a los ojos, permaneciendo en silencio unos instantes.

—Que interesante —dijo el vestigio mientras la observaba con intriga—. Tu mente es fuerte hija de la luna y tu corazón es noble, contestare a tus preguntas o al menos lo que se me permita contestar.

Ambas heredar se sorprendieron al escuchar esto, en todos sus combates jamás habían conversado con un vestigio. Las leyes de Théralli lo tenían prohibido, estas exigían el exterminio inmediato de los vestigios para evitar su crecimiento; dejar vivo a un vestigio podría significar el exterminio de poblaciones completas. Capturar e investigar a estas criaturas había traído ya graves consecuencias.

—¿Qué es aquello que no te permitiría contestar mis interrogantes? —preguntó Yúnuen.

—En este momento ella puede verte a través de mi —contestó el vestigio—, es todo lo que debes saber.

—¿Cómo sabemos que no estás mintiendo? —cuestionó Yorha buscando provocar al vestigio, que furioso dirigió su cabeza principal hacia la Murhedar.

—¡No somos como tú Oscura! —exclamó el vestigio. De las muchas capacidades con las que contaban los vestigios, mentir no era una de ellas—. La pútrida mentalidad de tus antepasados aún asecha en tu mente, pero nosotros estamos exentos de ella.

—¿Por qué me nombras así? —preguntó la Murhedar—. ¿Qué quieres decir con Oscura?

El vestigio guardó silencio y regresó su cabeza hacia el artefacto.

—¿Te estará confundiendo con la supuesta dama oscura? —preguntó Yúnuen a Yorha.

—No hija de la luna es imposible confundir a dos hijas de la oscuridad, por más que su parentesco pueda nublar la vista, su energía es en demasía diferente.

Yúnuen y Yorha volvieron a mirarse entre sí confundidas. Sin previo aviso, el vestigio decapitó al último de los cinco amigos, conservando la cabeza en una de sus extremidades y uniendo el resto del cuerpo a la repulsiva masa inferior. Al hacerlo también elevó su zona intermedia, la cual contenía su corazón y la pegó contra el techo, poniendo enfrente de ella a Bahiana y a Moy, sujetándolos horizontalmente de sus demás extremidades para que cubrieran más espacio frente al corazón, esto liberó presión en la pareja, ya que la fuerza del agarre había disminuido al repartirse entre sus demás extremidades.

—¡Maldito! —exclamó Yorha—, solo nos distraía, esa era la oportunidad.

—No —repuso Yúnuen—. Creo que desde un principio su plan era hablar con nosotras.

—Eres brillante hija de la luna, lástima que tu compañera no sea así —dijo burlonamente el vestigio, que parecía no tener prisa en terminar el artilugio.

—Pudo haber terminado ese taladro desde el primer instante en que comenzó a desarmar los vagones —susurró Yúnuen a Yorha—. Solo nos falta hacer la pregunta adecuada.

—No dejas de sorprenderme hija de la luna, en efecto es un taladro; con la peculiaridad de que puede actuar incluso a nivel molecular, como podrás calcular, no tardaré mucho para atravesar los diez metros hasta la superficie.

«¿Qué es lo que intenta comunicarnos?», pensaba Yúnuen, «más bien ¿qué es lo que quiere que le preguntemos? Posiblemente esté intentando confundir o distraer a Yorha. Pero a que se refiere con hijas la oscuridad, será acaso que aquella dama oscura sea una homóloga del distintivo filo de Yorha».

—¿Quién es aquella dama oscura? —preguntó Yorha—. ¿Tiene algo que ver conmigo?

El vestigio ignoró las preguntas de Yorha; parecía haber terminado el taladro y los rostros de los theranios asimilados mostraban un semblante de satisfacción. La masa del vestigio comenzó a acumularse bajo el taladro, cuatro enormes brazos mecánicos bajaron al piso del subterráneo para darle apoyo a la maquinaria; pequeños chorros de sangre eran rociados en la punta del taladro como lubricante, y lentamente comenzó a girar. Ya sin las luces de los vagones, la oscuridad dominaba el cuadro, pero los filos expuestos de Yúnuen y Yorha mantenían iluminado el lugar.

—¿Qué es lo que busca Mahalli? —preguntó Yúnuen.

Al escuchar esto el vestigio volvió a dirigir sus miradas hacia la heredar, pero al mismo tiempo el taladro hizo contacto con el techo, lo cual generó un sonido espantoso, miles de chispas y destellos surgían con la fricción. Moy y Bahiana, que se encontraban muy cerca, cerraron los ojos para que las chispas y los destellos no los segaran. Las pequeñas esquirlas que se desprendían del techo eran incorporadas al taladro, para darle mayor resistencia, poco a poco el taladro comenzaba a hacerse más eficiente gracias al material adquirido del techo que perforaba.

—Esa es una pregunta muy interesante hija de la luna —contestó el vestigio, volteando sus miradas hacia Yorhalli—. Lo que ella busca es a ti Oscura.

—¡Ja! ¿A mí? —dijo la Murhedar burlonamente, aunque parecía bastante molesta—. No digas disparates, ella y yo somos como hermanas.

—Tu estulticia nubla tu entendimiento Oscura —se burló el vestigio, que comenzó a concentrar su energía en el taladro—. ¡Cuarenta y dos centímetros!

«¿A ella?», pensó Yúnuen, «debe ser alguna clase de metáfora o algún acertijo. ¿Será prudente hablar de esto con Mahalli?».

El taladro estaba ya casi recubierto por el material del techo y parte de este material comenzaba a dirigirse hacia el corazón del vestigio, formando poco a poco una coraza.

—¡Cincuenta y seis centímetros¡ —exclamó el vestigio con un tono de burla.

—Yorha ese material es sumamente resistente, si completa su coraza estaremos en problemas —apuntó Yúnuen preocupada.

Yorha comenzó a rodear los enormes brazos mecánicos, mientras dos de las cabezas le daban seguimiento con la vista, parecía estar analizando al vestigio, pero su mirada no dejaba de apuntar a las cabezas que le daban seguimiento. Sus movimientos eran cautelosos, intentando no provocar al vestigio.

—¡Noventa y ocho centímetros! —gritó el vestigio con malicia. Parte del material obtenido comenzaba a dirigirse a las extremidades afiladas del vestigio, las cuales tomaron la forma de las patas delanteras de una mantis religiosa.

—Sabe lo que le espera afuera —apuntó Yúnuen—, está preparando sus defensas.

Yúnuen se colocó justo debajo de Moy y bahiana para analizar la coraza que el vestigio estaba formando. Era muy parecida al caparazón de una tortuga, solo que este tenía únicamente dos accesos por los que circulaba la espesa sangre negra a través de la repulsiva masa del vestigio. Pese a su poder, los vestigios necesitaban del flujo de sangre del theranio base (aquel del cual se generaron) para poder existir, por lo que la pérdida de su corazón significada la muerte.

Yorha de pronto comenzó a reír haciendo que todos la miraran extrañados.

—¡Ellos también lo hacen! —exclamó entre risas.

—¿Qué es lo que hacen? —preguntó Yúnuen confundida acercándose a Yorha.

—La está evitando —dijo la Murhedar con una risueña voz perturbadora—, ¿no lo ves?

—No te entiendo Yorha, ¿qué es lo que debo ver?

Yorha hizo surgir de sus manos dos filos, largas y delgadas katanas negras como la noche, de las cuales comenzaron a surgir pequeños brillos como estrellas; su sonrisa parecía cubrirle todo el rostro y sus ojos se

151

abrieron exageradamente. El vestigio rápidamente apuntó todas sus extremidades hacia Moy y Bahiana, para intentar doblegar a la Murhedar.

—¿Qué es lo que pretendes Oscura? —en la voz del vestigio podía notarse algo de angustia—. ¿Es acaso que quieres verlos sufrir?

—¡Mírame! —gritó Yorha, con tal fuerza que Yúnuen se estremeció y la observó con temor, en ese momento la voz de Yorha había cambiado, como si algo dentro de ella fuera diferente.

Los rostros del vestigio mostraron un semblante de angustia, estaban temerosos de Yorha. El taladro comenzó a ejercer más presión sobre el techo, lo que hizo que todo el subterráneo comenzara a temblar; era evidente que el vestigio comenzaba a entrar en desesperación.

—¡Qué me mires! —el segundo grito de Yorha fue aún más fuerte, su rostro todavía mostraba esa enorme sonrisa y sus ojos no parpadeaban ni una sola vez, dentro de ellos parecía haber solo oscuridad, aunque podían distinguirse diminutos y tenues brillos.

—Maldita escoria —dijo el vestigio, ahora estaba realmente enfurecido, sus rostros observaban a Yorha con una mirada de odio, sus ojos se desorbitaban y sus dientes crujían.

«¡El vestigio no puede verlos!», pensó Yúnuen después de analizar la situación, «en ningún momento hace contacto con los ojos de Yorha, parece solo poder usar su visión periférica para observarla, dirigiendo su visión central a otras partes del cuerpo de Yorha y evitando así verlos directamente». Yúnuen igualmente desplego su filo, dos largas y delgadas dagas rectas que emergieron de la parte interna de sus antebrazos, las cuales parecieron dividirse en varias dagas; preparada para el siguiente movimiento de Yorha.

El vestigio acercó entonces una de sus extremidades afiladas al rostro de Bahiana.

—¡No! —gritó Moy con desesperación—. ¡Tómame a mí y déjala a ella!

Sin previo aviso, el vestigio clavó una de sus afiladas patas en el abdomen de Moy haciendo que este escupiera sangre.

—Ah no creas que ella se llevará toda la fiesta, parásito— dijo el vestigio a Moy mientras deslizaba su filo por rostro de Bahiana, cortando lentamente su piel desde la frente hasta su pecho. Bahiana no podía más que intentar soportar el sufrimiento, sus lágrimas se derramaban, pero de su boca no se emitía ningún ruido.

Al ver esto Yorha soltó un grito estruendoso que estremeció al vestigio, el cual encogió sus extremidades hacia sí mismo en forma defensiva, su semblante era de temor, pero pronto pasó al enojo. La coraza seguía reforzándose con cada fragmento de material extraído, mientras que sus extremidades se volvían más resistentes y afiladas gracias al mismo.

—No juegues conmigo Oscura —amenazó el vestigio mientras acercaba nuevamente sus extremidades hacia Moy y Bahiana que estaban sujetados de brazos y piernas por la repugnante masa negra—. Cinco metros más y los libraré de su tormento.

El rostro de Yorha se tornó serio, su ceño fruncido oscurecía sus ojos, los cuales parecían comenzar a perder hasta el último brillo. Las estrellas dentro de su filo comenzaban a extraviar su luz, volviéndose cada vez más tenues; su respiración era profunda y su cuerpo adoptó una postura de combate.

—¡Hazlo Yorha! —gritó Bahiana—, nosotros te veremos del otro lado.

Moy, que intentaba soportar el dolor simplemente miró a Yorha y asintió con la cabeza, mientras la sangre escurría por su abdomen hasta el piso del subterráneo.

—Así que sí puedes hablar, parásito —dijo el vestigio mientras acercaba una de sus cabezas a Bahiana—. Que escoria tan resistente, veamos hasta dónde puede llegar.

El vestigio entonces arrancó las manos de Bahiana de su cuerpo provocando desgarradores gritos de dolor, después aventó las manos hacia los pies de Yorha. Acto seguido dos pequeños tentáculos comenzaron a desplazarse por las mejillas de Moy hasta llegar a sus ojos, hundiéndose en ellos y destrozándolos. Ambos theranios comenzaron entonces a retorcerse cual gusanos, provocando una perturbadora risa en el vestigio.

—Es la hora Yorha, ya no creo que falten más de dos metros —señaló Yúnuen mientras veía como el taladro se perdía dentro del hueco—, ¿Yorha?

El cabello de Yorha flotaba, como si estuviese sumergido bajo el agua y sus ojos se habían vuelto completamente negros. La risa de vestigio cesó, había sentido algo que lo atemorizaba, sus rostros mostraban angustia e intentaban no observar a la Murhedar directamente.

—Que me mires —susurró una voz femenina que parecía provenir de Yorha.

«Esa voz», pensó Yúnuen, «proviene de Yorha, pero no es su voz». Yúnuen sabía que lo que estaba por pasar definiría el resultado del combate, así que decidió ignorar el suceso y concentrarse en su siguiente movimiento, observando cada detalle de los movimientos del vestigio.

El vestigio atemorizado comenzó a entrar en desesperación, forzando el taladro para avanzar más rápido, lo que ocasionó que comenzara a emerger humo del enorme agujero en el que estaba, ya que no contaba con la ventilación adecuada y se sobrecalentaba.

—¡Mírame! —exclamó Yorha con una perturbadora voz—. ¡Te ordeno que me mires!

—¡Crees que puedes darnos ordenes maldita Oscura! —gritó furioso el vestigio que comenzó a formar afilados y pequeños ganchos metálicos, los cuales comenzó a clavar en los cuerpos de Moy y Bahiana, quienes luchaban por mantener la conciencia ya que habían perdido demasiada sangre.

—Mírame —susurró nuevamente la extraña voz femenina dentro de Yorha.

La oscuridad comenzó a dominar la zona, ya que el filo de Yorha estaba perdiendo su brillo, muy pocas eran las estrellas que se alcanzaban a distinguir dentro de este y un frio anormal abrumó el lugar, haciendo visible el aliento de los allí presentes.

«Este frio, es el mismo que se siente en presencia de un perdido», pensaba Yúnuen mientras observaba confundida a Yorha, «no, no puede ser, si tuviese algún tipo de corrupción Dohamir la habría detectado al instante dentro del palacio. El frio debe provenir del vestigio, no hay otra manera».

—¡Un metro! —gritó el vestigio mientras desgarraba la carne de la pareja de theranios con los pequeños ganchos, provocando desesperantes gritos de agonía en ellos.

Yorha dio un paso al frente y clavó su mirada en el rostro original del vestigio, que estaba extremadamente aterrado, moviendo incesantemente sus ojos de un lado a otro. Yúnuen pudo observar como por un segundo el filo de Yorha perdía sus brillos, quedando completamente negro; en ese mismo instante el lugar se cubrió de sombra, opacando incluso al filo expuesto de Yúnuen.

Yúnuen estaba totalmente segada, pero no perdió la calma, intentaba concentrar sus sentidos, parecía que se encontraba flotando en el vacío del espacio, ningún ruido llegaba a ella y tampoco ningún aroma, solo podía sentir frio y la energía del filo de Yorha. «No puedo sentir la energía del vestigio, ni tampoco la de Moy y Bahiana, como si solo existiera Yorha en este lugar», pensó. «No soy capaz siquiera de ver mis propias manos, que clase de oscuridad es esta».

La furia del filo lunar

«¿Qué es eso?», se preguntó Yúnuen mientras intentaba vislumbrar lo que parecía una diminuta chispa que flotaba frente a ella. «¿Un brillo?». La heredar acercó su mano a la pequeña chispa, se sentía cálida, entonces la llevó hacia ella para observarla mejor, «es un brillo del filo de Yorha». Poco a poco comenzaron a vislumbrarse más de estos pequeños brillos flotando alrededor de la heredar, estos brillos comenzaron a desvanecer la oscuridad, dando claridad a la vista de Yúnuen, que ya era capaz de ver más allá de su nariz.

No pasó mucho para que la oscuridad se desvaneciera por completo, y para sorpresa de Yúnuen, el vestigio había detenido la tortura que ejercía sobre la pareja, al parecer se encontraba inmóvil y el taladro había cesado su funcionamiento. Todos los ojos del vestigio apuntaban a Yorha, sus rostros se mostraban inexpresivos y sus extremidades se encontraban retraídas. Pareciese estar en un estado de inconciencia, atrapado dentro de los ojos de Yorha.

No pasó ni un segundo después de haberse disipado la oscuridad para que Yúnuen actuara, aprovechando la inmovilidad del vestigio. La heredar saltó velozmente y de un solo movimiento cortó todos los agarres que mantenía el vestigio sobre Bahiana y Moy. Esto pareció despertar al vestigio, que enfurecido, lanzó sus extremidades afiladas en contra de la pareja para asestar el golpe final. Hábilmente Yúnuen invocó un filo con la forma de una gran lanza y usando una sola mano para empuñarla, bloqueó cada uno de los ataques del vestigio, utilizando la propia fuerza de los ataques para impulsarse lejos y sosteniendo con su otro brazo a ambos theranios. Yúnuen cayó al suelo y colocó con cuidado a la pareja, preparada para recibir la siguiente oleada de ataques. Pero estos nunca llegaron, el vestigio puso toda su atención en Yorha, quien, mientras Yúnuen salvaba a los theranios, aprovechó para destruir el taladro.

—¡Escoria maldita! —gritó el vestigio, sus rostros veían a Yorha con un semblante de odio—. ¿No entiendes que este no es nuestro momento?

Yorha colgaba de la entrada del enorme agujero, agarrada con una sola mano de los surcos que el taladro había dejado; los restos del enorme artefacto comenzaron a caer lentamente, chocando con el suelo. El vestigio desechaba los restos inutilizables, mientras que las demás partes del taladro eran incorporadas a la masa principal del vestigio. Yorha había destruido por completo los motores, a tal punto, que ninguno de sus componentes era reutilizable.

—¿Puedes ayudarles? —preguntó Yorha a Yúnuen.

—Yorha nuestra prioridad es el vestigio.

—Yo me encargaré de él —el rostro de Yorha, que usualmente mostraba una confiada sonrisa, parecía estar afligido, algo que sorprendió a Yúnuen—. Por favor, ayúdales.

Extrañada por su actitud, Yúnuen simplemente asintió con la cabeza y formó una barrera protectora alrededor de ellos con su filo, quedando fuera del combate. «Han perdido mucha sangre, deberían estar muertos», pensó mientras inspeccionaba las heridas de ambos theranios.

—No te sientas mal si no lo logramos —susurró Moy con dificultad dirigiéndose a Yúnuen—, ustedes hicieron todo lo que estaba en sus manos.

Yúnuen suspiró y comenzó a cerrar las heridas de los theranios, usando su filo como una aguja y el hilo de su ropa para cocerlas. En las heridas en las que esto era imposible, usó su filo para crear pequeñas placas que hicieran presión y detuvieran el sangrado. «Van a necesitar una transfusión urgente, no creo poder mantenerlos vivos por mucho tiempo», pensaba mientras desvanecía su armadura.

—También sabes de medicina —susurró Bahiana, parecía costarle trabajo mantener la conciencia—. No cabe duda de que eres brillante.

—Por favor intenten no hablar, concentren su energía en seguir respirando —aseveró Yúnuen mientras inspeccionaba la herida en el abdomen de Moy—, parece que no perforó ningún órgano vital. Intentare hacerles una transfusión, no creo que mi sangre alcance para ambos, pero les dará más tiempo.

«Su intención era mantenerlos con vida para persuadir el ataque de Yorha», pensó Yúnuen, mientras usaba su equipo médico para comenzar a recolectar su sangre para la transfusión. «Pero… ¿por qué? No es un comportamiento habitual en un vestigio, pudo haberlos matado a todos al instante y solo mantener a uno con vida para defender su corazón mientras taladraba el techo. Este tipo de escenarios son demasiado inusuales, además mencionó que alguien nos veía a través de él, quizá hacía tiempo para que aquel sujeto observara a Yorha».

—Bien, creo que la transfusión se efectúa correctamente para ambos —dijo Yúnuen. Habiendo ya conectado a los dos theranios con su sangre, se dispuso a observar el combate, pero un pequeño timbre en su red la distrajo.

156

Al mismo tiempo en que esto sucedía, Yorha se soltó del hueco en el techo, cayendo lentamente al piso y cruzando sus brazos. El vestigio concentraba su masa alrededor del corazón, mientras sus extremidades apuntaban a Yorha de forma defensiva.

—¿Vas a tardar mucho? —preguntó Yorha al vestigio con un tono de burla, a lo que el vestigio respondió con una especie de gruñido—. No hay honor en pelear contra un oponente que no está preparado.

El vestigio separó entonces los ojos de cada una de las cabezas asimiladas y les asignó cuatro extremidades afiladas a cada uno, en total se generaron diez apéndices independientes, conformados por un ojo y cuatro extremidades afiladas, estos estaban conectados a la masa principal que contenía el corazón dentro de la coraza, de esta masa emergían muchas extremidades afiladas, algunas parecían enormes brazos humanos con cuchillas en vez de dedos y otros simulaban ser enormes cuchillas articuladas. Todas ellas contaban con el material extraído del techo, por lo cual eran extremadamente resistentes y afiladas.

Yorha sonrió, era una sonrisa bastante perturbadora, sus ojos brillaban intensamente, miles de estrellas se agitaban dentro de ellos y su armadura comenzaba a emanar una luz azul blanquecina. Yorha bajó la mirada y puso sus manos frente a sus ojos.

—Oscura… —susurró la Murhedar, mientras que los pequeños brillos como estrellas que cubrían todo el lugar comenzaban a titilar; su cabello comenzó a moverse suavemente, como si una ligera brisa pasara a través de este—. Quizá no conozcas mi filo.

—Te conocemos mejor de lo que tú te conoces a ti misma Oscura —dijo el vestigio; sus ojos comenzaban a repartirse alrededor de Yorha, preparando sus extremidades para atacar.

—Me conocen y aun así me dicen Oscura —Yorha cerró sus puños con fuerza y volteó hacia la masa principal del vestigio—. Inclusive se atreven a negar mi propio nombre.

—¿Quieres saber qué es lo que eres en realidad? —susurró el vestigio con malicia, sus extremidades comenzaron a vibrar, pareciera que juntaban energía para el primer ataque.

—¡Sé que es lo que soy! —exclamó la Murhedar, extendiendo su brazo derecho a un costado—. ¡Y también sé quién soy!

De la mano derecha extendida de Yorha comenzó a emerger un filo; mientras emergía, cientos de diminutas estrellas se acumulaban alrededor. Era un filo extremadamente largo, con la forma de una katana y de al menos dos metros de longitud. La luz que emanaba el filo era esplendida, dentro de este, miles de estrellas cruzaban un inmenso cielo nocturno. Su luz parecía cegar levemente al vestigio, que cubría a medias sus ojos.

«Ese filo...», pensó Yúnuen, estaba tan sorprendida por ello que ignoró la llamada en su red, «perece encajar en la descripción del filo único que solía portar Heldari, eso quiere decir que Yorha puede recordar la sensación del filo de su padre en combate. Si es así, debería también poder recordar lo que sucedió aquella ocasión».

La forma del filo de un heredar puede variar según el poder y la habilidad del portador, un heredar de primer nivel es capaz de transformar su filo de diferentes maneras, según la situación lo requiera. Pero a medida que el heredar incrementa su conexión con Théra, su filo comienza a adoptar una forma propia, con la cual puede desplegar todo su poder. A esta se le conoce como "filo único". Este filo único puede heredarse al morir, a un familiar de línea directa, pero para ello, ambos debieron haber combatido juntos por largos periodos de tiempo, para que el heredero del filo único se familiarice con este y su filo pueda adaptar su forma a la del filo único heredado una vez muerto su portador.

—¡La llamada! —recordó Yúnuen, accediendo rápidamente a su red—, aquí Yúnuen.

—¿Cuál es la situación Yúnuen? —preguntó una voz familiar para la heredar.

—Gran maestro Kakiaui —dijo Yúnuen con respeto—, dos de los rehenes fueron rescatados, pero se encuentran gravemente heridos, por desgracia los demás fueron asimilados, en estos momentos Yorha está por combatir contra el vestigio.

—La resonancia muestra que una parte del techo se encuentra debilitada, pero al parecer la presión que se ejercía sobre esta ha desaparecido —apuntó Kakiaui.

—Yorha destruyó el taladro con el que el vestigio intentaba escapar, ahora solo falta exterminarlo.

—Yúnuen, puedo sentir una presencia similar a la de un perdido, necesito que me digas que está pasando exactamente y por qué están tardando tanto.

—El vestigio tiene comportamientos muy atípicos, parece querer evitar el combate y comunicarse con nosotras, en cuanto a la presencia, parece provenir del mismo vestigio, aunque no puedo asegurarle nada.

—Muy bien, comunícate conmigo en cuanto el vestigio esté completamente exterminado.

En presencia de un vestigio o un perdido, la red de un heredar detiene todas sus funciones y conexiones de acceso público, ya que si llegara a caer en poder de uno de ellos podría ser utilizada en contra de los theranios. Una vez detenidas estas funciones, la red pasa a su estado de emergencia, donde únicamente funciona como un comunicador al cual solo tienen acceso los heredar.

Yorha apuntó su katana hacia el vestigio, la luz que esta emanaba parecía formar una estela blanca alrededor del filo, que ondulaba cual mar en un día tormentoso; en los dedos de su mano izquierda surgieron una serie de filos, largas y delgadas cuchillas curvas. Las estrellas en su armadura comenzaron a moverse a través de ella lentamente, aumentando su brillo a cada segundo.

«Este poder es diferente», pensaba Yúnuen, «es como si cada vez que Yorha tiene uno de sus extraños "episodios" su poder aumentar exponencialmente, lo cual le tomaría años a cualquier otro heredar».

—¿Y qué es lo que supones ser, Oscura? —preguntó burlonamente el vestigio.

—Yo soy la luz que protege a este mundo en las noches más oscuras —Las estrellas del filo de Yorha comenzaron a vibrar y el suelo a su alrededor parecía distorsionarse, como si en vez de reflejar la luz, esta pasara a través de él—. Aquellas en las que nadie es capaz de ver, en las que la muerte asecha con premura y ninguna otra luz es capaz de detenerla.

—Antaño lo has intentado, pero no tuviste la capacidad de hacerlo, Oscura. ¿Qué te hace pensar que en esta ocasión la detendrás?

—No sé con quién crees que estás hablando —dijo Yorha con serenidad—, pero te darás cuenta cuando mi filo atraviese tu corazón.

Al terminar estas palabras, el vestigio enfureció y lanzó el primer ataque, juntando una serie de cuchillas detrás de Yorha como si fuesen una sola y lanzándolas contra ella, al instante Yorha volteó y detuvo las puntas de las cuchillas con su mano izquierda, poco a poco las cuchillas del vestigio se iban acercando al rostro de Yorha; pareciese que el vestigio superaba en fuerza a la Murhedar. Hábilmente y con una rapidez inconcebible, Yorha acercó hacia sí misma las cuchillas, que pasaron a centímetros de su rostro, para después apuntar su katana al ojo detrás de las cuchillas. El vestigio, al darse cuenta del plan de la Murhedar, lanzó otro conjunto de cuchillas para bloquear el ataque de Yorha, y un conjunto más al cuerpo de la Murhedar. Al sentir el ataque, Yorha soltó las cuchillas y saltó hacia el techo; las cuchillas del vestigio chocaron con gran fuerza contra el suelo, haciendo grandes muescas en el resistente material.

De inmediato otro grupo de cuchillas se lanzó contra Yorha, hábilmente la Murhedar las esquivó, mientras con su mano izquierda bloqueaba otro grupo de ataques que iban en dirección contraria. Yorha iba de una pared a otra esquivando y bloqueando los ataques a gran velocidad, estos chocaban con tal fuerza que hacían surcos y muescas en el material. Los ataques eran incesantes y poco a poco adquirían mayor velocidad. Yorha buscaba un patrón en los ataques del vestigio para idear un contrataque eficaz, pero parecía que los ataques, procedentes de las más de cincuenta extremidades, eran aleatorios y cautelosos, ya que, con cada ataque, por menos de un segundo uno de los ojos debía exponerse para observar el movimiento de la Murhedar.

«Siempre hay un ataque que proviene de algún punto ciego», pensaba Yorha mientras bloqueaba y esquivaba los ataques. Sus ojos se movían a gran velocidad, identificando la posición de cada uno de los ojos del vestigio, «sigue evitando el contacto visual directo con mis ojos, quizá eso pueda volverme a dar una ventaja».

El vestigio comenzaba a desesperarse, por más rápidos que fueran sus ataques y provenientes de todas direcciones, la Murhedar parecía esquivarlos o bloquearlos con facilidad, la fuerza que ejercía con cada golpe era cada vez mayor, lo que hacía que, al chocar con las paredes, todo el lugar retumbara como si fuese a derrumbarse en cualquier momento.

—¿Cómo es que el vestigio no acierta ninguno de sus ataques? —preguntó Bahiana a Yúnuen, se le veía con mejor semblante gracias a la sangre que Yúnuen le había proporcionado—, es tan rápido que solo puedo ver sus armas hasta que ya chocaron con un muro.

—¿Ves los incontables brillos parecidos a pequeñas estrellas que están repartidos por todo el lugar? —cuestionó Yúnuen a lo que Bahiana asintió con un parpadeo—. Es una técnica llamada "cielo nocturno", son pocos los heredar que son capaces de manejar esta técnica. Kélfalli, nuestro supremo comandante, es su creador; la técnica permite a su usuario desplazarse de una estrella a otra casi instantáneamente, al formar parte del filo del heredar, estas estrellas están conectadas a él y le permiten viajar velozmente a través de ellas, lo que requiere un mínimo gasto de energía y permite al usuario ocupar su poder en el ataque en vez de malgastarlo evadiendo al enemigo.

Los ojos del vestigio seguían buscando los puntos ciegos de la Murhedar y sus filosas cuchillas no le daban descanso; cada vez que Yorha intentaba dar alcance a alguno de los ojos, recibía más de veinte ataques a la vez, lo que hacía que tuviese que defenderse. Estaban en un punto muerto, esto favorecía al vestigio ya que su energía era ilimitada, y por muy poderoso que fuese un heredar, sus cuerpos tenían un límite.

«No parece querer utilizar su filo», pensaba Yúnuen. «¿Qué estás tramando Yorha?», Yúnuen intentaba descubrir la estrategia de Yorha, pero no parecía tener sentido; la Murhedar simplemente iba de un lado a otro esquivando o bloqueando los ataques, únicamente intentando dar alcance a alguno de los ojos del vestigio. «¡Lo tengo, es una distracción, sí eso debe ser!».

El vestigio comenzó a predecir los movimientos de la Murhedar, arrinconándola poco a poco. Habiendo limitado el movimiento de Yorha a solo un tercio del lugar, el vestigio juntó todas las extremidades que defendían su masa principal para asestar un golpe definitivo, mientras Yorha se mantenía ocupada bloqueando los ataques de las demás extremidades.

Yorha comenzaba a ver restringidos sus movimientos, siendo obligada a alargar los filos de su mano izquierda para poder bloquear los ataques de forma más eficiente. El vestigio mantenía el constante ataque sobre la Murhedar, mientras en el centro de su masa formaba una gran cuchilla. Por menos de un segundo, Yorha quedó expuesta justo en una de las esquinas del lugar, viéndose rodeada por las decenas de extremidades afiladas.

—¡Muere! —gritó con odio el vestigio al mismo tiempo que lanzaba la enorme cuchilla que había formado en el centro de su masa.

La cuchilla se dirigió hacia Yorha a una velocidad vertiginosa, parecía no tener escapatoria. Una gran sonrisa se dibujó entonces en el rostro de la Murhedar; sus ojos se abrieron desproporcionadamente mostrando dentro de cada uno, una bella y radiante luna iluminada en todo su esplendor. La katana de Yorha irradió energía desmesuradamente mientras la sostenía ahora con ambas manos frente a ella, y lanzándose contra la enorme cuchilla, Yorha chocó su filo contra esta, cortándola como si fuese mantequilla y siguiendo su camino hasta la masa central, estirando su filo para darle alcance. El vestigio alcanzó a reaccionar y movilizó su masa, logrando que el corte de Yorha solo rozara con la coraza que protegía su corazón. Aun así, la energía del filo de Yorha fue tan devastadora, que lanzó al vestigio con gran fuerza contra la pared del otro extremo del lugar.

Habiendo sido inhabilitada la cuchilla principal del vestigio, este se vio obligado a desproteger sus ojos, dejándolos únicamente con un par de cuchillas a cada uno para protegerlos y llevando el resto hacia su masa principal. Mientras el vestigio intentaba desesperadamente proteger su masa principal, Yorha ya había destruido con su filo cuatro de los ojos. La rapidez y fuerza de Yorha parecían haberse multiplicado.

—¿Qué pasa? —cuestionó Yorha burlonamente—, pensé que ibas a matarme.

Enfurecido, el vestigio lanzó su masa completa contra la Murhedar, dejando atrás la coraza que protegía su corazón y un grupo de cuchillas para defenderla. Yorha igualmente se lanzó contra la gran masa, pero esta vez ocupando su katana para defenderse y contraatacar. Con cada corte, Yorha desprendía de la masa principal una de las cuchillas, las cuales caían al piso, lo que hacía que el vestigio intentara recuperarlas; Yorha aprovechaba esto para eliminar uno a uno todos los ojos del vestigio. Al sentir la pérdida de la mayoría de sus ojos, el vestigio retrocedió su masa hacia una esquina, arrinconándose de forma defensiva para proteger sus últimos dos ojos.

—Ese poder no es tuyo, Oscura —susurraron las bocas del vestigio, mientras sus cuchillas comenzaban a transformarse en delgadas y puntiagudas lanzas—. No niegues tu naturaleza o esta te consumirá.

—Te confundes monstruo —dijo la Murhedar—. Este es el poder del filo lunar, el poder que me fue heredado por Théra, un poder que se obtiene través de la energía que transmiten las estrellas por todo el universo, tan basto y puro que tu escasa comprensión de él distorsiona tu juicio.

Al escuchar estas palabras el vestigio comenzó a carcajearse sin control, sus bocas escupían la espesa sangre negra y parecían atragantarse con ella; su masa vibraba y la sangre que la recorría burbujeaba como si estuviese hirviendo.

—¿Crees comprender lo que realmente eres? —se burló el vestigio al mismo tiempo en que atacaba a Yorha con sus lanzas—. ¡Tú, que fuiste la destrucción!

Yorha esquivaba hábilmente los ataques del vestigio, que rápidamente recobraba sus lanzas para volverlas a utilizar contra la Murhedar, atacándola por ángulos diferentes.

—¡Tú, que fuiste la muerte!

Los ataques del vestigio se intensificaban, algunos de ellos llegando a rozar contra Yorha, causando muescas en su armadura, parecía que el vestigio había igualado al fin la velocidad de la Murhedar.

—¡Tú, que nos diste forma!

Una de las lanzas rozó la mejilla izquierda de Yorha, atravesando su armadura y cortando levemente su piel.

—¡Cómo te atreves a hablar sobre comprensión, siendo que tu existencia no es más que un parpadeo en el tiempo!

De pronto Yorha se detuvo, y al mismo tiempo los ataques del vestigio, que perdido en su furia olvidó no hacer contacto visual con los ojos de la Murhedar, quedando nuevamente en una especie de trance.

—Quizá nuestra comprensión de lo que sucede en este universo está limitada por nuestra corta existencia, y tampoco creo que seamos merecedores de tal entendimiento, pero mientras sigamos aquí, mientras se nos permita luchar, no pararemos hasta ser dignos de la comprensión total de nuestro universo —dijo Yorha mientras observaba directamente a los ojos del vestigio.

—¡Yorha es tu oportunidad! —exclamó Yúnuen.

Yorha cerró los ojos por un instante, lo que hizo que el vestigio recuperara la conciencia, pero este no la ataco, pareció simplemente observar a la Murhedar. Yorha había comenzado a perder el intenso brillo en su katana que a la vez parecía encogerse, poco a poco cobró el tamaño habitual del filo de Yorha, así como sus características físicas.

—Hay verdad en tus palabras, ese es el sentido de su patética existencia —afirmó el vestigio—. Bien, pongámoslo a prueba y evaluemos si eres digna de seguir con vida.

Yorha invocó una segunda katana en su mano izquierda y se agazapó, esperando el ataque del vestigio. El color de sus filos se oscureció, si no fuese por las miles de estrellas que surcaban a través de ellos, no podría distinguirse su oscura tonalidad azul.

«Aun habiendo desvanecido el filo único, no parece haber disminuido su poder, sino todo lo contrario, su poder está aumentando», pensaba Yúnuen, que observaba como alrededor de Yorha el viento comenzaba a agitarse con fuerza, haciendo ondular su largo cabello y una luz azul blanquecina se comenzaba a desprender de la armadura de la Murhedar, y con ella diminutas estrellas titilantes. La herida en la mejilla de Yorha había desaparecido y su filo nuevamente cubría las zonas que los ataques del vestigio habían dañado.

Y después de un estruendoso rugido, el vestigio atacó, lanzando todo su armamento contra la Murhedar. En ese momento los ojos de Yorha ennegrecieron, y como si pudiese ver a través de los movimientos del vestigio, esquivó todos y cada uno de ellos con facilidad, como si se turnaran para danzar con la Murhedar. Yorha se deslizaba suavemente entre las extremidades afiladas del vestigio, acercándose poco a poco a la coraza que ocultaba el corazón. El vestigio comenzó a trasladar la coraza de extremo a extremo del lugar, mientras sus cuchillas intentaban inútilmente darle alcance a Yorha.

Un solo corte, tras este, el sonido de la espesa sangre negra chorreando y cayendo al piso. Yorha había cortado una de las dos arterias principales de masa negra que surgían de la coraza, lo que inhabilitó temporalmente parte de la masa del vestigio. Rápidamente la Murhedar corto gran parte de las cuchillas antes de que el vestigio volviera a tomar control de ellas, haciéndolo retroceder. Sin darle descanso, Yorha le dio alcance y siguió deslizándose entre las extremidades del vestigio mientras estas se lanzaban fúricas para intentar desmembrarla, una a una, las enormes cuchillas fueron cayendo, mientras la Murhedar las cortaba y se acercaba hacia la coraza que protegía el corazón.

—Cuando llegue el momento, terminaremos esta conversación —susurró el vestigio.

Yorha, ya a pocos metros de la coraza, fusionó ambos filos en uno solo y una gran luz emergió de su katana, cegando al vestigio; la Murhedar cortó entonces la segunda arteria principal, y mientras la coraza caía, siendo perseguida por la masa agonizante del vestigio, la Murhedar introdujo su filo dentro de ella, atravesando el corazón. En ese mismo instante toda la masa del vestigio cayó al suelo, retorciéndose incontrolablemente mientras poco a poco iba desapareciendo, dejando únicamente los restos biológicos de los theranios asimilados, así como las piezas utilizadas de los vagones para crear sus extremidades. Yorha descendió lentamente al suelo, con el corazón del theranio aún en su filo; con delicadeza lo tomó y deslizó su filo fuera de él.

—¿Cómo permitiste que te pasara esto? —preguntó Yorha, refiriéndose al theranio corrupto—, quizá solo querías libertad, la libertad de la que antaño nuestros antepasados gozaban; no te puedo culpar, pero tampoco justificar, no se donde estés ahora ni si puedas escucharme, pero te pido perdón, debí distinguir tus gritos de auxilio y terminar tu sufrimiento antes de que este se llevara a tus amigos.

Yúnuen, habiendo desvanecido el campo protector, se acercó a Yorha y la tomó del hombro.

—Vamos Yorha, tenemos que llevarlos al hospital, no creo que aguanten mucho.

Yorha asintió con la cabeza dejando caer el corazón al suelo, desvaneció su filo y se acercó rápidamente los theranios heridos, recogiendo las manos cercenadas de Bahiana en el camino.

—¿Cómo se encuentran? —preguntó preocupada, sentándose junto a ellos y observando sus heridas.

—¿Ya acabó todo? —preguntó Moy con dificultad.

—Sí amor Yorha mató al vestigio, solo resiste un poco más, pronto saldremos de aquí —respondió Bahiana.

—Lo siento, no debí tardarme tanto —mustió Yorha mientras observaba con tristeza las heridas de sus recientes amigos—, en verdad cuanto lo siento, debí darme cuenta del vestigio, lo siento mucho.

—No lo sientas, cómo íbamos a saber que esto pasaría —dijo Moy mientras buscaba con su mano la mano de Yorha, tomándola con fuerza—. Además, ahora podré elegir un nuevo color de ojos, los que tenía ya me habían aburrido.

—Eres un tonto —dijo Yorha, escapando de ella una ligera sonrisa—, Parece que la sangre de Yúnuen está por terminarse, lamentablemente yo carezco de sangre universal, no sé qué efecto pudiera provocar mi sangre en sus cuerpos.

Al adquirir un filo, las propiedades en la sangre de los heredar cambiaban, esto los hacia donadores universales, pero en algunos casos, sobre todo en los que el filo tenía variantes genéticas singulares, su sangre no se consideraba apta para la transfusión.

—¡Déjeme enviarle una confirmación de video y se lo mostrare! —exclamó Yúnuen, haciendo que Yorha volteara a verla preocupada.

—Permítanme —dijo Yorha, poniéndose de pie y acercándose a Yúnuen—. ¿Qué pasa?

—No nos quieren dejar salir, al parecer tienen la sensación de hay un perdido aquí adentro —respondió Yúnuen, se veía bastante frustrada—, intento enviarles un video de la situación y se niegan a reactivar nuestras redes.

—¡Eso es ridículo solo estamos tú y yo! —exclamó Yorha—, me comunicare yo, ¿quién está a cargo?

—Kakiaui…

—¡Él tiene unos sentidos increíblemente desarrollados, incluso yo puedo sentir su filo estando aquí, no entiendo cómo es que no puede sentir que solo estamos tú y yo! —se quejaba Yorha mientras activaba su comunicador—. Kakiaui soy Yorhalli.

—¡Yorhalli! Gracias a Théra eres tú —respondió Kakiaui—, puedo sentir tu filo, pero también una corrupción que parece provenir de él, pero no estoy muy seguro.

—Nosotras no podemos percibir esa corrupción, el vestigio esta exterminado y tenemos aquí dos heridos que necesitan atención urgente.

—Sí, puedo sentir dos pequeños ápices de energía, por favor examínalos, puede que también tengan indicios de corrupción y que esta proceda de ellos.

—¿Acaso estás loco? —reclamó Yorha exaltada—. ¡Se están muriendo! Si algo puedes sentir, seguramente es mi filo.

—¡Mantén la calma Yorhalli! —ordenó Kakiaui.

—Sí, lo siento señor —respondió Yorha, sonaba bastante exasperada—. Usted sabe que mi filo es muy singular, quizá lo esté confundiendo.

—Sé cómo se siente tu filo Yorhalli y lo he visto en combate innumerables veces, pero esta sensación es diferente, Yúnuen también pudo sentirla.

Yorha volteó a ver a Yúnuen disgustada.

—¡Qué! Es verdad —Afirmó Yúnuen— en cierto momento pude sentir el mismo frio que se siente al estar en presencia de un perdido, pensé que podría provenir del vestigio, pero se sentía más como si emergiera de ti.

—¿Yúnuen me escuchas? —preguntó Kakiaui.

—Sí, aquí estoy señor.

—Por favor examina a los civiles y después a Yorhalli, en cuanto termines activare tu red para que me mandes una evidencia de video y podamos analizar la situación con más detalle.

—¡¿A mí?! Eso es ridículo —reclamó Yorha que frustrada se llevaba las manos al rostro, deslizándolas hasta la nuca—. Acabo de exterminar al vestigio, ¿y desconfías de mí?

—Yorhalli conoces bien los procedimientos, cualquier sospecha tiene que tratarse como un caso real —refutó Kakiaui.

—¡Señor no tenemos tiempo, los civiles se encuentran al borde de la muerte!

—¡Yorhalli otra palabra más y lo tomaré como una insubordinación! —exclamó Kakiaui—, cortare tu comunicación hasta que Yúnuen termine la examinación.

Yorha soltó un fuerte grito de frustración e invocó su filo, viendo directamente hacia el agujero que el vestigio había dejado en el techo; el aire a su alrededor se sacudía de forma increíble, generando ráfagas que parecían cuchillas y hacían vibrar todo el lugar. Yúnuen rápidamente saltó hacia los theranios, protegiéndolos.

—¡¿Yorha qué estás haciendo?! —exclamó Yúnuen, invocando su filo, una delgada lanza de la que emanaba una bella luz azul y miles de estrellas revoloteaban en su interior.

—¿Yúnuen, todo está bien? —preguntó Kakiaui—. ¡Puedo sentir el filo de Yorhalli activo!

Yorha volteó hacia Yúnuen, había pasión en su mirada y dentro sus ojos miles de estrellas se agitaban con furia; su armadura brillaba como la luna y las estrellas dentro de esta parecían dirigirse a sus manos. En su puño derecho comenzó a formarse un filo puntiagudo, similar a un taladro que cubría por completo su mano; en su mano izquierda se formó un filo diferente, una hoja curva que cubría su antebrazo y se prolongaba más de un metro desde el codo hasta la punta del filo (un filo defensivo). Yúnuen entendió entonces lo que Yorha haría y desvaneció su filo. Sus ojos se conectaron, indicando que Yúnuen apoyaría las acciones de Yorha sin importar sus consecuencias; Yorha asintió con su cabeza en señal de agradecimiento y volteó nuevamente hacia el gran hueco que el vestigio había generado.

—Los sacaremos de aquí —dijo Yúnuen a la pareja de theranios, quienes comenzaban a perder la conciencia.

—¡Yúnuen escúchame! —ordenó Kakiaui—. ¡No pueden salir hasta que tengamos la certeza de que no hay un peligro!

—Señor, confió plenamente en mi capitán y le aseguro que estos theranios están libres de corrupción, si es necesario, pueden ponernos en cuarentena a Yorha y a mí, pero necesito que atiendan urgentemente a estos civiles —contestó Yúnuen, cerrando sus comunicaciones con el exterior.

El poder de Yorha incrementaba a cada segundo, obligando a Yúnuen a crear una coraza protectora con su filo sobre Bahiana y Moy, ya que la energía que desprendía Yorha comenzaba inclusive a hacer mella en las gruesas paredes del lugar y el viento se agitaba con tal furia que todas las piezas mecánicas de los pesados vagones se azotaban de un lado a otro.

—¡Yorha puede que sea un poco más de un metro de material y otros dos de concreto para llegar a la superficie, seguramente te estarán esperando afuera, si el ataque que recibes proviene de Kakiaui podría matarte con facilidad, debes reforzar tu armadura y tu filo defensivo en el instante en que salgas a la superficie, no podrás esquivar su ataque!

Las estrellas en el filo de Yorha se agitaban a cada segundo con más furia y su luz se incrementaba, a tal punto que parecían querer estallar. Yúnuen preparó a Bahiana y a Moy para el escape, colocándose a pocos metros de la Murhedar; después invocó un filo frente a ella, una larga y pesada espada que cortaba el aire y la energía que provenían de Yorha.

—¡Prepárate! —gritó Yorha.

La Murhedar se agazapó para tomar impulso, todo el lugar se estremeció y el piso bajo los pies de Yorha comenzó a resquebrajarse. Yorha volteó por un breve instante a hacia Yúnuen. La Murhedar estaba consciente de que cualquier error podía ser fatal.

—Lo lograras —susurró una voz en la mente de Yorha.

—Ya veremos —murmuró Yorha.

Fue entonces que la Murhedar saltó, con tal fuerza que una extensa parte del resistente material bajo ella se quebró causando un gran estruendo. Al mismo tiempo Yorha hizo contacto con el techo, introduciéndose en él como si de arena se tratase. Yorha estaba decidida, salvaría a sus amigos, aunque esto le costara la vida. En la superficie el concreto se levantó y grandes placas del piso salieron proyectadas a gran altura, tras ellas se pudo vislumbrar a Yorha, saliendo del piso a una velocidad vertiginosa.

No pasó ni un cuarto de segundo para que Kakiaui tomara a Yorha de la cara alejándola del lugar y azotándola contra el piso. El golpe fue tan fuerte que pudo escucharse en toda la ciudad, haciendo inmensas grietas en el suelo y edificios aledaños. Yorha no pudo reaccionar ante la increíble velocidad de Kakiaui quedando casi al punto de la inconciencia después del terrible golpe sufrido. Su cabeza estaba completamente sumida en el suelo, aún presionada por la mano de Kakiaui, entre enormes placas de concreto que se habían levantado tras el impacto. Kakiaui ya tenía su filo apuntando al corazón de la Murhedar, pero se detuvo.

—Parece ser la Yorhalli de siempre —afirmó, sacando la cabeza de la Murhedar y cargándola delicadamente, saliendo de los escombros producidos por el impacto; mientras caminaba fue desvaneciendo su armadura, ligera como el viento, dentro de ella surcaba una leve brisa.

Yorha comenzaba a recobrar la conciencia mientras su armadura se desvanecía con cada paso que el gran maestro daba, por fortuna había podido reforzar su armadura en la zona del cuello y cráneo antes del impacto, lo que le había salvado la vida.

—Te lo dije —trastabilló Yorha adolorida, viendo a Kakiaui con una sonrisa.

Kakiaui era de estatura promedio, delgado pero atlético; su cabello era blanco y se deslizaba suavemente desde su frente hasta su nuca, como si a través de este, el viento surcara con delicadeza. Sus ojos eran grandes y blancos, dentro de ellos se mostraba una ligera briza que llevaba consigo pequeñas hojas de otoño. Su rostro mostraba pequeñas arrugas y una gran cicatriz de batalla atravesaba su mejilla izquierda y se deslizaba hasta su hombro. Su piel parecía contener electricidad, que la recorría de pies a cabeza, lo que le daba una sensación cálida.

—Debiste obedecer mis órdenes Yorhalli —dijo Kakiaui tras un suspiro, mientras colocaba delicadamente a la Murhedar en un pequeño espacio con pasto—. Pude haberte herido de gravedad, tu vida es muy valiosa.

—También lo es la de ellos —interrumpió Yorha.

Kakiaui volteó hacia Yúnuen, que se encontraba con el grupo médico atendiendo a los civiles heridos, mientras otro grupo de heredar bajaba al subterráneo para asegurar la zona. El gran maestro pareció reflexionar y sonrió.

—Si no fuese por ella, no hubiera medido mi fuerza —dijo Kakiaui, sentándose junto a Yorha—, tienes que ser más precavida y racionalizar tus acciones.

—Yo no actuaria si no sintiera que es lo correcto —Yorha tomó fuerzas para sentarse, parecía comenzar a recuperarse del impacto, sobando su cuello y nuca enérgicamente—. Necesito que confíen en mí, así como Mahalli lo hace.

—Sé que siempre intentas hacer lo correcto, pero las formas en las que lo haces no siempre son las mejores, te arriesgas demasiado en ocasiones —Kakiaui suspiró viendo hacia el cielo nocturno, añorando el pasado—. Mahalli puede verse a sí misma reflejada en ti, es por eso por lo que te tiene plena confianza.

—¿Es lo que te ha dicho? —preguntó Yorha, ambos veían fijamente a Koyol, que se alzaba por encima de sus cabezas, la Murhedar juntó sus rodillas y apoyó sus brazos y cabeza sobre ellas, mientras que Kakiaui tenía las piernas estiradas y apoyaba sus manos en el pasto.

—Sí, ella misma me lo dijo cuándo la cuestioné sobre su decisión de convertirte en capitán de escuadrón. Como sabes, yo quería reclutarte para el batallón de élite.

Kakiaui no solo era el supremo comandante del filo tormenta, sino también cabeza de la FURZP y contaba con un batallón de élite, formado después de la derrota del gran vestigio de Draga. Este batallón contaba con heredar de habilidades únicas, a los cuales se les entrenaba no solo para expresar al máximo estas habilidades, sino también para enfrentar peligros extremos que sobrepasaran la fuerza de cualquier batallón u escuadrón, que incluían desde la corrupción de un Murhedar, hasta la aparición de una nueva bestia.

—¿En verdad me tenías contemplada para el batallón de élite? —cuestionó Yorha, claramente sorprendida, pareciese que las molestias del golpe habían desaparecido por completo.

—¿No lo sabías? Kélfalli debió informarte personalmente de ello —dijo Kakiaui disgustado—. No sabes lo bien que le vendrían tus habilidades al batallón, es por eso por lo que requerimos los servicios de tu escuadrón siempre que es posible.

—No te disgustes con él, es un tipo muy ocupado, inclusive más que yo —reflexionó Yorha—. Pocas veces lo llego a ver en el consejo.

—Me pregunto si tu rápido nombramiento como capitán de escuadrón habrá tenido que ver con mi intento de reclutarte.

—No lo creo, desde mi nombramiento como Murhedar, Mahalli siempre me tuvo en cuenta para liderar un escuadrón.

—Esa pequeña impulsiva —reflexionaba Kakiaui, que parecía recordar viejos tiempos—, ni siquiera con sus nuevas responsabilidades deja de ser así.

—A veces olvido lo viejo que eres —bromeó Yorha, dejando escapar una gran sonrisa.

—Lo tomaré como un cumplido —respondió Kakiaui mientras empujaba a Yorhalli con una mano, lo que la hizo caer y dar varias volteretas hasta que una pared la hizo detenerse. Todos los heredar a su alrededor se carcajearon con la escena. Kakiaui se levantó de prisa, en su rostro se dibujaba una sonrisa maliciosa, y se dirigió hacia Yúnuen.

—¡Oye, que te pasa! —exclamó Yorha que intentaba levantarse, seguía algo aturdida y dos heredar se acercaron para ayudarle, sin embargo, la Murhedar rechazó su ayuda y se incorporó para darle alcance a Kakiaui; se sentía algo confundida, pero era evidente que le pareció divertido, ya que su rostro mostraba una gran sonrisa.

—¿Cómo están los civiles? —preguntó Kakiaui a Yúnuen, tomándola del hombro.

Yúnuen se encontraba dando su informe sobre lo acontecido y al sentir la mano de Kakiaui dio un pequeño salto y volteó a verlo asustada, inmediatamente después tomó una postura firme.

—Lo siento señor —dijo Yúnuen, al parecer Kakiaui le había dado un pequeño toque eléctrico en el hombro para espantarla—. Los civiles se encuentran bien, ya fueron llevados al hospital más cercano, parecían seguir conscientes y con buen semblante.

—Excelente en cuanto termines tu informe son libres de irse, más adelante se les tomará su declaración, así que si es posible no se alejen mucho de la ciudad en los próximos días; primero identificaremos a los occisos y buscaremos a sus familiares.

Yorha se acercaba lentamente a Kakiaui, sin hacer ruido alguno, esperando poder sorprenderlo mientras este hablaba con Yúnuen y los demás heredar ahí asignados. Al estar lo suficientemente cerca, se abalanzó sobre él, para devolverle su empujón. Pero Kakiaui, consciente de ello, esquivó a la Murhedar, empujándola nuevamente y haciéndola chocar con un grupo de heredar que resguardaba la zona.

—Eso fue una chuza señor —comentó el heredar que tomaba el informe de Yúnuen.

Todos, incluyendo a Yúnuen reían por la situación, mientras Yorha se levantaba y ayudaba a los heredar que había derribado. Kakiaui se paró desafiante frente a Yorha, levantando su mano frente a él, con el dorso apuntando hacia la Murhedar, y con una sonrisa burlona, realizó un sugerente gesto de desafío con la mano como indicándole que fuera hacia él. Al verlo, Yorha sonrió e hizo a un lado a los heredar a su alrededor.

Kakiaui era un hombre de apariencia madura, pero de espíritu joven y siempre estaba dispuesto a divertirse. Su eterna sonrisa y gran amabilidad lo hacían popular entre los heredar más jóvenes, ya que siempre estaba dispuesto a pasar un rato con ellos, no solo para compartir sus conocimientos y resolver sus dudas, sino simplemente para charlar o jugar. A pesar de que, entre todos los grandes maestros, él era por mucho el más ocupado, siempre encontraba momentos para convivir con los heredar más jóvenes.

Yorha comenzó a caminar lentamente hacia Kakiaui; todos los heredar presentes parecían emocionados, expectantes por el próximo choque de ambas fuerzas, ver pelear a Yorha a pesar de ser solo un juego, era todo un espectáculo, ya que su largo y oscuro cabello la hacía desaparecer por momentos bajo el cielo nocturno. Kakiaui tomó una postura de combate, sus piernas abiertas una frente a la otra, y sus manos, una al frente y otra a su costado.

Por un segundo Yorha pareció desaparecer, apareciendo en el aire detrás de Kakiaui y dirigiendo una patada hacia su nuca. Kakiaui esquivó la patada, dando vuelta sobre sí mismo y capturando la pierna de la Murhedar, para llevarla contra el piso. Yorha usó el impulso y sujetándose del piso con una mano, alzó al gran maestro sobre el aire con su pierna para intentar azotarlo contra el suelo, pero el gran maestro giró en el aire con tal fuerza que levantó a la Murhedar y la lanzó al aire. Yorha se detuvo brevemente en las alturas para calcular su caída, pero Kakiaui ya no se encontraba ahí, Yorha intentó voltear sobre sí misma rápidamente, pero ya era tarde. Kakiaui estaba atrás de ella y colocó su mano sobre la cabeza de la Murhedar, acto seguido la impulsó contra el suelo, con tal fuerza que Yorha se vio obligada a invocar su armadura en la zona de los pies para amortiguar su caída, mientras que Kakiaui descendía lentamente (al haber invocado parte de su filo, Yorha había perdido el juego).

—Maldición eres muy rápido —refunfuñó Yorha.

—Para ser tan joven tienes una fuerza y habilidades impresionantes —comentó Kakiaui.

—Pero aún me falta mucho para alcanzarte.

—No te subestimes, dentro de ti hay un poder que ninguno de los de tu clase posee, eso te dará una ventaja significativa cuando logres desarrollarlo. Es más, ¿no te gustaría entrenar con el batallón de élite?

—¡¿Lo dices enserio?! —exclamó Yorha con alegría—, ¡me encantaría!

—Yo hablaré personalmente con Mahalli, creo que a Dohamir también le gustaría que entrenases con el batallón y si ella no me hace caso, seguro que a él sí.

—Sí, no creo que le ponga peros a él —afirmó Yorha a sabiendas del interés de Mahalli por Dohamir. Lo que provocó que ambos sonrieran burlonamente.

—Señor —interrumpió un heredar—, se le solicita en el palacio, surgió otro ataque en la frontera norte y hay varias expediciones que necesitan aprobación.

—Sí claro, dame un momento —contestó Kakiaui.

—Sí señor —dijo el heredar, dando un paso atrás para esperar al gran maestro.

—Acércate Yúnuen —dijo Kakiaui, lo que provocó que Yúnuen se acercara rápidamente al lado de Yorha—. No las culpo por lo sucedido, en los últimos meses los vestigios han tenido comportamientos muy atípicos, ocultándose y sacando a sus portadores de la zona segura. Es una suerte que este se haya revelado en su presencia.

—Es verdad, el vestigio parecía reusarse a combatir, jamás me había pasado algo similar— comentó Yorha—. Y sabes, también me dijo que no era el momento de combatir y demás cosas, como si intentara confundirme.

—¿Detallaste todo eso en el informe? —preguntó Kakiaui a Yúnuen.

—Sí señor —contestó la heredar—. Mi inquietud es que el portador del vestigio no presentaba síntomas de corrupción cuando lo revise.

—De alguna manera han aprendido a controlar a sus portadores sin revelarse y dejando en ellos una falsa conciencia; así es como conservan su personalidad sin levantar sospechas —explicó Kakiaui, parecía bastante preocupado por la situación y tomó del hombro a las heredar, suspirando al mismo tiempo—. Algo los está motivando a comportarse de esa manera y mientras no averigüemos que es, estamos en desventaja; cada vez es más difícil prevenir los ataques e identificar la corrupción. Deben estar más alerta, ¿está claro?

—Sí señor —dijeron al unísono ambas heredar.

—Bien, pueden irse; después veremos lo de tu entrenamiento Yorhalli —Kakiaui dio media vuelta y acompañó al heredar informante.

—¿Cuál entrenamiento? —preguntó Yúnuen, viendo a Yorha con curiosidad y entrecerrando los ojos.

—Me invitó a entrenar con el batallón de élite —respondió Yorha orgullosa.

—¡Increíble Yorha, felicidades! —Yúnuen abrazó a Yorha con fuerza—. Aunque sabes, no creo que a Mahalli le parezca buena idea.

—También lo pensé, ella tiende a monopolizarme, pero sería una oportunidad increíble para desarrollar mis habilidades, quizá Kakiaui pueda descubrir lo que es realmente esta oscuridad —apuntó Yorha mientras veía como a través de su mano surcaba una pequeña sombra negra—. Sé que Mahalli me cuida, pero nunca se ha preocupado por investigar mi filo, es más ni siquiera parece darle curiosidad o importancia.

—Solo intenta no hacerte sentir diferente Yorha, o es lo que yo percibo —respondió Yúnuen—. En cuanto al entrenamiento por lo general es de cuatro o cinco años, mientras el conflicto con los filo llameante siga sin resolverse no creo que te deje libre.

—Eso creo… —dijo Yorha con pesadez—. En fin, cuéntame cómo están Bahiana y Moy, ¿estaban estables cuando se los llevaron?

173

—Sí, el equipo médico ya estaba preparado para recibirlos en cuanto saliéramos del subterráneo, después de todo Kakiaui hizo caso a tus palabras.

Yorha sonrió al escuchar eso y volteó a ver a Kakiaui mientras este se alejaba. «Después de todo sí confían en mí», pensó. De pronto la Murhedar desvaneció su sonrisa al escuchar una risa aparentemente familiar.

—Pero que conmovedor —dijo una voz con un tono de burla que provenía del tejado de una casa cercana—, no sabía que tenías sentimientos.

—Gran maestra Koa, pensábamos que estaba en misión —dijo Yúnuen con respeto.

Koa dio un salto y cayó frente a las heredar, mirando burlonamente a Yorha, con una ceja levantada y una sonrisa torcida. Yorha mostraba un semblante disgustado y miraba a Koa con desdén.

—Así es Yúnuen "estaba" —contestó Koa, acercándose al gran agujero producido por el escape de Yorha del subterráneo y asomándose ligeramente—. Cinco muertos... ¿Qué fue lo que pasó Yorha?

—¡¿No tienes nada mejor que hacer?! —exclamó Yorha disgustada.

Koa caminó hacia Yorha deteniéndose a centímetros de ella, ambas heredar tenían casi la misma estatura, siendo Yorha un centímetro más alta, así que sus ojos quedaron casi a la par.

—¿Cuánto tiempo llevas entablando conversación con estos seres? —cuestionó Koa a Yorha, mirando profundamente a los ojos de la Murhedar. La gran maestra no era vulnerable a la mirada de Yorha, debido a que ya estaba acostumbrada a su filo.

Yorha se molestó por la pregunta y frunció el ceño, ambas heredar se miraban como si estuviesen a punto de pelear. Koa era una mujer de apariencia delicada, alta, de piel blanca grisácea y tersa. Sus ojos eran grandes y dentro de ellos una bella aurora cruzaba un cielo lleno de estrellas, grandes pestañas los rodeaban, y sobre ellas, se mostraban unas finas y largas cejas. Sus labios eran delgados, siendo su labio inferior, ligeramente más grueso. Pequeñas pecas parecidas a estrellas cubrían sus mejillas. Su cabello, que caía a la altura de sus hombros era negro y ondulado, a través de este navegaba una tenue luz azul. En ese momento portaba un traje de batalla, parecía haber regresado recientemente de su misión. Estos trajes eran entallados, hechos de un material resistente al desgaste que el combate y el roce con la armadura del heredar provocaban a la ropa normal; los heredar únicamente los usaban cuando sus misiones eran en extremo peligrosas.

—Le hice una pregunta capitana —apuntó Koa con una voz de mando. Como gran maestra y consejera de Mahalli, Koa tenía un rango muy superior al de Yorha, por lo que esta última estaba sujeta a sus órdenes.

—Es la primera vez "gran maestra" —contestó Yorha con desdén.

Koa la vio con desconfianza y dio una vuelta alrededor de la Murhedar, observándola de pies a cabeza, la ropa de Yorha se encontraba maltrecha por el combate contra el vestigio.

—Un traje de sigilo… —sopesaba Koa mientras inspeccionaba a Yorha y revisaba su red— no veo agendada ninguna misión en tu haber esta semana.

Yorha se cruzó de brazos y levantó su mirada, intentando ignorar a Koa.

—¿Qué te propones hacer usando este traje? —preguntó Koa.

—Con todo respeto, no es de tu incumbencia —contestó Yorha.

Koa, disgustada se paró desafiante frente a Yorha.

—¿Cómo dice capitana? —cuestionó Koa.

—Deberías preguntarle a Mahalli —Contestó la Murhedar de forma desafiante.

Koa dio un paso atrás, se mostraba desconcertada y pensativa. La gran maestra comenzó a caminar, dando vueltas de manera aleatoria, pensando.

—A qué estás jugando —murmuró mientras caminaba pensativa.

—¿Algún problema Koa? —preguntó Yorha.

Koa volteó a ver a Yorha directo a los ojos, como si quisiera comunicarle algo, pero las palabras no salían de su boca; su rostro mostraba angustia y desconfianza. Yorha no sabía que decir, puesto que nunca había visto esa mirada en Koa y volteó a ver a Yúnuen confundida. Yúnuen también se encontraba confusa con la actitud de Koa y se acercó a ella.

—¿Estás bien? —preguntó Yúnuen, tomando el brazo de Koa.

Koa cerró los ojos y respiró profundamente para después voltear hacia el cielo. Yúnuen y Yorha se miraban confundidas, cada una esperaba que la otra dijera algo para romper el silencio.

—No es nada, solo estoy cansada —dijo Koa, bajando la mirada y dirigiéndola hacia Yorha. Se veía molesta—. La verdad solo vine a espiar a Roa para saber cómo le iba en su cita, pero sentí la presencia de un perdido y me dirigí hacia acá.

175

Koa nuevamente clavó su mirada en los ojos de Yorha, pero esta vez Yorha volteó su rostro hacia un costado, torciendo la boca y llevando su mirada al cielo, se mostraba algo incomoda con el comentario de Koa.

Hay algo muy extraño en ella —dijo Koa, dirigiéndose a Yúnuen—, ten cuidado.

Yúnuen se disgustó con estas palabras y torció ligeramente la boca, observando cómo Koa caminaba hacia Yorha, pasando a un costado de la Murhedar y deteniéndose justo detrás.

—Sé que todos confían en ustedes, pero yo no, no confió en ninguna de las dos, no por ahora —murmuró Koa—. Y si hay un gramo de conciencia en tu interior podrás sentir que lo que hacemos no está bien.

—¿De qué estás hablando? —le preguntó Yorha confundida.

—Esas voces en tu cabeza afectan tu entendimiento —murmuró Koa.

Al escuchar esto Yorha enfureció y volteó completamente, su respiración estaba agitada y sus puños se cerraban con fuerza. Yúnuen se acercó rápidamente a Yorha poniendo su brazo frente a ella, le preocupaba que Yorha hiciera algo indebido. Koa comenzó a caminar, alejándose lentamente del lugar.

—Ignórala, se volvió loca —dijo Yúnuen, intentando tranquilizar a Yorha.

«¿Cómo diablos sabe ella eso?», pensaba Yorha, había furia en su mirada, que seguía atentamente a la gran maestra. «En quien mas no confía, ¿se habrá referido a Mahalli? No puedo entender porque sigue siendo su consejera si ni siquiera confía en ella».

—Un buen líder siempre tiene consigo alguien que refute su pensamiento, si no, cómo sabrá que puede estar equivocado —susurró una voz dentro de Yorha. La Murhedar cerró los ojos con fuerza y respiró profundamente. Intentaba callar las voces dentro de su cabeza o al menos ignorarlas.

—Vamos Yorha, consigamos otra ropa —Yúnuen tomó a Yorha del brazo y la alejó del lugar—. Según la red el subterráneo sigue en funcionamiento, pero hay que avanzar algunas calles para encontrar el siguiente acceso activo.

—¿Puedes creer lo que me dijo? Es una persona Infame, no entiendo por qué Mahalli aún la conserva como mano derecha —refunfuñaba Yorha—. Es todo lo contrario a su hermano.

—Puede que Koa sea a veces muy grosera o tosca, pero es una heredar muy capaz, con grandes habilidades y conocimientos —comentó Yúnuen—, tal vez comenzaron con el pie equivocado.

—No lo creo, desde el primer momento en que me vio no ha dejado de mirarme de la misma manera… con enojo, con desconfianza, no sé, siempre es raro e incómodo estar con ella.

—Quizá tengan algo en común con lo que puedan entablar una relación más armoniosa. Veamos ambas son muy… —Yúnuen se detuvo a pensar por un momento, mientras una pequeña gota de lluvia caía a sus pies—. Enérgicas e impulsivas… Bien, no creo que esas características las lleven a formar una buena relación.

—No lo sé Yúnuen, no creo que haya algo que nos una a ella y a mi —dijo Yorha, mirando al cielo en la espera de más pequeñas gotas de lluvia mientras caminaban—. El único con quien parece llevarse bien es Roa.

—¿Sabías que ella nunca perteneció a un escuadrón y tampoco a ningún batallón? —apuntó Yúnuen.

—No me sorprende, es insufrible —contestó Yorha mientras pequeñas gotas de lluvia comenzaban a caer sobre las heredar y el viento se intensificaba.

—Además tiene el récord del mayor número de misiones en solitario realizadas por un heredar, parece ser que, en los últimos años, ella ha permanecido más tiempo que nadie en la zona perdida —comentaba Yúnuen, viendo los registros en la red— aunque es solo lo que dicen los registros, no sabemos a cuantas misiones secretas la haya mandado Mahalli. ¡Ey mira, es verdad! Eso es algo que tienen en común ustedes dos.

—¡Déjame ver eso! —exclamó Yorha, acercándose a la red de Yúnuen—. Increíble, son casi treinta veces más que las misiones que he realizado.

—Ves, podrían platicar sobre ello —dijo Yúnuen.

—Sí, quizá, pero no lo veo contemplado en un futuro cercano.

Poco a poco la lluvia arreció y las heredar caminaban con dificultad, pegadas lo más posible a las casas para resguardarse de la lluvia. Frente a ellas, una persona parecía estar regresando del acceso al que ellas se dirigían, deteniéndose y abriendo la puerta de una casa. Pero al notar a las heredar, el sujeto les hizo una seña con la mano, invitándolas a entrar. Yúnuen y Yorha se miraron una a la otra como esperando una respuesta.

—Entremos, ahí podríamos pedirte algo de ropa —sugirió Yúnuen.

Yorha asintió con la cabeza y ambas se apresuraron a entrar, tras ellas, la persona entró, cerrando la puerta tras de él.

Un paseo por las profundidades

—¿Qué hacen a esta hora en la calle chicas? —preguntó el extraño. Parecía ser un hombre de edad avanzada.

—Estuvimos en el altercado del subterráneo —contestó Yúnuen.

—¡Qué horror! —exclamó el Señor—, permítanme, les traeré unas toallas.

El señor se dirigió rápidamente a otra habitación, las luces eran automáticas y se enciendan según el ángulo de visión requerido por la persona. Las heredar estaban paradas sobre la alfombra de entrada para no mojar la casa. Era una casa modesta, con pocos muebles e iluminación natural, gracias a grandes tragaluces en el techo y ventanales en las paredes. Muchos theranios eran renuentes a la tecnología hogareña, ya que, si un vestigio entraba, era poco lo que podía utilizar para implementarlo a su armamento.

—Tiene usted una casa muy bonita señor… —comentó Yorha, intentando averiguar el nombre de su anfitrión.

—Otoch, para servirles —contestó el señor, que se acercaba con dos enormes toallas para las heredar. Sus manos temblorosas sostenían con dificultad ambos tejidos, sus pasos eran cortos pero firmes, su cabello era blanco y alborotado; sus pequeños y cansados ojos eran cafés y llorosos, transmitían alegría al igual que su sonrisa, sus dientes se veían desgastados y amarillentos. Se le veía muy feliz de recibir a las jóvenes heredar, no parecía ser alguien que recibiera visitas muy a menudo.

—Muchas gracias por acogernos en tu casa Otoch —murmuró Yúnuen.

—No hay necesidad de murmurar, aquí solo vivo yo —Otoch colocó delicadamente las toallas sobre los hombros de cada una, haciendo un esfuerzo mayor para alcanzar a Yorha—, eres muy alta jovencita.

—Yorhalli —enfatizó Yorha mientras comenzaba a secarse.

—Y mi nombre es Yúnuen —secundó la heredar.

—¿Puedo ofrecerles algo? —preguntó Otoch.

—No, muchas gracias, solo necesitamos algo de ropa para mi amiga; en cuanto llegue nos iremos —respondió Yúnuen.

—Creo que tengo algo que te puede quedar —dijo Otoch apurándose y subiendo las escaleras con algo de dificultad.

—No es necesario... —dijo Yorha viendo cómo el señor la ignoraba y terminaba de subir las escaleras—. Creo que han resuelto nuestro dilema.

—No quisiera abusar de su hospitalidad, además tenemos que irnos pronto —comentó Yúnuen.

—Déjalo, parece hacerlo feliz.

Ambas heredar parecían enternecidas. Ya habiendo terminado de secarse lo más posible, comenzaron a doblar las toallas y a observar a su alrededor.

—¿Dónde las pondremos? —susurró Yorha.

—¡Déjenlas ahí en el suelo, después yo las recogeré! —exclamó Otoch mientras bajaba cuidadosamente las escaleras sosteniendo un bulto de ropa. Yorha dejó caer la toalla y fue en su ayuda.

—Permítame ayudarle —dijo Yorha, sosteniendo la ropa con un brazo y ofreciendo el otro a Otoch que gustoso se sostuvo de ella.

—Puedes poner todo ahí —dijo Otoch, señalando el sofá de la sala, con su vieja y temblorosa mano—. Y no se preocupen por mojar los sillones, tengan la confianza de sentarse.

Yorha acercó primero a Otoch a un sofá para que se sentase y después colocó con cuidado la ropa sobre otro, sentándose junto a ella para inspeccionarla.

—¿Otoch dónde está su cocina? —preguntó Yúnuen.

—En el pasillo a la derecha —señaló Otoch.

—¿Le molesta si paso y preparo té?

—No, no, adelante están en su casa —dijo Otoch con mucha alegría, para después dirigir su mirada hacia Yorha—. Es vieja ropa de mis hijos espero no te disguste.

—Para nada, mientras me quede es más que perfecta —dijo Yorha alegremente. Al revisar la ropa pudo darse cuenta de que algunas de las prendas llevaban el emblema de la academia heredar de Tekuina—. ¿¡Sus hijos son heredar!?

—Sí, lo eran —dijo Otoch con nostalgia.

—Oh, cuanto lo siento —mustió Yorha apenada, doblando nuevamente las prendas que portaban las insignias.

—No te preocupes Yorhalli, fue hace mucho tiempo.

Yúnuen se acercó lentamente con tres tazas de té y las colocó en la mesa de centro, acercando una taza a Otoch, quien tembloroso la tomó y acercó a su pecho para sostenerla con equilibrio.

180

—Debe estar muy orgulloso de ellos —dijo Yúnuen, sentándose junto a Otoch y dando un pequeño sorbo a su té.

—Lo estoy —dijo Otoch, mientras su temblorosa mano acercaba la taza a su boca y una pequeña lágrima se deslizaba en su mejilla—. Eran de espíritu alegre, fuertes y vigorosos, muy dedicados en su labor, ambos querían pertenecer a un escuadrón. Constantemente nos visitaban a su madre y a mí, justo a estas horas solían llegar de su largo viaje desde la frontera noreste.

Mientras escuchaba sus palabras, Yorha pudo observar en una repisa, una foto de la familia de Otoch, con curiosidad se acercó a ella y la tomó delicadamente. En ella se podía observar a los dos jóvenes heredar, con sus investiduras de la academia.

—Se ve usted joven en esta foto —dijo la Murhedar—, ¿puedo preguntar hace cuanto ocurrió su pérdida?

—El ataque en que fallecieron fue hace aproximadamente ciento doce años y su madre falleció cinco años después.

—Hace ciento doce años en la frontera noreste… —Pensó Yorha en voz alta—. ¿Yúnuen?

—En eso estoy —respondió Yúnuen mientras buscaba en los registros—. ¡Lo tengo! Hubo dos ataques consecutivos de un mismo perdido, en total trescientas cincuenta y seis víctimas, entre ellas veinticuatro heredar guardianes.

—¿Quién lo detuvo? —preguntó Yorha.

—El cuarto escuadrón del filo latente —dijo Yúnuen con extrañeza—. ¿Qué no es el escuadrón de Linara?

—Sí ese es —confirmó Yorha—. Y, ¿fue exterminado?

—Sí, aquí dice que cerca de Chaak, una ciudad al sureste del país.

—Avanzó demasiado, debió ser un ataque interno.

—¿Ustedes también son heredar? —preguntó Otoch—. Se ven muy jóvenes.

Ambas heredar sonrieron por el halago.

—Sí lo somos, pertenecemos al noveno escuadrón del filo lunar —contestó Yúnuen—, de hecho, ella es la capitana del escuadrón.

—¡Entonces ustedes son las heredar que derrotaron al vestigio en el subterráneo! —exclamó Otoch con emoción—. Es una suerte que estuviesen ahí, el último vestigio logró escapar a la zona perdida, llevándose consigo a decenas de personas.

—Sí, aunque es una pena que no hayamos podido salvar a todos los ahí presentes —lamentó Yorha, observando a los dos jóvenes heredar en la fotografía.

Otoch se levantó con dificultad y se acercó a Yorha, quitando la foto de sus manos y colocándola nuevamente en su lugar.

—Hubo un tiempo en que yo lamentaba su pérdida e inclusive me culpaba a mí mismo por la corrupción de su madre.

Al escuchar estas últimas palabras Yorha quedó sorprendida, observando al viejo Otoch, que con dulzura apretó su brazo y la llevó nuevamente hacia el sofá. Yúnuen guardaba silencio mientras leía los reportes de aquella época en su red.

—Ella sufrió mucho la pérdida de nuestros hijos y ese sufrimiento la llevó a la depresión, que después se convirtió en aversión y posteriormente en odio.

—Me sorprende que usted siga con vida —comentó Yorha.

—En el momento de su corrupción total, ella se encontraba en el panteón —recordaba Otoch, su mirada rebosaba de nostalgia—. Ella había permanecido varios días allí y yo le llevaba comida, pero ese día, al llevarle su desayuno, me pidió que no fuese más, que regresaría esa misma noche.

—¿Y qué fue lo que pasó? —preguntó Yorha.

—A medio día escuché sobre el ataque de un vestigio en la zona y salí en su búsqueda, dirigiéndome directamente al panteón, pero a medio camino un heredar guardián me detuvo el paso, yo intenté explicarle mi situación, pero me interrumpió diciéndome que el panteón que era justo el lugar de donde provenía el vestigio y que se dirigía hacia nosotros. En ese momento supe que la probabilidad de que hubiera sobrevivido al ataque era casi nula, ya que el panteón era una zona abierta y con mínima seguridad; jamás había ocurrido un ataque ahí. Pero no perdí la esperanza y tomé un camino diferente para evitar que el heredar me acompañase.

—Eso fue muy arriesgado Otoch —comentó Yorha enternecida y sorprendida por la forma tan serena con la que Otoch narraba su historia.

—Yo la amo, y no haberme quedado con ella todos esos días que estuvo en el panteón, es algo que me reproche durante muchos años —dijo Otoch derramando una pequeña lágrima.

—Haz que se reúna conmigo —susurró una voz en la mente de Yorha.

—¿Y qué más pasó? —preguntó Yorha, intentando ignorar aquella voz.

—Después de un rodeo logré llegar al panteón, y me di cuenta de que lo único ahí destruido eran las tumbas de nuestros hijos, habían exhumado sus cuerpos...

Yúnuen miraba con tristeza de reojo a Otoch, sus ojos vidriosos hacían el esfuerzo de no derramar lágrimas mientras daba un sorbo a su té.

—Al ver lo que había sucedido supe inmediatamente que el vestigio provenía de ella y corrí tras su rastro de destrucción, que era justo el camino que tomábamos para regresar a nuestro hogar. A medio camino me topé con un cerco de heredar que resguardaban una edificación destruida. Uno de ellos, antiguo compañero de nuestros hijos me reconoció y se acercó a mí. Le pregunté qué había sucedido a lo que me contesto que lo lamentaba, pero que no había quedado rastro alguno de ella ni de los restos de mis hijos.

—¿Escapó? —preguntaron al unísono ambas heredar.

—No, sucede que un heredar de la llama, al pelear contra el vestigio que hospedaba mi amada y destruirlo, calcinó por completo toda la masa biológica.

—El filo llameante es muy efectivo contra los vestigios, según la técnica que utilice el portador, pero tiene esa inconveniencia —explicó Yúnuen—. Si se requiere de conservar el material biológico asimilado por el vestigio, se deben limitar las técnicas del filo llameante para no calcinar los restos.

—Estuvo bien, si el heredar no lo hubiera hecho de esa forma, habría sido más difícil para mí recoger sus restos —dijo Otoch, sorbiendo el resto de su té—. He visto lo que queda después de que un vestigio asimila a una persona, no me hubiera sido grato ver en ese estado a mi familia.

—¿No crees que ella sabía en lo que se convertiría y por eso se alejó? —preguntó Yorha.

—He tenido mucho tiempo para reflexionar Yorhalli —respondió Otoch—. En cualquier escenario, sé que pude haber hecho más por ella, pero también sé que no puedo cambiar el pasado, ni culparme por ello y tú deberías comenzar a verlo de la misma manera.

Yorha enmudeció, observando con curiosidad al viejo theranio.

—Haré caso a tus palabras —afirmó Yorha, aunque dentro de sí surgían más dudas que respuestas—. Bien, veamos que me puede quedar.

Yúnuen se acercó para ayudar a Yorha a inspeccionar la ropa. La Murhedar seleccionó unos pantalones deportivos ajustables mientras que Yúnuen le acercó una sudadera con gorro.

—Creo que con esto es suficiente —dijo Yorha mientras se ponía por encima de su maltrecha ropa, las prendas seleccionadas.

—¡¿Ya deben irse?! —exclamó Otoch, levantándose y yendo por un par de sombrillas que tenía guardadas en un cobertizo bajo las escaleras—. Tomen, pueden quedarse todo, y no se preocupen por ello son cosas que nadie más va a utilizar.

—Eres una persona muy generosa Otoch —dijo Yorha, tomando el paraguas ofrecido—, espero volver a verte pronto.

—Bueno, pues ya saben dónde encontrarme —bromeó Otoch, tomando del brazo a ambas heredar y acompañándolas a la entrada—, les deseo mucha suerte en su misión y que Théra se manifieste a través de ustedes con más intensidad.

Ambas heredar salieron de la casa, abriendo sus paraguas y volteando hacia Otoch, que las observaba con esa vieja y amarillenta sonrisa en el rostro.

—Muchas gracias por su hospitalidad —dijeron al unísono, haciendo una pequeña reverencia.

—Gracias a ustedes, hacía mucho tiempo que no tenía visitas —dijo Otoch—. Ojalá pudieran quedarse para poder ofrecerles algo mejor.

Yorha se rio, viendo al theranio con dulzura. «Cien años de soledad… Qué fuerza tienes anciano», pensó, «muchos otros se corrompen después de una pérdida tan fuerte, pero mírate, aquí frente a mí, viendo la oscuridad en mis ojos y sonriendo. ¿Qué es lo que verás a través de mí que te permite sonreír?».

—Adiós Otoch —dijo Yorha, dando media vuelta y continuando su camino.

—Fue un placer Otoch, cuídese —secundó Yúnuen.

Otoch se quedó en la entrada, viendo a las heredar alejarse lentamente bajo la lluvia. Una vez que se perdieron en la distancia, el viejo heredar volvió a entrar, cerrando lentamente la puerta.

—Que agradable sujeto —comentó Yorha, habiendo volteado justo en el momento en que Otoch cerraba la puerta.

—¡Mira, ahí está la entrada! —exclamó Yúnuen. El viento soplaba con fuerza en su contra, lo que dificultaba la visibilidad. Las heredar se apresuraron a entrar, cerrando sus paraguas y utilizando la cabina de secado.

—Dejemos aquí los paraguas, quizá alguien más los necesite —dijo Yúnuen.

—Sí, de todos modos, tenemos que dejar todo antes de entrar a la zona perdida —apuntó Yorha con alegría, mostrando inconscientemente una enorme sonrisa.

—¿Por qué tan contenta? —preguntó Yúnuen, habiendo sido contagiada por la sonrisa de Yorha.

—Las personas en Tekuina son especiales —contestó Yorha mientras ambas tomaban el ascensor hacia el subterráneo—. Me han hecho sentir... ¿valorada? Creo, no sé, pero ha sido de lo más reconfortante para mí.

—Lo que yo creo es que nunca te tomas el tiempo de convivir con las personas de cada lugar al que vamos —comentó Yúnuen—. Te aseguro que serias bien recibida en cualquier sitio, solo tienes que dejar que la gente se acostumbre a ti, en vez de repelerlos.

—Tal vez sea yo la que todavía no se acostumbra a ellos —dijo Yorha mientras subían al vagón y se incorporaban al tren.

«Es verdad, ella nunca vivió como una therania; desde su nacimiento ha sido heredar, así que puedo suponer que le falta ese sentido de pertenencia a la comunidad», pensaba Yúnuen. Ambas heredar estaban al fondo del vagón, parecían ser las únicas pasajeras de todo el tren.

—Programaré el vagón para que nos deje cerca del lugar y podamos dormir unos minutos —dijo Yorha, colocando la información en su red. Las luces del vagón se apagaron para dejarlas dormir y sus asientos se transformaron en un cómodo sofá cama—. Intenta descansar.

Yúnuen asintió con la cabeza y volteó hacia la ventana, por la que generalmente se podía observar el ir y venir de múltiples trenes, pero en esa ocasión solo se observaba el vacío del subterráneo. «¿Qué es lo que estamos haciendo mal Koa?», pensaba Yúnuen, viendo de reojo a Yorha en la espera de que conciliara el sueño.

No pasó mucho para que Yorha se quedara dormida, ella era una persona que disfrutaba mucho de dormir y aprovechaba sus pocos espacios libres para hacerlo. Yúnuen entonces, usó su red para enviar un mensaje a Koa, pidiendo que se vieran a solas la semana entrante a lo que Koa respondió: *Yo te busco, no contestes.* Yúnuen quedó extrañada con la respuesta, después se dio cuenta que el mensaje había eliminado, «pero qué...», pensó confundida, «eso sí que es raro, bueno será mejor que intente dormir», después de un suspiro cerró los ojos, intentando no pensar en todo lo sucedido aquella noche. Consecuentemente, Yúnuen también se quedó dormida mientras el tren continuaba velozmente su camino sin emitir ruido alguno.

185

Cincuenta y seis minutos después, la alarma de Yorha las despertó. El vagón ya se encontraba en la estación y poco a poco fue encendiendo sus luces. Después de un gran bostezo, Yúnuen se levantó y comenzó a estirarse, mientras que Yorha, disgustada, volteó a un costado y se cubrió el rostro con su cabello.

—Vamos Yorha falta poco para que amanezca —dijo Yúnuen, viendo su red en busca de novedades.

—"Meh" —se quejó Yorha, tomando una posición fetal.

Yúnuen tomó a Yorha de un tobillo y comenzó a arrastrarla fuera del vagón, haciendo que cayera del sofá cama, pese al golpe la Murhedar continuaba sin mover un solo músculo. Una vez fuera del vagón, Yúnuen soltó su pie y se acercó al ascensor.

—¿Vienes o no?

Yorha se levantó con pesadez y después de estirarse entró al ascensor. La Murhedar bostezaba y se tallaba los ojos mientras subían a la superficie; después observó a Yúnuen con detenimiento, quien parecía nerviosa.

—¿Estás preocupada? —preguntó Yorha.

—No, es solo que… ¿No sientes que algo raro está pasando? —cuestionó Yúnuen mientras ambas salían del acceso al ascensor.

—Sí, esta vez es diferente —respondió Yorha, recordando las palabras de Mahalli acerca de ese mal antiguo—. Pronto lo averiguaremos y espero estar presente para saber qué es.

—Si Dohamir esta inmiscuido no creo que tardemos mucho en encontrar el rastro principal —apuntó Yúnuen.

—Si él no lo hace, lo haré yo —afirmó Yorha, observando al horizonte con una mirada de familiaridad— ¡Ahí! ¿Lo ves?

—¿Qué cosa? —Yúnuen intentaba vislumbrar lo que veía la Murhedar.

—Pasando ese camino, las pequeñas casas —señaló Yorha—. ¡Es Chakiik!

Yúnuen observó el mapa en su red y volteó nuevamente hacia el horizonte. A lo lejos podían verse aún las tres grandes torres del palacio de las tormentas.

—Sí, debe ser Chakiik —afirmó Yúnuen—. Lo que significa que estamos en los límites de Toosa, exactamente al suroeste de la ciudad. ¿Segura que elegiste la estación correcta?

—Sí, al suroeste de Toosa, y al norte de la base de investigaciones de la FURZP —dijo Yorha, rebuscando con la mirada el camino a seguir—. ¡Por aquí, vamos!

Yorha dio un gran salto y corrió apresuradamente junto a las vías de un tren de alta velocidad (Este era un tren de pasajeros local que circundaba los pueblos aledaños a la ciudad de Toosa). Yúnuen no tardó en darle alcance y se colocó paralela a la Murhedar del otro lado de las vías. A lo lejos se podía observar el tren de alta velocidad; al verlo ambas heredar aumentaron su velocidad para darle alcance.

Dentro del tren se encontraban los trabajadores que madrugaban para comenzar el día antes del amanecer. Uno de ellos, pegado a la ventana esperando la aparición del sol, se percató de Yúnuen, provocando un pequeño salto sobre su asiento.

—¡Ey miren! —exclamó el theranio a dos de sus compañeros que viajaban con él.

Todos los pasajeros comenzaron a observarlas con curiosidad, murmurando entre ellos y saludándolas con la mano o inclinando la cabeza en señal de gratitud. Como si fuesen un reflejo de la otra, ambas heredar invocaron su armadura, y de ellas comenzaron a surgir cientos de pequeños brillos que rodearon al tren, haciendo parecer que viajaban a través de un túnel de estrellas en el espacio. Esto maravilló a los theranios a bordo que comenzaron a grabar lo sucedido.

—Ya hay que detenernos —dijo Yorha a través del comunicador.

Ambas heredar se despidieron con la mano de los pasajeros, que alegres les devolvían la despedida levantando sus manos y agitándolas. Ambas heredar se detuvieron desvaneciendo sus armaduras, y el tren continuó su camino, perdiéndose rápidamente en el horizonte. Un heredar normalmente puede alcanzar velocidades de carrera superiores a los trescientos kilómetros por hora, habiendo diferencias abismales entre heredar de un nivel a otro.

—Es por aquí —apuntó Yorha, dirigiéndose hacia una zona rocosa.

Yúnuen sacó lentamente un pequeño tubo metálico de su antebrazo y lo incrustó en el suelo. El tubo comenzó a emitir una especie ondas vibratorias que enviaban señales a la red de la heredar.

—Yorha, aquí solo hay roca —dijo Yúnuen confundida viendo cómo Yorha gateaba por el suelo buscando algo.

—¡Lo tengo! —exclamó la Murhedar—, bien, es tiempo de deshacernos de la ropa.

—¿Qué es lo que tienes? —preguntó Yúnuen, acercándose a inspeccionar las rocas sobre las que estaba parada Yorha.

—Mira bien, está justo ahí —señaló Yorha, acercándose a una gran roca que estaba a unos metros del lugar. Yúnuen estaba a gatas, inspeccionando una a una las rocas, hasta que se topó con una extraña roca que no pudo mover.

—¿Qué es eso? —preguntó la heredar con curiosidad, ejerciendo fuerza sobre la roca y rompiendo un fragmento de ella con su mano para observarlo—. ¡Esta tallada! Esto no es una piedra, ¡es una estructura!

Yorha la observaba con una gran sonrisa mientras se quitaba la ropa, quedándose únicamente con el traje de sigilo. Después levantó con una mano la gran roca, y con su pie deslizó la ropa que se había quitado. Yúnuen pudo observar que bajo la roca había más prendas.

—¿Cuántas veces has salido por este lugar? —le preguntó.

—Ummm… veamos —dijo Yorha mientras pensaba—, unas seis veces para ser exacta.

—¿Todas misiones secretas de Mahalli? —cuestionó Yúnuen, acercándose a la gran roca para dejar su ropa.

—Sí, es difícil pedir permisos de exploración con todas las libertades que las misiones de Mahalli requieren, sobre todo en esta parte, tan cerca de la zona cero —respondió Yorha mientras dejaba caer la gran roca sobre sus prendas—. Tuve que buscar una alternativa.

—¿Y cómo fue que diste con este lugar?

—Un día seguía al tren por diversión y tuve un presentimiento, algo aquí me llamaba, era como si una energía que procedía de la estructura enterrada me atrajera.

—¿Sabes qué tipo de estructura es? —preguntó Yúnuen, moviendo algunas rocas para darse una idea de cómo entraba Yorha.

—En la antigüedad se le conocía como silo, investigué un poco al respecto, pero parece ser que esta estructura es una réplica que hicieron de uno más antiguo, ya que los materiales usados para los silos humanos modernos eran sintéticos —explicó Yorha—. Al fondo de este, hay una entrada a una cavidad subterránea que conecta con un enorme ducto metálico.

—Debe ser algún antiguo medio de transporte para combustibles fósiles —supuso Yúnuen—. ¿Sabes a que profundidad está?

—Calculo que entre cuatrocientos y cuatrocientos cincuenta metros —contestó Yorha.

—La suficiente como para pasar por debajo del subterráneo sin ser detectado —dijo Yúnuen, aun buscando la manera de entrar—. Y bien… ¿Cómo entramos?

Yorha comenzó a invocar su armadura, pero esta era más gruesa de lo normal y de ella emergían pequeñas y gruesas puntas afiladas por toda la superficie; en sus manos emergieron largas y gruesas garras. La armadura se extendió por todo su cuerpo, inclusive su cráneo, cosa que no era común en las armaduras que invocaba la Murhedar, ya que solía darle libertad a su cabello.

—¿Sabes qué es un topo? —preguntó Yorha de forma burlona.

—No inventes Yorha… ¿Es enserio? —reprochó Yúnuen, invocando una réplica de la armadura de Yorha— ¿Por qué no simplemente nos abrimos paso con nuestro filo?

—Eso removería mucho las piedras del lugar y correría el riesgo de que alguien más descubriera mi secreto —explicó Yorha—. En cambio, esta técnica permite que las piedras vuelvan a juntarse de una forma más natural, como en un hundimiento del subsuelo.

—Vaya, no encuentro fallas en tu lógica —dijo Yúnuen, poniéndose en cuclillas para observar los movimientos de la Murhedar.

Yorha hundió sus enormes garras entre las rocas, abriéndose camino poco a poco, hasta desaparecer dentro del suelo. Yúnuen dio un gran suspiro y comenzó a emular a Yorha, hundiéndose tras ella.

—Intenta serpentear para que las rocas no se hundan tras de ti precipitadamente —dijo Yorha, tomando ritmo y aumentando su velocidad—. Mantente cerca del silo, una vez tocar el piso, busca mi mano.

Yúnuen avanzaba con dificultad, no era una técnica común, y las rocas cayendo tras ella la obstaculizaban, haciéndola ejercer más presión para poder avanzar. De pronto algo espantó a la heredar, era la cabeza de Yorha entre las rocas frente a ella, que se había regresado para ayudarla.

—¡Me espantaste! —exclamó Yúnuen que intentaba controlar su respiración.

—Sigue mis pasos desde aquí, abriré el camino —dijo Yorha, volteando tan naturalmente entre las rocas como si de agua se tratasen.

Atónita, Yúnuen siguió a la Murhedar. «¡¿Cómo es posible?! Solo los heredar del filo latente tienen esa facilidad de moverse a través de elementos geológicos», pensó mientras seguía con dificultad el camino de Yorha.

—¿Yorha quién te enseño esta técnica?

—Un topo —contestó Yorha.

—Yorha es enserio, dime quién te la enseñó —dijo Yúnuen, que ya de por si estaba molesta por tener que avanzar entre pesadas rocas, pensando que Yorha solo estaba bromeando—. ¿Fue Linara?

—¡Un topo! Ya te lo dije —respondió Yorha entre risas, la molestia de Yúnuen le causaba algo de gracia.

—¿Es en serio? —se preguntó Yúnuen extrañada.

Yorha no podía más que reír ante la incredulidad de Yúnuen.

—Yorha no es gracioso, dime cómo aprendiste esta técnica —le pidió Yúnuen molesta.

—Te diré cuando lleguemos —dijo Yorha entre risas—, ahora refuerza tu armadura que a esta profundidad puede ponerse peligroso.

—¡ASH! —se quejó Yúnuen, haciendo que su armadura engruesara.

Mientras avanzaban, se podía escuchar el crujir de las rocas, que cada vez ejercían mayor presión sobre las heredar. Su traje de sigilo podía proporcionarles oxigeno de forma temporal, aunque solo en situaciones de emergencia, ya que un heredar de primer nivel era capaz de aguantar la respiración hasta por tres horas.

—¡Listo, llegamos! —exclamó Yorha— ¿puedes tomar mi pie?

—Sí —dijo Yúnuen mientras se aferraba a la pierna de Yorha y era arrastrada por la Murhedar entre las pesadas rocas.

Yorha tomó impulso y salió hacia la cavidad subterránea, alejándose rápidamente con Yúnuen a su lado, ya que al salir un gran grupo de enormes rocas cayeron tras ellas. Yorha desvaneció su armadura y encendió las luces de su traje (dos pequeñas linternas inteligentes sobre los hombros que alumbraban en dirección a donde la Murhedar observara).

—Es algo estrecha —dijo Yúnuen, que desvanecía su armadura y encendía las luces de su traje, observando a su alrededor y acercándose a una de las paredes para observar con detenimiento—. Parece una antigua excavación humana, no hay formaciones naturales en el techo ni en las paredes. Tampoco parece haber vida biológica, al parecer lo que extraían del subsuelo en este lugar, impide el crecimiento bacteriológico.

Yorha se acercó a una pared buscando algo en su superficie y deslizó su mano suavemente sobre esta. Las paredes eran negras como el carbón y pareciese que podían absorber la luz, pero no parecía ser algo natural, lo que dificultaba la orientación.

—La encontré —dijo la Murhedar.

—¿Qué encontraste? —se acercó Yúnuen curiosa.

—Un surco que hice con mi filo para guiarme, este es un material muy confuso y hay que descender algunos cientos de metros aún, así que sigue mis pasos y ten cuidado, hay varios túneles y caídas por delante —Explicó Yorha, invocando un fragmento de armadura en la espalda, que recorría por completo la columna de la Murhedar y brillaba con intensidad.

—De acuerdo, seguiré tu luz —dijo Yúnuen, siguiendo a Yorha mientras ambas se desvanecían entre la oscuridad de la cavidad rocosa.

Poco a poco la cavidad subterránea comenzó a estrecharse, convirtiéndose en una serie de estrechos túneles, la oscuridad era total, pero podía sentirse una extraña brisa, cálida y sin aroma, reconfortante para los sentidos.

—Ese día tú y Corban aún no regresaban del instituto, se habían quedado a realizar los preparativos para los juegos de invierno y Feralli todavía no volvía del mercado —dijo Yorha.

—¿Ese día? —preguntó Yúnuen—. ¿A qué te refieres?

—Estaba acostada en el jardín, viendo el pasar de las nubes, y en eso me di cuenta de que había unos diminutos hundimientos de tierra entre las hojas marchitas, apenas perceptibles. Me acerqué para examinar uno de ellos y un pequeño topo asomó su cabeza —contó Yorha con alegría.

—¿En nuestro jardín? —preguntó Yúnuen sorprendida—. Jamás me percate de su presencia.

—Era una familia completa, después de ese invierno no los volví a ver —suspiró Yorha.

—¿Estás diciendo que fuiste discípula de una familia de topos nómadas? —bromeó Yúnuen, que no podía contener la risa.

Yorha secundó la risa de su amiga al reflexionar en sus palabras, pero el eco de sus risas hizo callar a Yúnuen, que se detuvo a escucharlos con detenimiento.

—¡Ese es un eco metálico! —exclamó Yúnuen emocionada.

—Ya estamos cerca —dijo Yorha—, ¿puedes sentir cómo la brisa se acrecienta?

—Sí, es muy cálida —contestó Yúnuen con extrañeza—. ¿Sabes a qué se deberá?

—Una sección del gran conducto llega a la superficie, y el sol calienta el material, que parece conservar y transmitir muy bien la energía —explicó Yorha apresurando el paso.

—Bueno ya dime, ¿quién de los topos nómadas fue tu "Sensei"? —bromeó Yúnuen.

—El topo más grande, que supongo era el padre, comencé a seguir y estudiar sus movimientos, en ese momento me pareció un conocimiento que podía usar en un futuro, y comencé a practicar invocando una armadura similar a ellos —contestó Yorha.

—¿Invocar? Pensé que Feralli te tenía prohibido usar tu filo hasta que cumplieras los dieciocho años… —dijo Yúnuen extrañada—. ¿Quiere decir que siempre estuviste practicando en secreto?

—Sí, no quería involucrarte, para no meterte en problemas —explicó Yorha.

—Ummm, por eso fuiste clasificada como heredar de tercer nivel al instante de entrar a la academia heredar y avanzaste casi inmediatamente al segundo nivel —se explicaba Yúnuen—. Debiste decirnos, pudimos haberte ayudado a entrenar sin que Feralli supiera.

—Tienes razón, pero bueno… Eso fue lo que sucedió —dijo Yorha deteniéndose y observando el suelo a su alrededor—. ¡Aquí esta!

—Yo no veo nada —dijo Yúnuen, rebuscando en el suelo a su alrededor.

—Juntaré mi pie con el tuyo para guiarlo —Yorha acercó su pie el de Yúnuen y lo fue llevando hacia una enorme grieta en el suelo—. Aquí hay que saltar.

Yúnuen se acercó a la grieta, apuntando sus luces hacia la zona, pero era imposible para ella visualizarla con claridad, ya que el material no reflejaba la luz correctamente y tanteó con su pie para intentar averiguar el diámetro.

—¿Qué profundidad tiene? —preguntó a Yorha.

—Unos diez o doce metros, no lo sé con exactitud —contestó la Murhedar mientras daba un pequeño saltó y se adentraba a las profundidades.

Yúnuen no tardó en seguirla, y al caer, bajo sus pies pudo sentir un tibio material metálico, la parte superior de una gigantesca estructura tubular. Después de escuchar como Yorha se deslizaba por un costado, Yúnuen la siguió, sentándose sobre le estructura y deslizándose como en un tobogán hasta caer al piso.

—Por aquí —señaló Yorha, tomando de la mano a Yúnuen e introduciéndose en la enorme tubería por una apertura que había hecho anteriormente con su filo. Yúnuen estaba asombrada, dentro del gran conducto, las luces del traje reflejaban una gran variedad de colores y la brisa traía consigo un ligero aroma.

—Huele a gas, ¿no es así? —dijo Yúnuen, frunciendo la nariz y observando con detenimiento las paredes del conducto.

—Sí, es un antiguo conducto de gas natural, no lo he explorado en su totalidad, pero creo que recorre todo el país —dijo Yorha, colocándose la mascarilla incorporada a su traje, lo que provocó que Yúnuen secundara esta acción— Veamos…

Yorha sacó de uno de sus bolsillos una pequeña hebra de hilo y la dejo caer al piso; dentro del conducto la brisa parecía alterarse constantemente y se sentía como si proviniese de diferentes partes de la gran tubería. Ambas heredar se colocaron en cuclillas para observar la hebra de hilo; poco a poco la brisa comenzó a mover la hebra lentamente hacia una única dirección. Yorha tomó la hebra y comenzó a caminar en la misma dirección en la que la brisa la llevaba.

—¿No es más fácil hacer una marca en los muros? —preguntó Yúnuen, siguiendo los pasos de la Murhedar.

—Sí, pero a diferencia de la roca negra de allá afuera, aquí sería muy fácil ver las marcas —Explicó Yorha—. Apresuremos el paso quieres.

—Sí, vamos —dijo Yúnuen, mientras ambas heredar comenzaban a correr a gran velocidad por el inmenso conducto. Una extraña sensación comenzaba a afligir a Yúnuen, por alguna razón, mientras más tiempo permanecía dentro del túnel, un sentimiento de tristeza la invadía. Yorha volteaba a ver constantemente a Yúnuen, consciente del extraño suceso.

—Intenta hacer a un lado las sensaciones que el túnel pueda provocar en ti, no hay explicación para ello —apuntó Yorha, intentando tranquilizar a su amiga.

—¿Cómo puedes soportar esto? —sollozó Yúnuen, derramando una pequeña lágrima que se deslizaba por su mejilla y era llevada por el viento—. No veo un solo ápice de luz en el horizonte.

—No lo sé, puedo sentir cómo la tristeza me invade, pero a la vez me reconforta —intentaba explicar Yorha, pero parecía no encontrar las palabras correctas—. Feralli decía que la tristeza es la única oportunidad para saber lo que realmente te hace feliz.

Yúnuen sonrió al escuchar esas palabras y limpió sus lágrimas con una mano.

—¿Puedo confesarte algo? —le preguntó Yúnuen.

—Sabes que sí amiga —contestó Yorha.

—Tú madre siempre nos dio miedo —dijo Yúnuen entre risas.

—¿¡Qué!? —exclamó Yorha, secundando las risas de Yúnuen—. Cómo puede darles miedo mi madre. Ella es… es… ummm, muy agradable, a decir verdad.

—¡Demasiado agradable! —exclamó Yúnuen—, nunca mostraba otra expresión que no fuese alegría o serenidad.

—No es verdad —reclamó Yorha—, muchas veces me regañaba, pero tú no lo veías.

—¡Ay por favor! —exclamó Yúnuen entre risas—. A ver dime una vez que te haya regañado, levantándote la voz o con enojo.

Yorha intentaba hacer memoria, recordando las pocas veces en que su madre pretendía corregir sus acciones, pero en todas ellas, Feralli mostraba una actitud calmada e intentaba hacerle ver lo que había hecho mal.

—¿Alguna vez la viste triste, enojada, preocupada o ansiosa? —preguntó Yúnuen.

—No... —Contestó Yorha—. Pero sabes, ella me dijo una vez que no quería transmitirme sentimientos negativos.

—Ninguno de esos son sentimientos negativos Yorha, son una expresión de nuestra psique, parte natural de nosotros —refutó Yúnuen con extrañeza—. Según mi tío Kélfa, Feralli siempre fue una mujer sabia y estudiosa, de carácter fuerte y muy aguerrida. Alguna razón debió tener para comportarse así.

—Creo que a Feralli no le agrada Kélfalli —dijo Yorha pensativa—. Nunca quiso hablar sobre él y siempre que venía a visitarte me llevaba a otro sitio.

—No entiendo el porqué —respondió Yúnuen—. Todas las historias que me ha contado Kélfa dicen lo contrario, ellos cuatro eran inseparables.

—Creo que la muerte de mi padre rompió esa relación... —Mustió Yorha.

—También lo creo Yorha —dijo Yúnuen—. Por lo que sé, Mahalli tiene poco o nulo contacto con tu madre y no parece llevarse muy bien con Kélfa; si te fijas, ambas parecen evitarlo.

—Mahalli parece sentirse algo culpable por la muerte de mi padre, no me lo dice expresamente, pero cuando me habla sobre él, puedo sentir esa nostalgia; en sus ojos puede verse la misma mirada con la que ella lo veía. Sé mucho más sobre él gracias a Mahalli, que siempre me cuenta historias sobre su antiguo escuadrón.

—Tú tienes mucha cercanía con ella —mencionó Yúnuen—. ¿Has intentado preguntarle lo que sucedió?

—¡Cómo crees! No —exclamó Yorha—, si vieras lo feliz que se ve cuando me cuenta sus anécdotas. No podría entristecerla haciéndola recordar la muerte de mi padre. ¿Y a ti, no te ha contado nada Kélfalli?

—El asunto es confidencial, no poseo el rango para hacer preguntas al respecto y ya sabes que el tío Kélfa es muy estricto con esas cosas —dijo Yúnuen con desagrado.

—Quisiera acordarme de lo que pasó aquella noche, pero no puedo, y por más que lo intento, lo único que logro ver son los ojos de Feralli —recordó Yorha molesta—. Y ella siempre ha sido renuente a contarme lo que pasó, por más que se lo pido; todos mis intentos han sido infructuosos.

—Con todo respeto, pero tu madre es la persona más difícil de tratar que conozco, no es como la describen todos aquellos que la conocieron antes de que se mudara a Harma —se quejó Yúnuen—. Siempre que hablaba con ella parecía solo "darme por mi lado". Y su sonrisa... su eterna sonrisa, me perturbaba.

—No te preocupes, también me causaba algo de enojo el que nunca se enojara cuando yo me enojaba —dijo Yorha, causando la risa de ambas heredar.

—Yorha... —dijo Yúnuen con un ápice de tristeza en su voz.

—Dime.

—¿Recuerdas cómo era Heldari? Claro, yo sé cómo era por las fotos, pero su personalidad, su carácter o algo fuera de lo físico —preguntó Yúnuen.

Yorha se detuvo bruscamente al escuchar esta pregunta, haciendo retumbar el conducto, que comenzó a vibrar y emitir un sonido muy estruendoso. Yúnuen se detuvo cientos de metros adelante, frenando lentamente para no aumentar la vibración del conducto y comenzó a regresar hacia la Murhedar. Yorha permanecía reflexiva, recargándose en una de las paredes del conducto mientras Yúnuen se acercaba.

—Nunca necesité fotos para recordarle, puedo verlo vívidamente, como si estuviese frente a mí en este momento. Él es un poco más alto que yo —describía Yorha, mientras veía con atención frente a ella, como si Heldari realmente estuviese allí— Sus ojos son bellos, como dos enormes lunas, radiantes y alucinantes. Su rostro está marcado por heridas de batalla, pero su piel es suave, se vuelve algo rasposa por la barba en sus mejillas.

Yorha sonrió dulcemente, como si su padre estuviese frente a ella, acariciando sus mejillas y observándola con amor en su mirada. Yúnuen la contemplaba alegremente, poniendo atención a sus palabras.

—Su nariz es idéntica a la mía y parece faltarle un pequeño pedazo a una de las fosas nasales. Sus cejas son abundantes y rectas, son perfectas... Le falta la mitad de su oreja izquierda, él era un guerrero muy tenaz. Su quijada es fuerte y algo cuadrada. Tiene una bella sonrisa, se parece a la mía como dice Mahalli. Su cabello no es muy largo, pero tampoco corto, y baila libremente con la brisa haciendo que pequeños destellos escapen de él; es de color negro, con algunos destellos azul blanquecino. Mi padre es fuerte, tiene un físico increíble, aunque le falten dedos en sus manos, específicamente el dedo anular izquierdo y el dedo meñique derecho.

Yúnuen guardaba silencio, expectante de los ojos de la Murhedar que parecían brillar, como si fuese a lagrimear. Yúnuen jamás había visto llorar a Yorha, ni siquiera por nostalgia o felicidad, así que, dentro de sí, estaba sumamente intrigada de descubrir si la Murhedar tenía la capacidad de hacerlo.

—Era un espíritu que emanaba alegría —recordaba Yorha—. Aunque no sonriese, estar junto a él me llenaba de felicidad; siempre estaba bromeando, hacia reír mucho a mi madre. Realmente nos amaba...

Dentro de los ojos de Yorha, sus vasos capilares se hicieron visibles, provocando que Yúnuen retrocediera asustada y distrajera a la Murhedar de sus pensamientos.

—¿Y a ti que te pasa? —preguntó Yorha, extrañada por el comportamiento de Yúnuen.

Yúnuen se acercó cautelosa al rostro de la Murhedar y tomó su cabeza con ambas manos para acercarla hacia ella.

—¿Qué haces? —preguntó Yorha extrañada pero sonriente.

—Abre bien tus ojos por favor —le pidió Yúnuen mientras analizaba los globos oculares de la Murhedar—. Que extraño.

—¡Qué! ¿Qué tengo? —exclamó Yorha preocupada.

—Por un momento los vasos capilares en tus ojos parecieron tornarse negros —explicó Yúnuen jalando el parpado de Yorha hacia arriba para observar mejor—. Ahora se ven rojos, pero enserio Yorha, yo vi que se tornaron negros.

—¿Cómo los de un perdido? —preguntó Yorha incrédula.

—Algo así, solo que no parecía ser espesa sangre negra, como la que emana de los perdidos —dijo Yúnuen, colocando el puño en su mentón y reflexionando—. Quisiera poder decirte más, pero me sorprendí al verlo y no alcancé a observar con detenimiento.

—Creo que los gases del túnel ya te están afectando —bromeó Yorha, comenzando a caminar nuevamente—. No falta mucho, vamos.

«Sí, quizá solo sea mi imaginación», pensaba Yúnuen, mientras observaba a la Murhedar dejarla atrás. Nuevamente la sensación de tristeza comenzó a invadirla, lo que hizo que corriera para alcanzar a Yorha.

—Oye Yorha —dijo Yúnuen intrigada, caminando ya a la par de la Murhedar.

—¿Ahora qué, me salieron cuernos? —preguntó Yorha burlonamente, provocando que ambas heredar comenzaran a reír.

—¡No tonta! —exclamó Yúnuen entre risas.

—Dime entonces —dijo Yorha mientras comenzaba a acelerar el paso, siendo homologada por Yúnuen.

—Durante tu pelea, invocaste un filo que nunca había visto en ti —dijo Yúnuen.

—Te refieres a la enorme katana, ¿no es así? —supuso Yorha.

—Ese filo, tal y como lo invocaste, es idéntico a como describe Kélfalli el filo único de tu padre —dijo Yúnuen, haciendo reflexionar a Yorha.

—Sí, pude sentir su presencia dentro de él —recordó Yorha, su mirada era de nostalgia, algo extrañada, como si intentara recordar algo, pero sin lograrlo.

—Lo que no me explico es el cómo —se cuestionaba Yúnuen—. He entrenado durante más de diez años con Kélfa y ni siquiera soy capaz de asemejar su filo único.

—No lo sé Yúnuen, en ese momento solo pensaba en protegerlos; nunca tuve la intención de invocar un filo diferente al que usualmente utilizo.

—¿Crees poder invocarlo nuevamente?

—Puedo intentarlo, pero no puedo sentir cual fue la energía que utilicé o la técnica para lograr invocarlo.

—¿Puedes al menos recordar cómo era el filo de tu padre?

—No Yúnuen, no puedo —respondió Yorha algo molesta—, la única vez que lo utilizó frente a mí, tenía yo cinco años y ni siquiera pude verlo. Murió esa misma noche…

—Lo siento —mustió Yúnuen, viendo nuevamente hacia la profundidad del conducto, que parecía no tener fin.

—No te disculpes, yo también me siento intrigada por aquel filo, pero este es el lugar menos indicado para hablar al respecto —dijo Yorha tras un gran suspiro—. Las sensaciones que este lugar otorga pueden ser confusas, mientras más permaneces aquí, un sentimiento de angustia comienza a contagiarte, y la sensación de ser observada aumenta. Quiero suponer, que antaño las bestias usaron estos conductos y la miseria de aquellos humanos arrastrados por ellas, dejo aquí ese sentimiento.

—Eso es aterrador —comentó Yúnuen angustiada—. Puedo sentir que descendemos cada vez más, ¿qué tan profundo estaremos?

Yúnuen puso su brazo frente a ella para proyectar su ubicación por medio de la red, pero antes de poder hacerlo, Yorha tapó la red de la heredar con su mano. Yúnuen volteó a ver a Yorha, quien movía su rostro de un lado a otro, indicando que no usara la red.

—Será mejor que pongamos nuestra red en modo de descanso desde este punto —sugirió Yorha, viendo fijamente a Yúnuen, que sin pensarlo activó el modo descanso en su red (este modo desactiva todas funciones de la red con excepción del geolocalizador y el transmisor de emergencia) —. Ya nos encontramos bajo la zona perdida.

—¿Y cómo saldremos de aquí? No me digas que cavando hasta la superficie... —preguntó Yúnuen, esperando recibir una respuesta alentadora. Pero de pronto, sintió como la inclinación del conducto ascendía hacia la superficie, causando en ella una gran sonrisa.

Yorha vio a Yúnuen con una mirada desafiante, y después de sonreír maliciosamente, aceleró de forma precipitada, dejando atrás a Yúnuen, que sin pensarlo salió disparada tras la Murhedar. Poco a poco la inclinación del túnel comenzó a rondar los setenta grados, dificultando el avance de las heredar. Yúnuen, a punto de alcanzar a Yorha aceleró el paso, utilizando también sus manos para darse impulso, asemejando el movimiento de un guepardo.

Ya a metros de ella, Yúnuen vio como Yorha desapareció, y sorprendida, intentó desacelerar. La oscuridad en el túnel impidió a la heredar darse cuenta de que se acercaba a una pendiente; el conducto volvía a descender, haciendo que Yúnuen se deslizara como en un gigantesco tobogán. Yorha había reducido su velocidad para esperar a su amiga, que después de un grito angustiante, se dio cuenta de que la Murhedar estaba junto a ella, riéndose y deslizándose por el conducto.

—¡¿Por qué no me avisas?! —exclamó Yúnuen entre risas.

—Es más divertido cuando es sorpresa —se burló Yorha, abrazando sus rodillas y girando sobre si misma mientras se deslizaba—. Por cierto, hay un precipicio al final de esta caída, así que cuando te diga que saltes, tú saltas.

Yúnuen asintió con la cabeza y se preparó, estaba sumamente emocionada, a lo lejos podía verse al fin un ápice de luz nocturna. Yorha se puso de pie mientras se deslizaba, inclinada hacia adelante y con las rodillas ligeramente flexionadas, siendo homologada por Yúnuen.

—¡¿Lista?! —gritó Yorha mientras se acercaban vertiginosamente al final del conducto.

—¡Lista! —respondió Yúnuen completamente excitada, no sabía lo que había del otro lado y sus manos se tensaron, preparadas para sujetarse de lo que fuese.

—¡Salta! —gritó Yorha.

Ambas heredar saltaron casi al borde del conducto. En un segundo se encontraban en medio de una gigantesca grieta, no parecía haberse formado naturalmente. Antiguas tuberías y cableados humanos emergían de entre las paredes de la gigantesca grieta. A priori era imposible deducir su profundidad, debido a la falta de iluminación.

—¡Los cables! —gritó Yorha, apuntando a una serie de largos cables que surgían de las paredes y descendían hasta lo profundo de la grieta, a lo que Yúnuen asintió con la cabeza. Ambas heredar se aferraron a los cables, frenando su caída. Yúnuen se colgó con una sola mano y miró hacia abajo, intentando vislumbrar la profundidad de la grieta.

—El combate ocurrido aquí debió ser espectacular —dijo Yúnuen observando a su alrededor.

—El choque de dos grandes fuerzas —comentó Yorha, observando con detenimiento las marcas en las paredes de la grieta—. ¿Ves esas marcas en la roca que parecen brillar?

Yúnuen tomó impulso y saltó hasta el otro lado de la grieta, en donde se encontraban las marcas mencionadas para analizarlas.

—Parecen ser rastros de un filo cristal —sospechó Yúnuen, raspando la roca para observar si la característica brillante se encontraba también al interior del material.

—Aquí luchó un Murhendoar de filo cristal, posiblemente contra una bestia de tamaño colosal —afirmó Yorha, dando un salto para alcanzar a Yúnuen—. Son este tipo de escenarios los que me hacen recordar lo terriblemente poderosos que eran estos seres.

—No te preocupes, mientras sigamos siendo merecedores de heredar los Murhendoar las bestias no volverán —dijo Yúnuen, comenzando a escalar por la pared de la grieta, seguida por Yorha, quien la rebasó para guiarla.

—A decir verdad me gustaría ver a una —comentó Yorha mientras subían—. ¿No tienes esa curiosidad?

—Siendo sincera, sí —respondió Yúnuen—, pero me dan escalofríos de tan solo pensar en estar en presencia de aquellos seres.

—No creo que sea muy diferente a la presencia de un vestigio de gran tamaño —dijo Yorha, saliendo al fin de la gran grieta y volteando para dar su mano a Yúnuen.

—¡Sí hay mucha diferencia entre ambos seres Yorha! Aunque ambos pueden alcanzar tamaños colosales, recuerda que las bestias utilizaban el antiguo armamento humano, que por mucho era más destructivo que todo lo que pudiésemos imaginar. Las armas humanas eran tan poderosas que una sola bestia podía destruir ciudades completas en un segundo, ni siquiera los satélites de combate estaban a salvo. No puedo imaginar el poder que tuvieron que desplegar los Murhendoar para derrotarlas.

—¿No? Observa…

Humanidad

Yúnuen se incorporó y frente a ella se alzaba una antigua ciudad humana completamente destruida. Repleta de enormes cráteres y grietas, producto de los antiguos combates entre las bestias y los heredar. Aún tras haber pasado más de cuatro mil años desde el último combate ocurrido en la ciudad, la naturaleza todavía no podía abrirse paso, ya que las toxinas y la radiación liberadas en el combate, impedían el crecimiento de materia biológica. Así que las ruinas se encontraban casi intactas, con la única diferencia de que grandes capas de sedimento cubrían lo que antaño eran los caminos y carreteras de la ciudad.

—¡Vaya! Es increíble —dijo Yúnuen atónita, mientras trepaba sobre una derruida casa y observaba los medidores del traje en su red—. Esta debe ser una zona de nivel cuatro, jamás había estado en una.

La zona perdida se divide en cinco niveles, según el grado de destrucción y contaminación, siendo el nivel cinco, un terreno completamente irrecuperable. En cuanto al nivel cuatro, recuperar el terreno requiere un esfuerzo inconmensurable, debido a los daños en el subsuelo, sumado a los contaminantes y a los altos niveles de radiación.

—Por el momento no es viable recuperar este tipo de zonas —explicaba Yorha, subiendo a la casa y sentándose en una de las orillas del techo—. Las zonas a las que se nos envía son las que se encuentran en recuperación, por lo tanto, siempre de son de nivel dos o hasta tres. Además, las zonas de nivel cuatro son perfectas para que los vestigios y perdidos se escondan; por esa razón se opta por cercarlas, siendo estas las últimas en plan de recuperación.

—¿Has estado en otras zonas de nivel cuatro? —preguntó Yúnuen, observando con detenimiento los restos de la ciudad a su alrededor.

—Sí, las misiones secretas que Mahalli me asigna siempre son en estas zonas —respondió Yorha—, mandar a un escuadrón completo sería una imprudencia según ella.

—¿Crees que Koa haya sido enviada a seguir otro de los múltiples rastros de los que habló Roa? —cuestionaba Yúnuen—. Se veía bastante disgustada y su traje de combate estaba muy desgastado, como si hubiese entablado un gran combate.

—En esta ocasión no lo creo, ya que Kélfalli no está involucrado. No obstante, Mahalli también dispone de ella para este tipo de encargos y debo admitir que ha sido siempre muy leal, nunca ha revelado ninguna de las misiones secretas a las que hemos sido enviadas —dijo Yorha, reflexionando sobre su relación con la gran maestra—. Aunque siempre se está quejando o cuestionando a Mahalli, es realmente odiosa. Roa también suele involucrarse; como sus consejeros, ambos están al tanto de todas las incursiones que Mahalli hace a la zona perdida, aun cuando estas son secretas.

Yúnuen observaba el horizonte, en dirección a las coordenadas dadas por Roa, en su mente retumbaban las palabras dichas por Koa. «Estos últimos años han traído consigo muchos misterios; los extraños cambios en el filo de Yorha cada vez son más frecuentes, sumados a sus repentinos "ataques"», pensaba mientras volteaba a ver a la Murhedar, que leía una pequeña hoja de papel en su mano.

—¿Cuándo me dirás lo que es? —preguntó Yúnuen acercándose a la Murhedar.

—¿Qué cosa? —respondió Yorha, ocultando la hoja dentro de la manga de su traje.

—Esa hoja de papel —dijo Yúnuen, sentándose junto a Yorha y observándola atentamente—. Ya todos sabemos de ella Yorha, siempre la lees cuando crees que no te observamos.

—Pues que chismosos son —dijo Yorha apenada, sacando la pequeña hoja de papel—, es una carta que Feralli me dio justo antes de partir a la academia heredar.

—¿Puedo leerla?

—Ella no me dijo que fuese un secreto —respondió Yorha, entregando la carta a Yúnuen—. Así que supongo que puedes leerla.

Yúnuen comenzó a leer la carta mientras que Yorha, apenada, saltaba del techo. «Esta carta es demasiado emotiva, no parece ser algo que Feralli escribiría… ¿Un mal venidero? ¿Será lo que estamos buscando?», se preguntaba Yúnuen, examinando más a fondo la carta. «Esta carta es demasiado vieja, el papel se ve desgastado y la letra concuerda con la de Feralli».

—¿Has hablado con Feralli sobre lo que esto significa? —preguntó Yúnuen, saltando al suelo y entregando la carta a Yorha.

Yorha tomó la carta observándola con nostalgia, doblándola y guardándola en uno de sus bolsillos de combate, después comenzó a caminar lentamente, viendo en dirección a Xauki, que se ocultaba en el horizonte. Yúnuen la siguió en silencio, esperando una respuesta.

—Desde que me fui, no la he vuelto a ver, ni he hablado con ella —dijo Yorha, pudiéndose notar la tristeza en sus palabras—. Lo último que me dijo fue que leyera esta carta antes de cualquier misión y jamás he vuelto a escuchar su voz.

—¡Yorha ya han pasado muchos años desde que te fuiste de Harma! —exclamó Yúnuen sorprendida—. ¿En verdad no has vuelto a hablar con ella? ¿Ni siquiera por la red?

—Su red se encuentra inactiva desde ese momento, como si se la hubiese arrancado del brazo —explicaba Yorha—. Y tampoco he ido a Harma desde aquel día, es como si desde el momento en el que ella me entregó esta carta, me acompañara en cada una de mis misiones. No tengo esa sensación de querer verla, no la extraño realmente, pero sé que está bien, no me preguntes como, simplemente lo sé.

—Fui hace un par de meses a ver a mi familia y me encontré con ella —recordaba Yúnuen—. Feralli estaba sentada en la barra de la cocina, tomando un té con mi madre, pero en cuanto me vio, dejó su té y se despidió. Ella me dijo: «Hola Yúnuen un gusto verte», y después se marchó. Aunque fue poco el tiempo que la vi, si pude darme cuenta de que no portaba su red. Mi madre solo mencionó que va de vez en cuando a verla.

—¿Crees que ya no viva allá? —preguntó Yorha.

—Su casa estaba intacta, no vi siquiera un anuncio de renta o venta, lo que significa que sigue habitándola o por lo menos la usa cuando está de visita en Harma —contestó Yúnuen, recordando las veces en que pasó por la casa de Yorha—. Aunque durante mi visita nunca estuvo ahí.

—¿A qué crees que se dedique ahora mi madre? —preguntó Yorha mientras avanzaba por entre las derruidas casas humanas.

—Aún es joven, podría volver al servicio como heredar —contestó Yúnuen, pensando en las posibilidades de la cuestión—. Por su gran experiencia, ella pudiera ejercer como maestra en la academia heredar o inclusive dirigir un batallón.

—No creo, ella nunca tuvo interés en enseñarme nada acerca de mi filo —dijo Yorha algo molesta, atravesando la ventana de una antigua edificación para introducirse en ella. Parecía un antiguo casino o lo quedaba de él, ya que más de la mitad de la estructura se encontraba bajo el sedimento—. Y jamás la vi usar el suyo.

—Es verdad, yo tampoco la he visto usar su filo, pero según Kélfa es muy bello, ella solía invocar una larga guadaña con filo en ambos extremos —comentó Yúnuen, quien inspeccionaba las oxidadas maquinas del casino, carentes de color y cubiertas de polvo. Las antiguas fichas y monedas de los casinos humanos eran artículos que los heredar solían llevar de recuerdo a sus familias. Muchos objetos humanos eran muy apreciados por los theranios, ya que les ayudaban a recordar la vida que sus antepasados llevaban, así como los errores que cometieron.

—¿Una guadaña? No puedo imaginar a mi madre usando un filo como ese —dijo Yorha extrañada, escabulléndose debajo de lo que parecía una derruida mesa de blackjack y buscando entre los escombros—. Es un filo difícil de utilizar, no conozco a ningún otro heredar que invoque un filo con forma de guadaña en combate.

—Tu madre era una gran heredar Yorha —repuso Yúnuen, que también buscaba algún recuerdo entre los escombros—. Inclusive Mahalli le tiene admiración, ellas dos se tenían un cariño increíble. Bueno, eso es lo que Kélfa me ha contado. ¿No has pensado que esa podría ser la razón por la que te ve como a una hermana?

—No lo sé, supongo que puede ser así —reflexionaba Yorha mientras rebuscaba entre los escombros—. ¡Mira! Encontré algo.

—¡¿Qué?! —exclamó Yúnuen, acercándose a Yorha rápidamente.

Yorha salió de entre los escombros con lo que parecía ser una roca en la mano.

—¿Una roca? —preguntó Yúnuen decepcionada.

Yorha se sentó en el piso y comenzó a desmoronar la roca cuidadosamente, siendo observada atentamente por Yúnuen. Poco a poco la roca que no era más que tierra endurecida, comenzó a rebelar una pequeña caja negra.

—Que buen hallazgo, parece que nunca fue abierta —comentó Yúnuen, tomando la caja de las manos de Yorha, mientras esta última se sacudía la tierra—. Tiene la marca de un trébol de cuatro hojas, un antiguo símbolo de buena suerte para los humanos.

—¿Símbolo de buena suerte? —preguntó Yorha extrañada.

—Verás, los humanos tenían varios conceptos sobre la suerte, para nosotros la palabra suerte es solo una forma de expresar o desear un acontecimiento positivo. Pero para los humanos podía significar cuestiones más profundas, al grado en que llegaban a idolatrar objetos que suponían les traerían fortuna. Su ignorancia sobre cuestiones científicas universales los hacia susceptibles a creer que un objeto inanimado podía influir en su vida de forma positiva o negativa —explicaba Yúnuen mientras intentaba abrir la caja sin dañarla, ya que el pasar del tiempo había deteriorado el material.

—Los humanos me intrigan, sus pensamientos no concuerdan con su avanzada tecnología, cada vez que algo me sorprende de ellos, algo me decepciona y viceversa —sopesaba Yorha con tristeza, su curiosidad por la antigua civilización humana siempre le traía sentimientos dispares.

—Aunque su deficiente civilización los llevo a la ruina, muchas de sus creaciones y conocimientos, nos siguen ayudando hoy en día —comentó Yúnuen—. ¡Lo logre!

Ambas heredar observaron cómo se abría lentamente la pequeña caja metálica, revelando en su interior una baraja de cartas, que, pese a nunca haber sido ocupada, se veía opaca y un poco húmeda.

—Que lástima, parece que el material de la cubierta no resistió el andar de los años —dijo Yúnuen, mientras inspeccionaba el estado de las cartas—, las del centro parecen estar en buen estado. ¿Le llevamos una a los chicos?

—Sí, pero déjame elegir la mía —pidió Yorha emocionada, viendo a detalle las cartas en buen estado—. Quizá una me dé suerte —bromeó, provocando la risa de ambas heredar.

—¿Qué tal esta? —preguntó Yúnuen, mostrándole as de tréboles.

—No, es muy simple, mira esta —Yorha mostró una reina de corazones, el dibujo era muy detallado y de gran calidad.

—¡Oh! Su majestad, es un gran placer —bromeó Yúnuen, reverenciando a la Murhedar.

—¿Qué te sucede? —preguntó Yorha entre risas, extrañada por el desplante de su amiga.

—A esa carta se le conoce como "la reina" —explicó Yúnuen buscando una segunda reina en la baraja—. Ahora ambas seremos reinas.

—¡Reina Yorha! —exclamó la Murhedar—, no suena nada mal.

Yúnuen guardó las cartas para sus compañeros en uno de sus bolsillos y volvió a almacenar el resto de la baraja en su caja, colocándola sobre la derruida mesa de blackjack.

—No creo que encontremos algo más interesante en este lugar —observó Yúnuen; a donde mirara, no parecía haber nada en buen estado y la estructura estaba a punto de colapsar por la acumulación de sedimento sobre el techo.

—Sí, salgamos de aquí —Yorha se abrió paso entre los escombros, saliendo por una grieta en la estructura; siendo secundada por su compañera—. No falta mucho para que amanezca.

Los rayos del sol se vislumbraban en el horizonte, dando un pequeño toque rojizo al cielo nocturno. Ambas heredar comenzaron a buscar una estructura lo suficientemente alta para poder ver el amanecer por encima de los restos de la ciudad.

—A tu izquierda —apuntó Yúnuen, señalando un gran edificio inclinado que sobresalía de entre los demás.

Aunque de prisa, las heredar no hacían ruido alguno, ya que podían llamar la atención de algún vestigio o perdido que se encontrara en estado de "reposo". Y gracias a los comunicadores en las mascarillas de sus trajes podían hablar sin exponerse a ser escuchadas. Ambas heredar entraron al edificio, buscando las escaleras de emergencia; trepar el edificio por la parte exterior las expondría, las escaleras de emergencia, al estar aisladas, eran una forma segura se subir sin tirar o remover algún escombro que pudiese delatar su presencia.

—Por aquí —señaló Yúnuen moviendo cuidadosamente un escritorio que obstruía la entrada a las escaleras—. La puerta está atascada, tendré que cortarla —Yúnuen invocó un delgado filo que emergía de su muñeca, cortando las bisagras y cerradura de la puerta como si de mantequilla se tratasen, sosteniéndola con cuidado y colocándola en el piso. Ambas heredar subieron sigilosamente por las escaleras; increíblemente, la estructura había resistido el pasar de los años en la precaria posición.

—Los humanos eran arquitectos impresionantes —comentó Yorha—, me sorprende la resistencia de sus estructuras.

—Lo sé, he visto los registros fotográficos de su civilización —contestó Yúnuen, que, aunque consciente de las maravillas humanas, su percepción sobre sus antepasados era sumamente negativa, ya que, gracias a ellos, el planeta se encontraba devastado.

—No abre —dijo Yorha, intentando forzar la puerta de salida a la azotea del edificio—, parece que está obstaculizada por el otro lado.

—Déjame ver que hay detrás —Yúnuen apartó a Yorha, sacando nuevamente el pequeño tubo y colocándolo en la puerta, este mostró a Yúnuen lo que había detrás—. Parece que son escombros del helipuerto, vigas metálicas en su mayoría.

Yúnuen inspeccionaba la imagen dada por el aparato, buscando un espacio lo suficientemente amplio entre las vigas para que ambas pudiesen pasar. Al encontrarlo, invocó nuevamente el delgado filo en su muñeca, cortando una sección en la parte media derecha de la puerta; en su otra mano invocó delgadas cuchillas en las puntas de sus dedos, con las que atravesó la sección que cortó para sujetarla y que esta no callera al piso.

—Listo, pasa tú primero —pidió Yúnuen, colocando la pieza de puerta en un escalón—. Es muy grande, tendré que cortarla —la heredar cortó delicadamente la pieza en varias partes para que no se deslizaran por la escalera, mientras que Yorha se escabullía entre las retorcidas vigas hasta salir al techo del edificio.

—Tenemos suerte, la mayor parte del techo está intacto —dijo Yorha mientras se acercaba a la orilla del edificio a observar el amanecer.

Yúnuen se acercó lentamente a Yorha, mientras la luz se apoderaba poco a poco de la ciudad, invadiendo calles y edificios. No tardó mucho para que la sombra de la estructura sobre la que aguardaban ambas heredar fuera relegada por la luz.

—Es en esa dirección —dijo Yorha, apuntando hacia la lejanía, en donde se vislumbraba una extraña cúpula de roca—. Iremos por la superficie, evitando los edificios más elevados. Sígueme.

A pesar de que no les causaba daño alguno, los vestigios y perdidos, solían evitar la luz del día, por lo que se ocultaban bajo tierra o en los edificios destruidos. Aunque las calles estuvieran más expuestas, los heredar utilizaban los escombros y la acumulación de diferentes sedimentos, para pasar desapercibidos entre ellas. Ambas heredar se deslizaron por la parte exterior del edificio, hasta caer lentamente al piso, comenzando así, su camino entre lo que antaño fue une rica y sobrepoblada ciudad humana.

El movimiento de las heredar apenas era perceptible, gracias a la técnica de pies ligeros que ambas aplicaban para no generar ruido con su desplazamiento. Su traje de sigilo cambiaba rápidamente su color y textura, ocultándolas aún mejor, aunque este frenaba su velocidad de avance, ya que no podía adaptarse correctamente a una velocidad superior a los setenta kilómetros por hora. Cual serpientes, ambas heredar se deslizaban entre los escombros de las calles, con sus ojos completamente alertas, moviéndose rápidamente de un lado a otro, no solo para detectar al enemigo, sino también alguna curiosidad humana que llamara su atención. Yúnuen se detuvo bruscamente, el reflejo de la luz solar sobre un anuncio en la fachada de un edificio en la lejanía llamó su atención. Rápidamente Yorha se deslizó a su lado, observando en la misma dirección que su compañera.

—Se ve interesante, vamos —dijo Yorha mientras se deslizaban hacia el lugar, deteniéndose justo frente al anuncio que había reflejado la luz.

—¿*Morphé Subiectivus*? —leyó Yúnuen con dificultad, ya que la topografía del anuncio era por demás extraña—. "*Modificaciones corporales y tatuajes*".

—¿Tatuajes? —preguntó Yorha, observando a sus alrededores para después darle seguimiento a su amiga, que ya había descendido por las escaleras en la entrada.

Las escaleras estaban cubiertas por escombros y sedimento que se habían introducido con el pasar de los años, ya que las antiguas puertas de cristal habían sido destruidas hace milenios. La oscuridad comenzaba a cernirse sobre el lugar a medida que Yorha iba descendiendo. Las luces de sus trajes no se encendieron, debido al peligro de revelar su posición a un vestigio oculto en el lugar, tampoco era necesario un visor nocturno ya que la vista de los heredar de filo lunar era realmente excepcional en la oscuridad.

—¿Yúnuen? —preguntó Yorha sigilosamente, mientras pasaba por sobre los escombros que se habían acumulado al termino de las escaleras. Agazapada, la Murhedar comenzó a recorrer el oscuro lugar en busca de su amiga—. ¿Estás bromeando?

Los ojos de Yorha se abrieron de forma anormal, la lobreguez dentro de ellos era total. La Murhedar se sentía especialmente cómoda en lugares con total oscuridad, ya que sus ojos, de entre todos los filo lunar, eran los más adaptados a ella. Avanzaba lentamente entre lo que pareciese ser una sala de espera frente a la recepción, era un lugar grande, como para que esperaran cómodamente unas treinta personas. Yorha se incorporó al no detectar movimiento en la zona, el local abarcaba todo el sótano del edificio, que milagrosamente no se había derrumbado; tras la recepción, un gran corredor llevaba hacia diferentes habitaciones. Después se acercó sigilosamente al gran corredor, con sus enormes ojos vigilantes; algunas de las puertas se encontraban abiertas o derribadas. La Murhedar entró a la primera habitación, parecía una sala quirúrgica; después de un suspiro se relajó y comenzó a inspeccionar el lugar.

—Despejado —susurró Yúnuen a espaldas de Yorha.

—¡Ay! ¡Tonta! —exclamó Yorha dando un pequeño salto; y volteando, dio un ligero empujón a su amiga que no paraba de reír, en ese mismo instante, las luces de sus trajes se encendieron—. Parece que en este lugar hacían operaciones, supongo que los "tatuajes" eran alguna especie de enfermedad.

—No Yorha, en esta habitación se hacían los implantes estéticos, a lo que ellos llamaban modificaciones corporales; por eso se requería una sala quirúrgica estéril, para evitar la contaminación al realizar los injertos.

—¿Estéticos? —se preguntó Yorha mientras miraba con curiosidad los anaqueles, que, a pesar del paso del tiempo, se encontraban relativamente bien conservados—. ¿Cuál sería el sentido de hacerse una modificación corporal si no era para mejorar sus capacidades físicas o cognoscitivas?

—En su mayoría, los humanos eran seres muy susceptibles o frágiles psicológicamente, como si sus mentes fuesen de cristal —explicaba Yúnuen.

—Sabía que los problemas congénitos de los humanos e incluso algunas enfermedades, llegaban a requerir modificaciones o implantes que suplieran las carencias de los órganos afectados —comentó Yorha, quien observaba con detenimiento el afilado instrumental del robot cirujano—. ¿Pero modificaciones por problemas emocionales? Eso sí que es curioso.

—No eran problemas exactamente Yorha, verás, los humanos eran muchos y muy diversos, en sus pequeños grupos sociales siempre buscaban la forma de diferenciarse, incluso aislándose de la sociedad; eran muy variadas las formas en las que buscaban individualizarse, a su vez también buscaban pertenecer a un grupo de individuos que los diferenciara de los demás y reconociera como sujetos únicos. Su sentido de pertenencia, sumado a su búsqueda de reconocimiento, los hacia buscar maneras de destacar entre los demás miembros de su grupo social, por muy reducido que este fuese, o incluso lo realizaban para sí mismos, en su afán de sentirse diferentes al resto de los humanos.

Yorha asentía con la cabeza, asimilando toda la información. Mientras la escuchaba, la Murhedar abrió un cajón, en donde se encontraba una bandeja con huesos artificiales de múltiples formas. Yúnuen se acercó para observar el hallazgo.

—Estos son algunos de los injertos estéticos utilizados —apuntó Yúnuen, tomando dos de los pequeños fragmentos de hueso y colocándolos en su cabeza para que simulasen ser pequeños cuernos, mientras Yorha la observaba con curiosidad.

—¿Y qué se supone que deban hacer? —preguntó Yorha, colocándose sobre sus mejillas dos de los implantes.

Yúnuen comenzó a observar detenidamente los implantes, partiendo uno por la mitad.

—Nada, estos son completamente estéticos, parece que, en este lugar, no hacían cambios tecnológicos en los humanos para mejorar sus capacidades —explicó Yúnuen acercándose al robot y observando las pantallas a su alrededor—. El humano se recostaba aquí y seleccionaba en las pantallas el tipo de implante y la posición deseada —Yúnuen se acostó sobre la cama quirúrgica, colocando uno de los implantes en su brazo.

—Cuando el humano por fin se decidía, el robot aplicaba anestesia y hacia la incisión, para después soldar el implante y cerrar la herida, si era necesario colocaban algún injerto de piel, quiero suponer —añadió.

—¿Entonces estas "modificaciones corporales" no tenían ninguna funcionalidad?

—En este caso no —dijo Yúnuen mientras se levantaba de la cama quirúrgica e inspeccionaba al robot—. Es una de las muchas formas que utilizaban los humanos para sentirse diferentes, en muchos casos sus capacidades cognoscitivas no eran las suficientes como para ayudarlos a destacar entre sus homólogos, entonces optaban por diferenciarse estéticamente.

—¿Cómo es que sabes tanto de los humanos?

—En la universidad había cursos y clases optativas de historia humana y antropología. Siempre que era posible me inscribía a una de ellas.

—¿Crees que pueda tomarlas sin ser estudiante?

—Pero claro, creo que serías muy bien recibida en cualquier universidad —dijo Yúnuen alegremente mientras salía de la habitación y entraba en la contigua, Yorha por su parte entraba en la habitación de enfrente.

—Creo que aquí hacían lo mismo, pero de forma más invasiva —infirió Yorha, quien sostenía en sus manos grandes implantes parecidos a escamas, dejándolos sobre la cama quirúrgica y rebuscando en uno de los estantes—. ¡Mira! Encontré unos dibujos.

Yúnuen fue a donde su compañera, acercándose a su lado y observando las que parecían notas de algún humano, con dibujos sobre cómo realizar un procedimiento quirúrgico.

—*Delfinoplastia* —deletreó Yúnuen, leyendo el título en las notas— ¿Qué clase de procedimiento será este? Es mejor que lo guardes, es un gran hallazgo y debería ser estudiado.

Yorha observaba intrigada las imágenes y algo asqueada, pero decidió guardarlas para no maltratarlas. Ambas salieron de la habitación, Yúnuen entró a la siguiente, mientras que Yorha apuntó sus luces hacia el final del corredor, quedando intrigada. Al final, se encontraba una habitación, pero la puerta de esta había resistido el pasar de los años y además era diferente a las otras, y con mucha curiosidad, Yorha se acercó.

—Que decoración tan bella —susurró Yorha, quien deslizaba su mano sobre la ornamentada puerta. Esta era de al menos tres metros de altura, de un material metálico reforzado, como si resguardara algo importante tras ella; era de color negro y bellamente decorada con reptiles

210

ornamentados. La Murhedar dirigía lentamente su mano hacia la cerradura, que desgraciadamente se encontraba averiada.

—Déjame ver —dijo Yúnuen, introduciendo su filo dentro de la cerradura, como si de una ganzúa se tratase—. No, tendremos que cortar; cuanto te diga "listo", empuja la puerta con cuidado.

Yorha asintió con la cabeza, colocando sus manos en la pesada puerta mientras Yúnuen cortaba la cerradura con su filo.

—Listo —dijo Yúnuen.

Yorha comenzó a empujar lentamente la pesada puerta, por suerte nada la obstaculizaba por detrás, por lo que no hizo ruido alguno al deslizarse. Yúnuen entró apenas hubo una apertura lo suficientemente grande para su tamaño, lista para entrar en combate y dando un vistazo a su alrededor, por suerte no había señales de peligro. Yorha entró tras ella, observando a su alrededor lo que parecía ser una gran oficina, seguramente del dueño del negocio.

El techo era blanco y estaba completamente esculpido con cráneos y serpientes que se deslizaban a través de ellos, mientras que las paredes eran negras y de ellas aún colgaban multitud de adornos, aunque la mayoría de ellos se encontraban en el suelo debido a los fuertes impactos de los combates en la superficie. Ambas heredar comenzaron a inspeccionar los adornos que aún se mantenían sujetos.

—Que objetos tan curiosos —dijo Yorha mientas inspeccionaba un estante que sostenía un cráneo humano, al cual le habían soldado dos grandes cuernos sobre el hueso frontal—. ¿Crees que el humano que habitaba este lugar haya sido un especialista en cráneos?

—No lo creo, al parecer todo es decorativo —contestó Yúnuen mientras admiraba los muebles, bellamente ornamentados con siluetas de huesos o reptiles, sus patas tenían la forma de manos humanas o pesuñas. En su mayoría eran muebles metálicos, que antaño habían estado recubiertos de cuero, pero que, para ese punto, ya era casi irreconocible.

—¿Qué tan narcisistas podían ser los humanos como para decorar sus espacios con réplicas de sus huesos? —se preguntaba Yorha, quien admiraba una enorme pintura, bien conservada gracias al grueso vidrio que la protegía, en ella se encontraba una grotesca figura antropomorfa de gran tamaño, que devoraba a lo que parecían los restos de un humano. El marco tenía una inscripción que decía: *Saturno*. «¿Esta era alguna clase de antiguo depredador humano?», pensaba.

Yúnuen sonreía y reía internamente ante la pregunta de Yorha, acercándose a la Murhedar para observar la pintura, mientras pensaba en cómo explicarle la cuestión.

—No amiga, en este caso, no era por narcisismo o admiración del cuerpo humano. Los humanos tenían una enfermiza obsesión por la muerte, su falta de objetividad, sumada a su morbosidad, provocaba que buscaran estímulos cada vez mayores que los acercaran a ella, pero sin causarla. Uno de ellos era el miedo, tanto la provocación de este estímulo a otros, como la sensación al recibirlo, les causaba satisfacción; todos estos adornos, hacen referencia a estas sensaciones que disfrutaban los humanos. El pánico, el terror y el horror, tanto en ellos mismos como en otros —explicaba Yúnuen mientras señalaba diferentes retratos o adornos en las paredes del lugar que ejemplificaban sus palabras.

—Sus organismos funcionaban de formas muy precarias —dijo Yorha con lástima, retirando su mirada de la pintura y dirigiéndola hacia el gran escritorio al fondo de la habitación.

Las influencias hormonales en el comportamiento de los theranios funcionaban de forma distinta a las de los humanos de antaño y sus cerebros eran capaces de procesar de forma más adecuada todo lo que los sentidos percibían. En el caso del miedo, este no era fácil de provocar en un theranio, seis mil años de evolución forzada los habían hecho en extremo sensitivos, pudiendo diferenciar entre un peligro real y uno irreal. Era por esto por lo que Yorha tenía tanta fama entre los theranios, ya que su simple mirada podía provocar temor en ellos.

—¡Qué escritorio tan bello! —dijo Yorha, mientras lo rodeaba y deslizaba su mano sobre este. Era un mueble por demás amplio, de color carbón, las orillas estaban ornamentadas con cráneos y de cada esquina surgía una bella escultura con la forma de una especie de lagarto antiguo, los ojos de estos estaban hechos con bellas gemas verdes. Sobre el escritorio se hallaba una computadora humana y varios documentos, o lo que quedaba de ellos.

—Si no fuese una misión secreta sería bueno marcar en la red este lugar para una recolección de artefactos para museo —comentó Yúnuen, que sostenía entre sus manos la réplica de una mano humana, a la cual le habían colocado una especie guante, que, en lugar de dedos, parecía tener enormes tijeras—. Que artefacto tan ineficiente.

La heredar colocó la mano en su lugar, junto a esta había otra, que sostenía un guante café con cuatro cuchillas metálicas en las puntas de los dedos. Yúnuen lo tomó con curiosidad, pero al intentar probárselo, este se rompió y apenada lo puso nuevamente sobre la estantería. «Si esto fuese usado en un combate creo que el lastimado sería el portador, no parecen ser herramientas hechas para luchar», pensó.

—¡Ven a ver esta silla! —exclamó Yorha.

Yúnuen se acercó con curiosidad a ver el descubrimiento de Yorha. Era una enorme silla, muy poco común de aquella época ya que el tamaño de los humanos promediaba entre el metro con sesenta centímetros y el metro con setenta y cinco centímetros, mientras que los theranios promediaban una altura de entre el metro con noventa y cinco centímetros y los dos metros con diez centímetros.

—Puedes creerlo, es enorme —comentó Yorha emocionada, sentándose en la silla y acariciando los brazos de esta, que simulaban ser múltiples serpientes negras, terminando cada uno en un cráneo al que parecían mordisquear. La silla era de color carbón, el asiento simulaba ser una espalda humana con las vértebras y costillares expuestos, mientras que las patas simulaban ser las extremidades de un humano. El respaldo era realmente alto, tanto que Yorha tenía que verlo hacia arriba estando sentada en la silla, las vértebras del asiento recorrían igualmente el respaldo y finalizaban en un cráneo modificado, este tenía un semblante furioso y sus dientes habían sido remplazados por colmillos, mientras en las cavidades oculares estaba bellamente adornado con rubíes—. Esta silla es justo la que Roa necesita.

—Aun así, creo que le quedaría justa —dijo Yúnuen entre risas, observando la parte trasera de la silla.

Yorha se levantó y acompañó a Yúnuen, en ese momento algo sobre sus cabezas llamó la atención de ambas heredar y apuntaron sus luces hacia el lugar; un enorme cuadro justo sobre la gran silla, colgado en la pared, casi a la altura del techo.

—Parece ser el humano al que pertenecía este lugar —supuso Yúnuen, observando con detenimiento lo que semejaba ser un retrato.

—Que mujer tan peculiar —dijo Yorha intrigada, viendo con admiración a la humana en el cuadro.

Era una mujer espectacular e imponente, se encontraba en la misma habitación que las heredar, sentada sobre el escritorio, vestida únicamente con unas bragas de encaje negras, sus largas y delicadas piernas se entrecruzaban en la zona de las pantorrillas, dirigiéndose delicadamente hacia el piso, con sus pies descalzos apuntando hacia este. Su mano izquierda acariciaba la cabeza de un enorme varano en el cual la mujer reposaba su espalda baja. Su mano derecha se alzaba a su costado, hasta la altura de su hombro, siendo envuelta delicadamente por la cola del varano; la mano se encontraba entrecerrada sosteniendo la cola del reptil, sus dedos índice y anular estaban bellamente adornados con dos anillos negros; las uñas eran verdes y ovaladas. Su rostro estaba alzado, apuntando hacia abajo con la mirada, como si viera exactamente hacia donde estaban las heredar. Su cabellera era voluminosa y ondulada, se deslizaba suavemente sobre sus hombros desnudos hacia su espalda; era de un color castaño oscuro, casi negro, al frente las ondulaciones se alzaban en punta hacia sus costados, simulando ser pequeños cuernos. El torso de la mujer se encontraba desnudo, ligeramente inclinado hacia su izquierda, sus bellos ojos marrones mostraban una mirada era casi inexpresiva, aunque se notaba algo de indiferencia en ella.

—Su piel —observó Yúnuen consternada—, es blanca, sin ninguna tonalidad o mancha grisácea, ¿lo notaste? Conserva el color carne que los humanos tuvieron alguna vez.

—Debe ser de una época muy antigua —supuso Yorha, mientras subía a la silla y bajaba el cuadro con delicadeza, colocándolo sobre el escritorio—. Aunque este lugar es de finales de la primera edad, ¿crees que sea alguna anormalidad genética de esta humana?

—Es lo más probable, los humanos perdieron esa característica en su piel mil seiscientos años antes del despertar de la bestia, adquiriendo una tonalidad grisácea que nos fue heredada en nuestro código genético. Aunque al ser una pintura, el artista pudo haber hecho este cambio a gusto de ella.

—¿Crees que también le haya pedido pintar esas figuras sobre su piel?

—No Yorha —contestó Yúnuen entre risas—, esos son tatuajes.

—¿Y cuál era su utilidad? —preguntó Yorha, acercándose al ras del cuadro para observar detenidamente algunos de los múltiples tatuajes que cubrían gran parte de la piel de la humana. Al notar una inscripción en su pierna, entrecerró los ojos para poder leer lo que decía—. *Baatle... ¿Juice?* —trastabilló confundida, volteando a ver a su amiga.

—Quizá sea una especie de jugo, no lo sé —respondió Yúnuen, acercándose igualmente para leer el tatuaje—, lo repite tres veces, tal vez sea un nombre.

Justo arriba de las palabras, había un pequeño hueso que era perseguido por la lengua de una extraña serpiente, que, a su vez, salía de la boca de una serpiente más grande. El tatuaje estaba hecho a una sola tinta (negra en este caso). La lengua era atravesada por rayas verticales, al igual que la serpiente más grande, que parecía estar muerta, ya que su único ojo visible estaba completamente en blanco. Mientras que la serpiente que salía de esta, a la cual pertenecía la lengua era de piel manchada y su boca contaba con pequeños colmillos muy separados entre sí. Ambas heredar veían extrañadas el tatuaje, no pudiendo identificar a la criatura expuesta.

—Respecto a tu pregunta —dijo Yúnuen—, la utilidad de un tatuaje puede variar dependiendo del contexto, la cultura y la época. Aunque en su mayoría eran un simple gusto estético.

—Entonces… ¿No servían para nada?

—Es muy difícil de responder esa pregunta Yorha. En la antigüedad, algunas culturas humanas, usaban los tatuajes como una forma de identificarse, así como para representar alguna ideología o creencia. Los tatuajes también eran una forma de diferenciarse etnológicamente. Sin embargo, a medida que la sociedad humana "avanzaba" estos fueron perdiendo su significado etnológico y pasaron a tener una finalidad meramente estética o representativa. Algunos humanos se tatuaban cosas que significaban algo especial para ellos, pero también simplemente como un gusto estético, algo así como maquillarse, pero de forma permanente. Aunque también algunos grupos de humanos de finales de la primera edad, se tatuaban el símbolo de un grupo de pertenencia. Yorha en verdad que me tardaría un libro entero explicándote todo esto…

—Así que significaban algo para ellos —dijo Yorha, mientras inspeccionaba los tatuajes de la mujer en el retrato—. Mira los lagartos en sus hombros, son idénticos a los del escritorio.

—Esta mujer sentía una gran fascinación por los reptiles —comentó Yúnuen, contabilizando los reptiles tatuados en la bella mujer del retrato.

—Mira, aquí tiene otra palabra tatuada —apuntó Yorha, señalando el pecho de la mujer, justo abajo del cuello, en donde se encontraba tatuada la palabra "*Alfa*"—. ¿Qué crees que haya significado para ella?

—¿Alfa? Quizá haga referencia a las palabras "Alfa y Beta" que significaban comienzo y final en ese orden. Probablemente se tatuó en un punto decisivo de su vida, el inicio de algo importante —dedujo Yúnuen observando el tatuaje.

—Increíble, ¿Qué crees que haya sido tan importante?

—Ay Yorha, no lo sé —dijo Yúnuen algo fastidiada—, quizá solo era el nombre de su rana mascota o algo así.

—¡Mira! Tiene pecas como las tuyas, pero las de ella son negras.

Yúnuen tocó su rostro con nostalgia y se acercó al rostro de la mujer en el retrato.

—Un recuerdo de lo que fuimos alguna vez —dijo Yúnuen observando con detenimiento el rostro de la mujer—. También tiene lunares y hoyuelos si te fijas bien.

Yorha sonrió orgullosa, mostrando sus hoyuelos y tocándolos con los dedos índices de sus manos, lo que hizo que Yúnuen sonriera también, mostrando ese peculiar brillo de sus pecas. Los theranios no suelen tener problemas musculares, dermatológicos o de pigmentación, por lo que tener un lunar o pecas, es realmente raro ya que solo el cero punto uno por ciento de la población therania, muestra alguna de estas marcas, consideradas como un legado de sus antepasados.

—Dejaré a nuestra amiga en su lugar —dijo Yorha, tomando el cuadro y viendo nuevamente de pies a cabeza a la bella mujer retratada en él. «¿Qué pensarías tú al vernos? Quisiera poder sacarte de este cuadro y darte vida, saber todo lo que viviste y soñaste», pensaba Yorha mientras colocaba el cuadro.

Ambas heredar salieron del lugar, se veían claramente decepcionadas al no poderse llevar nada de lo encontrado en la habitación de la mujer en el retrato, más aún por no poder marcar el punto en la red para una recolección arqueológica. Mientras continuaban su marcha, Yorha volteó por última vez a ver la entrada del lugar, y sonriendo, hizo un gesto de despedida con su mano.

—Al parecer conservamos más rasgos emocionales de ellos que los que suponía —comentó Yorha mientras aceleraban el paso, deslizándose entre los escombros.

—Quizá, pero mientras más rápido nos deshagamos de la humanidad sobrante en nuestras mentes, mejor —dijo Yúnuen con desdén.

—¿Por qué los desprecias tanto?

—No los desprecio —respondió Yúnuen algo molesta— es solo que me da coraje el que hayan sido tan débiles e ingenuos, quisiera retroceder el tiempo y poder advertirles.

—Ellos fueron advertidos, pero pocos tuvieron la capacidad de ver lo que se avecinaba —respondió Yorha, preocupada por la actitud de Yúnuen hacia los humanos, esos sentimientos podrían causar confusión en la mente de su amiga—. Gracias a esos pocos humanos, somos lo que somos ahora, es un proceso de selección natural.

—Lo sé Yorha —Yúnuen suspiró, intentando ver las cosas con más claridad—. Si tan solo no hubieran sido tan egoístas, sumergidos en problemas sin sentido, diversificando sus ideologías en la búsqueda de crear más y más polaridad. Su soberbia no tenía limites, no había cabida para el respeto, solo querían imponer su forma de pensar ante sus semejantes.

Yorha se limitaba a escuchar a su amiga, reflexionando sobre las semejanzas del comportamiento conductual de sus antepasados y el de los theranios. «Parece que la humanidad nos sigue acompañando, no solo en algunas de sus deficiencias físicas, sino también psicológicas. Inclusive ella, que es la persona más centrada que conozco, puede dispersarse con el simple hecho de pensar en la antigua corrupción humana», pensaba mientras Yúnuen terminaba de desahogarse. Aunque la fascinación de Yúnuen por los humanos como objeto de estudio era grande, siempre tenía ese sentimiento de reproche hacia ellos.

—Lo siento Yorha, sé que te digo esto muy a menudo, pero realmente me hubiera gustado salvarlos, hacerlos entrar en razón.

—No Yúnuen, ellos llevaban miles de años cavando sus propias tumbas, matándose unos a otros, caminando orgullosos sobre los restos de sus hermanos, pervirtiendo sus mentes y corrompiendo sus cuerpos, cediendo su inteligencia a burdos artilugios tecnólogos, en su afán de ser inútiles.

—Lo que dices es muy fuerte Yorha —dijo Yúnuen, reflexionando las palabras de la Murhedar—, pero tienes razón, solo espero que esos vestigios de humanidad dentro de nosotros no lleguen a dominarnos. Ya muy afligida estoy con el actual conflicto con nuestros hermanos de la llama como para preocuparme por el resurgimiento del pensamiento humano.

—No tienes por qué angustiarte, no creo que dure mucho el conflicto, Mahalli es una mujer muy sabia y sabrá cómo solucionarlo.

Yúnuen asintió con la cabeza en señal de conformidad con las palabras de Yorha. Un segundo después ambas heredar se detuvieron al borde de otra gigantesca grieta. Yorha se asomó para calcular su profundidad, después volteó hacia ambos lados, pero la grieta recorría varios kilómetros. Del otro lado se encontraba un enorme ecosistema urbano vertical o ciudad vertical.

—Tendremos que saltar —dijo Yorha, observando la pared de la grieta del otro lado; al no poder tomar grandes velocidades para impulsarse, el salto sería más difícil de lo normal—. ¿Podrás llegar sin utilizar tu filo?

—Calculo que son casi trescientos metros, yo creo que sí, pero tendré que tomar algo de impulso —respondió Yúnuen mientras caminaba entre las casas, buscando una calle un poco más despejada. Al encontrarla, miró hacia el otro lado de la grieta, buscando de donde sujetarse para no caer al vacío.

—Iré yo primero entonces —dijo Yorha, colocándose a la orilla de la grieta, sobre un grupo de vigas metálicas. La Murhedar saltó un poco sobre las vigas para comprobar su estabilidad, después se balanceó sobre sí misma, moviendo sus brazos hacia adelante y hacia atrás. Un instante después, flexionó sus rodillas, con las manos por encima de su cabeza, tomando impulso y proyectándose con fuerza hacia el otro lado de la gigantesca grieta; ya sobre el aire, la Murhedar buscó su objetivo, una gran plataforma con una vieja piscina en uno de los pisos medios de la ciudad vertical. Yorha cayó justo en la piscina, que en ese punto estaba llena de tierra, lo que amortiguó su caída.

«Bien es mi turno», pensó Yúnuen mientras retrocedía poco a poco para tomar impulso. A lo lejos, Yorha se movilizaba ágilmente entre la ciudad para ayudar a su amiga en caso de ser necesario. La heredar respiró profundamente y acto seguido, comenzó a correr hacia la grieta, al estar justo en la orilla, saltó, precipitándose hacia la parte baja de la ciudad vertical, intentando caer sobre una maraña de cables. Yorha, que ya estaba ahí, vio que los cables estaban cortados, así que, si Yúnuen caía sobre ellos, estos se desplomarían al fondo de la grieta, revelando su ubicación.

—¡Yúnuen no caigas sobre los cables, intenta tomar mi mano! —exclamó Yorha, colgándose rápidamente en una viga de acero que sobresalía a unos metros por encima de los cables y estirando su mano para que Yúnuen la alcanzara.

—¡No tengo la altura suficiente!

—¡Engánchate! —Yorha creó rápidamente un gancho con su filo, dándole más alcance.

Yúnuen creó igualmente un gancho, justo en el momento exacto, aferrándose al gancho de Yorha, que la balanceó para que saltase fuera de la zona de peligro. Ambas desvanecieron rápidamente sus filos ya que estos podrían dejar un rastro fácil de seguir para un heredar bien entrenado o un vestigio.

—Lo logramos —dijo Yorha, tomando impulso y cayendo justo al lado de su amiga.

—Siempre me han gustado estas ciudades verticales, hubiera querido verlas en todo su esplendor —comentó Yúnuen caminando entre las ruinas con nostalgia y viendo de un lado a otro. Estos ecosistemas urbanos, se encontraban dentro de las ciudades humanas más grandes y contenían parques, hospitales, clubes deportivos, centros comerciales y hasta zonas industriales, todo en un mismo edificio, además de inmensos bloques departamentales y empresariales. En algunas de estas ciudades verticales, llegaban a habitar hasta dos millones de personas, por lo que alcanzaban tamaños descomunales.

—Y está en buen estado, parece que fue evacuada antes del ataque de la bestia —apuntó Yorha mientras intentaba ubicarse dentro de las ruinas—. Será mejor que vayamos a la superficie, aquí dentro somos un blanco fácil.

Yúnuen asintió con la cabeza y siguió a su amiga. Ambas heredar treparon por fuera de la estructura, a la orilla de la gran grieta, hasta llegar a la parte superior de la ciudad vertical; al subir se encontraron con una extensa explanada, que antaño sirvió de estacionamiento para los vehículos aéreos de los habitantes de la ciudad vertical. Era realmente raro encontrar alguno de estos artilugios, debido a que la mayoría fue absorbida por las bestias. No pasó mucho para que atravesaran la gran explanada, llegando a lo que antaño fue una vasta arboleda, de lo que ahora solo quedaba tierra y ceniza, dando final a la ciudad vertical.

Ya a la orilla de la estructura, Yorha comenzó a buscar un lugar ideal por donde bajar, mientras Yúnuen contemplaba los restos de la ciudad, imaginando cómo habría sido la vida de sus antepasados en ella.

—Yúnuen, por aquí —apuntó Yorha.

Yúnuen corrió con su amiga, que se encontraba asomada al borde de la ciudad vertical. Al asomarse ella también, vio una serie de desagües que recorrían cada uno de los pisos de la enorme estructura, introduciéndose entre esta y lo que parecía ser un antiguo hospital humano.

—Entraremos por ahí —dijo Yorha, apuntando hacia un hueco en la pared del hospital y haciendo una seña con la cabeza para que Yúnuen avanzara.

Yúnuen bajó poco a poco, sujetándose de los desagües y al estar a la altura del hueco, asomó con cautela la cabeza, el hueco era realmente un antiguo tragaluz que iluminaba una sala de espera.

—Es seguro —señaló Yúnuen mientras entraba por el tragaluz y caía suavemente sobre un corredor superior a la sala de espera, apoyándose en el barandal de este para observar a sus alrededores, ella se encontraba dos pisos por encima de la sala de espera y sobre ella otros cuatro pisos hasta llegar al techo. La heredar entonces, dio un salto y cayó justo en medio de la sala de espera, siendo alcanzada al instante por Yorha.

Yúnuen se acercó a la recepción y comenzó a revisar los cajones y estantes. Yorha permanecía de pie en medio de la sala, observando a su alrededor; tenía un mal presentimiento y enfocaba sus sentidos para percibir mejor. Yúnuen, que estaba agachada detrás de un mostrador, asomó su cabeza al no sentir el movimiento de Yorha.

—¿Yorha? —preguntó la heredar al no ver a su amiga.

—Junto a ti —murmuró Yorha, tomando a Yúnuen del hombro y bajándola hasta su altura—. Hay alguien más en este lugar.

—¿Te refieres a otro heredar?

—Sí, proviene de esa dirección —Yorha apuntó hacia un profundo pasillo, repleto de escombros, camillas y puertas caídas.

—En esa pared hay un mapa del hospital —apuntó Yúnuen, moviéndose sigilosamente hacia esta, seguida por Yorha—, *Torre de especialidades número cinco, ginecología, urología, cirugía plástica y reconstructiva* —leyó mientras con su dedo seguía el mapa desde el pasillo hasta la torre.

—Veamos de quien se trata —dijo Yorha, adentrándose en el pasillo cuidadosamente.

—Son cincuenta y dos pisos Yorha —comentó Yúnuen algo preocupada.

—Será rápido, ya antes me he encontrado con escuadrones de heredar en mis misiones secretas y nunca me han descubierto, son muy lentos.

—¿Crees que sea un escuadrón completo?

—No, era una presencia muy peculiar, es uno solo, posiblemente un heredar de reconocimiento de primer nivel o un Murhedar.

Cual felinos, las heredar avanzaban agazapadas, usando sus manos para darse apoyo y atravesar los escombros. Al llegar a las escaleras, Yorha hizo una señal con la mano a Yúnuen para que detuvieran su marcha, después descubrió su mano del traje de sigilo y la colocó sobre la pared, cerrando al mismo tiempo sus ojos.

—Está muy cerca, como en el sexto piso —susurró Yorha, volviendo a cubrir su mano y subiendo sigilosamente las escaleras. Estas eran lo suficientemente amplias para que cupieran cuatro personas sin siquiera rozar sus hombros.

Yúnuen imitaba a la perfección los movimientos que para Yorha eran tan naturales como caminar. «Le es tan fácil moverse sin hacer ruido alguno, hasta en el día es difícil de ver», pensaba la heredar mientras se acercaban al sexto piso. «¡Vamos Yúnuen sigue el ritmo no falles! Ahora entiendo por qué Mahalli la elige para este tipo de misiones». Yorha parecía una sombra deslizándose suavemente por las escaleras, ni siquiera el polvo se agitaba con su presencia.

—Sí, aquí esta —susurró Yorha, que había desnudado nuevamente su mano, colocándola en el piso y cerrando sus ojos para concentrarse.

Tras las escaleras, un extenso corredor recorría el sexto piso, lleno de habitaciones, consultorios en su mayoría. De pronto ambas heredar pudieron ver una sombra que pasaba a través del corredor y provenía de una gran habitación bien iluminada. Tras ella se pudo escuchar como alguien rebuscaba entre los escombros.

—Es el momento —susurró Yorha, acercándose sigilosa a la habitación, al estar a la orilla de la puerta, en su dedo índice se formó un diminuto espejo de metal líquido, que asomó con cuidado, ocultándolo entre los escombros—. ¿Qué? No hay nadie.

Ambas heredar se miraron entre sí, sin saber que hacer, hasta que Yorha decidió entrar sigilosamente, pero la habitación estaba vacía; Yúnuen no tardó en seguirla, ambas heredar estaban extrañadas puesto que la sombra que vieron fue sumamente clara.

—Estaba segura de haber visto algo —dijo Yorha extrañada rascándose la nuca y mirando a su alrededor lo que parecía ser una sala de conferencias.

—Lo sé, yo también la vi y fue muy claro lo que escuchamos —afirmó Yúnuen, buscando el lugar de donde había provenido el ruido que escucharon.

—Tampoco yo he podido encontrarla —dijo una voz masculina por encima de las heredar.

Ambas heredar invocaron sus filos, volteando velozmente y apuntándolos en la dirección de dónde provino la voz, pero nuevamente no había nada. Yorha se agazapó bruscamente y dando un giro de ciento ochenta grados, hizo un corte horizontal con su katana, que fue bloqueado antes de completar su giro; el impacto fue devastador y la onda de choque aventó los escombros y muebles contra las paredes, destrozándolos, incluso algunos quedaron incrustados en ellas. La enorme torre médica se estremeció, y las paredes se agrietaron.

—Tú no te andas con juegos, ¿o sí? —dijo la voz, que pertenecía a un heredar, parado justo detrás de ellas. Él había detenido el ataque de Yorha, que iba dirigido hacia su cuello, habiendo invocado un pequeño filo blanco que sujetaba entre sus dedos índice y medio.

—¡Identifícate! —ordenó Yorha al misterioso heredar. Su katana aún ejercía fuerza sobre el pequeño filo del heredar, acercándose poco a poco a su cuello. Los tres heredar retiraron las mascarillas de sus trajes para poder escucharse claramente entre sí.

—Sí que eres fuerte —comentó el heredar, desvaneciendo su filo y dejando expuesto su cuello, pero Yorha no continuó su ataque e igualmente desvaneció su filo—. Mi nombre es Ikel y supongo que tú eres Yorhalli.

—Hola Ikel —saludó Yúnuen con familiaridad.

—Hola Yúnuen —respondió Ikel.

—¿Tú ya lo conocías? —preguntó Yorha a Yúnuen, se le veía algo molesta.

—Sí, pero en un principio no reconocí su voz… Je, je.

—Discúlpame Ikel, me tomaste desprevenida —dijo Yorha observando de arriba abajo al heredar que al igual que ellas, portaba un traje ajustado de sigilo.

—No tienes por qué disculparte, posiblemente hubiera reaccionado de la misma manera.

Ikel era un hombre alto, unos cinco centímetros más que Yorha, su cuerpo era delgado pero atlético, de una musculatura bien formada. Su cabello, algo corto, casi a la altura de sus cejas, era negro y rizado, a través de este navegaban bellas estelas multicolor. Sus ojos eran blancos, ligeramente rasgados, dentro de ellos rondaban diminutos cristales multicolor; cada determinado tiempo, sus ojos parecían tomar tonalidades diferentes a veces azules, moradas, verdes o amarillas; sus pestañas eran largas y rectas, mientras que sus cejas eran curvas, alargadas y pobladas. Su rostro era ovalado, de tez blanca grisácea y piel tersa; sus labios eran de grosor medio y su nariz perfilada.

—Y… ¿Qué te trae a este lugar Ikel? —preguntó Yorha.

—Kakiaui me mando a traer personalmente para una investigación —respondió Ikel, que fascinado observaba los ojos y cabellos de Yorha—. ¿Puedo?

—Sí, claro… —dijo la Murhedar tras un suspiro.

Ikel desplegó su red y comenzó a examinar los ojos de Yorha, abriéndolos delicadamente con sus dedos. Los heredar de filo cristal, a diferencia de todos los demás heredar, portan sus redes en las partes posteriores de las orejas; al desplegarla, forma una especie de anteojos con la forma deseada por el heredar, en este caso eran grandes y redondos.

—¿Cómo te ha ido Ikel? —preguntó Yúnuen mientras zafaba una silla metálica que se había clavado en la pared y se sentaba a su lado—. ¿Sigues dando clases en la universidad?

—¿Eras profesor de Yúnuen? —interrumpió la Murhedar, apartándose de Ikel.

Ikel comprendió la incomodad de Yorha y desvaneció su red.

—Así es, fui su maestro tanto en la universidad, como en su entrenamiento como heredar.

—El atendió de primera mano el despertar de mi filo —comentó Yúnuen.

—Nunca vi a una therania adaptarse tan rápido a su filo —comentó Ikel, haciendo enorgullecer a la heredar, que mostró una gran sonrisa—, respecto a tu pregunta Yúnuen, no, estos últimos meses no he tenido el tiempo como para pensar en pedir una plaza; entre mis investigaciones y los exámenes de primer nivel, apenas tengo tiempo para descansar.

—¿Eres gran maestro? —preguntó Yorha apenada, recordando que hace unos momentos le había dado una orden. Solo los grandes maestros pueden realizar las pruebas para los heredar que quieren obtener el grado de primer nivel.

—Eso es correcto Yorhalli.

—¡¿Entonces tú estás asignado al caso de la dama oscura?! —preguntó Yorha emocionada.

—¿Eso es verdad? —secundó Yúnuen.

Ambas heredar se acercaron curiosas a Ikel, observándolo directamente a los ojos y esperando su respuesta. Aunque el gran maestro solo comenzó a reír ante la situación.

—Sí es —Infirió Yorha volteando a ver hacia Yúnuen ante la reacción de Ikel—, y supongo que no podrás contarnos los detalles.

—Sinceramente no hay más detalles que las fotos que seguramente ya vieron en la red —respondió Ikel—. Al igual que ustedes, la sospecha de que alguien rondaba la torre medica me trajo hasta esta habitación.

—Entonces, ¿realmente no eras tú? —se preguntó Yúnuen extrañada, repasando en su mente lo sucedido.

—De hecho las vi descender por los desagües de la ciudad vertical, pero no era mi intención entrometerme en su... —Ikel se detuvo para reflexionar, entrecerrando los ojos y observando fijamente a las heredar— ¿Qué hacen ustedes dos aquí? ¿Dónde está el resto de su escuadrón?

Ambas heredar se miraron entre sí, como esperando que la otra respondiera las preguntas del gran maestro. Yúnuen evitaba la mirada de Ikel a toda costa y volteó hacia el techo pensando en que decir. Yorha al ver la actitud de Yúnuen volteó a ver a Ikel con una sonrisa nerviosa, mordiendo su labio inferior.

—Yorhalli… Dime que hacen aquí, la red indica que tienen una semana de descanso.

—Ammm, estamos… ¿Explorando? —dijo Yorha con un semblante confuso.

—¡Con que explorando sin permisos de exploración! —exclamó Ikel llevando sus puños hasta su cintura e inclinándose a la altura de Yorha—. ¿Qué es lo que pretenden?

—También tengo interés en buscar a la dama oscura —respondió Yorha de forma sincera, evitando así mentir o revelar su verdadero objetivo.

Ikel se incorporó y comenzó a reflexionar, sin perder de vista los ojos de Yorha.

—Sé que es una criatura interesante, pero no es una razón suficiente como para salir a la zona perdida sin un permiso de exploración, capitana.

—Lo siento señor, los permisos son muy restrictivos y al enterarme de que un gran maestro del filo cristal había sido llamado para investigar, la curiosidad acrecentó en mí.

—Está bien, lo pasare por alto —dijo Ikel pensativo, dando una vuelta alrededor de las heredar—. Ummm, supongo que pueden acompañarme durante la investigación.

«Bien hecho Yorha, pero ahora ¿cómo nos vamos a librar de Ikel?», pensaba Yúnuen a sabiendas de que sería una tarea imposible evadir al gran maestro. Yorha por su parte parecía emocionada al poder participar ahora en la búsqueda de este extraño ser.

—¿Crees que la presencia que detectamos sea la de ella? —preguntó Yorha a Ikel mientras salía de la habitación y observaba hacia ambas direcciones del corredor.

—Yo espero que sí, en estos casos debemos mantenernos positivos y si es un ser vivo, debería dejar algún tipo de rastro, ya que no parece ser alguna entidad oscura como los vestigios o filos corruptos. Debemos inspeccionar bien el piso.

—*Urología* —leyó Yorha en una inscripción del marco de una puerta—. ¿Qué se supone que se atendía en este lugar?

Yúnuen volteó a ver a Ikel de forma burlona, esperando a que el gran maestro atendiera a la interrogante de Yorha. Algo avergonzado, el gran maestro se acercó a Yorha, rascándose la nuca, pensando en las palabras correctas para explicar la cuestión.

—Como ya sabrás, los órganos humanos eran en extremo ineficientes y delicados, sufrían de constantes enfermedades y deterioro, esto también incluía el tracto urinario, en el caso de la urología, el de los hombres —explicaba Ikel, entrando a la habitación, que parecía ser una pequeña sala de espera que apertura a un consultorio.

—¿Por tracto urinario, te refieres también a sus genitales? —apuntó Yorha, mientras veía un viejo esquema del cuerpo humano colgado en una de las paredes.

—Así es, los humanos solían enfermarse continuamente aun sin darse cuenta de ello, su retrograda y ambigua sexualidad, los hacia susceptibles a propagar enfermedades entre sus congéneres.

—Que desagradable, ¿quieres decir que una sola persona podía crear un ciclo de propagación de enfermedades por medio del contacto sexual?

—Exactamente Yorhalli, las carencias humanas no solo se limitaban a la falta de control sobre sus impulsos primitivos o fisiológicos, sino que también a una serie de complejos sexuales arraigados desde los orígenes de su sociedad. Estos problemas eran más propicios en los hombres que en las mujeres, ya que, en un principio, ellos dictaminaban todas las resoluciones acerca del sexo y a las mujeres solo les quedaba acatar y seguir estas normas, eso en la mayoría de las culturas. Esto fue cambiando paulatinamente a medida que su sociedad evolucionaba.

—¿Resoluciones acerca del sexo? —preguntó Yorha confundida—. ¿El sexo era acaso una especie de política?

Ikel sonrió, ya que la sexualidad humana le era un tema por demás interesante. Además de ser gran maestro, Ikel había estudiado antropología e historia humana, además contaba con varias especialidades y una de ellas era sobre el comportamiento sexual humano. Yúnuen por su parte exploraba las habitaciones adyacentes.

—Esa mi querida Yorhalli…

—Llámame Yorha —dijo la Murhedar con una voz más suave de lo habitual, atenta a las palabras del gran maestro.

—Yorha —asintió Ikel—, esa es una cuestión muy interesante, ya que para los humanos la palabra "sexo" no solo hacía referencia al coito, sino también a diferencias biológicas y sociológicas. Así como la sexualidad, que comenzó a ser tratada como una forma de diferenciación del individuo entre sus congéneres, ya que para ellos no se limitaba a las características biológicas y conductuales para que se llevara a cabo el coito, sino también a las características psicológicas y sociales que los diferenciaban.

—¿Cómo podría el sexo ser una forma de diferenciarse de los demás? —se cuestionaba Yorha confundida. En su mente comenzaban a formularse ideas muy vagas, ya que para los theranios los conceptos de sexo y sexualidad eran mucho más simples, refiriéndose únicamente al coito y a todo lo relacionado con este. En este contexto, palabras como género, feminidad o masculinidad, no tenían un significado para ellos. La única denominación humana para diferenciarse entre theranios, era la de "mujer y hombre", aunque esta era realmente irrelevante en la sociedad.

—A ver Yorha, párate frente a mí y obsérvame.

Yorha se paró frente al gran maestro y lo observó de arriba abajo confundida.

—¿Ya viste qué soy? —preguntó Ikel.

—Eres... ¿Muy alto? —respondió Yorha más confundida aún.

—Inténtalo de nuevo —dijo Ikel entre risas—, pero ahora piensa en que es lo que te diferencia de mi biológicamente, no solo en una característica física.

—Somos iguales Ikel— respondió Yorha, reflexionando y comprendiendo un poco más sobre la forma en la que los humanos polarizaban su sociedad—. Ummm, pero si tuviera que buscar alguna diferencia biológica, únicamente serían nuestros órganos reproductivos y algunos procesos hormonales, podría decir entonces que tú eres un hombre y yo una mujer, ¿es correcto?

—Brillante Yorha, ahora imagina que los humanos basaban grandes aspectos de su sociedad en remarcar y diversificar estas diferencias, el estigma social que la sexualidad marcaba en ellos, los dividía y los hacia enfrentarse entre sí. Muchos de sus grandes problemas sociales y psicológicos estaban basados en el sexo.

—No hay rastro alguno —dijo Yúnuen interrumpiendo la plática—. Revisé todo el piso y ni siquiera hay polvo removido, sus habilidades de sigilo deben ser similares o inclusive superiores a las tuyas Yorha.

—Eso quiere decir que desde un principio sabia de nuestra presencia —apuntó Ikel—. Pero ¿por qué revelar su ubicación haciendo ruido?

—Si este heredar, que es lo más probable que sea, tiene habilidades similares a las mías —deducía Yorha mientras se acercaba a una ventana—, debió salir por una ventana, según las fotos los rayos solares parecen atravesarla, por lo que no se preocupa de ser visualizada por algún ente oscuro y puede permitirse ir a mayores velocidades que nosotros.

—Esa es una buena conjetura y a menos que pueda volar, debe seguir en el hospital —dijo Ikel, saliendo de la ventana y caminando verticalmente en dirección al último piso, seguido por ambas heredar—. Coloqué una barrera detectora alrededor de la torre y en los edificios cercanos.

—Bien pensado Ikel, ahora solo debemos esperar a que se mueva —dijo Yúnuen trepando rápidamente hasta estar a la par del gran maestro—. ¿Qué piensas hacer? ¿Capturarla o eliminarla?

—Dialogar con ella, no parece ser un ente de obscuridad, si logro arrinconarla supongo que se prestará al dialogo —contestó Ikel.

—¿Y si te ataca?

—Si quisiera atacarnos ya lo habría hecho, tiene una clara ventaja sobre nosotros en cuanto a visibilidad.

Mientras trepaban, Yorha observaba curiosa a través de las ventanas, muchos de los pisos contaban con quirófano, lo que la hizo recordar los apuntes encontrados en aquel negocio de modificaciones corporales; emocionada, subió hasta alcanzar a Ikel que ya se encontraba en el techo de la torre junto a Yúnuen esperando a la Murhedar.

—¡Oye Ikel! —exclamó Yorha, llamando la atención del gran maestro y sacando las notas de su bolsillo—. ¿Esto es algo que realmente hacían los humanos?

Ikel tomó las notas de la mano de Yorha, observándolas con detenimiento una por una con un semblante de disgusto.

—Los humanos experimentaban mucho con su código genético para modificar o mejorar algunas características y también se añadían complementos tecnológicos, pero todo eso tenía la finalidad de incrementar sus capacidades —reflexionaba Ikel después de un gran suspiro—. ¡Pero esto es ridículo! No tiene ningún sentido.

—¿Será acaso como las personas que intentaban cambiar de sexo? —preguntó Yúnuen, que también observaba las notas.

—Pues quizá, ¿pero qué complejos psicológicos llevarían a un humano a querer asimilar su forma a la de un delfín? ¿Por qué querer cambiar de especie? Es realmente irracional.

—¿Cambiar de sexo? —se preguntó Yorha confundida.

Ikel volteó a ver con dulzura a Yorha y sonrió, su curiosidad sobre la sociedad humana le parecía conmovedora, ya que todo lo que se escuchaba de la Murhedar hablaba sobre su temeridad e intempestiva forma de ser, por lo que él creyó que Yorha sentiría desinterés o desapego por sus antepasados, como en el caso de Mahalli. Yúnuen notó la mirada de Ikel e intento ocultar su sonrisa, apartándose de él para observar la ciudad, pero sin despegar su atención de la conversación.

—Sí Yorha, por ilógico que parezca algunos humanos intentaban modificar sus órganos reproductivos, no para mejorarlos, sino para asemejarlos a los órganos reproductivos del así llamado "sexo opuesto".

—¿Era algo estético?

—En este caso, las razones van más allá de un simple gusto estético —dijo Ikel, suspirando y reflexionando sobre sus antepasados—. Los humanos eran ridículamente complejos y delicados, yo diría que eran realmente deficientes, el enfoque de sus pensamientos muchas veces se centraba en su diferenciación y en la conceptualización de su propio ser. La sociedad estaba estancada, la falta de objetividad en los humanos, sumada a la monotonía de sus vidas y su falta de identidad, los hacia susceptibles a todo tipo de concepciones sobre su propio ser.

Yorha observaba atentamente a Ikel, reflexionando cada una de sus palabras, aunque dentro de sí surgían más dudas que la hacían compadecerse de sus antepasados. Ella no podía imaginarse que podría haber llevado a los humanos a realizar actos tan transgresivos en ellos mismos sin un fin evolutivo.

—¿Quieres decir que se debía a su búsqueda de identidad individual? ¿Qué los hacía sentir esa ausencia? ¿Por qué llegaban a esos extremos?

—Es un gran conjunto de factores variables, para entenderlo tendríamos que analizar más a detalle la psique humana y su entorno social, así como sus procesos fisiológicos, sobre todo en el ámbito hormonal y genético —contestó Ikel, pensando brevemente en silencio—. Te diré algo, en cuanto termine con este asunto de la dama oscura, te daré una catedra personal sobre la ambigua sexualidad humana, ¿te parece?

—Eso me gustaría mucho Ikel —respondió Yorha con dulzura, mostrando su enorme sonrisa y viendo directamente a los ojos del gran maestro.

—Tus ojos son increíbles, realmente desconcertantes, pero hermosos —comentó Ikel, sosteniendo delicadamente el mentón de Yorha con la punta de su dedo índice.

—Gracias Ikel —dijo Yorha con una pequeña sonrisa, sin notar que se había ruborizado; estaba maravillada por la reacción del gran maestro ante sus ojos.

Ikel comenzó a caminar al centro del techo de la torre, indicando con sus manos a las heredar que se acercaran. Una vez en el centro, se inclinó, colocando una rodilla y una mano sobre el techo.

—La haré salir, necesito que estén atentas a mis puntos ciegos, haré que mis filos detectores generen un brillo que puedan observar con facilidad si son activados.

—¡De acuerdo! —dijeron ambas heredar al unísono, colocándose cada una en las esquinas del techo a espaldas de Ikel.

La mano de Ikel comenzó a cubrirse de una especie de cristal blanquecino, los suficientemente transparente para poder ver a través de este, lleno de puntiagudos y afilados bordes; en su interior, parecían navegar estelas de diversos colores; poco a poco el cristal comenzó a brillar y de este surgieron múltiples pinchos de cristal de los cuales surgían más de los mismos. El gran maestro entonces introdujo su mano en el techo del edificio y cientos de pinchos, espinas y picos comenzaron a llenar el interior de la torre desmesuradamente, cubriendo cada rincón, desde el último piso hasta el sótano del edificio, los puntiagudos filos atravesaban fácilmente las paredes como si fuesen de mantequilla; no daban espacio siquiera para que un roedor pudiese sobrevivir. Al llenar la torre, los cientos de filos comenzaron a invadir las demás zonas del hospital, destruyéndolo todo, pero dejando en pie la estructura.

—Vamos, sé que estás ahí, sal de una vez —susurró Ikel, concentrándose en su filo, ya que si este llegara a rozar con otro filo podría detectar su posición inmediata.

Yorha estaba emocionada, sus enormes ojos apuntaban ansiosos en todas direcciones, los dedos de sus manos bailaban enloquecidos como largos gusanos escapando de la tierra en un día lluvioso, su respiración se aceleraba, había algo en esta misteriosa mujer que causaba furor en la Murhedar.

—¿Por qué tanta emoción? —preguntó una voz al oído de Yorha.

—No lo sé —se respondió a sí misma—, pero no puedo esperar para verla.

—¿Se te hace familiar no es así?

—No, pero puede que ella sepa un poco más sobre mi condición.

—Ella lo sabe, créeme.

—¿Creerte? No seas absurdo, tú y yo sabemos lo mismo.

—Se más de lo que crees pequeña.

—¿Pequeña?

En la otra esquina, Yúnuen se percató de la extraña conducta de su amiga, pero algo era diferente, bajo sus pies se acumulaba un extraño humo negro que provenía de una de las ventanas del último piso, justo debajo de Yorha.

—¡Yorha cuidado! —gritó Yúnuen, lanzándose contra su amiga.

De pronto, frente a la Murhedar, surgió una extraña silueta femenina, parecía estar hecha de humo negro, en su rostro solo podían distinguirse sus ojos, unos anormales y desproporcionados ojos negros. Yorha quedó paralizada ante la mirada de este extraño ser, dentro de sus ojos solo había oscuridad, pero le eran familiares, como si los hubiese visto antes. La mano de la silueta femenina comenzó a levantarse, en ella portaba un filo negro con forma hoz, pero Yorha no reaccionaba, intentaba ver más allá de la oscuridad en los ojos de aquel ser.

Yúnuen entonces, tacleó a la Murhedar, cayendo ambas de la torre, un instante después, Ikel impactó verticalmente su filo (que tenía la forma de un escalpelo) contra el de la silueta femenina, la fuerza fue devastadora y destrozó el filo de aquel ser, proyectándolo con gran fuerza contra el techo y causando que atravesara uno a uno los pisos de la torre, lo que a su vez provocó el colapso de esta; mientras la estructura caía, Ikel lanzó su filo contra el extraño ser, que se encontraba al fondo de la torre, al impactarlo, una gran onda de energía lanzó los escombros de la estructura en todas direcciones, dejando completamente despejado el lugar; lo que antaño fue un gran hospital ahora era terreno llano.

Ikel descendió lentamente hasta la oscura silueta, que tenía incrustado en la frente el filo del gran maestro. Yorha y Yúnuen, que habían invocado filos defensivos que cubrían sus antebrazos, para destruir los enormes escombros que se proyectaron contra ellas, se acercaron también, desvaneciendo poco a poco sus filos y observando con extrañeza la silueta negra. Al estar los tres heredar junto a ella, la miraron confundidos.

—Es como una muñeca de tamaño real —dijo Yorha, poniéndose en cuclillas y tocándola con la punta de su dedo índice derecho repetidas veces—. ¿Dónde habrá quedado todo ese humo negro que la rodeaba?

Ikel se agachó para observar mejor, desplegando sus grandes anteojos y desvaneciendo el filo clavado en la figura negra.

—Es una figura fémina sin duda, pero no parece la de un theranio, la estatura no concuerda, ni la masa; tampoco tiene cabello, el material con que está hecha parece provenir de algún filo —analizaba Ikel, mientras se acercaba al agujero hecho por su filo—. Por su color, parece ser el filo de un perdido, pero no transmite esa peculiar sensación que posee un filo corrupto. Debe ser un filo de gran poder, ya que soportó la energía que utilice para despejar la zona sin desquebrajarse.

—Eso quiere decir que el portador no debe estar muy lejos —supuso Yúnuen, observando a su alrededor.

—Parece estar hueco —apuntó Ikel, tomando con sus dos manos la cabeza de la figura y observando con detenimiento el agujero realizado por su filo. Al hacerlo, el material negro comenzó a desvanecerse, revelando así un esqueleto humano.

—¿Es lo que creo que es? —preguntó Yorha mientras levantaba una pierna del delgado esqueleto.

—Sí, pero solo es una réplica —confirmó Ikel—. Un esqueleto humano no hubiera durado tanto en tan buenas condiciones; supongo que nuestra amiga, tomó este de alguna área del hospital para cubrirlo con su filo y crear el señuelo que vimos sobre la torre.

—Pero esos ojos eran muy reales, ¿cómo pudo crearlos en un señuelo? —preguntó Yorha, que jugaba con el esqueleto humano, comparando sus frágiles extremidades con las suyas.

—Esa es una buena pregunta, lo sabremos cuando logremos encontrarla —respondió Ikel, dejando atrás el esqueleto y observando a sus alrededores.

—Los humanos eran muy endebles —dijo Yorha mientras probaba la flexibilidad de los huesos, doblando el fémur de la réplica únicamente con sus dedos hasta quebrarlo.

—Ese es un polímero de alta resistencia Yorha, por eso duró todos estos años —explicó Yúnuen, acercándose a su amiga para ver el esqueleto—. Los huesos humanos eran aún más frágiles, solían romperse constantemente, por eso a finales de la primera edad, los reforzaban quirúrgicamente con materiales más resistentes o inclusive cambiaban por completo el hueso ya que este alcanzaba la madurez.

—Eran física y mentalmente frágiles —reflexionó Yorha, incorporándose y caminando hacia Ikel—. Ahora entiendo por qué no pudieron hacer nada cuando las bestias aparecieron.

—Su dependencia hacia la tecnología los cegaba, la ciencia humana estaba enfocada en la banalidad y guiada por la codicia, habitualmente la enmascaraban para que las masas estuvieran conformes, pero las grandes cabezas de la sociedad dirigían sus esfuerzos hacia la obtención de una requisa superior a la de sus homólogos. No todos los humanos eran en principio así, pero para su desgracia la corrupción se implantaba con

231

facilidad en sus mentes —explicaba Ikel mientras colocaba su mano en el suelo para sentir si sus filos detectores habían sido afectados por los escombros del hospital—. Para nosotros la ciencia es uno de los grandes pilares de la sociedad y como tal, debe desarrollarse con objetividad y determinación, para fortalecernos y ayudarnos a comprender el universo.

—Como uno de los guardianes de la ciencia debes estar orgulloso de su legado —dijo Yorha, observando atentamente al gran maestro.

—Lo estoy, comprender y mejorar la tecnología humana es realmente gratificante.

Yorha veía en Ikel una sonrisa honesta y sus ojos brillaban al hablar de los humanos, el interés que tenía por ellos parecía genuino, lo cual era muy grato para la Murhedar.

—Bueno, ¿y ahora qué? —preguntó Yúnuen a Ikel—, debe estar bajo nosotros, pero ¿cómo la haremos salir?

—No lo sé, yo esperaba que esto atrajera alguna entidad oscura, con un perdido o vestigio combatiendo contra nosotros, pensé que nuestra amiga la dama oscura, aprovecharía para intentar escapar y así ponerse al descubierto.

—Su filo es bastante poderoso —dijo Yorha mientras invocaba su katana—. ¿Por qué no destruimos todo el lugar? En algún momento tendrá que usar su filo para defenderse o distraernos nuevamente.

—No, seguramente nos está escuchando en este momento —repuso Ikel apoyando su mentón en el puño de su brazo derecho, el cual apoyaba en el brazo contrario y fijándose detenidamente en el filo de Yorha—. La sensación al chocar nuestros filos fue similar a la que sentí al chocar con el filo de nuestra amiga la dama oscura.

—¿Y qué con eso? —preguntó Yorha.

—Quiere decir que su filo probablemente sea un filo lunar, con la misma característica oscura que la tuya. Por cierto, ¿puedes ocultar a voluntad las estrellas en tu filo?

—Lo he intentado, pero no es algo que pueda hacer, aunque en ocasiones las estrellas desaparecen por sí solas dentro de mí.

—Debe ser una heredar más experimentada, aunque no conozco a ninguna con esa característica tan peculiar en su filo, por lo que puedo suponer que no siempre fue así, que desarrollo esta cualidad después de mucho tiempo y aprendió a ocultarla.

Yorha se sentía extrañamente reconfortada al escuchar estas palabras, muy en su interior sabía que la heredar a la que perseguían podría aclararle muchas cosas acerca de su filo.

—Entonces, ¿crees que esta es una cualidad del filo lunar y no una mutación genética o una corrupción como suponen todos?

Ikel comenzó a reír dulcemente, moviendo su sonriente rostro de un lado a otro, como negando las suposiciones dichas por Yorha.

—No Yorha, ¿cómo podría algo tan bello ser una corrupción? —dijo tras un suspiro—. ¿Acaso Koyol y Xauki pierden su belleza cuando dejan de reflejar la luz del sol? La oscuridad no solo significa corrupción, también significa paz, para todo ser vivo es un momento de alivio y descanso, no hay por qué temer a la oscuridad, ya que es parte de nuestro universo.

Yorha volteó a ver su katana; en ese momento, gracias a la luz del sol, podía notarse su color azul índigo, con cientos de estrellas recorriendo su interior. «Eso podría explicar tu color, pero… ¿Y lo que escucho, siento o sueño?», pensaba Yorha, no sabiendo si contarle esto al gran maestro, que parecía comprenderla un poco mejor que los demás.

—Yorha, es posible que tú y nuestra amiga la dama oscura, sean un eslabón evolutivo del filo lunar —añadió Ikel emocionado.

Yorha olvidó por completo en lo que pensaba al escuchar estas palabras y la sonrisa de Ikel se contagió en su rostro. Yúnuen por su parte guardaba silencio, no quería interrumpir el momento, sentía que algo podría surgir entre los dos heredar. Después de un pequeño suspiro Yúnuen se percató de algo, un diminuto hundimiento en el suelo junto a ella, lo que la hizo invocar su armadura.

—¿¡Qué encontraste!? —exclamó Ikel, invocando su pequeño filo en forma de escalpelo.

De pronto, todo el terreno que Ikel había despejado se hundió levemente, levantando una gran nube de polvo alrededor de ellos; rápidamente Yorha invocó su armadura, seguida por Ikel. La armadura de Ikel era blanca, ligeramente transparente, a través de ella parecían navegar estelas de diferentes colores que llevaban diminutos fragmentos de cristal dentro de ellas. Era una armadura ligera y ergonómica que cubría por completo el cuerpo del heredar, incluyendo su cabeza; frente a los ojos, la armadura se volvía completamente transparente para permitir la visibilidad. Los tres heredar se separaron del suelo, flotando a unos dos metros de este, en la espera del siguiente movimiento de la dama oscura.

—¿Ya puedo destruir el lugar? —preguntó Yorha emocionada por el posible combate.

—Ummm, sí, yo creo que sí —respondió Ikel mientras valoraba la situación—. ¡Atenta Yúnuen!

Yúnuen asintió con la cabeza e invocó una delgada lanza con filo en ambos extremos. Yorha por su parte tomó más altura, visualizando por completo la zona e invocando una segunda katana que chocó con la primera, formando una "equis" frente a ella, haciendo que sus filos comenzaran a acumular poder, las estrellas dentro de ellos se agitaban descontroladamente y comenzaron a irradiar una deslumbrante luz azul blanquecina.

—Comienza desde el este y llévala hacia mi —indicó Ikel a Yorha, yendo hacia el otro extremo de la zona—. ¡Yúnuen! Tú ve dando seguimiento a sus cortes.

Yorha se desplazó al borde este de la barrera creada por Ikel, pero antes de lanzar el primer ataque, comenzó a emerger un pequeño montículo en medio del lugar; los tres heredar se detuvieron expectantes, pareciera que al fin se presentaría la supuesta dama oscura. Poco a poco el montículo fue creciendo, parecía ser la cabeza de la heredar, pero a medida que fue emergiendo se dieron cuenta de que no era así.

—¡Es una esfera! —exclamó Yúnuen.

El montículo pareció explotar y de este surgió una esfera negra que se elevó a unos veinte metros, comenzando a surgir pequeñas espinas en su superficie. Yúnuen, sabiendo lo que pasaría, observó a Ikel, en la espera de una respuesta del gran maestro, pero lo único que este hizo, fue invocar una serie de escalpelos que sostenía entre los dedos de ambas manos; Yúnuen cambió su lanza por dos cuchillas curvas que cubrían sus antebrazos y se extendían hasta metro y medio desde la punta de sus manos hasta el extremo de los filos.

—O empiezas tú o lo hago yo —susurró Yorha.

Dicho esto, la esfera comenzó a girar desmesuradamente lanzando decenas de proyectiles contra los heredar, estos eran delgadas lanzas negras de unos dos metros de longitud. Los tres heredar comenzaron a esquivar y bloquear los ataques; las lanzas esquivadas o bloqueadas, desaparecían dentro del suelo y regresaban hacia la esfera desde una posición diferente, para intentar atravesar a los heredar.

—¡Qué heredar tan habilidosa! —exclamó Ikel mientras se acercaba poco a poco a la esfera, bloqueando y esquivando con habilidad los ataques—, ella adapta la velocidad de las lanzas según la velocidad que generemos, es claro que no intenta matarnos, solo retenernos.

—Veamos qué tan rápido puede hacerlo —dijo Yorha, acercándose a gran velocidad hacia la esfera, lo que causó que los ataques incrementaran y se concentraran en la Murhedar; la gran cantidad de lanzas hizo que

Yorha cambiara de dirección, zigzagueando y bloqueando los ataques—. ¡Parece poder igualar mi velocidad! Pero no por mucho.

Ikel y Yúnuen detuvieron su avance, lo que causo que los ataques contra ellos cesaran y se concentraran únicamente en la Murhedar. Mientras zigzagueaba, Yorha unió sus dos filos en uno solo, acumulando poder dentro de este; la Murhedar no hacia contacto con los filos enemigos, únicamente los esquivaba a gran velocidad.

—Es realmente rápida y la oscuridad de su cabello hace difícil distinguir sus movimientos —comentó Ikel, que observaba maravillado a la Murhedar—, pero ese no parece ser un impedimento para nuestra dama oscura, ella sigue perfectamente los movimientos de Yorha.

—No subestimes a Yorha, cuando consiga alcanzar su velocidad máxima, será inclusive similar a la tuya, solo que aún no lo tiene bien controlado —apuntó Yúnuen no perdiendo de vista a Yorha.

Ikel volteó a verla impresionado y sonrió, le costaba creer las palabras dichas por la heredar. Moverse a grandes velocidades requiere años de entrenamiento y un poder impresionante para controlar el cuerpo y no perder el control o resultar herido.

De un momento a otro, Yorha se lanzó contra la esfera a una velocidad vertiginosa, con su filo frente a ella, destrozando las lanzas que intentaban atravesarla. La esfera comenzó entonces a moverse para evitar a la Murhedar, pero Yorha superó su velocidad y le dio alcance rápidamente, cortándola por la mitad con su filo, con tal fuerza que la esfera pareció explotar, lo que hizo que cientos de fragmentos salieran disparados en todas direcciones.

—Los fragmentos tienen demasiada fuerza —apuntó Ikel mientras observaba el trayecto de los fragmentos—. ¡Van por la barrera!

—Quieres decir que…

—Sí Yúnuen, ella esperaba que esto pasara.

En un instante todos los diminutos e imperceptibles filos que formaban la barrera fueron destruidos y el gran maestro se elevó a una altura considerable para observar a su alrededor.

—Lo siento, no sabía que sucedería algo así —dijo Yorha apenada.

—No te preocupes, debí destruir la esfera desde el momento en que apareció —dijo Ikel analizando la situación—. Nuestro oponente es sumamente experimentado, mientras lidiábamos con la esfera, se dedicó a buscar los filos de mi barrera y tuvo la suficiente destreza como para no ser detectada.

—¡Chicos por aquí! —exclamó Yúnuen, quien parecía rebuscar algo entre los escombros al exterior del terreno despejado por Ikel.

—¿Qué encontraste? —preguntó Ikel, descendiendo hasta donde se encontraba la heredar, seguido por Yorha.

—Por aquí emergió y parece que dejó un rastro —indicó Yúnuen, viendo a Yorha por unos instantes, ya que la dirección hacia la que se dirigía la dama oscura era la indicada por Mahalli. Yorha asintió levemente con la cabeza confirmándolo.

—¿Hay algo que deba saber? —las cuestionó Ikel, habiendo notado la interacción entre ambas heredar.

—¡No, no, nada! —exclamó Yúnuen, que apenada volteó hacia otro lado al sentir la mirada del gran maestro.

El gran maestro entonces volteó a ver a Yorha intrigado.

—¡¿Qué?! —exclamó Yorha elevando ligeramente los hombros y levantando las manos con las palmas hacia arriba y los dedos entrecerrados—. ¿No podemos vernos?

—Está bien —dijo Ikel, en su mirada se notaba algo intrigado, como si sospechara de ambas heredar—. ¿Qué nos puedes decir del rastro Yúnuen?

—Estoy familiarizada con este rastro —respondió la heredar mientras rebuscaba señales entre los escombros—. Es muy similar del de Yorha, no deja marcas en el suelo, ni toca superficie alguna, pero la rapidez de sus movimientos llega a delatarla. Si observan con cuidado, hay una leve caída de polvo en la dirección de su desplazamiento.

—Impresionante, al parecer ella decidió dejar tal rastro —apuntó Ikel—. Ella pudo escabullirse a la velocidad suficiente para no provocar ese movimiento en el polvo mientras nos encontrábamos distraídos, así también como crear una segunda distracción para cubrir su rastro.

—Está jugando con nosotros —infirió Yorha con una gran sonrisa.

Ikel y Yúnuen se incorporaron, secundando la sonrisa de Yorha mientras una corriente de viento hacia bailar el largo cabello de la Murhedar.

—Muy bien… juguemos.

Familiaridad

Un pequeño destello de luz destacó entre la oscuridad, era un aviso de mensaje en la red, haciendo que su portador dejara una pequeña taza de café expreso sobre un centro de mesa y desplegara la pantalla en su antebrazo, contestando rápidamente para volver a ocultar la pantalla.

—Me alegra ver que hablas con alguien —comentó Roa a su hermana.

Ambos se encontraban sentados en la terraza de una pequeña cabaña a las afueras de Tekuina, contemplando las estrellas y disfrutando de una taza de café mientras esperaban el amanecer. Koa sintió algo de incomodidad y borró la conversación.

—¿Pasa algo? —preguntó Roa.

—Sí —afirmó la heredar; para Koa era difícil hablar abiertamente de sus asuntos personales y volteó a su alrededor buscando a Linara, que se encontraba dentro de la cabaña preparando unos bocadillos—. Yúnuen me ha pedido hablar con ella personalmente.

—¿Yúnuen? No sabía que te llevaras con ella.

Koa miró a Roa con seriedad haciéndole entender que no era una trivialidad. La mirada de Koa era realmente intimidante, parecía siempre estar molesta, aunque no fuese así, pero para Roa, quien ya estaba acostumbrado a ella, era más fácil leer sus expresiones.

—Ella estaba con Yorhalli en el incidente del subterráneo, era obvio que iban camino a una misión, pero no hay registro de ello.

—¿Aún estaba con Yorha? —preguntó Roa enfadado—, esa misión era un encargo en solitario de Mahalli para Yorha.

—Lo más seguro es que la haya acompañado, los supervivientes habían sido atendidos en primera instancia con un kit medico de batalla y el traje de Yorha aún contaba con el suyo, por lo que deduzco que Yúnuen fue quien los atendió, por lo tanto, estaba lista para una misión.

Roa estaba algo angustiado, Yúnuen fue su alumna en la academia heredar antes de pasar a manos de Kélfalli y mantenían contacto constante por medio de la red. Koa sintió la angustia de su hermano y acercó su silla hacia él.

—¿Es una misión muy peligrosa? —preguntó Koa.

—Zona de nivel cuatro, doce perdidos registrados en las inmediaciones de las coordenadas; en cuanto a los vestigios se desconoce su cantidad. La misión es simple, encontrar la procedencia de un rastro y

237

eliminar al creador si es posible. Pero ya sabes cómo son las misiones de Mahalli, siempre suelen complicarse más de lo supuesto; si hay algún problema y se ven sobrepasadas, es posible que Yúnuen no salga ilesa.

—Yo me preocuparía más por su acompañante.

—¿Aún desconfías de Yorha?

—Hay algo en ella que atrae la oscuridad.

Roa se tornó serio y vio fijamente a su hermana al escuchar estas palabras, en la espera de una explicación.

—No me mires así —reclamó Koa cruzando los brazos y evadiendo la mirada de su hermano—. ¿No te das cuenta?

—¿De qué debería darme cuenta exactamente?

—Esta noche, por ejemplo, el vestigio se dirigía a la frontera; según el reporte de Yúnuen sus intenciones eran escapar, pero algo lo obligó a revelarse —explicaba Koa mientras leía el informe en su red—. Además, según ella, el vestigio entabló una conversación insólita con la Murhedar.

—¿Viene la conversación en ese informe?

—No, Kakiaui las dejo partir sin más. ¡Pero no solo ha sido en esta ocasión y lo sabes!

—He visto el comportamiento de los seres de oscuridad frente a Yorha, y sí, es diferente al habitual, pero, aun así, no hay razón alguna para desconfiar de ella, puede ser la peculiar naturaleza de su filo lo que provoque esa discrepancia.

—No hermano, es diferente, hay una relación entre ella y los vestigios.

—Explícate —Roa se tornó aún más serio, una acusación así podría llevar a su hermana a una evaluación psiquiátrica.

—Necesito que creas en mi —pidió Koa, viendo profundamente a los ojos de su hermano; los ojos de Koa mostraban bellas auroras plateadas en ese momento, reflejando una radiante luz azul blanquecina—. Sonará muy extraño, pero cuando estoy cerca de la Murhedar, puedo sentir que algo me llama, algo dentro de ella, como las voces en un vestigio de gran poder y puedo notar como ella intenta lidiar con su condición durante los combates.

—He conectado con el filo de Yorha en varias ocasiones y nunca he sentido algo así.

—Es porque no eres tan sensitivo como yo.

—¿Has conectado con su filo alguna vez?

—No, pero…

—¡Koa! —interrumpió Roa, tomando la mano de su hermana—. Sé racional, antes que nada, deberías pasar más tiempo con ella e intentar conectar con su filo, solo así podrás aclarar lo que sientes.

—¡Yúnuen! —exclamó Koa.

—¿Yúnuen? —preguntó Roa confundido.

—¡Sí! Ella quiere hablar conmigo, seguramente es sobre la Murhedar. Ella pasa más tiempo con Yorhalli que nadie, podrá aclarar mi punto.

—Reúne las pruebas que sean necesarias y abriré una investigación en el consejo Murhedar, pero te advierto, esto no va a gustarle a Mahalli, Yorha es su protegida.

—¡No! No quiero meter al consejo y mucho menos a Mahalli en esto, no confió en ninguno de ellos, la favorecerán y me remitirían a un estudio psicológico.

—Entonces, ¿cuál es la finalidad de tu acusación?

—Solo quiero saber lo que esconde y qué relación tiene con estos seres.

—¿Si recuerdas que está prohibido estudiar a los vestigios verdad?

—Sí, lo sé, pero…

—¡Koa! —volvió a interrumpirla, esta vez con más rudeza—. Recuerda lo que sucedió la última vez que un heredar contuvo a un vestigio para estudiarlo.

Ambos heredar se miraron fijamente, Roa mostraba una mirada seria que rayaba en el enojo, mientras que su hermana se mostraba bastante molesta, no esperaba un regaño por parte de su hermano. Roa no tardo en doblegar su molestia y suspiró, sirviendo más café a su hermana.

—Confío en ti hermana —afirmó Roa mientras veía hacia el horizonte—. Si tienes un presentimiento, te secundare en la decisión que tomes, pero quiero que tengas cuidado; tus incursiones en solitario a la zona perdida son cada vez más frecuentes, no creas que no me doy cuenta de ello, si no fuera porque Mahalli te nombró su consejera personal, estarías rindiendo cuentas ante el consejo o peor aún, ante la FURZP.

—Hablas como si le debiera algo, yo jamás le pedí ser su consejera.

—Y aun así aceptaste.

—Alguien tiene que vigilarla, sus acciones dejan mucho en que pensar.

—Al igual que las tuyas.

Ambos heredar se vieron fijamente, estaban bastante molestos y el ambiente se volvió tenso, ninguno de los dos parecía querer parpadear, hasta que Koa saco su lengua, haciendo una extraña mueca, lo que hizo que Roa comenzara a reír.

—Solo hago lo que creo que es correcto hermano.

—Lo sé...

—¡Koa! —gritó Linara desde dentro de la cabaña.

—¡Dime! —respondió Koa volteando en busca de la heredar.

—¿Puedes venir a ayudarme?

—¡Voy! —exclamó Koa levantándose de su asiento y volteando a ver a su hermano—. Ya era hora, tengo mucha hambre —susurró.

Koa entró apresurada a la cabaña y se dirigió a la cocina, dentro de ella se encontraba Linara, sacando una pequeña bandeja del horno.

—¿Qué le gusta más a tu hermano, lo dulce o lo salado? —preguntó Linara, prestando especial atención a las palabras de Koa.

—Lo salado, él se empalaga muy fácilmente —contestó Koa, observando detalladamente los bocadillos, parecidos a pequeños rollos de masa glaseada con diferentes rellenos.

—Muy bien voy a ponerle a él únicamente salados, ¿tú de cuáles quieres? —le preguntó Linara, notando que Koa se agachaba para olfatear alegremente los bocadillos recién salidos del horno—. Koa, ¿puedo hacerte una pregunta?

Koa, quien se encontraba agachada olfateando los bocadillos, volteó ligeramente para observar a Linara, asintiendo con la cabeza.

—Tú eres muy alta, ¿Por qué siempre usas tacones? —Linara intentó realizar su pregunta con mucha discreción, aunque conocía a Koa desde hacía ya muchos años, sabía que este tipo de cuestiones solían incomodarla—. ¿No te molesta tener que agacharte para todo?

Koa se incorporó y observó a Linara, teniendo que inclinar la cabeza para poder verla a los ojos. Después se agachó nuevamente y comenzó a retirarse las zapatillas, atando las correas al cinturón que llevaba puesto. En ese momento Koa iba vestida con un conjunto formal de camisa blanca y pantalones negros, bastante entallado. Ella no solía usar ropa holgada ya que la consideraba estorbosa en caso de que tuviese que combatir repentinamente. Después volvió a observar a Linara, pero esta vez los ojos de Koa estaban a la altura de su frente, por lo que solo tenía que bajar la vista ligeramente, después volteó hacia los bocadillos, pudiendo poner sus manos sobre la mesa sin tener que agacharse.

—Tienes razón es más cómodo desde mi altura natural, pero ten en cuenta que toda mi vida he caminado al lado de Roa, y tener que estar volteando hacia arriba todo el tiempo me es más molesto que agacharme de vez en cuando.

—Creo que también comenzare a usar tacones —reflexionó Linara.

—¿Esos son de chocolate? —preguntó Koa, acercándose a una de las bandejas, recogiendo su cabello con la mano para que no cayese sobre esta y olfateando con placer—, tomaré de estos.

—Me encanta tu cabello —dijo Linara mientras acomodaba los bocadillos en unos pequeños y cuadrados platos de madera—, también he pensado en cortármelo.

—Gracias, es ideal para el combate —respondió Koa con un tono evasivo, mientras acercaba un bocadillo a su boca, introduciéndolo por completo dentro de ella.

—Bueno sí, pero también es más fácil de peinar.

Koa asintió con la cabeza, su boca estaba repleta y el relleno de chóclate comenzaba a escurrir por sus labios lo que provocó la risa de Linara, que le acercó una pequeña toalla para que se limpiara. Después de hacerlo, Koa observó atentamente el cabello de la heredar.

—¿Te gusta? —preguntó Linara, posando alegremente para Koa.

Linara era una mujer de estatura promedio, su cabello era largo, rizado y muy voluminoso, llegando hasta la parte baja de su espalda, de color castaño rojizo, con pequeños tonos verdes que parecían fluir a través de él; si lo observabas con atención, podías encontrar raíces dentro. Su piel tenía un sutil tono negro grisáceo. Su rostro era ovalado, con una pequeña y respingada nariz sobre unos labios gruesos y bien delineados. Sus ojos eran verde esmeralda, dentro de ellos una ligera llovizna mojaban una gran pradera, se podía sentir el deslizar de la lluvia sobre tu piel cuando los observabas por mucho tiempo. Su sonrisa era un poco torcida hacia el lado derecho y daba la impresión de que estuviese coqueteando, aunque no fuese así.

—Yo no podría lidiar con tanto cabello, me desesperaría.

—Tú siempre tan sincera, por eso me agrada tu compañía.

Koa se ruborizó al escuchar las palabras de Linara y tomó dos de los platos con bocadillos, llevándolos a la terraza donde aguardaba Roa, apresurándose para salir de la incómoda situación. Linara reía internamente al ver como una heredar tan poderosa y experimentada salía corriendo como una pequeña niña que había visto un fantasma.

—Aquí están ya —dijo Koa mientras colocaba los bocadillos en la mesa de centro y tomaba asiento.

Roa se levantó rápidamente para ayudar a Linara, quien traía con dificultad cuatro platos entre sus manos, colocándolos en la mesa y sentándose a su lado.

—Estos son tuyos —dijo Linara, dándole el plato de bocadillos salados a Roa.

—Huelen deliciosos —apuntó Roa mientras olfateaba los bocadillos y probaba uno de ellos—. Y saben deliciosos —añadió, tapándose la boca con la mano y hablando con dificultad.

—Gracias, la gastronomía humana es uno de mis pasatiempos favoritos —comentó Linara antes de morder uno de sus bocadillos.

—¿Esta es una receta humana? —preguntó Roa sorprendido, con la boca aún llena por haberse introducido un segundo bocadillo antes siquiera de terminar el primero.

—Sí, su gastronomía es increíble, aunque muchos de sus platillos son imposibles de reproducir dada la escasez actual de ingredientes, la mayoría de ellos están actualmente extintos.

—Es verdad, pero gracias a sus bóvedas de preservación aún podemos rescatar muchas muestras, así como el código genético de la mayoría de ellos y reproducirlos —comentó Roa, mientras rebuscaba entre los bocadillos—. ¿Habrá alguno de chocolate?

—Sí, los tiene Koa.

Ambos voltearon a verla, pero para su sorpresa Koa había terminado con todos los bocadillos de chocolate. Ella no sabía cómo reaccionar y encogió sus hombros apenada con los labios llenos de chocolate. Linara y Roa solo pudieron reír ante la reacción de Koa.

—Aquí tengo otros con dulce de leche —dijo Linara, intentando desviar la atención para que Koa se sintiese menos apenada.

—Gracias —Roa tomó el bocadillo y lo colocó en su plato.

—Lo siento, estaban muy ricos —Mustió Koa, colocando su plato ya vacío sobre la mesa.

Linara sonrió, mientras observaba a los hermanos disfrutar del café y los bocadillos, después volteó a ver las estrellas que poco a poco se perdían mientras la tenue luz del sol comenzaba a vislumbrarse en el horizonte.

—Y díganme, ¿hay algún avance en la resolución del conflicto? —preguntó Linara, llamando la atención de los hermanos.

—Hay un cese de hostilidades debido a la abrupta aparición de perdidos en las fronteras con la zona perdida, lo que ha llevado a la FURZP a solicitar escuadrones especializados de ambas naciones

—explicaba Roa, revisando las últimas conversaciones del consejo en su red—. Aunque no parece que vaya a durar mucho.

—Que lamentable… Lo que más desearía en este momento es ir a las zonas de combate y restaurar la biodiversidad —comentó Linara, pudiéndose notar la tristeza en su voz—. Últimamente la frontera este ha estado muy agitada y Aostol está bajo el resguardo del filo solar.

—¡¿Hay un escuadrón del filo solar en Aostol?! —preguntó Roa sorprendido. Era difícil que uno de los escuadrones solares se movilizara fuera de su país de origen, ya que estos están dedicados al control del espacio aéreo y se mantienen alertas ante cualquier amenaza procedente del exterior del planeta. Además de que el País del Sol únicamente cuenta con cuatro escuadrones, formados por cinco miembros en cada uno. De todos los filos, el solar es el más escaso, habiendo en promedio solo un despertar cada año, al contrario de los otros filos en los que puede haber hasta treinta al año.

—Lo sé, es raro, pero con todos nuestros escuadrones trabajando en la zona perdida, la capital está más vulnerable —explicó Linara—. Por lo que sé, Nellhua habló con Tohalli personalmente para que le cediera un escuadrón.

—Es lógico, los dos antiguos mantienen una relación muy estrecha —comentó Roa. (A los theranios que existieron desde el tiempo de los humanos se les conoce actualmente como antiguos, siendo Tohalli y Nellhua los únicos que sobreviven hasta la actualidad.)

—Mahalli también se encuentra en la zona este en estos momentos —sopesaba Koa con seriedad, apoyando sus codos en las rodillas y cerrando ambas manos entre sí, sobre las que puso el mentón—. ¿Qué es lo que está pasando ahí?

—Nadie sabe con exactitud; hace unos días mi escuadrón y yo apoyamos a tres batallones de la FURZP, en la persecución de tres perdidos de grado cuatro por todo el borde de la frontera este, hasta que los perdimos al adentrarse en la zona sur, en dirección a la gran fosa —respondió Linara con extrañeza—, jamás un perdido de grado cuatro se ha revelado sin atacar y mucho menos tres de ellos; está claro que algo los hizo dirigirse hacia la zona sur sin siquiera prestarnos atención.

Los perdidos, así como los heredar, se clasifican según su poder, en sentido inverso al heredar del que tomaron control. Esto quiere decir que, si un heredar de primer nivel se convierte en un perdido, este pasaría a ser de grado cuatro (el más poderoso); a su vez, si un heredar de segundo nivel se convierte en perdido, este pasaría a ser de grado tres y así sucesivamente.

—¿Puedo ver las últimas coordenadas de su rastro? —preguntó Roa.

Linara deslizó la información desde su red a la del gran maestro. Cuando Roa vio la dirección a la que se dirigía el grupo de perdidos, su semblante se tornó molesto y levantó levemente la mirada, viendo fijamente a su hermana, quien frunció el ceño y entrecerró los ojos, en señal de entender la molestia de Roa.

—¿Qué pasa? —preguntó Linara. Ambos hermanos solo pudieron voltearla a ver, sin emitir ruido alguno, lo que incomodó a la Murhedar, que no sabía hacia quién dirigir su mirada.

El silencio dominaba las calles de la zona perdida, mientras la sombra de los edificios avanzaba lentamente, escapando de la luz solar. Entre las estructuras tres agiles sombras se movían con rapidez, sin hacer ruido alguno, deslizándose como serpientes a través de los escombros.

—Aquí desaparece el rastro —señaló Yúnuen, deteniéndose frente a una gigantesca puerta con forma de arco, bellamente adornada con metales preciosos, que servía de entrada para una majestuosa estructura techada con una gran cúpula.

Los tres heredar se detuvieron para admirar la obra, hecha en su totalidad de algún tipo de mineral altamente resistente a la erosión, adornada con esculturas antropomorfas, metales preciosos y demás artefactos de gran valor para los humanos.

—¿Para qué querrían los humanos una puerta tan grande? —preguntó Yorha mientras colocaba sus manos en la puerta, dispuesta a entrar en la gran edificación—. ¿Qué clase de artefacto guardaban aquí?

Al abrirla, Yorha quedó maravillada, jamás había visto una estructura humana tan majestuosa y tan bien conservada, la iluminación era perfecta, no había rincón del lugar al que la luz del sol no pudiese alcanzar, reflejando la belleza de los metales preciosos con que estaba adornado todo el interior. La estructura interna se sostenía por enormes pilares de un mineral blanquecino, adornados con metales dorados que pese al tiempo brillaban como en aquella época, todo el suelo del edificio estaba hecho con lozas minerales esculpidas a mano, cada una de ellas adornada de diferente manera, por lo que podía suponerse que, cada una de las miles de lozas que cubrían el lugar, se hicieron de forma independiente. El color dominante en el interior era un amarillo blanquecino muy claro y de saturación débil.

—Esto es hermoso —comentó Yorha mientras recorría los espaciosos corredores bellamente decorados, deteniéndose para observar los elaborados adornos que cubrían las paredes del lugar; en el suelo se encontraban los enormes candelabros que alguna vez colgaban del techo e iluminaban en las noches, pero no habían resistido los impactos de los combates en el exterior.

—Esto es a lo que los humanos llamaban templo o lugar sagrado —respondió Ikel, que sonreía al ver lo maravillada que estaba la Murhedar con el lugar.

—¿Sagrado? —Yorha volteó confundida para ver a Ikel, caminando alegremente hacia atrás y observando cada rincón a su alrededor—. ¿Aquí habitaba alguien de suma importancia para ellos? Si es así, eso explicaría lo bien adornado que está.

Ikel reflexionaba, no encontraba la manera de cómo empezar a explicarle cuestiones tan complejas.

—Sí Yorha, aquí habitaba algo importante para ellos —dijo Yúnuen al ver que Ikel no sabía cómo empezar.

—¿Algo? ¿Un arma?

—Podría decirse que sí, en ocasiones era un arma, tan dañina como sus artefactos de destrucción masivos más avanzados.

—¿Qué tipo de artefacto guardaban aquí? —preguntó Yorha intrigada, deteniendo su avance y sentándose sobre uno de los candelabros caídos.

—En lugares como este, guardaban y compartían su ideología, sus pensamientos, en ocasiones su odio y sus secretos más oscuros —dijo Yúnuen tras un suspiro, recargándose justo debajo de un ventanal que iluminaba a Yorha directamente.

—Claro, el conocimiento es un arma de gran poder, ¿pero por qué construir un lugar así solo para compartir sus doctrinas filosóficas? —se cuestionó Yorha.

—Aquí no hablamos de doctrinas filosóficas exactamente, sino de religión —contestó Ikel, mientras seguía avanzando hacia la cúpula principal, seguido por ambas heredar.

—¿Y cuál es la diferencia? —preguntó Yorha, apresurándose para caminar frente al gran maestro y yendo hacia atrás, pudiendo así verlo a los ojos.

—Como sabes, nosotros seguimos diferentes doctrinas filosóficas, que nos ayudan a interpretar el mundo de manera personal, así como a identificarnos de entre los demás; es una forma en la que guiamos nuestros pensamientos e interactuamos con nuestro entorno. Pero los humanos usaban sus doctrinas filosóficas para fines políticos y económicos —explicaba Ikel.

—¡¿Y ahí es cuando se convierte en una religión?! —Interrumpió Yorha, pensando comprender la diferencia.

—No, espera, no seas impaciente —dijo Ikel con alegría—. Para los humanos, las doctrinas filosóficas eran también una forma de interpretar y dirigir a la sociedad. Teniendo eso en claro podemos decir que la filosofía es un concepto que se ha actualizado constantemente hasta nuestros días y es parte importante de nuestra identidad como theranios.

—Tengo entendido que la religión era parte de la cultura humana, o al menos eso nos enseñaron, pero ¿cómo podría esta ser un arma? —se preguntaba Yorha, recordando sus clases de historia en el instituto.

—El concepto de religión pasó a ser parte de la historia antigua, y debido a que es tan diverso y complejo como la misma humanidad, no lo enseñan en el instituto, pero intentaré responder a tus preguntas —contestó Ikel, sentándose en el suelo, justo debajo de la cúpula principal.

Yorha se sentó frente a él, con las piernas cruzadas en forma de mariposa y sus manos sosteniendo sus pies, balanceándose de un lado a otro. Yúnuen por su parte comenzó a explorar los alrededores, prestando especial atención en los bellos adornos que cubrían las paredes.

—Como sabes, las bestias aparecieron en este mundo para exterminar a nuestros antepasados, pero los primigenios mostraron ser merecedores de Théra, heredando así la verdad. La verdad que hasta ese momento la humanidad desconocía, la verdad de lo que significaba su existencia; antes de esta verdad, los humanos carecían de un objetivo, carecían de una visión única del universo y buscaban algo más allá, para darle sentido a sus vidas y explicar su existencia. Pese a que parte de la ciencia humana estaba enfocada a buscar esta verdad, los humanos preferían teorías más fantasiosas que se adaptaran a sus ideales personales y le dieran una finalidad a su existencia.

—¿Eran alguna especie de cuentos populares o mitológicos?

—En muchos casos sí, sobre todo a inicios y a mediados de la primera edad. Pero a medida que su tecnología avanzó, el miedo y la intolerancia, los hizo más susceptibles a malinterpretar la comunicación que Théra intentaba entablar con ellos. Las religiones que duraron hasta el fin de la primera edad eran aquellas que actuaban como instituciones políticas y servían a los intereses geopolíticos de diferentes países, pasando de ser parte del libre pensamiento individual a un sistema cultural, por el cual se propagaban ideologías y se manipulaba a sus creyentes, llevando a la sociedad a polarizarse aún más. Esto provocó que muchos humanos dejaran de creer en una religión, pero sus inseguridades, intolerancia, falta de raciocinio y egocentrismo, los llevaba a querer imponer sus ideologías ante aquellos que "creían", repitiendo así el mismo ciclo. Los humanos disfrutaban de imponerse ideológicamente a sus semejantes, muy independientemente de sus creencias religiosas.

—¿Entonces estos lugares estaban hechos para los dirigentes religiosos?

—No, estos lugares tenían infinidad de propósitos, en un primer plano, eran una forma de imponer la presencia de una religión en una localización urbana y aumentar así su influencia. En estos lugares, los creyentes oraban a uno o varios dioses (dependiendo la religión) y realizaban rituales que, según sus dirigentes, los acercarían a dichas entidades.

—¿Los dioses eran aquellos entes a los que adoraban los humanos, no?

—Los así llamados dioses, eran la forma en la que los humanos intentaban personificar a Théra, su banalidad los llevó a pensar que Théra era un ser o grupo de seres antropomorfos y generalmente los veían con una forma humana, para facilitar su afinidad con él o ellos —explicaba Ikel, incorporándose y observando la inmensidad de la cúpula principal—. Ellos construían estas estructuras tan majestuosas con la excusa de alabar a su dios, pero al final, solo eran una demostración de poder e influencia.

—No pensé que algo tan hermoso fuese creado por cuestiones tan banales —dijo Yorha con tristeza, levantándose de un brinco y caminando hacia Yúnuen, que estaba recargada en otro de los accesos con forma de arco del templo—. Pensé que lo hacían por el simple gusto de crear cosas hermosas, el amor al arte.

—¡Eso sin dudarlo Yorha! —exclamó Ikel, llamando la atención de la Murhedar—, los arquitectos y artistas que pusieron su vida en estos proyectos lo dieron todo de sí, no por un impulso religioso, sino por la superación de su propia especie, estos templos son también un baluarte de lo que nuestros antepasados podían crear. Estos lugares nos cuentan grandes aspectos de su cultura y de su historia, representan la búsqueda del humano por querer ir más allá de lo que sus sentidos les podían mostrar, representan su visión de lo que hay después de la muerte, reflejada en invaluables obras artísticas y arquitectónicas. ¡Esta Yorhalli! También es nuestra historia, nuestra cultura y refleja lo que fuimos alguna vez, desprestigiarlo o destruirlo, seria irracional y un insulto para nuestra propia especie.

Ambas heredar lo observaron con admiración al escuchar la pasión en sus palabras.

—Olvidaba lo intenso que eres cuando hablas de los humanos —bromeó Yúnuen—. Por cierto, deberías fotografiar el lugar y guardar sus coordenadas, no creo que haya registro de este templo. Lo haría yo, pero mi red esta inactiva.

—Déjame revisar —dijo Ikel mientras rebuscaba en su red—. Sí, está marcado como templo, pero no hay un registro fotográfico. Creo que lo haré en una segunda vuelta, primero debemos hacer salir a nuestra amiga, que seguramente se oculta aquí mismo.

Los Tres heredar se acercaron al centro del templo, para comenzar desde ahí su búsqueda, siendo Yorha quien cubría la retaguardia; enfrente y detrás de ellos habían dos accesos, más pequeños que el acceso principal por donde entraron, pero de al menos siete metros de alto; a sus costados se encontraban largos corredores con pilares que los dividían y llevaban a diferentes partes del templo.

—Será difícil cubrir cada espacio, pero necesitamos encontrar la forma de arrinconarla sin destruir el lugar —dijo Ikel mientras analizaba la estructura a su alrededor.

—Yorha —susurraron al oído de la Murhedar.

—¿Qué? —preguntó Yorha a sus compañeros.

—Nadie dijo nada Yorha —contestó Yúnuen.

—Yorha —susurraron nuevamente, parecían ser las voces de sus compañeros.

—¡Ya! —exclamó Yorha molesta.

—¿Ya qué, Yorha? —preguntó Ikel, volteando al mismo tiempo que Yorha.

—No me estén molestando —pidió Yorha, haciendo que Yúnuen también volteara.

Ikel miró a Yúnuen confundido y después ambos voltearon a ver a Yorha, esta última, al ver la reacción de sus compañeros, frunció el ceño igualmente confundida.

—Yorha —dijo una voz femenina, la cual se pudo escuchar claramente, pero no provenía de ningún lugar.

—Eso sí lo escuche —apuntó Yúnuen mientras los tres heredar desplegaban sus armaduras.

—¡Ahí! —gritó Yorha, señalando la parte superior de uno de los accesos.

Cual murciélago, una silueta femenina colgaba boca abajo del acceso, su filo estaba desplegado, formando una armadura lisa y sumamente entallada, que cubría todo su cuerpo con excepción de su cabello. La armadura era tan oscura que ni siquiera podían distinguirse sus brazos, que estaban cruzados entre sí; la armadura cubría su rostro por completo, así que no podía distinguirse la forma de este ni ver sus ojos. En sus pies, había formado enormes y retorcidos dedos que se aferraban a la estructura, la armadura también formaba largas espinas curvas en codos, hombros y rodillas. Solo Yorha era capaz de ver a detalle a la heredar, pudiendo notar que la armadura en sus manos formaba picos en los nudillos y garras afiladas en cada dedo. Su cabello era increíblemente largo, llegando casi hasta el piso; era tan oscuro que no se podía distinguir entre un cabello y otro, parecía solo ser una larga tela negra que provenía de su cráneo.

—Yorha, es idéntica a ti —susurró Yúnuen sorprendida—, y parece tener tu misma estatura, solo que su cabello es muy largo, son como cuatro metros de cabello.

—No —dijo Ikel, acercándose cautelosamente—, eso no es solo cabello.

La misteriosa heredar se soltó de su agarre y cayó lentamente de pie, aún con los brazos cruzados, desvaneciendo los retorcidos dedos y remplazándolos con un par de zapatillas altas, cuyos tacones eran delgadas cuchillas curvas, con el propósito de hacer cortes profundos con cada patada. Su cabello había quedado suspendido, como si este se encontrara sumergido en agua, flotando alrededor de la heredar. Al no poder distinguir la silueta femenina con tanto cabello por detrás, asemejaba ser una gran mancha negra que bailaba lentamente con el susurrar del viento.

—También hay parte de su filo —afirmó Ikel—. ¿O me equivoco?

El cabello de la dama oscura comenzó entonces a replegarse, como si se hiciera más corto y mientras hacía esto, el cabello comenzaba a tomar una posición relajada, llegando hasta la altura de sus tobillos, deteniendo así su encogimiento. Yorha estaba emocionada y se acercó con alegría a la extraña heredar, pero Ikel la detuvo, sosteniéndola del hombro.

—¡Oye! —reclamó la Murhedar, que volteó molesta hacia Ikel—, creo que quiere hablar con nosotros.

—Observa bien, su postura es ofensiva —señaló Ikel, indicando a Yorha con la mirada que se echara para atrás.

—Quizá sea porque la estamos persiguiendo —dijo Yorha, dando un paso atrás y desvaneciendo su armadura—. ¿Quién eres? ¿Y por qué tu cabello es idéntico al mío?

—¡¿Yorha qué haces?! —exclamó Yúnuen acercándose a su amiga rápidamente para protegerla de un posible ataque.

—Le demuestro que no quiero hacerle daño —dijo Yorha, apartando a Yúnuen y acercándose un poco más con el consentimiento visual de Ikel—. ¿Nos conocemos? Tu presencia me es familiar.

—¿Puedes sentir a quien pertenece su filo? —preguntó Ikel a la Murhedar.

—Eso intento, pero es muy confuso —respondió Yorha, se veía bastante alterada, mirando hacia todos lados, esforzándose por reconocer la sensación que sentía estando frente a la dama oscura—. No es su filo lo que me parece familiar, sino su persona.

—Debe ser alguien que conoces, pero de quien nunca hayas visto su filo expuesto —supuso Yúnuen, acercándose con cautela al lado de Yorha.

—Quizá, si pudieras mostrarme tus ojos —pidió Yorha a la dama oscura, dando un paso más al frente.

La dama oscura relajó sus brazos, dejándolos caer a sus costados; su rostro, que se mostraba alzado en una posición imponente, se inclinó en dirección a Yorha. Lentamente, la armadura que cubría su rostro se fue desvaneciendo desde la frente, hasta la raíz de la nariz, revelando sus ojos, que en ese momento se encontraban cerrados.

—¡Es blanca! No tiene ningún tono grisáceo en su piel —observó Yúnuen sorprendida, expectante de la apertura ocular.

Los parpados de la dama oscura mostraban movimiento en su interior, como si sus ojos se movieran descontroladamente de un lado a otro; sus pestañas eran largas y oscuras mientras que sus negras cejas, eran rectas y espesas. No parecía mostrar ninguna expresión, su piel era perfecta y no presentaba arrugas o desgaste de ningún tipo.

—Por favor, muéstrame tus ojos — insistió Yorha, acercándose un poco más a la dama oscura, estando ya a pocos metros de ella.

La dama oscura frunció el ceño discretamente y abrió sus ojos con suavidad. Al hacerlo, los tres heredar dieron un paso atrás, su mirada era realmente intimidante, dentro de ella, una oscuridad abrumadora hacía que aquellos que la observaran sintieran ser absorbidos por ella. Sus ojos eran grandes, realmente hermosos para aquellos capaces de observar sin ser absorbidos por la oscuridad; el contraste entre el blanco de la esclera y el negro en sus ojos era impresionante.

—¡Qué ojos tan interesantes! —exclamó Ikel, estaba algo aturdido después de ver la abrumadora mirada de la heredar—. Pero ¿de qué filo provienes? Si es una variante única del filo lunar, debería Yorha poder imitar tu apariencia —Ikel esperaba una reacción por parte de Yorha, pero la Murhedar parecía haberse petrificado, al igual que Yúnuen.

—¿Yorha? ¿Yúnuen? —Ikel se acercó discretamente a las heredar, para su consuelo ambas respiraban, pero sus ojos se encontraban atrapados dentro de la mirada de aquella dama—. Interesante, que habilidad tan devastadora, es similar a la que pueden llegar a provocar los ojos de Yorha, pero muy superior.

—Ikel, guardián de la ciencia, hijo de Margaret, heredero del filo cristal —dijo la dama oscura, su voz era intimidante, dentro de ella había un extraño susurro—. ¿Qué haces aquí?

—Mi madre murió hace más de seiscientos años, cuando aún estudiaba en el instituto, eso quiere decir que eres un heredar nacido a principios de nuestra edad —sonrió Ikel, invocando su pequeño filo en forma de escalpelo y jugando con este entre sus dedos—. Mi misión es averiguar quién eres.

—¿Por qué Kakiaui no envió a una cazadora?

—No se te considera una amenaza, sino todo lo contrario, alguien con tus habilidades sería bienvenido en la élite de la FURZP. Yo he venido a evaluarte, puesto que mis conocimientos sobre las variantes genéticas y evolutivas de los filos son superiores a los de cualquier cazador.

Un cazador, es un Murhedar especializado en la búsqueda y destrucción de perdidos de grado cuatro, este Murhedar generalmente tiene el título de gran maestro y para convertirse en cazador, debió acabar con al menos tres perdidos de grado cuatro en combate singular, lo cual es una tarea titánica, puesto que la mayoría de Murhedar que se encuentran en esta situación, perecen. Actualmente solo seis heredar de filo lunar poseen el título de cazador, entre ellos están: Mahalli (que lo consiguió antes de convertirse en Murhendoar), Kélfalli, Roa y Koa, esta última posee el récord de perdidos abatidos en solitario de todas las naciones. Para las demás naciones la situación es similar, son pocos los heredar que consiguen el título de cazador.

—¿Te enviaron a morir solo para pedirme que me uniera a ese grupo de inútiles?

Ikel comenzó a reír, mientras sacudía ligeramente a Yúnuen y susurraba su nombre.

—¡¿Qué?! ¿Qué pasa? —preguntó Yúnuen bastante alterada, pero al ver a Ikel, se calmó, aunque parecía que no había recobrado por completo la cordura—. ¿Y Yorha?

—Tranquila, dime que viste dentro de sus ojos —dijo Ikel, colocándose frente a Yúnuen y viéndola directamente a los ojos.

—¡Sus ojos! ¡La dama oscura! ¿Dónde está? —preguntó Yúnuen, haciendo a un lado al gran maestro para buscar a la dama, que aún se encontraba frente a ellos, esperando—. Nos daba por muertos, pero sigue ahí, sin hacer nada.

—Sí, solo platicamos —dijo Ikel mientras se acercaba a Yorha.

—Estoy bien —susurró Yorha, quien estaba disfrutando de lo que veía dentro de los ojos de la dama—, me tomó un momento, pero pude recuperar la conciencia.

—¿Qué es lo que ves? —preguntó Ikel.

—Vi a mis padres —dijo Yorha extrañada, su rostro era invadido por la nostalgia que poco a poco se convertía en confusión—, fue como un recuerdo de mi niñez, antes de que él muriera; ahora solo siento paz.

—Yo conocí a tu padre, pequeña.

—¿Pequeña? —preguntó Yorha, su rostro enfureció al escuchar esta palabra, puesto que una voz en su cabeza la había nombrado así constantemente en los últimos años— ¿Por qué me dices así? ¡¿Tú qué sabes de mí?!

—¿Qué? ¿Tu madre nunca te lo mencionó? —preguntó la dama oscura mientras comenzaba a caminar alrededor de los heredar; su presencia era terrorífica, por momentos parecía que en su armadura se asomaban rostros desconocidos, como a través de una ventana.

—¿Qué cosa? —preguntó Yorha siguiéndola con la mirada.

—Tu padre, él te nombraba así —la dama oscura emanaba una confusa energía oscura, lo que hacía difícil darle seguimiento—, y eso es lo que eres aún, una pequeña, que no sabe ni siquiera quien es.

—Eso es lo mismo que el vestigio te dijo —susurró Yúnuen.

«Bien, si conoció a Yorha cuando era pequeña, seguramente está en el círculo de amistades cercanas de sus padres, eso reduce bastante a los posibles candidatos de su verdadera identidad. Si llego a perderla, Feralli podrá darme más pistas de quien es realmente esta mujer», pensaba Ikel, analizando la situación en busca de más detalles que lo ayudaran a descubrir que escondía la misteriosa heredar.

252

—¡Ya estoy cansada de que cuestionen mi identidad! —exclamó Yorha.

—¿Y qué piensas hacer al respecto, pequeña? —preguntó la dama oscura, deteniéndose justo frente a la Murhedar. En toda su armadura comenzaron a formarse afiladas dentaduras conformadas únicamente por colmillos, que parecían querer escapar y mordían la armadura por dentro, como si tuviera encerradas en su interior aberrantes bestias.

—¡Deja de manchar el recuerdo de mi padre! —Yorha invocó su armadura, al mismo tiempo en que de sus manos surgían dos largas y brillantes katanas, sus puños se cerraban con fuerza sobre estas, y los músculos de su cuerpo estaban tensos, preparados para el combate.

—Yorha, intenta provocarte, recuerda que ella es una heredar y está prohibido combatir entre nosotros, no puedes permitirte atacarla sin una justificación, debemos esperar a que ella nos ataque —repuso Yúnuen, colocando su mano sobre el hombro de Yorha.

—Para eso estoy yo —dijo Ikel, apartando a las heredar y colocándose frente a la dama oscura—. Yo decidiré si es considerada un heredar o una corrupción, pero lamentablemente no podré determinarlo con claridad, sin entablar combate directo y sentir su filo.

La dama oscura dio un paso atrás, su cabello comenzó entonces a elevarse, flotando por detrás de ella con elegancia, las puntas de cada uno parecían apuntar directamente al gran maestro mientras se movían. Ikel únicamente jugaba con su pequeño filo entre sus dedos, en la espera del primer ataque.

—¡No! —gritó Yorha, metiéndose entre ambos para evitar el combate—, todavía tengo preguntas que hacerle.

Ikel sonrió ante la contradictoria actitud de Yorha y desvaneció su filo.

—Gracias —dijo Yorha, desvaneciendo sus filos y volteando hacia la dama oscura.

—Otra opción es que me dejaras conectar con tu filo voluntariamente —comentó Ikel, viendo a la dama oscura con una sonrisa sincera en el rostro, pero sin recibir respuesta alguna—, pero parece que eso no pasará.

—Está claro que nuestros filos son similares, aunque el mío solo en ocasiones es tan oscuro como el tuyo —dijo Yorha intentando entablar una conversación amistosa con la dama—. ¿Eres un filo lunar al igual que yo?

La dama oscura se mostraba inmutable, su mirada era inexpresiva y observaba fijamente a los ojos de Yorha; a la Murhedar le costaba no perderse en su oscuridad, pero mantenía la mirada en ellos. Yorha estaba emocionada e intrigada, los ojos de la dama oscura le ayudaron a comprender como es que los demás la veían, realmente era intimidante.

—¿Mi filo perderá por completo su brillo, así como el tuyo? ¿Hay alguna forma de controlar o acelerar los cambios en mi filo? —preguntaba Yorha, con la esperanza de que alguna de estas preguntas despertara el interés de la dama oscura.

—¡Lo tengo! —exclamó Yúnuen acercándose a Ikel—. ¡Su red, si la porta, debe responder a la alerta de emergencias y si no, quiere decir que no porta su red, por lo tanto, podemos simplemente buscar en la base que redes han sido retiradas de sus usuarios y así intentar identificarla!

—¡Brillante! —la felicitó Ikel, colocándose entre Yúnuen y la dama oscura—, ahora quédate detrás de mí, al igual que con Yorha, no puedo sentir la totalidad de su poder.

La dama oscura frunció el ceño, estaba claro que la idea de Yúnuen podría delatarla.

—Ya la escuchaste, tenemos una forma de identificarte, porque no mejor nos ahorras las molestias y nos revelas tu rostro —añadió Ikel sin recibir respuesta alguna, lo que hizo que el gran maestro desplegara su red para pedir una señal de emergencia en la zona donde se encontraban ubicados; eso haría que todas las redes en sus coordenadas comenzaran a vibrar para alertar a sus portadores.

Pero antes de poder pedir la señal, la dama oscura cruzó sus brazos frente a ella, a la altura de su pecho, con sus puños en dirección a los hombros; del interior de sus antebrazos comenzaron a surgir dos cuchillas negras, parecía estar a punto de atacar. Ikel guardó su red e invocó una serie de escalpelos entre los dedos, preparándose para repeler el ataque de la dama oscura.

—Parece que será por las malas —dijo Ikel, dando un paso al frente en posición de combate.

—Espera —dijo Yorha, colocando su mano sobre el antebrazo de Ikel y bajándolo—, algo anda mal.

Yorha volteó entonces a sus espaldas, justo en ese momento se comenzaron a escuchar pasos que provenían de una parte más profunda del templo, acercándose lentamente hacia los heredar.

—¡Cómo no pudimos sentir su presencia! —exclamó Ikel, sin perder de vista a la dama oscura—, creo que la presencia de nuestra amiga distorsiona nuestra percepción.

—Creo que él tampoco pudo sentir nuestra presencia —comentó Yúnuen, invocando un filo con la forma de un estoque largo y apuntándolo hacia uno de los pasillos, de donde provenían los pasos—. Grado dos, estoy segura.

—Necesito que me cubran del perdido —indicó Ikel, temiendo que, en cualquier momento, la dama oscura escape, y efectivamente, ella comenzó a retroceder lentamente, seguida paso a paso por Ikel, mientras los ecos del pesado caminar del perdido se hacían cada vez más fuertes—. Yorha...

—Dime —contestó la heredar que se veía emocionada por la situación.

—¿Crees poder con el perdido? Necesitaré de todas mis habilidades para capturar a nuestra amiga, así que no podré ayudarles.

—¿Capturarme? —preguntó la dama oscura entre risas, mientras colocaba los brazos a sus costados, echando el pecho al frente y la cabeza en alto, gracias a los tacones, tenía más altura que Ikel, así que daba una sensación aún más intimidante—, tienes mucha confianza en ti mismo.

—Te sobreestimas, un exceso de orgullo te llevará a la soberbia y posteriormente a la corrupción, o quizá ya esté en ti la corrupción, no lo sé —le contestó Ikel, invocando completamente la armadura sobre su cabeza, esta vez la armadura del gran maestro se volvió más gruesa de lo normal, una armadura para un combate más intenso, que soportara golpes directos de gran poder. De su mano surgió un pequeño escalpelo, que brillaba con intensidad, pareciese palpitar el poder que guardaba en su interior y lo apuntó hacia la dama oscura, convirtiéndolo en una gran lanza que por pocos milímetros no tocó la frente de la heredar—. Así que te recomiendo que pienses bien tus siguientes palabras.

Los ojos de la dama oscura denotaron su molestia y desvaneció una de sus cuchillas para apartar con su mano el filo del gran maestro, lo que hizo que Ikel volviera a transformarlo en el pequeño escalpelo y volteara a ver a Yorha.

—Elimínalo y vuelve directamente a la base, ¿de acuerdo? —indicó Ikel con seriedad a Yorha—, esta vez es una orden.

—Sí señor —dijo Yorha sonriente, deslizando su lengua sobre el labio superior, como si estuviese saboreando el próximo combate.

—Yorhalli —dijo la dama oscura, se notaba algo de angustia en su voz, haciendo que los tres heredar voltearan a verla sorprendidos—, lo que haces...

255

—¿Sí? —Yorha no cuestionó más, ya que parecía que la dama oscura sabia de la misión que Mahalli les había asignado.

—Ten cuidado —dijo la dama oscura, despidiéndose de Yorha con la mano mientras caminaba hacia el acceso más cercano, haciendo que los tres heredar quedaran extrañados, viéndose unos a otros—. Bueno Ikel, ¿nos vamos?

—Yúnuen, toma registro del perdido e intenten hacerlo lo más rápido posible —dijo Ikel mientras seguía los pasos de la dama oscura—. ¡Nos vemos!

Ya estando a punto de salir, la dama oscura volteó nuevamente hacia Yorha, viéndola de pies a cabeza, como si intentara grabar su recuerdo por última vez. Aunque no pudiera observarse, por alguna razón Yorha pudo sentir cómo la dama oscura le sonreía, devolviéndole el gesto. Un instante después la dama oscura e Ikel, desaparecieron, haciendo vibrar todo el lugar y dejando tras de sí una gran ventisca.

—Bien, eso seguro atraerá a más enemigos —dijo Yúnuen, que no perdía de vista el pasillo del que provenían los pasos.

—Grado dos ¿verdad? —preguntó Yorha mientras se acercaba a Yúnuen—. ¿Puedes predecir de que filo proviene?

—No —dijo Yúnuen con dificultad, estaba un poco enfadada—, creo que sigo algo aturdida por los ojos de la dama oscura.

—Bien, no importa, acabaremos con él antes de que pueda atraer a más de su calaña y seguiremos con nuestra misión —la armadura de Yorha se cerró sobre su rostro hasta la raíz de su nariz, esta vez su armadura formó una serie de filos defensivos, largas cuchillas que cubrían sus antebrazos y ambas tibias. Su armadura era algo más gruesa de lo normal y las estrellas dentro de ella bailaban con calma. La Murhedar colocó ambas manos frente a ella con los brazos extendidos al frente y las palmas abiertas en dirección contraria a su rostro; inmediatamente después, una potente luz azul blanquecina emergió de ellas y poco a poco fue separando sus manos haciendo aparecer un filo con forma de katana, de al menos dos metros de longitud, este era más liviano de lo normal y las estrellas dentro, parecían moverse en dirección al frente afilado, haciéndolo brillar más aún que el resto del filo. De su armadura comenzaron a surgir cientos de estrellas que se dispersaban lentamente por todo el lugar.

—Aquí viene —dijo Yúnuen, afianzando su filo, del cual brotaban bellos brillos que se dispersaban alrededor de la heredar—. No entiendo por qué está tardando tanto.

—Sí, es extraño, como si todavía no supiese que estamos aquí —comentó Yorha extrañada, sosteniendo su katana con ambas manos en posición de ataque.

—La dama oscura estuvo aquí antes que nosotros, ¿crees que haya hecho algo que alterara los sentidos del perdido?

—Sí, es una posibilidad, viste lo que sus ojos pudieron hacernos, además ya vimos que mis ojos también tienen un efecto aturdidor en los vestigios, aunque dudo que lo tenga en un perdido; supongo que los ojos de ella tienen una capacidad superior.

Ambas heredar guardaron silencio al visualizar a su oponente, que salía de uno de los pasillos que llegaban hasta la cúpula principal donde se encontraban. Su respiración se hizo visible ya que un frio abrumador invadió el lugar y pequeños cristales comenzaron a formarse en todo el interior del templo. Con cada paso agrietaba el piso a su alrededor (los perdidos de grado uno y dos solían pesar entre seis a diez toneladas, aunque tenían la apariencia física de un heredar, su densidad molecular era en extremo superior). Su torso estaba desnudo, siendo sus piernas y uno de sus brazos, las únicas partes del cuerpo que contaban con la armadura expuesta, esta era de un color negro obsidiana y una especie de neblina negra emergía de ella; la armadura estaba repleta de bordes afilados, picos y espinas. La cobertura en su brazo formaba gruesas y afiladas garras, que chocaban entre sí con cada paso que daba, produciendo un ruido parecido al chocar de pesadas espadas. El perdido caminaba con dificultad, contorsionándose y estremeciéndose constantemente, como si con cada movimiento un insoportable dolor lo agobiara. Su piel, que era color blanco grisáceo estaba desgarrada y una espesa sangre negra escurría de sus heridas; parecía faltarle uno de sus senos, quedando un gran agujero en su lugar, por el que podía visualizarse una especie de masa negra que recorría su interior y de la cual brotaba la sangre. Su cabello era largo y lacio, le llegaba a la altura de su espalda baja; parte de su cráneo, específicamente en la parte posterior derecha, estaba destrozada, por lo que no contaba con cabello y la sangre brotaba a chorros de la herida; el cabello era negro como la sangre que brotaba de su interior. Su rostro estaba inflamado y deformado por la presión que la corrupción ejercía en su interior, uno de sus ojos colgaba del nervio óptico y de la cuenca escurría sangre lentamente, su mirada era de tristeza, aunque deforme y demacrado, su rostro podía mostrar la aflicción que invadió al heredar al ser corrompido; sus labios, antes delicados y carnosos, habían sido arrancados por sus propios dientes, que estaban despostillados y cuarteados por la presión que ejercían unos sobre otros; su nariz, pequeña y respingada, colgaba de su rostro, sostenida únicamente por un trozo de piel, cada vez que el vestigio inhalaba, esta regresaba a su lugar y caía nuevamente con cada exhalación. En su cuerpo había marcas muy profundas de sus propios dedos, constantemente llevaba su mano desnuda hacia su piel, intentando arrancarla y liberarse de esa masa negra que tanto dolor le causaba; sus dedos habían perdido totalmente las uñas y el hueso de cada uno, se lograba asomar a través de la piel.

—Me sorprende que estando frente a nosotros, no sienta nuestra presencia —susurró Yúnuen emocionada, echándose al suelo para observar más detenidamente al perdido, era una oportunidad única en la vida—. Está en un estado de relajación, nunca vi a un perdido así, parece sufrir.

—¡Yo conocí a esa heredar! —afirmó Yorha mortificada, viendo cómo el perdido se detenía justo frente a ellas, sin haberse percatado aún de su presencia—, en el décimo séptimo batallón, en la frontera suroeste; ella era muy linda conmigo, me compartía de la comida que sus padres le enviaban.

—Lo siento Yorha —susurró Yúnuen, colocando su mano sobre el pie de la Murhedar como muestra de apoyo.

—Está bien, me alegra ser yo quien la libere del sufrimiento —manifestó Yorha que comenzó a caminar hacia el perdido, con su brazo izquierdo relajado, y su brazo derecho con el cual sostenía su filo, extendido a su costado y ligeramente hacia atrás; la katana apuntaba hacia enfrente, justo en dirección al perdido—. ¡Solo lamento no recordar tu nombre! —exclamó, dirigiéndose al perdido.

Yúnuen se levantó impactada, no podía creer que Yorha hubiera perdido deliberadamente el elemento sorpresa. Al mismo tiempo, el perdido volteó la cabeza bruscamente en dirección a las heredar, pero este no las ataco. Lo que sorprendió a Yorha, quien ya había tomado una posición de combate y volteó hacia Yúnuen confundida, después ambas heredar observaron el rostro del perdido. Con su mano desnuda, el perdido colocó su ojo colgante con fuerza dentro de su cuenca, lo que hizo salpicar la sangre por la presión aplicada, después, ambos ojos comenzaron a moverse aleatoriamente, buscando coordinar, al hacerlo, enfocaron su vista en Yorha; dentro de ellos todo era oscuridad, ver a los ojos de un perdido, era como ver la muerte misma, una muerte en la que no había descanso, en la que solo se podía esperar sufrimiento.

—No puedo con esto —dijo Yúnuen, desviando su mirada—. Puedo sentir su dolor, la agonía que sufre a cada segundo.

Yorha estaba confundida, parecía que el perdido intentaba comunicarse con ella, su boca titilaba, intentando formar alguna palabra, su mirada era de agonía, como si no pudiese encontrar el descanso, como si pidiese a gritos que le mataran. La respiración de Yorha se aceleraba, tenía la sensación de que en cualquier momento el perdido hablaría; de pronto, la Murhedar dio un paso atrás, por un segundo pudo ver el rostro de aquella heredar de cabellos dorados, sonriente y afable, que intentaba integrarla al grupo.

—¿Saat? —preguntó Yorha confundida—. ¿Ese es tu nombre no es así?

Yúnuen estaba estupefacta, el perdido, contrario a todo lo que se conocía de ellos, comenzó a retroceder mientras que su armadura invadía el resto de su cuerpo, al hacerlo se notaba como esta se incrustaba dentro de la piel, desgarrándola y haciéndola sangrar.

—¡Yorha que estas esperando! —gritó Yúnuen, su armadura se cerró sobre su rostro hasta la raíz de su nariz, similar a la protección de Yorha, pero la de Yúnuen cubría sus sienes y las partes laterales de su cráneo, simulando ser bellas plumas—. ¡No puede escapar!

Yúnuen se precipitó contra el perdido con su estoque al frente, apuntando al corazón; su filo irradiaba una intensa luz azul blanquecina y todo el aire a su alrededor se distorsionó, para después causar una onda de choque por la ruptura de la barrera sónica. Al verla, el perdido volteó hacia ella y capturó el filo de la heredar con ambas manos; al estar su estoque apresado, Yúnuen gritó con furia y aplicó gran poder en su filo, haciendo que el perdido se aferrara aún más fuerte de este, pero la fuerza que proyectó Yúnuen, fue tal, que ambos salieron del templo a una velocidad vertiginosa, atravesando todos los edificios que se encontraban a su paso, el impacto entre ambas fuerzas hizo que gran parte del templo se comenzara a derrumbar.

—¡Yúnuen! —gritó Yorha, siguiendo el rastro de destrucción dejado por el impacto, los edificios que habían atravesado comenzaban a derrumbarse. Yorha saltó a un lugar más elevado para buscar a su amiga, a lo lejos vio como una gran explosión derrumbaba otro edificio y se dirigió hacia allá.

Murhendoar

El viento soplaba impaciente, atravesando las pendientes y cumbres de una bella montaña nevada, llevando la nieve hasta una pequeña arboleda que cubría lo que antaño fue un complejo turístico, lleno de rusticas cabañas y centros de entretenimiento. Un derruido teleférico llevaba hasta la cima de la montaña, adentrándose en una gran edificación en donde se podían realizar diferentes actividades recreativas y deportivas, enfocadas en deslizarse montaña abajo sobre la nieve.

—Aquí parece terminar el rastro —dijo Dohamir, mientras caía suavemente sobre la entrada del lugar que estaba repleto de nieve, hundiéndose hasta el sóleo de sus pantorrillas; todo estaba congelado, a tal grado que en el techo ya se habían formado estalactitas de hielo—. No logro percibir nada más, tenías razón, es un rastro muy singular.

—Te dije que era un rastro diferente, muy tenue. Los perdidos parecen haberlo seguido y creado rastros falsos tras él —contestó Mahalli, cayendo suavemente junto a Dohamir y desvaneciendo la armadura que cubría su rostro, el cual estaba invadido de tenues estrellas que simulaban ser pecas, sus ojos parecían brillar de una forma especial, y sus largas y delicadas pestañas se cerraban suavemente mientras observaba a los ojos de Dohamir—. Investiguemos la zona ¿quieres? —Mahalli sonrió dulcemente inclinando levemente su rostro y después volteó, haciendo que su cabello rozara la nariz de Dohamir.

—Te sigo —dijo Dohamir, frunciendo levemente la nariz para percibir el aroma del cabello de Mahalli, que siempre había sido de su agrado; después comenzó a caminar tras ella, viendo con una sonrisa el elegante caminar de la Murhendoar del filo lunar y dándole alcance para estar a su lado.

—Hay demasiada nieve, si el ente sigue aquí, deberíamos poder ver alguna señal —apuntó Mahalli, abriendo una puerta que en su inscripción decía: *Bodega de equipo*. Al entrar, alzó su mano frente a ella, abriendo la palma con suavidad, de esta, surgió un brillo que iluminó todo a su alrededor y flotó hasta el centro del lugar.

—Lo nombras "ente", como si no fuese algo conocido hasta ahora —Dohamir se agachó para no topar con el marco de la puerta y entró tras Mahalli. El lugar estaba repleto de aerodeslizadores, tablas de nieve, esquíes, mochilas propulsoras y demás artilugios para el disfrute de los turistas.

—¿No puedes sentir que su presencia no es similar a la de los vestigios actuales? Lo que sea que está o estuvo aquí, es la causa del extraño comportamiento de los seres oscuros en los últimos cincuenta años, de eso estoy segura.

—Es una hipótesis bastante arriesgada, aunque no puedo asegurar que este rastro pertenezca a un ser de oscuridad conocido —comentó Dohamir bastante intrigado, mientras veía a su alrededor e inspeccionaba el lugar, prestando especial atención a los diseños en las tablas de nieve—. Si fuese así, esto podría dar una explicación al ataque de los perdidos procedentes de la capital del filo llameante y detener así el conflicto.

—Es por eso que te pedí ayuda, es una prioridad investigar la procedencia de este rastro tan singular —aseveró Mahalli, acercándose a Dohamir y rozando su espalda suavemente con la palma de su mano para después pararse junto a él—. Mi suposición es que este ser, planeó el conflicto desde un inicio.

—Hay un gran problema aquí Mahalli —Dohamir vio a Mahalli con seriedad, a lo que Mahalli respondió con una sonrisa, lo que hizo que el Murhendoar entrara en conflicto al no saber que semblante mostrar y solo devolvió la sonrisa de Mahalli con una propia, algo más tímida—. Si llegaras a encontrar a este "ente" ¿qué es lo que harás para comprobar tu hipótesis?

—Todavía no lo sé, estoy consciente de que, si llego a encontrarlo, deberé exterminarlo en ese mismo instante —contestó Mahalli, poniéndose de cuclillas, su mirada, que apuntaba al piso, se mostraba algo afligida y su cabello caía suavemente cubriendo los costados de su rostro.

—No te pongas así —dijo Dohamir, agachándose y colocando su mano sobre el hombro de Mahalli; aunque él no podía verlo, en el rostro de Mahalli se mostró una enorme y traviesa sonrisa—. ¿Cuáles son tus opciones?

Mahalli se levantó, recogiendo su cabello y observando a Dohamir directamente a los ojos, indicándole que le siguiera. A pocos metros se encontraban un par de aerodeslizadores, Mahalli se sentó sobre uno de ellos e invitó a Dohamir a sentarse a su lado, pero el Murhendoar se sentó en el aerodeslizador de junto, pensando que no cabría junto a Mahalli.

—Bueno —suspiró Mahalli, no queriendo mostrar la decepción de que Dohamir no se sentase junto a ella—. Mi primera opción era seguirlo y capturar en video su contacto y control sobre los perdidos y vestigios, pero cuando el rastro comenzó a dividirse, de inmediato supe que el ente estaba consciente del seguimiento que le daba.

—¿Ya antes habías sentido esta presencia?

—Sí, en aquella ocasión en casa de Heldari, cuando... bueno tú sabes —mustió Mahalli, intentando no recordar aquel momento.

—Ummm ¿es por eso por lo que abandonaste el lugar en una dirección diferente de la que provenían los perdidos y dejaste que tu consejo Murhedar se encargara de ello?

—No tenía tiempo que perder, además, sin pruebas que presentar, ni nuestro consejo, ni el de Cihillic lo habrían tomado en consideración.

—¿Nadie más sintió esta presencia? ¿Ni siquiera Feralli?

Mahalli suspiró al escuchar el nombre de su excompañera de escuadrón y pasó su mano sobre su nuca, deslizándola por su cuello con algo de tensión, parecía que algo le conflictuaba.

—Verás, desde ese momento ella y yo no hemos tenido mucha comunicación —Mahalli se mostró afligida, haciendo pausas para pensar en las palabras correctas—. Cuando perdí el rastro y regresé a la capital, Feralli se había marchado, pero al ver su declaración, ella nunca mencionó la presencia del extraño ser, así que fui en su búsqueda ya que por la red no me contestaba. Al cuestionarla sobre su declaración, me dijo que ella no había sentido ninguna presencia extraña, sinceramente eso me molestó mucho, pero no quise discutir, puesto que la pequeña Yorha estaba en la habitación contigua junto con la sobrina de Kélfalli. En ese momento podía sentir que Feralli me culpaba por no haber llegado a tiempo, aunque a la fecha nunca me ha reclamado nada. Antes de cruzar la puerta e irme, Yorha tomó mi mano y me vio serenamente con esos enormes ojos que la caracterizan; yo me agaché y tomé sus pequeñas manos, prometiéndome a mí misma que encontraría al culpable de la muerte de su padre, después le di un beso en la frente y me fui.

—Entonces es un asunto personal —intuyó Dohamir, viendo a la Murhendoar con incertidumbre.

—No, no, para nada, no es una venganza o algo así —se explicó Mahalli avergonzada al ver la expresión de Dohamir.

—Si no es así, ¿por qué no informaste a Maculli de esta presencia o pediste nuestra ayuda?

—Con la negativa de Feralli y ninguna otra prueba, no me pareció prudente; las pocas veces que he podido percibirlo, su rastro desaparece, pero esta vez fue más fuerte ¡le piso los talones! —explicó Mahalli emocionada levantándose de su asiento y acercándose a Dohamir—. Si logramos encontrarlo, contigo como testigo ¡no habrá duda alguna de que este ente pudiera ser el causante del conflicto actual y del extraño comportamiento de los seres oscuros en los últimos años!

Dohamir sonrió dulcemente ante la efusividad de Mahalli. La Murhendoar lo tomó del brazo, haciendo que se levantara y lo llevó hacia las tablas de nieve.

—¿Has sentido algo desde que llegamos? —preguntó Mahalli mientras caminaban hacia la repisa con las tablas.

—No, con esta nieve y los pequeños animales que se refugian en los árboles circundantes, será complicado sentir nuevamente el rastro —Explicó Dohamir, que usaba el viento para poder sentir todo a kilómetros a la redonda, cualquier cosa, hasta la más diminuta partícula de polvo que el aire pudiese llevar, era captada por Dohamir.

—No te preocupes, ya aparecerá y ahora que tú has podido sentir este extraño rastro, ya no me siento tan sola —dijo Mahalli, recargándose momentáneamente en el hombro de Dohamir—, bueno ¿cuál te gustó? —Mahalli abrió la repisa y rompió los oxidados seguros que sujetaban una de las tablas, esta era de color azul, adornada con rayos plateados.

—Pensé que no te llamaban la atención los artefactos humanos —Dohamir comenzó a ver las tablas con detenimiento antes de seleccionar una.

—Realmente no, pero algunos de sus pasatiempos eran muy divertidos —Mahalli descongeló su tabla usando únicamente su aliento, la temperatura era tan baja que el agua que escurría de la tabla se congelaba antes de caer al piso—. ¿Sabes para que usaban estas tablas?

—No parecen tener ningún motor o forma de desplazamiento autónomo —analizaba Dohamir, que había ya seleccionado una tabla roja con flamas negras—, aunque parece que cuentan con seguros para los pies, por lo que supongo que les hace falta alguna pieza.

—Acompáñame —Mahalli tomó a Dohamir de la mano, llevándolo fuera de la bodega—, tú ve por allí y yo por acá.

—¿Qué buscamos? —preguntó Dohamir, deteniéndola antes de seguir por su lado.

—Trajes para nieve —contestó Mahalli dulcemente.

—¿Para qué? —Dohamir se mostraba confundido, puesto que la resistencia a los elementos que tenían los cuerpos de los heredar era muy superior a la que cualquier traje humano pudiese proporcionar.

—Tú hazme caso —sonrió Mahalli, soltando la mano de Dohamir y siguiendo su camino.

Dohamir la observaba confundido, viendo cómo la Murhendoar volteaba en una esquina, sonriéndole mientras se perdía de vista. Después,

Dohamir siguió uno de los corredores, asomándose en cada habitación con la que se cruzaba.

—Creo que los encontré —dijo Dohamir, entrando en una habitación repleta de diversos trajes para las diferentes actividades del complejo turístico. Mientras esperaba a Mahalli, el Murhendoar se colocó en medio de la habitación y comenzó a calentar el aire a su alrededor, por medio de electricidad que fluía a través de su armadura.

—Bien, ¡sí son estos! —confirmó Mahalli mientras entraba a la habitación—, ahora imagina que somos humanos.

—¿Qué? —preguntó Dohamir confundido—. ¿Es una especie de juego?

—Claro, puedes tomarlo de esa forma —respondió Mahalli mientras desvanecía su armadura lentamente, su ropa bajo ella, había quedado intacta—, ahora busquemos alguno de tu tamaño.

—Muy bien, supongamos que somos humanos —Dohamir comenzó a desvanecer su armadora, pero algo lo detuvo—. Ummm, creo que mi ropa no resistió tan bien como la tuya.

—No te preocupes, encontré un traje que puede quedarte —Mahalli se acercó a Dohamir con el traje mientras él desvanecía completamente su armadura—. Vaya… tú no tienes nada de cuidado al invocar tu armadura sobre la ropa —dijo, mientras intentaba controlar su respiración y ocultar el fervor en su rostro, pasando fuertemente la saliva por su garganta.

—Lo sé, creo que debería fijarme más en esos detalles —dijo Dohamir apenado, su ropa estaba desgarrada y en algunas partes quemada, dejando al descubierto su piel desnuda.

El Murhendoar tomó su camisa de la parte del hombro y la arrancó completamente de su cuerpo, dejando su torso desnudo mientras tomaba la parte superior del traje que sostenía Mahalli. En el torso de Dohamir se podía ver como la electricidad recorría sus pectorales, bajando por sus abdominales hasta la parte inferior de su cuerpo, el Murhendoar emanaba una calidez reconfortante, a la cual Mahalli no era indiferente y lo observaba con detenimiento, no pudiendo evitar la dilatación de sus pupilas y mordiendo discretamente su labio inferior.

—Sí que es cómoda —comentó Dohamir después de ponerse la gruesa chamarra deportiva del conjunto, palpando sus pectorales con las palmas de las manos para sentir lo acolchonado del traje—. Bien ahora los pantalones —Dohamir observó a la Murhendoar, esperando le diera un poco de privacidad.

Mahalli volteó algo apenada mientras el Murhendoar se quitaba los maltrechos pantalones y se colocaba los del conjunto, aunque eso no evitó que sus curiosos ojos intentaran observar.

—Y bien ¿cómo me veo? —preguntó Dohamir, posando para Mahalli con las manos en la cintura y la cabeza en alto (por suerte había una talla XXXL que apenas le había quedado).

—Te va bien el color rojo —Mahalli sonrió de forma natural y sus ojos se iluminaron al verlo, después prosiguió a buscar un traje que le quedara, mientras que Dohamir observaba su tabla, sosteniéndola y balanceándola de un lado a otro como un bate de béisbol—. ¿Cuál es tu color favorito? —preguntó mientras rebuscaba entre los trajes, sin poder decidir cuál usar.

—Tiene mucho que no pienso en algo así —reflexionó Dohamir quedándose inmóvil momentáneamente—, creo que el purpura, específicamente el violeta.

—¡¿El violeta?! —Mahalli estaba sorprendida, no se le habría ocurrido nunca que ese color fuese el favorito del Murhendoar puesto que jamás lo había visto usarlo.

—Es bonito color. ¿No lo crees? —Dohamir soltó una pequeña risa tras la reacción de Mahalli viendo cómo sacaba un traje violeta.

—Pues veamos cómo me sienta el violeta —al colocarse la parte superior del traje, la cabeza de Mahalli no pasaba atreves del agujero para la cabeza, al parecer olvidó desabotonar el seguro del cuello y su cabello quedó atrapado en el velcro al intentar quitársela.

—¡Espera, espera, te ayudo que la vas a romper! —Dohamir no paraba de reír mientras intentaba maniobrar el cabello de Mahalli, desabrochando el seguro del cuello y deslizando lentamente la cabeza de la Murhendoar—. Listo, eres libre.

—Gracias, no me fijé en ese botón —Mahalli dio un paso atrás, se veía ruborizada e intentaba disimular la vergüenza, terminando de colocarse el traje—. ¿Tú sabes cuál es mi color favorito?

—¡El plateado por supuesto! —exclamó orgulloso, sabiendo que Mahalli se sorprendería.

—¿Y cómo lo sabes si nunca te lo había dicho? —Mahalli frunció el ceño intrigada, en el fondo estaba aún más avergonzada por no saber el color favorito de él.

—Es fácil, siempre intentas resaltar el color de tu cabello y en su mayoría tus accesorios son plateados.

—No pensé que te fijaras en ese tipo de detalles —Mahalli sonrió y deslizó sus manos, retirando el cabello sobre sus orejas, mostrando así las argollas plateadas que portaba—. ¿Qué más sabes de mí? —en ese instante su expresión se tornó más relajada, como intentando coquetear, mirando fijamente a los ojos del Murhendoar.

—Mejor dime que vamos a hacer con estas tablas —Dohamir se mostró claramente nervioso, sonriendo y evadiendo la mirada de Mahalli.

—Acompáñame —Mahalli salió de la habitación, contoneándose mientras le sonreía dulcemente. Dohamir la siguió, colocándose a su lado y jugando con su tabla, haciéndola girar verticalmente sobre uno de sus dedos—, recuerda que como humanos no podemos ocupar nuestra verdadera fuerza.

—¿Quieres decir que los humanos no podían levantar estas tablas?

—¡Sí! Sí podían —dijo Mahalli entre risas—, pero el límite de su fuerza natural (sin cambios mecánicos o genéticos en su estructura) era de unos quinientos cincuenta kilogramos.

—Eso era bastante peso para sus frágiles cuerpos.

—No todos podían lograrlo, era una actividad para la cual algunos humanos entrenaban profesionalmente. Levantar grandes cantidades de peso era un deporte de competición para ellos —comentó Mahalli mientras salían por un acceso lateral del complejo y se acercaban al borde de la montaña, era una caída de casi ochenta grados—. Ahora hay que asegurar nuestros pies sobre las tablas.

—Creo saber de qué va todo esto —Dohamir se sentó en la nieve, abrochando los seguros de la tabla sobre sus pies. Mahalli dio un pequeño salto para incorporarse ya habiéndose asegurado y extendió su mano al Murhendoar, ayudándole a levantarse. Ambos se acercaron lentamente a la orilla, arrastrando sus pies con suavidad para no romper las tablas.

—¿Ves aquellas cabañas al pie de la montaña? —preguntó Mahalli mientras acercaba su tabla a la orilla.

—Sí ¿por?

—¡Ahí te espero! —Mahalli empujó a Dohamir para darse impulso, haciéndolo caer sobre la nieve. Él no tardó en incorporarse y darle seguimiento. Aunque Dohamir nunca había visto o escuchado de aquel deporte humano, lo dominó con naturalidad y comenzó a ganar velocidad, acercándose poco a poco a Mahalli.

—¡Seré yo quien te espere! —gritó el Murhendoar, que, gracias a su naturaleza, el viento oponía nula resistencia a su movimiento.

—Eso lo veremos —susurró Mahalli, agachándose y tocando la nieve con una mano, de la cual surgió un impulso, quebrantando el suelo bajo la nieve y provocando una avalancha.

—¡Ey! ¡Eso es trampa! —le reclamó Dohamir, maniobrando entre los gigantescos cúmulos de nieve que descendían bruscamente detrás de Mahalli. De pronto, el crujir de la montaña hizo que ambos voltearan; al parecer la fuerza ejercida por Mahalli se transfirió hasta la cumbre, debilitando los deteriorados cimientos del complejo turístico que comenzó a caer tras ellos, junto con grandes fragmentos de la montaña.

—¡Creo que me pasé de fuerza! —Mahalli desaceleró para permitir a Dohamir alcanzarla con más facilidad.

—No habrá cabañas a las que llegar si seguimos pretendiendo ser humanos —dijo Dohamir mientras se colocaba al lado de Mahalli, en la espera de una respuesta.

—Está bien, puedes hacerlo, pero no rompas tu traje —Mahalli estaba algo molesta consigo misma por destruir la montaña, pero aprovechó la distracción para tomar ventaja.

Dohamir volteó bruscamente alzando al mismo tiempo su brazo derecho y apuntándolo hacia el cielo. Su rostro se tornó serio y en sus ojos comenzaba a formarse una tormenta; un gran fragmento de la montaña estaba a punto de alcanzarlo cuando Dohamir bajó con furia su brazo, como haciendo un corte hasta alcanzar el suelo, esto generó una poderosa onda de energía que hizo pedazos el gran fragmento de montaña y todo lo que había detrás de este, haciendo que la nieve y escombros cayeran lejos de la zona. Ahora un gran surco atravesaba la montaña por la mitad. El Murhendoar se sacudió la nieve y la tierra que habían caído sobre él y prosiguió a alcanzar a Mahalli. Al llegar a la calzada principal, se sentó para quitarse la tabla y proseguir a pie. «¿A dónde te fuiste a esconder?», pensó mientras se incorporaba e intentaba sentir la presencia de Mahalli, caminando lentamente entre las cabañas.

—¿Mahalli? —de pronto Dohamir sintió movimiento en una de las cabañas, y al acercarse, una tenue luz amarilla iluminó su interior. Con una sonrisa confiada, el Murhendoar se acercó y abrió la puerta lentamente; en el interior una bella chimenea daba una sensación acogedora; aunque pequeña, la cabaña contaba con todo lo necesario para hospedar a dos personas cómodamente.

—¿Te gusta? —susurró Mahalli, cerrando la puerta tras Dohamir

—Es muy agradable, me sorprende lo bien conservado que está —Dohamir se acercó a la chimenea para sentir la calidez del fuego y se sentó, cruzando las piernas y apoyando las manos en el suelo tras él.

—El tiempo parece haberse detenido cuando encuentras lugares así ¿no lo crees?

—Para mí el tiempo se detuvo cuando me convertí en Murhendoar —reflexionaba Dohamir, sintiendo el peso del trasfondo en las palabras de Mahalli—. No he perdido uno solo de mis cabellos, mis uñas han dejado de crecer, mis células no deterioran su ciclo y he dejado atrás las necesidades fisiológicas que me atan a este mundo. Vivo a través de la energía que fluye en el universo. Sabes, a veces extraño cuando contaba los días, cuando contaba los años, cuando me sentía vulnerable al tiempo, vulnerable a la muerte.

—A pesar de ello, en ocasiones… —Mahalli se detuvo, sentándose junto a Dohamir, con las piernas pegadas a su pecho, abrazándolas con ambos brazos y recargando su cabeza en el hombro del Murhendoar.

—¿En ocasiones? —la mirada de Dohamir se tornó serena, viendo directamente a Mahalli, que mantenía su mirada en el fuego, la tenue luz cambiaba levemente la tonalidad de las estrellas en su rostro, sus ojos parecían llorosos, como a punto de derramar una lágrima. La respiración de Dohamir se tornó un poco más profunda y colocó su brazo alrededor de Mahalli esperando una respuesta.

—Me siento vulnerable —después de un prolongado suspiro, la Murhendoar volteó lentamente hacia Dohamir, viéndolo con dulzura y relamiendo discretamente sus labios.

—¿Tú? ¿Vulnerable? Pero si siempre has sido la primera en entrar en combate cuando hay peligro, eres la heredar más ruda que conozco —Dohamir soltó una pequeña risa, incrédulo de las palabras de Mahalli.

Mahalli se tornó seria y volteó su rostro, se le veía fastidiada, levantando su mirada y torciendo la boca. Al notar esta reacción Dohamir enmudeció, intentando entender que le había disgustado, pero antes de poder decir una palabra, Mahalli se levantó y se recargó de brazos cruzados frente a una ventana, apoyando su cabeza en el vidrio para ver el exterior. La nieve caía con más intensidad y el viento hacía bailar los árboles, que rozaban sus ramas contra la cabaña. Dohamir se acercó lentamente con las manos en los bolsillos y se recargó junto a ella. Ambos veían el caer de la nieve; unos minutos después, Mahalli comenzó a observar al Murhendoar, con la esperanza de que él devolviera su mirada.

—Cuando me convertí en Murhendoar pensé que nunca más volvería a tener momentos como este —dijo Dohamir mientras veía el caer de la nieve con una mirada nostálgica.

—Te exiges mucho —Mahalli reconsideró sus palabras al instante y se acercó a Dohamir, abrazando su brazo—, bueno creo que yo también lo hago, voy de aquí para allá buscando la forma de comprobar la inocencia del filo llameante.

—Qué curioso, Cihillic igualmente intenta buscar lo que pasó y se ha deslindado del conflicto, dejándolo todo en manos de Cilluen. ¿Por qué no has intentado trabajar con él?

—La verdad lo evito, me da vergüenza no tener ninguna evidencia de mis suposiciones.

Dohamir comenzó a carcajearse, con tal fuerza que tuvo que ir a sentarse en una de las camas. Mahalli lo siguió molesta, no comprendiendo por que se reía.

—No es gracioso —Mahalli se paró molesta frente a Dohamir que no paraba de reír—. ¡Es muy bochornoso que después de cuarenta y siete años no tenga nada que mostrar ante los consejos!

—Cihillic piensa exactamente igual —dijo Dohamir entre risas.

—¿En verdad? —se rio Mahalli, parecía que escuchar esas palabras le había quitado un gran peso de encima. De entre todos los Murhendoar, Cihillic es el de peor carácter, malhumorado por naturaleza; aunque Mahalli era de carácter fuerte y muy temperamental, Cihillic la llegaba a intimidar ya que en su primer encuentro (cuando Mahalli aún era Murhedar), el Murhendoar se encontraba realmente molesto y pasó de ella, haciéndola sentir la inmensa energía que emanaba de él, amedrentándola sin siquiera mirarla—. Es un alivio, yo pensé que estaba furioso conmigo por no poder aclarar la situación y dejarle todo al consejo —dijo reconfortada, aventándose a la cama junto a Dohamir.

—Cihillic no es tan enojón como a priori parece —Dohamir respiraba profundo, intentando dejar de reír, le era muy divertido que los dos Murhendoar de carácter más "explosivo" se sintieran avergonzados el uno con el otro.

—Pues quizá no le caigo bien, siempre que le sonrío, él me ve como si por dentro imaginara que mi cabeza explota —Mahalli se acomodó de costado, usando sus manos como almohadas y observando a Dohamir, que se acostó boca arriba con las manos detrás de la cabeza.

—Sí le agradas, pero él es una persona que responde a la fuerza y al valor, no a la belleza —comentó Dohamir. Al escucharlo, Mahalli sonrió alegremente y se acercó a él, apoyándose sobre uno de sus codos para observarlo a los ojos.

—¿Crees que soy bella? —preguntó Mahalli coquetamente, colocando su mano sobre el pecho de Dohamir y parpadeando suavemente mientras apuntaba su mirada a los ojos del Murhendoar.

—Sí claro, ¿Por qué no? —dijo Dohamir con serenidad, ignorando la mirada de Mahalli; parecía distraído, pensando en sus compañeros Murhendoar.

—¿Qué piensas? —Mahalli retiró apenada su mano al no ver la reacción esperada en Dohamir.

—En los otros. ¿Tú qué piensas de ellos?

—Veamos… —Mahalli comenzó a reflexionar al respecto, mientras Dohamir se acomodaba de costado, apoyándose con el codo sobre la cama, quedando su rostro a la par del de ella—. Con el que menos he tenido contacto es con Tohalli, desde que controló mi despertar y me entrenó, no hemos vuelto a tener contacto personal más que en los concilios Murhendoar. Pero es un sujeto por demás agradable, realmente quisiera conocerlo más; sé que su deber se lo impide, no obstante, creo que él es el más afable y divertido, es una lástima que tenga tan poca interacción con nosotros.

—Sí, es verdad, vigilar ambas lunas no es una tarea que otro de nosotros pueda realizar de forma eficiente.

—Luego está Nellhua, con ella interactuó más a menudo, sobre todo últimamente ya que el rastro me ha traído al este, cuando tengo una duda sobre mi conexión con Théra, acudo a ella, es muy sabia, hasta más que Tohalli pienso yo; es una mujer muy tranquila y amorosa. Cuando estoy molesta o algo me inquieta, acudo a ella y la ayudo en la recuperación de la naturaleza en las zonas perdidas.

—Creo que ella es una madre para todos nosotros —reflexionó Dohamir, que tenía especial afecto por Nellhua, ya que ella controló su despertar.

—Maculli siempre está inmiscuido en todo, así que llego a evitarlo para que no me cuestione sobre lo que hago, pero fuera de eso, es sumamente inteligente y conoce más técnicas que nadie. Durante nuestros entrenamientos siempre sigo sus pasos como guía para mejorar mis técnicas, de las pocas veces que he podido convivir con él de forma "casual" puedo decir que es interesante, siempre se aprende algo nuevo cuando lo escuchas.

—Yo llevo muy buena relación con Maculli. Ya que todos los asuntos de la zona perdida los aborda con Kakiaui, conmigo suele ser más cordial y de vez en cuando me invita a su hogar para charlar o jugar ajedrez.

—¿Sabes que en algunas partes del planeta se piensa que Kakiaui es el Murhendoar de filo tormenta y no tú?

—No me sorprende, cuando el Murhendoar de algún filo se ha llegado a ausentar en la fecha que toca un concilio, él lo remplaza. Al morir mi padre, pasaron al menos doscientos años para que me fuese heredado el Murhendoar, en esa ausencia Kakiaui ocupó su lugar en el concilio.

—Ummm, el viejo Kakiaui, por poco no es considerado como uno de los "antiguos". En fin, con Cihillic mi relación nunca ha sido buena, desde que heredé el Murhendoar, no hemos tenido más que fricciones. Nunca he tenido la oportunidad de convivir de forma "casual" con él, pero realmente con la situación actual no creo que se dé pronto.

—Cihillic es como el amigo gruñón, al cual es divertido hacerle enojar por el simple hecho de ver como se molesta y critica la situación —dijo Dohamir haciendo que ambos rieran momentáneamente.

—En cuanto a ti... —dijo Mahalli, expectante de la reacción de Dohamir, quien frunció el ceño y sonrió curiosamente indicando con la mano que continuara—. Tú eres el Murhendoar más humilde y dedicado, siempre estás atendiendo a tu pueblo, no te concentras en los asuntos de la zona perdida, sino en el bienestar de los theranios, inclusive de los otros países. Nunca vi a otro Murhendoar pasearse entre la multitud como tú lo haces. Eres muy amable, respetuoso y atento, no dudas en prestar tu mano para ayudar a otros hasta en la tarea más simple.

—No, me halagas demasiado, no soy merecedor de dichas palabras viniendo de ti —Dohamir se mostraba sorprendido. Como Murhendoar, recibía cumplidos constantemente de sus compañeros heredar y de los theranios, pero viniendo de Mahalli, a quien daba una apreciación singular, era por demás gratificante—. Lo mismo podría decir yo de ti.

—¿Ah sí? —Mahalli se acercó a Dohamir lentamente, mirándolo directamente a los ojos mientras lo sujetaba con una de sus manos, dentro de sus bellos ojos un mar de estrellas danzaba en la inmensidad del espacio y de su piel, pequeños brillos cálidos comenzaban a desprenderse—. ¿Podrías decir que soy especial para ti como tú lo eres para mí? ¿Acaso te parezco atractiva en demasía?

Mahalli se acercaba cada vez más, hasta el punto de rozar con su nariz. En ese momento Dohamir se encontraba sin palabras, aunque no intentaba liberarse del agarre de Mahalli, ni apartarse en lo más mínimo; se le veía sereno, prestando atención a las palabras de la Murhendoar y viendo la cercanía de sus labios.

—¿Acaso podrías decir que tienes los mismos deseos de un beso que yo?

El rastro

—¡MUERE! —gritaba Yúnuen, mientras usaba el cuerpo del perdido para atravesar edificios enteros a una velocidad vertiginosa, dejando gigantescos huecos o destruyéndolos definitivamente.

El perdido se mostraba inexpresivo, sus enormes ojos negros veían fijamente a Yúnuen mientras su cuerpo era azotado contra las paredes y escombros en el camino, sin sufrir el más mínimo daño. El estoque de Yúnuen comenzó a brillar, alargándose poco a poco hasta chocar con la armadura del perdido, al sentir este, que su armadura comenzaba a ser perforada, detuvo la marcha, justo dentro de un enorme rascacielos. La fuerza ejercida por ambos contendientes hacía temblar la estructura, ya de por si debilitada por el impacto del cuerpo del perdido al entrar en ella. Yúnuen comenzó a ejercer mayor presión con su filo, al hacerlo la mirada del perdido cambió, expresando enojo, a lo que la heredar respondió con una sonrisa maliciosa. Al ver aquella sonrisa, el perdido gritó con furia, pareciese que miles de voces gritaran a través de él; la fuerza de sus enormes garras comenzó entonces a quebrar el filo de Yúnuen, causando delgadas grietas que se extendían poco a poco por el estoque. El filo de la heredar no soportó la fuerza ejercida por el perdido y se rompió en decenas de fragmentos, pero estos, en lugar de caer o desvanecerse, comenzaron a brillar, como si una gran energía oculta en su interior estuviese a punto de explotar. Al darse cuenta de ello, el perdido protegió sus ojos, cerrando sus garras frente a su rostro. Un instante después, los fragmentos del filo explotaron, arrasando con los primeros cinco pisos del rascacielos, haciendo que se derrumbara encima del perdido.

Una enorme nube de polvo y escombros comenzó a cubrir el lugar, cuando de pronto, el perdido bajo los escombros gritó, emanando de sí, una poderosa energía que aventó los escombros del rascacielos, liberándolo y despejando todo el lugar. El furioso ser, buscaba con su mirada a la heredar, que parecía haber desaparecido, pero al bajar su mirada, en el suelo comenzaron a aparecer pequeñas puntas afiladas a todo su alrededor. El perdido juntó las garras de su mano derecha, fusionándolas y creando un gigantesco filo de unos cuatro metros de largo, inmediatamente después saltó, preparándose para destruirlo todo, pero antes de mover su filo, del suelo comenzaron a dispararse cientos de lanzas afiladas, provenientes del filo de Yúnuen; el perdido las bloqueaba con furia, rompiéndolas en el proceso, pero los fragmentos de estas, al igual que los del estoque, explotaban al contacto, sacando de balance al perdido que no pudo concretar su ataque y se dirigió a una zona más alejada, cayendo sobre los escombros mientras bloqueaba los filos de Yúnuen, esta vez, cuidando de no romperlos para no generar más explosiones. Las garras en su mano izquierda se alargaron, permitiéndole desviar con más facilidad los ataques de Yúnuen mientras apuntaba su gran filo hacia la dirección de donde provenían las lanzas.

—¡Fíjate a donde apuntas! —Yúnuen salió del piso bajo el perdido, en su mano portaba un filo en forma de abanico, que apuntaba a los ojos del perdido. Sin embargo, la reacción del perdido fue lo suficientemente rápida y alcanzó a evitar el ataque; en ese mismo instante, del abanico de Yúnuen, salieron disparados pequeños filos que apuntaban a los ojos del perdido, alcanzando uno de ellos a dañar el ojo derecho.

Aunque no perdió la visibilidad total del ojo, si había sufrido un daño considerable. A diferencia de los heredar más habilidosos, los perdidos no tienen la capacidad de ver a través de sus armaduras, así que no cabe la posibilidad de proteger sus ojos con un casco que cubra por completo el rostro, por lo que siempre los dejan al descubierto; una ventaja que Yúnuen sabía aprovechar.

De inmediato el perdido contraatacó, su fuerza y velocidad eran miles de veces superiores a las de cualquier heredar (según el grado del perdido, en este caso de grado dos), si su filo impactaba contra Yúnuen, significaría su fin. Realizar un solo ataque le costaba únicamente un par de milisegundos; en comparación, a un heredar de primer nivel le llevaba en promedio diez milisegundos. La fuerza que ejercían al moverse en combate provocaba grandes ráfagas de viento y energía que destrozaban todo a su alrededor.

El perdido apuntó su enorme cuchilla contra la heredar, lanzando una estocada mientras Yúnuen comenzaba a transformar su abanico en una lanza; pero antes de lograrlo, el filo del perdido ya se encontraba a punto de atravesarla. En su deformado rostro se dibujaba una gran sonrisa que contrastaba con la furia en sus ojos, lo que hacía parecer que no podía controlar sus expresiones. Esta sonrisa desapareció un instante después, al ver como Yorha caía sobre su filo, impactándolo contra los escombros bajo ellos, el contacto del filo contra la superficie hizo que toda la energía que iba dirigida a Yúnuen se traspasara al suelo, provocando el levantamiento de grandes placas de tierra y destruyendo todo lo que hubiese sobre ellas. La mirada del perdido y la de Yorha se cruzaron; nuevamente el perdido pareció serenarse ante la Murhedar, bajando la guardia por un instante. Yorha se agachó entonces, permitiendo que el filo de Yúnuen pasara a través de su cabello, evitando así que el perdido pudiese verlo venir, y atravesara el ojo dañado del perdido, haciendo que este enfureciera y lanzara sus garras contra la heredar; rápidamente Yorha se lanzó para contrarrestar el ataque, pasando por debajo de Yúnuen y entrecruzando los dedos de su mano, con los de la mano enemiga, deteniendo así su avance y permitiendo a Yúnuen apartarse.

La fuerza del perdido era superior a la de Yorha, así que comenzó a doblar la mano de la Murhedar para darle alcance con sus garras, al mismo tiempo en que acortaba su filo para partirla por la mitad. A sabiendas de esto, la Murhedar bloqueó el filo del perdido con su katana, quedando ambos frente a frente con los brazos abiertos. Sin pensarlo dos veces, Yorha usó la fuerza del perdido en su contra para abalanzarlo contra ella, propinándole un cabezazo en su ojo izquierdo; esto hizo que el perdido soltara a la Murhedar y contestara su cabezazo embistiéndola con sus garras. Yorha bloqueó el golpe, pero salió proyectada contra unos escombros a la distancia, saliendo inmediatamente de entre ellos y esperando el siguiente movimiento del perdido; pero este no hizo nada, estaba de pie entre los escombros, su mirada era de furia, parecía muy enojado por el golpe propinado por Yorha, pero algo lo detenía.

—¿Qué diantres le pasa a esta cosa? —se preguntó Yúnuen mientras caía lentamente al lado de Yorha.

—No lo sé, es como si me reconociera y solo se estuviera defendiendo.

—Si es así, tenemos la ventaja Yorha, debemos matarlo antes de que vuelva a intentar escapar.

—Muy bien, acabaré con esto —Yorha sostuvo su katana con ambas manos, preparándose para el combate, la energía que irradiaba era inmensa, haciendo temblar la tierra a su alrededor. El perdido correspondió dicha acción, agazapándose y juntando ahora las garras de su mano izquierda, fusionándolas y creando un filo con forma de hoz. Aún con un ojo destruido y otro dañado, la vista del perdido era superior a la de un heredar y podía anticipar la dirección y forma de cualquier ataque con el más mínimo movimiento del contrincante—. ¿Estás lista?

—Sí —Yúnuen invocó un filo con forma de látigo que comenzó a bailar alrededor de ella. Esta era una técnica que pocos heredar podían lograr; inclusive para los Murhedar más diestros, invocar un filo con características flexibles era en extremo difícil.

275

—Amo cuando haces eso —Yorha se desprendió del suelo, dejando tras de sí una gran estela de estrellas que se propagó por toda la zona, el perdido imitó la acción de la Murhedar y se lanzó contra ella, con su filo derecho en dirección frontal y su filo izquierdo en forma de hoz esperando a su costado. Yorha colocó su katana en la posición perfecta, haciéndola deslizarse por un costado del filo enemigo lo que provocó que este se desviara, y su katana pudiera dar alcance al perdido, apuntando al corazón, pero este giró bruscamente lanzando su hoz contra la Murhedar, que logró igualar su velocidad y retornar su katana para bloquear el ataque. Yorha tenía una habilidad innata para el combate y podía sentir la fuerza de los ataques, sabiendo cuando era conveniente esquivarlos y cuando bloquearlos. Yorha utilizó la fuerza del ataque para impulsarse, girando trescientos sesenta grados sobre sí misma y devolviendo el ataque con una fuerza superior, impactando el hombro del perdido y lanzándolo contra el suelo.

El perdido gritó con furia, saliendo precipitadamente de entre los escombros y dejando tras de sí un gran cráter, sin percatarse de que el filo de Yúnuen lo había tomado del tobillo, recorriendo su pierna cual serpiente; los perdidos gozaban de una armadura con una gran densidad molecular, flexibilidad y resistencia, por lo que no solían hacer caso a los ataques con un poder inferior al de un Murhedar. Los filos de Yorha y el perdido chocaron, comenzando así el combate, Yorha esquivaba la mayoría de los ataques, ya que la desmesurada fuerza del perdido podía hacer mella en sus articulaciones y desgastar la energía de la Murhedar, quien tenía un límite, al contrario del perdido, que contaba con energía ilimitada. Teniendo esto en cuenta, el perdido formó un filo circular de gran tamaño con su mano derecha (en donde antes tenía la enorme cuchilla) y con su mano izquierda una enorme y pesada cadena con espinas y punta de lanza, que proyectó contra Yorha, esta se extendía hasta donde la Murhedar estuviese, sin un límite en su alcance, el solo movimiento de esta cadena provocaba poderosas ráfagas de energía que destruían todo a su alrededor. Yorha se vio obligada a moverse a través de sus estrellas para evitar este filo mientras bloqueaba el filo circular (las cuchillas circulares estaban hechas especialmente para atrapar los filos rectos, en este caso la larga katana de Yorha); pero Yorha no cambió su filo, aumentando la velocidad a cada segundo y provocando la furia del perdido, que no lograba conectar ningún golpe, sin embargo, Yorha tampoco.

—¡Ahora! —gritó Yorha. En ese momento, el filo de Yúnuen, que ya rodeaba por completo el cuerpo del perdido, se estrechó, apresándolo

276

por un instante; de inmediato el perdido destrozó el filo de la heredar, pero como antes, los fragmentos en lugar de desvanecerse comenzaron a brillar, esta vez proyectándose contra el rostro del perdido, su objetivo era cegarlo por completo. Yorha aprovechó la distracción para traspasar la defensa del perdido y lanzar un corte devastador al pecho del oponente, atravesando gran parte del blindaje, llegando inclusive a cortar su piel. El impacto proyectó al perdido contra el suelo, hundiéndolo decenas de metros bajo los escombros.

—¡Quiere escapar! —gritó Yúnuen que se encontraba dándole seguimiento con su látigo.

—¡Eso ni pensarlo! —Yorha se lanzó con furia contra los escombros, atravesándolos como si no existieran, su filo brillaba con una intensidad desmesurada y en sus ojos aparecieron un par de lunas llenas, radiantes y esplendorosas. Ya dentro de los escombros, el perdido volteó, gritando con furia y utilizando todo su poder para contrarrestar el ataque de la Murhedar. La explosión ocasionada por el chocar de ambas fuerzas, lanzó fuera de los escombros a ambas heredar, y dejó un gran cráter en el lugar.

—¡A donde crees que vas! —Yorha se detuvo en el aire, dispuesta a perseguir a su presa, su armadura se veía maltrecha por la explosión y su rostro lucía algunos raspones. Al localizar su movimiento se dispuso a alcanzarlo, pero algo la interrumpió, Yúnuen, quien aún no terminaba de caer, se encontraba inconsciente—. ¡Yúnuen!

Yorha desvaneció su filo y se desplazó en el aire, sujetando a su amiga y cayendo lentamente al piso. Yúnuen parecía solo estar aturdida, su armadura había resistido perfectamente el impacto y no se le veían lesiones de ningún tipo.

—¿Yorha? —trastabilló Yúnuen mientras recuperaba la conciencia—. ¿Qué pasó? ¿Y el perdido?

—Escapó, pero dejó un rastro muy claro, como si quisiera que lo siguiéramos —Yorha desvaneció su armadura y ayudó a Yúnuen a incorporarse.

—Debiste acabar con él —Yúnuen se sentía culpable y algo molesta por haber perdido la conciencia unos instantes. Al levantarse desvaneció su filo y observó el rastro del perdido (una casi imperceptible línea de partículas negras que flotaban en una dirección).

—Tenía que ponerte a salvo primero.

—No Yorha, tenías que matarlo, fue una orden directa.

—Como sea… —Yorha saltó al fondo del cráter para buscar la ruta de escape del perdido—. Al parecer se fue por el antiguo alcantarillado —Yorha se introdujo en el lugar, que era lo suficientemente grande como para permitirle andar de pie cómodamente.

Enseguida Yúnuen le dio alcance, desvaneciendo su armadura; su rostro se veía afligido, lamentaba haber entorpecido el combate. «Que tonta… debí predecir el impacto y fortalecer la armadura en lugar de concentrarme en atravesar los escombros y entorpecer al perdido», pensaba mientras veía el suave andar del cabello de Yorha. «Y ella tan confiada como siempre, estamos camino a una posible emboscada y no titubea en seguirle la pista, creo que ni siquiera se ha dado cuenta; pero esta vez no te volveré a fallar».

—Yorha… ¿Ya te has dado cuenta de que este drenaje va en dirección a las coordenadas que Roa nos mandó?

—Lo supuse, no creo que su comportamiento sea una coincidencia, quizá estemos tras el rastro verdadero —Yorha caminó un poco más lento para permitir a Yúnuen alcanzarla y comenzó a formar un "chongo con coleta" con su cabello—. Si es así y vemos a la extraña criatura, regresaremos de inmediato e informaremos a Mahalli.

—Por eso la dama oscura seguía el rastro, tal vez ella también intenta encontrar a la criatura y esperaba el avance del perdido para que la guiase, no por nada entró en aquel templo —Yúnuen intentaba deducir la razón de todos los extraños acontecimientos—. Todo apunta a que algo está movilizando a los vestigios y perdidos de formas anormales, deberíamos informar todo esto a Maculli o a Kakiaui.

—Dejemos que Mahalli se encargue de ello, nosotras solo estamos aquí para juntar la evidencia y que ella la pueda presentar —dijo Yorha con dificultad mientras sostenía con la boca una liga y terminaba de peinarse.

—Me pregunto ¿hace cuánto que Mahalli sabe de esta presencia?

—No creo que mucho, es la primera vez que me la menciona —Yorha terminó de peinarse y comenzó a apresurar el paso—. Si nuestro rastro es el "verdadero" con Dohamir ayudando, no tardarán en darse cuenta y vendrán enseguida, así que deja de preocuparte.

—Olvido lo bien que me conoces —Yúnuen estaba apenada, al parecer Yorha sentía algo de desconfianza por parte de la heredar—, por cierto, gracias…

—Confía en mí, todo saldrá bien, siempre es así —Yorha tomó el hombro de su amiga y le sonrió dulcemente—, te prometo que, a la primera señal de verdadero peligro, nos retiraremos.

—Puede que, el dejar que escapara el perdido, nos facilite el seguimiento del rastro —reflexionó Yúnuen, sabiendo que Théra se manifestaba a través de Yorha de formas muy peculiares. «Aunque los perdidos obedezcan a los vestigios, estos no pueden comunicarse con ellos, supongo que no habrá manera en que sepan del combate ocurrido entre nosotros y este perdido», pensaba, preparándose mentalmente para cualquier posible escenario.

—Démonos prisa, ya tomó suficiente distancia como para no sentir nuestra presencia —Yorha aumentó su velocidad, seguida por Yúnuen. El alcantarillado era de piedra, por lo que no transmitía las vibraciones del ligero andar de las heredar y les permitía adquirir mayor velocidad.

Pasadas unas horas, ambas heredar se detuvieron, el perdido había atravesado la parte superior del drenaje, recorriendo al menos cien metros de sedimentos. Primero subió Yorha, el agujero terminaba en lo que parecía un estacionamiento subterráneo; al ver que era seguro, indicó a Yúnuen avanzar.

—*Estacionamiento "T2" Centro comercial Paseo Colonial* —leyó Yúnuen en un cartel junto a un pilar—. Debe ser un centro comercial subterráneo —la heredar comenzó a seguir las señaléticas en el lugar, buscando la entrada más próxima.

—Está muy bien preservado, debió ser evacuado antes de que comenzara el exterminio —mencionó Yorha que seguía de cerca a su amiga y observaba a su alrededor. Deteniéndose ambas frente a un mapa del lugar—. ¡Tiene una cámara de conservación!

—¡Es verdad! Tendremos que informar de esto a Ikel cuando lo veamos de nuevo —Yúnuen estaba emocionada, eran pocas las cámaras de conservación que habían sobrevivido, ya que los humanos las saquearon para poder sobrevivir y lo contenido dentro de ellas, muchas veces ayudaba a los theranios a comprender mejor la vida y tecnología de sus antepasados.

—Está bien, le diremos que el perdido intentó escapar y le dimos alcance en esta zona —Yorha se acercó al ascensor, abriendo las puertas lentamente para no provocar mucho ruido, después se asomó—. La cámara está en el sótano.

—¿Vamos a ir de una vez? —Yúnuen se alegró, nunca había estado en una cámara de conservación.

—Las coordenadas están justo en este complejo comercial, además no tardaremos mucho —Yorha saltó al vacío, seguida por Yúnuen, bajando nueve pisos hasta caer sobre el elevador, que se encontraba destruido, obstruyendo la salida al sótano—. Busquemos el acceso de emergencia para no hacer demasiado ruido —Yorha trepó hasta una de las puertas que se encontraba abierta y entró, volteando para extender su mano a Yúnuen. Frente a ellas había un largo pasillo lleno de estantes e islas comerciales, entre cada uno había imágenes de mujeres humanas y publicidad, parecía ser una tienda de artículos diversos, dirigida a un público "femenino".

—Mira estos colores —señaló Yúnuen, después de soplar el polvo de una estantería llena de artículos de maquillaje—, que lástima, ninguno de estos sirve ya.

Yorha se acercó a una estantería llena de pequeños paquetes, revisando su estado y abriendo uno de ellos y utilizando el acolchonado contenido para limpiar su rostro. Al escucharla Yúnuen fue a ver que había agarrado su amiga, pero al darse cuenta de lo que hacía, echó a reír.

—¿De qué te ríes? —preguntó Yorha, que se limpiaba el rostro con una toalla sanitaria femenina.

—Yorha, eso no es para limpiarte el rostro —Yúnuen intentaba dejar de reír, pero al ver como Yorha seguía limpiándose, no lograba hacerlo.

—Aquí dice: *toallas sanitarias* —leyó Yorha del paquete mientras terminaba de limpiarse el rostro y dejaba el paquete en su lugar.

—Yorha esas toallas son para… —La risa de Yúnuen se detuvo, no sabía cómo explicarle a su amiga el uso de dichas toallas—. Son para recolectar sangre.

—¿Recolectar sangre? —Yorha estaba realmente confundida, nunca había visto un objeto humano semejante para tratar heridas de combate y sacó otra toalla para observarla—. ¿Esto ayuda a detener hemorragias de algún tipo?

—No Yorha, verás, las féminas humanas no podían ovular voluntariamente como nosotras, su ovulación era involuntaria y sucedía una vez al mes, provocando que el cuerpo sangrara y desechara el ovulo no fecundado. Esas toallas, recolectaban la sangre para que no manchara su ropa.

—¿Estás bromeando? —Yorha estaba sorprendida, leyendo a detalle las instrucciones del producto—. ¿Sangraban así de su… bueno, de ahí cada mes?

—Sí Yorha, el sangrado duraba algunos días de forma consecutiva, tampoco es que fuesen litros de sangre los que secretaban —explicaba Yúnuen con una sonrisa burlona al ver la reacción de la Murhedar.

—Pobres, no me imagino lo incomodo que debió ser —la Murhedar dejó las toallas en su lugar y continuó su camino, seguida por

Yúnuen—. Menos mal que evolucionamos y dejamos todos esos procesos fisiológicos atrás.

—Las féminas humanas sufrían de procesos hormonales muy drásticos durante su vida.

—¿Y los hombres? ¿También eyaculaban involuntariamente en sus pantalones? —bromeó Yorha provocando la risa de ambas que se detuvieron frente a un estante de lencería.

—En ese aspecto los hombres no han evolucionado mucho que digamos.

—Que complicados eran para las tallas —Yorha buscaba un sostén que le quedara. La ropa interior inteligente de los theranios se ajustaba a sus cuerpos y solo existían tallas en las prendas manufacturadas con procesos antiguos o hechas a la medida por sastres—. Números y letras para todo, que desorden.

—Mira, este me queda a mí, el tuyo seguramente es la siguiente talla —Yúnuen sostenía el brasier contra su pecho, este era de encaje negro con detalles rojos.

—¿Qué número dice? —preguntó Yorha que rebuscaba entre los ganchos.

—*Treinta y seis "c"* —leyó Yúnuen con dificultad ya que la etiqueta casi había desaparecido.

—Supongo que yo seré treinta y siete "c" —Yorha estaba algo confundida—, aquí solo hay números pares, quizá sea treinta y ocho "c".

—A ver te ayudo a buscar —Yúnuen, quien veía su reflejo en un desgastado espejo, se acercó a los estantes, buscando un sostén algo más grande del que había conseguido—, pruébate este, quizá te quede.

—¿Treinta y cuatro "d"? No tiene sentido —Yorha tomó el brasier y se lo probó sorprendida—. ¡Sí! Este me queda perfecto, ¿cómo lo supiste?

—Fácil, coloqué el mío debajo de ese y parecía tu talla, era solo un poco más grande.

—Pobres —dijo Yorha mientras se observaba en el espejo sujetando el brasier contra su pecho.

—¿Por qué lo dices? —Yúnuen buscaba algún modelo menos desgastado.

—Ellas eran muy bajas de estatura y frágiles, no me imagino tener este tamaño de busto y medir un metro ochenta, pobres de sus espaldas.

—No Yorha, a diferencia de nosotros, la estatura de las mujeres humanas era en promedio inferior a la de los hombres, promediando una estatura de un metro con sesenta y cinco centímetros y los hombres un metro con setenta y cinco centímetros.

—Eran realmente pequeñas. ¿Crees que haya habido humanos que alcanzaran nuestra estatura? —ambas heredar habían dejado las prendas atrás, platicando mientras se dirigían a las escaleras de emergencia.

—Sí, esto se daba sobre todo en hombres, pero era una anormalidad ya que sus huesos eran muy ineficientes para soportar el peso, desgastándose rápidamente. A los cincuenta años sus capacidades físicas ya estaban en declive —Yúnuen se detuvo un instante para observar a Yorha de pies a cabeza—. Tú mides dos metros con dieciocho centímetros, así que de por sí, mides más que el promedio de theranios, que ronda entre el metro con noventa y siete centímetros y los dos metros con ocho centímetros. Tus huesos son en extremo más densos y flexibles, en general todos tus órganos son mil veces más resistentes que los de un humano. Tu organismo en sí es más eficiente y ocupa mejor cada nutriente que se le proporciona, ellos tendían a acumular exceso de grasas y otras sustancias dañinas. En comparación, un humano con tu complexión física pesaba solo una fracción de tu peso.

—Entonces si yo peso doscientos veinte kilos, ¿ellos pesaban "ciento y algo"?

—Algo así, todo dependía de su composición corporal —Yúnuen abrió el acceso a las escaleras de emergencia, y comenzó a descender seguida por Yorha.

—¿Qué crees que haya en la cámara? —preguntó Yorha, dándole un pequeño empujón a Yúnuen para apresurarla.

—Generalmente contienen productos perecederos de gran valor o susceptibles a la corrosión, cabinas de criogenización y muchas más cosas interesantes —Yúnuen estaba muy emocionada y saltaba de piso en piso las escaleras cual conejo—. ¡Es aquí! —la heredar se detuvo frente al pasillo que llevaba a una gran puerta metálica.

—¿Por qué te detienes? Sigamos —Yorha continuó su camino serenamente hacia la puerta, tomando a Yúnuen de la mano. Al llegar a la gran puerta comenzaron a buscar la forma de abrirla sin tener que destruirla.

—Es una puerta de semicírculo, se supone que gire sobre sí misma hasta que el lado descubierto aparezca frente a nosotros, veré si puedo usar mi filo para cortar el mecanismo e intentemos girarla —Yúnuen sacó un pequeño aparato de su red para calcular el grosor de la puerta, así como el material con que estaba fabricada—. Es un material muy denso, tiene casi un metro y medio de grosor, unos tres y medio metros de altura; el acceso frente a nosotros, no creo que rebase los tres metros de ancho, calculo que debe pesar entre diez a quince toneladas, ahora solo debo encontrar dónde está el mecanismo que la mantiene asegurada.

—Despreocúpate —Yorha invocó unos guanteletes con garras afiladas en cada mano.

—Yorha no la destruyas, puedes dañar lo que hay detrás.

—No haré eso —Yorha se acercó a la puerta y palpó con suavidad el material—. ¿hacia qué lado crees que gire la puerta?

—Hacia la izquierda estoy segura.

—La puerta está intacta, pero no creo que el mecanismo que la mueve haya resistido tan bien el paso del tiempo —las garras de Yorha comenzaron a brillar, expulsando diminutas estrellas; después las enterró en la puerta, como si de mantequilla se tratase. La Murhedar se acomodó para empezar a jalar la enorme estructura, sus manos se tensaron, comenzando así a ejercer fuerza sobre ella. El ruido del material que conformaba el mecanismo de seguridad siendo doblado poco a poco era estrepitoso, y el techo sobre ellas comenzó a agrietarse, dejando caer fragmentos y polvo. El traje de sigilo de Yorha dejaba ver como su bien definida musculatura se inflamaba para ejercer más fuerza. De pronto, un ruido como el de la caída de un enorme trozo de metal, hizo que Yorha se detuviera—. Creo que cedió, pensé que sería más resistente.

—Me sorprende tu fuerza Yorha, aún sin tu filo desplegado —dijo Yúnuen viendo cómo Yorha movía con facilidad la puerta, acercándose a la orilla y viendo cómo aparecía lentamente la entrada—. Si continuas tus entrenamientos de fuerza pronto alcanzaras a Roa —bromeó mientras atravesaba ansiosa la puerta apenas cupo por ella.

—No exageres, nadie es más fuerte que Roa —Yorha se detuvo y dio alcance a su amiga, que miraba maravillada las enormes estanterías con miles de objetos.

—Pues según las últimas estadísticas de fuerza a nivel mundial, Cilluen ostenta el reconocimiento como heredar de mayor fortaleza física, justo por encima de Roa —Yúnuen fue directamente a los libros, buscando una ilustración que llamara su atención.

—¿Hay alguien más fuerte que Roa? No lo creo… ¿Qué lugar tengo yo? —preguntó Yorha mientras se dirigía al fondo de la cámara.

—La última vez que se realizaron las estadísticas tenías el lugar noventa y tres, deberías estar orgullosa —dijo Yúnuen, pero al no recibir respuesta volteó en busca de su amiga—. ¿Yorha?

—Aquí estoy —Yorha estaba arriba del estante viendo a su amiga mientras se guardaba algo en el bolsillo—, fui a buscar unos obsequios para el consejo del mes que viene.

—Es increíble que haya libros físicos aquí, pensé que los humanos de finales de la primera edad solo conservaban los conocimientos de forma electrónica —Yúnuen continuó recorriendo la cámara de conservación, mientras que Yorha la observaba por encima, saltando de estante en estante para seguirla.

—Está aquí —susurró Yorha, ambas heredar detuvieron su marcha, viendo hacia el techo y concentrando sus sentidos—, unos pisos más arriba.

—¿Regresó para buscarnos? —se preguntó Yúnuen extrañada.

—Vamos a ver —Yorha indicó a Yúnuen seguirle. Ambas se dirigieron hacia un piso superior de dónde provenía la presencia. Efectivamente era el mismo perdido, parecía estar dejando un rastro tras él, pero este era diferente, su piel se abría y de ella escurría un viscoso liquido negro, su consistencia y olor era diferente a la habitual sangre negra que recorría sus cuerpos.

—Ese debe ser el rastro falso del que hablaba Mahalli —afirmó Yorha. Ambas heredar observaban al perdido a escasos cien metros; entre ellas y él se encontraban una serie de ascensores e islas comerciales—. Lo mejor será darle seguimiento, parece que está acompañado.

—Sí, está dentro del probador, al fondo —apuntó Yúnuen. El perdido daba lentos pasos entre la desgastada ropa de una tienda de artículos deportivos, al fondo de esta se encontraban una serie de vestidores, de los cuales una cabeza therania se asomaba, esta era sostenida por una protuberancia negra, sus ojos se movían cual camaleón, vigilando el lugar mientras esperaba al perdido—. Mahalli tiene razón, algo no está bien con estos seres. ¿Qué pretenden?

—Es lo que debemos averiguar, quizá nos guíen hasta su escondite y así podamos avisar a Mahalli, seguramente el vestigio del subterráneo se dirigía hacia esta zona.

Ambas heredar guardaron silencio y se ocultaron al ver que el vestigio comenzaba a salir de los vestidores; este tenía la forma de un ciempiés, de al menos unos veinte metros de largo. sus patas estaban formadas por huesos y piezas mecánicas, mientras que, a lo largo del cuerpo, varias cabezas theranias eran sostenidas cual antenas por gruesas protuberancias, estas giraban hacia todas direcciones, dándole una visión de todo lo que había a su alrededor. Después de cerciorarse que nadie los observaba, el vestigio atravesó el techo, dirigiéndose a la superficie.

—Bien, en cuanto el perdido avance les damos seguimiento —susurró Yorha, guardando silencio al percatarse de que el perdido dirigía su mirada justo hacia ella. El vestigio había cedido uno de sus ojos al perdido, haciendo que este recuperara la visión por completo, los perdidos son incapaces de hacer esto por ellos mismos. Ambas heredar se voltearon a ver, había nerviosismo en sus rostros, esperando que el perdido no se haya dado cuenta de su presencia.

—¡Muévete! —gritó el vestigio, que asomó una de sus cabezas por el agujero que había hecho al subir. El perdido, de un solo salto, se abrió paso entre los dieciséis niveles del centro comercial, causando el colapso de algunos.

—Bien, sigamos a ese par —dijo Yorha. Ambas heredar treparon sigilosamente el hueco dejado por el perdido para darles alcance, manteniendo siempre una distancia de noventa metros o más (distancia a la que los entes oscuros suelen dejar de percibir, aunque concentrados, su capacidad de percepción es muy superior al kilómetro).

—Es increíble, nunca pensé ver la interacción entre un vestigio y un perdido, es como si fuesen un perro y su amo —comentó Yúnuen, que estaba fascinada con su observación. El rostro del perdido mostraba furia, era obvio que le molestaba en demasía la presencia del vestigio, cada vez que este hablaba, el rostro del perdido se deformaba, su furia ya era imposible de expresar y sus gritos agonizantes opacaban el abismal silencio de la zona perdida. Obedecer sus órdenes, parecía una tortura—. Míralo, parece que en cualquier momento matará al vestigio.

—Y no lo culpo, son repulsivos y desagradables. Mahalli me contó que los perdidos aún conservan en su interior algo del heredar del que surgieron —dijo Yorha, haciendo reflexionar a Yúnuen.

—Aunque conserven su corazón intacto, no creo que este guarde la conciencia del heredar, bueno, nunca se ha estudiado el cerebro de un perdido vivo, por lo que no sabemos lo que ocurre dentro de este —Yúnuen estaba comenzando a sentir algo de lástima por aquel ser. El vestigio andaba sin cesar alrededor de él mientras caminaba dejando el rastro falso, golpeándolo y humillándolo, enterrando sus cuchillas en la piel desnuda del perdido para hacerlo sangrar el rastro—. Hasta a mí me dan ganas de matar al maldito.

—No me gusta verlos así, prefiero combatir con ellos —Yorha parecía afligida y cada vez que el vestigio apuñalaba al perdido, su rostro mostraba enojo, impotencia por no poder detener la tortura—. Alguna vez combatieron a nuestro lado, no es justo que terminen así.

—El vestigio parece disfrutarlo, como si supiera que todavía hay parte del perdido que aún conserva la esencia de lo que alguna vez fue. Puede que Mahalli tenga razón —analizaba Yúnuen al observar el comportamiento del vestigio.

De un momento a otro, los dos seres oscuros aceleraron su marcha, como si algo les hubiese llamado. Ambas heredar corrieron para no perder su rastro, adentrándose cada vez más en la zona perdida, rumbo al océano.

—¡Corren como si su vida dependiera de ello! —exclamó Yúnuen que intentaba no perder el ritmo; sin su filo activo, era muy difícil mantener la velocidad y esquivar al mismo tiempo los obstáculos.

—¿Quieres que te cargue? —bromeó Yorha.

—Ay sí, por favor —respondió Yúnuen de forma sarcástica. Provocando que Yorha se lanzara hacia ella—. ¡No, no, no, era broma! ¡Yorha! —Yúnuen tuvo que realizar una maniobra evasiva para no ser sujetada por Yorha.

—Puedo sentir que disminuyen su velocidad —dijo Yorha entre risas—, vamos a flanquearlos, seguramente darán un leve retroceso para asegurarse de que nadie los siguiera.

En el cielo comenzaba a ser vislumbrada Koyol y el sol se acercaba cada vez más al horizonte. Después de un gran rodeo, las heredar llegaron al lugar, observando desde una distancia prudente sobre un edificio. El perdido se encontraba a la orilla de lo que parecía ser una chimenea industrial subterránea con al menos unos veinte metros de diámetro, junto a él, el vestigio observaba los alrededores, vigilando.

—¿Puedes sentirlo? —preguntó Yorha, quien mantenía cerrados sus ojos, sintiendo el poder que emanaba del lugar—. Lo que hay ahí abajo, despide una energía descomunal, tenemos que buscar la forma de entrar sin ser descubiertas.

—Puedo sentir una energía muy intensa, pero es muy similar a la de un vestigio ¿Crees que sea la criatura que busca Mahalli? —Yúnuen, quien no era tan susceptible como Yorha a la energía de los seres oscuros, analizaba la situación, en busca de una posibilidad de entrar—. ¡Atenta, viene otro!

Ocho enormes patas se asomaron de la chimenea industrial, cubriendo el diámetro en su totalidad; era un enorme vestigio, que ascendía lentamente a la superficie. Su cuerpo simulaba ser un repulsivo arácnido, formado por restos biológicos y grandes piezas mecánicas; la circunferencia de la masa principal estaba repleta de cabezas theranias, cuyos ojos se movían en todas direcciones.

—Esa cosa es enorme —susurró Yorha viendo a la criatura que parecía medir unos treinta metros de alto, esta se encontraba inmóvil, resguardando el lugar—. Definitivamente tenemos que entrar ahí, ¿Crees que podamos hacerlo de forma subterránea?

—No lo creo Yorha, lo que sea que este ahí abajo tiene una fuerza superior a la de los tres seres oscuros en la superficie juntos, sentiría con facilidad las vibraciones de nuestro movimiento, si quieres entrar deberá ser desde esta chimenea.

—Que lástima, me gustaría estar segura de lo que hay debajo, pero te prometí que si hubiera verdadero peligro nos retiraríamos —Yorha parecía algo decepcionada, pese a su curiosidad, el riesgo ya era demasiado alto.

—Espera, si creáramos una distracción, podrías entrar y salir sin ser descubierta —Sugirió Yúnuen—. Además, así no haríamos perder el tiempo a los Murhendoar en caso de que este rastro no sea el verdadero.

—Sí, pero ¿quién los va a distraer mientras nosotras bajamos?

—Yorha yo no puedo bajar ahí, me descubrirían. Ambas sabemos que solo tú tienes la capacidad de pasar desapercibida ante lo que haya en ese lugar.

—¿Me estás sugiriendo que vas a ser la distracción para que yo entre?

—Sí, puedo llevarlos hacia ese astillero —Yúnuen apuntó hacia el océano, que estaba a solo unas decenas de kilómetros a la distancia—. Una vez que descubras lo que hay ahí abajo, te veo camino al centro comercial subterráneo; no creo que me cueste mucho escapar de ellos, dime cuanto tiempo necesitas, ¿tres minutos?

—Eso ni pensarlo Yúnuen, no sabemos el tipo de ataque que tenga ese vestigio gigante, además el perdido ya se recuperó de sus heridas, lo mejor será informar a Mahalli.

—¡Tres minutos! —exclamó Yúnuen.

Yorha volteó desconcertada hacia Yúnuen, pero ella ya no se encontraba a su lado, de inmediato la Murhedar se asomó por la pendiente del edificio buscándola. «Maldición, debo estar lista», pensó mientras soltaba su cabello y una delgada armadura negra comenzaba a cubrir su cuerpo, dentro de ella tenues estrellas parecían ser absorbidas por la oscuridad en un ciclo constante. «Théra, fluye a través de Yúnuen como lo haces en mí, que nuestros enemigos sucumban ante tu poder. Ella tiene la habilidad, la técnica, la astucia y la inteligencia, concédele la fuerza para ejecutar tal proeza».

El vestigio con forma de ciempiés se erizó, pareciera que hubiera detectado algo, todas sus cabezas apuntaban hacia el edificio en donde se ocultaba Yorha y de su cuerpo comenzaron a surgir varios cañones. Los vestigios, al igual que las bestias, eran clasificados según su forma de ataque, en este caso, el vestigio ciempiés era de clase proyectil, estos seres se caracterizaban por su agilidad y maniobrabilidad, evitaban el combate cuerpo a cuerpo y fabricaban dentro de sí, armas de fuego y artillería ligera. Los vestigios que se especializaban en ataques cuerpo a cuerpo se les nombraba de clase cuchilla. La clase artillera, eran vestigios que lograban absorber componentes con los cuales fabricar artillería pesada, estos eran en extremo peligrosos, ya que, con los componentes adecuados, podían fabricar armamento nuclear. Por último, estaban los vestigios de clase mixta, que, debido a su gran tamaño y a la cantidad de elementos asimilados, podían fabricar armamento de todo tipo.

El perdido y el vestigio arácnido observaron a su repugnante compañero, mientras de este, emergía un cañón largo, parecido al de un tanque de guerra que apuntaba directo a donde se encontraba Yorha. Todas sus cabezas observaban atentas, esperando un descuido de la Murhedar para destrozarla con sus proyectiles.

—¡No volverás a torturar a nadie maldito engendro! —gritó Yúnuen, que salió proyectada de entre los escombros frente al vestigio. Su armadura se había fusionado con su filo, haciendo que todo su cuerpo se convirtiera en una lanza, atravesando el blindaje del vestigio e introduciéndose en su repulsivo cuerpo, ya dentro de este, Yúnuen separó sus brazos con los que sostenía dos katanas y giró sobre sí misma, destrozando todo su interior hasta salir por el otro lado del vestigio. En ese mismo instante los ojos de todas las cabezas se mostraron agonizantes y de sus bocas emergieron aberrantes alaridos y gritos desconsolantes. Todo su cuerpo comenzó a retorcerse y a lanzar ataques en todas direcciones, mientras comenzaba a desvanecerse. Yúnuen se incorporó, sosteniendo el corazón del vestigio con su mano y azotándolo en el suelo para después pisarlo y ver directamente a los ojos de la gigantesca araña—. ¡Sigues tú grandote!

El vestigio enfureció y frente a él, su masa formó grandes fauces que contenían dentro de sí miles de afiladas cuchillas lanzándose contra la heredar. Con gran habilidad Yúnuen se deslizó por debajo del vestigio, aprovechando que el perdido se mantenía observando la posición de Yorha sin prestar la más mínima atención al combate. La heredar clavó sus dos katanas en el cuerpo del vestigio, desgarrándolo mientras esquivaba cientos de afiladas lanzas que se proyectaban contra ella. Yúnuen salió rápidamente del otro lado, dirigiéndose con rapidez hacia el océano. La heredar parecía patinar sobre la superficie como si esta fuese de hielo, su rapidez era excepcional, figuraba dar pequeños saltos en el tiempo para esquivar las gigantescas patas del vestigio.

—¿¡Qué estás esperando maldita suciedad¡? —gritó el vestigio dirigiéndose al perdido. Al escucharlo, este volteó y localizó inmediatamente a Yúnuen—. ¡Mátala!

El perdido volteó nuevamente hacia donde se ocultaba Yorha, para después perseguir a Yúnuen, perdiéndose en el horizonte. La Murhedar por su parte se deslizó entre los escombros, su cabello la hacía parecer parte de las sombras y gracias a la caída del sol sobre el horizonte, los escombros y edificios ocultaban su movimiento.

«Muy bien, deben ser como cien metros», pensaba Yorha mientras palpaba el material de la chimenea industrial, después se deslizó dentro de esta, cayendo lentamente hasta el fondo. La oscuridad era total, pero para Yorha todo era tan claro como a plena luz del día, «la energía oscura está cerca, muy bien Yorha, solo ve lo que es y vete de aquí». La Murhedar se adentró en lo que pareciese ser un enorme complejo industrial subterráneo, un lugar idóneo para que un vestigio de gran tamaño se escondiera cómodamente.

—¿Qué pasa? ¿No puedes verme bien? —Yúnuen se burlaba del vestigio, que no lograba acertar ninguno de sus ataques. Sus gigantescas cuchillas destruían todo con lo que hacían contacto, al mismo tiempo, de su cuerpo se disparaban cientos de proyectiles prediciendo el movimiento de Yúnuen, pero por alguna extraña razón, estos no daban en su objetivo y hacían que el vestigio entrara en desesperación—. Eres como una tortuga.

—¡Cállate maldito parásito! En cuanto te ponga mis cuchillas encima descuartizaré tu cuerpo lentamente —exclamó el vestigio, sus decenas de cabezas mostraban un semblante de odio, como si se quisieran desprender para darle alcance a la heredar y masticarla.

Yúnuen entonces, aceleró el paso, con cada movimiento, iba dejando pequeños filos en el suelo que se convertían en filosas lanzas al pasar el vestigio sobre ellos, haciendo que se tuviera que defender mientras la perseguía, concentrando su coraza en la masa inferior de su cuerpo. Por un segundo, Yúnuen volteó hacia el cielo y dio un gran desplazamiento evasivo; el perdido por poco caía sobre ella con un enorme filo en forma de hacha. Al hacer contacto contra el suelo, todo el lugar se vino abajo, provocando que el vestigio saltara para evitar hundirse, esto le dio una ventaja, ahora podía caer sobre la heredar con toda su fuerza. Yúnuen comenzó a invocar una serie de afiladas estacas en el suelo frente a ella, haciendo que todo el camino detrás estuviese repleto de estas. Sus filos entorpecían el andar del perdido, que, en vez de destruirlos a su paso, los esquivaba, parecía haber recordado la técnica explosiva de Yúnuen.

—¡Te aplastaré como al insecto que eres! —gritaron las voces procedentes del vestigio, que comenzó a caer sobre la heredar con todas sus cuchillas apuntando hacia ella.

Yúnuen se detuvo en seco, chocando ambas palmas de sus manos contra el suelo. Cinco enormes filos de al menos doce metros de altura aparecieron a su alrededor, apuntando directamente el vestigio y cubriéndola por completo. Por su parte el perdido, se lanzó contra el filo que lo obstruía, destruyéndolo para darle alcance a Yúnuen, pero ella ya no se encontraba allí, en ese mismo momento el vestigio cayó con toda su fuerza, destruyendo los filos de la heredar y dañándose a sí mismo y al perdido en el proceso. Después del impacto, ambos seres salieron con dificultad de entre los escombros; el perdido estaba furioso y empujó al vestigio con su hacha, mandándolo lejos y azotándolo contra un edificio.

—¡Ten cuidado con lo que haces escoria! —gritó el vestigio, lanzando un enorme proyectil contra el perdido, que, usando su hacha lo rechazó con facilidad—. ¡Búscala!

El sonido de una lanza atravesando tres de las cabezas del vestigio y destruyéndolas por completo interrumpió el momento. El perdido pudo trazar la dirección del proyectil y se lanzó en busca de Yúnuen, seguido por el enorme vestigio que mostraba ya una desesperación irracional, no comprendía cómo una simple heredar podía causarles tantos problemas.

«Para estas situaciones fue que me entrenaste tío, no les fallare, ni a ti, ni a Yorha». Yúnuen estaba parada sobre la proa de un descomunal buque carguero en construcción; con al menos ochocientos metros de eslora, estaba suspendido sobre gigantescas barras metálicas. La heredar brillaba con intensidad, mientras el sol se ocultaba tras ella, haciendo que la luz de su armadura cobrara poco a poco más protagonismo. La armadura de Yúnuen comenzó a engrosar, cubriendo cada parte de su cuerpo, incluyendo la cabeza, pero dejando su rostro libre; el casco tenía la forma de una cresta de águila. En los costados de su cabeza comenzaron a formarse bellas plumas azules inundadas de estrellas que continuaron su camino por los costados de su cuerpo, formando en sus codos dos largas y afiladas plumas que servían como filos defensivos. Después invocó dos largas lanzas en cada una de sus manos y se escabulló dentro del buque. El perdido atravesó las puertas blindadas que daban acceso al astillero, deteniéndose y mirando a su alrededor, el lugar estaba cubierto de pequeñas estrellas que flotaban a escasos centímetros de la superficie.

—Es una trampa —dijo el vestigio, quedándose detrás del perdido y observando los alrededores—. ¡Deshazte de ella!

El perdido alzó su mano y de ella comenzaron a surgir cientos de diminutas espinas, después se proyectó a gran altura, visualizando todas y cada una de las estrellas en el astillero, y de un solo movimiento, lanzó cientos de afiladas espinas dirigidas a las estrellas. Para su sorpresa, las estrellas no eran más que luz proveniente del filo de Yúnuen.

—Muy bien hija de la luna, juguemos —susurraron las voces del vestigio, que se acercó con cautela a uno de los barcos en construcción más pequeños, alzando una de sus patas, parecía concentrar su energía en ella, haciéndola caer sobre el barco y partiéndolo a la mitad. En ese mismo instante, una serie de afiladas lanzas se proyectaron de los restos del barco hacia el vestigio, estas apuntaban directamente a sus cabezas—. ¡Maldición las trampas están dentro de los barcos! —el vestigio alcanzó a cubrirse y esquivar la mayoría de los filos, aunque varios de estos alcanzaron a dañarlo, explotando al contacto.

—¡Creía que eran más inteligentes! —gritó Yúnuen, cortando una de las patas del vestigio. Mientras los filos explotaban, ella había aprovechado el instante en que la luz de las explosiones cegaba a los seres oscuros para salir de entre los escombros del barco y realizar el corte. El vestigio contratacó al instante, lanzando sus cuchillas contra la heredar, mientras que el perdido intentaba darle alcance, rodeando el enorme cuerpo del vestigio. Yúnuen usaba al vestigio para mantener la distancia con el perdido mientras bloqueaba y esquivaba los ataques de la gigantesca araña.

Poco a poco la heredar llevaba a sus enemigos hacia el descomunal buque de carga, usando al vestigio como escudo. Esto hacía que el perdido se desesperara; al notarlo, el vestigio abrió dentro de sí, enormes agujeros para que el perdido pasara a través de ellos. Aprovechando dicha acción, el perdido se lanzó sobre la heredar impactando su hacha contra las dos lanzas que Yúnuen había entrecruzado para protegerse del ataque; la fuerza del perdido proyectó a la heredar hacia el gigantesco buque impactándola contra este, de inmediato el perdido cayó sobre ella con ambos pies haciendo un agujero en el casco del buque. Al adentrarse, el perdido atacó

291

con furia a Yúnuen, sus ataques lanzaban a la heredar contra las gruesas paredes internas del barco, destruyendo los diferentes niveles dentro de este. Parecía que Yúnuen estaba a punto de perder ante la fuerza de los ataques, aunque la técnica que Kélfalli le había enseñado (mediante la cual podía trasladarse a través de las estrellas que emergían de su armadura y flotaban a su alrededor) aumentaba su velocidad considerablemente, esto apenas si alcanzaba para poder bloquear correctamente los ataques del perdido, que poco a poco aumentaba su furia y su fuerza. El vestigio por su parte conservaba la distancia, asomando una de sus cabezas a través del agujero en el casco y preparando sus cuchillas en caso de que la heredar quisiera escapar.

—¿¡Es todo lo que puedes hacer!? —exclamó Yúnuen, claramente maltrecha por los constantes ataques del enemigo. Con una deformada sonrisa, el perdido saltó sobre ella, alzando su hacha para realizar un corte vertical que, sin duda, si llegara a tocar a la heredar seria su fin. Las afiladas lanzas de Yúnuen brillaron con gran intensidad, y su cuerpo se preparó para recibir el impacto; al hacer contacto, el perdido hundió a la heredar, atravesando el casco inferior del buque y azotándola contra el suelo, esto provocó que todo el lugar comenzara a resquebrajarse y los pilares que sostenían al buque cedieron. Sin percatarse de ello, el perdido seguía ejerciendo fuerza sobre la heredar, hundiéndola cada vez más, sus lanzas comenzaban a cuartearse y su armadura ya de por si maltrecha empezaba a juntar energía a la altura del pecho.

De un momento a otro, el buque cayó sobre ellas, pero de una forma muy peculiar, parecía que se había partido a la mitad, haciendo que ambas partes cayeran hacia el centro, apuntando directamente al perdido. Al parecer, Yúnuen había cortado premeditadamente el casco y utilizó la fuerza del perdido para debilitar los soportes en el momento y lugar adecuado. Al ver el inminente impacto del barco sobre ellas, Yúnuen usó todas sus fuerzas para desviar el hacha del perdido hacia arriba, poniendo el pecho del perdido a la par de su pecho en el cual se formó una brillante espina, un filo que por sí solo no tenía la fuerza de traspasar el blindaje del perdido, pero gracias a las miles de toneladas del buque, tendría la oportunidad de hacerlo.

Una enorme nube de polvo y escombros cubrió el lugar al caer el buque, por un momento el silencio dominó la zona, siendo interrumpido por el crujir del metal retorciéndose. De entre las gigantescas piezas metálicas, surgió el perdido, dando un gran salto y cayendo sobre una de estas, en su pecho había un agujero que poco a poco se fue cerrando, al parecer el filo de Yúnuen no alcanzó su objetivo. Junto al perdido una gran placa de metal se alzó, de esta surgió el vestigio que estaba bastante irritado.

—¡Esa maldita enana casi te mata! —gritó furioso, aventando la enorme placa metálica contra el perdido, quien, sin más, bloqueó con sus garras aventándola a un costado—. ¡Debí dejarte morir! ¡¿Qué esperas?! ¡Búscala!

—¡¿Por qué no lo haces tú mismo?! —Yúnuen salió disparada de entre los restos del buque, destrozando otra de las cabezas del vestigio, esta vez la armadura de Yúnuen era más delgada y de ella emanaban cientos de estrellas que se dispersaron por todo el lugar. En sus manos portaba un largo y delgado mandoble.

—¡Maldito parásito, muérete ya! —el vestigio lanzó todas sus cuchillas contra la heredar y entre ellas también iba el perdido. Yúnuen se movía con maestría y gracia entre las enormes cuchillas del vestigio, su objetivo eran las cabezas, parecía una bella danza entre el perdido y la heredar, que usaba las cuchillas para protegerse de los ataques del perdido—. No tienes el poder para mantener esta velocidad, en cualquier momento mis cuchillas te desollarán viva.

Yúnuen usaba sus estrellas no solo para moverse a través de ellas, sino para detectar con precisión los movimientos enemigos; Pudiendo así igualar la velocidad del vestigio, pero no la del perdido que desesperado y lleno de ira comenzaba a quitarse del camino las cuchillas del vestigio. Esto hizo que el vestigio intentara apartarse, pero Yúnuen no daba descanso a sus cabezas y seguía su danza alrededor del vestigio, lanzando proyectiles ocasionales hacia el perdido, lo cual enfurecía aún más al poderoso ser, en su rostro la sangre brotaba a chorros de sus heridas y sus gritos eran tan intimidantes que hasta el propio vestigio mantenía una de sus cabezas vigilándolo, el poder que emanaba del perdido compactaba el suelo bajo sus pies y hacía temblar todo a su alrededor.

«Es el momento», pensó Yúnuen. En ese instante los brillos que Yúnuen había dejado por todo el lugar se transformaron en diminutas agujas afiladas y se proyectaron contra el rostro del perdido, estas brillaban con gran intensidad, lo que dificultaba su visibilidad. El perdido protegió sus ojos con una de sus garras, destrozando las diminutas agujas que no paraban de llegar de todas direcciones y aunque entorpecían sus ataques, estos no cesaban, pero si hacían que el perdido y el vestigio chocaran entre sí.

—¡Apártate inútil! —el vestigio usó sus cuchillas más grandes para aventar al perdido, que devolvió el golpe, regresando las cuchillas contra su portador y haciéndolo tambalear por el impacto, permitiendo a Yúnuen eliminar otra de sus cabezas. Aunque el perdido estaba impasible se mantuvo apartado en ese momento, destruyendo las agujas que se proyectaban contra su rostro.

Yúnuen aprovechó ese momento para lanzarse contra el perdido con sus dos pies por delante, golpeando su rostro e impulsándose, esquivando así una cuchilla que el vestigio dirigía contra la heredar, esta impactó contra el perdido, que enfurecido, cortó con su filo. El vestigio tuvo que ignorar dicha acción ya que tenía encima a la heredar; por su parte el perdido, ya con una ira irracional, se lanzó contra Yúnuen. La heredar, consciente de ello, se ocultó tras el vestigio, que de inmediato abrió agujeros en su cuerpo para que el perdido pudiese atacar con más libertad, pero no contó con que Yúnuen usara uno de estos agujeros, justo el que estaba en paralelo con el agujero usado por el perdido. Al estar a la par, el perdido y Yúnuen dentro del vestigio, esta última usó su filo para atravesar al vestigio y dar alcance a uno de los ojos del perdido, destruyéndolo en el proceso.

La furia del filo corrupto por haber perdido nuevamente un ojo ante la misma heredar, fue tal que comenzó a lanzar ataques a diestra y siniestra, cortando el interior del vestigio, que intentó defenderse lanzando sus cuchillas contra su ahora atacante, pero fue inútil, el perdido comenzó a desmembrar y destazar al vestigio hasta encontrar su corazón el cual sostuvo con ambas manos y partió por la mitad gritando con furia, azotándolo constantemente contra el suelo, formando poco a poco un gran cráter.

—Maldita, es lo que planeaste desde un principio ¿no es así? —dijo el vestigio a Yúnuen, mientras moría y su masa negra comenzaba a desvanecerse, dejando los restos biológicos y mecánicos esparcidos por el suelo.

Yúnuen observaba como el perdido se ensañaba en destruir el corazón del vestigio hasta no dejar un solo rastro de él, incrementando la profundidad del cráter; incluso cuando el agua del océano comenzaba a filtrarse, el perdido seguía golpeando los restos del corazón. «Ese odio y esa furia tan irracionales, ¿por qué Théra permitiría la existencia de un ser así? Sin objetivos, sin inteligencia, sin razonamiento; solo sufrimiento, solo ira, solo furia», pensaba la heredar a la orilla del cráter que el perdido formaba, observándolo con detenimiento. De pronto Yúnuen miró en dirección a donde se encontraba Yorha, estaba muy angustiada y llevó sus puños a su pecho, «algo pasa, puedo sentirlo, Yorha ya debería estar aquí, debe estar en problemas, su filo único está activo. ¡¿Qué está pasando?!», Yúnuen se lanzó hacia el lugar, esperando que Yorha se encontrara bien, pero algo la detuvo...

—Por poco me olvido de ti ¿no es cierto? —susurró Yúnuen, volteando levemente la cabeza a su espalda.

El perdido se encontraba detrás de Yúnuen, su mirada era de odio y bajo ella una enorme sonrisa deformaba aún más su rostro; de su cuerpo emergía una densa neblina negra, y sus garras llenas de la sangre del vestigio, parecían tensas, en la espera de poder despedazar a la heredar. En ese momento el sol había terminado de ocultarse y la luz en la armadura de Yúnuen se intensificó, ella sabía que ese podría ser su último combate.

—No tengo mucho tiempo para ti —Yúnuen volteó lentamente, invocando un florete largo, con bellas plumas en su empuñadura. Después apuntó su filo hacia el perdido, la luz que emanaba la armadura de Yúnuen se intensificó y las estrellas dentro de esta se agitaban descontroladamente—. Tengo una promesa que cumplir.

Perdidos

—Deberías salir de este lugar cuanto antes —susurró una voz masculina dentro de Yorha.

—No, Yúnuen está tomando este riesgo por mí, es justo que yo lo haga por ella —contestó Yorha mientras se escabullía en las ventilaciones que recorrían el techo del lugar, desde ellas podía atravesar las diferentes secciones del complejo industrial y tener una mejor visión sin exponerse a ser descubierta.

—Aquí solo encontrarás la muerte.

—Si he de encontrarla, me enfrentaré a ella y la venceré.

Yorha avanzaba rápidamente cual lagarto, viendo a través de las rendijas, sentía que se acercaba a la extraña presencia; con cada movimiento su armadura parecía palpitar. «Hay algo aquí que me llama, su inmenso poder hace que mi filo quiera desplegarse, es una sensación similar a la que sentí con Dohamir. ¿Qué clase de criatura podría ostentar tanto poder?», pensaba, intentando controlar su filo y su respiración.

—Detente —susurró una voz femenina dentro de Yorha.

Yorha se asomó por una rendija bajo ella, estaba justo en medio de una gran nave industrial, que se encontraba totalmente vacía con excepción de una sombra en una de las paredes. «Parece ser una silueta, pero es pequeña, como de un adolescente», Yorha abrió discretamente un agujero a un costado de la ventilación para observar mejor.

—Imposible —susurró Yorha.

Recargada en la pared se encontraba una mujer joven, una humana, su estructura física era inconfundible, vestía ropas de trabajo (pantalones de mezclilla, una camisa resistente, un chaleco anaranjado encima y unas gruesas botas color café), su cabeza portaba un casco anaranjado, que cubría su cabello castaño el cual había peinado con una coleta; su rostro que se mostraba afligido portaba unos gruesos lentes de pasta negros.

—¡Vete ya! ¡Lárgate! —advirtieron las voces dentro de Yorha.

—Yorhalli —dijo la mujer, dirigiendo su mirada directamente a Yorha—, no tengas miedo.

—¡Ja! ¿Miedo yo? —contestó Yorha, bajando de un salto y cayendo lentamente al piso de la nave—. ¿Siempre supiste de mi presencia no es así?

—Sí Yorhalli, te hemos estado esperando por mucho tiempo —dijo la mujer, su voz era dulce y melodiosa, su sonrisa pareciese sincera. Al ver a Yorha, su rostro cambió, estaba realmente feliz de verla.

—¿Y quién se supone que eres? Mas bien, ¿qué eres? —Yorha se acercó cautelosamente a la humana que no medía más de un metro con sesenta y cinco centímetros, por lo que Yorha, al estar frente a ella se puso en cuclillas—. Pareces un humano, pero esta sensación que viene de ti, este poder, no es propio de ellos.

—He adquirido esta forma para comunicarme contigo y no sientas temor de mí —explicó la mujer viendo con dulzura a la Murhedar.

—¿Temor? Yo no le temo a nada ni a nadie, el miedo te lleva a la debilidad y la debilidad a la corrupción —Yorha se levantó e invocó su katana, apuntándola al cuello de la mujer—. Tú eres aquello que Mahalli busca, ¿no es así?

—No Yorhalli, yo soy a quien tú buscas —contestó la mujer, que sin titubear ante el filo de Yorha mantenía su mirada sobre los ojos de la Murhedar—. Sé lo que hay dentro de ti, sé lo que te aflige y sé a lo que le temes.

—¡Ja! Te confundes mujer —Yorha acercó su filo a la piel de la mujer, arrinconando su cuello contra la pared—. Lo mejor será que acabe contigo y evitarle las molestias a Mahalli.

—Ustedes siempre intentan destruir lo que no comprenden —dijo la mujer con desdén, su semblante cálido había cambiado, parecía molesta.

—¡No me compares con los humanos! —reclamó Yorha, apartando su filo.

—¿No quieres saber acaso el porqué de las voces dentro de ti? —cuestionó a la Murhedar, los ojos de la mujer apuntaban fijamente a los ojos de Yorha, en ellos no se podía ver reflejo alguno de las estrellas en la armadura de la Murhedar.

—No la escuches, intenta engañarte, intenta hacerte caer —susurraban las voces dentro de Yorha.

—¿Tú qué sabes de eso? —preguntó Yorha, ignorando las voces en su cabeza.

—Yo lo sé todo de ti Yorhalli, sé la procedencia de la oscuridad en tu filo, sé incluso por qué naciste siendo una heredar —la extraña mujer tendió su mano hacia Yorhalli, quien permanecía inmutable, su rostro mostraba un semblante sereno y sus ojos veían hacia el suelo, reflexionando la situación—. Ven conmigo, yo te revelare la verdad y te enseñare tu verdadera naturaleza.

297

La mujer mantenía su mano extendida, esperando que Yorha la tomara y le acompañase, pero Yorha parecía estar congelada en el tiempo, la oscuridad de su armadura se había adueñado de todas las estrellas dentro de esta, y la lobreguez era total.

—Todo saldrá bien Yorhalli, vamos, toma mi mano yo te guiaré.

De pronto, la expresión de la mujer cambió, su rostro era de odio y sus ojos poco a poco se dirigieron hacia su pecho, que tenía clavada la katana de Yorha. La Murhedar comenzó a retorcer su filo dentro de ella y con otro rápido movimiento, rebanó el cuerpo de la mujer, desde su pecho hasta el cuello. A pesar de las heridas, no emanó ni una gota de sangre del cuerpo de la mujer.

—Ni siquiera estás viva, ¿cómo pretendes guiarme? ¿Cómo pretendes saber quién soy?

—Tú y nosotros vamos más allá de lo que cualquier ser viviente puede —dijeron miles de voces, procedentes de la pared detrás del cuerpo.

—¡Si vas a compararte conmigo, al menos muestra tu verdadero rostro! —Yorha alzó su katana, el poder que emanaba de ella hizo temblar todo el lugar, creando grietas en las paredes y compactando el suelo bajo ella; estaba a punto de acabar con la pared y todo lo que hubiese atrás de esta, pero justo antes de que su katana tocara el muro, una enorme mano sostuvo su muñeca, deteniendo el golpe de Yorha con facilidad.

—No oscura, aún no puedes vernos, pero sí nos acompañarás —la mujer comenzó a ser absorbida por un pequeño hueco en la pared, su piel se desgarró y se mezcló con el resto de sus órganos mientras se introducía en el agujero—. ¡En pedazos si es necesario! Así que hazte un favor y tranquilízate.

La mano de Yorha comenzaba a resentir el poderoso agarre. La Murhedar volteó hacia su agresor, este era un enorme perdido, de al menos dos metros con treinta centímetros, su fuerza era descomunal, si Yorha quería conservar la mano tenía que ceder a las exigencias de aquel ser. Después de un leve suspiro, Yorha desvaneció su katana, esto provocó que el perdido la soltara. La Murhedar caminó lentamente hacia atrás, colocándose en medio de la nave industrial y observando a sus costados.

—Dices ir más allá de lo que cualquier ser viviente puede y aun así ¿traes contigo a tres perdidos de grado cuatro? —se burló Yorha, sujetando su muñeca que tenía marcada en la armadura la mano del perdido. A sus costados, junto a las paredes laterales de la nave, habían dos perdidos, estos eran de un tamaño promedio, pero su poder era espectacular, cualquiera de los tres sobrepasaba con creces la fuerza y velocidad de Yorha.

—Ellos son solamente una garantía en caso de que no fueses razonable —dijeron las miles de voces que ahora parecían provenir de todo el lugar—. Ahora se una buena niña y síguenos.

Yorha comenzó a observar a sus oponentes, frente a ella, el enorme perdido portaba una armadura de gran densidad, llena de gruesas y retorcidas espinas, que cubría todo su cuerpo con excepción de los ojos, en ellos se mostraba una furia irracional, como si quisiera desprender la cabeza de Yorha. Sus manos eran más grandes de lo normal, los guanteletes que su armadura había formado tenían afilados pinchos en los nudillos y gruesas garras en las puntas de cada dedo. «No podré atravesar su blindaje; parece que todo el poder de su filo se concentra en sus puños, un golpe directo sería mi fin», pensaba Yorha, analizando la situación y volteando sus ojos hacia otro de los perdidos a su izquierda. Este perdido portaba una larga cabellera rojiza, su armadura era más delgada, dejando descubierto el rostro y parte del cráneo, parecía impaciente, como un depredador encerrado en una jaula al cual le habían prohibido el alimento y estaba ansioso por probar la carne; en sus manos portaba dos hojas curvas que enterraba y desenterraba constantemente en el suelo. «Esa chica debió ser muy bella», pensó Yorha al ver el ahora demacrado y deformado rostro del perdido, «esas espadas curvas están hechas para cortar mis extremidades, es como si cada uno de ellos tuviese una tarea específica en mi contra», después volteó a ver al último perdido a su derecha. Este contaba igualmente con una armadura delgada que cubría por completo el cuerpo con excepción del rostro; en una de sus manos portaba una delgada lanza, su punta tenía la singularidad de contar con cuatro delgados ganchos a su alrededor, mientras que en su otra mano había generado largas y delgadas garras punzantes.

—El grandote intentará desgastarte —susurró una voz dentro de Yorha.

—Lo sé, los otros dos irán a por mis articulaciones, uno cortando y el otro perforando —susurró Yorha, que observaba con detenimiento a sus enemigos.

—Si esa lanza logra su cometido estarás perdida —susurró otra voz.

—Creo que será por las malas, es una lástima —dijeron las miles de voces que rodeaban el lugar—. Esperen a que me retire, pueden hacerle lo que quieran, pero manténganla con vida —instruyó a los perdidos, que mantenían sus posiciones.

—Ahora tienes una pequeña posibilidad —susurró una voz familiar dentro de Yorha.

—¿A qué te refieres?

—Ellos no pretenden matarte, por lo que deberán medir su fuerza si quieren capturarte con vida.

—Sí, lo sé, pero yo no tengo el poder necesario para matarlos.

—No será necesario, solo debes cegarlos el tiempo suficiente para escapar.

—Tendré que hacer que los tres se coloquen frente a mí al mismo tiempo.

Yorha se cruzó de brazos y alzó la cabeza con orgullo, viendo directamente a los ojos del perdido frente a ella; su armadura empezó a irradiar una bella luz azul blanquecina que llevaba consigo radiantes estrellas blancas, estas se comenzaron a esparcir por todo el lugar. Su cabello comenzó a flotar detrás de ella como si estuviese sumergido bajo el agua y toda la estructura del complejo industrial temblaba ante el poder de la Murhedar. Dentro de su armadura, las estrellas resurgieron, como si un enorme agujero negro las escupiera de su interior. En sus ojos comenzaron a formarse dos enormes lunas llenas y su confiada sonrisa volvió a dominar su semblante.

—Dispensen que no tenga mucho tiempo para jugar con ustedes, pero me están esperando allá afuera y es una cita a la que no puedo faltar —el viento comenzó a arremolinarse con furia alrededor de Yorha. Flotando tras ella, dos pequeñas estrellas comenzaron a brillar con gran intensidad, haciendo que los perdidos entrecerraran los ojos y agacharan levemente sus cabezas. De pronto, los pequeños brillos se convirtieron en dos bellas y radiantes lunas, una menguante y una creciente, estas eran de la altura de Yorha y flotaban suavemente tras ella. Estos dos enormes filos formaban juntos un aro detrás de la Murhedar, eran de un color azul índigo, con miles de estrellas en su interior, la luz que emanaban era magnífica y sus bordes brillaban con más intensidad.

—¡Ellas son Koyol y Xauki, mis lunas! —exclamó Yorha con orgullo, acariciando suavemente ambos filos, era muy poco común que un heredar tan joven pudiese invocar su filo único. La Murhedar entonces dejó caer sus brazos e invocó dos largas katanas, estas brillaban con intensidad y de ellas se desprendían diminutas estrellas. La energía de aquel extraño ser comenzaba a desvanecerse, lo que significaba que en cualquier instante los perdidos se lanzarían sobre la Murhedar—. Veo en ustedes la muerte, una muerte que no pienso aceptar hoy, una muerte que me llama en horas de luz, cuando aún tengo mucho que brillar. Lo siento, pero hoy no es el día…

El enorme perdido frente a ella se agazapó, en ese mismo instante, todo a su alrededor se destruyó, su inmenso poder era demasiado para la estructura (un perdido de grado cuatro puede llegar a pesar más de cuarenta toneladas, su densidad molecular es una peculiaridad en la física). Yorha colocó sus katanas frente a ella, preparada para el combate y sus lunas apuntaban a los perdidos en sus flancos. Mientras todo el lugar caía en pedazos y el suelo se hundía, el perdido se lanzó contra Yorha, proyectando su puño hacia el rostro de la Murhedar. Al bloquear el golpe, Yorha salió despedida, con tanta fuerza que atravesó todo el complejo industrial con su cuerpo, recorriendo varios cientos de metros de sedimentos y escombros, pero el perdido, en un instante ya estaba frente a ella, lanzando un gancho contra su mentón, Yorha alcanzó a esquivarlo, pero la fuerza que desprendió era tal, que igualmente la lanzó hacia la superficie, atravesando los cien metros de sedimentos y escombros a su paso, elevándola a unos setenta metros en el aire. «Eso estuvo cerca, no puedo bloquear esos golpes, es demasiado poder el que mi cuerpo resiente», pensaba Yorha mientras se posicionaba en el aire para recibir a su atacante, acto seguido, un gran cráter apareció de la nada, precediendo al perdido, que se lanzó hacia la Murhedar, quien, por segunda vez, alcanzó a esquivar el golpe, pero la energía la lanzó contra un edificio cercano, atravesándolo e impactándola contra el suelo. Los otros dos perdidos ya se encontraban allí, y se lanzaron contra ella, cual chacales a una presa herida.

Yorha saltó, esquivando los ataques mientras sus lunas les daban alcance a los dos perdidos de ligera armadura, entorpeciendo sus movimientos al atacar sus ojos e impactar sus extremidades. Los perdidos de ligera armadura se concentraban en los brazos y piernas de Yorha, pero gracias a las lunas que los bloqueaban y atacaban, estos no podían acertar ataque alguno, aunque la energía de sus ataques igualmente afectaba a la Murhedar. Los filos únicos de Yorha, se movían a gran velocidad, incluso más rápido que la misma Murhedar, estos impactaban con fuerza en las cabezas de los perdidos de ligera armadura, que furiosos intentaban apartarlos para continuar su ataque, pero les era en extremo difícil, la forma curva de ambos filos hacía que giraran a una velocidad vertiginosa alrededor del objetivo, golpeándolo constantemente y entorpeciendo su movimiento. Mientras esto sucedía, Yorha lidiaba con el perdido de gran tamaño, esquivando sus ataques y concentrándose al mismo tiempo en el control de su filo único. «Logro hacer muescas en su armadura, pero son demasiado rápidos como para darle alcance a sus ojos», pensaba Yorha sin darse cuenta de que el gran perdido, había lanzado un ataque a su costado derecho. La Murhedar alcanzó a bloquearlo con sus katanas, mientras esto sucedía otro de los perdidos (la pelirroja) pudo deshacerse momentáneamente de la luna que lo entorpecía y lanzó un corte que impactó en el hombro derecho de Yorha, haciéndola girar descontroladamente mientras se impactaba contra un edificio, que se derrumbó sobre ella.

De inmediato, el gran perdido cayó sobre los restos del edificio haciendo que todo volara en pedazos y dejando un enorme cráter bajo sus pies. Al no ver a la Murhedar, los tres perdidos se detuvieron en medio del cráter, concentrando sus sentidos. Las lunas también se habían ocultado bajo los escombros, «si muevo un solo músculo me detectarán y si no me muevo destruirán todo, necesito pasar a la ofensiva, pero eso desgastaría mucho mi energía», pensaba Yorha, que estaba justo debajo de los perdidos, la armadura en su hombro mostraba un gran corte, que había llegado a la piel de la Murhedar, haciéndola sangrar.

—Hazlo, tu energía se mantendrá —susurró una singular voz femenina dentro de Yorha, dulce y melodiosa, que otorgaba paz al escucharla—, yo misma te brindaré parte de la mía.

—¿Théra? —preguntó Yorha, pero en ese momento todas las voces en su cabeza cesaron. «Me estoy volviendo loca», pensó mientras se concentraba en sanar su herida. Poco a poco el sangrado cesó y su armadura cubrió nuevamente la zona. «No hay opción tendré que pasar a la ofensiva, espero que tengas razón». Los perdidos sobre ella, cansados de esperar, se prepararon para convertir todo el lugar en cenizas.

—¡Así que no me estorbes! —gritó Yúnuen, lanzándose directamente al perdido incubado en Saat. De la armadura de la heredar, se desprendieron cientos de pequeños filos que se dispararon contra el rostro del perdido, precediendo el ataque del florete.

El perdido ni se inmutó, esperaba la llegada del ataque para así apresar a la heredar entre sus garras, usando su poderosa energía para contrarrestar a los pequeños filos y desviarlos hacia sus costados. El oscuro ser concentró su poder en las garras, aplastaría a la heredar como a una mosca, pero para su sorpresa, la heredar pasó por debajo de él, justo entre sus piernas, convirtiendo su filo en un afilado gancho, con el que sujetó uno de los pies del perdido. Y con un apasionado grito, Yúnuen lanzó al perdido contra un buque en construcción, perforando el casco y haciendo que los brazos metálicos que lo sostenían cedieran, dejando caer el buque.

La heredar se lanzó sobre la cubierta del barco, volviendo a transformar su filo en un florete, de su armadura se desprendieron cientos de estrellas que flotaban a su alrededor. El perdido perforó la cubierta y se abalanzó contra la heredar, en sus manos había formado largas y afiladas garras. Con maestría, la heredar esquivaba los golpes del perdido, usando la fuerza de la energía que desprendía su oponente con cada ataque, para aumentar su velocidad y poder así esquivarle, una técnica que solo un gran maestro podría replicar. Usando esta fuerza, la heredar esquivó un golpe volado, pasando por debajo del brazo de su oponente e impulsándose hacia él, acertando un rodillazo en las costillas del perdido que lo hizo tambalear, había sido atacado con su propia fuerza. El perdido entonces invocó un largo filo curvo en su brazo derecho que cubría su antebrazo, y se alargaba dos metros por delante de su mano y dos por detrás del codo, un filo de gran envergadura.

—Debiste ser una heredar muy habilidosa, no todos los perdidos invocan el filo correcto para contrarrestar a su rival —Yúnuen convirtió su florete en un látigo lleno de plumas que caían al suelo con cada movimiento del ahora danzante filo, pero sin desvanecerse. La heredar dio un pequeño salto hacia atrás, cayendo en el agujero hecho por el perdido, este último cortó rápidamente la cubierta, el poder en su filo era inmenso y desbarató todo el buque con un solo movimiento, la heredar se movilizaba entre las enormes placas metálicas que componían el destruido casco del buque, haciendo que el perdido lanzara poderosos ataques contra las placas metálicas que la ocultaban. Entre cada ataque, el filo de Yúnuen, desde una posición diferente, se lanzaba al rostro del perdido, en busca de su ojo. El perdido cortaba el látigo cada vez que este intentaba alcanzarle, cuando hacía esto, el fragmento de látigo cortado se convertía en bellas plumas que caían lentamente. Poco a poco, Yúnuen comenzaba a quedarse sin escondite, las grandes placas metálicas quedaban reducidas a pequeños fragmentos. De pronto el perdido, sin previo aviso, agarró una de las enormes placas metálicas que conformaban el destruido casco (de al menos catorce metros de altura y veinte de largo) y la aventó contra Yúnuen.

—¿¡A eso quieres jugar!? —Yúnuen enlazó otra de las enormes placas con su látigo (esta era aún más grande) y se la lanzó, ambas placas chocaron en el aire, mientras que Yúnuen y el perdido las atravesaban y enfrentaban sus filos, en ese momento Yúnuen había invocado un filo similar al del perdido, mientras que su látigo, parecía absorber una de las gigantescas hélices del barco. Al ser de fuerza superior, el perdido arrojó a la heredar y se lanzó tras ella. Estando a punto de alcanzarla, la enorme hélice cayó encima del perdido con una fuerza descomunal gracias al filo de Yúnuen, que la envolvía, usándola como una enorme maza de guerra—. ¡Ja! ¡Toma eso malnacido!

Sin perder un segundo, Yúnuen giró sobre si misma usando su gran maza para golpear por segunda vez al perdido, esta vez de forma lateral, lanzándolo contra otro barco y haciendo que este se desplomara por la fuerza del impacto. Un instante después, el barco entero salió disparado hacia Yúnuen, era una nave de al menos noventa metros de eslora, la heredar usó su maza para devolver el barco contra el perdido, que furioso, partió por la mitad mientras se lanzaba contra Yúnuen. «Es el momento, si no lo hago bien, será mi fin», pensó la heredar, viendo cómo el perdido se acercaba a ella con furia, la energía que emanaba destruía todo a su alrededor.

El perdido colocó su filo sobre él, para realizar un ataque vertical con todas sus fuerzas, su objetivo era, no solo partir por la mitad a la heredar, sino también destruir absolutamente todo el astillero, parecía cansado de las jugarretas de Yúnuen. La heredar lanzó su maza contra él, pero fue en vano, el poderoso ser la cortó como si fuese mantequilla y siguió su avance.

—¡Ahora! —exclamó Yúnuen al mismo tiempo en que miles de pequeñas plumas, que cubrían todo el suelo, se levantaban, brillando con intensidad y pegándose a la armadura del perdido, este último intentó expulsarlas con su poder, pero era inútil, las plumas de alguna manera dejaban pasar el poder expulsado del perdido, conservándose aferradas a su armadura. Cuando las plumas comenzaron a invadir su rostro el perdido se detuvo y usó sus garras para arrancarlas, desesperado empezó a agitar su filo, provocando poderosas ráfagas de energía que destruían todo a su paso, Yúnuen las esquivaba con habilidad, ya que, si una llegase a tocarla, podría acabar con su vida. Las pequeñas plumas comenzaron a flotar al rededor del perdido, quien, en su desesperación, se lanzó contra el suelo, haciendo un corte devastador y destruyéndolo todo. La poderosa onda de choque lanzó los barcos como si fuesen juguetes y el agua del océano invadió con premura el cráter dejado por el perdido.

Estando a unos veinte metros bajo el agua, el perdido se incorporó y observó a su alrededor, las pequeñas plumas habían desaparecido, el agua ahora inundaba todo el lugar. De pronto, alrededor del perdido, aparecieron dos hileras de filos, parecidos a colmillos, el oscuro ser se preparó para atacar, pero bajo él, surgió una gigantesca serpiente emplumada, con cientos de afilados colmillos que pareció tragarlo y llevarlo a la superficie. Dentro de la serpiente, sus aserradas cavidades magullaban la armadura del perdido, que con furia comenzó a cortar el interior, destrozando por completo a la enorme serpiente, que, en un instante, se convirtió en miles de plumas brillantes, las cuales cegaron por un momento al perdido.

—Te tengo —susurró Yúnuen, quien había pasado inadvertida entre las plumas, dando alcance con su florete al ojo del perdido y destruyéndolo al instante. Después de un aterrador grito, el perdido desprendió de sí una poderosa energía que lanzó a Yúnuen. La heredar desvaneció su filo al caer, para no ser detectada por el perdido y avanzó en dirección a donde se encontraba Yorha, dejando atrás al ahora ciego ser, que lanzaba ataques en todas direcciones—. Resiste Yorha, iré en tu auxilio…

Lejos de ahí, el gran perdido de armadura pesada levantó su puño, estaba a punto de azotarlo contra el suelo para hacer salir a Yorha, pero bajo él, salió como un rayo uno de los filos únicos de Yorha, apresando el cuello del perdido y elevándolo hacia el cielo. El segundo filo único salió detrás del perdido pelirrojo, golpeando con fuerza su cuello, esta vez su filo era más poderoso, y pudo traspasar ligeramente la armadura del perdido, pero sin llegar a la carne, necesitaría al menos tres golpes en el mismo lugar para poder hacer un corte efectivo. Yorha por su parte, salió de detrás del tercer perdido, su armadura había formado un par de guanteletes con gruesas y afiladas garras, con los que sostuvo los brazos del perdido y usó ambas piernas para propinar un poderoso golpe en la espalda de este, arrojándolo contra su compañera que estaba distraída con el filo único de Yorha. Al mismo tiempo, el gran perdido en el cielo se libraba de la luna que lo apresaba, lanzándose contra la Murhedar como si fuese un meteorito con ambos puños al frente. Yorha, sabiendo que su caída destruiría todo el campo de batalla se lanzó hacia él; pero un instante antes de que ambos chocaran entre sí, su filo único golpeó los pies del perdido, desviándolo ligeramente de su trayectoria y permitiendo a Yorha pasar justo sobre él. La Murhedar lo tomó de un pie e intentó arrojarlo contra sus compañeros, pero la fuerza del perdido, aún en el aire era demasiada para Yorha, quien fue arrastrada por la trayectoria del poderoso ser, este último, volteó en el aire, tomando a Yorha del pecho, sus enormes garras cubrían por completo el torso de la Murhedar, para luego volver a girar e impactar a Yorha contra el suelo.

—¡No te dejare maldito! —gritó Yorha furiosa, quien incapaz de soltar el agarre del perdido, atacó los ojos con sus garras, sin embargo, el perdido los cubrió con su armadura. En ese momento Yorha gritó con furia, emanando una enorme cantidad de poder y reforzando su armadura en la parte posterior, en ese mismo instante sus dos filos únicos, se lanzaron y apresaron los hombros del perdido, disminuyendo su velocidad. Nada más podía hacer la Murhedar que impactó contra el suelo, generando una gigantesca onda de choque, seguida de una nube de polvo y escombros.

De inmediato los dos perdidos de armadura ligera se lanzaron al cráter en busca de Yorha, pero para su sorpresa la Murhedar salió de la nube de polvo, y cayó en un edificio cercano. «Eso estuvo cerca, pude morir y ni siquiera usó todo su poder», pensó Yorha, su respiración estaba agitada, se le veía agotada y su armadura estaba maltrecha y cuarteada. En el momento del impacto, Yorha había colocado sus garras en los ojos del perdido, generando un filo perforador en ellas para usar la fuerza del perdido en su contra, al darse cuenta de ello, el poderoso ser la soltó por un instante para no sufrir el daño en sus ojos, permitiéndole así escapar después de chocar con el suelo. «No me puedo permitir otro error así, son demasiado poderosos, pero de alguna forma tengo que juntarlos frente a mí, no hay otra opción», la armadura de Yorha comenzaba a recuperarse, y en sus manos aparecieron nuevamente sus dos katanas.

Tras la nube de polvo, fue surgiendo lentamente el gran perdido, que mantenía presas en sus manos a Koyol y a Xauki; por su parte los perdidos de armadura ligera se lanzaron contra Yorha. Los ataques llegaban en todas direcciones, la Murhedar se concentraba en esquivar la "lanza gancho" y bloquear los demás ataques, estos eran demasiado fuertes para ella y comenzaban a desgastar su cuerpo. Pronto, algunos ataques comenzaron a lograr su objetivo, atravesando la armadura de Yorha y cortando su piel, la sangre comenzaba a escurrir sobre su armadura, la mayor parte de esta provenía de sus articulaciones. «Las necesito, no tengo opción», pensó Yorha, desvaneciendo sus lunas de las manos del perdido y apareciéndolas tras ella, cosa que los perdidos de armadura ligera no esperaban. Una de las lunas impactó contra la cabeza del pelirrojo, cortando parte del rostro, mientras la otra, apresaba del cuello al segundo. Yorha aprovechó esto y enterró una de sus katanas en la herida provocada por su filo único, pero de inmediato el perdido la apartó con otro ataque; el poder de la Murhedar se incrementaba poco a poco y comenzaba a contratacar, en la espera de que el perdido de armadura pesada interrumpiera el combate. Pero este parecía disfrutar de la penuria de Yorha y observaba desde lejos la acción.

—¡No seas cobarde! —gritó furiosa, saltando hacia arriba y haciendo que los perdidos de armadura ligera chocaran entre sí, después se lanzó contra el gran perdido con ambas lunas precediendo su ataque, pero antes de llegar, el pelirrojo había capturado su pie y la arrojó cual muñeca de trapo contra unos escombros lejanos.

Los tres perdidos caminaron lentamente hacia los escombros, tomando distancia entre sí para cubrir diferentes flancos. Yorha se levantó de entre las sombras y observó sus heridas, después sonrió y miró hacia los perdidos. Su armadura comenzó a oscurecerse, cubriendo sus heridas y emanando una tenue luz azul blanquecina, las estrellas dentro de ella comenzaban a dirigirse hacia sus katanas, en los ojos de la Murhedar, las brillantes lunas llenas, empezaron a transformarse en oscuras lunas nuevas y su poder pareció multiplicarse, cosa que sintieron los perdidos y se lanzaron contra ella. Los filos únicos de Yorha salieron disparados de entre los escombros, estos ahora eran completamente negros y su filo era por mucho superior al que inicialmente portaban; los perdidos pudieron sentirlo y ahora comenzaban a bloquear los ataques con sus filos mientras avanzaban hacia Yorha.

—¡Para esto fue que me creaste! Y ahora demostraré mi valía —Yorha se lanzó contra el perdido de gran tamaño, fusionando sus katanas en una larga y afilada katana negra con miles de estrellas revoloteando a su alrededor.

Las garras del perdido y la katana de Yorha hicieron contacto, pero esta no tambaleó como antes y resistió la gran fuerza de aquel ser. Mientras que Koyol y Xauki, defendían a la Murhedar de los ataques de los otros dos perdidos. Los ahora negros ojos de Yorha, se movían en todas direcciones, detectando con eficiencia los ataques enemigos, que llegaban de todas partes; aunque algunos de estos alcanzaban su objetivo, no dañaban de forma significativa a la Murhedar, que había multiplicado su velocidad. Yorha se movía con ferocidad, intentando dar alcance a los ojos de algún perdido. El combate se extendía por toda la ciudad ya que Yorha en determinados momentos tenía que dar grandes saltos para evitar los golpes del poderoso perdido y salir del alcance de las cuchillas de los otros dos. La Murhedar se movía con maestría entre los escombros y edificios, esperando los momentos adecuados para lanzar sus ataques.

El perdido pelirrojo, alargaba sus filos con cada ataque, el alcance de sus cortes parecía ilimitado, obligando a la Murhedar a moverse cuidadosamente, ya que el poder de los ataques de dicho perdido había aumentado. Sus cortes pasaban a centímetros de Yorha, pero la energía que provenía de ellos era tal, que la Murhedar tenía que cortarla con su filo, como si fuese materia física antes de que chocase con ella. Por su parte la lanza del segundo perdido con armadura ligera se movía cual rayo, lanzándose casi de forma independiente a su portador contra la Murhedar, mientras que las puntiagudas y alargadas garras del oscuro ser, se proyectaban a distancias inauditas, perforando todo a su paso. Yorha jamás había tenido que utilizar al máximo sus habilidades, se le veía realmente feliz, ella sabía que, si sobrevivía a esta batalla, su poder aumentaría considerablemente. «Aún sin usar su verdadera fuerza, tienen una ventaja considerable sobre mí, pero creo que puedo igualar su velocidad», pensaba la Murhedar, que esquivaba con gracia cada ataque de los seres oscuros, «pero necesito ser más».

—¡Más rápida! —gritó Yorha mientras daba un giro de trescientos sesenta grados sobre sí misma para evitar los poderosos pinchos del perdido de armadura ligera.

—¡Más fuerte! —gritó, bloqueando un ataque del perdido pelirrojo con sus dos katanas. Este ataque la arrojó contra el puño del perdido de armadura pesada, pero las lunas de Yorha desviaron el puño, permitiéndole a la Murhedar pasar a centímetros de él sin ser afectada.

—¡Más! —Yorha se lanzó entre las piernas del perdido de gran tamaño golpeando la parte posterior de sus rodillas mientras sus lunas golpeaban su rostro. Había logrado hacerlo tambalear.

—¡Más! —la Murhedar esquivó un ataque del pelirrojo, contratacando con un corte que casi alcanza los ojos del peligroso ser, un instante después, esquivó la lanza del segundo perdido, esta rozó una de las mejillas de Yorha, cortando su armadura y exponiendo su carne. Increíblemente Yorha se agarró de la lanza para darse impulso y salir de en medio de los tres perdidos que atacaban sin cesar a la Murhedar.

—¡Necesito más, más, más! —Yorha combatía con ferocidad, pero sus ataques eran infructuosos, entre cada ataque, la Murhedar recibía al menos un corte y su cuerpo comenzaba a resentir la fuerza que Yorha utilizaba para maniobrar a tales velocidades. Cada vez que estaba a punto de lograr que los tres perdidos estuviesen frente a ella, uno saltaba o la flanqueaba; sin cegar a los tres, sería imposible escapar del perdido restante. Los perdidos de grado cuatro eran en extremo veloces y sensitivos, no la dejarían escapar.

—Es muy pronto para rendirse pequeña —susurró una voz masculina dentro de Yorha.

—Tengo la energía, pero mi cuerpo no puede resistir los embates constantes de estos seres —contestó Yorha mientras bloqueaba un ataque del perdido de armadura pesada que la proyecto contra un edificio, atravesándolo por completo. La Murhedar maniobró en el aire para caer de pie, mientras sus lunas le daban alcance para defenderla—. También tengo la rapidez, pero mi cuerpo tampoco puede mantener el control a tales velocidades, me falta fuerza.

—Vamos, solo aguanta un poco más —susurró la voz.

—¡No tienes que decírmelo, pero no le veo una salida a esto! —trastabilló Yorha, se le veía frustrada, no encontraba la manera de guiar a sus oponentes para colocarlos frente a ella. Uno de ellos (el perdido que portaba una lanza) apareció por debajo de la Murhedar, lanzando sus garras contra su rostro, mientras su lanza estaba a punto de perforar una de las piernas de Yorha. Con gran habilidad, Yorha usó sus filos únicos para bloquear los ataques e impulsarse lejos de la zona, solo para tener que esquivar al pelirrojo, que ya se encontraba sobre ella—. No aguantaré mucho tiempo más, necesito un nuevo plan.

El perdido de gran tamaño se encontraba a la espera, buscando el momento para apresar a la Murhedar y no estorbar a sus compañeros. El pelirrojo y el portador de la lanza, no daban descanso a Yorha y sus filos aumentaban el poder de los ataques, haciendo que la Murhedar, resintiera la poderosa energía que provenía de ellos. Al cabo de unos segundos, los ataques combinados de ambos seres empezaron a dar en su objetivo rozando las extremidades de Yorha, lo que debilitaba su armadura que comenzaba a cuartearse. En un instante en que Yorha se vio obligada a usar ambos filos únicos y ambas katanas para bloquear los ataques, el perdido de gran tamaño se lanzó contra ella, era el momento perfecto y nada podría hacer Yorha para evitar que el perdido la capturara.

Estando las garras del perdido a pocos centímetros de Yorha, una gran serpiente emplumada salió de debajo de la Murhedar, tragándosela y evitando que el perdido la apresara. Los perdidos estaban desconcertados y vieron como la gran serpiente se alejaba volando hacia una colina de escombros cercana. Al caer sobre esta, se desintegró en miles de pequeñas plumas, dejando reposar suavemente a Yorha.

—No debiste venir —reclamó Yorha mientras recuperaba el aliento.

—Tengo una promesa que cumplir —respondió Yúnuen que caminó lentamente hacia ella, tomando su hombro. Ambas heredar se miraron por un instante para después voltear hacia los perdidos, el poder que estos emanaban provocaba que el viento se agitara y el cabello de ambas heredar era llevado por este.

—Gracias… —Yorha parecía haber recuperado todas sus fuerzas, la luz en su armadura incrementó, brillando a la par de la armadura de Yúnuen, y las grietas desaparecieron en un instante.

—¿Cuál es la situación? —preguntó Yúnuen, mientras los perdidos se acercaban cautelosos, rodeándolas—. ¿Tienes algún plan?

—Ellos intentan capturarme, no matarme, parecen medir la fuerza de sus ataques, teniendo mis articulaciones como objetivo.

—Bien eso nos da mayores posibilidades.

—No creo que se midan contigo Yúnuen, si les estorbas te matarán.

—¿Entonces qué procede?

—Hay que encontrar la manera de mantenerlos frente a mí por tan solo un instante para que pueda cegarlos y escapar —Yorha rodeó a Yúnuen con sus filos únicos y extendió sus katanas mientras observaba a los perdidos tomar sus posiciones y acercarse lentamente—. ¿Dónde quedó el otro?

—Me encargue de él, concentrémonos en este combate —recalcó Yúnuen, analizando la composición y forma de los filos enemigos. «No hay otra opción, tendré que usar la técnica, aunque todavía no esté completa», pensó.

—¿Qué haces? —preguntó Yorha al sentir un poder diferente emanando de Yúnuen y volteando hacia ella desconcertada.

—Yorha, deberás hacer exactamente lo que yo te diga —en toda la parte posterior de los brazos de Yúnuen comenzó a formarse un filo, largas, delgadas y magníficas plumas que entramaban dos bellas alas azul blanquecino, estas, desprendían de sí miles de bellas estrellas blancas.

—¡Yúnuen si atacas te matarán sin pensarlo! —Yorha comenzó a alterarse, los perdidos estaban cada vez más cerca.

—Te hice una promesa Yorha y aunque me cueste la vida la voy a cumplir —los ojos de Yúnuen se iluminaron y de ellos se comenzaron a escapar diminutas estrellas.

—¡Saldremos de esto juntas! —exclamó Yorha, observando que los perdidos aumentaban su poder, al parecer se desharían de la intrusa primero—. No permitiré que te hagan daño, dime que tengo que hacer.

«Si logro retenerlos por un instante, Yorha deberá cegarlos», pensaba Yúnuen; aunque en apariencia parecía segura de sí, por dentro sabía que había una posibilidad de que Yorha no fuese capaz de concretar el ataque de forma efectiva. «Muy bien, creo que con el poder que tengo actualmente podré darle una oportunidad considerable, pero si falla, será el fin de ambas, ellos me atacarán con todo su poder para eliminarme y así capturar a Yorha sin ser molestados, todo dependerá del siguiente movimiento».

—¡Vamos dime! —exclamó Yorha bastante nerviosa, los perdidos se encontraban a pocos metros de ellas.

—Deja que me ataquen, yo los retendré y tendrás un instante para cegarlos —Yúnuen apartó a Yorha y se colocó frente a ella, las estrellas comenzaron a arremolinarse a su alrededor y el viento soplaba con furia, levantando grandes escombros y lanzándolos a cientos de metros del lugar.

El perdido frente a Yúnuen (el de gran tamaño), al ver a la heredar plantarle frente, descubrió su rostro, revelando su enorme y destrozada sonrisa, de la cual escurría espesa sangre negra; su cuerpo comenzó a irradiar una oscura energía, con tal fuerza que las estrellas alrededor de Yúnuen empezaron a dispersarse y la heredar tuvo que poner una de sus alas frente a ella para resistir el poderoso embate de la energía del perdido. «Maldición sí utilizará todo su poder, no creo que Yorha sea capaz siquiera de acercarse a él», pensó Yúnuen, volteando ligeramente hacia Yorha, quien había clavado una de sus katanas al suelo para no ser arrastrada por la energía del oscuro ser.

—¡Confía en mí! —gritó Yorha mientras la tempestad azotaba sus cuerpos.

En ese momento Yúnuen sonrió y se incorporó, soportando la poderosa energía que la golpeaba de frente, «es momento de mostrar mi valía, si hemos de morir, que sea unidas». Yúnuen volteó y tendió su mano a Yorha, que sin pensarlo la tomó y caminó a su lado. Estaban listas, pasare lo que pasare, estarían juntas en ello.

Sin previo aviso, los tres perdidos voltearon al cielo, parecían sorprendidos. Ambas heredar, viéndolos intrigadas hicieron lo mismo; en ese instante, una gigantesca silueta cayó frente a ellas, su poder se interpuso al poder del perdido, siendo una barrera entre él y las heredar, haciendo que la incalculable energía del oscuro ser, ni siquiera llegase a rozarlas.

—Es tiempo de que dejen jugar a los mayores —dijo aquella impresionante figura frente a ellas, volteando a verlas con una sonrisa.

—¡Roa! —gritaron ambas heredar al unísono, saltando de alegría.

311

—Veamos que tienes para mí pequeño —retó Roa al gran perdido frente a él, siendo el gran maestro al menos diez centímetros más alto que el oscuro ser. La armadura de Roa era esplendida, de un color azul rey, brillante y con miles de estrellas fugaces revoloteando en su interior, estas parecían chocar unas con otras, generando bellos estallidos de luz de donde emergían más estrellas. Era una armadura de gran densidad que cubría la mayor parte de su cuerpo, dejando únicamente el rostro descubierto, que era rodeado de enormes colmillos similares a los de un oso pardo, iniciando su casco, el cual emanaba luz en la parte posterior, como la cola de un cometa. Los bordes de su armadura eran afilados y sus guanteletes eran más gruesos en las zonas de los nudillos. Su armadura lo hacía asemejarse a un enorme oso sobre sus patas traseras, imponente e imbatible.

El perdido gritó con furia, emanando una energía descomunal que chocaba con la energía de Roa, sus guanteletes se ensancharon y empezaron a emanar una espesa neblina negra, estaba a punto de lanzar un ataque con todo su poder, después se agazapó y cerró con fuerza su puño derecho, viendo con odio al gran maestro. Los otros dos perdidos, revelaron igualmente todo su poder, el pelirrojo cambió sus delgadas hojas curvas por dos enormes látigos afilados llenos de espinas, que se azotaban con furia alrededor del perdido, la densidad de su armadura aumentó y la energía que desprendía era desmesurada, igualando a la energía del perdido de gran tamaño. Por su parte el perdido que anteriormente portaba una lanza invocó dos pesadas alabardas que desprendían lo que parecía humo negro.

«Su poder es increíble, no hubiéramos tenido oportunidad alguna si fallábamos», pensó Yúnuen algo aliviada por la llegada de Roa. Yorha, al contrario, mantenía la guardia en caso de que necesitase dar apoyo al gran maestro o defenderse, ella sabía que, siendo el objetivo de aquellos seres, intentarían abrirse paso hasta ella, ignorando al gran maestro, lo que provocaría que Yúnuen intentase defenderla.

—Venga, que no tengo todo el día —dijo Roa, chocando uno de sus puños contra la palma del otro y apretándolo. Esto provocó que el perdido se lanzara sobre él, su descomunal energía hizo que todo a su alrededor se resquebrajara, era un ataque directo, lanzando su colosal puño al frente. Roa por su parte, replicó la acción, chocando su puño contra el puño del perdido, la fuerza del impacto fue descomunal pero el puño del gran maestro absorbió el ataque sin causar daño alguno a su armadura.

312

—Increíble —murmuró Yorha estupefacta, quedando boquiabierta ante la fuerza de Roa.

—¿Cómo es posible? —se preguntó Yúnuen, no podía creer que un heredar fuese capaz de soportar únicamente con su armadura el impacto directo del golpe de un perdido de grado cuatro—. Hasta el tío Kélfa usa su filo al combatirlos.

En ese mismo instante Roa abrió su mano y sujetó el puño del perdido, dando un giro de trescientos sesenta grados con él y arrojándolo como si estuviese hecho de cartón. El perdido rebotaba contra el suelo, atravesando los edificios y escombros que se interponían en su camino. Ambas heredar quedaron boquiabiertas, nunca habían visto una proeza de fuerza tan extraordinaria.

—¡Yúnuen! —gritó Roa, indicando a la heredar que le siguiese para darle apoyo. Ambos heredar se lanzaron tras el perdido que fue arrojado a kilómetros del lugar.

En ese momento Yorha se quedó sola y los dos perdidos restantes se lanzaron sobre ella, Yorha puso sus filos únicos al frente, preparándose para recibir el impacto, pero antes de que fuese exterminada, una bella estela de diferentes tonalidades azules, similar a una aurora boreal apareció tras el perdido de alabardas, de esta surgió Koa, que propinó una patada al perdido, aventándolo contra su compañero y lanzándolos lejos de la zona. Por un instante, las miradas de ambas heredar se cruzaron mientras Koa se abalanzaba hacia sus ahora presas, su rostro era sereno, casi inexpresivo. La armadura de la gran maestra era sumamente hermosa, a través de ella recorría una hermosa aurora boreal que en ocasiones se escapaba y bailaba a su alrededor. Era una armadura entallada, ligeramente más gruesa de los hombros, el pecho y las caderas, los bordes de la armadura eran afilados, portando delgadas garras en sus manos.

Los perdidos no perdieron tiempo y lanzaron sus poderosos filos contra Koa, quien los esquivó con gran habilidad, su velocidad era incomparable. Yorha fue tras ella intentando no perderla de vista, pero era inútil, Koa era la gran maestra de filo lunar más veloz. Al estar frente a los perdidos, Koa invocó dos largos filos con forma de ganchos para carne, con los que sujetó a los dos perdidos, incrustando uno de sus ganchos en la boca del perdido pelirrojo y el otro en la cuenca de un ojo del perdido con doble alabarda; después los azotó contra el suelo y comenzó a arrastrarlos a gran velocidad tras ella.

«Es increíble, qué fuerza debe tener para arrastrar a tal velocidad a dos perdidos de grado cuatro», pensó Yorha mientras lanzaba sus filos únicos, bloqueando los ataques que los perdidos lanzaban contra Koa. Cuando anteriormente ambas heredar cruzaron miradas, Yorha entendió sin más que sería el apoyo de la gran maestra. Los perdidos eran incapaces de soltarse o reducir la velocidad de la gran maestra; encajaban grandes filos en el suelo o se sujetaban de lo que tuviesen a su alrededor, pero era inútil, Koa los arrastraba, llevándose consigo cualquier cosa con la que los perdidos intentaran sujetarse. Al estar sus cabezas sumergidas entre los escombros, su visibilidad estaba obstaculizada y los ataques que lanzaban contra la gran maestra no eran muy precisos, por lo que Yorha alcanzaba a bloquearlos con sus filos únicos. «Maldición aún con dos perdidos a rastras me cuesta seguirle el ritmo», Yorha intentaba no darle motivos a la gran maestra para quejarse de ella.

Koa llegó a una ciudad vertical costera, atravesando su interior hasta llegar al punto céntrico, después se lanzó hacia arriba, poniendo frente a ella a ambos perdidos y destruyendo todos y cada uno de los niveles de la ciudad con los cuerpos de sus oponentes, llevándolos hacia el cielo. Yorha por su parte se quedó en la superficie, en la espera del siguiente movimiento de Koa. Ya estando a unos dos kilómetros sobre la ciudad, Koa desvaneció sus ganchos e invocó dos finas hachas de doble filo en cada mano, estas brillaban con intensidad, y de ellas se desprendían bellas auroras. La gran maestra se adelantó a sus oponentes, para después voltear y abalanzarse sobre ellos, fue entonces que el combate comenzó mientras caían, Koa bloqueaba los ataques enemigos acertando devastadores golpes entre cada ataque, estos traspasaban la armadura de sus rivales, cortando su gruesa piel y haciéndolos sangrar.

—Pensé que solo un Murhendoar era capaz de lograr tal proeza —murmuró Yorha al ver la destreza con la que Koa combatía. Pero al darse cuenta de que los ataques de la gran maestra estaban destinados a incrementar la fuerza de su caída, chocó sus manos contra el suelo, generando un grupo de enormes y afiladas estacas en las que Koa clavaría a ambos perdidos, atravesando su corazón. Los filos únicos de Yorha se desvanecieron, la Murhedar utilizó todo su poder para reforzar las puntas de sus estacas y que estas tuviesen la fuerza suficiente para atravesar a los perdidos, incluso desvaneció su armadura, necesitaría hasta la última gota de poder—. Vamos Yorhalli, no le puedes fallar.

Al sentir que las armaduras enemigas estaban lo suficientemente debilitadas, Koa dio un golpe contundente a ambos perdidos, lanzándolos con una fuerza descomunal contra el grupo de estacas que Yorha había generado, si estas daban en su blanco, sería el fin de ambos perdidos. Pero justo antes de caer sobre estas, los perdidos se atacaron entre sí, desviando la trayectoria de su caída e impactando contra el suelo. Koa sin pensarlo fue tras ellos, pero al parecer, ambos seres se escabulleron en el subsuelo, dirigiéndose al océano. Las heredar, dándoles caza, se detuvieron justo a la orilla de la playa, que estaba al borde de la ciudad vertical.

—Aquí se termina la cacería —apuntó Koa, sabiendo que estaba prohibido para todos los heredar cruzar el océano sea cual sea el motivo para quererlo hacer.

Yorha, que había llegado menos de un segundo después, se paró junto a Koa, sintiendo como los perdidos se alejaban cada vez más bajo las aguas, en ese momento Koyol brillaba con gran intensidad sobre ellas y una ligera brisa acariciaba sus cabellos.

—¿También se escaparon? —preguntó Yúnuen, que se acercaba a Yorha presurosa.

—¿También? —Yorha volteó desconcertada, viendo a Yúnuen y a Roa acercarse a ellas. Roa portaba en su mano un brazo del perdido con el que había combatido y la Murhedar se acercó con curiosidad a observarlo—. ¿Dónde está el resto?

—Se tuvo que ir, pero nos dejó un recuerdo para sus familiares —comentó Roa.

Cuando un perdido muere o uno de sus miembros es desprendido, el filo corrupto desaparece, dejando el cuerpo intacto. Es normal que la familia del heredar corrompido pida el cuerpo para darle la adecuada sepultura.

—Me alegro tanto de que estés bien —manifestó Yúnuen, abrazando a Yorha para después ir y darle un beso en la mejilla a Roa—, muchas gracias sin ustedes estaríamos perdidas.

—¿No les dijo Roa que retornaran si la amenaza los sobrepasaba? —cuestionó Koa, que observaba el océano, la gran maestra había desvanecido su armadura para sentir la brisa en su piel. De su cabello se desprendía una bella aurora y su semblante parecía algo disgustado.

—Gracias Koa —dijo Yorha, acercándose a su lado y observando junto a ella el horizonte, haciendo que el semblante de la gran maestra se apaciguara. Koa simplemente la vio con una expresión fría para después seguir observando el océano, eran pocas las veces que un heredar podía disfrutar de un momento así.

—¡Esperen! —exclamó Yúnuen como si hubiese recordado algo importante, haciendo que todos voltearan a verle—. Hay otro perdido, solo pude cegarlo, pero sigue con vida.

315

—¡Aquí esta! —gritó Linara, que se acercaba al grupo con el cuerpo de una mujer desnuda sobre sus brazos—. Ahora podrá descansar en paz.

Al verla, Yorha se acercó con nostalgia y acarició el rostro de la fallecida heredar. Linara la acostó sobre la arena y usó el cabello de la fallecida para cubrir sus destrozados ojos. Yorha se hincó a su lado y tomó su mano, todos los demás con excepción de Koa la rodearon.

—Siento que hayas terminado de esta manera Saat, tú me acogiste cuando nadie más lo hizo, ahora Théra te acogerá a donde quiera que te lleve este nuevo camino.

—Vamos Yorha, debemos irnos, ninguno de nosotros tiene el permiso de estar aquí —recalcó Linara, poniendo la mano en el hombro de la Murhedar.

—¡Yorhalli! —exclamó Koa con voz de mando, quien todavía observaba el horizonte.

Yorha cargó a Saat y la entregó a los brazos de Linara, para después dirigirse hacia Koa mientras los demás conversaban sobre lo sucedido.

—¿Qué es lo que quieres? —Yorha estaba a la defensiva, cruzada de brazos y con la boca torcida; aunque durante los combates ambas heredar fluyen como agua del mismo río, fuera de estos, eran incompatibles y había siempre una ligera hostilidad por parte de Koa.

—El rastro que encontraste, ¿era el verdadero, no es así? —preguntó Koa con discreción.

—¿Tú cómo sabes de eso? —Murmuró Yorha sorprendida.

—Mahalli lleva mucho tiempo siguiendo a ese ser y también me ha encargado en ocasiones ayudarle, ya se había tardado en inmiscuirte en el asunto. He sentido su presencia otras veces, pero se ha negado a revelarse ante mí —había algo de angustia en la voz de Koa, ella presentía que Yorha había visto al extraño ser o incluso se había comunicado con él.

—No estoy segura, no tuve la oportunidad de verlo, pero su energía era algo fuera de lo normal. En cuanto pueda hablar con Mahalli se lo haré saber.

—Retírate —ordenó Koa sin siquiera voltear a ver a Yorha. Al escuchar ser mencionada Mahalli, la gran maestra supo de inmediato que Yorha le ocultaría la verdad.

—¿Le contaron a Linara sobre la misión? —le preguntó Yorha sin recibir respuesta alguna, por lo que supuso que Linara no estaba enterada de la verdadera razón por la que las heredar se encontraban allí.

—¡Vámonos ya Koa! —exclamó Roa, haciendo que todos se acercaran a él—. Yo me encargaré de apaciguar a Kakiaui cuando se entere de esto, pero necesito una excusa de su presencia en esta zona.

—¡Ikel! —exclamó Yúnuen—, nosotras lo acompañábamos en la investigación de la dama oscura, pero tuvimos que separarnos cuando el perdido se apareció. Él puede dar constancia de nuestra presencia en esta zona, su orden fue exterminar el filo corrupto de Saat.

—Suena razonable, Kakiaui lo mandó a llamar personalmente, pero deberán ponerse en contacto con él en cuanto lleguemos para confirmar su cuartada —sugirió Roa. Todos los grandes maestros tenían el conocimiento de las asignaciones que Kakiaui hacía, ya que subía la misión a la red de los grandes maestros para que todos pudiesen postularse si se creían aptos para ella, después Kakiaui elegía al más apto, según sus habilidades—. Ahora pongámonos en marcha.

—¿Dama oscura? ¿Ikel está aquí? ¿Alguien podría explicarme qué está pasando? —preguntaba Linara confundida.

—Te lo explicaré cuando lleguemos —contestó Roa a la confundida Murhedar. Después de eso, todo el grupo se marchó del lugar, con Roa al frente y Koa cuidando la retaguardia, observando con cautela a Yorha.

—Roa —murmuró Yorha acercándose al gran maestro, el cual volteó a verla atentamente—. ¿Cómo supieron que los necesitaríamos?

—Debes agradecérselo a las sospechas de Koa, ella nos hizo venir a investigar —contestó Roa que no parecía muy contento—. Debiste devolverte en cuanto sentiste la presencia de estos seres, ¿qué necesidad tenías de enfrentarlos?

—Lo sé, lo siento, pero debía estar segura de algo —mustió Yorha mientras volteaba a ver a Koa que mantenía su mirada en la Murhedar. Yorha le sonrió levemente y asintió con la cabeza, dándole a entender que sabía de su vital participación en el rescate; la gran maestra, inexpresiva como siempre, simplemente volteó la mirada y ambas siguieron su marcha.

Retorno

—¿Hace cuánto que pasó todo esto? —preguntó Kélfalli algo disgustado. El cigarrillo en su mano se había consumido totalmente y sacó de su gabardina una pequeña lata metálica en donde guardaba las colillas.

—Tendrá como un año y fracción, ¿no? —contestó Yorha volteando a ver a Yúnuen.

—Un año y cuatro meses, el invierno pasado tío —recordaba Yúnuen, cambiando su expresión y mostrándose molesta con Yorha—. ¡Oye! Y tú ¿por qué no me dijiste la verdad sobre lo que Mahalli te dijo en aquella ocasión?

—¡Sí te dije la verdad! —refutó Yorha mientras guardaba el resto de sus dulces en uno de sus bolsillos.

—Una verdad a medias… —reclamó Yúnuen.

—¡Si alguien tiene que reclamar algo aquí soy yo! —recalcó Yorha molesta poniéndose de pie, haciendo que Yúnuen igualmente se incorporara y se parara frente a Yorha desafiante.

—¿Qué cosa? —preguntó Yúnuen con una mirada retadora.

—¿Qué tanto andas hablando de mí con Koa? ¿Eh?

El rostro de Yúnuen se ruborizó y su actitud desafiante ahora era sumisa, no sabía cómo responder, ya que en ocasiones había intentado decírselo, pero no había podido. Mientras tanto, Kélfalli se sobaba una de sus sienes, intentando no desesperarse con las heredar; después se levantó y las tomó del hombro.

—Hay demasiadas coincidencias entre lo que Dumenor te dijo y lo que Mahalli está buscando. También estoy de acuerdo con que el comportamiento de los seres oscuros ha cambiado radicalmente los últimos cincuenta años —comentó Kélfalli mientras caminaba alrededor de Yorha, parecía sopesar la situación—. Dumenor no dice nada a la ligera, cada palabra que sale de él tiene importancia, me sorprende que se haya comunicado contigo.

—Todos parecen conocerlo menos yo —dijo Yorha algo apenada—, ¿habrá alguna forma de comunicarme con él? Parece no estar en la red.

—No tiene red desde hace ya muchos años, la única forma de comunicarse con él es encontrándolo o que él te encuentre, siendo la primera una tarea titánica —comentó Kélfalli burlonamente, parece que viejos recuerdos llegaban a su mente.

—¿También estuviste con él en la brigada de reconocimiento que mencionó Mahalli? —preguntó Yúnuen curiosa, que jamás había visto a Dumenor en persona.

—No, eso fue hace demasiado tiempo, cuando Mahalli era todavía una heredar de primer nivel, yo lo conocí muchos años después durante la cacería de un grupo de vestigios, nos hicimos buenos amigos —Kélfalli sonreía al recordar aquella época, contagiando su sonrisa a las heredar—. Yo fui el único capaz de seguirle el ritmo, su intención era dejarnos atrás y hacer la cacería el solo, pero no contó con que alguien más pudiese igualar sus habilidades.

—¿Tú puedes igualar esa velocidad? —preguntó Yorha sorprendida, recordando como Dumenor remontaba aquella tormenta, viajando a la velocidad del rayo.

—En ese tiempo yo era tan solo un heredar de primer nivel, te hablo de hace más de ochocientos años —recordó Kélfalli con nostalgia—, pero nos desviamos del tema. Mahalli no me ha comentado sobre este misterioso ser, ¿te ha enviado en otras ocasiones a buscarle?

—No, después de esa misión y contarle lo sucedido, me ha mantenido al margen. Ahora, con el resurgir de las hostilidades con el País de la Llama, mi escuadrón se ha hecho cargo de la mayoría de las misiones en territorio hostil.

—Es lo más razonable, ellos te querían a ti, si te hubiese mandado a más misiones, hubiera puesto en riesgo tu vida y la de todos nosotros, no sabemos que es lo que realmente quiere esta criatura, ni lo que necesita de ti; también explica por qué tu escuadrón estuvo asignado a la zona de guerra desde la reanudación del conflicto, estando tú en el centro de la zona habitable, es más difícil que este ser pueda contactarse contigo —dedujo Kélfalli, pero aún parecía disgustado—. Sigo sin entender por qué Mahalli no ha expuesto su caso al consejo o a mí.

—Por favor Kélfalli, no vayas a decirle nada, no se supone que pudiese contarte todo esto —recalcó Yorha preocupada, no queriendo perder la confianza de Mahalli.

—No te preocupes, tendré cautela investigando la situación —enfatizó Kélfalli intentando tranquilizar a la Murhedar para después voltear hacia Yúnuen—. Ahora cuéntanos, ¿qué es lo que Koa te dijo?

—Ammm, pues verán —mustió Yúnuen evitando la mirada de Yorha—, ella al parecer también es capaz de escuchar las voces dentro de Yorha al conectar con sus ojos, pero lo que ella ha escuchado dentro de

Yorha es muy diferente —el semblante de Yúnuen mostraba algo de angustia al decir estas palabras.

—¿Diferente como qué? —preguntó Yorha intrigada.

—Ella puede escuchar voces angustiadas, voces que claman ayuda, voces que la llaman por su nombre y le piden terminar con su suplicio. No fue muy específica con las palabras, pero ella teme que en tu interior haya algo que esté conectado con los vestigios.

—Jamás he escuchado algo así —dijo Yorha consternada.

—Puede que para los que llegamos a escuchar algo dentro de tus ojos sea una experiencia individual —comentó Kélfalli analizando cada detalle—. ¿Mahalli ha escuchado estas voces?

—No, bueno, no que yo sepa —contestó Yorha, pensando en las veces que Mahalli ha comentado algo sobre sus ojos—, si fuese así estoy segura de que me lo diría, ella no suele ocultarme nada y mucho menos algo tan importante.

—Hay varias cosas que no logro entender y que tú no deberías ser capaz de hacer. Primero está el filo único de Heldari, sin haber estado en contacto con él o siquiera haberlo visto, es imposible que pudieras invocarlo. Segundo, esa oscuridad qué emergió de ti, es algo que no logro comprender. Tercero, los vestigios te nombran oscura, pero también hablan de una segunda oscura, haciendo referencia a la heredar que es perseguida por Ikel; deberé hablar con él sobre las características del filo de aquella heredar; me sorprende que después de un año no haya logrado capturarla, Ikel es muy habilidoso y astuto.

—No lo culpo tío, estar en presencia de aquella heredar es abrumador, la energía que desprende sí es similar a la que Yorha llega a tener en ocasiones, pero con un poder significativamente superior; sin ofender Yorha —comentó Yúnuen.

—No te preocupes, eso fue hace más de un año, cuando la volvamos a encontrar será diferente, te lo aseguro —dijo Yorha con una gran sonrisa.

—Lo que más me preocupa es aquel ser que viste bajo el complejo industrial —sopesó Kélfalli intrigado, mirando fijamente a Yorha—. ¿Estás segura de que el cuerpo que viste era el de un humano?

—Muy segura, su rostro se veía maduro, no era el de un theranio joven; su complexión era idéntica a la de los humanos, al introducirse en el agujero, su piel no parecía ser un conjunto de pieles unidas intentando conformar al humano, sino que estaba íntegra. El esqueleto también concordaba, no estaba deformado en ninguna parte, como si hubiese hecho un esqueleto a medida para la piel.

«Quizá estas sombras ya hayan caído, Dumenor, y no nos hemos dado cuenta de ello, pero tal vez Mahalli sí», pensaba Kélfalli reflexionando la situación, «como siempre, quieres afrontar sola los peligros querida amiga, pero no te dejare hacerlo esta vez, lo que está pasando nos concierne a todos».

—Durante la batalla sufriste varias heridas, ¿podrías mostrármelas? —pidió Kélfalli a Yorha, ya que en el rostro de la heredar, no se mostraba indicio alguno de aquel combate.

—Ya han sanado, pero bueno, te enseñaré —Yorha desvaneció su armadura en la zona del torso y brazos, bajo ella contaba únicamente con un sostén deportivo, hecho con el mismo material de los trajes de combate, pero no había indicios de herida alguna.

—¿Y no te sorprende haber sanado en su totalidad estas heridas? —preguntó Kélfalli, sabiendo que las heridas provocadas por un perdido, jamás se recuperan totalmente, ni siquiera en un Murhendoar.

—Nunca presté atención a ello —reflexionó Yorha, observando sus extremidades en las cuales había sufrido el mayor daño aquella ocasión.

—Eres la única heredar en todo el planeta que se ha recuperado en su totalidad de las heridas causadas por un perdido —expuso Kélfalli a la Murhedar—. ¿Eso no te causa intriga?

—Pues me hace feliz no conservar las cicatrices, je, je —respondió Yorha con una pequeña sonrisa, pero algo apenada.

—Los únicos que tienen esta capacidad son los mismos perdidos —remarcó Kélfalli, borrando la sonrisa del rostro de la Murhedar que de inmediato volvió a invocar su armadura—. Tanto en apariencia como en habilidades, guardas ciertas similitudes con ellos y el que te estén buscando, significa que lo que hay dentro de ti es fundamental en la lucha contra estos seres.

—Aquel ente dio a entender que mi poder y el de ellos eran similares, que solo ellos podrían guiarme… ¿Cómo debería tomarme eso? Mahalli cree que realmente ellos saben la procedencia de mi singularidad, pero que su intención debe ser usarla en contra de los theranios.

—Esta vez concuerdo con Mahalli, pero necesitamos saber más sobre tu filo y Mahalli se muestra reacia a dejar que lo estudiemos, es necesario saber cuál es su procedencia, que habilidades puedes desarrollar y como estas pueden ayudarnos en la lucha contra estos seres.

—Ella hace lo que cree que es mejor para mí, después de todo ella es nuestra Murhendoar y su cercanía con Théra es superior —repuso Yorha, intentando explicar las acciones de Mahalli—. Si ella cree que es lo correcto, no tengo porque cuestionarla.

—Piénsalo bien Yorhalli, no creo que utilizar tus habilidades contra nuestros hermanos de la llama sea lo correcto, es prácticamente lo que aquel ente quiere, pero ahora es Mahalli quien lo está haciendo por él —refutó Kélfalli ante la respuesta de Yorha.

—Te equivocas Kélfalli, mi presencia aquí ha disminuido significativamente el número de bajas en el conflicto —Yorha comenzaba a molestarse, le disgustaba que Kélfalli desconfiara así de Mahalli.

—Un conflicto que en primera instancia no debería existir —recalcó Kélfalli, haciendo callar a Yorha, que intentaba encontrar palabras para continuar la discusión.

—¡Tío! —exclamó Yúnuen, parecía haber resuelto un misterio.

—¡¿Qué?! —preguntaron Yorha y Kélfalli al unísono.

—¡Feralli tenía razón entonces! —exclamó Yúnuen haciendo reflexionar a Kélfalli.

—¿Mi madre? —preguntó Yorha confundida—. ¿Ella qué tiene que ver con esto?

—El ataque que sufrieron en la capital, en donde falleció tu padre… —dijo Yúnuen discretamente.

—¿Qué con eso? Vamos díganme —Yorha estaba ansiosa por saber y no resintió el hecho en cuestión.

—Pues resulta que es la verdadera razón por la que inició el conflicto, pero lo importante es que tu madre insistió en que el objetivo del ataque eras tú —Explicaba Yúnuen mientras Kélfalli guardaba silencio—, ahora que sabemos que esta criatura realmente te está buscando, se confirma lo que Feralli dijo.

—Eso significa que… —dijo Yorha intentando llegar a una conclusión.

—Significa que el consejo se equivocó y el ataque fue un hecho aislado en contra tuya —interrumpió Kélfalli poniendo su mano sobre el hombro de la Murhedar—. Yorhalli, si testificas ante ambos consejos y muestras tus habilidades, podremos detener esta guerra, aun sin la participación de Mahalli. Pero tendría que reunir a los demás testigos y conocer sus versiones para poder exponer el caso más claramente. ¿Qué dices?

—No lo sé Kélfalli, traicionaría su confianza más de lo que ya lo hice al contarte —Yorha caminó hacia el borde de la cornisa, viendo hacia el horizonte con nostalgia mientras la brisa acariciaba su rostro. Dentro de sí había sentimientos contrastantes, sabía que terminar la guerra era importante, pero si lo hacía, Mahalli jamás volvería a confiar en ella.

—Mahalli no dejará de confiar en ti Yorhalli, ella lo comprenderá te lo aseguro —dijo Kélfalli, parándose junto a Yorha—. Mira, te propongo una cosa, yo le diré que te presioné para contármelo y también hablaré con todos los testigos, eso incluye a la pareja del subterráneo, Koa, Roa, Ikel, Dumenor, Dohamir y Kakiaui. Lo difícil será convencer a tu madre, pero con todos ellos reforzando nuestro caso, tendremos la paz asegurada.

—Pero si el consejo lo aprueba, desacreditarán a Mahalli por haberlo escondido todo este tiempo, ella quiere encontrar a la criatura para tener pruebas sólidas.

—No te preocupes por ello, el consejo me escuchará, lo que está pasando en nuestro planeta es algo que va más allá de lo que podemos ver en este momento, sé que puedes sentirlo y Mahalli también; esta guerra solo nos distrae y la criatura lo aprovecha para organizar a los seres oscuros.

—Lo voy a pensar —Yorha se sentó a la orilla de la pendiente, meciendo sus pies y suspirando levemente—. Mientras, puedes hacer las investigaciones que debas, al terminar esta misión te haré saber mi decisión.

—¿Por dónde vas a comenzar tío? —preguntó Yúnuen tímidamente, no queriendo interrumpir el momento.

—No lo sé, aunque quisiera averiguar la procedencia y características del filo de Yorhalli, sé que detener la guerra es más importante por ahora.

—¿Cómo pensabas averiguar su procedencia? —preguntó Yorha volteando con curiosidad hacia Kélfalli.

—Tengo una teoría, pero si es acertada, tu filo no pertenecería ya al filo lunar, ni tampoco el de aquella heredar oscura.

—¡¿Qué quieres decir con eso?! —preguntaron ambas heredar al unísono. Yorha se incorporó y puso especial atención a las palabras del supremo comandante.

—Como ya lo saben, los filos representan las fuerzas físicas elementales en nuestro universo y las diferentes formas de interacción de las partículas elementales. El filo solar, representa al fotón y a las interacciones que este tiene con las demás partículas en nuestro universo. El filo Lunar está estrechamente relacionado con el solar ya que representa los demás espectros de luz y la interacción de las partículas después de hacer su primer contacto, por ejemplo, las que llegan a nosotros después de interactuar con las partículas de la luna. El filo llameante por su parte representa, entre muchas otras cosas, a todas las reacciones exotérmicas del universo como el calor latente de fusión o el calor latente de cristalización. El filo tormenta representa todas las interacciones elementales en la atmósfera de los planetas y está muy ligado al filo latente, que representa la fuerza viviente y todo lo que concierne a la vida biológica. El filo cristal por su parte es el más complejo de todos y difícil de manejar; representa a la composición química universal, solo los heredar de filo cristal más inteligentes y habilidosos pueden llegar a comprender las verdaderas capacidades de su filo.

—Sí, eso lo sabemos bien, pero ¿cuál es tu teoría? —preguntó Yúnuen ansiosa por saber. Por su parte Yorha intentaba asimilar el significado de las palabras de Kélfalli.

—En nuestro universo existe una singularidad, esta se encuentra dentro de los agujeros negros, que, como parte de este, debería estar representada por uno de los filos. Cuando los científicos comenzaron a estudiar la naturaleza de los perdidos, supusieron que ellos representaban esta singularidad, pero las leyendas dicen, que ya estaba representada en la segunda edad, pero por un hecho desconocido, desapareció.

—¿Crees que mi filo pudiera representar aquello de lo que hablas? —preguntó Yorha tímidamente ya que no comprendía muy bien lo que decía Kélfalli.

—Es solo una teoría basada en una vieja leyenda Yorhalli, realmente no tengo sustento para ello, pero si llegase a ser cierto, tu filo podría ser el eslabón evolutivo que necesitamos para terminar esta lucha de una vez por todas.

—Creo que es algo que solo los antiguos podrían saber —apuntó Yúnuen.

—Efectivamente, primero hablaré con los científicos del filo cristal encargados del estudio de los seres oscuros, también podría ser beneficioso capturar a la heredar oscura o hablar con Ikel sobre ese peculiar filo. Después de ello me entrevistaré con los antiguos e intentaré presentarte ante ambos —dijo Kélfalli dirigiéndose a Yorha.

—¡¿Hablas enserio?! —exclamó Yorha emocionada saltando de alegría—. Siempre quise conocer a los antiguos ¿cómo son?

—¡Sí tío! Cuéntanos cómo son —Yúnuen abrazó el brazo de Kélfalli haciendo que Yorha imitara la acción.

—Calma, calma, mejor que sea una sorpresa para ambas —dijo Kélfalli, quitándose de encima a ambas heredar.

—¿Yo también iré? —preguntó Yúnuen sorprendida.

—Sí, tú eres la testigo principal del actuar del filo de Yorhalli —afirmó Kélfalli, viendo dulcemente a su sobrina—. Tú la conoces más que nadie y has luchado codo a codo con ella, si ellos se cuestionan algo de lo que Yorhalli dirá, tú puedes atestiguarlo.

—¡Vamos a conocer a los antiguos! —exclamaron ambas heredar al unísono, tomándose de las manos y saltando de emoción. Conocer a Nellhua o a Tohalli era casi imposible para cualquier heredar ya que su tarea era indispensable y eran pocas las veces en las que solicitaban un relevo de ellas para descansar o atender otros asuntos. Ni siquiera los habitantes de Tlaui (capital del País del Sol) solían ver a Tohalli con regularidad. En cuanto a Nellhua, su tarea hacía que estuviese en constante movimiento entre las zonas recién recuperadas para rehabilitar el bioma. Durante este proceso se requería la nula intervención de cualquier otra fuerza en el lugar, así que no se le podía interrumpir hasta que terminase, lo que podía tardar años.

—Lo harán, pero antes debemos terminar con este absurdo conflicto —recalcó Kélfalli sonriendo al verlas tan alegres—. Primero haré lo más difícil, que será encontrar a Feralli y convencerla de testificar por segunda ocasión.

—No lo sé Kélfalli, mi madre siempre fue muy reacia al respecto, nunca me platicó nada sobre lo que pasó en aquella ocasión, ella se deslindó completamente de los heredar.

—Lo sé, ella abandonó su estatus como heredar cuando el consejo hizo de lado su opinión y comenzó la guerra. Creo que está decepcionada de Mahalli y de mí por no hacer más para que su voz fuese escuchada; me arrepiento de ello, en ese momento yo estaba sufriendo la pérdida de mi familia y no puse mucha atención a las decisiones del consejo.

—Eso no fue tu culpa tío, nuestro consejo debió estudiar más a fondo la situación, pero los roces con el consejo de la llama ya estaban por hacer escalar el conflicto —comentó Yúnuen.

—Eso explica por qué nunca la vi utilizar su filo, pero ¿por qué prohibirme utilizar el mío hasta finalizar el instituto? —preguntó Yorha.

—¿Podrías mostrarme la carta que te dio? —Kélfalli extendió su mano hacia Yorha con delicadeza y la vio directamente a los ojos.

—Está bien, pero ten cuidado es delicada —mustió Yorha, buscando dentro de su bolsillo y desdoblando con delicadeza la carta, para después entregársela a Kélfalli.

Kélfalli tomó la carta con sumo cuidado y comenzó a leerla, poco a poco la aflicción invadió su semblante. «¿Imperceptible? Estas palabras no tienen sentido, ella siempre estuvo al lado de Yorhalli. ¿Adversidad? ¿Mal venidero? ¿Acaso también pudiste sentir aquella presencia el día del ataque y mentiste en tu declaración? Necesito saber qué es lo que Dumenor ha descubierto y después buscar a Feralli», pensaba Kélfalli, sabiendo que todas estas referencias apuntaban a la misma criatura, a ese "mal antiguo".

—Feralli sabe más de lo que aparenta y con esta carta parece advertirte de ello. Pero aún no queda claro por qué no permitió que usaras tu filo, debió prepararte para lo que has de enfrentar en el futuro.

—Creo que ella quería que Yorha disfrutara su infancia y su estancia en el instituto, siempre estaba de buen humor y dispuesta a escucharnos si habíamos tenido algún problema —comentó Yúnuen que también sospechaba de aquella carta y de las verdaderas intenciones de Feralli—. Ella siempre fue… demasiado perfecta.

—Conmigo es muy cortante e indiferente, de todos modos, intentaré que vuelva a testificar, pero si no logro hacerlo, te tocaría a ti convencerla Yorhalli —recalcó Kélfalli mientras le entregaba la carta a la Murhedar.

—¿¡Por qué a mí!? —reclamó Yorha angustiada guardando la carta con delicadeza.

—Tú eres su hija y la razón de todas estas peculiaridades, ella te escuchará —afirmó Kélfalli.

—¿Y qué pasa si no logro convencerla?

—En todo caso tenemos su testimonio anterior, aunque sería de gran ayuda saber si ella también ha sentido la presencia de aquel ser, eso facilitaría las cosas en gran medida, pero nuestro caso es realmente sólido, aún sin ella o Mahalli podríamos detener esta guerra, todo depende de ti Yorhalli —Explicó Kélfalli alegremente, parecía aliviado al saber que podría al fin detener el conflicto.

—No quiero presionarte Yorha, pero creo que mi tío tiene razón, podríamos detener esta guerra y concentrarnos en ayudar a Mahalli en su búsqueda —comentó Yúnuen, tomando el hombro de Yorha y viéndola con sinceridad, sus bellos ojos llenos de estrellas apuntaban a los oscuros ojos de la Murhedar.

—¡Está bien, lo haré! —exclamó Yorha, viendo con valentía a Kélfalli—, si Yúnuen confía en ti, yo también lo haré y espero que cumplas tu palabra.

Kélfalli extendió su mano a la Murhedar con una enorme sonrisa en el rostro, de su armadura se desprendieron miles de estrellas que rodeaban a Yorha lentamente, su espléndida luz iluminó los ojos oscuros de la Murhedar que comenzaron a reflejar las bellas estrellas de Kélfalli y a generar estrellas propias dentro de sí. Esto provocó una sonrisa sincera en la Murhedar, que estrechó su mano fuertemente, y el brillo de la armadura de Kélfalli se extendió sobre la armadura de la heredar, permitiéndole conectar con él, era una fuerza estremecedora, en ese momento Yorha pudo sentir el verdadero poder de Kélfalli y las estrellas dentro de su propia armadura comenzaron a brillar con más intensidad, como si absorbiesen el incalculable poder de Kélfalli. «Es un poder increíble y cálido, no es abrumador como el de un Murhendoar, sino lo contrario, te invita que ser parte de él, no te sofoca, te revitaliza», pensaba la Murhedar al sentir el inmensurable poder del supremo comandante del filo lunar.

—Es sorprendente ¿no es así? —preguntó Yúnuen a Yorha al ver la reacción de la Murhedar.

—Es como si mi filo absorbiese la luz que emana el suyo y la adoptara como suya —contestó Yorha, viendo maravillada como su armadura se tornaba de un color azul índigo más brillante de lo habitual en ella—. ¡Ahora sí me veo como una heredar de filo lunar!

—Te prometo Yorhalli, que encontraré la verdad detrás de tu filo y sea cual sea esa verdad, estaré contigo para lidiar con ella —Kélfalli soltó la mano de Yorha y acercó a Yúnuen, tomando a ambas heredar del hombro—. Tú tienes el poder para transformar este mundo Yorhalli y quiero que hagas algo que te resultará extraño.

—¿Qué cosa? —preguntó Yorha.

—Quiero que comiences a escuchar con detenimiento a esas voces y cuando una de ellas te parezca familiar, intentes comunicarte con ella y averiguar a quien pertenece.

—¿¡Tú quieres que parezca una loca!? —exclamó Yorha, haciendo reír a Kélfalli.

—No Yorhalli —dijo Kélfalli entre risas—, cierra los ojos y hazlo dentro de tu mente, como cuando hablas con alguien con quien conectaste tu filo, ¿si me entiendes? De alguna manera ellos están conectándose contigo y debemos averiguar quiénes o qué son.

—Sí, lo intentaré, pero a veces suenan como si estuviesen justo a un lado mío, en la mayoría de las veces no puedo distinguir las voces que provienen dentro de mí de las que provienen de las personas a mi alrededor.

—Hazlo cuando estés totalmente segura y ten cuidado, no sabemos tampoco si tu filo tenga alguna conexión con los seres oscuros e intenten engañarte a través de las voces dentro de ti —sugirió Kélfalli viendo fijamente a los ojos de Yorha—. En caso de que sea así, podríamos usarlo a nuestro favor y engañarlos a ellos.

—Eso es muy arriesgado para ella tío Kélfa, ¿cómo saber qué es verdad y qué no lo es?

—Tendremos que confiar en el discernimiento de Yorhalli y tú deberás ayudarle.

—¿Y cómo podría yo ayudarle con eso?

—Tú has sido testigo de las extrañas habilidades del filo de Yorhalli y de algunos de sus peculiares comportamientos —dijo Kélfalli para después dirigirse a la Murhedar—. Yorhalli, cuando tu filo intente guiarte, como aquella vez en que Dohamir las dejo atrás, permíteselo. Y tú Yúnuen, no la interrumpas, mantente a la espera; mientras el filo no dañe a Yorha, dejen que las guíe. Es vital que estés a su lado en los momentos en que ella se comunique con las voces dentro de sí o cuando su filo actúe de manera independiente a ella, no solo para detenerla en caso de ser necesario, sino para observar los cambios físicos que éste presente durante el proceso.

—No te fallaré tío —dijo Yúnuen alegremente, para después voltear y abrazar a su amiga—, no te fallaré a ti tampoco Yorha, no te preocupes por Mahalli, ella estará feliz de que todos crean en su palabra y le ayudemos a localizar a la criatura.

—Eso espero Yúnuen —contestó Yorha que parecía haber sentido una presencia y se acercó a la cornisa para observar el bosque.

«No creo que Mahalli esté feliz con lo que haré, pero no tiene sentido que prolonguemos más este conflicto teniendo la evidencia suficiente para detenerlo», pensaba Kélfalli mientras observaba atentamente a Yorha. «Deberé movilizarme con rapidez si quiero juntar los testimonios antes de que Mahalli se dé cuenta de lo que haré. No me gusta para nada hacerlo a sus espaldas, pero no me deja otra opción, esto debe terminar ya».

—¡Ya era hora! —exclamó Yorha mientras que de las sombras del bosque aparecía Jasha y saltaba hasta la cornisa—. Pensé que tenía heredar de primer nivel en mi equipo y no hipopótamos.

—Espero que nuestra misión no sea al sureste —comentó Jasha con preocupación.

—¿Qué encontraste? —preguntó Yúnuen acercándose a Jasha y colocando suavemente su mano en la espalda del heredar.

—A treinta y dos kilómetros hay una pequeña aldea junto a una plantación de árboles frutales y está protegida por la FURZP, a veintisiete kilómetros de esa aldea cruza una red de transporte civil que llega hasta la misma villa y a las ciudades colindantes, no hay ningún escuadrón de la llama ni unidades de vigilancia, todo está protegido por la FURZP. Recorrí cien kilómetros, pero nada hay que valiera la pena tener en cuenta.

—Tampoco al este —añadió Nenet que iba llegando—, solo hay algunos pequeños poblados y caminos protegidos antes de topar con la ciudad de Nextli; en los doscientos doce kilómetros que recorrí, solo me topé con algunos puntos de vigilancia de la llama, pero pude evadirlos con facilidad, parecían despreocupados.

—Nextli es una ciudad muy bella, tiene tiempo que no paso por ahí —comentó Kélfalli, acercándose a los heredar—, despreocúpense, su misión es en el borde norte de la frontera.

—Lo supuse —dijo Yoltic acercándose a los demás—, hay varios bloqueos y trampas en el bosque; un escuadrón vigila la frontera, parece esperar noticias, lo más seguro es que tengan un par de heredar de reconocimiento buscándonos; realmente no pude avanzar mucho debido a la vigilancia, unos noventa kilómetros como máximo.

—¿Cómo era su capitán? —preguntó Kélfalli.

—Estatura promedio, unos dos metros con siete centímetros, ojos rojizos, cabello castaño rojizo que parecía humear, nariz recta, barba afeitada, bastante fornido, una cicatriz de batalla que recorría la oreja izquierda hasta el cuello.

—Ese era Kuux, Murhedar y capitán del cuarto escuadrón de la llama, lo mejor sería evitar enfrentarlo, es el causante de la mayoría de las bajas en nuestro bando, su escuadrón ha estado apostado en la frontera desde el inicio de las hostilidades —confirmó Kélfalli.

—Creo que es hora de que alguien le plante cara —dijo Yorha desafiante.

—No te apresures "capi" —advirtió Nenet a Yorha—, me he enfrentado con ese escuadrón antes y tuvimos que retirarnos, es un Murhedar muy habilidoso, su fuerza radica en las sofisticadas técnicas que puede utilizar; si nos enfrentamos a ese escuadrón, aunque resultáramos vencedores, no estaríamos en forma para la misión.

—Yo estoy con Yorha, ese infeliz le cortó el brazo a mi prima —comentó Xaly, que iba llegando al lugar—. Aunque los dejó ir. Debo reconocer que es un Murhedar muy compasivo, pero ahora tengo una prima manca.

—Y contigo ya son dos mancos en la familia —bromeó Nenet conociendo bien a los familiares de su compañero.

—Tarado… —respondió Xaly que parecía agobiado—. Al noreste hay una pequeña villa que parece servir como base para los heredar de filo llameante, en ella se encontraba todo un batallón de ellos y varios puntos de vigilancia; pude ver al gran maestro Siskun y a otro Murhedar, Rommel me parece, el capitán del décimo escuadrón.

—¡Yo conozco a Rommel! —exclamó Yúnuen emocionada, provocando que todos la observaran con desdén—. ¿Qué? Es un sujeto agradable, nos seguimos en la red.

—Perfecto, mándale un mensajito y dile que si por favor se puede retirar junto con su escuadrón y de paso pregúntale dónde hay un buen café por aquí —dijo Nenet con sarcasmo.

—Ja, ja, ja —respondió Yúnuen torciendo la boca y desviando la mirada.

—¡Ya basta! Dejen a Xaly terminar su informe —dijo Yoltic mientras Yúnuen mostraba la lengua a Nenet y caminaba junto a Yorha.

—Desconocía que estuviesen haciendo base en aquel poblado —comentó Kélfalli acercándose a Xaly—. ¿Pudiste ver qué es lo que hacían?

—No parecían tener mucho tiempo asentados ahí, los civiles atendían cortésmente a los heredar, como si estuviesen por irse, también vi maquinaria que supongo necesitaba de una escolta y por ello había un escuadrón, respecto a todos los demás heredar, puedo apostar que son los relevos de los heredar apostados en los puestos de vigilancia alrededor del bosque ya que Siskun los estaba organizando.

—Por eso se encontraban tan despreocupados, hoy cambiarán de turno —apuntó Nenet—, eso podría jugar a nuestro favor.

—¿Nuestra misión tiene algo que ver con esa maquinaria no es así? —preguntó Jasha a Kélfalli.

—Tal parece que sí, pero la misión no es para interceptar esa carga en específico —respondió Kélfalli.

—Como sea, con Siskun merodeando no podremos hacer nada —dijo Xaly, tirándose al piso y respirando profundamente.

—¿Tuviste un buen susto verdad? —preguntó Yúnuen a Xaly, acercándose a él y agachándose en posición de sentadilla, colocando una de sus manos sobre sus rodillas y picando la mejilla del heredar con su otra mano.

—Por un segundo pensé que Siskun sentiría mi presencia y me aplastaría como a un insecto —respondió Xaly, intentando apartar la mano de Yúnuen de su rostro, pero ella insistía en picarle la cara. Yorha se acercó entonces y se puso en cuclillas, justo frente a Yúnuen y observó a Xaly—. Ay no, ¿tú también?

—Toma —dijo Yorha, sacando un pequeño dulce nékutik de su bolsillo y acercándolo a la boca de Xaly.

—Oh, gracias capi —dijo Xaly alegremente mientras sujetaba la muñeca de Yúnuen para evitar los picotazos, pero al abrir la boca, Yorha introdujo el pequeño dulce en la nariz del Xaly, haciendo que todo el escuadrón se carcajeara—. ¡¿No pueden dejarme un segundo tranquilo?! —Xaly se incorporó molesto, sacándose el dulce de la nariz y limpiándolo con un pequeño pañuelo que sacó de su bolsillo.

—¿Te lo vas a comer puerco? —preguntó Nenet entre risas.

—¡Pero claro! Es un dulce nékutik y es difícil conseguirlos, la lista de espera para recibirlos es de al menos cinco meses y eso si tienes suerte de entrar en la lista —respondió Xaly mientras saboreaba alegremente el pequeño dulce.

—Ay Yúnuen disculpa, no sabía que era tan difícil conseguirlos, ¿no los quieres de vuelta? —murmuró Yorha algo avergonzada.

—No, mis primas y yo siempre estamos al pendiente de cuando se abren las listas y si alguna logra entrar, los compartimos —respondió Yúnuen. Al escucharla, Yorha sintió algo de alivio y volvió a guardar los dulces.

—¿Ya los guardas? —preguntó Nenet, haciendo que todos observaran a Yorha—. ¿No vas a darnos ninguno? Qué envidiosa capi.

Yorha vio furiosa al heredar, no quería compartir sus dulces, pero las miradas de su escuadrón la amedrentaron y suspiró, sacando nuevamente los dulces.

—Está bien, pero solo uno por cabeza —dijo Yorha, repartiendo un dulce a cada uno de sus compañeros—. ¡A ti ya te di tramposo! —exclamó al ver a Xaly intentar recibir otro dulce.

—Tenía que intentarlo —mustió Xaly apartándose y sentándose en el suelo.

—Pongámonos serios chicos —apuntó Jasha mientras saboreaba su dulce—. ¿Qué haremos con Siskun aquí?

—Despreocúpense —contestó Kélfalli, tomando el hombro de Jasha e indicando que todos se acercaran a él—. Siskun es consejero de Cilluen, así que no pasa mucho tiempo lejos de ella, seguramente terminará de asignarles sus posiciones a los heredar, así como la misión al escuadrón y después se marchará.

—Entonces cuando el cambio de guardia se esté efectuando sabremos que se habrá marchado —infirió Jasha.

—Muy bien Kélfalli, dinos ¿qué es lo que el consejo necesita que hagamos? —preguntó Yorha, abriéndose paso entre los demás y sentándose frente a Kélfalli.

Kélfalli sacó un diminuto fragmento metálico de su bolsillo y lo insertó en su red, inmediatamente se proyectó sobre ellos un holograma con el mapa de la frontera.

—Como saben, el bloqueo del acceso al lago Narva a los ciudadanos del País de la Llama para ejercer presión a su consejo, los obligó a tener que llevar el agua para sus cosechas desde el lago Emeel, al sureste del país; lo cual es extremadamente difícil ya que debe cruzar la cadena montañosa que atraviesa el centro del país. Nuestros servicios de inteligencia averiguaron que, para evitar este acarreo de agua, su consejo ordenó la construcción de un acueducto subterráneo, que atravesara la cordillera y drenara agua del lago sin ser detectado. Su tarea se dividirá en dos, la primera será de sabotaje, deberán encontrar la zona en la que comenzarán las excavaciones y destruir la maquinaria. Gracias a Xaly, ahora sabemos que parte de esta maquinaria llegará hoy y de donde han partido, así que podrán darle seguimiento y desmantelar el lugar antes de que los civiles lleguen para efectuar el trabajo.

—¿Qué hacemos si ya hay civiles en el lugar? —preguntó Jasha.

—En ese caso deberán retirarse, no podemos arriesgarnos a que uno de ellos salga herido en el combate —contestó Kélfalli—, aunque si deciden hacerlo de forma sigilosa, tienen carta abierta para completar la misión y retirarse lo antes posible.

—Sí, creo que con Kuux cerca, lo mejor sería realizar la misión sin ser detectados —comentó Nenet.

—Eso sería lo más efectivo —afirmó Kélfalli, acercando el mapa y mostrando la zona en la que se encontraban, que pertenecía al inicio de la cordillera norte—. La zona de acción de Kuux abarca toda la frontera del cruce de las tres montañas y cien kilómetros de frontera en la cordillera norte. Si su misión los lleva más allá, lo más probable es que nunca tengan que toparse con él.

—Que lástima, hubiera sido interesante conocerlo —Yorha parecía ansiosa por entrar en combate.

—Tranquila leona —dijo Kélfalli con una sonrisa—, en cuanto terminemos con este conflicto te llevaré a donde Kakiaui para tu entrenamiento con el batallón de élite y podrás pelear todo lo que quieras con ellos.

—¡Vaya! Eso si me interesa —dijo Nenet, provocando la risa de todo el escuadrón—, esos heredar tienen habilidades que compiten con las tuyas capi.

—En efecto, sería interesante ver esos combates —comentó Yoltic—, los filos que Kakiaui elige para su batallón son por demás impresionantes, creo que encajarías a la perfección capi.

—Muchas gracias, pero no crean que se van a deshacer de mí, no pienso dejar de liderar a este escuadrón —recalcó Yorha viendo con alegría a sus compañeros para después ver con curiosidad a Kélfalli—. ¿Cuál es la segunda parte?

—La segunda parte debe hacerse con total discreción ya que puede haber civiles involucrados. Aunque saboteemos la maquinaria, no tardarán en reanudar el proyecto y cambiar su ubicación, por lo que debemos obtener los estudios geotécnicos, para saber los puntos en los que podrían volver a realizar excavaciones y según esto, están en una bodega industrial de una mina a unos trescientos veinte kilómetros al norte de aquí —Explicó Kélfalli, mostrando las ubicaciones en el mapa.

—Esa misión tiene tu nombre escrito capi —dijo Jasha, rozando su red con el holograma, esto hizo que la red del heredar descargara toda la información. Después todo el escuadrón repitió la acción.

—Sí, quizá por eso Mahalli ordenó que fuese tu escuadrón quien hiciera esta misión —confirmó Kélfalli extrañado, después de conocer más sobre las habilidades de Yorha, parecía más razonable que ella estuviese encargada de los asuntos en regiones hostiles, pero no estaba del todo conforme con la situación.

—Creo que con eso tenemos suficiente información para efectuar la misión Kélfalli —dijo Yorha incorporándose de un salto—. Mañana por la mañana te buscaré para que comencemos con aquello.

—¿Aquello? —preguntó Jasha discretamente a Yúnuen.

—Es secreto —murmuró Yúnuen a Jasha.

—¿Qué es secreto? —preguntó Nenet que estaba parado justo detrás de Yúnuen. De un momento a otro los cuatro heredar estaban alrededor de ella esperando que les contara lo que tramaba Yorha.

—¡No pienso decirles nada! Así que ¿pueden apartarse de mí por favor? —Yúnuen se apartó del grupo y se refugió en Kélfalli, que estaba a punto de marcharse—. ¿Ya te vas tío?

—Sí —afirmó Kélfalli mientras veía en su red las asignaciones de los grandes maestros—, parece que Roa y Koa están en el este ayudando al filo latente, en cuanto a Ikel, está en Draga siguiéndole la pista a la dama oscura.

—¿Por dónde piensas comenzar tío?

—La mayoría de nuestros testigos se encuentran en el sur, así que primero iré por Koa y Roa —respondió Kélfalli volteando hacia Yúnuen y acercándola a él, mientras tanto Yorha y el escuadrón observaban el mapa y afinaban detalles de la misión—. Te prometo que esta será la última misión que efectuemos en contra de nuestros hermanos de la llama, sé de la aflicción que esto te provoca.

—No te preocupes tío, sé que esto terminará pronto —respondió Yúnuen, saltando a los pies de la montaña junto con Kélfalli para evitar ser escuchados—. Pero dime algo… esas leyendas de las que hablas, ¿son aquellas que me contaste, las que hacen referencia a una variante oscura del filo?

—Sí —respondió Kélfalli intrigado—. ¿Has hablado con alguien más sobre ellas?

—Desde aquella ocasión en que fuimos con Ikel para que confirmara nuestra cuartada, he mantenido comunicación constante con él. Sus investigaciones sobre la dama oscura lo llevaron a creer lo mismo que tú, en que ella y Yorha pueden ser aquella variante legendaria o en su caso ser una nueva corrupción que afecte a los Murhedar, al parecer los antiguos también le contaron la misma leyenda que a ti y le pidieron guardarla en secreto.

—¿Y no sabes si él ha compartido sus suposiciones con los antiguos? —preguntó Kélfalli que comenzaba a caminar rumbo al sur, seguido por Yúnuen.

—¿Por qué vas hacia el sur tío? —Yúnuen caminaba a su lado, intentando no tropezarse con las rocas y raíces.

—Ahí está la base de la FURZP, pediré un permiso para cruzar el país y supongo que me asignarán una escolta. No puedo simplemente volar sobre territorio hostil, me interceptaría algún gran maestro y recuerda que se nos ha pedido no entrar en combate, así que lo mejor será pedir los permisos correspondientes, no quisiera provocar que un gran maestro entrara en combate conmigo y se rompiera el acuerdo.

—Tío, pero si tú ya entraste en combate.

—Fui obligado, el acuerdo dice que los grandes maestros deben evitar el combate y si son agredidos, invitar a su agresor a retirarse, en todo caso tienen el derecho de la legitima defensa; también está prohibido que participen directamente en acciones hostiles contra otros heredar, en mi caso solo fungí de mensajero para la misión —Explicó Kélfalli a su sobrina. Cuando le es perdonada la vida a un heredar rival, este no delata a su agresor en agradecimiento, así se evita la toma de prisioneros de guerra y estos pueden conservar su libertad y su honor.

—No sabía bien todos los detalles del acuerdo de batalla —dijo Yúnuen deteniéndose al borde de su campo detector, lo que hizo que Kélfalli volteara y cesara su marcha—. En cuanto a tu pregunta, Ikel me dijo que habló con Nellhua para saber más sobre aquellas leyendas, pero que fue poco lo que ella le pudo contar ya que carecía de tiempo en ese momento.

—Hablaré con él más a detalle —dijo Kélfalli, dispuesto a continuar su marcha—, quiero que tengas cuidado, si lo que ambas poseen es una nueva clase de corrupción, esta extraña criatura está guardando ese poder para su próxima jugada.

—Cómo puedes decir eso tío, Yorha jamás dejaría que una corrupción ocupe su filo —reclamó Yúnuen angustiada.

—Hay que tener en cuenta todas las posibilidades Yúnuen, no podemos bajar la guardia —recalcó Kélfalli mientras daba la espalda a su sobrina y continuaba su marcha, perdiéndose entre las sombras del bosque—. No sabemos cuándo dará el primer paso —susurró.

«Sea lo que sea, yo estaré contigo Yorha y te protegeré llegado el momento», pensaba Yúnuen mientras se dirigía a la cueva, «espero que Mahalli tome con calma lo que haremos, no quisiera verla disgustada con Yorha». Yúnuen dio entonces un salto, entrando en la pequeña cueva en donde sus compañeros permanecían sentados, rodeando el mapa de la zona y conversando.

—¿Ya se fue? —preguntó Yorha que observaba a Yúnuen acercarse tímidamente.

—Sí, va al sur para pedir permiso de cruzar el país —mustió Yúnuen, sentándose junto a Jasha y recargándose en su hombro.

—Eso no será de ayuda, la presencia de Kélfalli podría delatarnos, ¿no puedes mandarle un mensaje y decirle que espere a que terminemos la misión o que llegue de una zona diferente a la nuestra? Así cuando los heredar de la llama investiguen su procedencia, esta los llevará a una zona diferente —pidió Jasha a Yúnuen, todos los demás parecían estar de acuerdo con su petición y esperaron la respuesta de la heredar.

—Está bien, ahorita le mando un mensajito —dijo Yúnuen, escribiendo el mensaje en su red y enviándolo mientras todos la observaban—. Ya lo mandé ¡dejen de verme! —exclamó escondiendo su rostro tras Jasha y provocando la sonrisa del escuadrón.

—Ya que no estabas aquí, te resumiremos el plan —dijo Yorha a Yúnuen para después dirigir su mirada a Yoltic—. Adelante Yoltic.

—Lo primero será encontrar y eliminar a los heredar de reconocimiento de Kuux, para que no den con nuestro rastro y evitar así un enfrentamiento —explicaba Yoltic.

—¿Eliminar? —preguntó Yúnuen angustiada, viendo directamente a los ojos de Yorha—. Yorha, ¿podríamos no matar a nadie más? Después de recordar las palabras de Bahiana, me causa pesar tener que volver a arrebatarle la vida a otro de nuestros hermanos de la llama.

—Ella tiene razón —remarcó Jasha, provocando que todos sus compañeros voltearan a verlo de forma burlona—, diez muertos o casi muertos en tu último enfrentamiento ¿no te parece excesivo capi? —al decir esto sus compañeros se tornaron serios y voltearon hacia Yorha.

—Está bien Yúnuen, haremos esto sin eliminar a nadie —aceptó Yorha después de reflexionar la situación—, pero tú los convencerás de retirarse después de someterlos ¿está claro?

—¡Sí! —exclamó Yúnuen realmente feliz, sus ojos parecían brillar como dos bellas estrellas lejanas y su sonrisa invadió sus mejillas, haciendo titilar sus diminutas pecas.

—Si los miras de esa manera seguro hasta se cambian a nuestro bando —bromeó Nenet, haciendo que todos se rieran y que Yúnuen se sonrojara, encogiendo sus hombros y juntando sus dedos índices.

—¿Ya puedo continuar? —preguntó Yoltic disgustado, dirigiéndose a Nenet.

—¡Uy! Disculpe usted —respondió Nenet haciendo una reverencia—, continúe por favor.

—Gracias —asintió Yoltic con la cabeza para después voltear hacia Yúnuen—. Atraparlos con vida será más difícil que matarlos, pero nos ahorrará el tiempo que hubiéramos ocupado sepultando sus cuerpos. Después nos dirigiremos hacia el noreste, hasta toparnos con uno de los puestos de vigilancia y esperar el cambio de turno; una vez este se efectúe, tomaremos el puesto y eliminaremos… —Yúnuen vio con enojo a Yoltic, lo que hizo que cambiara sus palabras—. Disculpa, tomaremos el puesto y haremos que los heredar vigías se retiren. Una vez logrado esto, nos dividiremos.

—Yo iré hacia el norte en solitario, en busca de los estudios geotécnicos —apuntó Yorha interrumpiendo a Yoltic.

—Así es —corroboró Yoltic—, nosotros le daremos seguimiento a la maquinaria que escolta Rommel para descubrir la excavación y planear el sabotaje.

—Supongo que terminaré antes que ustedes, así que debemos acordar un punto de encuentro para que los espere —dijo Yorha burlonamente—. ¿Qué les parece aquí mismo?

—Sí, suena bien —secundó Jasha, todos los demás parecían estar de acuerdo—. Bueno entonces aquí te esperaremos capi.

—Eso suena a apuesta —dijo Xaly a Nenet.

—Tienes razón, hay que ponerle algo de emoción a esto —contestó Nenet dirigiéndose a Yorha—. ¿Qué quieres perder si nosotros llegamos primero?

—No me gusta dejarlos sin fondos —presumió Yorha que regularmente ganaba todas las apuestas—, así que propongan ustedes.

—¡Tus dulces! —exclamó Xaly haciendo que Yorha retrocediera cubriendo con sus manos el bolsillo que contenía los dulces.

—¡Sí, tus dulces! —secundó Nenet—. ¿O qué? ¿Tienes miedo?

—Muy bien, pero si yo gano, me deberán una cena en donde yo quiera y cuando yo quiera —dijo Yorha extendiendo su puño en posición vertical hacia ambos heredar que se veían entre sí con una mirada incierta.

—¡Aceptamos! —exclamaron ambos heredar mientras chocaban sus puños contra el puño de Yorha, uno por arriba y otro por abajo.

—¿Alguien tiene alguna duda? ¿O necesita hacer algo? —preguntó Yorha a su escuadrón, recibiendo una negativa por parte del grupo—. Bien, entonces pongámonos en marcha.

—El mayor número de trampas se encuentra en el borde de la cordillera, son filos detectores en su mayoría, que lanzan una llamarada hacia el cielo delatando la ubicación —apuntó Yoltic mientras saltaban de la cornisa y caían entre los árboles—. Los heredar de reconocimiento deben estar ahí, estoy seguro.

—Muy bien, yo me adelantaré y les daré una señal cuando los encuentre, después deberán distraerlos para que pueda tomarlos por sorpresa —dijo Yorha, teniendo en cuenta la petición de Yúnuen, después creó en su mano cinco pequeños filos y se los entregó a sus compañeros. Estos filos permitían a los portadores sentir la presencia de su creador, en este caso Yorha, que podía mandar señales a través de ellos para comunicarse con su equipo. Al estar prohibida la tecnología therania para usarla en misiones hostiles entre heredar, estos debían ingeniárselas para comunicarse entre ellos sin usar los comunicadores de los trajes de combate ni los de la red.

—Entendido capi, ahora todos los demás síganme, sé exactamente dónde está cada trampa, así que dupliquen mis pasos con exactitud —apuntó Yoltic. Los demás simplemente asintieron con la cabeza y comenzaron a seguirle.

Yorha cerró la armadura sobre su rostro y se escabulló entre las sombras del bosque, su cabello la volvía prácticamente invisible en la oscuridad, dejando atrás rápidamente a sus compañeros, sus ojos podían ver a la perfección cada detalle y movimiento en el bosque, la noche era su elemento, como si la naturaleza la dejara fluir a través de las sombras, hasta los pequeños habitantes del bosque daban cobijo a la Murhedar, generando pequeñas sombras que la ocultaban. Era una simbiosis espectacular.

Legendario

«Tío, dicen mis compañeros que si por favor puedes desviar tu rumbo para hacer que parezca que provienes de otra dirección y si pasas por Nexak, ¿puedes comprarme unos frutos rojos?», leyó Kélfalli de su red mientras se movía velozmente entre los árboles. Nexak era una ciudad al sureste del País de la Llama, famosa por sus calles repletas de rojizos árboles frutales, los cuales daban fruto todo el año y este era exportado a todo el planeta, pero con el actual conflicto, era difícil para los ciudadanos del País de la Luna obtener algo de este fruto, que era autóctono de la región y solo crecía de los árboles alrededor del lago Emeel, con el que colindaba la ciudad.

«Esos chicos piensan en todo», pensó Kélfalli con una sonrisa, desviando su rumbo y dirigiéndose al suroeste, hacia la frontera. «Crearé un rastro que ellos puedan seguir, desde la frontera hasta el claro y de ahí a la base, así desviaré su atención hacia el sur», el Murhedar aceleró su marcha, desvaneciendo casi por completo su armadura, solo conservando una ligera capa para proteger su viejo suéter, su andar era ligero, parecía flotar entre los árboles, como una ráfaga de viento que recorría el bosque.

A miles de kilómetros de ahí, en la zona perdida al oeste de Teska, una tormenta azotaba con furia una antigua ciudad humana, sobre la que poco a poco fue formándose un gigantesco tornado. En medio de este, un perdido de grado cuatro cortaba con su filo enormes restos de la ciudad que el tornado lanzaba contra él, era una escena impresionante, edificios enteros se elevaban alrededor del tornado y en la cima decenas de relámpagos comenzaban a iluminar las espesas nubes. De pronto, un poderoso rayo cayó sobre el perdido, justo en medio del tornado, y con él, Dumenor, que asestó un corte devastador, rebanando diagonalmente el cráneo del perdido y llevándose consigo el brazo derecho completo junto con el hombro. De inmediato el filo del perdido cubrió sus heridas y formó un brazo nuevo con largas y afiladas garras, para su suerte, el corte de Dumenor solo había incapacitado uno de los ojos; después se lanzó contra el Murhedar, el contraste de la armadura blanca de Dumenor y la armadura negra del perdido permitía apreciar los movimientos de cada uno con más facilidad, como una bella danza de luz y oscuridad.

Dumenor usaba un filo con la forma de una espada Taijijian, esta estaba cubierta de electricidad y con cada choque, se desprendían enormes relámpagos en todas direcciones; el perdido por su parte convirtió su brazo derecho en una cuchilla semicurva e invocó una lanza en su mano izquierda. Poco a poco Dumenor comenzó a dominar el combate y el tornado se cerraba sobre ellos, golpeándolos con los escombros, pero el Murhedar los evadía con facilidad ya que el tornado formaba parte de él; cada que el perdido destruía los escombros arrojados en su contra, Dumenor efectuaba un ataque devastador, atravesando la armadura y llevando una poderosa corriente eléctrica a su interior, lo que debilitaba al perdido. Pero antes de que Dumenor efectuara el golpe final, la tierra se hundió bajo ellos, tragándose al perdido; instantáneamente después miles de afiladas lanzas salieron disparadas de la tierra, apuntando hacia el Murhedar, entre ellas se escondían diminutos proyectiles metálicos que trituraban los escombros que Dumenor usaba de barrera, obligándolo a salir del tornado.

Dumenor reforzó entonces su armadura y se preparó para lanzarse contra lo que fuese que hubiera debajo de la tierra protegiendo al perdido, pero antes de que pudiese hacerlo, un gran destello de luz pasó por su costado, introduciéndose con furia dentro de la tierra, esto causó una gran onda de choque, que deshizo por completo el tornado de Dumenor y levantó la tierra a su alrededor. El Murhedar, que soportó sin problemas la poderosa onda, descendió lentamente hasta alcanzar el suelo, la presencia de aquel ser bajo la tierra había desaparecido.

—Un innecesario despliegue de poder, pero ¿logró el objetivo? —preguntó Dumenor mientras desvanecía su armadura y se acercaba al centro del lugar. Él vestía un viejo y maltrecho haori color negro con detalles plateados, que exponía su torso desnudo, lleno de cicatrices y del cual parecía emanar electricidad; sus piernas estaban cubiertas por unos desgastados y holgados pantalones negros de una tela resistente a la fricción.

—Era un grupo de vestigios de gran tamaño, alcancé a uno de ellos, en cuanto a los demás pude sentir que se dirigían al sureste —respondió Mahalli, que salía lentamente de los escombros sosteniendo un corazón negro con su mano, para después arrojarlo a un costado—. Al fin te encuentro, Dohamir debería ponerte un cascabel en el cuello.

Dumenor vio fijamente a Mahalli, hasta el punto de incomodarla y hacerla voltear la mirada, después metió sus manos en los bolsillos de su pantalón y comenzó a caminar hacia el noroeste, ignorando totalmente a la Murhendoar.

—¡Espera! —exclamó Mahalli mientras desvanecía su armadura, revelando un delgado jumper violeta con decoraciones florales, sujetado por un ligero listón en la cintura—. ¡Necesito hablar contigo! —Mahalli caminó rápidamente entre los escombros hasta alcanzar a Dumenor.

—No tengo tiempo para hablar contigo —recalcó el Murhedar—, debo encontrarlo.

—¿Y por qué vas hacia el noroeste si te dije que se fueron hacia el sureste? —preguntó Mahalli desconcertada, esquivando los escombros para no ensuciar su ropa y recogiendo su cabello.

—Por eso mismo voy en dirección contraria —repuso Dumenor acelerando su marcha.

—¡Qué! —exclamó Mahalli sorprendida por la desfachatez del Murhedar—. ¿Entonces si yo digo que se fueron al sur tú vas al norte solo por molestar?

—Si quieres verlo de esa manera, está bien —respondió Dumenor, provocando que Mahalli se le adelantara y se parar justo frente a él, haciéndolo detenerse. El Murhedar que siempre parecía sereno, mostró un semblante molesto y desvió su camino para evitar a Mahalli.

—¡Detente Dumenor! —ordenó Mahalli realmente molesta, su abrumadora energía comenzaba a ejercer presión sobre la zona, haciendo crujir el subsuelo—. ¡No te atrevas a darme la espalda nuevamente!

Dumenor se detuvo y volteó hacia Mahalli, sacando sus manos de las bolsas, por un momento ambos se vieron fijamente a los ojos, había una intensa lucha dentro de ellos, en la que un millar de estrellas centelleaban furiosas alrededor de una tormentosa nube cargada de relámpagos. Las espesas cejas cargadas de electricidad de Dumenor hacían denotar más su molestia, su rostro lleno de cicatrices y la encarnada mascara que lo cubría parcialmente lo hacían lucir más intimidante; pero Mahalli mantuvo su mirada, aunque de facciones delicadas y de tersa piel, su rostro mostraba una pasión inigualable y el Murhedar terminó cediendo ante ella.

—¿Qué es lo que quieres? —preguntó Dumenor, sentándose sobre un pedazo de edificio y cruzando sus brazos.

—¿Por qué no podemos llevarnos bien Dumenor? —se preguntó Mahalli acercándose a él apenada, su energía había disminuido y buscó donde sentarse, pero nada había que no ensuciase su ropa, optando por flotar de piernas cruzadas frente al Murhedar. Pero él simplemente se limitó a observarla seriamente—. Tal vez no lo diga, pero creo que tu hermano se preocupa de lo mucho que te has alejado de la sociedad.

—Que salgas con él no quiere decir que te puedas inmiscuir en nuestros asuntos personales —repuso Dumenor—, si él no lo ha mencionado entonces no deberías suponer nada.

—Tú y yo no somos muy diferentes Dumenor —suspiró Mahalli, intentando no malhumorarse—. Ambos somos introspectivos y nos guiamos por nuestra intuición; al igual que a ti, a mí me gusta hacer las cosas sola, aprender y revelar los misterios que oculta nuestro universo…

—¿A qué quieres llegar Mahalli? —preguntó Dumenor, interrumpiéndola y entrecerrando sus ojos, ella nunca fue de su agrado y no lo ocultaba, aunque ya estaba acostumbrada a ella e intentaba soportarla en lo posible.

—Sé que buscas ese poder, para enfrentarlo y expiar tu condena —recalcó Mahalli.

—Tú no sabes nada de mí, Mahalli —Dumenor parecía bastante irritado, no le gustaba en lo más mínimo que la Murhendoar hiciera comentarios sobre su pasado. De su piel brotaron rayos que chocaban con el suelo y su energía destruyó los escombros bajo él, que flotaba en el aire frente a Mahalli, su mirada mostró la furia de una tormenta, como si le hubiesen recordado algo que intentaba evitar.

—¡Sí Dumenor, lo sé! Y también sé que has tenido contacto con la criatura a la que busco —repuso Mahalli mientras el viento que provenía del Murhedar agitaba su cabello, obligándola a invocar una armadura ligera para proteger su ropa—. Pero es una tarea que no te corresponde, una tarea que no va a librarte de tu condena.

—Niña… —murmuró Dumenor, acercándose lentamente a Mahalli—, mi pasado y mi presente no son de tu incumbencia, lo que yo hago va más allá de lo que te concierne, en palabras más simples, no te interpongas en mi camino y yo no me interpondré en el tuyo.

—¡Lo que tú hagas en mi mundo me concierne y no me agrada como me hablas! —exclamó Mahalli, ambos heredar estaban nariz con nariz viéndose directamente a los ojos. Los rayos de Dumenor pasaban alrededor de Mahalli, impactando contra el suelo cual látigos y dejando grandes grietas con cada golpe, pero Mahalli no se inquietó, miraba con seguridad al Murhedar, como si supiese que la razón recaía en ella. Pocos eran los heredar que podían soportar un intercambio de energía con un Murhendoar, aunque no lo expresara, Mahalli sentía admiración por Dumenor.

—¿Realmente crees que es tu momento no es así? —preguntó Dumenor, viendo la sinceridad en la mirada de Mahalli.

—¿Y tú crees entenderme? Empiezo a cansarme de tu insolencia y de tu arrogancia —Mahalli comenzaba a fastidiarse con la situación, pero reflexionó en un instante, pensando que quizá no hizo sus preguntas de la forma más adecuada y suspiró—. Dumenor, tu deber está con nosotros, no contigo mismo.

—Yo hago lo que es correcto para todos, no obstante, la condena que llevo es solo mía —aseveró Dumenor cayendo lentamente al suelo, dispuesto a retirarse.

—Necesito que me digas lo que sabes Dumenor, debemos terminar esto antes de que reúna todo su poder —Mahalli bajó frente al Murhedar, deteniendo su paso suavemente con la mano—, no será como en Draga y lo sabes, necesitamos el uno del otro. Te necesito Dumenor.

—No Mahalli, la carga que tenemos es muy diferente y necesitamos llevarla solos —repuso Dumenor, apartando la mano de Mahalli y siguiendo su camino. Esto la hizo enfurecer y un gran torrente de luz apareció alrededor de ella y se dirigió hacia el cielo, parecía salir de la atmosfera del planeta; el Murhedar, al sentir el inconmensurable poder que emergía de Mahalli se detuvo, en la espera de una respuesta.

—¡No olvides que llevo el Murhendoar! —exclamó Mahalli al mismo tiempo en que un mar de estrellas que se desprendía de su piel se elevó alrededor del torrente de luz—. ¡Y la carga que llevo conmigo!

—¡Sé cuánto pesa tu carga Mahalli! —exclamó Dumenor, invocando su armadura y caminando hacia la Murhendoar—. ¡Lo sé de primera mano! Si alguien puede entender lo que significa portar tal poder soy yo, pero es un poder que nunca debió pertenecerme y del cual nace mi condena. No pretendo hacer esto solo, pero aún no es el momento, debes entenderlo —Dumenor tomó de la mano a Mahalli, lo que pareció reconfortarla.

—Lo siento, es solo que ha pasado tanto tiempo y aún no tengo una explicación que dar, pensé que tú podrías ayudarme a resolver este misterio ya que los seres oscuros tienen cierta afinidad hacia ti y suelen comunicarse contigo durante el combate —Mahalli desvaneció su armadura, lo que hizo desaparecer el torrente de luz.

—No tardará en revelarse ante nosotros, sus sombras están por cubrir este mundo y debes estar preparada para ello —dijo Dumenor serenamente, para después voltear bruscamente hacia el cielo al detectar una presencia familiar.

343

—¿Qué está pasando aquí? —preguntó Maculli cayendo del cielo precipitadamente. Maculli era un hombre de estatura arriba del promedio, de complexión atlética y de apariencia madura. Su cabello era quebrado, algo más largo en la parte superior que en los costados y blanco como la nieve, a través de él parecían recorrer diminutos cristales multicolor; su piel era gris blanquecina y sus ojos eran una tormenta de colores, dentro de ellos navegaban gigantescas nubes gaseosas recorriendo el universo. Sus blancas y espesas cejas eran rectas y bien delineadas; de pómulos bien definidos y rostro triangular, portaba múltiples cicatrices que irradiaban luz de diversos colores; su nariz era recta y delgada, dando paso a unos delgados labios que ocultaban una radiante sonrisa que pocas veces era vista. Su armadura, al igual que sus ojos cambiaba constantemente de color, como si a través de ella ocurrieran innumerables reacciones químicas, esta armadura era gruesa y de bordes afilados, cubriendo el cuerpo hasta el hueso occipital, dejando la cabeza descubierta—. ¿Mahalli?

—Estaba investigando la zona y decidí darle apoyo a Dumenor en el combate —explicó Mahalli, desvaneciendo su armadura y sacudiendo el polvo de su ropa.

—¿Dumenor? —se dirigió Maculli al Murhedar.

—Estaba en medio de una investigación cuando de pronto Mahalli vino a interrumpirme para interrogarme —respondió Dumenor con una sonrisa traviesa, viendo a Mahalli.

—Bueno sí, estaba buscándolo, pero es parte de mi investigación —remarcó Mahalli.

Maculli vio con sospecha a ambos heredar y después observó la escena, caminando lentamente alrededor de los dos.

—Y con tal despliegue de poderes, ¿ni siquiera pudieron eliminar a los objetivos? —preguntó Maculli, haciendo que ambos heredar se voltearan a ver apenados—. No me gustan para nada sus supuestas investigaciones y mucho menos el roce entre ambos, pero quiero que los dos me hagan un reporte sobre ellas si no quieren que asigne un gran maestro para darles apoyo personal.

—Como digas —respondió Dumenor, dispuesto a retirarse.

—No Dumenor esta vez no, me acompañarás hoy mismo para hacerlo si no quieres que yo personalmente sea tu nuevo compañero de aventuras —recalcó Maculli de forma burlona, sabiendo que Dumenor haría un reporte "a medias" para no ser molestado. Al escuchar estas palabras Dumenor desvaneció su armadura y se rascó la cabeza, parecía sonreír resignado.

—Bueno, supongo que terminaremos nuestra charla después —dijo Mahalli viendo burlonamente a Dumenor, para después dirigirse a Maculli—, te haré llegar mi reporte con Roa.

—No Mahalli, tus impulsos pusieron en alerta a toda la capital, el hemisferio completo pudo ver tu luz y me hiciste venir personalmente, así que también vas a acompañarnos, ya estoy cansado de las excusas de ambos —dijo Maculli, alzando la mano para interrumpir a Mahalli que estaba a punto de contestarle—. Permíteme Mahalli, sé que sus acciones están bien encaminadas, pero tenemos acuerdos y procedimientos que ustedes dos siempre quieren pasar por alto, lo único que les pido es un reporte sobre lo que están investigando.

—Bueno, parece que no tenemos alternativa —dijo Mahalli a Dumenor.

—Siempre hay alternativas camarada —respondió el Murhedar que parecía sonreír. Dentro de sus ojos la electricidad comenzaba a acumularse—. Respóndeme algo.

—¿Qué cosa? —preguntó Mahalli.

—¿Qué estarías dispuesta a sacrificar por la verdad?

—¿La verdad? —preguntó Maculli emocionado, iluminando su rostro con una gran sonrisa—. Así que eso es lo que buscan, una verdad, que interesante —Maculli se apartó y observó atentamente a ambos heredar—. Ustedes dos tienen el mismo objetivo, aunque comparten ideas distintas, pero al final, la verdad es innegable y absoluta, no puede haber dos verdades, puesto que aquel que llegue primero a ella, podrá escribir el rumbo de la historia subsecuente. Y ambos quieren ser quien la encuentre.

Ambos heredar voltearon a ver al Murhendoar, quien los observaba como si fuesen un nuevo objeto de estudio y caminaron hacia él, invocando sus armaduras, como dos poderosos contendientes al mismo trono. Después Mahalli volteó hacia Dumenor con una confiada sonrisa.

—¡Todo! Mi querido Dumenor —respondió Mahalli efusivamente, su mirada era cautivadora, en sus ojos había pasión y su armadura desprendía incontables estrellas.

—Tiene mucho que no veo tal pasión en los ojos de un heredar —dijo Maculli con una gran sonrisa en el rostro—. Eres una digna heredera de Iuhálli —después suspiró y cerró los ojos por un momento—, la verdad que están buscando revelará al ser que está influyendo en el comportamiento de los vestigios, ¿no es así? Pero va más allá de eso también, es algo anterior a todos nosotros, algo que puede poner en riesgo todo por lo que hemos luchado.

Ambos heredar se voltearon a ver sorprendidos. Maculli era el heredar más inteligente y podía deducir con facilidad cualquier situación, ver a través de sus ojos implicaba darle la libertad de explorar tu interior, era poco lo que se le podía escapar.

—Hay un nombre, un nombre que ambos tienen en mente, alguien los inquieta —Maculli se acercó a Mahalli y vio dentro de sus ojos por unos instantes, para después hacer lo mismo con Dumenor—. Aquella heredar de oscura armadura, Yorhalli, capitana del noveno escuadrón del filo lunar, hija de Feralli.

—¡No! Nada tiene que ver ella con lo que está pasando —afirmó Mahalli preocupada.

—Puede que en ella se esconda la verdad —comentó Dumenor con seriedad, indicándole a Mahalli con la mirada que se calmara—, pero aún es muy joven, y su homóloga, aquella heredar oscura parece estar esperando que el filo de Yorhalli revele algo.

—Aquella heredar a la que Ikel no puede atrapar ¿fue a hablar contigo? —preguntó Maculli entre risas alejándose unos pocos metros y reflexionando la situación. Después volteó alegremente, causando confusión en Dumenor y Mahalli—. ¡Yo, Maculli, heredero de Tamayah y portador del Murhendoar de filo cristal, fungiré como juez en este combate legendario!

Dumenor y Mahalli se cruzaron de brazos sonriendo confiadamente al escuchar estas palabras, ya que significaban una carta abierta para sus acciones en la búsqueda de tal verdad. Maculli entonces colocó su mano izquierda a unos treinta centímetros frente a su rostro, sujetando su muñeca con la mano derecha y de ella surgieron dos delgados cristales con forma de prisma hexagonal, después extendió su mano hacia ambos heredar y los cristales flotaron lentamente hacia ellos.

—Dumenor, el legendario dragón que remonta los relámpagos, aquel que ha dejado atrás las amenidades de la civilización, para convertirse en uno con la tormenta. Tú, dragón, que rechazaste el Murhendoar y sobreviviste, tú, que te privaste de las necesidades fisiológicas y vives de la energía del rayo. Por mil años has buscado el origen del poder en este mundo sin recurrir a los antiguos, sin recurrir a nadie. Relegaste la tarea que se te fue otorgada para buscar tus propias respuestas, pero no sucumbiste a la corrupción ni a la muerte. Te conozco bien hijo de Domerian, heredero de Quiyah y confió en tu discernimiento, en que haces lo correcto; confío en que, si eres el primero en descubrir la verdad, me lo harás saber —dijo Maculli, haciendo que uno de los cristales se fundiera en la armadura de

Dumenor, este cristal solo actuaría como un comunicador personal entre ambos heredar y se activaría solo por decisión de Dumenor, una habilidad única de Maculli.

—El camino nos favorece Mahalli y aparentemente nos embarca en la misma dirección, pero en un punto hemos de separarnos —dijo Dumenor, viendo el cielo nocturno, que mostraba los enormes asteroides que antaño los humanos habían atrapado en la órbita del planeta para extraer sus recursos—. Su mensaje es confuso, habla siempre con la verdad, pero una verdad ambigua y sujeta a la interpretación. En sus palabras siempre hay dos protagonistas, estoy seguro de que Yorhalli es una de ellas, en cuanto a la segunda, no tengo sospechosas e intento seguirle la pista, si doy con ella, daré con aquel ser.

Mahalli mostró una enorme sonrisa, ya que era justo lo que quería saber de Dumenor y agradeció con una reverencia, pero esto significaba que ella también debería decirle lo que sabía, ya que desde ese momento comenzaría el combate entre ambos heredar por la verdad.

—Mahalli, el legendario lobo plateado protector de los astros, la huérfana cazadora de oscuridad, tú, que has evitado el impacto de meteoritos, que aun siendo una heredar de primer nivel obtuviste el título de cazador, tú, que superaste sola el despertar del Murhendoar, la más joven entre nosotros. Por mil años has buscado erradicar el mal de este mundo, te has enfrentado a todos los retos y has dedicado tu vida entera a defender este planeta. Te conozco bien heredera de Iuhálli, sé que puedo poner mi confianza en ti, que darías hasta tu propia vida por destruir la oscuridad que nos asecha, confió en que, si eres la primera en descubrir la verdad, me lo harás saber —dijo Maculli, haciendo que el otro cristal se fundiera en la armadura de Mahalli.

—Ahora que, gracias a ti, sé que hay una tercera protagonista; has de saber Dumenor, que aquella mujer ejerce cierto control o influencia sobre nuestro nuevo oponente, durante mis investigaciones he podido sentir una segunda presencia, la de un heredar, pero no hay evidencias de combate, lo que sugiere que trabajan juntos —Mahalli se acercó al Murhedar y tomó su hombro, conectando ambas armaduras—. Esta es la sensación del rastro de aquella mujer. Yo me enfocare en la criatura.

—¿Es una sensación familiar para ti también? —preguntó Dumenor al sentir el rastro que Mahalli le mostraba.

—Lamentablemente sí —respondió Mahalli, separándose del Murhedar y volteando hacia Maculli, quien los observaba con detenimiento, analizándolos a detalle, sus enormes ojos parecían devorarlos y su sonrisa era inquietante.

—Interesante —apuntó Maculli invocando su red que tenía la forma de un monóculo—, con cada paso se debelan más piezas de este ajedrez mortal, será mejor que piensen bien sus jugadas, la oscuridad que se avecina sobre ustedes no perdonará errores y podría costarles la vida a nuestros hermanos. Esto quedará entre nosotros, pero sí mantendré alerta a la FURZP y a los demás Murhendoar, para que defiendan a nuestro pueblo y les proporcionen asistencia cuando llegue el momento de enfrentar esta nueva amenaza.

—Hasta entonces —dijo Dumenor, dándoles la espalda y continuando su camino.

—Mahalli, acércate un momento —pidió Maculli a la Murhendoar.

—¿Qué pasa? —preguntó Mahalli preocupada.

—No olvides tus obligaciones con el pueblo de la luna, en estos momentos ellos necesitan saber que su Murhendoar está intentando solucionar el actual conflicto —recalcó Maculli, sentándose ambos al ras del suelo.

—Esta investigación aclarará de una vez por todas lo ocurrido y traerá la paz a nuestros pueblos, pero no puedo decirle esto a la población, entrarían en pánico —repuso Mahalli con seguridad.

—Ellos te necesitan, tu presencia les traerá paz —Maculli puso su mano en la espalda de Mahalli y la vio serenamente—. Como sabes, Cihillic también esta tras el mismo objetivo que tú, pero no descuida a su pueblo y atiende a sus necesidades.

—Lo sé, tienes razón, debería poder hacer ambas cosas sin problema —dijo Mahalli tras un suspiro, viendo cómo Dumenor remontaba los cielos y se alejaba—. Creo que esto me pondrá en desventaja.

—No lo creo, Dumenor se ha deslindado de sus responsabilidades con la sociedad, pero eso también creó una fractura en su conexión con Théra. Es por esa razón que los seres oscuros sienten cierta afinidad hacia él, no lo ven como parte de nuestra sociedad y se han llegado a comunicar con él, por lo que le será más fácil a la criatura mantenerlo alejado del camino verdadero —refutó Maculli a sabiendas del instinto competitivo de la Murhendoar, dándole tranquilidad.

—Muy bien, primero iré a Sentla para hablar con el consejo y ver que labores puedo realizar —dijo Mahalli alegremente, incorporándose y preparándose para partir—. Kélfalli debería estar ahí, veré si quiere acompañarme, tiene mucho tiempo que no hacemos nada juntos y necesito hablar con él desde hace ya mucho tiempo.

—Una sabia decisión, él podría ser tu pieza más importante y como antiguos miembros del primer escuadrón del filo lunar, saben cómo trabajar juntos —apuntó Maculli viendo a Mahalli elevarse lentamente en el aire.

—No, él tiene ya demasiadas ocupaciones, prácticamente ha tomado mi lugar desde la partida de Heldari, simplemente quiero disculparme por mi ausencia, creo que a él es a quien más he afectado —contestó Mahalli, para después inclinar la cabeza en señal de despedida y alejarse rápidamente del lugar.

—Esos dos nunca dejan de sorprenderme —dijo Maculli, dirigiendo su mirada al cielo y esperando la llegada de una energía familiar—. ¿Ahora con qué los pondrás a prueba Théra?

—La señal de Mahalli fue muy clara, ella quería que viniéramos, pero ¿Por qué? —preguntó Kakiaui que descendía del cielo lentamente hasta quedar junto a Maculli—, sentí tu presencia en el lugar así que no tuve prisa en llegar.

—Tienes razón, ella planeó nuestra llegada. No lo tomé en cuenta, ambos estábamos relativamente cerca y esa luz fue la señal perfecta —Maculli reflexionó, no podía creer haber pasado algo así por alto—. ¿Por qué crees que Théra nos mantiene alejados de la situación? —preguntó, parecía que todo jugara a favor de Mahalli y Dumenor, cada que él estaba dispuesto a investigar, algo sucedía que requería su atención.

—La conexión con Théra de las nuevas generaciones ha disminuido, pero esos dos son de las pocas excepciones, su conexión es intensa, pero no logran encontrar la armonía y me preocupa. Lo más seguro es que esta nueva tarea que se les ha asignado los ayudará a encontrar esa armonía con Théra. Hay que darles espacio, pero no descuidarlos —respondió Kakiaui viendo hacia la dirección en la que partió Dumenor.

—Sí, lo mismo sentí —afirmó Maculli reflexionando la situación y acostándose en el suelo con las manos en la nuca—. Es por eso por lo que te mantienes al margen. ¿Qué sabes de esta niña? Ummm, Yorhalli.

—Una heredar muy habilidosa, el poder que Théra le ha otorgado es muy superior al de cualquiera de su generación, obtuvo su filo a los dieciocho años, siendo asistida por su propia madre en el despertar. Las características físicas de su filo son muy singulares, nunca vi nada igual y su conexión con Théra es confusa, a veces parece pender de un hilo y se vuelve similar a la de un perdido, pero otras veces es tan fuerte que llega a asimilarse a la de Mahalli —respondió Kakiaui, preparándose para partir—. Una heredar que quisiera en mi batallón pero que, por desgracia, los labores con su país no se lo han permitido. ¿Por qué el interés?

—Dumenor cree que la verdad puede esconderse dentro de ella —Maculli se incorporó y realizó estiramientos mientras bostezaba—. ¿Sabes dónde está ella ahora?

—Su estatus es "en resguardo" debe estar asignada a la zona en conflicto —contestó Kakiaui revisando su red, él tenía acceso a las redes de todos los heredar, estas le informaban el estatus actual de su portador, en este caso sugería que el heredar estaba indispuesto por fuerzas mayores al portador. En caso de estar en alguna asignación de la FURZP el estatus sería "en servicio". Cuando el heredar pertenecía a un escuadrón y realizaba misiones en la zona perdida o contra los seres oscuros su estatus era "en misión". Cuando el heredar se encontraba sin ocupaciones su estatus era "en descanso" —. No creo que sea prudente contactarla en este momento.

—Mahalli negó rotundamente la relación de Yorhalli con los acontecimientos actuales —comentó Maculli, parecía sospechar de la actitud de Mahalli—. Y luego Dumenor la interrumpió, afirmando que Yorhalli tenía relación con ellos, aunque fue poco lo que dijo y desvió mi atención hacia la heredar oscura que Ikel persigue.

—¿Y qué piensas hacer? —preguntó Kakiaui, asintiendo con la cabeza para demostrar su aceptación sobre las sospechas del Murhendoar sobre Mahalli y Dumenor.

—Les he dicho que no interrumpiría sus investigaciones, con la condición de que me informasen inmediatamente si descubrían la verdad. En cuanto a Yorhalli, la haré presentarse ante mí inmediatamente termine su asignación en territorio hostil. Si su filo esconde algo, lo encontraré —afirmó Maculli.

—No la presiones, es tan solo una niña —recalcó Kakiaui—. Todavía no comprende su poder, deja que la entrene y cuando desarrolle sus verdaderas habilidades, podrás estudiar el filo en su forma más pura.

—Atenderé a tu petición Kakiaui, hijo de Quiyah, pero no la exentare de rendir cuentas —apuntó Maculli. Todos los heredar, incluidos los Murhendoar, tenían un gran respeto hacia Kakiaui y regularmente pedían su consejo ante situaciones realmente importantes, ya que de entre todos los heredar, su conexión con Théra era la más profunda—. En cuanto termine sus entrenamientos contigo, es preciso que la mandes conmigo.

—Concuerdo en que el estudio de su filo nos develará antiguos misterios, es por eso por lo que le pedí a tu alumno el seguimiento de la heredar oscura y no a un cazador —repuso Kakiaui, su semblante era de incertidumbre—. Hay que recordar que ambas son heredar, nuestras hermanas. Aunque su apariencia y sensación se asemejen a la de un ser de oscuridad, no hay motivo para tratarlas como simples objetos de estudio.

—Ikel es muy paciente e inteligente, no tardará mucho en develar el misterio tras esa heredar oscura, sin tener que forzarla —afirmó Maculli que mostraba cada vez más interés por la situación—. En cuanto a nuestra "niña", estoy seguro de que debe estarse preguntando el misterio que esconde su filo, y yo podre darle las respuestas que necesita.

—Si ella acepta el estudio, no tengo inconvenientes con tu custodia sobre su filo —Kakiaui extendió la mano hacia Maculli, que sin pensarlo la estrechó con fuerza.

—Ahora solo debemos esperar al cese de hostilidades entre ambas naciones —comentó Maculli con desagrado—. Espero que Mahalli tenga razón y su investigación termine por fin con esta absurda disputa. No me gusta estar a la espera.

—A mí tampoco, pero ya sabes que el mismo Tohalli fue quien pidió a las demás naciones no interceder y dejar que ellos lo resolvieran —dijo Kakiaui invitando con la mirada a Maculli para que le diese seguimiento. Ambos heredar tomaron vuelo y se dirigieron hacia Teska—. Puedo sentir que eso es lo que Théra desea, aunque nos cueste trabajo ver a nuestros hermanos enfrentarse entre sí, es un suplicio del que deberán salir solos.

—Eso no debería impedirles buscar nuestra admonición, no sé en qué pensaba Mahalli cuando decidió darle toda la responsabilidad del conflicto a su consejo y dejar a Kélfalli a cargo de la diplomacia con los demás países —se cuestionaba Maculli, cansado de ver el poco avance en las resoluciones del conflicto.

—Lo de Mahalli nunca fue la política, desde que era una niña le encantaba perderse en el bosque y espiar a los animales, en el instituto era muy popular, sobre todo por fugarse de las clases cuando había un ataque cerca, su curiosidad por los seres oscuros era un problema en su infancia y siempre que me veía, me pedía que la dejase acompañarme a la zona perdida —recordó Kakiaui, que conocía a la heredar desde muy pequeña ya que su madre fue la ingeniera encargada de renovar las redes de transporte en Tekuina y se hizo buena amiga de él—. Aún después del asesinato de sus padres conservaba esa animosidad, creo que ese hecho solo la alentó; pero era un lobo sin una presa verdadera, sin un reto. Y ahora que lo tiene, no se detendrá hasta cazarlo y devorarlo.

—Ese joven y necio lobo que se va por la presa más grande sin su manada, solo esperemos no se atragante y lance el aullido cuando sea preciso —bromeaba Maculli mientras ambos pasaban sobre la frontera a velocidad supersónica—. Aunque con Kélfalli como embajador, las cosas han mejorado mucho comercial y políticamente.

—Siendo sincero, yo pensaba que Heldari o Kélfalli heredarían el Murhendoar y no es por menospreciar a Mahalli, pero la conexión de Théra con ellos dos era muy armoniosa, en cambio la de Mahalli era intensa pero caótica —comentó Kakiaui.

—Debió costarle mucho aprender a fluir en la atmosfera —infirió Maculli. Los heredar pueden volar de dos maneras, siendo la primera y más básica, utilizando su propio poder para crear una fuerza de sustentación o de propulsión. La segunda y más compleja, es la que utilizan los Murhendoar y otros heredar de gran poder, en su mayoría grandes maestros, que aprovechan la energía de las incontables partículas en la atmosfera para fluir a través de ellas, lo cual les permite alcanzar mayores velocidades sin perder grandes cantidades de energía.

—Es posible, pero conociéndola, no descansó ni un segundo hasta lograrlo —comentó Kakiaui con una sonrisa—. Debo reconocer que ha logrado todo lo que se ha propuesto y si su meta es terminar esta guerra y encontrar a la criatura que está moviendo los hilos, lo hará. Aunque sus métodos no sean los más ortodoxos.

—¿Ortodoxos? ¿Acaso ya te sientes viejo? —bromeó Maculli que era dos mil años más joven que Kakiaui.

—Su rebeldía me parece refrescante —respondió Kakiaui—, ellos les han enseñado a las nuevas generaciones a no tener miedo al cambio, a seguir su propia senda. Gracias a Dumenor y a Dohamir, muchos jóvenes de mi país comenzaron a tomar riesgos sin temor a corromperse, el miedo los estaba haciendo más vulnerables y ahora comprenden que el valor es una senda que los llevara aún más lejos. No dudo que Mahalli también haya causado el mismo efecto entre sus compatriotas.

—Lo que he escuchado es que se sienten abandonados por ella —comentó Maculli que veía en su red las tendencias entre los ciudadanos del País de la Luna, en las que debatían el porqué de la ausencia de Mahalli—. Cada vez es más el tiempo en que Mahalli permanece fuera de su país y hoy se lo dejé en claro; parecía querer solucionar esto, ahora solo hay que esperar a ver como lo hace.

—Creo que todo este asunto la tiene dispersa —supuso Kakiaui, disminuyendo su velocidad, ya que habían entrado al espacio aéreo de la capital del País de Cristal (Teska). Era una ciudad muy colorida, todo lo contrario a Tekuina, con enormes rascacielos de todas las formas imaginables, estos se interconectaban entre sí, haciéndola parecer un solo organismo viviente. De inmediato se acercó a ellos un Murhedar de filo cristal para verificar su ingreso.

—Señor lo esperan en la sala de control, hay varios reportes que debe verificar y permisos por firmar —dijo el Murhedar, dirigiéndose a Maculli.

—Diles que en unos minutos estoy ahí.

—Sí señor —el Murhedar se alejó rápidamente para darles espacio.

—Parece que será una noche muy larga —comentó Kakiaui mientras ambos descendían sobre un rascacielos, cumbre del consejo del filo cristal y cuartel de la FURZP, en donde se llevaban a cabo las investigaciones theranias más importantes sobre la zona perdida y los seres oscuros, por lo tanto, la seguridad era infranqueable y estaba protegida por grandes maestros de todas las naciones.

—Siempre lo es para nosotros viejo amigo —suspiró Maculli, acercándose al borde del edificio para contemplar la ciudad y desvaneciendo su armadura, bajo ella portaba un elegante traje tradicional negro que contrastaba con el blanco de su cabello, al hacerlo, un heredar se acercó para entregarle el saco del conjunto y sus zapatos—. Gracias, no era necesario —el heredar se retiró y Maculli procedió a ponerse el saco y ajustar su corbata, después se agachó para colocarse los zapatos y se incorporó para observar la ciudad junto a Kakiaui—. Disculpa les he dicho miles de veces que no es necesario que me atiendan como a un rey, todos tienen trabajo que hacer.

—Es solo una forma de mostrarte gratitud, mucho depende de ti para que ellos puedan disfrutar su libertad —refutó Kakiaui, desvaneciendo igualmente su armadura, él también portaba un traje, pero este era un conjunto gris con camisa blanca, a diferencia del traje de Maculli, su traje era más moderno y la tela del saco podía comprimirse sin perder la forma con la presión de la armadura, volviendo a su estado original al desvanecerla; después sacó de su bolsillo lo que parecían ser un par de plantillas para zapatos y las colocó en el suelo, parándose sobre ellas, de pronto, las plantillas parecieron devorar sus pies, formando alrededor de ellos un par de zapatos.

—Sabes, cuando adquirí el Murhendoar pensaba que en mil años podría resolver todos los misterios de este mundo y recuperar la zona perdida —Maculli comenzó a caminar fuera del edificio, como si hubiese un piso invisible—. Pensaba que podríamos ya construir los puentes para atravesar el océano, que recuperaríamos la industria aeronáutica, veía tantos avances y tantas posibilidades.

—En esa época Draga aún era una gran metrópoli, parecíamos haber encontrado el equilibrio entre los avances tecnológicos y sociales —recordaba Kakiaui mientras caminaba junto a Maculli sobre la ciudad. Muchos theranios en los edificios circundantes los reconocían y comenzaban a fotografiarlos e intentar saludarlos. Ambos heredar les correspondían sonriendo o saludando con la mano—. Incluso las corrupciones se hicieron menos frecuentes.

—¡Recuerdo eso! —exclamó Maculli emocionado—. ¡Tres meses! Tres meses sin una sola corrupción en todo el planeta. Avanzábamos a pasos agigantados en la recuperación de la zona perdida. ¿Cómo fue que terminó tan bella ilusión?

—El perdido del sol… —respondió Kakiaui con nostalgia. El perdido del sol fue un ser de oscuridad, creado a partir de la corrupción de un heredar de primer nivel de la luz solar con grandes habilidades, quien estaba a pocos días de presentar su examen para convertirse en Murhedar, pero la corrupción lo doblegó antes y fue tan grande el poder de dicho perdido que afectó toda la frontera oeste con la zona perdida, destruyendo los avances en su recuperación y llevándose consigo miles de vidas. Siendo la primera vez en la historia que un heredar de la luz solar era corrompido.

—Ese pobre infeliz —suspiró Maculli recordando aquella ocasión y siendo interrumpido por un par de drones que los ciudadanos habían enviado con café y bocadillos dulces para los Murhendoar—. ¡Ay no es posible! Bueno, igual tenía antojo de algo dulce —ambos tomaron un café y un bocadillo e indicaron a los drones que se marchasen, después voltearon hacia las ventanas y balcones buscando a las personas que se los habían enviado. En un balcón había una familia cenando y el hijo adolescente mostraba su red con el pedido mientras los saludaba; al verlo, ambos le agradecieron con un gesto y continuaron su camino.

—Después de ver como un heredar de la luz solar fue corrompido, muchos comenzaron a temer a los heredar y el miedo propició la corrupción entre los theranios, aunque la historia de su derrota ayudó a recuperar la confianza —recordaba Kakiaui, dando un mordisco al bocadillo—. ¡Mmm! Está delicioso —dijo mientras se cubría la boca con su café.

—Su derrota por parte de Cihillic le dio el estatus de leyenda, poco después adquirió el Murhendoar —comentó Maculli después de dar un ligero sorbo a su café—. El legendario corcel de fuego… ¡Caray! Que armadura tan bella porta ese heredar —La armadura de Cihillic era una obra de arte, con bellos detalles casi ornamentales, de su casco surgía una bella crin de fuego que recorría su espalda, haciendo que cada movimiento se asemejara al bello andar de un corcel—. Merecía ese triunfo, él le dio caza desde que cruzó la frontera norte entre el País del Sol y el de cristal. Después de que evadió el cerco que puse en la frontera de Saasil, no pude darle seguimiento, era un perdido muy interesante, solo conseguí cortarle las piernas. Su objetivo era llegar a la zona cero, pero ¿para qué? —se preguntaba mientras terminaba de dar el último mordisco a su bocadillo.

—Era un perdido muy veloz, pero me sorprende que te haya evadido con tanta facilidad —dijo Kakiaui realmente asombrado.

—Todos querían enfrentarlo y cometí el error de permitirlo, eso limitó mis acciones y le dio la oportunidad de escabullirse entre los escombros, justo detrás llegó Cihillic y decidí cederle la cacería —recordaba Maculli terminando su café y compactando el recipiente, para después entregarlo a un dron recolector—. Después recorrí la frontera para resguardarla, Cihillic le dio alcance cerca de Utskin, en un reciente poblado en construcción, era una zona ya recuperada y quedó completamente destruida de nuevo.

—Fue una batalla muy intensa, el poder que Cihillic ejerció sobre la superficie fue abrumador, tuvimos que crear un campo protector para que la energía no afectase a los ciudadanos de Utskin mientras eran evacuados ¿Recuerdas?

—Sí —contestó Maculli entre risas—. Era como un volcán en erupción, de entre todos nosotros, Cihillic es el que más poder puede proyectar en un solo rayo de energía, realmente temible.

—Y su hija no se queda atrás, como miembro honorario de mi batallón he visto el poder que puede ejercer, y es una digna heredera de su padre —repuso Kakiaui mientras entregaba su recipiente al dron recolector.

—Cilluen… una mujer muy particular, sí —comentó Maculli con una sonrisa—. El otro día me la encontré en el restaurante al que habitualmente voy los viernes a cenar y tomar algún coctel. Obviamente tenía conocimiento de ello por las publicaciones de los ciudadanos y del propio restaurante. En fin, cuando entré, ella estaba junto a la mesa que habitualmente reservo, rodeada de un grupo de ciudadanos que se acercaron para fotografiarse con ella, ya que es una visita muy peculiar; solo viene a Teska para entregar sus informes y avances, pero ahora que se reanudó el conflicto parece que su padre le confió todo lo pertinente a ello, por lo que ya no tiene por qué venir.

—No me digas que… — Kakiaui ya intuía a lo que iba Maculli con la conversación.

—Espera, espera, deja que te cuente —interrumpió Maculli entre risas, ambos parecían estar disfrutando el momento—. Yo me senté discretamente, esperando que fuese solo una casualidad, pero en cuanto el dron se acercó a entregarme mi habitual bebida, ella volteó y me dijo: «¿Maculli? ¿Maculli eres tú?», con una sinceridad siniestra, por un momento realmente creí que había sido una casualidad.

—Ella tiene un cierto toque de dulzura y de maldad a la vez, esa sonrisa suele confundir hasta al más sabio de nosotros —comentó Kakiaui entre risas—. Sus compañeros del batallón bromean mucho al respecto, dicen que estar en su presencia es una sensación muy agobiante; cuando les sonríe, no saben si está a punto de saludarlos o de matarlos. Una exquisitez para los más valientes, para los amantes del peligro dicen entre sí.

—Ja, ja, ja, ja —Maculli no pudo aguantar la risa ya que realmente se sintió nervioso con la sonrisa de Cilluen—. No podían ser más acertados, yo fingí no haberla visto al entrar y le dije: «Cilluen, que sorpresa encontrarte aquí, espero estés disfrutando tu estancia». ¿Y sabes qué hizo?

—¿Qué? —preguntó Kakiaui curiosamente, sentándose ambos, que flotaban en medio de los enormes rascacielos y recibiendo otro par de cafés que Kakiaui había ordenado mientras escuchaba.

—¡Pues me hizo a un lado y se sentó junto a mí en el sofá en vez de ocupar uno de los asientos alrededor de mi mesa! —dijo Maculli con una expresión de sorpresa, nunca nadie le había hecho algo así—. Y ya después me preguntó: «¿Te molesta si me siento contigo?», con una sonrisa tan incierta y perversa que no tuve otra opción que decirle que no me molestaba.

—¡Uy pobre de ti! —exclamó Kakiaui sarcásticamente—. Tuviste que cenar acompañado de una mujer de gran inteligencia, un increíble poder y también de magnífica belleza y condición física excepcional. ¡Cómo sufrió este pobre hombre!

—Bueno, realmente se veía excepcional no lo puedo negar, con esos finos labios carmesí y su elegante pero discreta forma de vestir, ya sabes ella siempre ocupa colores negros y rojos; también llevaba su pasador dorado con forma de llama para sostener su cabello, negro cual obsidiana.

—No tuviste opción claro está —se burló Kakiaui mientras bebía de su café—. ¿Qué pasó después? ¿Qué es lo que pretendía? Ella es una mujer muy astuta.

—Me pidió que le recomendara algo del menú y creo que ni escuchó mis recomendaciones porque al final ordenó lo mismo que yo —dijo Maculli desconcertado—. Todo el rato intentaba conectar su mirada con la mía y debo admitir que, sumada a esa sonrisa, me puso realmente nervioso. Además, hacía caer sus afiladas uñas negras suavemente sobre la mesa mientras esperábamos a que nos entregaran nuestros platillos. La plática fue realmente casual, ella me dijo que nunca nos habíamos conocido fuera del ámbito laboral, me preguntó sobre mis gustos y me habló sobre los suyos. Ella era como una exótica ave mostrando su bello plumaje, tanto intelectual como físico.

—Estás en la mira de esa mujer —comentó Kakiaui viendo coquetamente a Maculli, levantando una de sus cejas repetidamente—. Muchos quisieran estar en tus zapatos, pero dime ¿en que quedaron?

—No, no, en nada, solo charlamos; ambos teníamos cosas que hacer, así que la acompañe hasta salir del espacio aéreo de la ciudad y nos despedimos, pero no acordamos nada más —contó Maculli intentando evitar suposiciones—. Lo que yo creo es que está buscando prospectos y me siento alagado, ya que su anterior prospecto de pareja era Dohamir.

—Otro punto a favor de Mahalli —bromeó Kakiaui sabiendo la rivalidad que existía entre Cilluen y Mahalli desde que eran jóvenes heredar. Cilluen consideraba que Mahalli no era una digna portadora del Murhendoar y le disgustaba de sobremanera su actuar durante el conflicto.

—Los felinos y los cánidos jamás se llevarán bien —bromeó Maculli mientras ambos se incorporaban y retornaban hacia el cuartel—. El legendario felino infernal azul enfrentándose al temible lobo plateado, otro combate que me gustaría presenciar.

—Jamás vas a cambiar —dijo Kakiaui colocando su brazo alrededor de Maculli y dándole un coscorrón. Ellos dos eran grandes amigos, ya que su deber los hacía frecuentarse constantemente y trabajaban a la par en diversos aspectos, una simbiosis natural para sus puestos—. Pero dime, ¿qué harás si nuestra felina decide que tú seas su prospecto?

—Lo he pensado —Maculli se detuvo y observó las estrellas con nostalgia—. Hace ya mil seiscientos cincuenta y dos años que mi amada Yaakun partió de este mundo y he visto crecer hasta a los tataranietos de mis tataranietos, pero todavía no siento que pueda amar a alguien más de la misma manera.

—Estamos en la misma situación hermano —dijo Kakiaui, que aún estrechaba a Maculli con su brazo de hombro a hombro—. Pero tú todavía eres joven —Ambos heredar comenzaron a reír, hasta que Kakiaui respiró profundamente para contener la risa—, pero enserio, si llegases a sentirlo, deberías darte una oportunidad de vivir un nuevo amor.

—Realmente no me había puesto a pensar en esa posibilidad hasta que tuve el encuentro con Cilluen —reflexionaba Maculli—, creo que sí aceptaría verla nuevamente fuera del ámbito laboral, pero por ahora tenemos ambos mucho que hacer.

—¡Oh! ¡El legendario Maculli capaz de comer el peso de un cetáceo en chicharrones, enfrentará su corazón con la legendaria felina infernal! —exclamaba Kakiaui con ademanes exagerados, imitando a su amigo que lo veía intentando no reír, moviendo su cabeza de un lado a otro—. ¡Un épico duelo que cambiará el rumbo de la historia!

—Yo no hablo de esa manera —reclamó Maculli entre risas, empujando a Kakiaui hacia el techo del cuartel, en donde varios heredar que habían escuchado la imitación de Kakiaui trataban de ocultar su risa, estos heredar estaban esperando a los dos viejos amigos para que atendiesen diversas cuestiones pendientes—. ¿O sí? —preguntó a los heredar, que apenados voltearon la mirada o cubrieron sus rostros.

—Señor —dijo uno de ellos tímidamente, refiriéndose a Kakiaui— ya tiene en su red el informe del ataque más reciente y lo espera el dieciochoavo batallón.

—Muy bien —contestó Kakiaui mientras se acercaba a Maculli que revisaba en su red algunos documentos que uno de los heredar le había entregado—. Parece que nuestro descanso, cortesía de Mahalli, ha llegado a su fin.

—Mantente alerta, si esa criatura ha podido evadir a esos dos por tanto tiempo, lo más probable es que pueda estar entre nosotros con facilidad —recalcó Maculli apartando a su amigo de los demás heredar—, habla con Dohamir en cuanto vayas a Tekuina, yo avisaré a los antiguos y a Cihillic; tenemos que estar preparados.

—Para estos casos es que se creó mi batallón de élite, alertaré a los miembros para una posible reunión de emergencia —dijo Kakiaui con preocupación—. ¿Cuánto tiempo piensas darles para que la encuentren antes de actuar?

—Si al finalizar el año no la han encontrado, yo mismo lo haré —apuntó Maculli alzando con fuerza su puño frente a su rostro—. En cuanto a Yorhalli, veré en que puedo influir para que haya un pequeño cese de hostilidades y poder conversar con ella.

—Tienes mucho por hacer entonces antes de que finalice el año —dijo Kakiaui al Murhendoar, dándole un par de palmadas en la espalda, para después caminar hacia los heredar que lo esperaban y despedirse con la mano—. Te veo después.

—Bueno, ¿en que estábamos? —preguntó Maculli a sus heredar que de inmediato se acercaron a él para informarle la situación en los diferentes frentes de acción; de reojo el Murhendoar veía descender por el elevador a Kakiaui. «Tus esfuerzos no habrán sido en vano viejo amigo, puedo sentir tu inquietud ante este nuevo oponente, pero tranquilo, estaremos preparados para su llegada», pensó, retirándose del lugar junto a sus heredar.

El noveno escuadrón del filo lunar

El viento soplaba con fuerza entre los árboles, llevándose consigo hojas y pequeñas ramas; en el cielo, Koyol y Xauki danzaban con el ir y venir de las nubes. Las pequeñas criaturas del bosque se refugiaban en sus madrigueras, como si el viento les avisara del combate que se avecinaba. Una gran ave de presa nocturna observaba el bosque desde la copa de un árbol que sobresalía de entre los demás, en busca de una presa; sus enormes ojos pudieron captar el sutil movimiento de un arbusto, como si algo hubiese pasado por ahí.

—¿Tú también los viste verdad? —susurró Yorha al ave, que sorprendida por su presencia echó a volar, «creo que la espanté», pensó, viéndola partir para después concentrar su mirada en los objetivos. En ese momento sus ojos eran anormalmente grandes y oscuros, absorbían la luz como dos agujeros negros; cual serpiente, Yorha se movía entre los árboles sigilosamente, aprovechando el viendo para ocultar aún más su presencia.

—¡Los encontró! —exclamó Jasha que apretaba el pequeño filo de Yorha contra su pecho—. Doce kilómetros rumbo al noreste —dijo, apuntando con su mano la dirección a la que debían ir.

—Hay que llamar su atención sin que sea muy obvio, ellos saben que somos el mejor escuadrón en misiones de sigilo —apuntó Yoltic mientras se dirigían en dirección a su objetivo—, si parece demasiado obvio, avisarán sin pensarlo, debemos hacer que intenten darnos seguimiento para averiguar lo que planeamos.

—¿Podría ir al baño? —preguntó Nenet.

—¿Bromeas? —dijo Xaly molesto, dándole un manotazo en la nuca—, no hay tiempo para eso, debiste ir antes de comenzar la misión.

—¡Me refiero a usarlo para llamar su atención tarado!— Explicó Nenet, devolviendo el manotazo a Xaly.

—No, sería muy obvio y nadie quiere exponerte a las burlas del enemigo —repuso Jasha con una sonrisa maliciosa, haciendo que Yúnuen se tapara la boca con las manos para no carcajearse—, dejen que yo me encargue.

—Espera… ¡¿Qué?! —exclamó Nenet, causando la risa de todo el escuadrón.

—¡Bueno ya! Démonos prisa o Yorha podría desesperarse —recalcó Yúnuen, temiendo que Yorha ataque a los heredar antes de su llegada. Todos asintieron con la cabeza y aceleraron su marcha.

A pocos kilómetros, los dos heredar de reconocimiento avanzaban sigilosamente entre los árboles del bosque, alternando su dirección para ir en contra del viento y no delatar su aroma, sin percatarse de que Yorha estaba sobre ellos, como una lechuza esperando el momento preciso para clavar sus garras sobre una presa.

—¿Sentiste eso? —preguntó uno de ellos.

—Sí, vamos —susurró el otro, habiéndose percatado de un ligero pulso de energía en el subsuelo, producto de un filo detector, este se usaba para develar trampas y otros filos bajo tierra.

«Muy bien, parece que mordieron el anzuelo», pensaba Yorha mientras les daba seguimiento, percatándose de que, sobre ella, el ave de presa la seguía, volando a una distancia prudente y observando atentamente sus movimientos, como si supiese que la presencia de Yorha le conseguiría alimento. «Hoy no habrá carroña para ti amiga mía, pero agradezco tu compañía». Cerca de ahí, Jasha colocaba delicados filos detectores en el suelo mientras los demás vigilaban el perímetro escondidos entre las ramas de los árboles. A unos cien metros los heredar de reconocimiento del filo llameante los observaban mimetizándose a la perfección con el entorno.

—Ese es el escuadrón de Yorhalli ¿no es así? —preguntó uno de ellos.

—Sí, pero faltan dos miembros —apuntó su compañero que regresaba de haber localizado a los cuatro integrantes visibles—, la capitana y la otra chica, Yúnuen.

—¿Damos el aviso? —el heredar acercó su mano a un pequeño filo que portaba en su bolsillo, similar al que Yorha le había dado a su equipo (posiblemente este avisaría a Kuux de la posición de los heredar), esperando una respuesta de su compañero.

—No, esperemos a que aparezca su capitana, podría ser que estén preparando una trampa —dijo su compañero, apartando la mano del heredar para que no tomase el pequeño filo—. Si observamos su plan, podremos informar a Kuux para que tome las acciones necesarias.

—¿Crees que Yorhalli pueda hacerle frente a Kuux?

—Seguramente, pero al final Kuux se impondría.

—¿Eso crees? —susurró Yorha que estaba agazapada entre ambos heredar. Y antes de que estos pudiesen reaccionar, la Murhedar los ensartó contra el suelo, formando un par de trinches para carne con los que atravesó a los heredar, estos perforaban sus omóplatos sin tocar ningún órgano vital. Un instante después, Jasha, Yoltic, Xaly y Nenet los rodeaban, apuntando sus filos a los heredar.

—¡Maldición la trampa era para nosotros! —exclamó uno de ellos, buscando el pequeño filo en su bolsillo.

—¿Buscabas esto? —preguntó Yorha que sostenía en su mano los dos pequeños filos que portaban los heredar de la llama y se los arrojó a Xaly, que los almacenó dentro de una especie de esfera que había invocado, esta los resguardaba de cualquier interacción externa—. Ni se les ocurra intentar algo.

—Habla enserio, no se muevan por favor —dijo Yúnuen, descendiendo lentamente frente a ellos, colocándose en cuclillas y observándolos a detalle. Ella no portaba armadura, una forma de mostrarles que su intención no era hacerles daño, su traje era de una sola pieza, negro como la noche, hecho para el combate y con una resistencia adicional al calor—. ¿Puedes liberarlos Yorha?

Todos se sorprendieron con su petición, los miembros del escuadrón se miraron entre sí con incertidumbre y los heredar de reconocimiento no podían creerlo. Yorha, con plena confianza desvaneció los filos que apresaban a los heredar y dio un paso atrás, permitiéndoles incorporarse.

—¿Cómo se llaman? —preguntó Yúnuen tomándolos suavemente del hombro, su cabello irradiaba una bella luz azul blanquecina y parecía que pequeñas estrellas se escaparan de él, sus bellas y brillantes pecas se reflejaban en los rojizos ojos de ambos heredar, y sus ojos vidriosos y llenos de vida observaban con dulzura a sus oponentes.

—No van a sacarnos ninguna información —dijo uno de ellos mientras hacía presión en su herida y observaba que Yorha también había destruido sus bengalas.

—Si quieres conservar tus brazos mantenlos ocupados con tus heridas —apuntó Yorha, que se mantenía de brazos cruzados recargada en un árbol.

—Yorha por favor —repuso Yúnuen, para después volver su mirada a los heredar de la llama—. Solo quiero saber sus nombres, ¿será posible?

—Mi nombre es Evan —dijo su compañero heredar, quien parecía resignado mientras atendía sus heridas—. Si no querían información, ¿qué es lo que necesitan?

—Y mi nombre es Dymas —añadió el otro heredar, quien estaba bastante molesto, aunque poco a poco la mirada de Yúnuen lo fue apaciguando.

—Evan y Dymas, yo soy Yúnuen, miembro de este escuadrón, pero ahora no me presento como su enemiga, sino como su hermana, una therania y heredar como ustedes —manifestó con una dulce sonrisa, llamando la atención de ambos heredar que intentaban no perderse dentro de su bella mirada—. Quiero pedirles que vivan un día más, que combatan al verdadero enemigo, les aseguro que esta incursión no será causante de la pérdida de más vidas.

—Lo que quieres es que traicionemos a Kuux y nos retiremos así, ¿sin más? —cuestionó Dymas viendo a su compañero, quien parecía más reflexivo.

—Voy a decirles la verdad, nuestra intención era capturarlos para evitar enfrentarnos con Kuux, no queremos más pérdidas de ningún bando —explicaba Yúnuen, haciendo estremecer a todo el escuadrón que no podían creer lo que escuchaban—. Esta incursión tiene un objetivo plenamente material y les prometo que será la última.

—Si quieres les doy acceso a todos los archivos del consejo —dijo Nenet sarcásticamente.

—Lo más fácil era habernos matado hermano —dijo Evan a Dymas, para después voltear hacia Yorha que asemejaba ser un fantasma, su oscuro cabello la cubría casi por completo, pero al sentir su mirada, lo recogió para que pudiese observarla—. Teníamos muchas ganas de saber cómo eras en persona Yorhalli.

—Gracias… supongo —dijo Dymas, reflexionando las palabras de su compañero, aunque todavía parecía molesto por caer en la trampa—. Tienes razón hermana de la luna, será mejor conservar nuestras vidas para enfrentar a nuestros verdaderos enemigos —el heredar estrechó la mano de Yúnuen en agradecimiento y después se dirigió hacia Yorha.

—En la red te ves más alta —comentó Evan a Yorha, sorprendiendo a la Murhedar y haciendo que todo el escuadrón, incluida Yúnuen se comenzaran a reír—, sin ánimos de ofender claro está. Aunque la oscuridad de tu cabello es irreal y tu capacidad para pasar desapercibida es indescriptible, solo quisiera haberte visto combatir.

—Tu filo es increíble Yorhalli, ojalá un día podamos luchar a tu lado —dijo Dymas mientras observaba la armadura de Yorha, pudiendo sentir la abrumadora energía que emergía de ella—, bien, vámonos y nuevamente… gracias.

Ambos heredar comenzaron su retirada, comentando entre ellos las fallas que habían cometido, mientras el escuadrón los observaba; ya habiendo avanzado unos diez metros, ambos heredar voltearon para despedirse alegremente de Yúnuen, que los despidió con una reverencia y una sonrisa.

—Eso fue demasiado fácil —comentó Nenet acercándose a Yúnuen—. Tienes que enseñarme esa técnica —Yúnuen lo observaba con una sonrisa incierta, esperando su siguiente comentario.

—Basta, no tenemos tiempo —recalcó Yoltic.

—Bueno, bueno, ¿y ahora qué? —preguntó Nenet a Xaly, haciendo que todos, incluida Yorha se acercaran a él, en espera de una respuesta, pero pareciera no saber por qué se dirigían a él—. No te quedes como menso, tú eres el que localizó los puestos de vigilancia al noreste.

—Es verdad, lo siento, pensé que lo habían memorizado en el mapa —dijo Xaly algo apenado—, bien ahora yo los guiaré —añadió, dando media vuelta y comenzando su marcha.

Yorha esperó a que todos avanzaran para cuidar la retaguardia, percatándose de que el ave descendía lentamente, acercándose al suelo sobre el que había clavado a los heredar de la llama; en este había algunos retazos de carne que se habían desprendido al causar las heridas y comenzó a devorarlos. «Después de todo obtuviste lo que querías», pensó con una sonrisa para después alcanzar a sus compañeros.

—Está en su naturaleza, ella te reconoció como la cúspide de la pirámide alimenticia en este mundo —susurró una voz dentro de Yorha.

—¿Qué quieres decir con eso?

—Estás por encima de todos y pronto los devorarás.

—¿¡Qué!?

—Gracias Yorha —dijo Yúnuen, acercándose a la Murhedar mientras avanzaban, esquivando con agilidad los árboles y arbustos en su camino—. ¿Te encuentras bien? Te ves afligida.

—Son esas voces de nuevo, me confunden —susurró Yorha, cuidando que los demás no se acercaran—, después hablamos de eso.

—Está bien, solo recuerda lo que dijo mi tío —apuntó Yúnuen, a lo que Yorha asintió con la cabeza, después se adelantó para hablar con Xaly, colocándose a su costado y llamando su atención con la mano—. ¿Cómo son los puestos de vigilancia al norte?

—Son torres en extremo delgadas, parecidas a flores, sus bases son de al menos un metro de diámetro y quince metros de altura; en la parte superior hay cinco cabinas, una más elevada para el heredar que vigila los cielos y cuatro más alrededor de esta para los heredar restantes que vigilan los alrededores —explicaba Xaly, intentando recordar más detalles—. También hay un perímetro de filos detectores.

—Si queremos una oportunidad para apresarlos sin matarlos debe ser forzosamente durante el cambio de turno —supuso Yúnuen.

—Así es —confirmó Jasha acercándose a Yúnuen—, la idea inicial era esperar a que realizaran el reporte a la base central indicando que se había concretado el cambio de turno y después eliminarlos rápidamente ya que no sabemos cada cuanto tiempo se reportan a la base y no podemos esperar para saberlo.

—Ahora tendremos también que esperar a que el heredar encargado de los filos detectores los desvanezca y se marche, inmediatamente después debemos entrar al perímetro antes de que su remplazo lance sus propios filos detectores —apuntó Yoltic que iba justo detrás de Yúnuen—. Al estar dentro tomaremos posiciones en espera de que realicen el reporte del cambio.

—Todo debe salir perfecto o alertarán a los demás puestos y tendremos a Kuux encima de nosotros —añadió Jasha—. Lo que todavía no tenemos claro es como vamos a capturar a los cinco heredar al mismo tiempo estando ya en sus cabinas.

—Despreocúpate, algo se nos ocurrirá cuando estemos ahí —comentó Nenet al ver la preocupación en el rostro de Yúnuen—. Además, con la capi aquí las posibilidades son infinitas —dijo, dándole una palmada en la espalda a Yúnuen y volteando a ver a Yorha—. ¿No es así capi?

Yorha apuntó a Nenet con su dedo índice, sonriendo maliciosamente y alzando una de sus cejas, a lo que su compañero respondió con la misma expresión. Nenet era el experto en combate y solía manejar ese tipo de situaciones en conjunto con Yorha y aunque él era más experimentado, las habilidades innatas para el combate de la Murhedar le daban una ventaja inigualable que Nenet aprovechaba a la hora de planear una cacería o enfrentamiento.

—Solo eviten hacerles mucho daño —pidió Yúnuen, viendo seriamente a Nenet, que guardó su sonrisa al ver la expresión de la heredar, parecía no estar de ánimos para los comentarios de su compañero—. Con que cara voy a pedirles que se retiren si ni siquiera pueden caminar —bromeó con una gran sonrisa.

—¡Bien! Procuraremos dejar sus piernas intactas —dijo Nenet entre risas, habiendo caído en la broma de Yúnuen.

—Ya estamos cerca —susurró Xaly, cambiando drásticamente de dirección para ir en contra del viento—, nos quedaremos al sureste de la torre, al borde del campo detector. Hay quince kilómetros de distancia entre cada torre, así que una simple llamarada al aire podría alertar a los demás puestos de vigilancia.

—Creo que puedo ver la torre —dijo Jasha que avanzaba entre los árboles. De todo el escuadrón, su visión era la mejor entrenada para ver a largas distancias—. ¿Es verde como las hojas de los árboles?

—Sí —respondió Xaly extrañado—. ¿Acaso las que encontraste al sur no eran igual?

—No, eran más parecidas a los puestos de vigilancia de la FURZP en las fronteras —respondió Jasha que se adelantaba a sus compañeros para observar mejor la torre, siendo alcanzado por Yorha que también quería verla—. ¡Ah...! ¿Qué veo? ¿Un rival? —exclamó Jasha al verla. Ambos entrecerraron los ojos y salieron disparados como flechas, deslizándose precipitadamente entre los árboles, en esta ocasión no se trataba de velocidad pura, sino de habilidad, ya que debían cruzar el bosque sin causar el más mínimo daño a los árboles y arbustos en su camino para no delatarse, así que Jasha tenía posibilidades ya que era un experto en el campo y en ocasiones llegaba a vencer a la Murhedar.

—Espera —susurró Yorha, habiendo sentido movimiento en la cercanía. Jasha se acercó a ella, quien le indicó con sus dedos índice y medio una dirección; ambos se acercaron lentamente asomándose de entre unos arbustos. Era una enorme bestia marrón, parecida a un oso pardo, pero con el doble de tamaño, de una figura más esbelta y las patas más alargadas, de las cuales surgían tres largos dedos con afiladas garras; en definitiva, era un gran depredador de la zona.

—¿Estás pensando lo mismo que yo? —preguntó Jasha a Yorha.

—Podría ser una buena distracción, pero el acuerdo estipula evitar el daño a la fauna silvestre si es posible —respondió Yorha, encantada de poder observarlo. Ella tenía especial afinidad por las bestias carnívoras.

—Es un Kimen de bosque —comentó Yúnuen acercándose a ambos heredar para observar al ostentoso animal—. No es un ser nocturno, pero es muy peligroso, algo debió despertarlo, así que debe estar buscando un refugio para dormir nuevamente.

—Bueno, dejémoslo en paz —dijo Jasha, dando media vuelta y continuando su camino, seguido por Yúnuen.

Yorha por su parte se quedó atrás observando a la majestuosa bestia que comenzaba a cavar una madriguera bajo un gigantesco árbol conífero. Después de percatarse de que todos sus compañeros se habían alejado, Yorha decidió acercarse al peligroso animal.

—Si es verdad lo que dices, él también debería reconocerme —susurró, esperando una respuesta de aquella voz en su cabeza y acercándose cautelosamente a la criatura, que comenzó al olfatear el aire a su alrededor, parecía haber captado el aroma de la Murhedar—. ¿Ahora no me vas a contestar?

La enorme bestia volteó lentamente, parándose en sus patas traseras y observando con detenimiento sus alrededores; su vista, aunque no estaba hecha para la noche alcanzaba a ver claramente a cortas distancias y pudo vislumbrar a Yorha, que avanzaba lentamente hacia ella sin temor alguno, viéndola fijamente a los ojos. La bestia, que medía más de cuatro metros parada sobre sus patas traseras, quedó sosegada al cruzar la mirada con la Murhedar y bajó sus patas delanteras al suelo para acercarse, quedando a la par de Yorha.

—No eres tan peligrosa —dijo Yorha, acariciando la cabeza de la bestia, su pelaje era espeso y resistente, sus colmillos eran casi tan grandes como las manos de la Murhedar y sus ojos no estaban perdidos como los ojos de los theranios o heredar que veían por primera vez a Yorha, sino que la observaban con detenimiento y completa libertad. Al percatarse de que Yorha era inofensiva para ella, la bestia volteó y prosiguió su excavación—. Que descanses —la Murhedar se alejó contenta, no sabía que sus ojos tenían esa habilidad.

—Esta sería una buena oportunidad, parecen algo distraídos viendo en dirección al pueblo en dónde están operando sus compañeros —dijo Xaly, quien observaba junto con sus compañeros el puesto de vigilancia. Estaban a poco más de un kilómetro, escondidos entre la vegetación.

—Deben estar ansiosos por el cambio de guardia —añadió Nenet.

—¿Ven al heredar en la cabina de la extrema derecha? La de cabello rizado —apuntó Xaly.

—Oh sí, es muy hermosa —comentó Nenet, haciendo que sus demás compañeros se fijaran en ella.

—Me gusta su broche —dijo Yúnuen, observando el pequeño broche con forma de rana que sujetaba el cabello de la heredar—. ¿Dónde lo habrá comprado?

—Siempre me ha gustado el color del cabello de las heredar del filo llameante —comentó Yoltic observando la rojiza y rizada cabellera de la heredar, esta parecía ser recorrida por tenues llamas rojas que emergían desde la raíz cual lava de un volcán—. ¿Cómo se sentirá?

—Es una sensación muy agradable y cálida —comentó Jasha que, antes de pertenecer al escuadrón había mantenido una relación con una heredar del filo llameante.

—Parece algo descuidado —dijo Yúnuen observando con más detalle el cabello de la heredar—, me pregunto si podré cocinar un malvavisco ahí.

—No lo sé, pero seguro en esos labios sí que se derrite —comentó Nenet quien se encontraba embelesado con la heredar.

—¿¡Me dejan hablar!? —exclamó Xaly, haciendo que sus compañeros callaran apenados y le prestaran atención total—. Gracias… Pues esa heredar es la única que conserva la concentración, por lo que debe ser quien mantiene activa la barrera detectora. Uno de nosotros, que no sea Nenet, necesita vigilarla atentamente.

—¡¿Qué?! ¿Por qué yo no? —reclamó Nenet, haciendo que todos lo voltearan a ver.

—¿De qué se queja este zángano? —preguntó Yorha que apareció de entre las sombras, colocando su mano sobre la cabeza de Nenet y alzando con extrañeza su rostro a los cielos, en ellos, el ave de presa se encontraba dándole seguimiento, parándose suavemente entre las ramas de un árbol cercano para observarla; esto hizo surgir una sonrisa de ternura en Yorha, como si se hubiese encontrado con una vieja amiga.

—Estos inconscientes no creen que pueda vigilar atentamente a la heredar de los filos detectores —dijo Nenet a Yorha, señalando hacia la heredar de la llama. Yorha invocó su armadura sobre sus ojos para poder observarla a detalle y se recostó pecho tierra entre los arbustos junto a Nenet—. Ella, ¿la vez? La de rizados cabellos y labios carmín.

—Es muy guapa —dijo Yorha, desvaneciendo la armadura de su rostro y sentándose a pensar—, puedes vigilarla Nenet, pero no quiero que la busques en la red, concéntrate en sus movimientos, ya después que todo esto termine la buscas.

—¡Lo que usted ordene capi! —exclamó Nenet con una sonrisa maliciosa.

—¿Puedes sentir su poder Yorha? —preguntó Jasha, acercándose a ella y haciendo que todos prestaran atención—, apenas si podrían ser catalogados de segundo nivel.

—Si los heredar que los suplen tienen ese mismo poder, será muy fácil capturarlos sin resistencia alguna —afirmó Nenet evaluando la situación—. ¡Creo que ya tengo la solución! —exclamó, haciendo que todos lo rodearan para escucharle—. Capi, tú iras bajo tierra y harás caer la torre unos cuantos centímetros para entorpecerlos.

—Muy bien —asintió Yorha con la cabeza.

—Jasha, tú perforarás las cabinas en la parte inferior —apuntó Nenet, mirando uno a uno a sus compañeros para asignarles su movimiento—. Yúnuen, tú y Yoltic se ocuparán de apresar a los cuatro heredar de las cabinas circundantes.

—¿Qué haremos con el heredar de la cabina superior? —preguntó Yoltic.

—A eso voy —repuso Nenet, dirigiéndose a Xaly—. Necesito que tú estés en el aire y hagas un campo de contención por si alguno de ellos alcanza a liberar una llama, para que no sea vista por otro de los puestos de vigilancia —Xaly era experto en crear campos de contención para múltiples propósitos, en este caso envolvería momentáneamente a los heredar de la llama con pequeñas cúpulas para ocultar sus llamaradas.

—Sí, creo que puedo hacerlo —afirmó Xaly viendo a sus demás compañeros que parecían confiados en el plan de Nenet.

—Yo me encargaré del último heredar —apuntó Nenet, tenía plena confianza en su plan y su mirada era inspiradora—. ¿Algo que añadir? —preguntó observando a Yúnuen, acción que sus demás compañeros secundaron.

—No, no, ¡me parece un plan perfecto! —dijo Yúnuen apenada, colocando sus manos frente a ella, como queriendo apaciguar a sus compañeros.

—Bueno, solo queda esperar —dijo Jasha, acostándose en el suelo con las manos en la nuca y descansando sus ojos. Nenet, Yoltic y Xaly se dispusieron a vigilar a los heredar, comentando entre sí algunos detalles del plan.

—¿Qué ves? —preguntó Yúnuen a Yorha, que estaba sentada en el suelo revisando su red.

—Mis solicitudes de seguimiento en la red —respondió mientras en la pantalla de su red se deslizaban cientos de perfiles, los indescriptiblemente veloces ojos de Yorha veían con facilidad cada uno de ellos mientras iban pasando—. ¡Amiga! ¡Mira! —gritó Yorha, espantando a todo el escuadrón, que voltearon enojados pidiéndole que guardara silencio, algunos murmurándoselo y otros haciendo ademanes—. Ay... lo siento.

—¿¡Qué!? ¿Qué encontraste? —preguntaba Yúnuen, sentándose a su lado y estrechando su brazo para observar mejor.

—¡Mira quién me mando solicitud! —Yorha acercó su red a Yúnuen, en ella se mostraba la solicitud que Xomak le había enviado. En su foto de perfil se encontraba sentado en una cómoda silla ejecutiva en lo que parecía su oficina; portaba una camisa blanca, corbata y pantalones negros, así como un distintivo reloj análogo.

—¡Acéptalo! —exclamó Yúnuen, haciendo que Yorha aceptara la solicitud, tomando el brazo de la Murhedar en el que portaba la red y entrando ella misma al perfil de Xomak para acecharlo—. ¡Vaya! Es ingeniero ambiental e investigador de la universidad de Tletia.

—Mira lo último que publicó, por favor —pidió Yorha, haciendo que Yúnuen revisara. Al ver su última publicación ambas quedaron sorprendidas, en ella se mostraba a Xomak semidesnudo, sentado sobre una cama quirúrgica y siendo atendido por un médico de la FURZP (reconocible por las insignias en su bata), quien revisaba el muñón quemado. El heredar se mostraba alegre, saludando con su única mano a la cámara—. Creo que no quedó tan mal.

—Nada mal —dijo Yúnuen mientras observaba el atlético abdomen de Xomak—. Bueno, su herida en el tórax se ve que sanará rápido.

—Ummm, sí, parece estar cicatrizando bien —confirmó Yorha acercando la imagen para observar mejor la herida. Ambas heredar guardaron silencio por unos segundos mientras observaban, pero al notar que ninguna de las dos hablaba, voltearon a verse entre sí apenadas—. Mejor veamos que dice —Yorha alejó la imagen para observar el pie de foto.

—*Solo puedo decir que estoy agradecido por tener una nueva oportunidad para mejorar e incrementar mi conexión con Théra. Y cuando todo esto termine quisiera volver a verte* —leyó Yúnuen, viendo coquetamente a su amiga—. Él te quiere volver a ver, amiga.

—¡¿Cómo sabes que no es a ti o a Kélfalli?! —exclamó Yorha apenada.

—No lo sé amiga, ¿a ti fue a la que siguió en la red no? Además, él dijo: «La próxima vez que nos veamos será diferente» —infirió Yúnuen tocando la nariz de Yorha con su dedo índice y después llevándolo a su red.

—Él solo quiere probar nuevamente sus habilidades contra mi filo —repuso Yorha intentando excusar las palabras de Xomak, se le veía bastante ruborizada, deslizando la mano sobre su cabello para observar nuevamente la fotografía—. Además, desde un principio él había puesto sus ojos en ti —añadió, viendo a Yúnuen con una sonrisa maliciosa.

—Las palabras sobran cuando existe la evidencia —apuntó Yúnuen mostrando el video que sus compañeros habían grabado en su red.

—¡ASH! —Yorha volteó molesta, no tenía palabras con las cuales refutar el video.

—Solo ve su mirada al besar tu mano —apuntó Yúnuen, haciendo que Yorha volteara a observar—, es obvio que le gustas, sus ojos brillan y sus pupilas se dilatan.

—Bueno, puede ser —reflexionó Yorha viendo nuevamente el video—. Pero después de la golpiza que le propiné a él y a su escuadrón, ¿crees que me invitaría a salir?

—Claro que sí, es un hombre seguro y fuerte —apuntó Yúnuen con una sonrisa, intentando reconfortar a su amiga—. Si tuvo las agallas para plantarle cara a mi tío y después enfrentarte, no creo que le cueste invitarte a salir. La pregunta sería si tú estás dispuesta a salir con él cuando te lo proponga.

—No lo sé —dijo Yorha mientras observaba las fotos de Xomak—, está lindo, no puedo negarlo.

—¿Pero? —preguntó Yúnuen, esperando la negativa habitual de Yorha.

—¿No crees que nuestras personalidades "choquen" un poco? —preguntó Yorha, viendo las publicaciones del heredar, en todas se le veía sonriente y orgulloso de sí mismo.

—Quizá... Los dos tienen personalidades fuertes —reflexionó Yúnuen, guardando silencio por unos segundos para pensar—. Yo creo que deberías darle una oportunidad y ver que sucede, igual y puede que te sorprenda.

—Está bien, si llega a invitarme a salir, lo aceptaré —dijo Yorha, desvaneciendo su red.

—Y si algo sale mal, puedes volver a golpearlo —bromeó Yúnuen, haciendo que ambas se cubrieran la boca para intentar ocultar su risa—. Pero dime bien, ¿qué te gustaría? Nunca te decides y así no puedo ayudarte.

—¿En este momento? Ummm —Yorha se incorporó y caminó unos pasos, pensando en sus siguientes palabras y regresando a donde Yúnuen—. Alguien tranquilo, inteligente, alegre, ya sabes con quien pueda aprender y también reír. A quien le interese mucho el tema de nuestros antepasados, que no se sienta intimidado ante mi naturaleza física, pero que tampoco me vea como un objeto de estudio, que intente comprender el fastidio que siento cuando me ven así.

—Eso me suena a un filo cristal —intuyó Yúnuen, a quien le vino a la mente su amigo Ikel, esto hizo cambiar su rostro reflexivo, mostrando una expresión de alegría desmesurada.

—¿En qué pensaste? —preguntó Yorha siendo contagiada por la sonrisa de Yúnuen.

—¿Qué tal Ikel? Estoy segura de que cumple esos requisitos —Aseveró Yunuen

—¡¿Ikel?! —Yorha levantó la mirada, recordando al gran maestro, haciendo que su mente se llenara de curiosidad para después ver a su amiga—. ¿Puedo verlo desde tu red?

—Aquí está —Yúnuen ya tenía abierto el perfil de Ikel y acercó su red a Yorha para que ambas lo observaran—. Para que sepas, él pregunta por ti de vez en cuando.

—¿Ah sí? Debería dirigirse a mí personalmente —dijo Yorha mientras observaba las fotos de Ikel, en ellas se le veía siempre en alguna investigación, su mirada en la mayoría era serena y apacible, mostrando su sonrisa en limitadas ocasiones.

—Tal vez no quiere hacerlo hasta tener tiempo para dedicarte —intuyó Yúnuen.

—Lo haré yo entonces —Yorha ocupó su propia red para agregar a Ikel—. Esperemos a que me acepte, a ver si terminando esta misión puedo platicar con alguno de los dos.

—¿Vas a salir con ambos? —preguntó Yúnuen con alegría, realmente estaba feliz por su amiga.

—Sí, creo que los dos tienen buenas posibilidades —contestó Yorha, sacando de su bolsillo una pequeña capsula hidratante, esta le proporcionaba lo equivalente a cinco litros de agua durante doce horas y eliminaba la sensación de sed en la boca—. Creo que mi combate con Xomak me desgastó un poco más de lo que pensaba, el calor de sus llamas era realmente sofocante —comentó, colocando de forma vertical la pequeña capsula sobre su lengua y presionándola con su dedo índice, esta se fue derritiendo poco a poco hasta que el dedo de la Murhedar tocó su lengua, parecía una sensación placentera.

—Él estaba decidido a ganar, hasta pudimos sentir la fuerza de sus ataques desde lejos —comentó Yúnuen—. Por cierto ¿por qué no traes puesto tu traje de combate resistente al calor? Cuando le mostraste tus heridas a mi tío noté que llevabas puesto uno de piezas más ligeras.

—A decir verdad no pensaba combatir contra alguien tan fuerte, pero Kélfalli cometió el error de permitir a los heredar de reconocimiento alertar al escuadrón de Xomak, si eso no hubiera sucedido, habríamos evitado el combate —explicó Yorha, haciendo reflexionar a Yúnuen.

—Tienes razón, no me había puesto a pensar en eso, pero no lo veo como un error, mi tío siempre intenta dialogar, yo lo tomaría como un pequeño descuido de su parte —contestó Yúnuen—, aun así, sabes que el traje resistente al calor es un requerimiento para nuestras misiones en territorio de la llama.

—Veamos el lado positivo —repuso Yorha—. Nos deshicimos de un escuadrón que circundaba la zona y pudimos conocer a Xomak. En cuanto al traje, me siento más cómoda con este, además, sé desviar la energía de las llamas con mi armadura.

—Que vayas a salir al fin con alguien hizo que todo valiera la pena —bromeó Yúnuen para después mostrar un semblante de preocupación—. Pero pudiste evitar mejor la deshidratación y el desgaste usando un traje de combate adecuado.

—Sí mamá —respondió Yorha sarcásticamente, dando un ligero empujón con el puño a su amiga y dirigiéndose hacia Jasha—. Relájate, ya no combatiré más en esta misión, solo iré por un montón de papeles y ya —después Yorha se recostó boca arriba sobre el abdomen de Jasha.

—¡Ay! Más despacito, no soy de piedra —se quejó Jasha con una sonrisa, acomodando la cabeza de Yorha para que no le incomodara. La Murhedar solía ser un poco brusca con sus compañeros y los trataba como si fuesen sus hermanos—. De que tanto andaban hablando ustedes dos, ¿Cuál es el chisme?

—De los posibles pretendientes de Yorha —Contestó Yúnuen, sentándose junto a Yorha.

—Tiene que ser alguien muy paciente —comentó Yoltic, habiendo escuchado a Yúnuen y volteando hacia ellos—. Sin ofender capi, pero te desesperas muy fácilmente con las personas y pienso que debería ser un hombre que te contagie esa paciencia.

—De buen carácter, ni blando, ni duro —dijo Nenet mientras observaba a los heredar de la llama—, con una estabilidad emocional excepcional. Capi, tienes un carácter muy fuerte y eres en extremo competitiva.

—Es verdad, debe ser alguien divertido y que no le moleste perder de vez en cuando —apuntó Xaly que veía de reojo a Yorha. Todos la querían de corazón e intentaban aconsejarla, y aunque a Yorha no le afectaban los problemas de pareja a un nivel emocional, pensaban que tener una pareja le ayudaría a relajarse y a descansar un poco de las misiones.

—Lo sé, lo sé —contestó Yorha algo fastidiada—, no tengo prisa, pero tomaré en cuenta sus consejos, ¿está bien? —al decir esto, sus compañeros voltearon nuevamente hacia los heredar de la llama, murmurando entre ellos, mientras que Jasha cerró los ojos y bostezó ligeramente.

—Yo tampoco me preocupo —comentó Jasha que parecía extremadamente relajado—. Si Koa, siendo la heredar del filo lunar con más asignaciones, encontró el amor, ¿por qué nosotros no?

—¿Koa tiene pareja? —preguntó Yorha sorprendida, sentándose y dirigiendo su mirad a Yúnuen—. ¿Quién es?

—Elin —respondió Yúnuen, haciendo que Yorha la viera con incredulidad.

—¿El mismo Elin en el que estoy pensando? —preguntó Yorha, poniendo ambas manos en los hombros de su amiga y viéndola fijamente a los ojos.

—Ese mismo Yorha —Yúnuen apartó las manos de la Murhedar para buscar en el perfil de Koa una fotografía de ambos heredar juntos—. Elin, el supremo comandante del filo solar; tienen algunos años saliendo ¿no lo sabias? Aunque no suelen subir muchas cosas juntos a la red y ella no se abre con nadie que no sea su hermano para cuestiones personales.

—Tiene lógica, se han de ver muy pocas veces al año —apuntó Yorha mientras veía la red de Yúnuen, esperando que encontrara una foto de ambos, ya que Yorha no tenía contacto con Koa en la red—. Me alegro por ella, ese hombre es una joya.

—¡Mira ya encontré una foto de ambos! —exclamó Yúnuen.

—Chicas, detecto movimiento —murmuró Yoltic, haciendo que Yúnuen desvaneciera su red y se acercara a él—. Vienen del noreste, justo de la dirección que Xaly indicó.

—Son más de cinco —apuntó Jasha, que se había acercado junto con Yorha para observar a sus objetivos. A la distancia un grupo de al menos quince heredar se acercaban a la torre.

—Deben ser los heredar que suplirán los puestos de vigilancia al oeste de aquí, solo se hacen compañía —intuyó Xaly, colocando una de sus manos sobre Nenet—. Ahora hay que estar atentos a que la heredar retire sus filos detectores.

—Estoy en ello —afirmó Nenet, que no perdía de vista ningún movimiento de la heredar—, prepárense para entrar a mi señal.

Todos se agazaparon, preparados para entrar en el perímetro marcado por los campos detectores, cada uno comenzó a buscar su siguiente escondite, ya que dentro, estarían separados y solo esperarían el siguiente aviso para realizar el ataque. Sin saber el nivel de habilidad del heredar que controla los filos, hablar dentro del campo detector o moverse en grupo, podría delatarlos con facilidad; algunos heredar con entrenamientos complejos y conocimientos adecuados, como por ejemplo Yúnuen, tienen gran sensibilidad a todo lo que hay dentro de su campo detector, pudiendo inclusive sentir una respiración más profunda de lo normal que genere un cambio de temperatura muy drástico en el aire.

—Yúnuen, yo me encargo de los dos que miran hacia el oeste ¿te parece? —propuso Yoltic a la heredar, a lo que ella respondió con una afirmación.

—Ve alistándote capi, te avisaré cuando sea el momento —dijo Nenet a la Murhedar.

—Muy bien, espero que no tarden mucho en cambiar de guardia, el subsuelo del bosque está lleno de hongos y parásitos —Yorha comenzó a invocar su armadura de excavación, parecía reacia a meterse bajo tierra tan pronto, pero al ver la concentración de sus compañeros, se centró en su labor y poco a poco desapareció dentro del suelo.

—Tengo listos mis filos —apuntó Jasha, dirigiéndose a Yúnuen. Sobre sus hombros flotaban cuatro pequeñas esferas que colocaría sigilosamente bajo las cabinas de los heredar, controlándolas desde una distancia segura—. ¿Quieren que solo corte por completo la parte inferior de las cabinas para que caigan? O pudiera también clavar sus pies a la parte inferior de la cabina para inmovilizarlos momentáneamente.

—Yo diría que los ensartaras, el dolor distraerá sus mentes por un instante para que no emitan una señal que pueda ser visualizada mientras los capturamos —sugirió Yoltic—. Pero tú decides Yúnuen.

—Está bien, tenemos que asegurarnos de no ser vistos por otro de los puestos —dijo Yúnuen, quien estaba un poco molesta—. No tienen que ser tan condescendientes conmigo y limitar sus acciones, hagamos nuestro trabajo de la forma más profesional posible ¿quieren?

—¡Esa es la Yúnuen que yo conozco! —exclamó Nenet, que no perdía de vista a los heredar de la llama—. Prepárense, ella será la última en cambiar de puesto —dijo, refiriéndose a la heredar que mantenía el campo activo. Todos tomaron posiciones, sabían exactamente en donde se ocultarían a la espera de comenzar el ataque. Los heredar de la llama parecían bromear entre sí, platicando y riendo, pero no pasó mucho para que los diez heredar sobrantes se marcharan.

—Sus compañeros están bajando ya de las cabinas —recalcó Xaly. Los ojos de todo el escuadrón rebosaban de estrellas y estaban completamente dilatados, expectantes del siguiente movimiento enemigo. Mientras que Yorha, a unos diez metros bajo tierra, esperaba ansiosa la señal en su pequeño filo, el cual apretaba con fuerza entre sus dientes ya que sus manos se encontraban ocupadas manipulando las enormes garras excavadoras.

—Parece que ya le indicaron hacer el cambio —susurró Nenet, alertando a sus compañeros. A lo lejos, un heredar subía a la cabina de la chica, estas eran similares a una cabina de un avión ultraligero, con un asiento cómodo y rodeadas por cristal para permitir una visibilidad de trescientos sesenta grados. La cabina se abrió de la parte superior y la chica salió, dirigiéndose a la cabina superior y parándose encima de esta, después uno de los heredar recién llegados subió con ella—. Ese es el heredar que creará el nuevo campo detector —señaló.

La chica de cabellos rizados comenzó entonces a concentrarse, extendiendo sus manos hacia el frente, al hacerlo, Nenet dio la señal. Cual sombras indetectables, el escuadrón entró al perímetro marcado, tomando posición en sus nuevos escondites, mientras que Yorha avanzaba rápidamente, en busca de los cimientos de la torre, colocando pequeños filos tras ella que sirvieran de apoyo, para así no causar un hundimiento de tierra que pudiese delatarla. Inmediatamente después de que el campo fuese retirado, el nuevo heredar comenzó a lanzar sus filos detectores uno a uno en las posiciones que su compañera había marcado.

«Parecen tener la misma habilidad que sus compañeros», pensó Yúnuen mientras observaba la forma en la que el heredar colocaba los filos detectores, «debería ser fácil capturarlos, aunque no los subestimaré, ni permitiré que causen un enfrentamiento, si hay un escuadrón involucrado en el conflicto que puede superar al nuestro ese es el de Kuux, sus cuatro heredar de primer nivel son todos veteranos especialistas en combate». Yúnuen había investigado a todos los escuadrones de la llama asignados al conflicto y a sus capitanes. Momentos después, el heredar terminó de colocar los filos rastreadores y se despidió de su compañera, que bajó de un salto y alcanzó a sus compañeros que ya habían comenzado a irse sin ella.

«¿Por qué tardarán tanto?», se preguntaba Yorha, viendo cómo una enorme lombriz pasaba frente a sus ojos, provocando que intentara alejarse de ella, pero la lombriz la siguió y comenzó a deslizarse sobre su casco, dejando una espesa sustancia transparente en la armadura de la Murhedar. «¡Ay! Por esto es por lo que odio estar inmóvil bajo tierra», Yorha tenía un semblante de asco y usó una de sus garras para apartar al baboso ser. En la superficie, sus amigos observaban atentamente al heredar que aún estaba parado sobre la cabina superior, parecía esperar a que sus compañeros tomaran posición en las cabinas. Nenet, quien estaba más cerca de Yúnuen le indicó por medio de señas que ese heredar era el que seguramente daría la señal.

Unos cuantos minutos después, el heredar pareció juntar energía en una de sus manos. «Debe estar a punto de dar la señal», penaba Yúnuen, en ese instante, el heredar lanzó una gran llamarada al aire que podía verse fácilmente a kilómetros del lugar. «¡Bien! Ahora solo hay que esperar a que ocupe su puesto», Yúnuen estaba muy ansiosa, quería acabar con el asunto lo más rápido posible, el margen de acción era muy limitado, ya que tenían menos de un segundo para realizar toda la maniobra.

—Solo un poco más —susurraba Nenet, viendo cómo el heredar entraba a su cabina, sus músculos estaban tensos y su respiración era calmada—. ¡Ahora!

La torre descendió un par de centímetros, sacando de balance a los heredar en las cabinas, que de inmediato se dispusieron a invocar sus armaduras; pero antes siquiera de que pudiesen hacerlo, bajo ellos las esferas de Jasha se habían convertido en afilados ganchos de agarre, que atravesaron sus pies y los aferraron al piso cortado de la cabina mientras caían, en ese mismo instante Yoltic y Yúnuen se encontraban en medio de los heredar. Yoltic había formado cuatro ganchos para carne con los que atravesó las manos de los dos heredar a sus costados y los lanzó hacia el suelo, apresándolos; Yúnuen por su parte usó su filo látigo para envolverlos cual serpiente y aplastarlos contra el suelo. Mientras esto sucedía, Xaly ya se encontraba sobre la torre y Nenet invocaba un par de Kusarigamas (filos con forma de oz unidos a una cadena) con las que apresó al heredar de la cabina superior y lo llevó hacia el suelo, junto a sus compañeros. Una vez todos fueron apresados, los colocaron juntos entre los arbustos, sujetos de manos y pies, también habían colocado filos que cubrieran sus bocas y una barrera por encima de ellos.

—¡Eso fue perfecto hermano! —dijo Xaly a Nenet mientras chocaban sus puños.

—Yoltic, tú y Xaly comiencen a reparar la torre y colocar los señuelos —apuntó Nenet, haciendo que ambos heredar se apresuraran en su encargo—. Ahora... ¿Creen que podamos quitarles las mordazas para que podamos platicar? —preguntó, a lo que los heredar de la llama asintieron con la cabeza.

—Gracias por aceptar —dijo Yúnuen, desvaneciendo las mordazas y acercándose a ellos, eran tres mujeres y dos hombres.

—¿Y dónde está su capitana? —dijo inmediatamente una de ellas.

—Sí, ¿dónde está Yorhalli? —dijo otro, parecían más preocupados por ver a la Murhedar que por estar apresados por el enemigo.

—Aquí estoy —murmuró Yorha, saliendo lentamente de la tierra cual espectro, cruzada de brazos y con una gran sonrisa en el rostro, su largo cabello ondulaba con el viento, cubriendo a sus compañeros tras ella.

—Increíble, ojalá pudiese tomarnos una foto —dijo uno de ellos. Los cinco heredar murmuraban entre sí asombrados por la lúgubre presencia de Yorha. De entre las sombras, la gran ave de presa bajó y se colocó en el hombro de la Murhedar, impresionando aún más a sus espectadores.

Yúnuen, Nenet y Jasha, que estaban ocultos tras la cabellera de Yorha, se miraban entre sí, incrédulos y fastidiados por la engreída aparición de Yorha, que flotaba a unos centímetros del suelo para verse aún más intimidante.

—Creo que el comentario de aquel heredar sobre su estatura en persona le afectó mucho —susurró Nenet a sus compañeros, haciéndolos sonreír.

—¿No van a matarnos o sí? —preguntó una de las heredar.

—No tonta —le dijo otra, dándole un pequeño empujón—, si fuese así ni siquiera nos habríamos enterado. Por cierto, Yorhalli, me llamo Meritxell, ellas dos son Stephanía y Andrea —dijo, apuntando a sus dos compañeras a sus costados.

—¿Y ustedes? —preguntó Yorha a los dos hombres del grupo.

—Yo soy Aarón y él es Josué —respondió uno de ellos, pero su compañero parecía haberse perdido en la oscuridad de los ojos de la Murhedar—. ¿Josué? —preguntó, dando un codazo a su compañero para hacerlo reaccionar.

—Perdón, perdón, ¿qué sucedió? —dijo Josué confundido, haciendo que todos sus compañeros se rieran.

—¿Para qué nos necesitan con vida? —preguntó Meritxell, quien era la líder del grupo.

—No los necesitamos con vida —dijo Yorha con una gran sonrisa, espantando a los heredar de la llama; pero al notarlo, la Murhedar corrigió su expresión y mostró un semblante más amable—. No, no, disculpen no quise decir eso.

—Lo que ella quiso decir es… —interrumpió Yúnuen, haciendo a un lado el cabello de Yorha y acercándose a los heredar—, que lo único que queremos es que se retiren pacíficamente.

—Les prometemos que no mataré a nadie más —recalcó Yorha con una mirada incierta, sobre su hombro, el ave de presa veía a los heredar como si fuesen su próxima comida, esperando a que la Murhedar los asesinara, su pico todavía estaba manchado con la sangre de los restos devorados. Eso puso aún más nerviosos a los heredar de la llama.

—Yorha, por favor déjame hablar a mí desde ahora —pidió Yúnuen, apartando con su brazo a la Murhedar, lo que hizo que el ave echara a volar—. Discúlpenla, ella no tiene tacto con las palabras.

—Es atemorizante —dijo Andrea a sus compañeras—, hasta más que la señorita Cilluen.

—Pues yo diría que es un empate —contestó Stephanía, haciendo que todos sus compañeros comenzaran a murmurar entre sí, parecían ser buenos amigos.

—¡Chicas! Por favor, déjenla hablar —recalcó Meritxell al notar la falta de atención de sus compañeras. Yúnuen y Yorha se miraron entre sí intentando no reír ante la situación, habían empatizado con el grupo.

—Lo que intentamos decirles, es que, el que ustedes se retiren no implicará que alguno de sus compatriotas perezca o sufra graves daños, nuestro objetivo es plenamente material —explicó Yúnuen.

—Deben estar por la maquinaria que protege Rommel y su escuadrón —supuso Aarón, haciendo que sus compañeros se preocuparan, era una maquinaria costosa y delicada.

—Así es, pero no tenemos intenciones de combatir con él —dijo Yúnuen preocupada, ella no esperaba que uno de ellos adivinara con facilidad sus intenciones.

—Pero… esa maquinaria es realmente importante, nos proporcionará el agua que necesitamos —comentó Meritxell angustiada, todos sus compañeros comenzaron a debatir, realmente les angustiaba fallarle a su pueblo.

—Esta será nuestra última misión —repuso Yorha, acercándose a Meritxell y viéndola directamente a los ojos, en un principio, la pequeña heredar se veía temerosa y desviaba la mirada, pero al ver que el rostro de Yorha mostraba un semblante de ternura, correspondió su mirada—. No va a faltarle agua a tu pueblo, en cuanto terminemos aquí, la guerra terminará de manera pacífica, te lo prometo.

—Puedo ver que eres sincera, dentro de ti hay una paz inquietante —respondió Meritxell.

—¿Crees que podamos confiar en ella? —preguntó Andrea a su compañera.

—Sí —afirmó Meritxell viendo con seguridad a sus compañeros y contagiándoles su confianza en la Murhedar—. ¡Muy bien señorita Yorhalli, nos retiraremos!

—¡Perfecto, retiren sus amarres! —exclamó Yorha con alegría, haciendo que de inmediato sus compañeros desvanecieron sus filos—. A ver, déjenme ayudarles —dijo, ofreciendo sus manos a Stephanía y a Meritxell, mientras que Yúnuen y Nenet ayudaban a los demás heredar.

Los cinco heredar revisaban sus heridas y se disponían a retirarse, no perdiendo de vista a Yorha y murmurando entre ellos. Yúnuen que parecía perpleja por la forma en que Yorha manejo la situación, se acercó alegremente a su amiga.

—Gracias Yorha, no sabía cómo responder a su acusación —dijo, colocando su mano sobre el hombro de la Murhedar.

—Fue divertido —repuso Yorha alegremente—, es una forma diferente de arreglar las cosas y ahora creo que es lo correcto.

—Bueno señorita Yorhalli —dijo Meritxell, acercándose a la Murhedar—, nosotros nos retiramos, gracias por respetar nuestras vidas y confiamos en que la guerra termine pronto —al decir esto, la heredar hizo una reverencia y comenzó a retirarse junto con sus compañeros.

—¡Esperen! —exclamó Yorha, haciendo que todo el grupo volteara a verla—. ¿No olvidan algo? —les preguntó, mostrando la cámara de su red. Alegres, los heredar se acercaron a ella, algunos abrazándola para salir bien en la foto—. Cuando terminemos con esto, subiré la foto a la red.

—¡Qué increíble! —exclamó Andrea, contagiando la felicidad a sus compañeros, que comentaban lo que pensarían sus demás amigos al ver la fotografía. Yorha y Yúnuen solo podían sonreír, los jóvenes heredar les contagiaban esa animosidad.

—¡Malditos! —gritó Josué, que se había quedado apartado del grupo—. ¡No ven que ellos son el enemigo!

Furioso, el heredar acumuló energía, invocando su armadura para lanzar una gran llamarada al aire; todos sus compañeros estaban atónitos viendo cómo los ojos de su compañero parecían oscurecerse. Pero antes de que pudiese lanzar la llamarada, un filo proyectil con forma de lanza cortó limpiamente su brazo, era Jasha, que no había perdido de vista al heredar, ya que su actitud le pareció algo misteriosa cuando decidió no acercarse para la fotografía.

—¡Maldito perro de la luna! —gritó Josué, su voz se había distorsionado y se dispuso a abalanzarse contra Jasha, que había apartado a los heredar de la llama en su camino para protegerlos del ataque.

Hábilmente, Jasha esquivó el ataque de Josué, deslizándose bajo él y cortando su otro brazo, para después cortar sus dos pies, haciéndolo caer; una masa negra comenzó entonces a surgir de sus heridas, mientras que Nenet, caía sobre el heredar de la llama, atravesando su corazón con un largo mandoble y apresándolo contra el suelo.

—¡Son unos malditos parásitos traidores! —gritó Josué a sus compañeros, mientras que sus ojos comenzaban a perder lucidez—. ¡Si la dejamos vivir todos morirán! —exclamó, emitiendo su último aliento de vida. La masa negra que salía de sus heridas se desvaneció y de ellas comenzó a escurrir una espesa sangre negra.

—Justo a tiempo —dijo Nenet a Jasha mientras desvanecía su mandoble y se apartaba del occiso—, un poco más y se hubiera corrompido totalmente.

—Eso hubiera arruinado completamente la misión —susurró Jasha, colocando su mano sobre el hombro de Nenet y apartándose para permitir a los heredar de la llama acercarse.

A diferencia de los theranios sin filo activo, los heredar tardan un poco más en corromperse ya que su conexión con Théra es mucho más fuerte y si se detecta la corrupción a tiempo, lo mejor es acabar con su vida antes de que se convierta en un perdido

—¿Por qué nunca nos dijo lo que sentía? —se preguntaba Stephanía, mientras sus compañeros se acercaron impactados, sus ojos estaban cubiertos de lágrimas, nunca habían visto algo así.

—Él siempre fue tan reservado —dijo Aarón que se desplomó de rodillas frente a su compañero, las demás heredar se quedaron tras él, con la cabeza abajo, lamentando la muerte de Josué. Yorha se acercó lentamente y se abrió paso entre ellas, tocando el hombro de Aaron para indicarle que le ayudara.

—Llévenlo con su familia —pidió Yorha, cargando el cuerpo inerte del heredar y entregándolo en brazos de Aarón, mientras que Yúnuen recolectaba los demás restos y se los entregaba a las otras heredar.

—Cuanto lo siento —mustió Yúnuen, mientras entregaba los restos.

—No terminó su transformación —respondió Meritxell observando uno de los brazos—, así que murió como un heredar y eso me reconforta.

—¿¡Qué pasó!? —preguntó Yoltic, que llegó apresurado junto con Xaly, pero al ver los restos del heredar supo de inmediato lo que había sucedido—. Ya veo… ¿Se encuentran bien?

—Sí, no alcanzó a transformarse —respondió Jasha, acercándose a sus compañeros—. Vamos a la torre, dejémoslas solas —repuso, haciendo que todos sus compañeros con excepción de Yúnuen y Yorha se alejaran junto con él.

—Vamos Aarón, debemos irnos —dijo Andrea al heredar, que se encontraba consternado. Aarón cerró los ojos con dureza y respiró profundamente, tomando fuerza para comenzar su tortuoso camino, llevando en brazos el cadáver de su amigo. Yúnuen y Yorha se mantenían en silencio, sus semblantes eran de tristeza, parecían sentir el sufrimiento de los jóvenes heredar.

—Él estará bien —afirmó Meritxell acercándose a ellas—, si no fuese por ustedes, posiblemente nos habría matado a todos en algún momento, gracias —después comenzó su retirada hacia el sur, junto con sus compañeros.

El ave de presa, que ya se había encargado de rastrear y devorar los diminutos retazos de carne dejados por la captura de los heredar de la llama, se acercó a la sangre de Josué, pero al ver su oscuridad se alejó, ya que los cadáveres corruptos son incomestibles para los animales salvajes.

—Eso no lo vi venir —susurró Yorha a Yúnuen, mientras veían a los heredar alejarse cada vez más, para después volver su mirada hacia la torre, donde sus compañeros las esperaban—. No debí bajar la guardia de esa manera.

—Por poco fracasa la misión —dijo Yúnuen decepcionada de sí misma, viendo a Jasha a lo lejos, quien se mostraba calmado, escuchando a sus compañeros bromear entre sí—. Si no fuera por él, en este momento tendríamos a Kuux encima y posiblemente habría que retirarnos.

—¡Es muy veloz! Apenas si pude ver su filo pasando por entre nuestras cabezas y cortando el brazo de ese pobre heredar —comentó Yorha orgullosa de su compañero, parecía feliz, narrando con efusividad el combate—, olvidaba lo bueno que es con los ataques a distancia, ¿y viste que rápido nos apartó para plantarle cara? Ni siquiera quise intervenir para observar cómo se hacían cargo. Ese doble corte al pasar bajo el objetivo, uno vertical y otro horizontal, mientras giraba sobre sí mismo, ¡fue magnífico! Y al final Nenet con ese enorme mandoble atravesando su corazón desde el cielo, fue perfecto.

—Es verdad, fue una intervención perfecta —dijo Yúnuen alegremente, siendo contagiada por la efusividad de la Murhedar—. A veces olvidamos que nuestros compañeros son veteranos expertos en su área y nosotras las novatas. Si no fuese por el entrenamiento de mi tío, creo que aún sería una heredar de segundo nivel.

—Avanzamos más rápido que los demás, eso no tiene nada de malo —repuso Yorha orgullosa, cerrando su puño y viendo las estrellas—. El poder que Théra le otorga a cada uno es equitativo, pero depende de uno mismo fortalecerlo, nosotras somos más fuertes porque así lo hemos querido y hemos logrado obtener una conexión más intensa con ella.

—Creo que tienes razón amiga —contestó Yúnuen con alegría, viendo el brillo en los ojos de Yorha y sonriendo con dulzura. «Aunque sea así en la mayoría, el poder que Théra te dio, sobrepasa con creces el que tiene cualquiera de nosotros. Pero creo que solamente tú tienes la fuerza para controlarlo querida amiga», pensaba, observando los inigualables ojos de Yorha.

—¿Ya están listas? —preguntó Nenet serenamente, pero al ver la alegría en sus rostros se mostró confundido—. ¿Y a ustedes qué les pasa? ¿Cuál es el chiste?

—¡Vengan todos, acérquense a mí! —ordenó Yorha, siendo rodeada por su escuadrón—. Como ya escucharon, ésta, posiblemente sea nuestra última misión hostil en territorio de la llama, ya que hemos decidido presentarnos ante ambos consejos junto con Kélfalli para mediar la paz definitiva.

—Eso explica todo lo que les decían a esos heredar y lo que mencionaba Kélfalli —confirmó Jasha, que ya se preguntaba el porqué de las palabras dichas por Yorha anteriormente.

—La capi abogando por la paz, eso sí es nuevo —bromeó Nenet con alegría, siendo secundado por sus compañeros, realmente se veía que les agradaba la idea de terminar la lucha contra sus hermanos de la llama.

—No sé qué vaya a pasar después de que me presente ante los consejos sin la aprobación de Mahalli, ella fue quien formó a este escuadrón y me temo que pueda disolverlo o cambiar a su capitán si me ausento demasiado —Yorha parecía algo afligida, esto hizo que hasta Nenet se preocupara y guardara silencio—. Haré todo lo posible por seguir con ustedes, no podría imaginarme al lado de mejores heredar, pero si todo

383

esto termina mal, quiero agradecerles lo mucho que me han enseñado, su compañía y su cariño.

—No digas eso capi —contestó Yoltic viéndola con aprecio—, renunciaría antes de pertenecer a otro escuadrón o tener a otro capitán.

—Yo también —secundó Xaly con seguridad—, ya me acostumbré a ti, es más, yo diría que eres como la hermana que nunca quise —bromeó, aunque era algo con lo que todos estaban de acuerdo.

—Todos lo haríamos —afirmó Nenet, a lo que Jasha contestó asintiendo con la cabeza y sonriéndole a Yorha—. ¡Perfecto! Hagamos un pacto —propuso, colocando su mano frente a Yorha con la palma hacia abajo—. Si Yorha es destituida como capitana del noveno escuadrón del filo lunar, renunciaremos y la seguiremos a donde quiera que vaya.

—¡Que así sea! —exclamó Jasha, colocando su mano sobre la de Nenet y siendo secundado por sus demás compañeros.

—¡Por Yorha! —gritaron todos al unísono. La Murhedar estaba enternecida, no tenía palabras para agradecer el gesto de sus compañeros. Yúnuen por su parte, observaba a Yorha, realmente le gustaba verla feliz, era algo que le causaba sosiego.

—Bueno, bueno, basta de sentimentalismos, hay que terminar esta misión antes de que amanezca —recalcó Yorha, observando nuevamente el mapa en su red—. Es bastante lejos y si quiero ganarles la apuesta debo partir ya.

—Ten cuidado, ¿quieres? —pidió Yúnuen a la Murhedar, acercándose a ella, tomando su hombro y alejándola de los demás—. Creo que hiciste lo correcto al contarles y ahora más que nunca debemos terminar la misión sin víctimas; mostrarles bondad a aquellos heredar y que lo cuenten a sus compatriotas, reafirmará nuestro compromiso por buscar la paz. Si encuentras civiles, y por casualidad uno de ellos te descubre, retírate de inmediato dándole una explicación, ayudaría a limpiar tu imagen. Obtengamos o no los estudios, la paz hará irrelevante esta misión.

—No pienso manchar nuestra reputación Yúnuen, conseguiré los documentos —aseveró Yorha haciendo que Yúnuen se angustiara—. Mira, si alguien me llega a descubrir, se los pediré amablemente y me retiraré, si le explico las cosas, seguramente no dudará en dármelos.

—Lo sé, somos el único escuadrón con cero misiones fallidas —suspiró Yúnuen, haciendo que ambas regresaran con el escuadrón—. Bueno, hazlo a tu manera, confió en ti plenamente al igual que todos nuestros amigos.

—Despreocúpate, la noche es mi elemento —dijo Yorha, empujando a Yúnuen hacia Nenet, que casi cae al recibir el impacto, haciendo que todos rieran, inclusive Yúnuen, que ya estaba acostumbrada a ese tipo de juegos con sus compañeros.

—¡Ey! No me avientes las cosas que ya no quieres —le reclamó Nenet, empujando a Yúnuen hacia Jasha, quien la sostuvo para que no cayera.

—¡Ya dejen de aventarme, no soy juguete! —exclamó Yúnuen entre risas, acomodándose el cabello y recargándose en el hombro de Jasha.

—Hermanos —dijo Yorha con alegría, preparándose para partir—, Los esperaré con ansias en el punto acordado. Yúnuen, quedas a cargo de la misión; los demás, apóyenla, mucho depende de que esta misión salga a la perfección.

—Sí capitana —dijeron todos al unísono, haciendo una reverencia y preparándose para partir. Era habitual que Yúnuen quedara a cargo, aunque siempre se apoyaba de su equipo para la planeación de los combates y las misiones.

—Vámonos —susurró Yorha, haciendo que sus compañeros se miraran entre sí extrañados. Después de dichas palabras, la Murhedar se escabulló entre las sombras; sobre ella, el ave de presa surcaba los cielos sin perderla de vista y comenzó a seguirla.

—¿A quién le habló? —preguntó Yoltic.

—A su nueva amiga —respondió Yúnuen, apuntando hacia el ave de presa con una sonrisa, para después indicar con el rostro a sus compañeros la dirección en que debían dirigirse—. También debemos irnos ya.

Todo el escuadrón comenzó a movilizarse, con Xaly a la delantera ya que él sabía la procedencia de la maquinaria que debían seguir y Nenet cubriendo la retaguardia, él era como un perro guardián, pese a su relajada y divertida actitud, no dudaba en atravesar el corazón de su oponente ante la mínima provocación. Cada uno de los miembros tenía posibilidades de convertirse en Murhedar y fueron seleccionados por Mahalli específicamente para tratar con Yorha, lo cual ellos desconocían, exponer a cualquier otro heredar a la oscuridad de la Murhedar sería en extremo peligroso, un pensamiento que Mahalli le había ocultado a Yorha cuando le asignó el escuadrón.

Una estrella entre las llamas

—¡Ahí está! —exclamó Kélfalli para sí mismo. «La base central de la FURZP en el País de la Llama, bastante cerca del bosque de las tres montañas a mi parecer», pensó mientras se acercaba a gran velocidad a la base.

—Señor, bienvenido —dijo una Murhedar de la llama, que lo había interceptado al notar su presencia cerca de la base, acompañada de un pequeño grupo de heredar de diferentes naciones—. Necesito que me acompañe para realizar su declaración de intenciones.

—No necesitas decírmelo —apuntó Kélfalli, indicando con el rostro a la Murhedar que se adelantara.

—Sí señor, disculpe —mustió la Murhedar, adelantándose para guiarlo. Aunque Kélfalli conocía a la perfección el camino, sabía que lo mejor era seguir el protocolo.

—¿Alguna noticia del frente oriental? —preguntó Kélfalli a la Murhedar, que portaba el uniforme de la FURZP, indicando que era líder de un batallón.

—Ammm, sí señor, las actividades irregulares han aumentado, parece que los seres oscuros comienzan a agruparse en diferentes zonas, pero ante la mínima presión de nuestra parte se segregan, no parecen tener intenciones de combatir —respondió la Murhedar algo nerviosa.

—¿Números? —añadió Kélfalli a su anterior pregunta.

—Un perdido de grado uno, dos vestigios y un posible corrupto —respondió la Murhedar revisando la información en su red—. En nuestro bando solo veintidós bajas, todas heredar de la FURZP, los escuadrones de apoyo están intactos.

—Lamentable —dijo Kélfalli, haciendo que los heredar a su alrededor se apenaran—. ¿Quién está en turno al mando?

—El gran maestro Zabulón —contestó la Murhedar—, Por cierto, es un placer conocerlo señor, disculpe la pobre recepción, pero no contábamos con su visita.

—No son necesarias tan absurdas banalidades —respondió Kélfalli, deteniéndose tras la Murhedar. Delante de ellos se encontraba la entrada principal a la base, los complejos de la FURZP eran especialmente simples, su diseño incrementaba la eficiencia, en este caso se trataba de un gran edificio esférico, hecho con enormes paneles que podían desvanecerse para permitir la entrada de los heredar en cualquier dirección.

—¡Esa energía es inconfundible! —exclamó Zabulón saliendo a recibir a Kélfalli. Él era un gran maestro de filo lunar, que había hecho toda su carrera como heredar, formando parte de la FURZP, por lo que no estaba inmiscuido en el conflicto—. ¿¡Qué te trae por aquí amigo mío!?

—Estoy de paso solamente —contestó Kélfalli, dando un fuerte abrazo a su viejo amigo, después, sujetó sus brazos con ambas manos y lo observó con alegría—. ¡Mírate, luces como hace quinientos años! —Zabulón era un hombre de apariencia madura y semblante alegre, apenas un centímetro más bajo que Kélfalli, de cabello corto y lacio, siempre peinado hacia atrás, de un color castaño blanquecino, a través del cual destelleaban diminutos brillos; grandes ojos azul índigo llenos de estrellas y una peculiar cicatriz horizontal en su mejilla izquierda que parecía extender su sonrisa.

—¡Lo mismo podría decir de ti! —respondió Zabulón viendo el cabello de Kélfalli—. Nunca cortarás esa gran melena, ¿verdad?

—Disculpe —dijo la Murhedar que había escoltado a Kélfalli.

—¿Qué pasa Milca? —preguntó Zabulón.

—Necesitamos tomar la declaración de intenciones del supremo comandante Kélfalli para enviarlas a Tletia y que se le asigne una escolta —respondió Milca. Ella era casi tan alta como los grandes maestros, en cada una de sus mejillas, recorrían de forma horizontal tres delgadas ráfagas de fuego, que continuaban hasta la punta de su cabello, este era castaño rojizo y lacio, con las puntas levantadas a la altura de su mentón, pero que al mojarse podrían alcanzar sus hombros con facilidad. Dentro de sus grandes y bellos ojos dorados parecía palpitar un gran poder, como el interior de un volcán activo a punto de explotar. Sus cejas eran finas y bien delineadas, bajo ellas, grandes pestañas cubrían sus deslumbrantes ojos, que colindaban con una pequeña y respingada nariz. Su rostro era delicado, de tersa y grisácea piel blanca; sus labios eran rojos como la lava y bajo ellos se escondía una delicada sonrisa que no solía mostrar, ya que sus dientes no eran del todo perfectos, debido al ataque de un perdido que la alcanzó cuando era más joven, y aunque este solo alcanzó a rozar su incisivo lateral izquierdo, junto a su canino y premolar, habían quedado dañados permanentemente.

—Bien —suspiró Zabulón, colocando su mano en la espalda de Kélfalli para caminar a su lado mientras seguían a Milca—. Así que "de paso". ¿Cuál es entonces tu destino?

—Voy a la zona perdida este, tengo que hablar con Koa y Roa lo antes posible.

—Las hachas gemelas… —pensó Zabulón en voz alta. Así era como se les conocía a Roa y a Koa, ya que los filos únicos de ambos eran una gran hacha Labrys—. Y es mucho más rápido atravesar el País de la Llama que dar un rodeo por el norte, claro está; es una lástima que el conflicto cause este tipo de complicaciones a los heredar que no pertenecen a la FURZP.

—Ahora hasta escolta debemos tener… ¡Ridículo! —exclamó Kélfalli entrando a una pequeña sala, en donde varios heredar, tanto de la llama como de la luna, esperaban hacer su declaración de intenciones para viajar al país contrario de forma pacífica.

—¡Maestro Kélfalli! —exclamó un heredar que esperaba sentado al verlo, levantándose y haciendo una reverencia, al hacerlo todos los ahí presentes se pusieron de pie en señal de respeto.

—Buenas noches —dijo Kélfalli, indicando con la mano que podían volver a sentarse, para después buscar un asiento.

—No, no tienes que esperar —dijo Zabulón entre risas, indicándole que se acercara. Ambos se sentaron frente al pequeño escritorio de Milca.

—Entonces… su intención es cruzar el país lo más rápido posible ¿no es así? —preguntó Milca algo nerviosa, a lo que Kélfalli simplemente respondió asintiendo con la cabeza—. ¿Podría darme el mapa de la ruta que planea usar?

—Aquí tienes —respondió Kélfalli, deslizando la mano en su red para enviar el mapa de su ruta a la Murhedar, para después dirigir su mirada a Zabulón—. ¿Alguna novedad?

—Hay algo bastante interesante —mencionó Zabulón, causando el interés de Kélfalli—. Acabamos de recibir algunos heridos del conflicto en el cruce de las tres montañas, pero sus heridas son anormales, como si fuesen causadas por un perdido; y aunque ellos declaran que fue en un combate contra otro heredar, es evidente que el filo usado es anormal, no permite la regeneración adecuada del tejido y no parece que se vayan a recuperar completamente. Es una lástima que no puedan dar información sobre el heredar que causó sus heridas.

—¿Crees que puedas llevarme con ellos? —preguntó Kélfalli, casi estaba seguro de que esos heredar eran los de Xomak.

—Si tienes tiempo, ¡claro! —contestó Zabulón.

—Disculpe maestro Kélfalli —Mustió Milca, haciendo que ambos voltearan a verla—. Ammm, aquí indica que pasará por el sur de Nexak, necesito apuntar el propósito de su paso por la ciudad.

—Compraré algunos frutos rojos para mi sobrina —respondió Kélfalli.

—Gracias señor, ahora le buscaré una escolta —dijo Milca. Al ser parte del conflicto, los registros de heredar de la luna que pretendían entrar al país se hacían de la manera más antigua, registrándolos en un ordenador a mano y enviándolos por correo electrónico a la central de Tletia, algo que era bastante tedioso, ya que el movimiento de los heredar entre los países fuera del conflicto era libre y se registraba automáticamente en la red.

—Lo siento Kélfalli, así están las cosas ahora —explicó Zabulón apenado.

—No te preocupes, pronto el conflicto terminará y podremos olvidarnos de esta absurda burocracia —afirmó Kélfalli.

—¿Cómo estás tan seguro? —preguntó Zabulón, cruzando sus brazos y viéndolo con intriga.

—Porque yo mismo me encargaré de ello —respondió Kélfalli con seguridad apuntando hacia sí mismo con su dedo pulgar.

—¿Al fin el consejo se rindió y decidió dejarlo todo en tus manos o fue Mahalli quien te lo ha encargado?

—Es algo que haré por mi cuenta, tengo las evidencias necesarias para cambiar el rumbo del conflicto y enfocar nuestros esfuerzos hacia el verdadero enemigo —recalcó Kélfalli, contagiando su seguridad a Zabulón.

—Solo tú podrías hacer algo así —dijo Zabulón entre risas, tomando el hombro de Kélfalli—. Tu osadía en los momentos más difíciles siempre ha sido una característica admirable, inspiradora diría yo. Si necesitas apoyo, no dudes en acudir a mí.

—Sería fabuloso que terminaran ya estos conflictos —comentó Milca algo apenada, viendo al poderoso comandante supremo del filo lunar, cuya presencia era siempre intimidante, pero a la vez reconfortante.

—¡Y lo harán niña, nadie va a evitar que termine con este conflicto! —exclamó Kélfalli, llamando la atención de todos los ahí presentes, levantándose y mirándolos con alegría—. ¡Al fin podremos dejar todos estos tediosos requerimientos atrás y volveremos a estar unidos, el fuego y la luna, el volcán y la marea! —esto causó una inspirada sonrisa en todos a su alrededor, ya que, en su mayoría, tanto los heredar de la llama como los de la luna, estaban cansados del conflicto, aunque nadie se atrevió a decir nada ya que el supremo comandante los intimidaba en demasía.

—Ammm, señor —interrumpió Milca tímidamente, haciendo que Kélfalli tomara asiento nuevamente—, ya encontré una escolta para usted, pero tardará en llegar al menos una hora.

—¿Tanto? Tengo que partir cuanto antes, después de darle un vistazo a los heridos.

—Lo siento, tenía que ser un heredar con habilidades excepcionales para que pueda darle seguimiento señor —mustió Milca, evitando la mirada de Kélfalli.

—No hay problema —dijo Zabulón, levantándose y dirigiéndose a Milca—. Lo harás tú.

—¿Ah? —Milca no terminaba de asimilar las palabras de Zabulón.

—Bueno, vamos al Hospital, está en el sexto piso —dijo Zabulón a Kélfalli, haciendo que se levantara y lo siguiera.

—¿Qué yo qué? —preguntó Milca confundida, viendo cómo los grandes maestros salían por la puerta—. ¡Ay no, esperen! —exclamó, apurándose a dejar en orden su escritorio para alcanzar a los grandes maestros.

—Las heridas parecen tener afectaciones permanentes a nivel molecular —comentaba Zabulón mientras entraban al ascensor—. No son tan graves como las que deja un perdido, pero sí muy similares.

—¡Esperen por favor! —gritaba Milca mientras corría por el pasillo, pero lamentablemente los grandes maestros no la escucharon antes de que el ascensor se elevara, su voz era muy tenue, aun cuando gritaba—. Rápido, rápido, rápido —repetía ansiosamente mientras montaba el ascensor contiguo, llegando al sexto piso y volteando hacia todos lados en su búsqueda.

—Aquí estamos —señaló Zabulón, entrando a una de las salas de recuperación.

—¡Maestro Kélfalli! —exclamó Xomak, que se encontraba sentado junto a la cama de uno de sus heredar, al cual le faltaba un brazo y se encontraba realmente maltrecho—. ¿A qué se debe esta grata sorpresa? —preguntó, poniéndose de pie y haciendo una ligera reverencia.

—Estaba de paso, pero Zabulón me informó de su presencia y quise ver las anormalidades en sus heridas —contestó Kélfalli. Ambos debían ocultar lo que sucedió en el bosque ya que de otro modo estarían faltando al acuerdo.

—Permítenos Xomak —pidió Zabulón. De inmediato Xomak se hizo a un lado y los grandes maestros se acercaron al heredar en la cama—. ¿Puedes escucharnos? —preguntó, a lo que el heredar maltrecho respondió asintiendo con la cabeza y emitiendo un leve quejido—, necesitamos manipular un poco tu brazo para observar tus heridas, ¿de acuerdo?

El heredar asintió nuevamente y Zabulón retiró la protección del muñón para que Kélfalli pudiese observar a detalle la herida. El supremo comandante se acercó delicadamente, tomando de una estantería un pequeño microscopio portátil, que era parecido a un telescopio, pero de apenas unos diez centímetros, con él podía observar más de cerca las heridas para ver el comportamiento celular del heredar en la regeneración del miembro.

—Tienes razón, es una herida muy similar a la que provoca un perdido —confirmó Kélfalli, guardando el microscopio y colocando nuevamente la protección al muñón del heredar—. No podrán volver a unir su brazo en esa condición.

—Eso es un consuelo, creo que tomé la mejor decisión —comentó Xomak—. Si hubiese traído mi mano, no la hubiesen podido unir nuevamente a mi brazo y hubiera terminado en los desechos médicos.

—Parece que te has recuperado por completo —observó Kélfalli, acercándose al Murhedar para inspeccionar sus heridas, pero a diferencia de las heridas de sus compañeros, las de Xomak estaban cauterizadas, lo que parecía ayudarle a sanar de forma más eficiente—. Actuaste con sabiduría al cauterizar tus heridas, además tienes un poder por mucho superior al de tus compañeros.

—Podría volver al combate en este mismo instante —contestó Xomak con orgullo—. Pero he decidido unirme a la FURZP y abandonar el conflicto, además de continuar mis entrenamientos en las artes del combate.

—Serás un elemento muy valioso aquí Xomak, necesitamos heredar con tus habilidades —comentó Zabulón tomando con fuerza el hombro del Murhedar—. Pero primero debes recuperarte y dar de baja tu escuadrón ante el consejo del filo llameante.

—¡Ya estoy lista señor! —exclamó Milca, entrando precipitadamente a la habitación, pero al ver como los tres heredar volteaban a verla, se regresó rápidamente, saliendo de la habitación y recargándose en una pared junto al marco de la puerta—. Lo siento, mejor será que lo espere aquí señor.

—Hola Milca —dijo Xomak a la Murhedar, saliendo de la habitación y recargándose junto a Milca en el marco de la puerta, él portaba una ligera camiseta blanca que le habían proporcionado en el hospital y unos pantalones cómodos.

—Ah… hola Xomak —respondió sin hacer contacto visual, sus manos estaban juntas, se veía algo ansiosa. Después de unos segundos de silencio, pareció incomodarse y volteó hacia Xomak—. ¿Cómo está tu mano?

—Si te refieres a la mano que perdí… no está —bromeó Xomak con esa gruesa y distintiva voz, haciendo que Milca se diera cuenta de la poca elocuencia en su pregunta y cubriera su boca con ambas manos.

—Cuanto lo siento, quise decir que ¿cómo están tus heridas? —corrigió un poco avergonzada. La constante búsqueda de contacto visual de Xomak parecía incomodarle cada vez más, lo que hacía que las llamas en su rostro y cabello titilaran.

—Mucho mejor, gracias —respondió Xomak, acercando su mano a una de las mejillas de Milca—. Las llamas en tu piel siempre se agitan cuando estás nerviosa, ¿para que debes estar lista?

—Zabulón me asignó como escolta de Kélfalli —respondió, intentando escuchar si los grandes maestros ya habían terminado de inspeccionar a los heridos.

—No estes nerviosa, déjame ver qué puedo hacer —dijo Xomak, entrando a la habitación.

—Pero yo no te pedí… —Milca intentó detenerlo, pero ya era muy tarde, él había entrado ya para hablar con los grandes maestros.

—Zabulón, déjame a mí ser el escolta de Kélfalli, tengo mucho que hablar con él.

—A mí no me molesta —dijo Kélfalli.

—No, la red te tiene designado como capitán de escuadrón y en resguardo, por lo que no se te pueden asignar tareas correspondientes para miembros de la FURZP —respondió Zabulón viendo hacia la puerta—. Además, a Milca le hará bien estar contigo Kélfalli, verás que podrá igualar cualquier velocidad a la que necesites ir.

«¿En verdad me está poniendo a la par de Kélfalli?», pensó Milca con alegría «creo que lo mejor será entrar e intentar socializar con él, pero es muy serio, de qué voy a platicar, va a pensar que soy aburrida, ¿y si digo algo estúpido? Ni siquiera pude darle una debida recepción, no es posible, ¿qué voy a hacer?», de pronto algo interrumpió sus pensamientos, era la mano de Kélfalli que posaba sobre su hombro, poco a poco la Murhedar alzó la mirada y vio a los tres heredar parados frente a ella, esperando.

—¿Será que podemos irnos Milca? —preguntó Kélfalli a la apenada Murhedar.

—Sí señor, disculpe —respondió Milca inclinando su cabeza.

—Por favor deja de llamarme señor y levanta esa mirada —Kélfalli puso su puño en el mentón de la Murhedar y lo alzó para ver sus ojos—.

Así está mucho mejor —dijo, con un semblante sereno y apacible, dando un par de palmadas en la mejilla de Milca.

—Sí señor —respondió Milca, haciendo que Kélfalli parpadeara lentamente, suspirara y continuara su camino, junto con Zabulón y Xomak—. ¡Ay no! Quise decir: ¡sí maestro Kélfalli! —corrigió, pero los heredar ya la habían dejado atrás.

—Entonces ¿vas a cruzar el país bordeando el lago Emeel y pasando por el puerto de Nexak? —preguntó Xomak a Kélfalli mientras observaba el mapa en su red.

—Ese es el plan, solo espero no entretenerme mucho buscando los dichosos frutos a esta hora —respondió Kélfalli mientras los tres heredar montaban el ascensor.

—Yo conozco un lugar, puedo hacerte el pedido en este momento —dijo Xomak, sacando un pie del ascensor para que este no avanzara sin Milca—. ¡¿Qué estoy diciendo?! Te acompañaré si no es molestia, tengo familiares que no he visto en bastante tiempo.

—No lo sé, ¿Tú que dices Zabulón? —preguntó Kélfalli al gran maestro, al mismo tiempo en que Milca entraba al ascensor y Xomak retiraba su pie para que este avanzara.

—Gracias Xomak —murmuró Milca para no interrumpir a los grandes maestros, a lo que el Murhedar respondió con una sonrisa y una expresión que daba a entender que no tenía por qué agradecerle.

—No veo una razón para que no pueda acompañarlos —respondió Zabulón.

—Excelente, avisaré a mis heredar que volveré mañana en la tarde para ver como siguen —dijo Xomak.

—Me alegra haberte encontrado, pero debo continuar con mis asignaciones —dijo Zabulón, deteniéndose justo al bajar del ascensor—. Espero que la próxima vez que sepa de ti, sea porque terminaste con el conflicto.

—Así será amigo mío, así será —respondió Kélfalli, estrechando su mano y abrazándolo, dándose ambos una palmada en la espalda.

—Milca... —dijo Zabulón, viendo cómo la Murhedar se encontraba perdida dentro de sus pensamientos— ¡Milca! —exclamó, espantando a la Murhedar.

—¡Disculpe señor! —respondió Milca, concentrando su atención en Zabulón.

—Asegúrate de que llegue lo más pronto posible a la frontera y después tomate el resto de la semana libre —ordenó Zabulón a la Murhedar.

—Sí señor —respondió Milca, mientras Zabulón subía nuevamente por el ascensor. «Una semana libre… ¿Qué debería hacer? Hace mucho que no veo a mis sobrinos, me pregunto si sus hijos ya entraron al instituto, ¿y si solo me relajo en casa? No, tiene mucho que no viajo a la capital, debería poder divertirme en esta ocasión», pensaba la Murhedar frente al ascensor, mientras más personas subían y bajaban.

—¡Vámonos Milca! —exclamó Xomak, cargando a la Murhedar y corriendo tras Kélfalli con Milca entre sus brazos.

—¡AAAHHH! ¡Bájame! —gritó Milca aferrándose a Xomak, quien iba a toda velocidad, esquivando con habilidad a los heredar en su camino y saliendo del edificio.

—¡Apúrate que nos dejará atrás! —dijo Xomak, bajando a la Murhedar mientras continuaba corriendo hacia Kélfalli.

—¡Ya voy! —respondió Milca, que mantenía la misma velocidad que Xomak. La Murhedar pareció reflexionar sobre la condición de su amigo, ella lo había visto llegar, apenas si podía mantenerse en pie, pero lo disimulaba y caminaba con normalidad, ahora se le veía como si no hubiese sufrido daño alguno, dándose cuenta de que Xomak era realmente un heredar muy fuerte —. Ammm, ¿puedo preguntarte algo Xomak?

—Sí claro, dime —respondió Xomak, aumentando su velocidad y acercándose a Milca.

—¿Fue ella verdad? La Murhedar de las sombras, Yorhalli —Intuyó Milca, que ya antes había visto combatir a Xomak. Ella pensaba que, quien haya combatido contra él debió superarlo en fuerza física, debido a que las lesiones en los músculos del Murhedar se debían al brutal esfuerzo por detener el impacto del filo de Yorhalli, esas lesiones eran comunes cuando un heredar enfrentaba a un perdido—. No es un secreto que ella tiene una descomunal fuerza física, ya se encuentra en el top cincuenta.

—La fuerza física no lo es todo, te habrás dado cuenta de lo peculiar que son estas heridas —comentó Xomak, confirmando así la suposición de Milca—. Combatir contra aquel filo es lo más difícil que he hecho en mi vida y la primera vez que soy derrotado en combate singular contra un enemigo que supuse como un igual.

—No quisiera tener que combatir contra ella a muerte, pero sí me gustaría comprobar sus habilidades en carne propia.

—Por lo que vi, ella siempre combate a muerte, no parece ser piadosa en ningún sentido, combatir es tan natural para ella como lo es respirar, su reputación está bien merecida, no me sorprendería que llegase a obtener el título de cazador. Si no fuese por Kélfalli, yo estaría muerto.

—¡Quieres decir que…!

—Sí, él estaba ahí —Xomak se mostró reflexivo, viendo hacia Kélfalli, que poco a poco iba acercándose—. Esto no debe saberse Milca, por favor.

—Entiendo y me alegra mucho que estés vivo Xomak —afirmó Milca, escondiendo su sonrisa al apretar los labios, aunque sus ojos eran realmente expresivos y delataban sus verdaderas emociones.

—A mí también, créeme —dijo Xomak, sonriéndole dulcemente a su amiga. Ellos habían asistido a la academia heredar juntos, y aunque al graduarse tomaron rumbos diferentes, jamás perdieron contacto por medio de la red. Pero, a decir verdad, era Xomak el que debía buscarla ya que Milca vivía en un mundo diferente y solía olvidarse de contestar—. Y no creas que esto se quedara así, volveremos a combatir.

—¿¡Estás loco!? Después de lo que pasó ¿todavía quieres enfrentarla? —exclamó Milca preocupada, en su mirada se mostraba la molestia que le causaba—. ¿¡Qué te pasa!?

—Ella aceptó la revancha —dijo Xomak entre risas—. Fuera del combate no es tan mala como parece, es una mujer realmente agradable.

—¿Una mujer? —preguntó Milca, conociendo perfectamente a su amigo—. ¿Te gustó verdad? ¡Ay Xomak no puedo contigo! Hay tantas chicas lindas tras de ti y tú quieres a la que te arrastró por el piso y te medio mata.

—¡Espera, espera, tienes que escuchar lo que pasó! —exclamó Xomak, intentando darle alcance a Milca, quien aceleró su marcha para no escucharlo—. ¡Maldición, es muy rápida y yo todavía no me recupero del todo! —el Murhedar solo pudo ver como Milca lo dejaba atrás, pese a que ella no tenía una gran fuerza física, su velocidad era impresionante.

—Siento la demora, maestro Kélfalli —Milca se acercó tímidamente, igualando la velocidad del gran maestro para avanzar a su lado, pero al no escuchar respuesta alguna, se apenó y retrocedió ligeramente, para avanzar detrás de él.

—¡Al fin los alcanzo! —exclamó Xomak, que parecía aliviado, reduciendo su velocidad para ir a la par de Milca—. Permíteme explicarte.

—No Xomak, es que no te entiendo y tampoco quiero hacerlo —le respondió Milca enojada—. Si fuese por ella, serías un cadáver.

—¡Milca acércate! —ordenó Kélfalli a la Murhedar.

—Sí se… ¡Gran maestro Kélfalli! —respondió la Murhedar aliviada por no equivocarse nuevamente, acercándose a Kélfalli.

—¿Le dijiste a Xomak mi objetivo? —preguntó Kélfalli, que se mantenía sereno, con la vista al frente.

—¡Lo sabía! —exclamó Xomak, colocándose a la par de Kélfalli—, su presencia aquí implicaba algo mucho más importante.

—Verás Xomak, mi objetivo actual es detener este conflicto, mi participación en el cruce de las tres montañas solo fue una artimaña para entrar al país y hacer contacto con Yorhalli, ya que mis deberes no me lo permitían —Explicaba Kélfalli mientras ambos heredar intentaban hilar los acontecimientos—. Ahora tengo que juntar los testimonios y las evidencias para presentarme ante ambos consejos y resolver el conflicto.

—Eso sería fantástico —dijo Xomak algo preocupado—, pero hay un problema —al decir esto Kélfalli y Milca voltearon a verlo intrigados—. Cilluen es ahora la encargada de manejar todo lo referente al conflicto, no el consejo, y como todos sabemos no es una persona fácil de tratar, convencerla de frenar el conflicto cuando nosotros estamos en desventaja será bastante problemático, podría tomarlo como una rendición y eso le sería inaceptable.

—Estoy consciente de ello —dijo Kélfalli confiado—, por eso ella estará presente cuando exponga mis descubrimientos ante ambos consejos. La audiencia será pública, así que todos los países podrán verla en la red. Sin Mahalli ahí y viendo la aceptación de los consejos, espero que entre en razón y acepte la paz.

—Eso es brillante maestro —dijo Milca que parecía tener algunas dudas—. ¿Qué puede ser tan contundente como para que Cilluen acepte una paz permanente? Conociéndola, es capaz de retarlo a un combate para saber si Théra está favoreciéndolo, ¿qué hará usted si eso sucede?

—Para eso tengo a un testigo especial al que seguramente Cilluen escuchará.

—¿Quién podría hacer que Cilluen entre en razón? —preguntó Xomak.

—Dohamir es uno de mis principales testigos —contestó Kélfalli, causando asombro en ambos Murhedar, que se miraron entre sí incrédulos—. Pero Yorhalli será la pieza más importante, sin ella no podría lograrse la paz.

—¡Ya quiero ver esa audiencia! —exclamó Milca con una gran sonrisa, pero al darse cuenta de haberla dejado escapar, volteó apenada.

—En cuanto a que ella quiera combatir contra mí para saber si Théra está a mi lado, no tengo problemas con ello —dijo Kélfalli con serenidad. Se dice que en un combate entre dos heredar, el ganador es aquel al que Théra favorece, por lo tanto, si Kélfalli ganara el combate, no cabría la menor duda de que la razón recae en él.

«Se ve tan confiado, sus palabras son contundentes y no titubea ni un segundo al hablar», pensaba Milca al escuchar al supremo comandante. «Nunca pensé que hubiese alguien que aceptaría pelear contra Cilluen sin un Murhendoar en su poder, Kélfalli es realmente impresionante, puedo sentir que oculta una fuerza temible dentro de sí; bajo ese rostro sereno y confiado se esconde un verdadero monstruo, pero no le importa que lo crea, él sabe exactamente lo que estoy pensando en este momento, él está seguro de que podría superar cualquier reto, él vino solo al país enemigo, pretendiendo detener la guerra sin ayuda alguna». Kélfalli volteó a verla, sus ojos rebosaban de estrellas y su expresión era comprensiva, delineándose una tenue sonrisa en sus labios, para después voltear hacia Xomak y continuar platicando. «Eres muy listo Zabulón, estar con este sereno y apacible monstruo me hace sentir más segura».

—¡Milca! —exclamó Xomak, sacando a la Murhedar de sus pensamientos.

—¿Qué? —preguntó confundida, realmente no había escuchado nada de lo que hablaban.

—Le comenté que tú eras alumna de Cilluen, que sus entrenamientos, según dicen, son los más duros de todo el planeta.

—Ammm, con respeto a nuestra suprema comandante, no es que sean realmente duros, lo difícil es convivir con ella —dijo Milca apenada, pero al ver la sonrisa burlona en el rostro de ambos heredar desvió la mirada y respiró profundamente, pensando que había dicho algo indebido u ofensivo contra su maestra.

—Pero las estadísticas dicen que es mayor el porcentaje de heredar que terminan sus entrenamientos al porcentaje que terminan los suyos maestro Kélfalli —comentó Xomak.

—Cuando comencé mis entrenamientos con ella, éramos doce y solo terminamos tres, los demás no aguantaron los regaños y la presión que ejercía sobre nosotros —recordó Milca.

—Ese es un buen porcentaje —comentó Kélfalli, ya que, de sus alumnos, en ocasiones ninguno completaba el entrenamiento.

—Cuando todo esto termine, nos gustaría ser sus alumnos, maestro —dijo Xomak con seguridad—. ¿No es así Milca?

—¿Ah? —Milca se encontraba nuevamente inmersa en sus pensamientos.

—Ya veremos —respondió Kélfalli disminuyendo la velocidad y ocultando completamente su filo al entrar en un pequeño poblado. Las calles todavía estaban repletas de personas, comiendo y bebiendo en pequeñas plazuelas. Los heredar guardianes en la torre de vigilancia a la entrada del pueblo saludaron a Milca y a Xomak, colocando su puño en el pecho y haciendo una ligera reverencia.

—¡Mira Xomak! —exclamó Milca, alejándose del grupo para entrar a un pequeño local comercial.

—Siga maestro, voy por ella —dijo Xomak a Kélfalli, yendo detrás de Milca.

«Aceptar como alumno a un Murhedar de la llama que ha luchado en el conflicto sería bueno para la moral y para reafirmar mis intenciones de una paz definitiva, solo espero que logren completar el entrenamiento», pensaba Kélfalli mientras observaba a los ciudadanos del País de la Llama a su paso, le era reconfortante pasar inadvertido; él tenía la capacidad de ocultar las estrellas en sus ojos, así como los característicos destellos en el cabello que tienen los heredar del filo lunar.

—Ven, pruébate esta —dijo Milca, acercando una camisa naranja al Murhedar. Ella había entrado a una tienda de ropa para buscarle algo más abrigador—. Y encima te pones esta —añadió, dándole una chaqueta café.

—¿Te avergüenza que te vean junto a mí con estos harapos? —le preguntó Xomak entre risas, sujetando las prendas y buscando el vestidor. Milca portaba su elegante uniforme de la FURZP que la señalaba como capitana de batallón y veterana de las fuerzas de expedición, este, estaba compuesto por un grueso abrigo blanco con detalles dorados que la cubría hasta las rodillas, debajo portaba un pantalón blanco y una blusa dorada. Además de portar sus insignias, ella adornaba su abrigo con pequeños y coloridos broches con forma de flores o animales; en los pies generalmente usaba botas, pero en ese momento únicamente traía su calzado de combate para no arruinarlas.

—No seas tonto, la noche es fría y viajaremos mucho —refutó Milca, entregándole unos pantalones de mezclilla azul marino junto con un cinturón café—, tú tienes la fortuna de lucir bien hasta en harapos —dijo, siendo secundada por la trabajadora del lugar, que no le quitaba los ojos de encima al Murhedar.

—¿Él es Xomak verdad? —preguntó la therania, después de ver entrar al Murhedar en el vestidor y cerrar la cortina.

—Ammm, sí —contestó Milca, evitando el contacto visual con la therania—. ¿¡Tardas mucho!? —preguntó a Xomak.

—¡Apenas entre! —respondió Xomak, abriendo la cortina y asomando su cabeza—. Ya voy — dijo, volviéndola a cerrar.

—¿Son pareja? —preguntó la therania, sonriendo al ver como se comportaban.

—No, no, para nada —mustió Milca, que empezaba a sonrojarse—, somos amigos —repuso, comenzando a caminar por la tienda y simulando ver las prendas.

—¡Listo! ¿Cómo me veo? —preguntó Xomak mientras salía del vestidor con sus antiguas prendas en la mano.

—Se ve fabuloso —dijo la therania—, su amiga tiene muy buen gusto.

—Gracias, y sí, ella es buena para todo, pero a veces se niega a darse cuenta —comentó Xomak viendo a Milca con una gran sonrisa, mientras ella veía los aparadores—. ¿Podrías mandar esto al reciclado? —preguntó a la therania, entregándole su ropa de hospital.

—¡Claro! —exclamó con alegría tomando las prendas del Murhedar—. Mis amigas no van a creerlo —murmuró, sacando la cámara de su red y acercándose a Xomak, quien estaba por tomar la mano de Milca cuando la therania le dio alcance y se paró frente a él—. ¿Podríamos tomarnos una foto? —pidió, se le veía realmente emocionada.

—Por supuesto —dijo Xomak, agachándose un poco para estar a la par de la therania y rodeándola con su brazo.

—¡Salió fantástica, muchas gracias! —exclamó, besando la mejilla del Murhedar y regresando a su puesto mientras posteaba la foto en la red

—¿Nos vamos ya? —preguntó Milca que parecía ansiosa por partir.

—Vamos, seguro ya está por llegar al centro del pueblo —respondió Xomak, saliendo de la tienda junto con Milca. El pueblo era pequeño, pero muy llamativo, lleno de tiendas y restaurantes donde pasarla bien. Contaba con varias posadas para los viajeros y las casas eran rústicas, la iluminación estaba controlada por la red, así que los visitantes podían elegir el color de las luminarias para sus fotografías.

—Lamento lo de tu mano —dijo un theranio que pasaba junto a los Murhedar con sus amigos, a lo que Xomak simplemente asintió con la cabeza. Mientras caminaban con prisa, varios heredar y theranios que lo reconocían le saludaban. Xomak solía convivir tanto con theranios como con heredar en la red y se había vuelto muy popular en la región.

—Lo siento Milca, no esperaba esto —Xomak rodeó a la Murhedar con su brazo y posó su mano sobre el hombro de Milca—. ¿Puedo? ¿O te incomoda que piensen algo más? —bromeó, habiendo escuchado la pregunta de la therania en la tienda de ropa.

—Tonto…

La noche era hermosa, en el suelo había un bello camino de luces que llegaba hasta el centro del pueblo, donde se erigía una hermosa fuente con la forma de un corcel, junto a ella esperaba Kélfalli, observándola. A su alrededor, varias parejas de theranios reían y se tomaban fotografías. De pronto, algo golpeó su pie, era una pelota y un pequeño niño se acercó a él, pero su apariencia lo intimidó y se quedó paralizado.

—Disculpe —dijo su madre, que corrió para alcanzar a su hijo.

—No es molestia —Kélfalli se agachó y recogió la pelota para entregarla al niño, que la recibió con alegría al ver que era inofensivo y partió junto a su madre. La mirada de Kélfalli, que normalmente era serena e inexpugnable, pareció quebrarse al ver como el niño tomaba la mano de su madre y se alejaba con sus diminutas pisadas; después volvió su mirada hacia la fuente, la nostalgia comenzaba a invadirlo, era evidente en sus ojos, que se encontraban perdidos en el pasado.

«Esta misma noche, hace cuarenta y ocho años, partieron a donde Théra», pensaba Kélfalli viendo las estrellas y como estas se reflejaban en el agua de la fuente. «Lamento no poder llevarles flores, pero es el único día en que puedo estar libre sin que se me busque por alguna cuestión política. Todo parece coincidir y me sorprende que Yorha no recuerde o no sepa de este día, solo espero que Feralli no lo haya olvidado».

—No viejo amigo, no lo he olvidado —susurró una voz femenina a miles de kilómetros de ahí, en Sentla. Era una silueta espectral en medio de un cementerio, parada frente a tres viejas tumbas, sobre las cuales puso con suavidad un ramo de bellas flores blancas y se alejó, desvaneciéndose entre las sombras de la noche.

Kélfalli se sobresaltó y miró al cielo; pudo sentir en lo más profundo de sí a Feralli y escuchar su voz. «Aún tenemos esa conexión querida amiga, gracias». Kélfalli cerró los ojos por un instante y una pequeña lágrima se deslizó por su mejilla, hasta caer de su mentón y quedar en su viejo y maltrecho suéter tejido. Después de una profunda respiración, limpió su mejilla y volteó hacia una de las calles, sobre esta se encontraban Xomak y Milca.

—¡Maestro! —exclamó Xomak con los brazos abiertos, acercándose a Kélfalli—. Es una noche hermosa ¿no es así? —comentó, acercándose a la fuente para ver los reflejos de las estrellas en su cristalina agua.

—Lo es —respondió Kélfalli viendo a Milca acercársele.

—Ammm, maestro —mustió, sacando algo que había guardado en su abrigo—. Disculpe mi atrevimiento, pero me tomé la libertad de comprarle este suéter, es nuevo y no tiene agujeros, creo que lo abrigará mejor.

Sin decir una sola palabra, Kélfalli tomó el suéter y lo puso sobre su hombro.

—Ammm, si no le gustó el color, puedo cambiarlo —dijo Milca, pensando en las razones por las cuales el supremo comandante no se había puesto el suéter.

—No te mortifiques y deja de pensar en banalidades —respondió Kélfalli a la joven Murhedar, sentándose en la orilla de la fuente e indicando con su mano a Milca que se sentara a su lado; Xomak por su parte, se encontraba de pie, viendo el cielo mientras los escuchaba—. Este suéter viejo y descocido fue el último regalo que mi amada me dio antes de ser asesinada.

—Cuanto lo siento —mustió Milca, bajando la mirada y reflexionando—. Lo devolveré —añadió, levantándose y estirando su mano para recibir el suéter.

—Yo nunca dije que no lo aceptaba —remarcó Kélfalli con una sonrisa, la extraña actitud de la Murhedar le comenzaba a causar gracia.

Milca parecía avergonzada y juntó sus manos a la altura de la cadera, pensando su próxima respuesta; su mirada apuntaba a sus pies, que se movían de arriba abajo, balanceándola ligeramente. Pero fue interrumpida por Xomak, quien puso la mano sobre su hombro.

—Te acostumbrarás a ella —dijo Xomak a Kélfalli, conociéndola a la perfección, abrazándola y dándole un par de palmadas en la cabeza—. Aunque ella nunca se va a acostumbrar a ti, pertenece a un mundo alterno al nuestro.

—¡No soy ninguna alienígena! —exclamó Milca, dándole un codazo a Xomak para apartarlo, pero al parecer, el golpe le dio justo a la herida provocada por Yorha en el pecho del Murhedar, haciendo que se quejara ligeramente—. ¡Ay! Perdóname, olvidaba tus heridas.

«Las nuevas generaciones no son tan burdas después de todo Heldari, todavía hay algunos heredar muy interesantes», pensaba mientras sus acompañantes discutían alegremente, sintiendo el poder dentro de

Milca. Después miró hacia el cielo, levantándose y dando media vuelta, en dirección a la fuente.

—Está bien —dijo Kélfalli, interrumpiendo a los Murhedar, que prestaron absoluta atención a sus palabras—. Desde hoy, ambos serán mis alumnos —apuntó, rozando la superficie del agua en la fuente con uno de sus dedos, para después continuar su marcha hacia Nexak.

—¿Ah? ¿Cómo? —Milca no podía asimilar lo que acababa de escuchar.

—¡Sí! —gritó Xomak con alegría, cerrando su puño con fuerza—. ¡No le fallaremos maestro! —exclamó, tomando a Milca de la mano para alcanzar al supremo comandante—. ¡Vamos Milca!

Mientras se marchaban, el agua de la fuente comenzó a brillar, lo que atrajo la atención de una gran multitud, de un momento a otro, del agua surgieron bellas auroras que iluminaron todo el pueblo, llenándolo de pequeños brillos como estrellas que danzaban alrededor de los theranios, era un espectáculo maravilloso.

—¡Qué buena forma de salir del pueblo! —dijo Xomak con alegría, tocando las estrellas con su mano.

«Primero Cilluen... ¿y ahora Kélfalli? ¿Cuántos entrenamientos más deberé pasar antes de que me pregunten si estoy de acuerdo?», pensaba Milca angustiada, que no se había dado cuenta de las auroras y estrellas que la rodeaban. Kélfalli la veía de reojo, intuyendo lo que pensaba y acercándose a ella.

—¿No te has visto al espejo pensando en qué es lo que esconden tus ojos? —preguntó discretamente a la Murhedar.

—No lo comprendo maestro Kélfalli —contestó Milca tímidamente.

«Su personalidad le impide expresar todo el potencial de su filo, pero no por nada es capitana de un batallón y el hecho de haber completado un entrenamiento tan arduo sin considerarlo difícil me es intrigante», pensaba Kélfalli, conociendo a la perfección el entrenamiento de Cilluen.

—Ammm, ¿maestro? —preguntó Milca al no recibir respuesta.

—Lo ves —dijo Xomak a Milca—, no eres la única que se pierde en sus pensamientos.

Al escuchar esto, los tres heredar comenzaron a reír, Milca como siempre, ocultaba su sonrisa con las manos, y no era porque le importara su aspecto, sino porque solía distraer a su interlocutor, lo cual le incomodaba. No pasó mucho para que llegaran a la salida noreste del pueblo, resguardada por una torre de vigilancia. Al pasar por ella, Kélfalli se quitó la gabardina, pidiendo a Milca que la sostuviera por un momento y se puso el suéter que le había obsequiado, para después ponerse la gabardina encima.

—¿Listo Xomak? —preguntó el supremo comandante.

—Siempre —dijo Xomak con seguridad y una confiada sonrisa.

Al decir esto, Kélfalli salió disparado como una bala, deslizándose sobre la tierra como si de hielo se tratara, su velocidad era excepcional. Tras él, Xomak y Milca le seguían el ritmo, aunque era evidente que para el Murhedar era más desgastante, debido a sus recientes heridas.

—Acércate a mi Xomak —ordenó Kélfalli, aumentando su velocidad para hacer que el Murhedar se esforzara aún más—. Quiero que observes mi mano con atención.

—Sí maestro —contestó Xomak, viendo cómo Kélfalli se remangaba, colocando su antebrazo desnudo al frente, con la palma de la mano hacia arriba. En su antebrazo, empezó a surgir un delgado cristal, que comenzó a ramificarse, formando un entramado complejo de huesos y articulaciones hechos con su propio filo, después, una delgada capa del filo comenzó a cubrir los huesos; formando así una mano artificial con su propio filo.

—Tómala —ordenó Kélfalli.

Xomak acercó su mano para tomarla, pero esta saltó a su brazo y se aferró a él, asustando al Murhedar y provocando la risa de Milca, quien se mantenía atrás, observando. La mano comenzó a caminar sobre Xomak, usando sus dedos como si fuesen las patas de una araña, hasta llegar al muñón de la mano amputada, colocándose en él como una prótesis.

—¡Increíble! —exclamó Xomak que comenzó a moverla como si fuese propia—. Tengo el control total.

—¿De verdad? —preguntó Milca asombrada, acercándose para ver más de cerca la mano—. Esta es una técnica en extremo avanzada.

—Es una técnica que solo los grandes maestros más hábiles pueden lograr —añadió Kélfalli, desvaneciendo la mano—. Y esa será la técnica con la que comenzarás tu entrenamiento, ya que requiero que tengas ambas manos para lo que voy a enseñarles.

—¿Bromea? Esa técnica requiere conocimientos muy específicos de medicina y anatomía —repuso Milca asustada al pensar en el entrenamiento que estaba por venir.

—Sí maestro, comenzare desde ahora —dijo Xomak, buscando en la red estudios sobre nanocirugía reconstructiva y reimplantación de

403

miembros— ¿Podría indicarme qué otros grandes maestros conocen esta técnica? De preferencia del filo llameante.

—El gran maestro Lókun, guardián de Nexak, la conoce perfectamente, su pierna es una prótesis de filo, también la gran maestra Kuixi tiene un brazo protésico, pero ella es consejera de Cilluen —dijo Kélfalli, pensando en más nombres.

—Pediré instrucción al maestro Lókun ya que me quedare en Nexak un tiempo, también tomaré algunos cursos de medicina y anatomía —comentó Xomak mientras se inscribía en los cursos por medio de su red.

—¿Xomak no crees que es demasiado? —susurró Milca a oídos del Murhedar.

—Es lo mínimo que podría esperar de Kélfalli, he luchado a su lado anteriormente y si quiero superarme para volver a enfrentarme con Yorhalli, tendré que completar su entrenamiento cueste lo que cueste —contestó Xomak con una confiada sonrisa.

«Tal vez por eso somos amigos, tú tienes esa fuerza y esa confianza que a mí me cuesta expresar, siempre andas buscando nuevos retos, y yo, simplemente me limito a cumplir lo que se me pide, no puedo quedarme atrás… ¿Debería pedirle a Kélfalli que me asigne una tarea igual de complicada?», pensaba, observando a su amigo que buscaba más información en la red.

—¡Milca, acércate! —ordenó Kélfalli.

—¿Maestro? —preguntó, colocándose de un salto al otro lado de Kélfalli.

—Háblame de tus debilidades —añadió Kélfalli.

—Ammm… —Milca se detuvo a pensar, jamás le habían hecho esa pregunta—. No me gusta asear la cocina, ammm, me dan miedo los murciélagos, cuando voy a una fiesta la música me aturde, no me gustan las aglomeraciones, siempre olvido lo que estoy cocinando y se quema, por eso pido comida a domicilio…

«Esta chica es un caos, pero en su inocencia, me acaba de revelar que no piensa que tenga debilidad alguna, ella es una pequeña estrella opacada entre las llamas», pensó Kélfalli, quien intentaba no reír ante la situación. Generalmente los heredar de filo llameante mostraban personalidades extrovertidas y desafiantes, es por eso por lo que su comportamiento le resultaba tan inusual.

—Siempre que intento hacer panqueques, me salen todos deformes, aunque a veces les encuentro formas divertidas, una vez me salió un panqueque con la forma de la cabeza de mi hermana, pero no se lo quiso comer y lo enmarcamos, pero cuando se secó ya no tenía la misma forma y tuvimos que tirarlo —Milca seguía hablando y hablando, pero fue interrumpida abruptamente por la risa de Kélfalli.

Los tres heredar detuvieron su marcha, Milca y Xomak observaban al supremo comandante reírse descontroladamente, cosa que era inusual, tal vez única, al cabo de unos segundos, su risa comenzó a contagiarse en ambos Murhedar.

—Pero ¿qué dije? —preguntó Milca intentando no reír.

—Nada, nada —respondió Kélfalli, respirando profundamente y disminuyendo su risa—, quiero que me hables sobre tu filo, tus técnicas más deficientes o en lo que piensas que podrías mejorar.

—¡Ah! A eso se refería, déjeme ver —dijo Milca, que comenzaba a pensar nuevamente en una respuesta, caminando y apartándose de sus compañeros.

—Es por eso que somos buenos amigos, ¿ahora entiende? —comentó Xomak entre risas. De entre todas sus amistades, Milca era por la que sentía más aprecio.

—Tenía años que nadie me hacía reír así —dijo Kélfalli, viendo cómo Milca caminaba sin rumbo—. Creo que este entrenamiento será igual o más desafiante para mí que para ella.

—Solo debe tener paciencia, maestro —repuso Xomak, parándose justo al lado del supremo comandante para observar a Milca, que se había entretenido viendo un pequeño insecto posado en una flor—. No se preocupe, yo le recordaré constantemente que está en entrenamiento con usted o se le olvidará.

—¿La conoces muy bien no es así? —preguntó Kélfalli al Murhedar, quien veía a su amiga ser atacada por el insecto y caer al piso, sacudiendo sus manos para quitárselo de encima.

—Sí, a decir verdad, ella es mi mejor amiga, aunque no creo que esté enterada de ello —contestó Xomak, mientras veían como Milca se levantaba y sacudía su abrigo. El País de la Llama era de clima templado, con grandes bosques y zonas montañosas, también era habitual toparse con extensas y verdes llanuras como en la que se encontraban.

—¿Y por qué no se lo has dicho?

—Sé que, si se lo menciono, ella se sentirá comprometida a responder recíprocamente cada cosa que diga o haga por ella, así que prefiero evitarle esa carga —respondió Xomak, viendo con cariño a su vieja amiga.

405

—Eso es muy noble de tu parte Xomak, mucha gente evita ese tipo de amistades, en las que no se les corresponde equitativamente cada acción, y las abandonan sin tomar en cuenta lo que el otro individuo esté haciendo o por lo que esté pasando, o si simplemente es su forma de ser, como en el caso de esta chica.

—¡Milca! —gritó Xomak, llamando la atención de la Murhedar, que buscaba animales entre las flores—. ¡Ya vámonos!

—¡Voy! —contestó Milca, dirigiéndose hacia Kélfalli—. Creo que aún no domino bien mis rayos de energía pura y… Ammm, tampoco soy muy fuerte físicamente.

—¿Cuánto pesas Xomak? —preguntó Kélfalli al Murhedar, llamando la atención de ambos.

—Doscientos sesenta y dos kilos, ¿por? —contestó Xomak intrigado.

—¿Puedes invocar una armadura pesada? —añadió Kélfalli, suponiendo que, de acuerdo con la atlética constitución de Xomak esta pesaría aproximadamente seiscientos kilos.

—Sí, por supuesto —Xomak invocó una armadura de combate pesada—. ¿Ahora qué maestro?

—Muy bien, quiero que el resto de camino practiques las bases de la técnica protésica —ordenó Kélfalli a Xomak, invocando él filo inicial del que se ramificaba la prótesis y dándoselo, para después dirigirse a Milca—. Tú vas a cargar a Xomak el camino restante a Nexak.

—¿¡Qué!? —preguntó Xomak—. Maestro creo que puedo mantener fácilmente su velocidad durante todo el trayecto al mismo tiempo en que practico.

—No es por eso, lo harás para que pueda medir la fortaleza de Milca —apuntó Kélfalli, a lo que Xomak asintió resignado.

—Ammm, muy bien —dijo Milca mientras se quitaba el abrigo para invocar su armadura.

—Sin armadura Milca —ordenó Kélfalli a la Murhedar.

—Ammm, está bien —musitó Milca, volviendo a ponerse su abrigo y viendo el corpulento cuerpo de Xomak, que con la armadura pesada expuesta pesaba casi una tonelada. «Ay… es muy grande, ¿cómo voy a balancearlo sobre mí sin una armadura de apoyo?», pensaba, acercándose a Xomak y tocando su armadura con la palma de la mano.

—¿Quieres que suba a tus hombros? —preguntó Xomak entre risas—. ¿O me tomará entre sus brazos mi bello príncipe?

—Ay cállate —dijo Milca mientras pensaba la manera más práctica de llevarlo a cuestas—. Está bien, sube a mis hombros —pidió, quitándose los aretes y guardándolos en el bolsillo de su abrigo.

—¿Lista? —preguntó Xomak, comenzando a flotar lentamente en el aire.

—¡Hagámoslo! —Milca pasó su cabeza bajo las piernas del Murhedar, quien lentamente descendió sobre sus hombros—. Ay, tienes los muslos muy grandes Xomak, no puedo ver nada a mis costados.

—Tú concéntrate en no perder al maestro —repuso Xomak, usando sus manos para apuntar la cabeza de Milca en la dirección correcta—. ¡Ya nos dejó atrás! ¡Arre!

—¡Lo veo! —gritó Milca, despegándose del suelo a una velocidad vertiginosa, tras ella la explosión sónica causada por su velocidad elevó una gran cantidad de tierra y vegetación. Aunque callada e introvertida, Milca daba todo de sí cuando se le asignaba una tarea, con el propósito de acabarla rápidamente y olvidarse de ella; tener tareas pendientes la estresaba, ya que podía olvidarlas en cualquier momento.

—¡Venga, vamos! ¡Tú puedes! —gritó Xomak emocionado, intentando no caer de los hombros de su amiga y viendo cómo se acercaban rápidamente al supremo comandante—. ¡Maestro a su derecha!

Kélfalli volteó parcialmente, observando cómo Milca se acercaba a gran velocidad con el Murhedar sobre sus hombros. «Es realmente rápida, creo que podré subir un poco el nivel con ella», pensó, volteando completamente y continuando marcha atrás, aumentando su velocidad para igualar a Milca y que ella no la disminuyera.

—Ahora voy a ejercer un poco de presión sobre ti y quiero que conserves esta velocidad —apuntó Kélfalli, estirando su brazo hacia Milca con la palma apuntando al frente, después entrecerró su puño, usando su propia energía para ejercer una fuerza contraria a la dirección de la Murhedar.

—¡AAAH! —gritó Milca al recibir el impacto de la abrumadora energía de Kélfalli; sus piernas comenzaban a flaquear y su rostro mostraba un semblante de dolor; sin su filo expuesto, su cuerpo resentía el cien por ciento de la fuerza.

—¡No te rindas! —exclamó Xomak animando a su amiga. «Inclusive con mi armadura pesada puedo sentir cómo la energía de Kélfalli comprime mi pecho», pensó al sentir la fuerza con la que eran abatidos y viendo cómo su amiga parecía sufrir por conservar su velocidad—. ¡Yo sé que puedes Milca!

—¡Aumentaré la fuerza y por nada del mundo quiero que disminuyas la velocidad! —ordenó Kélfalli, cerrando con fuerza su puño.

—¡AAAGH! —Milca apretó sus dientes con fuerza, el dolor era casi insoportable, su piel empezaba a resentir la energía y sus ojos lagrimeaban, pero las lágrimas salían desprendidas horizontalmente debido a la velocidad; su ropa comenzó a desgarrarse y Xomak invocó un delgado filo que cubrió el pecho y la zona pélvica de la Murhedar para proteger sus prendas. Las venas en sus piernas comenzaban a tornarse visibles, su cuerpo luchaba por no sucumbir ante la fuerza del supremo comandante, sus finas y delicadas manos apretaban con fuerza las piernas de Xomak, quebrándose un par de uñas por la presión.

«Qué interesante, puede que ella sea capaz de terminar mi entrenamiento, aunque su fuerza física sea inferior a la de otros alumnos, su determinación es admirable», pensaba Kélfalli mientras ejercía poco a poco más presión sobre la Murhedar.

—¡¿No crees que es demasiado?! —exclamó Xomak, viendo cómo su amiga luchaba por mantener la conciencia y la velocidad.

—¡Escúchame, Milca, es momento de aumentar la velocidad! —ordenó Kélfalli, manteniendo la fuerza constante sobre la Murhedar.

Milca lo veía fijamente, en ese momento su mente y su cuerpo se concentraban al cien por ciento en la tarea, no escuchaba ni percibía nada más, el dolor había desaparecido, como si su cuerpo hubiera perdido ya la capacidad de sentir. Kélfalli entonces, dobló su velocidad, dejándolos atrás en un instante.

—¡NO! —gritó Milca con furia, sus ojos comenzaron a desprender lava, que recorría sus sienes e inundaba su cabello y de su boca parecían salir humo y cenizas; en ese momento mostró un semblante aguerrido, como si estuviese luchando en un intenso combate.

«Nunca había visto este lado de Milca», pensaba Xomak, que se preparó, tensando su cuerpo y formando una armadura más aerodinámica, suponiendo lo que estaba por venir, aunque su preocupación aumentaba al ver el desgaste en el cuerpo de su amiga, él le tenía plena confianza y dejó que siguiera. De los pies de Milca comenzó a surgir fuego, dejando una estela de llamas tras de sí, poco a poco aumentaba su velocidad y los músculos de su cuerpo pareciesen querer salir de su piel. Ella había entrado en frenesí y no se detendría hasta alcanzar su objetivo, una cualidad que solo los cazadores lograban obtener sin corromperse.

—¡Demuéstrame que Zabulón no mentía! —gritó Kélfalli a la distancia, mientras Milca se acercaba poco a poco, luchando contra la fuerza de la energía que el supremo comandante ejercía sobre ella sin piedad.

—¡A la única que tengo que demostrarle algo es a mí! —gritó Milca con furia, aumentando su velocidad precipitadamente. La energía que emanaba comenzaba a asimilarse a la energía que tendría con su filo desplegado—. ¡Ya estoy cansada de que crean saber que quiero o necesito! —exclamó, quitándose a Xomak de encima, quien maniobró en el aire, cayendo de pie y deslizándose algunos cientos de metros hasta detenerse y correr tras ella.

«¡Eso es lo que quería ver!», pensó Kélfalli emocionado, viendo cómo Milca se abalanzaba sobre él. El supremo comandante ejerció aún más fuerza sobre ella para compensar la pérdida del peso de Xomak.

—¡Te tengo! —exclamó Milca, estirando su mano para alcanzar el puño de Kélfalli. Milímetros faltaban para que su dedo, rozara con él, fue entonces que Kélfalli volvió a duplicar su velocidad y aumentó la fuerza que ejercía sobre ella, provocando que la Murhedar se desmayara.

—¡Amiga! —gritó Xomak, sujetándola para que su cuerpo no cayese al piso y deteniéndose lentamente, recostándola sobre el pasto.

—Estará bien, ahora conozco los límites de su cuerpo sin el filo expuesto —apuntó Kélfalli que ya estaba junto a ellos, agachándose para ver a Milca, que poco a poco recobraba la conciencia.

—Lo logré —trastabilló Milca con una sonrisa, apuntando con su mano al puño del supremo comandante. Xomak y Kélfalli observaron intrigados, viendo cómo en uno de sus dedos había un pequeño cristal de filo llameante que Milca había logrado colocar cuando hizo contacto con él por una milésima de segundo.

—¡Lo hiciste amiga! —exclamó Xomak, abrazándola con cariño y ayudándola a incorporarse—. Te desconocí por un momento, estoy muy impresionado, no sabía que podías ser tan fuerte sin tu filo activo.

«Impresionante, no me di cuenta del momento en que puso su filo en mi dedo», pensó Kélfalli, recordando como Yorha había pasado desapercibida sin que él pudiese notarla y después sonrió alegremente mirando las estrellas en el firmamento. «Creo que después de todo no se está perdiendo esa intensa conexión con Théra como los antiguos creen; aún hay heredar capaces de conectar contigo de la forma más antigua. Valor, conocimiento, determinación, humildad, nobleza, inteligencia, astucia, sacrificio… todas características que un humano debía demostrar para obtener un filo, pero que ahora pocos poseen en su totalidad».

—Maestro Kélfalli —mustió Milca, acercándose a él—. Lamento haberme exaltado —dijo, inclinándose levemente en señal de arrepentimiento.

Kélfalli se acercó a ella y desplegó un espejo en su red, colocándolo frente a la Murhedar. En él, se reflejaban los ojos de Milca, pero en ellos parecía haber un volcán en erupción, que lanzaba magníficas bolas de fuego a los cielos, iluminando todo a su alrededor.

«¡Ay no! De nuevo el cambio ocular, no quiero más accidentes», pensó Milca al verse en el espejo, cerrando los ojos y volteando a otra dirección. La última vez que generó un cambio ocular, fue en su entrenamiento con Cilluen, cuando la suprema comandante intentaba enseñarle a controlar los rayos de energía pura, pero todo se salió de control y lastimó a sus compañeros, que, si no fuese por Cilluen, hubieran muerto.

—Ocultas un poder increíble, la conexión que tienes con Théra es magnífica y has logrado establecerla de una forma poco convencional —comentó Kélfalli, desvaneciendo su red, lo que provocó que ella volteara hacia él y se vieran directamente a los ojos—. Pero ahora es tu elección, eres libre de continuar tu entrenamiento conmigo o dejarlo —el supremo comandante se quitó su gabardina y cubrió a Milca con ella, quien tenía toda la ropa desgarrada, después revolvió su cabello y continuó caminando, dejando a los Murhedar atrás.

—Tomes la decisión que tomes yo te apoyo amiga —dijo Xomak amablemente, sentándose en el pasto para esperar a Milca.

La Murhedar miró a Kélfalli mientras reflexionaba y sus ojos comenzaban a recuperar su anterior apariencia. «Después de todo, tú eres como yo, un monstruo que esconde su verdadero poder; pero no sé si quiera la responsabilidad de que todos sepan de este poder y quieran utilizarlo. Cilluen me mandó a casa, en la espera de que me sienta lista para utilizarlo, pero, a decir verdad, con ella no me siento cómoda, no como contigo», pensó, para después correr tras Kélfalli y tomar su mano.

—Estoy lista.

—Este entrenamiento los destruirá, pulverizará cada hueso de su cuerpo y carcomerá su carne, pero al final, resurgirá su verdadero ser —advirtió Kélfalli. Sobre él posaba Koyol, iluminando la llanura con su esplendorosa luz; sus palabras eran sinceras y sus ojos contagiaban valor y confianza, haciendo que ambos Murhedar sonrieran y se vieran uno al otro, listos para un nuevo comienzo, ya no como capitanes y guías, sino como alumnos.

410

—Sigan, no falta mucho —dijo Xomak, retrocediendo en busca de algo—. Enseguida les doy alcance.

—¿A dónde vas? —preguntó Milca, viendo de reojo que el supremo comandante ya se había marchado—. ¡No te tardes! —gritó a Xomak, abrochándose la gabardina y dando alcance a Kélfalli, quien iba a una velocidad moderada, ya que estaban entrando en territorio habitacional.

El viento era calmo y las escasas nubes avanzaban lentamente entre las estrellas, poco a poco, la extensa llanura comenzaba a transformarse en un rojizo bosque, repleto de pequeñas casas y árboles frutales. En algunos puntos había estaciones de tren subterráneo y los caminos para el transporte personal pasaban igualmente por debajo de la tierra. Ambos heredar tomaron un camino peatonal que los dirigía a una colina lejana; durante el anterior trayecto, Kélfalli había evitado los caminos para el transporte, que lejos de las zonas habitadas eran externos, y así no importunar a los ciudadanos, pero ya en ese punto era imposible, los alrededores de Nexak y el lago Emeel estaban densamente poblados.

—Toma Milca —dijo Xomak, alcanzando a los heredar y colocándose junto a su amiga, a la cual le entregó sus broches de colores y sus aretes, que se habían caído de su abrigo cuando este comenzó a desmenuzarse.

—¡Se me habían olvidado, gracias! —Milca dio un beso en la mejilla a Xomak y comenzó a ver sus broches—. Ay, pero ya no tengo donde guardarlos.

—No te preocupes, llegando a Nexak puedes buscar una impresora y fabricarte un abrigo nuevo, si es que no hay tiendas abiertas, mientras recogemos el encargo de frutos rojos —dijo Xomak, observando a su amiga de arriba abajo, al parecer su cuerpo ya se había recuperado por completo, solo quedaban algunas muescas en su piel y el rojizo tono en sus piernas por la presión. Después los tres heredar se concentraron en su camino, ellos se movilizaban en el carril para heredar, en el cual podían avanzar a no más de cien kilómetros por hora.

—Ahí está ya el lago Emeel —apuntó Milca. Frente a ellos, un gran poblado iluminaba el paisaje a orillas del lago, entre cada casa había grandes espacios verdes, con decenas de árboles rojizos—. El pueblo recorre toda la costa hasta el muelle de Nexak, podríamos tomar un transporte en el lago.

—Sí, creo que sería más eficiente —confirmó Xomak, esperando ambos la respuesta de Kélfalli.

—Debimos tomar un tren subterráneo, pero está bien, realmente quería disfrutar de la vista y pasear un instante, tenía mucho que no veía la ciudad —respondió Kélfalli, vislumbrando a la distancia los grandes rascacielos de Nexak—. Pero démonos prisa.

Después de unos minutos, llegaron a las orillas del lago, en donde varios muelles iluminados, tenían atracados diversos vehículos acuáticos para su renta; para usarlos simplemente debías montarlos, la red se encargaba de cobrar el alquiler y una vez que se terminaban de utilizar, estos volvían automáticamente al muelle del que procedían.

—¡Hermano! ¿Cómo sigues? —dijo un joven, que se acercó a Xomak, habiéndolo reconocido; tras él se encontraban sus amigos, montando vehículos acuáticos de alta velocidad.

—Lamentamos lo de tu mano —dijo otra, acercándose a Xomak para saludarle—. Vamos a hacer una fogata y asar algo de carne, ¿no gustas?

—No, no, muchas gracias, hermana, pero estoy acompañando a… —Xomak volteó, dándose cuenta de que Milca y Kélfalli habían partido sin él—. ¡Diantres, debo irme! —exclamó, apresurándose a montar un vehículo acuático y perseguir a su maestro.

—¡En otra ocasión será! —gritó la therania, despidiéndose de Xomak con la mano.

Los vehículos emitían una tenue luz en todas direcciones para alertar a las aves de su presencia; al acelerar, estos flotaban a unos cuantos centímetros sobre la superficie, para no dañar a las criaturas que emergían por oxígeno. Xomak iba a toda velocidad, intentando alcanzar a sus compañeros, que le llevaban ya una ventaja considerable. El lago Emeel era inmenso, abarcaba gran parte del sureste del País de la Llama y el suroeste del País Latente, fluyendo en un entramado de ríos a través del País de la Tormenta hasta llegar al océano.

—La ciudad carmesí —murmuró Kélfalli, acercándose a los muelles de la ciudad y levantándose sobre su vehículo, que se dirigía automáticamente a un lugar de atraco. En la orilla se encontraba el gran maestro Lókun, esperándolo con una gran sonrisa.

—¡Kélfalli, hermano! —exclamó, estrechando la mano de Kélfalli y abrazándolo—, unas horas antes y el mismo Cihillic te hubiera recibido.

—¿Se encontraba aquí? —preguntó Kélfalli.

—Sí, hubo una festividad que justo terminó ayer y los ciudadanos pidieron su presencia —respondió Lókun, caminando junto a Kélfalli—. Me sorprende que estés por aquí en estas fechas, cruzando el país según el informe.

—Lo sé, quisiera poder quedarme más tiempo, pero es un asunto de extrema importancia —dijo Kélfalli, deteniéndose abruptamente y volteando hacia Milca, que se había quedado detrás de los grandes maestros intentando pasar desapercibida—, ve a buscarte algo de ropa y nos alcanzas en cuanto termines.

—Sí maestro —mustió Milca, apresurándose en su encargo y siendo observada por Lókun.

—Milca ¿qué te pasó? —preguntó Lókun entre risas—. ¿Otra vez invocaste tu armadura por debajo de tu ropa en vez de por encima?

—Ammm, no señor —contestó apenada sin hacer contacto visual—. Estoy entrenando con el maestro Kélfalli.

—¡¿Qué?! —exclamó Lókun, volteando hacia Kélfalli—. ¿Aceptas a una alumna de la llama en medio del conflicto?

—No solo a ella, señor —comentó Xomak, acercándose a Lókun para estrechar su mano y hacer una reverencia—. A mí también me aceptó como su alumno.

—No sé qué decirte Kélfalli, estoy impresionado —dijo Lókun alegremente—. Solo espero que ustedes dos pongan en alto el nombre de los filo llameante superando el entrenamiento —repuso, sosteniendo a Milca y a Xomak de los hombros. El gran maestro Lókun era un hombre de estatura promedio y corpulento, de apariencia aguerrida y permanente ceño fruncido, de cabello extremadamente corto y facciones fuertes.

—No se preocupe maestro, seremos los primeros heredar del filo llameante en superar el entrenamiento del maestro Kélfalli —afirmó Xomak con orgullo, mientras Milca parecía pensar en donde conseguiría la ropa.

—Milca, ve al cuartel que la FURZP tiene en la ciudad y que te den un uniforme, con tus insignias correspondientes, no olvides que estás en servicio —ordenó Lókun a la Murhedar, soltando su hombro para que se marchase.

—Ammm, sí señor —contestó Milca algo aturdida, intentando recordar el camino hacia el cuartel y caminando torpemente entre las calles de la ciudad, hasta que recordó que podía ubicarlo por medio de su red.

—¿Cómo están tus heridas Xomak? —preguntó Lókun viendo con intriga el pequeño filo de Kélfalli en poder del Murhedar—. ¿Esa es la base para un filo protésico?

—Sí señor, es la primera técnica que debo aprender para el entrenamiento.

—Pues mucha suerte —dijo Lókun, levantando su pantalón para mostrar su pierna protésica—, es una técnica por demás compleja y más para alguien tan joven, si necesitas algún consejo no dudes en buscarme.

—Lo lograré señor, eso se lo aseguro y sí, justamente me quedaré en la ciudad para unos cursos y pedirle asesoría.

—No espero menos de ti, cuando estés listo ven a buscarme —añadió Lókun, para después dirigirse a Kélfalli—. Bueno amigo, yo tengo que dejarte, siéntete como en casa y si necesitas algo házmelo saber.

—Siempre es un placer verte Lókun —dijo Kélfalli, estrechando la mano del gran maestro—, la próxima vez que esté en la ciudad nos tomaremos algo.

El gran maestro comenzó su camino, despegándose del piso y volando entre los rascacielos, camino al centro de control de la ciudad. Xomak estaba concentrado en su red, viendo si era posible que un dron le trajera su pedido.

—Continuemos —dijo Kélfalli, avanzando hacia una de las calles principales, que estaba repleta de árboles rojizos y los cristales en los edificios reflejaban el mismo color, dando una apariencia de bosque a toda la ciudad.

—El pedido fue aceptado maestro, en cualquier momento el dron nos lo entregará —comentó Xomak, desvaneciendo su red y caminando junto a Kélfalli—. Y no se preocupe por el costo, ya está cubierto.

—Cuando era joven y aún no heredaba mi filo, siempre quise vivir aquí algún tiempo, en uno de estos bellos departamentos con vistas al lago —comentó Kélfalli, viendo hacia la cima de los edificios perfectamente trazados, en donde algunas personas cenaban sobre sus balcones—. Esta ciudad me inspiró para estudiar arquitectura.

—¿Es arquitecto maestro? Yo tenía la idea de que usted era médico —preguntó Xomak.

—Sí, también soy médico, pero arquitectura es mi primera carrera —contestó Kélfalli con nostalgia, viendo cómo un dron se acercaba a ellos velozmente.

—¡Muy bien, llegaron! —exclamó Xomak recibiendo el paquete del dron—, este es para usted maestro —apuntó, entregando un paquete con dos pequeñas cajas de frutos rojos, una de ellas tenía grabado un mensaje personalizado, mientras que él guardaba una pequeña bolsa en su chaqueta.

—¿Por qué hay dos cajas aquí adentro? —preguntó Kélfalli intentando leer lo que decía la inscripción—. *De: Xomak. Para: Yorhalli.* —leyó, extrañándose y volteando a ver al Murhedar con una sonrisa.

—Me pareció correcto mandarle unas a ella para que Yúnuen no tenga que cederle algunas de las suyas —se excusó Xomak, poniéndose nervioso con la burlona mirada de Kélfalli—. ¡Bueno sí, es un detalle para ella, pero ya no me mire así!

—Muy bien, yo se lo entregaré —dijo Kélfalli con un tono malicioso—, y si de camino encuentro flores y chocolates se los añadiré de cortesía.

—No maestro, no sea así —pidió Xomak, juntando sus manos afligido—, con los frutos es más que suficiente.

—Te haré saber cómo lo tomó —dijo Kélfalli, dando media vuelta y continuando su camino—. Nos vemos Xomak, espero ver avances en la técnica cuando nos volvamos a encontrar.

—Me verá con una nueva mano protésica se lo aseguro —dijo Xomak confiado, alcanzando al supremo comandante—. ¿Sabe hacia donde se fue Milca? Quisiera despedirme de ella antes de ir con mis familiares.

—En el cuartel de la FURPZ.

—Gracias maestro —Xomak hizo una reverencia y partió en busca de su amiga. Nexak era una ostentosa metrópoli, sus calles contaban con mucha vegetación, que contrastaba con la alta tecnología de sus edificios. Cada uno de estos, era resguardado por un heredar guardián, posicionado en el piso central del edificio, dedicado únicamente a su protección. Si el heredar cumplía sus años de servicio en la ciudad, era acreedor a una vivienda dentro de esta, así que muchos heredar se postulaban para resguardar la ciudad. «El cuartel queda cerca, seguro ya está terminando de arreglarse», pensaba Xomak, dando vuelta en una esquina y viendo con sorpresa a Milca, que estaba comprando un elote en un puesto nocturno de alimentos, sin siquiera haberse cambiado.

—¿¡Milca qué haces aquí!? ¡Kélfalli ya partió! —exclamó Xomak exaltado.

—Ammm, no puedo decidir si ponerle chile del que pica o del que no pica —contestó Milca, viendo el panel de control, en donde solo habían dos opciones de chile.

—¡Del que pica! —exclamó Xomak desesperado, apretando la opción y haciendo a un lado a su amiga—. Yo espero a que esté listo tu elote, ¡ve y cámbiate!

—Bueno, pero que tenga mucho queso, por favor —dijo Milca comenzando a caminar.

—¡Milca! —gritó Xomak, haciéndola voltear espantada—, es hacia el otro lado…

—Ah, sí es cierto —dijo Milca, cambiando su dirección y viendo en su red el mapa de la ciudad—, ya vengo.

—Milca…

—¿Qué pasa?

—De frente hasta llegar a la esquina, doblas a tu izquierda, caminas una calle más y a tu derecha encontrarás el cuartel.

—Izquierda, una calle y luego derecha —repitió Milca alegremente—. ¡Lo tengo! —exclamó, desvaneciendo la red y apresurándose.

«Definitivamente vive en un mundo diferente», pensaba Xomak mientras terminaba de dar las indicaciones a la máquina para la preparación del elote, instantes después, la maquina se abrió y de ella salió una mano mecánica que entregó un elote sostenido por un rústico palo de madera que se ensartaba en la parte inferior, el elote era hervido y cubierto de mayonesa, queso y chile; al salir, su exquisito aroma llenó con premura las fosas nasales de Xomak. «Esto se va a enfriar, será mejor que me coma este y le pida otro a Milca», pensó, dándole una gran mordida; parecía disfrutarlo en demasía. Xomak no solía comer de los puestos nocturnos, su dieta era muy rigurosa y extremadamente alta en proteínas, él solía comer en restaurantes especializados.

No pasó mucho tiempo para que Xomak terminara su elote, tirándolo al reciclado junto al puesto y comenzando a ordenar un segundo elote para Milca. Justo en ese momento Milca estaba doblando la esquina, regresando del cuartel con un abrigo totalmente nuevo; mientras caminaba iba colocando sus pequeños y coloridos broches.

—¿Y mi elote Xomak? —preguntó la Murhedar angustiada al no ver su elote.

—¡Ya va saliendo! —contestó, mientras la maquina le entregaba el elote.

—¿Te comiste mi elote verdad? —preguntó Milca, tomando el elote nuevo y escondiéndolo tras ella—. ¡A mí no me engañas, tienes todo el queso en la barba!

—Perdona, es que no he cenado —dijo Xomak apenado, rascándose la nuca y limpiándose el rostro con una servilleta.

—Bueno, la verdad nunca pensé que te gustaran, siempre comes en lugares bonitos —dijo Milca, dándole una pequeña mordida a su elote.

—¿Qué te puedo decir? Hay cosas que no conoces de mi —contestó Xomak, acercándose a su amiga para limpiarle un pequeño rastro de queso que había quedado en su nariz—. Toma, esto es para ti —dijo, sacando la pequeña bolsa que le había traído el dron y entregándosela.

—¿Qué es? —preguntó Milca, quien no podía abrirla porque tenía su elote en la otra mano.

—Después lo ves, ahora debes alcanzar a Kélfalli —apuntó Xomak, dirigiendo a su amiga hacia la calle principal para que no se distrajera o se perdiera—. Se fue sobre esta calle, solo síguela y lo encontrarás.

—Gracias Xomak —dijo la Murhedar, deteniéndose y observándolo directamente a los ojos—. Eres un buen amigo y una gran persona, me alegra que Yorhalli no te haya matado, y si vuelves a pelear con ella, espero que no te deje peor.

—No hay porque amiga —dijo Xomak con una dulce sonrisa—. Ahora vete, que tienes un encargo que cumplir y yo mucho que estudiar.

Xomak se quedó en medio de la calle, observando a su amiga perderse en el horizonte. «También estoy feliz de estar vivo, aunque muchos otros heredar no pueden decir lo mismo ahora, realmente espero que este conflicto termine ya. Tú también eres una persona increíble», pensó, dando media vuelta y continuando su camino.

«Me pregunto ¿qué será?», pensaba Milca mientras mordía su elote y observaba la bolsita, «seguro es algo muy costoso, ummm, es ligero y no suena cuando lo agito», la Murhedar sacudía la bolsa y la veía por todos sus ángulos. «Imposible saberlo así, será mejor que alcance a Kélfalli». Milca tiró su elote en el reciclado y apresuró su marcha, invocando su armadura sobre sus ojos para visualizarlo, «Ahí está», pensó, acelerando precipitadamente hasta alcanzarlo.

—Ammm, lamento la tardanza, maestro —dijo, colocándose a su lado, ligeramente algo más atrás que él para evitar su mirada.

—¿Cómo se te da el vuelo Milca?

—Todavía utilizo mi propio poder, me es muy difícil armonizar con las partículas de la atmosfera para desplazarme a través de ellas —respondió Milca apenada—. Cilluen me estaba enseñando, pero interrumpimos mis entrenamientos debido al conflicto.

«Ese es un entrenamiento para los que están en camino a ser grandes maestros, ¿qué es lo que ve Cilluen en esta niña? Está claro que tiene un gran poder oculto y los rayos de energía pura no son algo que cualquier heredar pueda realizar, sin embargo, fuera de eso no logro sentir alguna anomalía en su conexión con Théra y tampoco características inusuales en su filo, su peculiaridad se encuentra en su personalidad», pensaba Kélfalli mientras avanzaban, aproximándose a los límites de la ciudad. Milca por su parte, al ver que no había respuesta, sacó la pequeña bolsa de su abrigo, dándose cuenta de que aún traía puesta la gabardina de Kélfalli, por lo que procedió a quitársela.

—Tome maestro —dijo, entregándole la gabardina.

—Dime algo Milca… —dijo Kélfalli, tomando su gabardina y poniéndosela—. ¿Théra se ha comunicado contigo de alguna forma poco común?

—No logro entenderlo maestro —contestó Milca, viendo que dentro de la pequeña bolsa había unos frutos rojos selectos cubiertos de chocolate y malvaviscos. «Ay… son mis favoritos», pensó, sacándolos de su delicada envoltura y comiéndolos alegremente.

—¿Por qué Cilluen te enseña técnicas que requieren una conexión más intensa con Théra? —preguntó Kélfalli al ver la falta de comprensión en Milca.

—No sé, maestro, creo que simplemente le agrado —mustió Milca, que se sobresaltó, parecía haber recordado algo—. A propósito, no creo que le guste la idea de que usted me esté entrenando, ella siempre se da el tiempo para saber si me siento lista para continuar. Y si le digo que ahora soy su discípula, le hará saber su descontento.

—No te preocupes, llegaremos un acuerdo para que ella termine sus pendientes contigo mientras entrenas conmigo —apuntó Kélfalli, viendo de reojo a la Murhedar, quien no se encontraba muy contenta con la respuesta—. No quieres continuar tu entrenamiento con Cilluen, ¿verdad?

—Ammm, es que no quiero que ella se enoje —mustió Milca, guardando el resto de sus frutos en uno de sus bolsillos.

—Ya veo, prefieres evitar confrontarla y realizar su entrenamiento pese a que es algo con lo que no estás del todo de acuerdo —infirió Kélfalli, viendo con serenidad a la Murhedar.

—Algo así —mustió Milca, evitando el contacto visual.

—Yo no conozco muy bien a Cilluen, pero sí a su padre y la presión que ha ejercido sobre ella, recayendo así expectativas desmesuradas sobre sus hombros, sus características únicas y su posición debieron ser una carga constante para ella —comentaba Kélfalli, haciendo que Milca lo observara, poniendo especial atención a sus palabras—. Estoy seguro de que, en algún momento de su vida, ella se cansó de tener que cumplir con todas estas expectativas que se le impusieron y decidió marcar sus propias pisadas en la tierra, separándolas de las de su padre.

—Nunca había pensado en ello —reflexionó Milca, quien comenzaba a sentir empatía con Cilluen—. Maestro, es usted un hombre muy sabio —comentó sin recibir respuesta alguna, para después ver hacia el cielo, sintiendo como el viento agitaba las llamas en su rostro; sus ojos se iluminaron, desprendiendo intensas llamas que invadían su cabello—. La próxima vez que la vea, yo misma le diré que quiero comenzar a marcar mis propias pisadas sobre la tierra —dijo, al mismo tiempo en que salían de la ciudad.

En el instante en que pisaron la salida, Milca se incendió, pero en vez de llamas, de su cuerpo surgía lava, que poco a poco formó su armadura, esta era de bordes afilados y un color rojo intenso, con garras curvas en las manos, su casco asemejaba la cabeza de un dragón, con largos bigotes hechos de fuego y sobre su columna apareció una hilera de gruesas escamas protectoras que se extendían hasta formar una larga cola de casi seis metros (un filo realmente temible, lleno de afiladas cuchillas curvas). Las armaduras con formas animales u ornamentadas eran muy difíciles de ver, ya que el heredar poseedor, debía haber alcanzado una gran armonía con la naturaleza. Al igual que con el filo único, la armadura de un heredar solo llegaba a su máximo esplendor, habiendo encontrado su forma ideal, en este caso era la de escamas de dragón, una armadura muy similar a la de Dumenor y Dohamir.

—¡Muéstreme ahora su velocidad, maestro! —exclamó Milca, invocando un par de alas hechas de fuego rojo, haciendo que los heredar guardianes bajaran de sus torres para observar la imponente armadura de Milca y tomarle fotografías.

—¡Muy impresionante! —exclamó Kélfalli, aplaudiendo tranquilamente mientras observaba la armadura de la Murhedar y caminaba a su alrededor—. Tú eres el dragón de las llanuras del que se habla en la FURZP, ese heredar con mucho potencial que prefiere un escritorio a un campo de batalla —dijo, comenzando a reír con alegría; desprendiendo una tenue luz azul de su cuerpo e invocando una ligera armadura que no destruyera su gabardina—. ¡Esta no te la voy a perdonar Zabulón! ¡Prepárate niña!

En un instante ambos heredar desaparecieron, dejando únicamente una estela de fuego y estrellas. Todos los allí presentes quedaron perplejos por la velocidad con la que partieron, viéndose los unos a los otros y comentando alegremente el suceso.

Muy cerca del fuego

—Repasemos el plan —dijo Nenet a sus compañeros mientras avanzaban entre las sombras del bosque guiados por Xaly—. Mientras Yúnuen flirtea con Rommel, nosotros destruimos la maquinaria.

—¡Óyeme qué te pasa! —exclamó Yúnuen empujando a Nenet, quien casi choca con un árbol—. Yo no ando flirteando con cualquiera.

—La verdad es un buen plan Yúnuen —confirmó Xaly, haciendo que Yúnuen lo viera con desprecio—. Piénsalo, si el combate parece inevitable y no podemos acceder a la maquinaria más que peleando, una distracción podría ser la mejor opción y ¿quién mejor que tú para hacerlo?

—Eso lo entiendo, pero puedo distraerlos de muchas otras maneras —apuntó Yúnuen.

—Primero encontremos el lugar y después discutimos quien flirtea con quien —dijo Yoltic, causando la risa de sus compañeros.

—Esperen —ordenó Xaly, alzando la mano junto a su rostro para indicarles un alto, justo antes de salir hacia la llanura norte, en donde se encontraba el camino hacia el poblado que usaban de base los heredar de filo llameante—. Jasha —dijo Xaly, apuntando su dedo índice y medio hacia la llanura, lo que hizo que su compañero avanzara sigilosamente entre el pasto para buscar el rastro de la maquinaria y el escuadrón de Rommel.

—Tengo el rastro —susurró Jasha al regresar con su equipo—. Yoltic y yo iremos por la llanura, los demás sigan en el bosque —al decir esto, el grupo se separó; estar en la llanura los exponía en demasía, para Yoltic y Jasha, que eran expertos en sigilo era más fácil moverse con naturalidad entre el pasto sin delatarse.

—Estamos a varios kilómetros de la cordillera, lo más probable es que los alcancemos antes de que ellos lleguen al lugar —comentaba Xaly mientras se movían entre los árboles en dirección al oeste—. ¿Algún miembro de su escuadrón es lo suficientemente sensitivo para detectarnos mientras los seguimos?

—La verdad no conozco a los miembros del escuadrón, en las plantillas que estudié sobre los escuadrones involucrados en el conflicto, no aparece el suyo, debió entrar de último momento para ayudar con la carga —respondió Yúnuen preocupada.

—¿Y qué hay de Rommel? ¿Es fuerte? —preguntó Nenet, desconociendo totalmente las habilidades del Murhedar.

—No sé Nenet, lo conocí en una fiesta, nunca lo he visto combatir, solemos platicar por la red y de vez en cuando me invita a tomar algo.

—Seguramente habrá otro escuadrón resguardando el lugar —infirió Nenet preocupado—. Si es así, no tendremos otra opción que esperar a que se vaya Rommel, no podemos arriesgarnos con dos Murhedar ahí.

—Es verdad, Yorha ganará si no se apresura en dejar la maquinaria y largarse —añadió Xaly igualmente preocupado.

—¿Les preocupa más su apuesta que el éxito de la misión? —preguntó Yúnuen enfadada.

—¡Claro! —respondió Nenet confiadamente—. ¡Somos el noveno escuadrón Yúnuen! No vamos a fallar la misión, eso es un hecho, pero la apuesta lo hace más interesante.

—Eso es verdad —secundó Xaly—. Los dos únicos escuadrones apostados en la zona de conflicto que podrían plantarnos cara no saben que estamos aquí. Recuerda que nosotros hemos desequilibrado la balanza, en estos momentos nuestros éxitos le han dado la ventaja al País de la Luna.

—No me siento orgullosa por ello —manifestó Yúnuen—. Pero tienen razón.

—Y si todo sigue así, podremos romper el récord del escuadrón plateado —dijo Nenet con seguridad, causando la risa de Xaly.

—Admiro tu optimismo amigo, sin embargo, para estar al nivel del escuadrón plateado nos falta toda una vida —repuso Xaly entre risas.

—Creo que podemos lograrlo —afirmó Yúnuen, sorprendiendo a sus dos compañeros—. Recuerden que Yorha es la protegida de Mahalli y en algún momento estará a su nivel, mientras que nosotros tenemos el mejor entrenamiento y si seguimos creciendo, terminaremos superando a todos los demás escuadrones.

—¿¡Lo ves Xaly!? —exclamó Nenet, dando un empujón a su amigo—. Mahalli y los miembros restantes del escuadrón plateado se quedarán cortos con las cosas que nosotros lograremos.

—Tener a dos descendientes del escuadrón plateado puede que nos dé una ventaja —reflexionó Xaly con una gran sonrisa en el rostro.

El escuadrón plateado ha sido el más famoso y poderoso de toda la cuarta edad, y quizá hasta podría haber superado a los de la tercera edad; incluso eran llamados por los escuadrones del filo solar para ayudarles en las tareas más complejas. Este era el primer escuadrón del filo lunar, conformado por cuatro heredar: Mahalli al mando como capitana, Heldari que fungía como líder, Kélfalli como estratega y por último Feralli.

—Yo no podría decir que soy descendiente de Kélfa —dijo Yúnuen algo apenada—, soy algo así como su tatarasobrina.

—Eso no importa, él es tu maestro y no has dejado sus entrenamientos en todo este tiempo, no pasará mucho para que iguales sus capacidades —comentó Xaly haciendo sonreír a Yúnuen.

—Sí, quizá en unos quinientos años esté cerca de su nivel —respondió Yúnuen con sarcasmo—. No olvidemos que todos ellos eran leyendas, candidatos a recibir el Murhendoar.

—El tiempo que deba tomar —repuso Nenet alegremente—. ¿Qué? ¿No te gustaría ser "Yúnuen la legendaria", candidata al Murhendoar?

—Si alguien de nosotros llegará a ser candidato al Murhendoar del filo lunar esa será Yorha —respondió Yúnuen—. Pero no me negaría a ese poder si llegado el momento recayera en mí.

—Yo no sé si podría lidiar con tantas responsabilidades, con dificultad recuerdo llenar el alimentador automático de mis peces —comentó Nenet, haciendo memoria por un instante para después mostrarse aliviado.

—Creo que, si el Murhendoar recayera en alguno de nosotros, sería en Jasha, Yúnuen o Yorha —expuso Xaly.

—¿Por qué? —preguntó Yúnuen alagada e intrigada.

—Jasha reúne muchas, si no es que todas las cualidades que un heredar debería tener y es el que más cerca está de poder convertirse en Murhedar. Tú también Yúnuen, además tu conexión con Théra es muy fuerte. Yorha es diferente, tiene una fuerza y un poder monstruosos para su corta edad, solo puedo pensar que es así debido a que ella desempeñará un rol muy importante en nuestro mundo —respondió Xaly.

—Gracias Xaly —dijo Yúnuen con alegría, golpeándolo en el brazo con su puño.

—Viene Jasha —apuntó Nenet mientras su compañero se acercaba sigilosamente.

—Ya los alcanzamos —dijo Jasha, incorporándose al grupo del bosque sin detener su marcha—. Estamos cuesta arriba, así que solo Yoltic seguirá por la llanura; están a unos tres kilómetros, debemos disminuir un poco la velocidad para ir a su ritmo.

—¿Cuántos son? —preguntó Yúnuen, continuando el camino al lado de Jasha.

—Incluyendo a tu súper amigo Rommel, son seis —contestó Jasha son una sonrisa.

—Deben tener una composición similar a la nuestra —dijo Xaly, conociendo parcialmente la formación de los escuadrones del filo llameante—. Deben ser dos heredar de combate cuerpo a cuerpo, uno de combate a distancia, uno de rastreo y por último uno de sigilo, sin embargo, en este caso en el que su misión es de escoltas, puede cambiar su composición en tres heredar de ataque a distancia y dos de ataque cuerpo a cuerpo, sin contar con Rommel.

—Espero que sea así, los heredar de combate suelen ser muy poco sensitivos —aseguró Yúnuen.

—Lo son, además la mayoría de los heredar de la llama con mejores capacidades están alistados en la FURZP, prefieren estar al mando de Kakiaui que de Cilluen —comentó Jasha que tenía algunos amigos del filo llameante—. O al menos eso me han comentado mis contactos.

—¿Sigues hablando con esa chica y sus compañeros? —preguntó Yúnuen, parecía intrigada y algo preocupada.

—Ya no son compañeros desde hace muchísimos años, cuando ella se convirtió en Murhedar se unió a la FURZP; la última vez que le hablé fue hace unos dos meses y creo que se le olvidó contestarme como siempre, pero me llevo muy bien con los exmiembros de su antiguo escuadrón —contestó Jasha serenamente, haciendo que Yúnuen se despreocupara.

—Ella lo dejaba "en visto" tan a menudo y a veces por tanto tiempo que ya ni sabía si seguían saliendo o no —comentó Nenet burlonamente.

—Lo recuerdo bien —secundó Xaly entre risas. Ellos tres eran amigos desde antes de unirse al escuadrón de Yorha y conocían bien sus historias amorosas—. Debo reconocer tu paciencia con esa chica Jasha, si a mí me dejaran en visto un mes, habría supuesto que ya no quería nada conmigo.

—No era tan malo —reflexionó Jasha, haciendo que Yúnuen prestara especial atención a sus palabras, pero sin observarlo directamente—. Me daba tiempo de continuar con mis estudios y concentrarme en mejorar mis habilidades, si hubiese sido una relación habitual, me habría costado más tiempo culminar mi entrenamiento avanzado en rastreo de pequeñas partículas.

—Tú siempre le ves el lado bueno a todo —afirmó Nenet—. Pero yo prefiero una mujer extrovertida y que recuerde mi existencia todos los días.

—¿A ti qué es lo que te gustaría de tu próxima pareja Yúnuen? —preguntó Xaly al ver a la heredar extremadamente callada, prestando atención a la conversación.

—¿Sinceramente? —dijo Yúnuen, haciendo que ahora Jasha fuese el que prestara especial atención a sus palabras—. Que sea honesto consigo mismo, ya saben, que no sea pretencioso; que sea decidido e inteligente, que sepa lo que quiere y lo demuestre, no me gusta que me hagan perder el tiempo.

—En eso concuerdo contigo —opinó Xaly—. Me fastidia que después de un tiempo pretendiendo a alguien, no sepa si esta lista para una relación.

—A ti todo te fastidia —añadió Nenet burlonamente, quien comenzó a forcejear con su amigo—. ¡Es la verdad!

—Ya guarden silencio —dijo Jasha, viendo a la distancia la cordillera montañosa que dividía ambos países.

No pasó mucho tiempo para que Yoltic se dirigiera hacia ellos, haciéndolos detener su marcha; estaban ya muy cerca de las montañas, casi era media noche y las criaturas de la oscuridad interrumpían el silencio con sus canticos, pequeños insectos y roedores rondaban los suelos del bosque en la búsqueda de alimento.

—Se detuvieron a dos kilómetros de aquí, pude visualizar más maquinaria en el lugar, posiblemente sea nuestro objetivo —apuntó Yoltic—. No están lejos del bosque, así que deberíamos poder avanzar por aquí hasta llegar a la cordillera y tomar una buena posición de observación.

—Muy bien, démonos prisa —dijo Jasha, haciendo que todo su escuadrón se movilizara rápidamente a través del bosque.

Al llegar a la cordillera, comenzaron a buscar un buen lugar de observación, eligiendo una montaña con mucha vegetación y pocos acantilados para ocultarse de forma más eficiente. Se detuvieron al encontrar una pequeña saliente repleta de arbustos, sobre la cual podían observar perfectamente el lugar de excavación a unos dos kilómetros de distancia. Parecía que aún estaban reuniendo la maquinaria para ensamblarla y poder así comenzar; solo había una carpa circular, donde seguramente se resguardaba el escuadrón para descansar, lo que indicaba que los trabajadores theranios aún no habían llegado.

—¿Puedes ver al capitán del otro escuadrón? —preguntó Yúnuen a Jasha.

—No, quiero suponer que está dentro de la carpa —respondió Jasha, viendo cómo Rommel entraba en la carpa mientras sus heredar colocaban la maquinaria en su lugar.

—Son tres heredar de reconocimiento —apuntó Yoltic que observaba con ayuda de su filo. La maquinaria estaba al aire libre, cubierta por gruesas lonas que la protegían de la intemperie; era maquinaria pesada, del tamaño de una residencia con dos o tres niveles. Alrededor de la maquinaria había tres torres, desde donde vigilaban los heredar de reconocimiento; en medio del lugar, se encontraban varias marcas y una gran circunferencia libre de maquinaria, donde seguramente comenzaría la construcción, justo ahí se encontraba otro heredar, parecía extremadamente concentrado—. Ese debe ser el heredar que mantiene el campo detector de esta zona y hay otros tres patrullando alrededor de la maquinaria.

—Dentro de la carpa solo están los capitanes, puedo sentir que tienen una fuerza similar —apuntó Jasha—. Supongo que deben estar registrando la entrega de la maquinaria para que Rommel pueda irse.

—Calla, están saliendo —murmuró Nenet, haciendo que todos observaran con atención la entrada de la carpa.

El primero en salir fue Rommel, quien portaba una armadura ligera, esta contorneaba su cuerpo a la perfección, sin bordes afilados ni partes más gruesas; una armadura para un combate ágil y preciso, de color anaranjado claro; dentro de esta habitaban ardientes y enloquecidas llamas, a la espera de ser liberadas y destruir todo a su paso. Rommel era un hombre de estatura promedio, un cuerpo atlético y delgado, cortos cabellos rizados y barba afeitada, sus ojos eran color ladrillo que combinaban con su cabello, estos contenían bellas llamas que daban una sensación de calidez al verlo. Tras Rommel, apareció una bella mujer, de cabellos rojos cual sangre fresca, que llegaban un poco más abajo que sus hombros; lacios y delgados, se movían suavemente con la brisa, a través de ellos parecían recorrer pequeñas serpientes de fuego, su rostro era redondeado y delicado, con una pequeña y chata nariz; sus ojos eran grandes y rojizos, dentro de ellos había una tenue hoguera de la que emergían pequeñas brasas ardientes, que incendiaban todo a su alrededor. Su armadura era ligera y de bordes afilados, un poco más gruesa en la zona del pecho y las manos, de color amarillo rojizo muy intenso, como hierro fundido.

—Aldora —murmuraron todos al unísono viéndose entre sí.

425

—Ella es fuerte, sin Yorha aquí será muy difícil enfrentarla si algo sale mal —mencionó Xaly algo preocupado.

—No te preocupes, creo que Jasha o yo podemos hacerle frente por unos minutos mientras terminamos la misión y nos retiramos, claro, solo en caso de que haya un enfrentamiento —comentó Nenet, intentando tranquilizar a su amigo.

—Bueno, pongamos las piezas en el tablero —dijo Jasha, haciendo que todos le prestaran atención—. Tenemos siete heredar resguardando la zona y una Murhedar que seguramente estará en la carpa y regularmente saldrá a dar un rondín. Yo sugeriría, ya que no hay civiles presentes, un ataque rápido y devastador. Desde las alturas crearé una lluvia de filos para forzar a los heredar a crear un campo protector para la maquinaria; suponiendo que Aldora actúe con rapidez, ella saldrá tras de mí para que los demás se queden resguardando la maquinaria; Nenet tu caerás entre mi lluvia de filos, para no ser detectado por el campo e inhabilitarás al heredar que lo mantiene activo, recuerda no matarlo, en ese momento todos podrán atacar la maquinaria y escapar, sus ataques deben ser precisos, Aldora se dará cuenta de la distracción y arremeterá contra ustedes.

—A mí me suena bien —comentó Nenet.

—Efectivo, pero con el riesgo de que sus heredar tengan la habilidad suficiente como para contrarrestar nuestros ataques y eso nos obligaría a entrar en combate directo —repuso Yúnuen, volteando hacia Yoltic—. ¿Tienes alguna propuesta más discreta?

—Con el campo detector lo veo difícil, además la heredar está en medio del lugar, tendríamos que eliminarla —apuntó Yoltic, pidiendo con la mano que le dieran un momento—. Uno de nosotros debe entrar, no hay otra opción; podemos encontrar el punto más vulnerable de la barrera y crear una distorsión para que alguien entre, pero esto solo funciona una vez, lo saben. Una vez dentro, debe acercarse al heredar e incapacitarlo, al caer el campo detector tendremos un instante para atacar desde todas direcciones, destruir la maquinaria y largarnos.

—Yo lo haré —dijo Jasha, viendo a sus compañeros que al parecer consentían su ofrecimiento—. Bien, estando en medio de la maquinaria podré lanzar un ataque más efectivo.

—Ten cuidado, serás el primer objetivo de Aldora —comentó Nenet.

—Por eso debo ser yo quien lo haga —afirmó Jasha—. Una vez esté dentro, los demás deben repartirse alrededor de la zona para atacar la maquinaria conjuntamente, después tomaremos exactamente el mismo camino para no toparnos con los puestos de vigilancia activos en la zona.

—¿Qué pasará si Aldora logra darnos seguimiento? —preguntó Xaly.

—Una lluvia de destellos bastará para tomarle distancia —aseguró Nenet—. Jasha y yo cubriremos la retaguardia y en caso de que persista tenemos otros trucos —añadió viendo con una sonrisa a su compañero y chocando sus puños.

—Pues ahora a esperar —dijo Xaly, dirigiendo su vista hacia los heredar de la llama, que terminaban de colocar la maquinaria.

—Pero ¿qué diablos hacen? —se preguntaba Yoltic, viendo cómo los heredar de Rommel tomaban posiciones alrededor de la maquinaria, dos de ellos se sentaron tras la heredar que mantenía activo el campo detector para resguardarla.

—Ay no... —dijo Yúnuen angustiada—. Se van a quedar como refuerzo.

—Eso sí que complica las cosas —afirmó Nenet quien pasó a verse realmente preocupado.

—Yúnuen, no creo que haya una posibilidad de hacer esta misión sin entrar en combate directo —opinó Jasha, viendo la nueva formación de los heredar—. ¿Yúnuen? —todos voltearon a buscarla al no escuchar una respuesta, ella estaba detrás de un arbusto quitándose su uniforme de combate.

—¡¿Qué les pasa?! ¡Denme privacidad! —exclamó enojada, haciendo que todos voltearan apenados.

—¿Qué se supone que haces? —preguntó Nenet entre risas.

—Seguiremos el plan que sugeriste en un principio —dijo Yúnuen serenamente, parecía bastante seria, lo que hizo dudar a sus compañeros.

—Yúnuen eso era solo una broma —respondió Nenet preocupado.

—Sí Yúnuen, no hagas caso a todo lo que dice este inútil —añadió Xaly, dándole un manotazo en la nuca a su compañero.

Después de quitarse el traje de combate, Yúnuen sacó de su bolsillo dos pequeños cuadros de tela compactada, uno azul y otro blanco, tomando uno en cada mano, apretándolos con sus pulgares y lanzándolos al aire, estos se descomprimieron en un short y un top deportivos que la heredar se colocó, saliendo de entre los arbustos y colocando su traje de combate en el piso para doblarlo y entregárselo a Jasha.

—Yo entraré —apuntó Yúnuen, quien se mostraba decidida y confiada, viendo a sus compañeros con serenidad.

—En algo debía parecerse al maestro Kélfalli —comentó Yoltic al ver esa misma mirada en Yúnuen.

—Muy bien Yúnuen, dinos ¿cuál es tu plan? —preguntó Jasha, haciendo que todos rodearan a la heredar.

—Entraré con la distorsión de Yoltic y me encargaré de los seis heredar que patrullan a pie los alrededores sin que sus demás compañeros se enteren, al mismo tiempo colocaré filos distractores por toda la circunferencia del campo detector, estos crearán señales falsas, que harán parecer que varios heredar están saliendo de él. Pero antes de ello, llamaré la atención de los demás al centro del lugar, así, cuando active mis filos, creerán que había más de nosotros adentro y correrán a investigar, en ese momento necesito que Yoltic y Xaly entren sigilosamente mientras mis filos los distraen, una vez dentro deberán destruir la maquinaria sin alertarlos de su presencia, usen filos ultradelgados y hagan cortes horizontales que no la hagan caer.

—¿Y nosotros? —preguntó Nenet.

—Ustedes me darán apoyo a larga distancia cuando comience el combate —indicó Yúnuen con severidad, causando que todos sus compañeros se sorprendieran.

—¿Vas a combatir tú sola contra esos dos? —preguntó Jasha realmente preocupado.

—Deben confiar en mi —aseveró Yúnuen—. Tú y Nenet subirán al desfiladero de aquella montaña —señaló, dirigiendo las miradas del escuadrón hacia una montaña un poco más al norte de su posición, donde se podía ver el terreno de forma más eficiente—. Desde ese lugar coordinarán ataques a distancia con mis movimientos, estos solo deben apuntar a los pies de los Murhedar y tienen que ser totalmente verticales, como si vinieran del cielo sobre mí, ¿entendido?

—Creo que podemos hacerlo —afirmó Jasha, tomando el hombro de Nenet y golpeando su brazo—. ¿No lo crees?

—Sí, no suena difícil —respondió Nenet, para después dirigirse a Yúnuen—. ¿Cuándo sabremos que debemos retirarnos?

—Cuando cese el combate, ustedes deberán irse sin mí, yo los alcanzare después —explicó Yúnuen, acercándose a la saliente para observar a los heredar de la llama.

—Solo una última pregunta jefa —comentó Nenet, haciéndola voltear hacia él—. ¿Por qué te cambiaste de ropa? —al preguntarlo, todos observaron a Yúnuen con intriga.

—Después les contaré —dijo Yúnuen serenamente, regresando su mirada hacia los heredar de la llama—. Váyanse ya.

—¡Qué Théra se manifieste con mayor fuerza en todos nosotros, hermanos! —exclamó Jasha, despidiéndose con la mano y marchándose junto con Nenet.

Yúnuen observaba atentamente los movimientos de los heredar que patrullaban, memorizándolos con una precisión milimétrica.

—Yoltic, busca el punto de entrada —ordenó Yúnuen, a lo que el heredar asintió con la cabeza y se escabulló sigilosamente hacia el campo detector (el cual era invisible a simple vista). Mientras tanto Xaly esperaba las ordenes de Yúnuen, observando la maquinaria y buscando los puntos donde pudiese ocultarse.

—Nunca vi a Yúnuen tan decidida —comentó Nenet mientras llegaban al desfiladero y buscaban un lugar donde acomodarse, cual francotiradores asechando a su víctima.

—No es la primera vez que toma un riesgo así —respondió Jasha invocando un filo en su mano derecha con la forma de una ballesta y dirigiendo su vista hacia el cielo—. Aun siendo tan joven está a la par o quizá por encima de todos nosotros, no sé qué tipo de entrenamiento estará llevando con Kélfalli, pero está claro que es muy superior al que cualquiera de nosotros haya realizado o visto.

—Deberíamos postularnos para su entrenamiento o nos quedaremos atrás —sugirió Nenet, habiendo encontrado una pequeña saliente a unos trescientos metros de altura, desde donde podía observar a la perfección la zona objetivo, que desde ese punto se encontraba a unos tres y medio kilómetros.

—Son diez años de entrenamiento Nenet, además son pocos los que logran terminarlo —comentó Jasha, acomodándose en la saliente e invocando su armadura, la cual parecía más gruesa en la zona de los pies, esto con el propósito de fijarlo al piso cuando lanzara sus proyectiles—. ¿No sabias que Yúnuen es la primera en casi cien años que superó el entrenamiento por completo?

—No tenía idea, Yúnuen no suele hacer alarde de sus logros —respondió Nenet, quien se acostó al borde de la saliente para observar la zona, después usó su filo sobre el rostro para identificar puntos de referencia y poder así trazar un cuadro de coordenadas, tocando a su amigo para transferírselo. Nenet sería su observador, y le indicaría las coordenadas sobre las que haría caer sus filos.

—Ella es bastante modesta, sabe que es increíble pero no hace ostentación de ello, una cualidad que admiro —comentó Jasha, apuntando su filo hacia el cielo. Su ballesta comenzó entonces a lanzar delgados y casi imperceptibles filos, estos quedaban flotando sobre la zona objetivo de forma vertical, lo cual los hacía invisibles para los heredar debajo de ellos.

—Ya deberías volverla a invitar a salir, ella te quiere, además si no lo haces hay muchos otros que lo harán.

—¿Tú crees?

—Sí, por supuesto, ¿qué es lo peor que te puede pasar? ¿Qué te mande a la zona de amigos nuevamente? —dijo Nenet burlonamente, provocando que Jasha le diera un pisotón en el hombro—. Nada que no valga la pena, piénsalo.

—Concentrémonos en la misión —repuso Jasha con una sonrisa, viendo hacia el lugar donde se encontraba Yúnuen.

—Ya viene —apuntó Xaly, viendo a Yoltic regresar con ellos.

—Lo tengo Yúnuen —dijo Yoltic, en la espera de la siguiente orden—. Cuando estés lista.

—Vamos ya, no quisiera que perdieran su apuesta —ordenó Yúnuen, causando una sonrisa en Xaly.

—Bien, síganme —Yoltic avanzó sigilosamente entre la vegetación rodeando con cautela el campo detector y llegando a un punto en el que un tronco caído los cubría perfectamente, justo al borde del campo detector—. Este es el punto, hay bastante movimiento en el subsuelo, supongo que por aquí pasan viejas tuberías humanas que están siendo ocupadas por algunos animales, será perfecto para crear la distorsión sin que el heredar sienta algún movimiento brusco.

—Cuatro segundos —pidió Yúnuen, cerrando sus ojos y respirando profundamente.

—A mi señal —señaló Yoltic creando dos pequeños filos en la punta de los dedos índices de cada una de sus manos. Estos parecían vibrar a una velocidad incalculable y su consistencia era más bien líquida. Después juntó las puntas de ambos filos y los colocó en el suelo, justo sobre uno de los filos detectores de aquel heredar—. ¡Entra!

Yúnuen pasó justo por encima de Yoltic, invocando una armadura ligera sobre su ropa y deslizándose cual serpiente entre la vegetación hasta meterse en un hueco que había entre la maquinaria; desde lejos, Xaly y Yoltic se despidieron de ella, yendo hacia sus posiciones. La zona era lo suficientemente grande como para no tener que preocuparse de que los heredar que patrullaban a pie se toparan entre sí por al menos un minuto a su velocidad actual, por lo que Yúnuen debía actuar con rapidez para inmovilizar a los seis heredar, con el mínimo de poder, ya que podría alertar al heredar detector o a los tres heredar rastreadores. Los ojos de Yúnuen se encontraban completamente dilatados, como un felino escondido entre la maleza esperando a sus presas; de su mano derecha surgió un filo con forma de látigo, que descendió hasta llegar al piso, introduciéndose bajo la tierra. La armadura en sus nudillos se fortaleció, concentrando una mayor energía.

«Ocho segundos», pensó Yúnuen, soplando ligeramente y haciendo salir de su boca dos pequeñas esferas transparentes que flotaban frente a ella, después, con su mano izquierda empezó a controlarlas, haciendo que flotaran hacia los dos heredar que venían caminando, sin que ellos pudiesen percatarse de los filos esféricos. Justo cuando ambos heredar estaban a la par de Yúnuen, las pequeñas esferas se lanzaron contra sus bocas, convirtiéndose en placas que amordazaron a los heredar, al mismo tiempo el látigo de Yúnuen había envuelto sus piernas, derribándolos, y con una precisión inigualable propinó un severo golpe en la cabeza de ambos heredar, dejándolos inconscientes y arrastrándolos debajo de la maquinaria, donde la lona impedía que fuesen visualizados. Después comenzó a moverse entre las maquinas o por debajo de ellas, como si fuese un sigiloso lagarto en busca de carroña.

—Es impresionante, tres técnicas avanzadas en un solo movimiento —susurró Xaly, quien había logrado ver el momento en que Yúnuen inhabilitó a los heredar de la llama.

Yúnuen tomó posición bajo la maquinaria, en el punto exacto en el que otro par de heredar de la llama pasarían, invocando nuevamente su látigo y soplando dos nuevas esferas. «Doce segundos», pensó, escuchando las pisadas de los heredar para calcular el tiempo que tardarían en estar frente a ella. Justo al terminar los doce segundos, los heredar estaban a la par de ella, cayendo en su trampa y siendo inhabilitados. Inmediatamente después, Yúnuen continuó su camino, en busca de una nueva posición para emboscar a sus siguientes víctimas. En esta ocasión pudo escuchar claramente sus voces, parecían confiados, discutiendo por qué dos escuadrones debían resguardar la zona teniendo a Kuux cuidando la frontera. «Once segundos», pensó Yúnuen en la espera de sus presas, pero esta vez algo cambió, ambos heredar parecieron detenerse, haciendo que Yúnuen se concentrara para escucharlos.

—¿Qué tal si vamos a la carpa para ver el juego de los capitanes y comer algo? —preguntó uno de ellos, viendo la hora en el reloj de su red.

—Está bien, deja que avise a nuestros compañeros para que nos turnemos —respondió el otro.

—Bueno, pero apúrate, yo me adelantaré —dijo el primero de ellos, saltando sobre la maquinaria y dirigiéndose hacia la carpa, que estaba del otro lado del lugar.

El segundo heredar comenzó a caminar de prisa, para encontrarse con sus dos compañeros que se suponía se toparían con ellos, pero después de un tramo de no encontrarlos comenzó a preocuparse.

—Será mejor que de una señal —susurró, cerrando su puño para lanzar una llamarada al aire. Pero antes de lograrlo, ya tenía la boca amordazada y el látigo de Yúnuen envolvía por completo sus extremidades, en ese mismo instante Yúnuen apareció frente a él, propinándole un severo golpe en la quijada para dejarlo inconsciente, el golpe fue tan fuerte que le rompió varios de sus huesos, pero gracias a la técnica de "puño suave" que utilizaba Yúnuen, el golpe no producía sonido alguno ya que su filo en los nudillos enfocaba le energía a un solo punto y absorbía el sonido.

«Changos, creo que me excedí, me puse algo nerviosa», pensó Yúnuen mientras escondía el cuerpo bajo la maquinaria, «lo siento, no te preocupes esto terminará pronto y podrán llevarte a un hospital. Ahora viene lo difícil, confío en ti Jasha», Yúnuen dirigió entonces su mirada hacia el desfiladero donde se encontraba su amigo, preparada para el siguiente paso en su plan, el viento surcaba con delicadeza su rostro, delineando lentamente una confiada sonrisa en él. Sin perder el tiempo, Yúnuen comenzó a lanzar delgados y pequeños filos imperceptibles dentro de toda la circunferencia, prestando especial atención en la dirección hacia donde se dirigía la vista de los heredar de reconocimiento en las torres, que, para su suerte, en ese momento vigilaban el exterior del campo detector.

—Capitán Rommel, capitana Aldora —saludó con respeto el heredar de la llama que había cruzado por encima de la maquinaria al entrar en la carpa, haciendo una ligera reverencia y dirigiéndose hacia una zona en la que había pequeñas mesas y un par de frigoríficos.

—Tu turno —dijo Aldora, quien había colocado su caballo blanco en "f3", comenzando así una partida de ajedrez clásico, con un tradicional tablero de madera.

—Con que empezamos fuerte ¿eh? —respondió Rommel, moviendo uno de sus peones desde "d7" a "d5".

—¡Te volveré picadillo! —Aldora movió su peón en "e2" a "e4", provocando a Rommel.

—¡En tus sueños! —Rommel aceptó la provocación y comió el peón de Aldora con su peón, provocando que ella respondiera con su caballo.

—Hagamos esto —propuso Aldora, viendo a Rommel con malicia mientras continuaba la partida—. Si yo gano, me comeré los postres de tus raciones.

—Muy bien, pero si yo gano, harás lo que resta de la guardia nocturna desde una torre de vigilancia —añadió Rommel, extendiendo su mano hacia Aldora, quien sin dudarlo la estrechó para sellar el acuerdo.

El heredar que había entrado con anterioridad a la cabaña se acercó para ver el emocionante juego, ambos Murhedar eran maestros del ajedrez y solían tener una gran rivalidad. En cierto punto, el juego se detuvo, Rommel pensaba en su siguiente movimiento, el cual podía costarle la partida y sus postres, que en esa ocasión eran deliciosos volcanes de chocolate.

—Alfil a reina cuatro —comentó Yúnuen, quien estaba parada verticalmente en el techo dentro de la carpa sobre los Murhedar de la llama, observando tranquilamente el juego.

De inmediato Aldora lanzó un gran corte con su filo, destruyendo por completo la carpa y lanzando por los aires al heredar de la llama que observaba el juego, dejándolo inconsciente, mientras que Rommel intentaba visualizar la posición de Yúnuen, ya que de inmediato la reconoció. Todos los heredar en las inmediaciones pudieron ver el estruendoso ataque y se acercaron para ayudar, excepto el heredar que mantenía el campo detector.

—¿¡Yúnuen!? Yúnuen ¿eres tú? —preguntó Rommel, colocando su mano sobre el brazo de Aldora para que no lanzara otro ataque.

—Hola Rommel —respondió Yúnuen con una bella sonrisa, cayendo lentamente del cielo frente a los Murhedar—. Cuanto tiempo de no vernos, ¿cómo has estado?

—¿Qué haces aquí tu sola? ¿¡Y por qué nadie detectó su presencia!? —exclamó Rommel, dirigiéndose a los heredar que habían llegado.

—No lo sé capitán, el campo detector sigue intacto y Marceline se mantiene concentrada en ello —respondió uno de los heredar que protegían a Marceline (ella era quien mantenía el campo detector activo), para después observar a Yúnuen junto con sus compañeros, que parecían embelesados con su presencia.

—Relájate, solo estaba haciendo algo de ejercicio, ya sabes, un poco de trote y estiramientos —repuso Yúnuen, deslizando delicadamente su mano sobre la mejilla de Rommel y dirigiéndose a la Murhedar—. No tenías por qué atacarme, solo intentaba ayudarlo a no perder sus postres.

—¿¡Estás bromeando!? —exclamó Aldora, invocando un sable de fuego, la energía que emanaba era intensa y comenzó a caminar hacia Yúnuen, dispuesta a destrozarla miembro por miembro. Aldora era una mujer de carácter fuerte y aguerrido.

—Espera Aldora, no puedes atacarla en esas condiciones —apuntó Rommel, haciendo notar a la Murhedar la falta de armadura o traje de combate de Yúnuen. Por el contrario, Rommel era un hombre de carácter sereno y más pacífico.

—Aldora es un nombre muy bello —comentó Yúnuen, acercándose a la Murhedar con plena confianza, sin preocuparle su poderoso filo—. ¿Qué significa?

—¿¡Acaso eso importa!? —exclamó Aldora bastante molesta, viendo a Yúnuen con sospecha. Pero después de verla de arriba abajo, desvaneció su filo—. ¿Dónde está Yorhalli y el resto de tu escuadrón?

—Supongo que están cumpliendo alguna misión —respondió Yúnuen, agachándose y recogiendo los restos del calcinado tablero de ajedrez—. ¡Qué lástima! No podrán terminar su partida y esperaba jugar contra el ganador.

—¡¿Ustedes qué están viendo?! —exclamó Aldora, dirigiéndose a los heredar de la llama que habían abandonado sus puestos para acudir en su auxilio—. ¡Regresen a sus puestos y vigilen los alrededores, a la más mínima señal den la alerta!

—¿Siempre es tan enojona? —preguntó Yúnuen a Rommel, acercándose a él de manera muy íntima, recargándose en su hombro y sujetando su brazo.

—No Yúnuen, pero es obvio que tramas algo estando aquí tu sola y con esa ropa —contestó Rommel, desvaneciendo su armadura. Debajo de ella portaba su uniforme de capitán.

—Solo quiero averiguar qué es lo que hacen aquí —apuntó Yúnuen, quien no soltaba el brazo de Rommel, el cual parecía bastante cómodo con ello—. Sin embargo, cuando te vi quise saludarte.

—¿Ahora trabajas para la inteligencia militar de tu país? —preguntó Rommel extrañado.

—Si ese es el caso, no podemos dejarla salir viva de aquí —repuso Aldora, volviendo a invocar su poderoso sable, de este escurría fuego y la luz que emanaba cegaba al oponente que la veía directamente.

—Tiene razón Yúnuen, no podemos dejar que lleves la información de nuestra ubicación —secundó Rommel, separándose de la heredar y colocándose junto a Aldora, mostrando así el apoyo a su compañera Murhedar.

—¿No crees que sea una trampa? —preguntó Aldora a su compañero, viendo cómo Yúnuen inspeccionaba los restos de la carpa.

—Sabemos de la reputación que tiene Yorhalli, seguramente ya estaría sobre nosotros —comentó Rommel, intentando descifrar las intenciones de Yúnuen—, ella no es de las que se esconde, por lo que puede ser que Yúnuen sí esté involucrada con inteligencia.

—Ay Rommel, ¡mira tus raciones! Están todas quemadas —dijo Yúnuen con tristeza, viendo los restos de los volcanes de chocolate.

—Creo que exageraste con ese ataque —comentó Rommel a su compañera, viendo que toda la carpa había sido destruida.

—¿Qué esperabas? Me tomó por sorpresa —respondió Aldora bastante molesta.

—¿Qué es toda esa maquinaria oculta bajo las lonas? —preguntó Yúnuen, saliendo de los restos para intentar dirigirse al centro del lugar, en donde se encontraba Marceline e inspeccionar una de las maquinas.

—Espera Yúnuen —dijo Rommel tomándola del antebrazo para detener su marcha.

—¿Qué pasa? —Yúnuen volteó a verlo con una mirada sumamente inocente, sus bellos y grandes ojos lograron enternecerlo, haciendo que la soltara.

Al ver esto, Aldora entrecerró los ojos, observando con intriga a su compañero, dándose cuenta del gusto que Rommel tenía por Yúnuen.

—No puedes estar aquí, pero tampoco queremos lastimarte —explicó Rommel, que seguía a la heredar.

—¡Yo sí! —aseveró Aldora, quien mantenía su filo expuesto, siguiendo cada movimiento de Yúnuen, en la espera de que invocase su filo para poder actuar.

—Espera, creo que puedo convencerla de retirarse —repuso Rommel, habiendo llegado al centro de la zona, donde Marceline se encontraba, viendo cómo Yúnuen se acercaba a ella y se sentaba a su lado.

—¿Quién es ella? Nunca la sentí —mustió Marceline preocupada, no quería causar la furia de su capitana.

—Tranquila, nadie pudo percatarse de ella —dijo Aldora, desvaneciendo su filo y armadura—. ¿Cómo fue que pudiste entrar? —preguntó a Yúnuen, habiendo sido contagiada por la curiosidad.

435

—Te lo diré si me dices para qué es toda esta maquinaria —respondió Yúnuen.

—¡No creo que estés en posición de exigir nada! —exclamó Aldora, sujetando a Yúnuen de la ropa y elevándola hasta quedar sus ojos a la par de los de ella, quien era algunos centímetros más alta que Yúnuen.

—Oye me la vas a romper y no traigo otra —dijo Yúnuen preocupada.

—Vamos Aldora, suéltala un momento —pidió Rommel a su compañera, colocando su mano sobre el hombro de esta.

—Muy bien, pero si no haces algo pronto, lo haré yo —apuntó Aldora, quien parecía bastante molesta con la actitud despreocupada de Yúnuen—. Tienes suerte de que él este aquí —dijo, soltando a Yúnuen y apartándose unos pasos.

—Estamos en una encrucijada Yúnuen, ahora dime, ¿puedo convencerte de alguna manera para que te rindas y te retires? —preguntó Rommel, confiando en el honor de la heredar.

—Claramente estoy en desventaja —respondió Yúnuen, caminando alrededor de los Murhedar, pensando en una solución—. Pero creo que podemos hacer algo que satisfaga sus necesidades —aseguró alegremente.

—¿De qué se trata? —preguntó Rommel, cruzando sus brazos y viéndola serenamente.

—Una competencia, todos ustedes contra mí —dijo Yúnuen confiadamente, haciendo que todos la observaran con incredulidad—. ¿Les parece justo?

—¿Y si tú ganas? —preguntó Aldora, que desconfiaba completamente de Yúnuen.

—Si yo gano me dejarán ir con vida —expuso Yúnuen, causando aún más incertidumbre en sus contrincantes—. Pero si ustedes ganan, no solo me rendiré, también les enseñaré la técnica usada para entrar en el campo sin ser detectada y como contrarrestarla, además les diré todo sobre la misión en la que estoy involucrada.

—¿Podremos confiar en ella? —preguntó Aldora a Rommel.

—Sí, ella es sobrina de Kélfalli y cumplirá su palabra sin duda alguna.

—Muy bien Yúnuen —dijo Aldora, extendiendo su mano hacia la heredar para estrecharla—. ¿Cuál es la competencia que he de ganar?

—¿Podrían darme espacio? —pidió Yúnuen a los heredar de la llama restantes.

—Sí claro —respondió Marceline, sentándose sobre la maquinaria junto con sus compañeros para observar.

—Primero delimitemos la zona —dijo Yúnuen, dando un pisotón en el suelo, lo que hizo que de su pie surgiera un cristal que comenzó a cubrir la superficie sobre la que se encontraban, creando una circunferencia perfecta.

—¡Es como hielo! —comentó Aldora entre risas al casi resbalarse y utilizar a Rommel como apoyo.

—Ese es el objetivo —confirmó Yúnuen, deslizándose alrededor de los Murhedar como en una pista de hielo y deteniéndose justo en el centro del lugar—. Ahora, ¿podrías prestarme tu pañuelo Rommel?

—Toma —Rommel se quitó el pañuelo del bolsillo delantero de su saco para entregárselo.

—Gracias Rommel —Yúnuen tomó el pañuelo y lo ató en su cadera, del lado izquierdo—. El juego es sencillo, solo deben quitarme el pañuelo sin salir del círculo de hielo, sin volar y sin invocar su armadura, cualquier otra técnica está permitida, pueden usar sus filos si quieren.

—¡Eso será muy sencillo! —exclamó Aldora, quitándose su abrigo de capitana, bajo él portaba una entallada playera blanca con un estampado caricaturesco de un pepinillo con extremidades y una perturbadora sonrisa, provocando que todos los ahí presentes se le quedaran viendo algo confundidos—. ¡Es mi serie animada favorita! —explicó algo molesta, aunque esto no aparto las miradas de los demás hacia su playera, que, gracias a su prominente busto, se deformaba aún más la cabeza del pepinillo.

—Tienes que disculparnos, nadie esperaba que portaras una playera tan curiosa debajo de tu uniforme —comentó Rommel, quitándose su saco, bajo este portaba una elegante camisa blanca y se dispuso a remangarla.

—Llevo aquí tres días, me traje ropa cómoda —se excusó Aldora, invocando dos látigos llameantes y azotándolos contra el piso, estos se movían cual serpientes enfurecidas, ansiosas por atacar a Yúnuen.

—No la subestimes Aldora, estamos jugando bajo sus reglas, debe tener algún as en la manga —comentó Rommel, invocando un filo con forma de lanza de al menos tres metros.

—¡A mi señal! —exclamó Yúnuen, alzando la mano e invocando en ella una larga espada ropera, de la que surgieron cientos de brillos como estrellas que se repartieron por todo el lugar, algunos de ellos salían incluso del campo detector.

—¡Esperen! —gritó Marceline angustiada, haciendo que Aldora y Rommel voltearan a verla—. ¡Siento como varios heredar escapan de mi campo detector en todas direcciones!

—¡¿Escapan?! Imposible... —se preguntó Aldora, para después voltear hacia Yúnuen— ¿Cuántos de ustedes estaban aquí?

—¿La verdad? Solo yo —respondió Yúnuen confiadamente—, pero si quieren saber más ¡tendrán que ganarme! —exclamó, bajando su brazo con rapidez y apuntando su filo hacia los Murhedar.

—¡Marceline, tú y los demás investiguen la circunferencia del campo detector en busca de algún indicio o anomalía! —ordenó Aldora para después voltear hacia Yúnuen—. ¡Acabaré con este ridículo juego y nos dirás donde se esconden! —exclamó, lanzándose contra la heredar, pero un segundo después se vio obligada a esquivar una enorme cuchilla que caía desde el cielo.

—Sus estrellas deben estar generando filos —infirió Rommel al ver el filo, que al caer se desvaneció en la plataforma de hielo.

«Perfecto, creyeron que el filo era mío, sin mi armadura activa no podría lograr ese tipo de técnicas, pero ellos no lo saben», pensaba Yúnuen, preparándose para la embestida de los Murhedar. Ella estaba consciente de que sus compañeros se encontraban ya entre la maquinaria, así que debía centrar la atención de los enemigos en ella el tiempo suficiente para que ellos pudiesen terminar su tarea y retirarse.

—No importa que artimañas use, no tiene el poder suficiente —dijo Aldora, lanzándose contra Yúnuen mientras esquivaba los filos provenientes del cielo. Sus látigos se adelantaban a su cuerpo, dirigiéndose directamente al pañuelo, pero al creer que estaba cerca de lograrlo, Yúnuen igualó la velocidad de los látigos, esquivándolos o bloqueándolos con su espada, pero estos no le daban descanso alguno.

Mientras Aldora perseguía a Yúnuen, Rommel esperaba el momento perfecto para atacar, apuntando su lanza hacia el pañuelo. Pero antes de hacer su movimiento, los filos de Jasha comenzaron a caerle encima, obligándolo a bloquearlos ya que sin armadura era vulnerable a ellos. Sin otra opción, se incorporó al ataque, usando su lanza para propinar certeras estocadas en dirección al pañuelo, pero los filos de Jasha alcanzaban a desviarla, protegiendo a Yúnuen, quien se concentraba en esquivar los ataques de Aldora.

—¡No solo eres hermosa, también eres muy hábil! —exclamó Aldora, quien comenzaba a disfrutar del combate, deslizándose sobre el hielo con maestría y lanzando ataques en todas direcciones—. ¡Ahora entiendo por qué te gusta, Rommel! —comentó burlonamente, lanzándose hacia el aire e invocando una serie de largas cuchillas con forma de lanzas a su alrededor, las cuales se proyectaron contra Yúnuen, quien las esquivó con dificultad, mientras hacía esto, Aldora cayó con fuerza en el centro del círculo de hielo, provocando que cientos de cuchillas salieran disparadas por toda la superficie, lo que obligó a Yúnuen a saltar, de inmediato, los látigos de la Murhedar ya estaban sobre ella, sin embargo, Yúnuen los contrarrestó invocando dos filos curvos que la rodearon verticalmente mientras ella salía de en medio de los látigos, esquivando al mismo tiempo un ataque que Rommel había lanzado para capturar el pañuelo.

—¡Solo somos amigos! —repuso Rommel, esquivando los ataques de Jasha en la espera de otra oportunidad para capturar el pañuelo.

—¡También eres rápida! —exclamó Aldora, deslizándose sobre el hielo a una velocidad vertiginosa para embestir a la heredar, mientras uno de sus látigos destruía los filos que Jasha dejaba caer sobre ella—. ¡E inteligente! Este círculo está pensado para limitar mi velocidad y estando en medio de la maquinaria también tengo que limitar el poder de mis ataques.

—¡Gracias, tú también eres una audaz combatiente! —respondió Yúnuen mientras esquivaba hábilmente a la Murhedar, patinando con gracia sobre el hielo, estaba divirtiéndose, haciendo sugestivos movimientos de baile y dirigiéndose hacia Rommel—. ¡Vamos, atácame tú también! ¡No seas tan pasivo!

—¿¡Pasivo?! ¡Tú lo quisiste! —Rommel invocó una segunda lanza y se abalanzó sobre Yúnuen, moviéndose hábilmente entre los látigos de Aldora que parecían tener mente propia.

—¡Capitana! —gritó Marceline, manteniéndose al margen del combate—. ¡Encontramos a cinco de los nuestros inconscientes bajo las lonas de la maquinaria!

«Vamos Yoltic, vamos Xaly, dense prisa», pensaba Yúnuen, viendo de reojo como los heredar de la llama inspeccionaban la maquinaria, para después concentrarse en el combate, ya que un ataque de Rommel por poco le arrebataba el pañuelo.

—Fuiste tú ¿verdad? —infirió Aldora después de comprobar las habilidades de Yúnuen personalmente, esto hizo que los heredar de la llama dejaran de buscar, atendiendo a las palabras de su capitana—. ¡Ahora más que nunca pienso ganar este juego!

Yúnuen aumentó su velocidad, gracias a que la base de hielo era suya podía alcanzar mayores velocidades sin deslizarse fuera de ella, además las estrellas repartidas por el lugar le permitían desplazarse aún más rápido.

Esto solo emocionaba a su contrincante, quien lanzaba golpes cada vez más rápidos y devastadores, comenzando a afectar la piel desnuda de Yúnuen, que, pese a que no sufría un corte directo, el calor y la energía de los ataques comenzaban a pasar factura sobre ella. De un momento a otro, la expresión de Yúnuen cambió, esta se mostró seria, frunciendo el ceño y concentrándose en su objetivo. Los filos de Jasha ahora no solo caían verticalmente, sino que seguían a su objetivo, provocando que Aldora tuviera más cuidado al atacar, para que ninguno de los filos de Jasha la hicieran salir de la plataforma. Por su parte Rommel lanzaba precisos ataques a distancia, delgadas lanzas que buscaban atravesar el pañuelo mientras esquivaba los constantes embates de los filos de Jasha.

—No logro entender cómo alguien tan habilidosa sigue perteneciendo a un escuadrón, deberías liderar uno propio —expuso Aldora sin cesar sus ataques, impresionada con las habilidades de Yúnuen—. Aunque también te sienta perfecto trabajar en inteligencia.

—Siento que aún no tengo la fuerza suficiente —respondió Yúnuen, bloqueando y esquivando con maestría cada uno de los ataques—. Y me falta mucha experiencia.

—Tu conexión con Théra es la más intensa que he sentido en una heredar de primer nivel y tus ojos reflejan una luz incomparable, son realmente deslumbrantes —comentó Aldora, quien comenzaba a notar algo de fatiga en su rival—. Son esos ojos los que doblegaron a mi compañero y no lo culpo, ya quisiera yo unos ojos como los tuyos.

—¡Ah! ¡Qué solo somos amigos! —exclamó Rommel un poco avergonzado, ya que en ese momento Yúnuen clavó su mirada en él y le sonrió con dulzura.

De pronto los ataques se detuvieron y los tres heredar quedaron separados viéndose unos a otros a orillas de la plataforma de hielo. Parecía que Aldora realizaría su ataque final, después de haber observado los movimientos de Yúnuen, creía poder finalizar el combate. Rommel por su parte esperaba el mejor momento para arrebatarle el pañuelo sin ser embestido por su compañera.

—¿Lista? —preguntó Aldora, tras ella comenzaron a surgir uno tras otro una serie de látigos, diez en total, todos con una fuerza abrumadora.

—¿Lo estás tú? —respondió Yúnuen, que para sorpresa de Aldora invocó una serie de filos con forma de látigo, idénticos a los de la Murhedar.

«Su espíritu combativo me recuerda un poco a Yorha», pensó Yúnuen, preparándose para el combate, pero algo distrajo su vista, era un pequeño brillo que no procedía de su filo, este pareció salir de entre la maquinaria. «¡Ya terminaron! Muy bien, acabemos con esto». Aldora se lanzó contra ella, sus látigos se movían en diferentes direcciones, buscando apresarla, pero Yúnuen, con gran habilidad utilizó sus propios látigos para apresar a los de la Murhedar por un instante, ya que estos tenían más fuerza y no tardarían mucho en liberarse, dirigiéndose directamente hacia Aldora para lanzar una estocada con su espada hacia el rostro de la Murhedar, la cual esquivó, extendiendo su mano hacia el pañuelo.

—Lo tengo —murmuró Aldora, por un instante parecía que lograría tomar el pañuelo, sin embargo, Yúnuen giró sobre si misma a una velocidad impresionante y lanzando una patada al pecho de la Murhedar, que bloqueó hábilmente, separándose ambas y cayendo lentamente en el hielo—. Tiene muy buena técnica.

—Déjame a mi ahora —pidió Rommel a su compañera, invocando un florete y apuntándolo hacia Yúnuen. En un instante ya se encontraba frente a la heredar, lanzando veloces estocadas mientras esquivaba los filos de Jasha.

Aldora comenzó a deslizar sus látigos por el suelo para apresar los pies de Yúnuen, dificultando así sus movimientos, pero gracias a los constantes ataques de Jasha, la Murhedar no lograba apresarla. Rommel controlaba mejor su fuerza y velocidad, así que empezó a acorralar a la heredar, invocando un segundo filo con forma de lanza. Sin otra opción, Yúnuen saltó, colocándose en medio del lugar, esto la expuso por un instante al ataque combinado de ambos Murhedar, que sin dudarlo se abalanzaron sobre ella. De pronto, una gran lluvia de filos cayó alrededor de Yúnuen, quedando suspendida a su alrededor y formando una barrera protectora, para después explotar cual granada de fragmentación, lanzando cientos de puntas afiladas en todas direcciones, obligando a los heredar de la llama que observaban el combate a proteger la maquinaria de los filos, algunos de estos se proyectaban más allá del campo protector, causando una distorsión en él. Aldora y Rommel, bloquearon con maestría cada ataque hasta que este finalizó, pero para sorpresa de Yúnuen, no continuaron el combate.

—¿Ya se cansaron? —preguntó Yúnuen en la espera del siguiente ataque, viendo de reojo si sus compañeros habían aprovechado la oportunidad para escapar.

—Se terminó Yúnuen —aseveró Aldora, tomando el pañuelo que le entregaba uno de sus látigos—. Parece que algo te distrajo.

—¡Vaya! En verdad no me di cuenta —respondió Yúnuen sorprendida, desvaneciendo su filo y el circulo de hielo—. Está bien, ustedes ganan —dijo, para después correr hacia el heredar al que había propinado un golpe excesivo, este era atendido por uno de sus compañeros—. ¿Cómo está?

—Inmovilicé su cuello y rostro para que podamos llevarlo al médico —respondió el heredar que lo atendía—, parecen ser fracturas menores, se recuperara con normalidad.

—No deja de sorprenderme —comentó Aldora a Rommel, colocándose nuevamente su abrigo—. Es un buen partido, hablo enserio.

—No es el momento amiga —respondió, acercándose a Yúnuen y colocando su mano sobre el hombro de la heredar—. Yúnuen nos debes algunas explicaciones.

—Sí, lo siento, solo quería saber cómo se encontraba —respondió Yúnuen, incorporándose y sacudiéndose la tierra de las rodillas—. Acompáñenme —dijo, corriendo hacia el borde del campo detector y agachándose justo frente a uno de los filos de Marceline, quien la observaba atentamente—. Tus filos detectores son buenos, pero vulnerables a una distorsión momentánea, lo que hicimos fue que uno de mis compañeros creara un filo especial para distorsionar tu percepción y hacerte pensar que fue una vibración natural mientras yo me colaba dentro.

—¿Quieres decir que tu escuadrón está aquí? —preguntó Rommel.

—Estaban aquí, pero ellos ya se fueron debido a que nuestra misión ha finalizado —respondió Yúnuen, haciendo que Rommel y Aldora se vieran entre sí confundidos—. Ahora les enseñaré a contrarrestar esta distorsión —Yúnuen creó uno de sus filos detectores y lo colocó en el piso frente a Marceline—. Cuando las partículas en el ambiente chocan con tu campo detector, crean vibraciones que puedes distinguir con facilidad, así sabes qué es lo que está pasando a través de él. Lo único que debes hacer es crear tú misma, vibraciones diferentes con tu filo, de manera constante, esto hará que distingas las vibraciones del filo distorsionador, ya que sentirás el cambio en el eco de las vibraciones que tu filo emite.

—Ya veo, muchas gracias —dijo Marceline, haciendo una reverencia, para después ir a practicar con sus filos.

—Yúnuen, ¿por qué entraste al campo detector? —preguntó Rommel preocupado.

—Nuestra misión era destruir la maquinaria para retrasar la construcción de su túnel —respondió Yúnuen, acercándose a una de las enormes máquinas y arrancando la lona que la protegía, al hacerlo, los

Murhedar pudieron percatarse de que la maquinaria estaba dividida horizontalmente por múltiples cortes realmente finos.

—¡¿En qué momento hiciste eso?! —preguntó Aldora sorprendida, corriendo hacia otra de las máquinas y quitándole la lona de encima, solo para darse cuenta de que también estaba destruida.

—Mientras combatíamos, mis compañeros se encargaban de hacer los cortes y al terminar, utilicé la explosión de filos para ayudarlos a escapar nuevamente sin ser detectados —respondió Yúnuen.

—Tiene sentido, por eso te distrajiste y pude arrebatarte el pañuelo con facilidad —infirió Aldora, sintiéndose ahora derrotada por Yúnuen—. ¿Por qué actuaron de esa manera? Su escuadrón no es famoso por hacer las cosas de la forma más discreta.

—Es verdad, ¿dónde está Yorhalli? —preguntó Rommel, haciendo que todos prestaran atención a Yúnuen.

—Ella estaba en otra misión, que seguramente ya terminó —respondió Yúnuen.

—¡Eso ya que importa! —exclamó Aldora con tristeza, golpeando una de las maquinas con el puño y derramando una pequeña lágrima—. ¡Fracasamos la misión! Este proyecto era de suma importancia para nuestro pueblo.

—No te angusties —mustió Yúnuen, acercándose a la Murhedar con cautela.

—¡¿Qué no me angustie?! ¡Las reservas actuales están por agotarse y hay muchos que necesitamos del agua de Narva! —gritó Aldora furiosa, tomando a Yúnuen nuevamente de la blusa y acercándola a ella—. ¿Tú qué crees qué va a pasar cuando eso suceda?

—No sucederá —aseguró Yúnuen, colocando ambas manos sobre la mano de la Murhedar que la sujetaba y fijando la mirada en sus ojos—. La guerra acabará posiblemente esta misma semana.

—¿Cómo puedes asegurar tal cosa? —preguntó Rommel, colocando su mano sobre el hombro de Aldora para separarla de Yúnuen.

—En este momento mi tío Kélfalli está reuniendo las pruebas necesarias para terminar con el conflicto de una vez por todas —respondió Yúnuen, sin dejar de ver directamente a los ojos de Aldora.

—Pensé que él no estaba inmiscuido en el conflicto —comentó Rommel.

—Esto nos afecta a todos, incluso a él —dijo Yúnuen, acercándose a la Murhedar y sonriéndole dulcemente—. Nosotros solo cumplimos esta misión por qué también desconocíamos el plan de Kélfalli y ya estaba asignada, pero en cuanto lo supimos, decidimos realizarla con el mínimo impacto; de hecho, esta será nuestra última misión hostil.

—Suenas muy convencida —dijo Aldora, reflexionando las palabras de Yúnuen y suspirando profundamente—. Kélfalli es alguien en quien se puede confiar, si realmente piensa detener este conflicto, creo que puede lograrlo.

—Los grandes maestros estarán alegres de su intervención —comentó Rommel lleno de esperanza y sonriendo alegremente, contagiando esta sonrisa en Aldora.

—Aunque sabes… me hubiera gustado combatir con Yorhalli —dijo Aldora con orgullo, dirigiéndose a Yúnuen—. Si los heredar de su escuadrón tienen tan buenas habilidades, ella debe ser devastadora.

—Creo que ella aceptaría gustosa un combate amistoso —supuso Yúnuen alegremente, deteniéndose por un segundo para pensar—. Si quieren, pueden acompañarme para que la conozcan, solo fue a buscar los estudios geotécnicos al norte de aquí, seguramente ya está en el punto de encuentro.

—No Yúnuen, muchas gracias, debemos reportar la destrucción de la maquinaria para que no vengan mañana los trabajadores —respondió Rommel.

—Que lástima, hubiera sido un encuentro muy agradable —dijo Yúnuen algo decepcionada—. Por cierto, ya deben estarme esperando, debo irme.

—Fue un placer Yúnuen y disculpa mi rudeza anterior —dijo Aldora algo apenada, estrechando la mano de la heredar.

—El placer fue mío Aldora ojalá pronto podamos conocernos mejor, pero en una situación menos hostil —bromeó Yúnuen.

—Uno de estos días podríamos ir los tres a tomar un café —comentó Aldora.

—¡Eso sería fantástico! —exclamó Yúnuen, invocando su red y acercándosela a la Murhedar—. ¿Puedes buscarte y agregarte con mi red? Por favor —después de agregarla, Yúnuen desvaneció su red y se dispuso a marcharse.

—Cuídate, nos vemos pronto —dijo Rommel, estrechando la mano de Yúnuen, quien sin pensarlo dos veces le dio un fuerte abrazo y besó su mejilla, haciendo que Rommel se ruborizara.

—También cuídate, ¡chao! —exclamó Yúnuen, saliendo del campo detector y perdiéndose entre las sombras del bosque.

—Eso rojo en tus mejillas no es fuego amigo mío —apuntó Aldora burlonamente.

—No puedo evitarlo, es una mujer maravillosa —comentó Rommel, evitando la mirada de Aldora y comenzando a caminar hacia sus heredar para darles indicaciones.

—Oye, ¿de qué estudios geotécnicos hablaba Yúnuen? —preguntó Aldora habiendo recordado con más escrutinio las palabras de la heredar.

—Ni idea, todos esos estudios los tiene el consejo Murhedar en la capital —respondió Rommel, para después dirigirse a Marceline—. Desvanece el campo detector Marceline, ¡nos vamos! —habiendo dicho esto, todos los heredar comenzaron a preparar su partida, llevando lo poco que quedó de la carpa y al heredar malherido.

Azul como el infierno

—Te llamaré Maiknin —murmuró Yorha dirigiéndose al ave de presa que la seguía de cerca, la cual parecía entenderle, ya que respondía a la Murhedar con alguno que otro parloteo—. ¿Te gusta? —preguntó, a lo que Maiknin respondió con un estruendoso graznido, al escucharlo Yorha se tapó una de sus orejas y soltó una pequeña risa, habiendo sido sorprendida por el graznar de la enorme ave—. Está bien, está bien, te llamaré Maiknin, pero no grites así o me van a descubrir.

En ese punto la noche era hermosa, el cielo estaba completamente despejado y permitía visualizar un millar de estrellas que rodeaban a Koyol y a Xauki, la brisa era débil y tocaba con suavidad el rostro de Yorha, quien disfrutaba la compañía de su nueva amiga, Maiknin jugaba con ella, volando justo frente a la Murhedar para después permitirle estar a la par, sus enormes ojos eran similares a los de Yorha, hechos para la noche, hechos para cazar. Ya eran muy pocos los árboles en esa zona, por lo que Yorha avanzaba al pie de las montañas, en donde la vegetación era más abundante.

—No debería faltar mucho Maiknin, subamos la montaña para observar mejor los alrededores —murmuró Yorha, trepando hábilmente entre grietas y frondosos arbustos que la ocultaran de forma más eficiente.

Al llegar a una saliente, ambas amigas se detuvieron, Yorha se sentó al filo de la saliente mientras Maiknin posaba sobre su cabeza, las enormes garras del ave cubrían parte del rostro de la Murhedar, por lo que Yorha tuvo que quitarlas como si de su cabello se tratase. Yorha observaba el borde de la cordillera, las grandes llanuras permitían ver cualquier construcción que sobresaliese.

—¡Ese debe ser el lugar! —apuntó Yorha con alegría, dejándose caer de la saliente, seguida por Maiknin, compitiendo por quien llegaba primero al suelo, que pareció ser un empate—. Vamos, tengo una lujosa cena oriental que ganar —dijo, acelerando su marcha, provocando que Maiknin se elevara para ganar velocidad.

—Detente —susurró una voz que parecía provenir del ave.

—¿Maiknin? —preguntó Yorha, a lo que el ave respondió con un graznido.

—Yorha detente —insistió la voz.

—¡No! Déjenme en paz —murmuró Yorha bastante molesta, cerrando los ojos con fuerza e intentando calmar su mente, pero recordó lo que le había dicho Kélfalli y suspiró resignada—. ¿Por qué he de detenerme ahora? Estoy muy cerca y el objetivo es muy sencillo —preguntó, pero la voz pareció haberse desvanecido, causando la molestia de Yorha—. ¿Hola? Pfff, no sé por qué hago el intento.

Momentos después, se detuvieron frente a lo que pareciese una antigua caseta de seguridad abandonada, efectivamente, era un complejo industrial minero, pero no parecía haber nadie ahí desde hace muchos años. Yorha concentró sus sentidos para detectar alguna presencia, pero al no detectar nada, entró al complejo, pero algo detuvo su marcha, era Maiknin, que se quedó sobre la caseta de vigilancia, estaba temerosa de entrar.

—No me digas que te dan miedo los fantasmas —dijo Yorha burlonamente, a lo que Maiknin respondió con un graznido—. Tranquila, ¿qué es lo peor que puede haber ahí adentro? ¿Un vestigio, un perdido? Yo te protegeré.

Pese a sus palabras, Maiknin se negaba a seguirla; la imponente ave se agazapaba temerosa, era como si quisiera decirle a Yorha que no avanzara más, La Murhedar se acercó al ave y acarició su cabeza intentando tranquilizarla, para después voltear y entrecerrar los ojos, había vislumbrado una tenue luz.

—Quédate aquí, no tardaré mucho —dijo, dejando atrás a Maiknin y continuando su camino entre las instalaciones, en medio del lugar había una gran nave industrial, con enormes ventanales, desde donde emanaba una tenue luz azul.

«Ese debe ser el lugar del que hablaba Kélfalli», pensaba. El complejo industrial estaba lleno de máquinas para la extracción y procesamiento de minerales, junto con algunos edificios que servían de oficinas y bodegas para el almacenamiento de los materiales. «No parece haber nadie aquí, será que quieren aparentar que el lugar está abandonado, no sé, pero me pone los nervios de punta no sentir ninguna presencia», la heredar se detuvo, concentrándose en un sonido que parecía el burbujear de agua hirviendo, este provenía de la nave industrial y procedió a acercarse con cautela. El lugar tenía una enorme entrada para la maquinaria, pero estaba cerrada, y junto, una pequeña puerta para el personal que estaba entreabierta; antes de entrar, Yorha trepó sigilosamente hasta una de las ventanas, pero dentro había tanto vapor que solo le era posible vislumbrar las siluetas borrosas de algunos objetos dentro, en medio del lugar alcanzaba a verse una tenue luz azul palpitante, como la de una antorcha, pero no había señal alguna de movimiento.

447

—No hay opción, tengo que entrar —susurró, invocando su armadura y preparándose para un posible combate. Yorha se deslizó suavemente hasta llegar al piso, asomándose brevemente por el espacio abierto de la puerta para personal, pero le era imposible ver a través del vapor, así que decidió entrar, por suerte el espacio era suficientemente grande para permitirle pasar sin tener que abrir más la puerta.

—¡Ja! Sí que eres buena —Afirmó una voz que provenía del fuego azul.

—¿¡Quién eres!? —exclamó Yorha, invocando sus katanas y colocándose en posición de combate.

De pronto, todo el vapor comenzó a ser absorbido hacia el centro del lugar, en donde se encontraba la tenue luz azul; Yorhalli pudo sentir sorpresivamente un gran poder que se había ocultado de sus sentidos, este era abrumador e hizo que la Murhedar afianzara sus filos, sabía que, lo que fuese revelado al caer el vapor, tendría una fuerza indescriptible. Un instante después, el vapor desapareció por completo, revelando el interior de la nave industrial, que estaba lleno de viejas estanterías y muebles de oficina, en medio de todo, había una antigua bañera de bronce llena de agua hirviendo a un lado de la cual, se erguía una antorcha con una llama azul sobre una mesa con diversas carnes frías y una copa de vino.

Poco a poco de la bañera comenzó a salir la cabeza de una hermosa mujer de cabellos negros cual obsidiana, casi tan oscuros como los de Yorha, su piel era blanca grisácea, más acercada a la de los humanos de principios de la primera edad, ya que el gris era muy poco notorio, no tenía marca alguna, era tersa y perfecta; sus cejas eran rectas, abundantes y perfectamente delineadas, bajo ellas, sus enormes y negras pestañas daban apertura a unos ojos increíbles, una combinación de pinceladas rojas y azules que formaban una tormenta de fuego, eran realmente una obra de arte. La nariz de la mujer era delgada y perfilada, bajo ella unos delicados labios color carmín revelaron una perfecta sonrisa, que en ese momento mostraba un ápice de malicia. Tras su cabeza, emergieron sus manos, tersas y delicadas, con afiladas uñas pintadas de carmín. Y apoyándose de la tina, la mujer emergió completamente, su cuerpo desnudo evaporó el agua en su piel, secándose automáticamente. Si los dioses existieran, seguramente su cuerpo se asemejaría al de aquella mujer, una obra anatómica perfecta.

—¡Tú eres Cilluen! —infirió Yorha, su respiración se aceleró, todo su cuerpo comenzaba a sentir excitación, la presencia de un ser tan poderoso, le causaba una sensación emocionante pero angustiante. Ella era todo lo que jamás había esperado encontrarse, pero su mente le recordó la misión y comenzó a observar el lugar en busca de su objetivo.

—Y tú eres Yorhalli —respondió Cilluen serenamente, saliendo de la tina con delicadeza, sus movimientos eran suaves y su semblante era de superioridad, con la mirada siempre en alto y su sonrisa opacando cualquier otra emoción—. Kuixi, mi atuendo por favor.

De pronto la puerta tras Yorha se cerró, haciendo que la Murhedar volteara, dándose cuenta de que la gran maestra Kuixi se encontraba ahí desde un principio. Ella era una mujer de estatura promedio, piel morena grisácea y bellos cabellos rizados, estos últimos eran rojizos, con pequeños tornados de fuego que simulaban ser parte de sus risos; sus ojos eran color miel, con bellas estelas de fuego revoloteando en su interior; su vestimenta era la de un oficial de alto rango, un elegante saco color vino con detalles dorados y sus respectivas insignias colgadas del pecho y hombros, bajo él portaba una fina blusa blanca y unos pantalones de vestir que hacían juego con su saco.

—Ahí te va —dijo Kuixi, aventando una especie de pequeño círculo plástico, similar a una telaraña y recargándose en la puerta con los brazos cruzados para observar a Yorha.

—Gracias —respondió Cilluen, atrapando el pequeño círculo y colocándolo en su pecho, este comenzó a extenderse sobre su cuerpo, formando un entallado traje negro, con elegantes líneas rojas que recorrían los costados de su cuerpo de forma vertical, el material era parecido al cuero, con pequeñas texturas similares a telarañas recorriendo todo el traje—. Debo admitir que, si Siskun no te hubiera visto jugueteando en la montaña, no nos hubiéramos percatado de tu presencia.

—Pensé que eras algún roedor de montaña perseguido por un ave de presa, si no fuese porque te sentaste sobre el borde de aquella saliente a mecer tus piernas y después saltar, nunca te hubiese descubierto —admitió el gran maestro Siskun, quien saltó de una barandilla en una planta superior de la nave industrial para caer junto a Yorha y observarla. Siskun era un hombre alto, solo dos centímetros más bajo que Yorha, de rasgos fuertes y piel blanca grisácea, llena de cicatrices por combates pasados, su cabello era quebrado y corto, siempre bien peinado y con delgadas llamas deslizándose en los costados de su cabeza, sus ojos eran rojos y dentro de ellos habían dos enormes bolas de fuego palpitando, como si en cualquier momento fuesen a devorar todo a su alrededor. Él igualmente portaba su uniforme—. No pensé que alguien tan famosa en el campo de batalla como tú cometiera un error tan grave, pero veo que eres tan solo una niña.

—Pues esta niña ya derrotó a tres de nuestros escuadrones —comentó Kuixi con desdén, acercándose a Yorha para observarla de pies a cabeza y después irse a sentar a una vieja silla de oficina, subiendo sus pies sobre un polvoriento escritorio—. Puedo suponer al estar ella presente, que fue quien derroto a Xomak.

—Así que tú le cortaste la mano al niño bonito —dijo Cilluen, extendiendo su mano hacia una silla ejecutiva al otro extremo del lugar, que de inmediato pareció flotar hasta su mano y la colocó junto a la mesa, sentándose sobre ella con las piernas cruzadas, su cuerpo tenía una elegancia natural. Después usó un trincho para ensartar un pedazo de carne, colocándolo por encima de ella y soplando cual dragón un aliento de fuego azul hasta cocinar a la perfección la carne—. ¿Tú gustas? —preguntó, mientras mordía suavemente la carne y tomaba la copa de vino.

—No, gracias —respondió Yorha, quien no veía por ningún lado un lugar donde pudiesen ocultarse documentos importantes.

—Lo que no logro entender, es lo que haces aquí —dijo Cilluen, tomando una fina servilleta blanca para limpiar delicadamente sus labios y terminar su copa de vino—. Digo, no me interesa tu misión, pero estando yo aquí, ¿tú qué tendrías que hacer?

Yorha ignoró la pregunta y continuó su búsqueda, usando únicamente su excelente vista periférica, ella sabía que solo tendría una oportunidad de tomar los documentos y marcharse, pero no lograba encontrarlos, de pronto, sobre un escritorio detrás de Siskun, se encontraba un disco duro junto a una pantalla holográfica. Al notar la falta de atención de Yorha, Cilluen se levantó y se dirigió hacia el escritorio, tomando el disco duro.

«¡Maldición!», pensó Yorha, suponiendo que en ese disco duro se encontraba lo que buscaba, «como supo ella que estaba viendo en esa dirección, nunca dejé de enfocar sus ojos».

—¿Esto es lo que vienes a buscar? —preguntó Cilluen, guardando el disco duro en uno de sus bolsillos y acercándose a Yorha. Su caminar era elegante y estético, muy similar al de Mahalli—. Es muy descortés de tu parte no contestar mis cuestionamientos.

Al no recibir una respuesta, Cilluen se paró justo frente a ella para observar sus ojos, ambas heredar eran de la misma altura. Yorha no mostraba temor alguno, pero la presencia de la suprema comandante del filo llameante, la hacía actuar con moderación, por lo que prefería no entablar comunicación. Por un momento los ojos de ambas heredar conectaron y Yorha pudo ver el interior de Cilluen, que en ese momento mostraba una bella llama azul, recorriendo las verdes praderas y entrando en las cabañas de su pueblo, ella podía sentir la angustia de sus conciudadanos y estaba dispuesta a consumirlo todo con tal de ayudarles, en ese mismo instante la llama azul se convirtió en una tempestad, un tornado de fuego que envolvió a Yorha, quemándola hasta desaparecerla por completo.

—¡¿Qué fue eso?! —exclamó Yorha, apartando su mirada y dando un paso atrás—. Pude sentir que realmente me estaba quemando.

—Mahalli no te ha enseñado nada, ¿en verdad eres su protegida? ¿Su tan vanagloriada heredera? —se preguntaba Cilluen, su semblante parecía molesto, realmente le disgustaba mencionar a Mahalli—. Yo decido que mostrar a través de mis ojos y puedo hacértelo sentir en carne propia, una habilidad que puedes desarrollar con facilidad Yorhalli. En tus ojos veo gran poder, pero también una oscuridad temible, solo alguien como yo podría enseñarte a desvanecer esa oscuridad.

—No hay nada que tú puedas enseñarme, que Mahalli no pueda hacerlo mejor —repuso Yorha, viendo a Cilluen de manera desafiante—. Y si no me ha podido entrenar personalmente es porque está realizando misiones por el bien de todo el planeta.

—Esa inútil, siempre vagando por ahí en busca de reconocimiento propio —comentó Cilluen de forma despectiva, haciendo que el rostro de Yorha se mostrara sumamente molesto—. Ella lo único que puede enseñarte es el sendero del egoísmo y la soberbia.

—¡Retráctate! —gritó Yorha furiosa, de su armadura comenzó a desprenderse una intensa luz, de la cual surgían bellas estrellas—. No la conoces tan bien como yo, ella solo busca lo mejor, no solo para nuestro pueblo, sino para todos.

—La conozco muy bien Yorhalli y sé de lo que es capaz por llevarse la gloria —refutó Cilluen, haciendo enojar aún más a Yorha, después se apartó y comenzó a recoger su largo y sedoso cabello, el cual le llegaba a la altura de su ombligo, formando una coleta con él y sentándose nuevamente para servirse otra copa de vino.

—¡Únicamente estás celosa porque ella te supera en todos los aspectos y buscas menospreciarla, pero no te lo permitiré, no en mi presencia! —exclamó Yorha, su energía comenzaba a incrementar, fracturando la estructura y resquebrajando el piso bajo ella.

—Está claro que no puedo razonar contigo, después de todo, tú y ella se parecen —Cilluen reflexionaba la situación, aunque el filo de Yorha le parecía interesante, era una buena oportunidad para igualar las cosas entre ambas naciones al eliminarla—. Mira Yorhalli, sé que Kakiaui te tiene fe y quiere que formes parte del batallón de élite, no quisiera quitarle ese gusto matándote.

«Maldita…», pensó Yorha al escuchar sus palabras, «hablas de matarme como si fuese simple ganado, ¿crees que te va a ser tan fácil?». Yorha comenzaba a perder el control, su filo quería silenciar la vípera lengua de Cilluen; dentro de su armadura las estrellas revoloteaban fuera de control, y sus katanas despedían una energía descomunal que distorsionaba el aire a su alrededor.

—También estoy consciente de tu creciente popularidad entre los ciudadanos de todas las naciones, siempre es bueno que haya heredar como nosotras, con filos especiales, levanta la moral y el interés de las personas —añadió Cilluen, terminando su copa y poniéndose de pie—. No obstante, has causado mucho daño a mis heredar y eliminarte equilibraría la balanza.

«Solo tengo que arrancarle ese bolsillo y largarme», pensaba Yorha, intentando no prestar atención a las palabras de Cilluen para no perder los estribos, sus músculos estaban tensos, preparados para el combate y dentro de su cabeza varias voces comenzaban a murmurar, algo que ella intentaba ignorar.

—Soy una mujer honorable y justa Yorhalli, además de misericordiosa —manifestó Cilluen, con una orgullosa mirada y la cabeza en alto—, así que he decidido respetar el pacto de los grandes maestros y darte la oportunidad de rendirte ante mí y retirarte.

—¡Libéranos! —susurró una voz en la cabeza de Yorha.

—Ahora no —susurró Yorha, causando que Cilluen se extrañara.

—¿Liberar a quiénes? —preguntó Cilluen, provocando que Yorha se estremeciera y retrocediera unos pasos.

«¡Ella pudo escuchar la voz!», pensó Yorha realmente asustada, intentando tranquilizar su mente para que las voces dentro de ella no insistieran. «De alguna manera ella sigue conectada conmigo, pero ¿cómo?».

—La aplastaremos como a un insecto —susurró otra voz dentro de Yorha.

—¡Cállense! ¡Esta es mi batalla! —exclamó Yorha, haciendo que los tres grandes maestros se miraran entre sí, intrigados por el extraño comportamiento de la Murhedar.

—¿Y a esta qué le pasa? —se preguntó Kuixi.

—¿Hace cuánto que no vas a evaluación psicológica niña? —preguntó Siskun a la Murhedar, sospechando una posible corrupción.

—¡No estoy corrupta! ¡Ni tampoco loca! Si eso es lo que piensan —exclamó Yorha bastante molesta, esperando la oportunidad de actuar, no pensaba irse sin haber cumplido con éxito su misión.

—Estoy esperando tu respuesta Yorhalli —dijo Cilluen que comenzó a impacientarse—. Supongo que tu silencio habla por ti— añadió, dándole la espalda para ir hacia la tina.

«¡Es el momento!», pensó Yorha, viendo que los otros dos grandes maestros caminaban el uno hacia el otro para comentar algo. Yorha se dispuso entonces a saltar sobre su oponente, que sin armadura expuesta era vulnerable a un ataque, la Murhedar utilizaría toda su velocidad para cortar el bolsillo y salir disparada del lugar.

—¿Ibas a alguna parte? —preguntó Cilluen, que para sorpresa de Yorha estaba a su lado, con la mano en el pecho de la Murhedar viendo hacia la enorme puerta para maquinaria detrás de Yorha.

«Como es posible, ni siquiera pude ver su movimiento», pensó Yorha, dirigiendo su vista hacia la suprema comandante, «debo pensar muy bien mi siguiente movimiento, con su mano en mi pecho podría asestarme un golpe muy dañino».

—Esa tina de cobre es de principios de la primera edad ¿sabías? —comentó Cilluen con orgullo—. No quiero que se vaya a destruir en el combate, así que te propongo que luchemos en un lugar más apropiado y que no dañe más el ecosistema.

Dicho esto, Cilluen ejerció una fuerza brutal sobre Yorha, lanzándola del lugar y destruyéndolo todo en su camino. Yorha luchaba por no perder la conciencia, tomando el control de su cuerpo y clavando sus katanas en el suelo para intentar detenerse; cuando por fin logró hacerlo, estaba en medio de una llanura a los pies de las montañas, a unos kilómetros del lugar inicial. En ese mismo instante, Yorha alzó la mirada, solo para ver a los tres grandes maestros que flotaban a unos seis metros sobre ella.

«Su fuerza es increíble y ni siquiera tiene una armadura expuesta», pensaba Yorha mientras intentaba calmar su respiración. Su armadura comenzó a reforzarse después de sentir la fuerza de su contrincante y en su rostro se mostró una gran sonrisa, muy característica de Yorha cuando estaba en verdadero peligro. «Esta es la prueba que necesitaba para conocer los límites de mi poder y no pienso contenerme, si he de morir, me alegra que sea ante un rival digno y no ante un ser irracional». La armadura de Yorha se cerró sobre su rostro hasta la raíz de la nariz, dejando expuestos sus ojos y cabello.

—Pareces sorprendida —comentó Cilluen, descendiendo lentamente hasta rozar el piso ligeramente con la punta de los dedos de sus pies, para después reposar por completo sobre este—. La fuerza real de un heredar no es dependiente de su filo, sé que no eres una mujer de estudios, así que te lo explicaré. Nuestra fuerza es el resultado de la unificación de las fuerzas naturales en nuestro universo, en ellas están incluidas las cuatro fuerzas básicas, la fuerza gravitacional, la fuerza electromagnética y las fuerzas débil y fuerte. Según la fuerza que controles mejor, tus habilidades y técnicas serán diferentes. En mi caso, controlo a la perfección la unificación de las fuerzas, cosa que es esencial si se pretende ser portador de un Murhendoar.

—Deja de parlotear y plantéame las reglas del combate —repuso Yorha, sabiendo que la intención de Cilluen no era matarla de inmediato, si fuese así, lo hubiera hecho en la nave industrial. Yorha entonces se agazapó, sus katanas comenzaban a absorber la luz a su alrededor y el poder que emanaba de ella incrementó desmesuradamente, haciendo que su cabello comenzara a flotar tras ella como si estuviese sumergido en el agua.

—Es realmente difícil ver su armadura expuesta oculta tras ese cabello —comentó Kuixi, asombrada por la apariencia de Yorha.

—Es un filo impresionante, debe tener habilidades únicas muy interesantes, no por nada Kakiaui lo quiere en su batallón —respondió Siskun con una sonrisa, le maravillaba ver el filo de Yorha.

—Mis consejeros tienen razón, sería un desperdicio eliminar un filo tan impresionante; cuando logres completar esa armadura podría incluso asemejarse a la mía —dijo Cilluen, provocando que Kuixi y Siskun se alejaran un poco e invocaran sus propias armaduras, suponiendo lo que estaba por hacer.

Los ojos de Cilluen ardieron en llamas azules, un poder abrazador se desprendió de su cuerpo, generando una onda de choque espectacular. Yorha tuvo que crear un filo frente a ella que la cubriera por completo y cortara la energía para no ser arrastrada por la misma. De los ojos de Cilluen comenzó a emerger lava azul, de la cual se desprendían poderosas llamaradas en todas direcciones; esta lava empezó a invadir todo su cuerpo, formando poco a poco su armadura. El casco tenía la forma de un felino con las orejas echadas hacia atrás, como si estuviese a punto de atacar, sus bigotes eran de fuego azul y sus ojos ardían con intensidad, su rostro estaba cubierto por un visor rodeado de colmillos. En sus manos los guanteletes contaban con enormes garras retractiles que podían extenderse indefinidamente a voluntad del portador; era una armadura ostentosa, con bellos detalles ornamentales. De su espalda baja comenzó a emerger una cola hecha de afiladas cuchillas, que se movía de manera similar a la de un felino. Su color era en su mayoría azul celeste, pero cambiaba de tonalidades según la intensidad de las llamas dentro de ella. El calor que emanaba era insoportable y toda la llanura se había convertido en ardientes brasas al rojo vivo, era como estar en el infierno. Al completarse, Cilluen se asemejaba más a una máquina de combate con forma antropomorfa que a un heredar con armadura.

«¿Qué demonios es eso?», pensó Yorha asombrada, quien nunca había visto una armadura igual, «puedo sentir cómo su calor intenta traspasar mi armadura y quemar mi piel, no creo poder soportarlo por mucho tiempo». Yorha intentaba usar su energía para mantener a raya el calor que emanaba de la suprema comandante.

—Esta es mi armadura única —explicó Cilluen, desvaneciendo el visor de su casco para mostrar su rostro—. Con ella puedo expresar y controlar el máximo de mi poder, pero no temas, no luchare contra ti con ella —apuntó, desvaneciendo gran parte de la armadura y dejando únicamente unos delgados guanteletes, estos surgían desde el codo y terminaban en delgadas y afiladas garras.

—No me lo dejes tan fácil o no será divertido —dijo Yorha confiada, sabiendo que el honor en las palabras de Cilluen y de lo que estuviera a punto de decir, le ayudarían a completar su misión y salir con vida.

—Primero que nada, ¡toma! —Cilluen le aventó el disco duro a Yorha, quien lo guardo en uno de sus bolsillos extrañada por la acción de la suprema comandante—. No quiero que eso te distraiga del combate, quiero que me ataques a matar, no para recuperar esa porquería.

«Creo que me ha facilitado las cosas, hoy no será el día. Ahora solo tengo que salir de aquí y cruzar la frontera», pensaba Yorha, trazando un camino en su mente y preparando su cuerpo para el escape, ella confiaba plenamente en su velocidad. Abruptamente, su confiada sonrisa se apagó al ver como los grandes maestros Kuixi y Siskun estaban a sus espaldas, cubriendo el camino de escape.

—No soy idiota, Yorhalli —repuso Cilluen, acercándose a la Murhedar lentamente, con la mirada en alto, viéndola con superioridad—. No conozco tu velocidad de carrera, pero sin duda alguna es muy inferior a la mía, un intento de escape no solo sería una insensatez y una burla, implicaría seguir destruyendo nuestro preciado bosque, cosa que no voy a permitir.

—¿Tendré que eliminar a los tres? —preguntó Yorha de forma burlona, haciendo que Cilluen sonriera—. No tengo problema con ello.

—No sé si es la confianza lo que te impulsa para actuar de manera tan arrogante o simplemente es ignorancia —respondió Cilluen mientras las garras de sus guanteletes se alargaban y comenzaban a escurrir una espesa lava azul—. Pero te enseñaré lo que un verdadero heredero de Théra es capaz de hacer.

—Haz que calle —susurró una voz en la cabeza de Yorha.

—Déjame acallarla —susurró otra voz—. No me tomará ni un segundo.

—¿Qué diablos son esas voces dentro de ti? —preguntó Cilluen, quien no dejaba de escucharlas. Cuando ambas heredar conectaron su mirada, Cilluen pudo dejar un ápice de su propia conciencia en ella, con la intención de descifrar sus pensamientos, pero lo único que pudo encontrar es soledad y oscuridad.

—No sé, pero en algo estoy de acuerdo con ellas —respondió Yorha, revelando todo su poder, esto hizo que Cilluen se cubriera, colocando una de sus manos al frente para detener la inmensa energía proveniente de Yorha. Las brasas en el suelo se habían desvanecido y la tierra reveló viejas ruinas humanas que estaban enterradas varios metros por debajo de la superficie. La armadura de Yorha desprendía un brillo sin igual, provocando que los grandes maestros Kuixi y Siskun cerraran la armadura sobre sus rostros para observar sin ser cegados; miles de estrellas se agitaban y chocaban entre sí dentro de la armadura, mientras que cientos de estas se repartieron por toda la zona de combate. Las katanas de Yorha emanaban una confusa luz que era absorbida por la creciente oscuridad dentro de ellas y sus ojos mostraron dos enormes lunas llenas.

—Tiene un poder impresionante para su corta edad —comentó Kuixi a Siskun.

—Sinceramente, espero que pase la prueba de Cilluen —respondió Siskun algo preocupado; como científico, el filo de Yorha comenzaba a interesarle de sobremanera.

—¡Ya es tiempo de hacerte callar! —gritó Yorha, lanzándose contra Cilluen y haciendo un doble corte horizontal que apuntaba al cuello desnudo de la suprema comandante.

Un instante después, ambas heredar se encontraban frente a frente; Cilluen sujetaba las katanas de Yorha con sus afiladas garras, acercando su rostro al de la Murhedar, no parecía esforzarse mucho por detener el ataque.

—¡Eres fuerte Yorhalli hija de Feralli y Heldari, heredera de la luna, Murhedar de Mahalli y capitana del noveno escuadrón del filo lunar! ¡Tu espíritu es el de una guerrera, digno del filo que portas! —exclamó Cilluen apartando a Yorha, quien cayó suavemente sobre la cima de una estructura humana—. Y por ello es por lo que voy a pelear usando tu misma fuerza, poder y velocidad.

«Es verdad, su energía comenzó a disminuir», pensaba Yorha al sentir el poder de Cilluen, que ya no parecía tan amenazante como hace unos instantes. «Si mantiene su palabra tengo la oportunidad de ganar».

—Ahora contamos con el mismo poder, pero si lo incrementas durante el combate, lo asemejaré al instante y conservaré ese mismo poder, así que ten cuidado de usar un poder que no puedas mantener —apuntó Cilluen, realizando algunos estiramientos para después chocar su puño izquierdo contra la palma derecha, apretándolos con fuerza y sonriendo maliciosamente—. Si quieres salir con vida de esta, lo único que debes hacer es cortarme.

—¿Cortarte? —preguntó Yorha extrañada.

—Sí, herirme de alguna manera —respondió Cilluen—, con un pequeño corte, en cualquier parte de mi cuerpo, habrás ganado y te dejaré ir en paz.

—Acepto tus condiciones felina infernal azul —dijo Yorha, haciendo que la suprema comandante mostrara una orgullosa sonrisa.

Dicho esto, Yorha cerró los ojos, apuntando su katana derecha hacia el cielo y la izquierda hacia el suelo, después fue girándolas lentamente, creando una circunferencia alrededor de ella, de la que aparecieron veinte katanas que apuntaban hacia la suprema comandante. Luego Yorha abrió los ojos, las dos enormes lunas dentro de ellos brillaban con intensidad y se preparó para atacar, agazapándose cual felino.

—¿Crees que lo logre? —preguntó Kuixi a Siskun.

—Ya que es una pelea entre poderes semejantes, todo dependerá de la técnica y habilidad, ella no podrá depender de su fuerza ahora —contestó Siskun, quien analizaba a detalle el filo de Yorha—. En este momento su título como Murhedar está en juego.

—¿Por qué lo dices?

—Se dice que ella obtuvo el título únicamente por su exagerado poder, habilidades innatas de combate y su cercanía con Mahalli —explicaba Siskun preocupado—. Espero que no le falte entrenamiento avanzado, como sabes, un Murhedar de la luna debe tener amplios conocimientos en técnicas de todo tipo. Su escuadrón tiene heredar con diferentes especialidades, esto es porque Mahalli los asignó para suplir las carencias de Yorhalli, o al menos eso es lo que suponemos en inteligencia militar.

Cilluen apuntó su dedo índice a Yorha, con la palma hacia arriba, y con una maliciosa sonrisa le indicó que fuese hacia ella. En ese mismo instante Yorha se proyectó contra ella, destruyendo el edificio sobre el que se encontraba, las veinte katanas continuaron caminos diferentes, rodeando a Cilluen para atacarla desde múltiples ángulos, cada una de estas tenía la fuerza y velocidad de Yorha, pero se movían de forma independiente. La fuerza de los impactos entre ambos filos era impresionante, con cada corte o estocada que Yorha realizaba, la fuerza que no era absorbida por las garras de Cilluen, continuaba su camino impactando contra las ruinas humanas y destruyéndolas.

—¡Tu técnica es impecable! —exclamó Cilluen mientras esquivaba y bloqueaba los ataques de Yorha, para esto, cada que un ataque se lanzaba en algún punto ciego, la suprema comandante disparaba un pequeño filo proveniente de sus guanteletes para desviar el ataque—. ¡Pero es insuficiente! —en ese momento Cilluen traspasó la defensa de Yorha (sus movimientos eran similares a los de un gran maestro de artes marciales), desviando uno de sus ataques con la palma derecha para después propinar un puñetazo en el rostro de la Murhedar, con tanta fuerza que Yorha retrocedió, lanzando todas sus katanas contra Cilluen para evitar un segundo ataque. La suprema comandante colocó sus garras al frente y de ellas una extraña fuerza pareció atraer hacia sí las katanas de Yorha, sujetándolas todas con sus manos y ejerciendo fuerza sobre ellas, haciendo que comenzaran a fracturarse hasta quebrarse por completo y desaparecer.

«Ese fue un golpe propinado con toda mi fuerza proyectada en un punto diminuto, creo que astilló mi pómulo», pensaba Yorha, intentando recuperarse del golpe, su armadura en el rostro estaba fracturada y alcanzaba a visualizarse el terrible hematoma causado por el golpe, su ojo derecho apenas podía mantenerse abierto, «es como pelear contra una versión más experimentada de mí». En ese momento también pudo verse su sonrisa mientras la armadura cerraba las fracturas y se reforzaba, la excitación que el combate le provocaba era mayor al dolor sufrido por el golpe.

Cilluen se encontraba con los brazos cruzados, flotando sobre los escombros humanos, esperando el siguiente ataque de la Murhedar, con esa mirada de superioridad que la caracterizaba. Sin tiempo que perder Yorha se lanzó contra ella, moviendo sus katanas con maestría, parecía haber duplicado su poder, y sin miedo alguno comenzó a realizar ataques más arriesgados, que la exponían a un segundo golpe. Al encontrar una oportunidad, Cilluen lanzó un ataque, apuntando al rostro de la Murhedar, pero en ese instante Yorha desapareció y apareció detrás de la suprema comandante, con una única katana en la cual se almacenaba una energía impresionante, realizando un corte vertical; Cilluen pudo sentir a tiempo el poder de la Murhedar y giró, bloqueando el ataque que la proyectó contra los escombros, cayendo de pie e intentando visualizar a su oponente, que para su sorpresa ya se encontraba frente a ella, lanzando un segundo ataque. Yorha utilizaba la técnica de Kélfalli, usando las estrellas para transportarse entre una y otra a una velocidad indescriptible, sin embargo, Cilluen era una heredar en extremo sensitiva y podía sentir el poder de Yorha, igualando su velocidad para bloquear los ataques, parecían estar a la par en ese momento, yendo de un lado a otro, atacando y bloqueando los ataques de su contrincante, era una pelea espectacular que volvía trizas todo a su alrededor.

—Esa técnica es impresionante —comentó Kuixi, intentando seguir los movimientos de Yorha, ya que su oscuro cabello la hacía desaparecer en la oscuridad de la noche—. Si puede combinarla con otra técnica similar, quizá tenga una oportunidad.

—Creo haber visto esa técnica hace muchos años —respondió Siskun analizando los movimientos de Yorha—. Si no mal recuerdo, esa técnica es del maestro Kélfalli.

—Pero ella no entrenó con él, ¿o sí?

—No, si ese fuera el caso, Cilluen se la hubiera pensado dos veces para igualar sus condiciones, los discípulos de Kélfalli manejan técnicas por demás impresionantes, algunas de ellas datan de la segunda edad, conocimientos adquiridos por su cercanía con los antiguos.

Yorha apuntaba sus katanas a los guanteletes de Cilluen, con el objetivo de usar la fuerza del impacto y deslizar su filo hacia el brazo de la suprema comandante para realizar un corte en la piel desprotegida, aprovechando la longitud de las katanas. Los ataques de Yorha eran cada vez más rápidos y sus katanas cambiaban constantemente su longitud.

—¡Estoy impresionada! —exclamó Cilluen, buscando a Yorha en todas direcciones; a sus ojos les costaba ver a la Murhedar tras desvanecerse, la anormal oscuridad en aquel filo, sumada al lóbrego cabello, le dificultaban ver los movimientos, pero gracias a sus habilidades sensitivas podía detener cada uno de los ataques de Yorha—. No pensé que fueses capaz de realizar una técnica tan avanzada, pero para tu desgracia...

—En ese mismo instante Cilluen dedujo en donde aparecería Yorha sujetándola del cabello con una de sus manos, deteniendo abruptamente a la Murhedar, quien observó estupefacta como la suprema comandante apuntaba sus garras hacia su rostro, nunca nadie había logrado tocar su cabello durante un combate—. ¡No hay técnica alguna que no pueda contrarrestar!

Yorha usó su katana contra las garras de Cilluen para desviar el ataque, logrando que este evadiera su rostro, después lanzó una patada al abdomen para que soltara su cabello, pero la suprema comandante lo usó para lanzarla contra los escombros; el impacto levantó grandes placas de tierra y lanzó los escombros en todas direcciones, dejando un cráter en el que reposaba la Murhedar, claramente maltrecha.

—Tienes un cabello muy sedoso —comentó Cilluen, desvaneciendo su guantelete para sentir el mechón de cabello que había quedado en su mano tras lanzar a Yorha con su misma fuerza—. Y tan oscuro, es como si en donde está, mi mano no existiera.

—Libéranos ahora y le arrancaremos el cuero cabelludo —susurró una voz dentro de Yorha.

—Libéranos y conocerá el verdadero poder de tu oscuridad —susurró otra voz.

—¿El verdadero poder de tu oscuridad? —preguntó Cilluen entre risas, descendiendo lentamente hasta donde estaba Yorha y dejando caer el mechón de cabello, mientras el guantelete cubría nuevamente su mano—. Eso quisiera verlo, ¿por qué no los liberas?

—No necesito de nadie para ganarte —aseveró Yorha, incorporándose con dificultad y desvaneciendo la armadura sobre su rostro, el hematoma había desaparecido y una gran sonrisa se dibujaba en ella—. Me sorprende la fuerza que tengo, aunque seas tú quien la esté usando.

—Tu recuperación es asombrosa —observó Cilluen realmente sorprendida, colocando lentamente una de sus manos frente a su rostro; dentro de sus guanteletes, las llamas azules comenzaban a agitarse descontroladamente—. Te voy a demostrar ahora por qué me conocen como la felina infernal ¡prepárate!

Cilluen saltó sobre Yorha, lanzando un zarpazo con sus garras, que eran acompañadas por una gran llamarada azul que emergía del guantelete; Yorha pudo evitarla por poco, pero la llamarada se extendió hasta alcanzarla, como si tuviera vida propia, por lo que Yorha invocó su casco por completo para proteger su cabello y sus ojos. Las llamas eran abrazadoras y anormales, parecían estrujar con fuerza a la Murhedar, como si dentro de ellas la presión aumentara de forma descomunal. Yorha no tuvo más opción que transportarse rápidamente entre sus estrellas hasta alejarse de la llamarada, que volvió a introducirse en el guantelete de Cilluen.

—¡Maldición! No puedo soportar sus llamas por mucho tiempo —susurró Yorha, quien tuvo que apoyar su katana en el piso para no caer—, pude sentir cómo mi piel se quemaba, parece que mi energía no sirve con ella, tendré que evitar las llamaradas a toda costa.

—Ese es un buen plan, mis llamas no son solo un producto del poder de mi filo, como sucede con la mayoría de los heredar de filo llameante, sino que son parte de este, yo puedo dirigir las partículas que lo producen a voluntad, agregando materia para cambiar su densidad y la composición de estas partículas —explicó Cilluen, caminando lentamente hacia Yorha—. Algo similar a lo que tú haces con estos brillos, ahora permíteme hacerte una demostración.

Yorha se preparó para el ataque, estaba decidida a ganar, pero antes debía aprender sobre su enemigo, aunque esto significara sufrir durante el proceso, cosa que Yorha hacía en todos los combates contra otros Murhedar antes de mostrar sus verdaderas habilidades. Un instante después, Cilluen se lanzó contra Yorha, colocando ambas manos detrás para después lanzar un doble zarpazo que hizo emerger de sus garras una enorme llamarada que se dirigió hacia Yorha a una velocidad vertiginosa. Yorha se movió hábilmente, evitando la llamarada que alcanzó a rozar uno de sus pies.

—Eso estuvo cerca —murmuró Yorha que, al caer en el piso, sintió una molestia en su pie, y al observar, notó que había un gran corte en la planta, este había atravesado la armadura y llegado a la piel, haciéndola sangrar—. Pero como es posible, no vi ningún filo oculto dentro de las llamas.

—Al hacer contacto con mis llamas, dentro de ellas pueden invocarse delgados filos imperceptibles, capaces de atravesar tu frágil armadura —explicó Cilluen con una sonrisa maliciosa—. Una técnica que requiere gran poder, puedes tomarlo como un cumplido, ya que estoy homologando tu poder.

—Escúchame Yorha —susurró una voz masculina familiar dentro de la Murhedar.

461

«¿Qué es lo que quieres?», preguntó Yorha dentro de sus pensamientos para no ser escuchada por Cilluen.

—Ella te ha dado la respuesta, tú conoces los límites de tu poder, pero ella no, sus técnicas están limitadas al poder que ella sienta en ti, pero tú tienes la habilidad natural de ocultar ese poder, ella es en extremo orgullosa, la conozco bien y no elevará su poder sin estar segura de que tú lo has hecho —susurró la voz que también era familiar para Cilluen.

—¿Quién es él? —preguntó Cilluen algo molesta por la revelación de aquella voz—. Me parece familiar.

«Gracias, lo tomaré en cuenta», pensó Yorha, intentando reconocer aquella voz.

—Yo te acompañaré durante este combate —susurró la voz, que de alguna manera reconfortaba a Yorha, pero comenzaba a poner nerviosa a Cilluen.

—¿Quién se supone que eres? —preguntó Cilluen disgustada, pero sin recibir respuesta alguna—. ¡Da igual! Nunca he perdido un combate y esta no va a ser la ocasión.

La oscuridad en el filo de Yorha aumentó, las estrellas dentro de su armadura se veían cada vez más lejanas y las lunas dentro de sus ojos comenzaban a eclipsar, en su mirada había pasión y no esperó el siguiente ataque, lanzándose contra su oponente y dividiendo su katana en dos. Cilluen reaccionó, proyectándose hacia la Murhedar y chocando sus garras contra las katanas de Yorha. Con cada golpe, Yorha debía cambiar drásticamente su posición para que las llamas no la tocaran, por lo que el combate abarcaba toda la zona, yendo de un lado a otro, era como pelear contra tres oponentes, ya que las llamas de ambas garras se comportaban de forma independiente a los movimientos de Cilluen.

—Escúchame Yorha, para generar esas llamas, Cilluen controla la vibración de los átomos y moléculas a su alrededor, transfiriéndoles su propia energía —explicaba la voz dentro de la cabeza de Yorha—. Tu filo tiene la capacidad de absorber esa energía y apaciguar la vibración de las partículas.

—¡No es tiempo de tomar clases! —exclamó Cilluen, lanzando un certero golpe con sus garras, que alcanzó a rozar el abdomen de Yorha, atravesando su armadura y causando graves daños en la piel de la Murhedar, quien soportando el dolor continuó combatiendo, cualquier cambio en su velocidad podría significar la muerte.

«Eso pude notarlo en mi enfrentamiento contra Xomak», pensó Yorha tras escuchar la voz en su cabeza, «pero realmente no sé cómo controlar esa habilidad de mi filo».

—Solo haz que tu filo interactúe con las llamas —susurró la voz, provocando molestia en Cilluen, quien intentaba reconocer aquella voz.

—¡Ja! ¿Crees que solo con palabras vas a lograr que ella aprenda técnicas que están fuera de su nivel? —se burló Cilluen de aquella voz, sujetando una de las katanas de Yorha para propinarle un cabezazo y después una patada recta en el pecho que la proyectó contra los escombros—. Veamos si puede aprender tan rápido... ¡Yorhalli, tus katanas al frente, ahora! —Cilluen apuntó sus garras hacia la Murhedar, que apenas se recuperaba del golpe sufrido hace unos instantes y lanzó una gran llamarada contra ella.

Yorha gritó con furia, colocando ambas katanas cruzadas frente a ella, el fuego era abrazador y comenzaba a quemar su piel, pese a la energía que la Murhedar emanaba para evitar que el fuego la traspasara, las llamas de Cilluen lograban hacerlo. El dolor era insoportable, pero ella se mantenía en pie, enfocándose en sus filos y en la interacción que estos tenían con las llamas.

—Concéntrate, siente como la energía de Cilluen fluye atravesando tu filo —susurró la voz.

—Sí, puedo sentirla —trastabilló Yorha, intentando no perder la conciencia, en ese momento su armadura comenzó a derretirse y el suelo bajo ella comenzaba a fundirse.

—Ahora enfoca esa energía, has que se disperse —susurró la voz.

Cilluen abrió sus ojos estupefacta, al igual que sus dos consejeros que no perdían de vista el combate. Yorha había logrado contener las llamas de Cilluen, estas chocaban con sus katanas y eran desviadas, rodeando a la Murhedar en vez de atravesarla.

—¡Lo hiciste Yorha! Estoy orgulloso —susurró la voz en su cabeza.

—Ahora puede comenzar el combate —murmuró Yorha con una enorme sonrisa, recuperando la composición de su armadura, que en ese momento brillaba con intensidad, exponiendo nuevamente las estrellas que había perdido dentro de sí.

—¡Maravilloso! —exclamó Cilluen entre risas, aplaudiendo a la Murhedar y apareciendo frente a ella, exhibiendo su maliciosa sonrisa y acercando sus labios al oído de Yorha—. Veamos qué más puede enseñarte tu padre —susurró burlonamente, habiendo reconocido la voz, ya que

Cilluen en el pasado había entrenado junto con Heldari y los Murhedar del filo cristal para afinar sus habilidades sensitivas.

Yorha quedó impactada, sin darse cuenta de que Cilluen la tomaba del cuello y la alzaba en el aire, su agarre era increíblemente fuerte, parecía estar a punto de romperle el cuello. Pero un segundo después tuvo que soltarla y bloquear dos ataques que provenían de sus costados, estos casi cortan parte de su abdomen, haciendo que la suprema comandante tuviera que aumentar su fuerza y velocidad, ya que estos filos superaban sus capacidades actuales en demasía.

—Eso estuvo cerca —dijo Cilluen de forma burlona para sí misma, viendo los dos enormes filos con forma de luna menguante y luna creciente que flotaban a los costados de Yorha. El filo había pasado tan cerca, que cortó el traje de la suprema comandante con su energía, pero para desgracia de Yorha no alcanzó la piel—. Si ese ataque hubiera cortado un solo milímetro de mi piel, habría perdido el combate.

«¿Así que todo este tiempo fuiste tú?», preguntó Yorha dentro de sí.

—No Yorha, pero no hay tiempo de explicarte, debes concentrarte en el combate —susurró la voz, haciendo que Yorha se enfocara en Cilluen.

—Esos deben ser filos únicos, su fortaleza y rapidez son muy superiores —infirió Cilluen con alegría, ya que podía elevar su poder—. ¡No debiste fallar ese ataque Yorhalli!

Cilluen se lanzó contra Yorha, como un poderoso tigre sobre su presa, acertando un zarpazo en el hombro de la Murhedar, que atravesó su armadura y desgarro su piel, al mismo tiempo en que la quemaba por dentro, provocando un desgarrador grito de dolor en Yorha, esta última, ocupó sus filos únicos para quitársela de encima y contratacar con sus katanas. Los movimientos de Cilluen eran excelsos, combinaba una gran variedad de estilos combativos, desviando los ataques que Yorha lanzaba en todas direcciones al mismo tiempo en que acertaba pequeñas llamaradas que quemaban poco a poco el cuerpo de Yorha.

En cierto momento Yorha pudo tomar distancia, combinando sus katanas y lanzando un poderoso corte horizontal mientras sus filos únicos atacaban la retaguardia de Cilluen. Al verse atrapada entre ambos ataques, la suprema comandante sonrió, girando sobre sí misma y creando un tornado de lava que repelió el ataque de la Murhedar. Yorha tomó distancia y colocó sus filos únicos frente a ella para resguardarla. El tornado comenzó a elevarse a una altura considerable y en su punto más alto se formó una enorme punta afilada, que se inclinó hasta apuntar a Yorha y se lanzó contra ella, dividiéndose en decenas de tornados de fuego. Sin amedrentarse, Yorha contratacó, volando hacia ellos y cortándolos con sus filos. Cada que uno de estos, era destruido, generaba una llameante explosión, haciendo que la piel de la Murhedar resintiera la poderosa energía. Al momento en que Yorha cortaba uno de los tornados, este se desvaneció y en su lugar apareció Cilluen, esquivando el filo de Yorha y acertando una patada en su abdomen que la estrelló contra el suelo, acto seguido los tornados restantes le cayeron encima, generando una gran explosión.

—¿Crees que se recupere de eso? —preguntó Kuixi a Siskun.

—No lo sé Kuixi, ese fue un golpe directo —respondió Siskun preocupado, deseando que Yorha saliera del cráter con vida.

—¿Hay alguien ahí? —bromeó Cilluen, acercándose al humeante cráter dejado por los tornados, pero en ese mismo instante esquivó un corte que Yorha lanzaba al salir por debajo de ella, para después bloquear los filos únicos de la Murhedar que se reagruparon con su portadora.

—Hace falta más que eso para derrotarme —dijo Yorha, parándose firme frente a Cilluen. Su armadura se encontraba fragmentada en algunas partes y su casco dejaba ver el lado izquierdo de su rostro, que parecía haber sufrido graves quemaduras, su respiración era profunda, intentaba ignorar el dolor.

—¡Libéranos ya! —susurraron varias voces dentro de su cabeza—. La haremos comerse su propia lengua.

—Sí Yorhalli, deberías liberarlos —dijo Cilluen confiadamente, pero su sonrisa desapareció al ver los ojos de Yorha, que se habían vuelto completamente negros, dentro de sí no se veía estrella alguna y en su armadura apenas se alcanzaban a ver pequeñas estrellas lejanas—. Esos ojos, realmente son únicos.

Yorha mostró un semblante sereno, en ese momento la fresca brisa daba una sensación de alivio a las quemaduras en su rostro y cerró los ojos por un instante, suspirando profundamente. El suelo bajo ella comenzó a temblar, y grandes surcos comenzaron a formarse en la tierra; el aire se agitaba con furia alrededor de la Murhedar, quien mostraba ahora una plácida sonrisa, en ese momento su armadura se recuperó por completo y afianzó su filo, abriendo los ojos y clavando su mirada en Cilluen.

—¿Puedes escucharme padre? —preguntó Yorha, preparada para darlo todo de sí.

—Sí Yorhalli.

—Aunque me hayas dejado sola todos estos años, nunca dejé de amarte como padre.

Yorha se lanzó entonces contra su contrincante, sus lunas golpearon primero, con tal fuerza que Cilluen debió esforzarse para bloquear correctamente los ataques y después recibir el golpe de Yorha, parecían estar a la par, las llamas de Cilluen ahora eran desviadas por las lunas de Yorha. Ambas heredar luchaban con maestría, lanzando grandes ataques que destruían todo con lo que hacían contacto si eran evadidos o desviados.

—¡No cabe duda de que eres una luchadora innata! —exclamó Cilluen mientras bloqueaba y contrarrestaba los ataques de Yorha. Algunos de estos eran tan fuertes que disminuían el calor de las llamas de la suprema comandante, no obstante, entre cada serie de ataques, Cilluen lograba traspasar la defensa de Yorha, cortando o quemando su cuerpo.

La suprema comandante comenzó a crear enormes muros de fuego en la zona de combate, limitando los movimientos de Yorha, quien cada vez que rozaba con uno de estos, sufría un corte en su armadura; para desvanecer los muros o traspasarlos, Yorha debía concentrar toda su energía en estos, lo que la volvía vulnerable por unos instantes. En una de estas ocasiones, Cilluen lanzó una patada que Yorha no alcanzó a esquivar y dio directo en su hombro izquierdo, lanzándola contra un muro de fuego, el cual atravesó, sufriendo graves cortes y quemaduras, para después chocar con los escombros.

Yorha se levantó rápidamente, ya que Cilluen estaba sobre ella, su fuego comenzaba a invadir todo el lugar y sus constantes ataques comenzaban a desgastar a la Murhedar, quien dejaba su sangre por toda la zona. Las llamas de Cilluen eran cada vez más abrazadoras, una de ellas era tan grande que Yorha no pudo evitarla, sino que se paró frente a ella y utilizó todo su poder para partirla por la mitad, haciendo que pasara por sus costados, la energía era brutal y alcanzaba a quemar a la Murhedar, que luchaba por resistir los constantes embates con la ayuda de sus lunas.

«No puedo continuar así, estoy a la defensiva, necesito cambiar la situación», pensaba Yorha mientras esquivaba las garras de la suprema comandante.

—¡No te distraigas! —gritó Cilluen, acertando una patada en el mismo hombro que la vez anterior.

En ese momento Yorha pudo sentir cómo su brazo se fracturaba, los golpes de Cilluen enfocaban toda la fuerza en un punto diminuto, lo cual los hacía en extremo efectivos. Yorha cayó entonces al piso, manteniéndose de pie con ayuda de su katana, su brazo izquierdo colgaba como si estuviese muerto.

—Creo que me pasé —dijo Cilluen, deteniéndose en el aire—. ¿Qué esperas? Refuerza el hueso fracturado con tu filo y continuemos. No pienso pelear contra una inválida.

Yorha respiraba con dificultad, estar en medio de tal infierno la sofocaba y comenzó a reforzar su hueso, cosa que jamás tuvo que hacer con anterioridad, así que su curación era más lenta y Cilluen comenzaba a impacientarse.

—Yorha, ¿hay alguien a quien quieras proteger más que nada en este mundo? —susurró la voz—. ¿Alguien que no podría resistir tu partida?

—Sí, a ella se lo debo todo —respondió Yorha, intentando soportar el dolor que producían las astillas de hueso perforando su carne mientras el filo rellenaba los espacios y acomodaba el hueso, pudiéndose escuchar como crujía al hacerlo.

—Ahora concéntrate en tu Katana y piensa en ella, en que debes protegerla, en que sin ti ella se derrumbaría.

Yorha puso su vista en la katana, mientras se completaba la curación de su brazo. De pronto, una extraña energía comenzó a emerger de su katana, la luz que provenía de ella era intensa y miles de estrellas comenzaron a salir de ella; después de un gran destello que cegó a todos a su alrededor, apareció aquella katana que había invocado en el subterráneo, un filo en extremo poderoso.

—No... —Cilluen estaba estupefacta al ver el filo único de Heldari aparecer frente a sus ojos y estiró su mano derecha a un costado, invocando una larga cuchilla recta similar a una espada claymore—. ¿En qué momento pudiste heredar un filo de tal magnitud? —preguntó, mientras invocaba una armadura ligera en todo su cuerpo, dejando únicamente su cabeza expuesta. Ella sabía que, contra un filo como ese, no podía exponer su cuerpo sin armadura.

—Después de todo sí era tu filo —confirmó Yorha, observando con alegría la bella katana, desvaneciendo la armadura en su rostro. Su energía comenzó a rodear a la Murhedar, haciendo que su armadura recuperara nuevamente sus brillos y que en sus ojos volvieran a surgir dos bellas lunas llenas, después Yorha se percató de que su brazo se encontraba completamente curado y lo movió de un lado a otro para comprobarlo.

—Sí que estás llena de sorpresas, no obstante, y para tu desgracia, no tienes el poder para portar un filo como ese de la forma correcta y por

467

un tiempo prolongado —dijo Cilluen, preparada para el último asalto del combate.

—Será el tiempo suficiente —respondió Yorha con una confiada sonrisa.

—Ese es el espíritu de un heredar verdadero y la katana no fue lo único que heredaste de tu padre, también esa sonrisa —comentó Cilluen, se notaba que la aguerrida actitud y confianza de Yorha comenzaban a ser de su agrado—. Te honraré con un combate justo, es una promesa —en ese momento todas las llamas se apagaron, permitiendo a Yorha descansar del intenso calor, y todo el poder de Cilluen se concentró en su espada, después descendió lentamente al piso frente a Yorha—. Ahora todo se decidirá por nuestra habilidad con la espada.

Yorha se mostraba confiada, el enfrentamiento con espadas era su especialidad y se colocó en posición de combate, con la katana al frente y sus pies separados, una postura firme. La energía de ambos filos parecía atraerse una a la otra, ya antes se habían encontrado y esta familiaridad los hacia querer combatir.

Cilluen lanzó el primer ataque, apuntando su espada al rostro de la Murhedar, quien la esquivó y propinó un corte horizontal dirigido a las rodillas de la suprema comandante, esta última giró sobre si misma evitándolo y lanzando un segundo corte que Yorha bloqueó con su filo. El contacto entre ambas fuerzas causó un gran estallido de luz y fuego, una escena por demás maravillosa a la vista de los espectadores.

—Es impresionante, aunque Yorhalli no pueda controlar de forma eficiente un filo como ese, ha logrado ponerse a la par de Cilluen y si actúa con inteligencia puede ganar el combate —comentaba Siskun a Kuixi mientras observaban la pelea a una distancia considerable.

—¿En verdad ese era el filo de Heldari? —preguntó Kuixi asombrada.

—Así es, ese filo puede cortar cualquier cosa, incluso la armadura de Cilluen, es por eso por lo que concentró más poder en su espada, pero la fuerza y velocidad siguen siendo las mismas que se sienten en Yorhalli, es realmente un combate justo.

Por momentos, el filo de Yorha parecía poder alcanzar la armadura de Cilluen, pero la suprema comandante era en extremo habilidosa y lo esquivaba sin problema alguno. Los ataques eran realmente poderosos y el cuerpo de Yorha resentía la enorme fuerza que debía ejercer para mantener el filo activo, además de que el calor que emanaba el filo de Cilluen continuaba traspasando su armadura y quemándola. Cada que el filo de

Cilluen chocaba con la katana de Yorha, una gran cuchilla de fuego continuaba el camino del corte trazado, haciendo que la Murhedar prefiriera esquivar los ataques que bloquearlos, ya que esta cuchilla de fuego cortaba su piel, haciéndola sangrar y quemando su interior. Yorha no mostraba signos de dolor, aunque su cuerpo era azotado cruelmente por el filo de Cilluen, ella se concentraba en el ataque. En cambio, el cuerpo de la suprema comandante podía soportar la poderosa energía del encuentro de ambos filos, su perfecta musculatura había soportado los entrenamientos y castigos más duros, creando un cuerpo ideal para el combate en cualquier situación, sumado a su poderoso filo y a las innumerables técnicas que podía ejercer, era un rival prácticamente invencible, el único combate que se sabe haya perdido fue contra su propio padre.

Después de un corte horizontal ejercido por Cilluen, Yorha salió proyectada a decenas de metros al bloquearlo, deteniéndose con la ayuda de su katana, aprovechando la oportunidad para tomar un respiro y afianzar su filo; estaba lista para la siguiente ronda de ataques, pero esta vez su katana lucía diferente, la parte afilada parecía haber concentrado todo el poder del filo y el brillo se enfocaba en una delgada línea mientras las estrellas comenzaban a moverse ordenadamente dentro de la hoja.

Cilluen alzó su filo y una fina cuchilla de fuego se extendió hacia el cielo, y con un elegante movimiento, la suprema comandante dejó caer su filo, lanzando una enorme cuchilla de fuego contra Yorha, que, sin pensarlo dos veces, usó su katana para cortar en dos el ataque, lanzando su propio corte de luz contra Cilluen.

—¡Excepcional! —exclamó Kuixi al ver el corte de Yorha y como Cilluen evadía el ataque, lanzándose contra la Murhedar—, ese filo realmente puede cortar lo que sea.

—Ese fue un corte de luz muy preciso, creo que Cilluen espera a ver si Yorha puede desatar más técnicas del filo de Heldari —comentó Siskun.

El chocar de ambos filos, ahora favorecía a Yorha, quien era capaz de cortar el fuego de Cilluen y disiparlo, por lo que pasó a la ofensiva, lanzando poderosos cortes que continuaban su camino, algunos de estos llegaban a la montaña más cercana, causando grandes surcos en esta. La suprema comandante se divertía con el combate, pero en un momento, vio a su alrededor, dándose cuenta de la destrucción causada, los verdes campos habían desaparecido, y solo quedaban los viejos escombros humanos que se habían levantado por la fuerza de los golpes. En un segundo, Cilluen capturó el antebrazo de Yorha con su mano, causando que la Murhedar quedara sorprendida, después le dio un golpe directo con su filo, que hundió a Yorha entre los escombros.

—¡Yorha! ¡Yorha levántate! —susurró la voz dentro de su cabeza.

El corte fue severo, no solo atravesó la armadura y cortó la piel, sino que también rompió varias de sus costillas y quemó gran parte de su torso, no parecía que Yorha fuese a reaccionar rápidamente, sin embargo, Cilluen ya se encontraba sobre ella, lanzando una estocada al corazón de Yorha. Pero algo interrumpió el ataque, distrayendo a Cilluen mientras Yorha abría los ojos con esfuerzo e intentaba incorporarse.

—¡Maldito pajarraco! —gritó Cilluen tomando a Maiknin y lanzándola lejos del lugar, la gran ave estaba malherida y se desplomó en la distancia.

—¡No! ¡Maiknin! —gritó Yorha enfurecida, olvidando sus heridas y lanzándose contra la suprema comandante.

El filo de Yorha golpeaba con gran fuerza, haciendo que Cilluen esquivara los ataques en vez de bloquearlos, ya que la fuerza igualada de Yorha no era suficiente para detenerlos; algunos de estos ataques pasaban demasiado cerca de su objetivo, rozando la armadura de Cilluen, que durante uno de estos ataques pareció quebrarse. El filo de Heldari comenzaba a ganar poder de alguna extraña manera y la suprema comandante incrementó el propio. El cuerpo ensangrentado de Yorha empezaba a sucumbir ante la fuerza de los embates y por momentos, Cilluen alcanzaba a quemar o cortar a la Murhedar, pero gracias a la energía que el filo de Heldari transmitía a Yorha, esta última no desfallecía. Un instante después, la suprema comandante saltó lejos de la zona, cayendo lentamente a una distancia considerable.

—Ha sido un combate muy interesante y reconozco tu valía, pero es hora de terminar con esto —aseveró Cilluen, volando a unos doce metros de altura y apuntando su filo hacia Yorha.

«Su siguiente llamarada será con todo mi poder, tengo que dividirla y soportar la energía», pensaba Yorha mientras reforzaba su armadura y concentraba todo su poder en el filo, esperando el ataque. Pero en ese mismo instante, Cilluen desvaneció su filo y en su lugar, apuntó su dedo índice hacia Yorha, «¿qué se supone que hace?», se preguntó, viendo cómo una pequeña luz se acumulaba en el dedo de la suprema comandante.

—Este es un rayo de energía pura, utilizando el mínimo de poder —dijo Cilluen, sonriendo orgullosa.

—¡Apártate! —gritó la voz dentro de Yorha.

470

Pero fue demasiado tarde, la pequeña luz se convirtió en un enorme rayo de energía azul, de al menos seis metros de diámetro, que alcanzó a Yorha en un instante. La Murhedar intentaba desviar la energía, pero era imposible, esta destrozaba poco a poco su armadura y en su filo comenzaron a verse pequeñas fracturas.

—¡¿Qué es este poder?! —exclamó Yorha intentando soportar en vano la cuantiosa energía de Cilluen. Su armadura perdía fragmentos y su piel expuesta se quemó en un instante, algunos trozos de ella se desprendían; Yorha comenzó a gritar de dolor, su cuerpo ya no le respondía, después de un segundo, su filo se fracturó y se desvaneció, momento en que Cilluen detuvo su ataque, viendo caer a Yorha de rodillas, con la armadura destrozada y la piel quemada.

—Debiste hacerle caso a tu padre y apartarte —repuso Cilluen, descendiendo lentamente hacia Yorha.

—Es la hora —murmuraban múltiples voces procedentes de Yorha.

—Comienzas a ponerme nerviosa Yorhalli —dijo Cilluen, alargando las garras de su guantelete para perforar el corazón de la Murhedar.

—Descansa tu mente, duerme, libéranos —murmuraban las voces.

—Yo las liberaré, no se angustien —respondió Cilluen a las voces, tomando a Yorha del cuello y levantándola, apuntando sus garras al corazón de la Murhedar.

Los ojos de Yorha apenas conservaban un ápice de conciencia. Al verlos por última vez, Cilluen pudo conectar con ellos, introduciéndose en la oscuridad, buscando algo más que la soledad y la paz que había encontrado con anterioridad, con la intención de darle una despedida digna, sin recordar su interior como un lugar vacío.

Yúnuen

—La noche es maravillosa —dijo Yúnuen con alegría avanzando rápidamente entre las sombras del bosque, saltando felizmente los arbustos en su camino y dando giros repentinos para ver el cielo a su alrededor entre las ramas de los árboles. Su sedoso cabello acariciaba las hojas a su alcance, dejando pequeños destellos en ellas, el rostro de la heredar desbordaba alegría, haber cumplido la misión sin más víctimas o heridos de gravedad la llenaba de felicidad.

Los pequeños animales del bosque la observaban pasar, curiosos por su extraña actitud; después de unos minutos Yúnuen llegó al lugar donde se encontraba la torre de vigilancia que habían capturado y se agachó preocupada al ver como un grupo de heredar la inspeccionaba.

—Changos, ya nos cacharon —murmuró Yúnuen, acercándose un poco más para observar a los heredar, estando ella sola se movía con más cautela, trepando un árbol desde donde podía observarlos con claridad y prestando especial atención en la conversación de dos heredar de la llama.

—Esto no va a gustarle a Siskun —comentó uno de ellos.

—Todas las torres están alerta, pero lo más seguro es que lograron su cometido nuevamente —dijo el otro.

—¿Qué crees que hayan hecho ahora?

—No lo sé, según los informes estuvieron en la zona central del bosque y hubo un combate muy intenso, parece que se dirigían al noreste.

—¿El escuadrón de Kuux ya fue informado?

—Sí, él está rondando la zona personalmente, parece ser que sus exploradores fueron inhabilitados y los refuerzos están en camino.

—Otra mala noche para nuestros heredar.

—Mañana comprobaremos que tan mal fue en esta ocasión y si cumplieron sus objetivos.

«Ay, ojalá pudiera decirles que ya no pasarán más noches como esta», pensaba Yúnuen, bajando del árbol para continuar su camino, en ese momento una colosal parvada de aves que provenía del norte pasó por encima del lugar, oscureciendo el cielo nocturno, «que raro, es una hora poco común para que las aves busquen refugio, bueno, deben ser aves de la región». Yúnuen continuó su camino, viendo cómo las aves buscaban un árbol donde descansar y evitando sus desechos.

—¡Ese casi me da! —gritó Yúnuen a los miles de aves, escondiéndose bajo una enorme rama y limpiando el sudor de su frente con su mano—. ¡Qué calor hace! Es muy raro, ni siquiera estamos en verano —después el viento cambió drásticamente de dirección, antes la brisa venía del suroeste y ligeramente del oeste, pero ahora todo el viento provenía del norte, era una brisa cálida, muy anormal para esa época del año.

Sin darle importancia, Yúnuen continuó su camino, estaba deseosa de ver a Yorha y contarle como resolvieron la misión, así que aceleró su marcha, ya no le importaba mucho ser descubierta y tomó uno de los caminos para vehículos que antes del conflicto eran muy transitados por comerciantes y grandes caravanas de recursos. La heredar jugaba, deslizándose por las curvas como si estuviese haciendo derrapes con un auto e invocando su armadura en los pies para ganar velocidad.

—¡Ahí está! —exclamó Yúnuen, frenando su avance y tomando impulso—. ¡Aquí voy! —gritó, despegándose del suelo y saliendo proyectada hacia la montaña, pasando por encima del bosque y cayendo justo en la saliente donde se encontraba la pequeña cueva.

—Miren quien llegó —comentó Nenet, saliendo a recibirla—. ¡Amiga mía! —exclamó, colgándose de su cuello y dejando caer todo su peso sobre ella.

—¿Y qué pasó? ¿Quién ganó? —preguntó Yúnuen con dificultad, intentando quitarse de encima a Nenet, quien la abrazaba con fuerza—. ¡Ay ya déjame! —gritó entre risas, quitándoselo de encima.

—Estás viendo a los propietarios de media bolsa de dulces nékutik —dijo Nenet orgulloso, dejando a Yúnuen en paz para caminar junto a Xaly, quien también se veía alegre con el resultado.

—¡No puedo creerlo! —contestó Yúnuen alegremente, buscando a Yorha entre los demás—. ¿Cómo pudiste perder Yorha?

—Yorha todavía no llega Yúnuen —apuntó Jasha, yendo hacia ella para recibirla.

—¿Es broma verdad? —preguntó Yúnuen preocupada.

—¿Nos ves comiendo dulces? —repuso Nenet.

Yúnuen los apartó de su camino y corrió hacia la saliente, viendo en dirección al norte, donde se suponía se encontraba Yorha.

—La capi no ha de tardar —comentó Jasha, acercándose a Yúnuen para tranquilizarla.

—Seguro había más civiles de lo que esperaba e intenta hacer la misión lo más discretamente posible —añadió Yoltic, acercándose a la saliente junto a Yúnuen.

—Esto no me gusta nada, ella debió haber llegado ya —dijo Yúnuen, observando atentamente el horizonte mientras sus compañeros comentaban suposiciones por las cuales ella tardaría en regresar. Pero en ese momento, a la distancia, Yúnuen pudo ver una luz azul que cubría el horizonte y unos segundos después una brisa cálida acarició su rostro, apagando los pequeños brillos de sus pecas.

—¿Estás bien? —preguntó Nenet al ver como Yúnuen mostraba un rostro de terror, parecía haber visto a la muerte misma.

—¿Yúnuen? ¿Qué pasa? —preguntó Jasha preocupado, viendo cómo Yúnuen temblaba y comenzaba a respirar de forma agitada.

—¡Yorha está en problemas! —exclamó Yúnuen, volteando precipitadamente hacia sus compañeros, que la veían sorprendidos—. ¡Tenemos que rescatarla, pronto!

—Muy bien, tranquila —dijo Nenet, intentando calmar a Yúnuen.

—Tracemos un plan, ya todos los heredar de la llama en el bosque deben estar alertados de nuestra presencia —apuntó Yoltic.

—¡No hay tiempo, tenemos que ir por el camino de la cordillera norte, es la forma más rápida! —exclamó Yúnuen agitada, invocando una armadura ligera, la cual simulaba estar a punto de estallar, desbordaba una gran energía y las estrellas dentro se agitaban con furia.

—No podemos ir por ahí Yúnuen, ese es el camino que Kuux está resguardando —repuso Yoltic, colocando sus dos manos al frente para señalar a su compañera que se relajara.

—¡Si no llego ahí pronto ella morirá! —gritó Yúnuen, derramando una pequeña lágrima; en su rostro había pasión y furia.

—Pero si vamos por ahí, nosotros también moriremos y no podremos ayudarla —refutó Nenet, sorprendido por la actitud de Yúnuen y manteniendo su distancia, parecía que en cualquier momento ella podría atacarlos.

—¡No tengo tiempo para esto! —gritó Yúnuen enfadada, volteando y saltando de la pendiente, que con la fuerza de la heredar, se derrumbó causando un deslave en gran parte de la montaña. Yúnuen cayó cientos de metros más adelante, sobre un antiguo camino rocoso, por el cual cruzaban los montañistas desde tiempos humanos, y corrió a una velocidad extraordinaria, llevándose consigo todo lo que le estorbase, era como un rayo de luz recorriendo el costado de la cordillera. Su rostro mostraba aflicción, estaba decepcionada de sus amigos e intentaba guardarse las lágrimas.

No pasó mucho para que, a la distancia, se encontrara con un puesto de vigilancia de la montaña, los heredar dentro lanzaron grandes llamaradas al aire para avisar de la presencia de Yúnuen. Tres de los heredar salieron a su encuentro saltando sobre ella. Yúnuen estaba a punto de invocar su filo, cuando de pronto, tres grandes cuchillas rebanaron cual mantequilla las piernas de los heredar, quienes cayeron al fondo de la montaña. En ese mismo instante, Yúnuen pudo ver como el puesto de vigilancia se desplomaba, como si hubiese recibido un ataque.

—¡¿Creíste que te íbamos a dejar toda la gloria?! —exclamó Jasha, quien había cortado las piernas de los heredar y alcanzado a Yúnuen para colocarse a su lado derecho.

—¡Jasha! —exclamó Yúnuen con lágrimas en los ojos.

—¡Tenemos una apuesta que cobrar! —exclamó Nenet mientras tomaba la retaguardia después de haber incapacitado a los heredar de la torre—. ¿Lo olvidas?

—No vamos a dejar sola a nuestra pequeña hermana —dijo Xaly, quien se había colocado a la izquierda de Yúnuen.

—Somos tu familia ahora, recuérdalo —apuntó Yoltic, tomando la delantera.

—Y la familia nunca te abandona —añadió Nenet, causando la risa de sus compañeros.

—Gracias chicos —mustió Yúnuen, limpiándose las lágrimas de los ojos—. ¡Los amo!

—Sí, sí, y nosotros a ti —respondió Nenet—. Pero si salimos vivos de esta, tú y la capi nos deberán una bolsa de nékutiks para cada uno.

—¡Les compraré un remolque entero! —exclamó Yúnuen entre risas.

—¿A cuánto estamos del segundo puesto de vigilancia? —preguntó Jasha a Yoltic, consciente de que los heredar de toda la cordillera habían sido alertados, por lo que estarían preparando sus defensas.

—Cuarenta y dos segundos desde ahora —respondió Yoltic.

—¡Nenet! —gritó Jasha, indicándole a su compañero que lo siguiera y tomando un camino diferente que los adentraba en el bosque.

Xaly tomó la retaguardia para proteger a Yúnuen, mientras que Yoltic se adelantaba, subiendo entre las rocas y esquivando varios ataques, afiladas cuchillas explosivas que intentaban rebanar sus miembros y que al pasar junto a él explotaban, lanzando miles de afilados proyectiles en todas direcciones. Con cada explosión, Yoltic creaba un filo con el cual desviaba con precisión los pequeños filos esquirlas, desvaneciéndolo para poder esquivar mejor los ataques. Dos heredar de la llama se colocaron en el camino frente a Yúnuen y posaron sus manos sobre el piso, creando una andanada de filos que apuntaban a sus pies.

—No te detengas —dijo Xaly a Yúnuen, creando un filo protector frente a la heredar, que desviaba los ataques enemigos.

Justo antes de llegar a ellos, Nenet apareció detrás envolviéndolos en un filo curvo con forma de medialuna y azotándolos contra la montaña, sobre él estaba Jasha, creando una lluvia de filos que caían sobre el puesto de vigilancia, clavando al piso a los heredar distraídos por Yoltic, pero sin matarlos, manteniendo así la promesa hecha a Yúnuen. Después se incorporaron a la formación colocándose Nenet en la retaguardia nuevamente.

—El próximo puesto contará con refuerzos, es lo más seguro —comentó Yoltic.

—Y después de ese estará Kuux —añadió Nenet, provocando el silencio de sus compañeros, parecían algo preocupados, y después de un incómodo momento Nenet reflexionó—. Para ser sincero, pensé en algún momento moriría al lado de la capi, en una alocada misión contra un grupo de perdidos o algo parecido.

—¿No crees que esto es mucho mejor? —comentó Xaly, causando que todos lo voltearan a ver—. Si alguno muere, habrá sido por salvarla, cosa que ella haría por cualquiera de nosotros sin dudarlo.

—Tienes razón, si he de morir por alguien, me da gusto que sea por ella —afirmó Nenet.

Todos mostraban confianza ahora y continuaron su marcha. Un minuto después, la formación se separó, Nenet se colocó frente a Yúnuen, invocando dos hachas de doble filo en sus manos mientras que Jasha y Yoltic subían la montaña y Xaly descendía hacia el bosque.

—¿Qué tengo que hacer? —preguntó Yúnuen a Nenet, ella no conocía la formación que estaban ocupando.

—Seguirme y no detener tu marcha —respondió Nenet volteando con una sonrisa sincera, en sus ojos Yúnuen podía ver el cariño que le tenía y sabía que le ayudaría hasta el fin—. Pase lo que pase, tú debes llegar con Yorha.

Yúnuen asintió con la mirada y continuaron su camino. Unos cien metros después una enorme roca se dirigía hacia ellos desde las alturas para aplastarlos, Nenet hizo girar sus hachas lanzándolas contra la roca y destruyéndola, tras ella dos heredar de la llama se abalanzaron sobre él. Con una maestría que dejo a Yúnuen sin palabras, Nenet se lanzó contra los heredar, esquivando el ataque conjunto y pasando por en medio de ambos, cuando uno de ellos intentó voltear, Nenet rebanó su brazo por completo al mismo tiempo en que lanzaba una larga cuchilla al heredar que pasó de él para atacar a Yúnuen, atravesando su omóplato y clavándolo en el piso. Yúnuen pudo ver como en el bosque sucedía otro combate, posiblemente eran heredar que esperaban emboscarlos desde ahí con los cuales se enfrentaba Xaly, después, frente a ellos otros dos heredar creaban una ola de cuchillas con forma de cierra circular que se abalanzaba sobre ellos, preocupando a Yúnuen.

—¡No te detengas! —gritó Nenet, estrellando un gran mandoble contra la ola, destruyéndola y lanzándose contra los dos heredar, combatiendo contra ambos mientras Yúnuen saltaba sobre ellos y continuaba su camino.

—¡Ahora viene lo difícil! —exclamó Jasha, cayendo a un costado de Yúnuen junto con Yoltic, entre ambos habían inhabilitado a los heredar sobre la montaña.

—¡Pase lo que pase tienes que seguir Yúnuen! —repuso Yoltic.

—¡Sí, nosotros nos encargaremos de Kuux! —añadió Nenet, colocándose nuevamente en la retaguardia.

—¿Alguna idea? —preguntó Xaly a Nenet, incorporándose a la formación.

—Soportar todo lo posible y darle a Yúnuen la oportunidad de escapar y llegar con Yorha —respondió Jasha a su pregunta.

—Ellos son cinco, si nos atacan en conjunto uno de nosotros deberá pelear contra Kuux y otro contra dos de sus heredar en solitario —apuntó Nenet.

—Yo peleare contra él —respondió Jasha.

—Y yo contra dos de sus heredar entonces —añadió Nenet.

«En qué nos hemos metido…», pensaba Yúnuen preocupada por sus amigos, viendo cómo en el horizonte los destellos azules no cesaban, ella podía sentir cómo el filo de Yorha se estremecía, su conexión con ella era muy fuerte y comenzaba a causarle una aflicción indescriptible que comprimía su corazón. «Resiste Yorha, por favor resiste solo un poco más», Yúnuen intentó concentrarse en su camino actual, pensando en una forma de evadir a Kuux en caso de que le diera seguimiento.

A varios kilómetros de ahí, sobre la cordillera, un heredar observaba el camino, perfectamente mimetizado con su entorno, escondido entre un grupo de rocas, viendo al noveno escuadrón acercándose a plena vista, usando su filo para observar con más detalle a

Yúnuen, pensando que se trataba de Yorhalli, pero al ver que no era así se puso de pie.

—¡Capitán! Venga a ver esto —dijo el heredar.

Tras él, apareció Kuux, su rostro siempre mostraba un semblante serio, casi molesto, con el ceño medio fruncido y la cabeza en alto. Era un hombre muy sereno y racional, de grandes conocimientos y personalidad intimidante, a quien le gustaba compartir sus conocimientos y enseñar a otros heredar. Su armadura era de un color rojo muy intenso, compuesta de múltiples placas afiladas sobrepuestas de las que brotaba humo, como si por dentro algo estuviese quemándose, parecía estar listo para el combate. Su piel era bronceada grisácea y contrastaba con el rojo en sus ojos, dentro de los cuales se levantaban grandes columnas de humo, tornándolos negros por momentos.

—¿Qué cosa Yassir? —preguntó Kuux, acercándose para observar en la misma dirección que su compañero.

—¿Es el escuadrón de Yorhalli? —preguntó una heredar del escuadrón con curiosidad a Yassir, y tras ella sus otras dos compañeras se acercaron intrigadas.

—Me parece que sí Amira, pero sin ella —dijo Yassir extrañado a su compañera.

—¡¿Qué?! ¿acaso están locos? —preguntó Reda (otra de sus compañeras).

—Creo que quieren suicidarse —respondió Nadra (la última de ellas), observando al escuadrón de Yorha acercarse presuroso por el camino de la cordillera.

Kuux se levantó y observó la dirección hacia donde se dirigían, viendo hacia el horizonte y notando los lejanos destellos azules, después se acercó al borde del desfiladero sobre el que estaban, intentando deducir lo que estaba sucediendo, ya que él conocía la sensación que el filo de Cilluen provocaba en la atmosfera.

—Capitán, no falta mucho para que pasen frente a nosotros —mencionó Nadra, haciendo que todos quedaran expectantes de la respuesta del Murhedar—. ¿Los eliminamos?

«El filo de la suprema comandante se encuentra activo… ¿Qué se supone que haría alguien del filo lunar en la zona norte?», se preguntaba Kuux intrigado, «allá no hay más que ruinas y edificios abandonados de principios de la tercera edad, sin mencionar que Cilluen está ahí, no tiene sentido».

—¿Capitán? —insistió Nadra. Ella era una mujer alta, de negros cabellos rizados, en los cuales se ocultaban diminutas esferas de fuego; sus ojos eran miel, con pequeños contrastes amarillos por las llamas dentro de ellos.

—No, no los eliminaremos —respondió Kuux, volteando hacia sus heredar—, esta noche es diferente a las demás, puedo sentirlo, no por nada han dejado vivir a todos nuestros heredar.

—¿Los dejaremos pasar? —preguntó Yassir. Él era un hombre de baja estatura, con cabello rizado y piel oscura; sus ojos eran naranjas, con bellos aros de fuego que cambiaban de color según la intensidad con la que usaba su filo.

—Podríamos hacer que se rindan, como ellos lo hicieron —comentó Reda. Ella era una mujer bastante atractiva y de cabello corto, siempre con un peinado actual y sofisticado, sus ojos eran de un color rojo traslucido que cambiaban su opacidad según la intensidad de la batalla.

—¿Rendirse? ¿El noveno escuadrón del filo lunar? No creo que eso sea posible amiga —repuso Amira. Ella era de estatura promedio y sonrisa eterna, de cabello lacio y delgado, casi a la altura de su ombligo, de color castaño rojizo, con bellas llamas descendiendo desde la raíz hasta la punta; sus grandes ojos rojizos desbordaban alegría.

—Los capturaremos con vida —ordenó Kuux, invocando su casco, este estaba hecho de pequeñas placas afiladas que se volvían más largas en la nuca, y en la parte de la mandíbula, boca y nariz, surgían pequeñas espinas humeantes que, con cada respiración del Murhedar, exhalaban fuego—. Uno a uno los iré capturando y separando del grupo, ustedes se mantendrán al margen, cada que uno de ellos sea separado del grupo, uno de ustedes se mantendrá con él para apresarlo.

—¡Sí capitán! —exclamó el escuadrón al unísono, aventándose por el desfiladero y planeando hacia el bosque.

A la distancia, Jasha pudo observar esta acción e invocó filos defensivos en cada antebrazo, con forma de afilados escudos triangulares; al verlo, sus compañeros imitaron dicha acción.

—¡No se dividan! —ordenó Jasha, suponiendo que Kuux los atacaría en solitario ya que los heredar que cayeron al bosque no portaban armaduras de combate ni sus filos expuestos.

Kuux comenzó a volar hacia el camino, deteniéndose justo a unos kilómetros de distancia del noveno escuadrón, después apuntó su puño derecho hacia ellos, extendiendo el brazo por completo y las placas de su armadura se abrieron creando una especie de flor humeante en su brazo.

Un instante después, miles de pequeños proyectiles salieron disparados de entre las placas de la armadura, en contra el noveno escuadrón.

Xaly cambió su posición con Yoltic, colocándose al frente del grupo y creando una barrera con su filo, esta tenía forma de prisma triangular, cubriéndolos por completo para evitar que los filos regresaran por la retaguardia, desviándolos hacia los costados.

—¡Yoltic dame apoyo! —gritó Xaly, quien comenzaba a flaquear por la fuerza de los miles de impactos. En ese instante Yoltic reforzó la barrera con su propio poder.

Al ver esto, Kuux hizo que sus proyectiles se derritieran, ahora parecían estar hechos de lava y se pegaban a la barrera hasta cubrirla por completo, poco a poco, la lava comenzaba a crear pequeños agujeros en la barrera.

—¡Dame una salida! —ordenó Jasha a Xaly, quien creó un agujero en la barrera para que Jasha saliera.

En ese mismo instante, la lava entró y se endureció, convirtiéndose en afiladas cuchillas que se esparcieron en todas direcciones, generando que Xaly destruyera su barrera y el escuadrón se separara, bloqueando de manera independiente los ataques de Kuux. Sobre el aire, Jasha invocó una enorme lanza que proyectó contra el Murhedar, quien, sin importarle el ataque del heredar, se dirigió directamente hacia Yúnuen, habiéndose dado cuenta de que el objetivo del escuadrón era protegerla. El filo de Jasha le dio seguimiento y se convirtió en cientos de delgadas lanzas luminosas que se lanzaron contra Kuux a una velocidad superior, al sentirlas venir hacia él, Kuux volteó y creó un cono de fuego, que absorbió y destruyó todas las lanzas de Jasha, después materializó un enorme mandoble en su mano para bloquear el ataque conjunto de Xaly y Yoltic, viendo a Yúnuen continuar su camino junto con Nenet y Jasha.

—¡Falta poco, no te detengas por ninguna razón! —exclamó Jasha a Yúnuen.

Xaly combatía con una espada recta, lanzando rápidas estocadas y cortes al Murhedar, mientras que Yoltic ocupaba una cimitarra con la que propinaba cortes de gran envergadura. Sin previo aviso, una densa nube de humo emergió de Kuux, obstaculizando la visión de los heredar que decidieron salir de esta para no ser víctimas de un ataque.

—¡Corre a la formación, van a necesitar tus barreras! —gritó Yoltic a Xaly, quien sin pensarlo se puso en marcha.

De pronto, una gran grieta se abrió en la tierra, persiguiendo a Xaly, y de ella emergió una enorme raíz de fuego, apresando su pierna.

Yoltic fue enseguida en su auxilio y cortó la raíz, después, cientos de grietas comenzaron a abrirse y la raíz se multiplicó, lanzándose sobre ellos. Kuux emergió de la nube de humo y voló hacia Xaly, seguido de cientos de raíces de fuego que emergían del suelo, una técnica por demás increíble.

—¡Vete ya! —gritó Yoltic, usando su filo para darle impulso a su compañero y que pudiera ganar velocidad, después volteó y comenzó a cortar las raíces con su cimitarra, que proyectaba grandes cortes de luz. Un segundo después, Kuux atravesó la clavícula de Yoltic, gracias al humo que emergía del Murhedar, era difícil ver sus movimientos—. ¡No avanzaras más! —gritó Yoltic a Kuux, intentando sujetar el brazo del Murhedar, pero antes de lograrlo, las raíces de fuego habían cubierto todo su cuerpo, apresándolo.

—¡Este es mío! —exclamó Yassir, lanzando una serie de filos curvos que rodearon a Yoltic y lo sujetaron contra el piso, parándose a un lado de él y apuntando un afilado florete al cuello del heredar—. No te muevas y no te haré ningún daño.

Kuux continuó su camino, siguiendo las raíces que no daban descanso a los heredar, con cada metro las raíces se multiplicaban, abarcando una gran extensión de la cordillera tras el escuadrón. A medida que se acercaban, algunas de las raíces se abrían, disparando afilados dardos contra Yúnuen, sin embargo, Xaly se mantenía detrás de ella, generando un filo protector que desviaba los dardos, mientras que Jasha lanzaba filos explosivos que frenaban momentáneamente el avance de las raíces.

—¡Qué técnica tan espectacular! —comentó Nenet sorprendido, viendo cómo las raíces empezaban a ocupar la colina a su izquierda para lanzar dardos hacia él, que bloqueó hábilmente con su filo—. Sin embargo, requiere una cuantiosa energía mantenerla, si podemos evitarla por más tiempo tendrá que desvanecerla.

—Tal vez podamos evitar su técnica —Apuntó Jasha, invocando su filo único (una bella hoja ninjaken) y deteniéndose abruptamente—. ¡Pero a él no! —Jasha lanzó un ataque de estocada a Kuux, quien lo esquivó, pretendiendo pasar del heredar para alcanzar a Yúnuen, pero la velocidad de Jasha no se lo permitió, ya que alcanzó con facilidad a Kuux, haciendo un corte vertical que apuntaba a la cabeza del Murhedar, todo esto mientras ambos volaban sobre las raíces de fuego.

Kuux no tuvo opción y se volteó, bloqueando el ataque con su mandoble y lanzando sus raíces contra Jasha, quien, con un corte devastador, destruyó todas las raíces a su alrededor al mismo tiempo en que evitaba un ataque de Kuux, que pretendía ensartarlo; los cortes y estocadas de Jasha generaban poderosas ventiscas que disipaban el humo de Kuux, permitiéndole combatir contra el Murhedar sin perder de vista sus ataques.

«Estos heredar tienen un gran nivel», pensaba Kuux mientras evadía los ataques de Jasha, algunos de estos eran tan fuertes que al Murhedar le costaba trabajo desviarlos y sus raíces no podían apresarlo, debido a que las ventiscas de Jasha no solo disipaban el humo, también seguían su camino cortando las raíces que se acercaban. El Murhedar lanzó un corte vertical con su mandoble, que Jasha esquivó sin problemas y contratacó con una estocada al rostro de Kuux, que para su sorpresa dio en el blanco, atravesando el visor y saliendo por la parte posterior del cráneo. Sin embargo, la falta de sangre alertó a Jasha, pero era demasiado tarde, la armadura de Kuux se convirtió en lava, apresando el filo del heredar y devorando su mano.

—¡Maldición! —gritó Jasha, invocando una pesada hacha en su otra mano para cortarse la mano apresada y liberarse de la lava sin tocarla nuevamente con su filo, pero en ese momento alguien lo detuvo, bloqueando su hacha con una espada curva, permitiendo así, que las raíces de Kuux lo envolvieran y la lava se endureciera en todo su brazo.

—¡No hagas eso! ¡Qué locura! —exclamó Amira sorprendida por el actuar de Jasha, viendo cómo intentaba encontrar la forma de liberarse para ayudar a Yúnuen—. Por favor no sigas, no queremos hacerles daño —pero al ver la insistencia de Jasha y temiendo que pudiera escapar, invocó una serie de filos con forma de pinzas, con los que reforzó las raíces de Kuux para que Jasha no escapara.

—¿Por qué nos están capturando? —preguntó Jasha.

—¿Se hubieran rendido si se los pedíamos cortésmente? —respondió Amira.

—Pues no —dijo Jasha, volteando hacia el norte y sonriendo al ver que sus amigos habían desaparecido de su campo visual—. Solo espero haberle dado suficiente tiempo —susurró.

—¿Por qué la escoltan a través de este camino? —preguntó Amira, acomodándose el cabello y desvaneciendo sus pinzas, ya que Jasha parecía calmado.

—Queremos rescatar a una amiga que está en problemas.

—Si está en problemas, debió retirarse ¿no lo crees?

—¡Ja! No la conoces, la palabra retirada no está en su vocabulario.

—¿Por qué fue ella sola? Al norte no hay nada de valor para ustedes, solo pasto.

—Creo que da igual si te lo digo, ella fue por unos estudios geotécnicos o algo parecido que portan sus ingenieros, para la construcción de los acueductos subterráneos.

—¿Estudios geotécnicos? —Amira comenzó a reírse al escuchar la supuesta misión de Yorha.

—¿Qué es tan gracioso? —preguntó Jasha algo molesto.

—Todas esas cosas están resguardadas en la capital; al norte solo hay ruinas y verdes llanuras, creo que están planeando construir una base de operaciones, pero aún no saben si es buena idea. ¿Por qué tendríamos estudios tan importantes cerca de la frontera y en manos de civiles? —respondió Amira, sentándose junto a Jasha y recargando su cabeza en las raíces que lo apresaban, después sacó una paleta de su bolsillo y comenzó a lamerla.

—Viéndolo de esa manera suena muy tonto —reflexionó Jasha.

—Su servicio de inteligencia no es tan bueno como presumen —dijo Amira burlonamente.

—Quizá... —respondió confundido. Jasha comenzaba a cuestionarse la utilidad de la misión y quien de los Murhedar del consejo la había propuesto.

A varios kilómetros, Kuux estaba a punto de alcanzar al resto del noveno escuadrón y sus raíces se lanzaban sobre ellos, algunas de estas alcanzaban tamaños colosales, una de ellas abrió el suelo bajo el escuadrón, intentando alcanzar a Yúnuen.

—¡Yo me encargo! —exclamó Nenet, lanzando un filo con forma de cierra circular que destrozó la enorme raíz y se dirigió a Kuux, este ultimo la bloqueó con su mandoble, pero al hacerlo, la cierra explotó, creando un destello cegador, suficientemente fuerte para dejar ciego a cualquiera por unos minutos.

Kuux no pareció cegarse con el destello y continuó su camino, pero chocó abruptamente con algo, dándose cuenta de que estaba encerrado en una barrera cúbica, sobre la que estaba parado Xaly.

—Ya veo, el destello fue para que pudieses crear esta jaula sin que me diera cuenta —infirió Kuux, palpando la pared de la barrera con su mano—. Es bastante fuerte, podría contener hasta un perdido; debo decir que estoy impresionado con todos ustedes.

—Gracias, usted es formidable, nos honra poder enfrentarlo —respondió Xaly, quien concentraba todo su poder en la barrera, por lo que no podía invocar nada más, cosa que Kuux desconocía.

En ese instante Kuux desvaneció las raíces que perseguían a Yúnuen, cerró los ojos y respirando profundamente colocó ambas palmas de sus manos contra una de las paredes de la barrera, sus guanteletes comenzaron a brillar, tornándose de un color similar al del hierro fundido; acto seguido abrió los ojos y transfirió una energía descomunal a la pared. Xaly luchaba por mantener la barrera ya que la vibración que la poderosa energía del Murhedar transmitía estaba a punto de fracturarla. Era una lucha que se llevaba a cabo a un nivel molecular, una batalla de técnica y no de fuerza. Las placas en la armadura del Murhedar se abrieron y un espeso humo llenó la barrera que comenzó a cuartearse, permitiendo la salida del humo, y con una pequeña chispa procedente del Murhedar, el humo explotó, destruyendo la barrera.

—Ese fue un combate interesante capitán —dijo Nadra a Kuux, mientras este último se marchaba a toda velocidad para alcanzar a Yúnuen.

—Tu capitán es realmente fuerte —comentó Xaly, quien estaba apresado en el suelo por las raíces de Kuux.

—Es muy inteligente y como sabes, la verdadera fuerza radica en el conocimiento —respondió Nadra, sentándose junto a Xaly—. No te preocupes él no le hará daño a ninguno de tus amigos.

Kuux comenzaba a darle alcance a Yúnuen, su velocidad era excepcional, volando al ras del suelo, dejando tras de sí una gran cortina de humo negro con destellos rojizos que lo seguía. Nenet pudo sentir al Murhedar acercándose y saltó atrás de Yúnuen.

—Es mi turno, no falta mucho —dijo Nenet, acercándose al costado de Yúnuen y viéndola con nostalgia como si fuese la última vez que se verían—. ¡Salva a Yorha! —exclamó, invocando su filo único, un Kanabō de al menos dos metros de largo, un filo excepcionalmente destructivo.

Al ver el filo de Nenet, Kuux convirtió su mandoble en una espada flamígera de tipo zweihänder de al menos un metro con ochenta centímetros y chocó su filo contra el de Nenet, generando una poderosa onda de energía que sirvió de impulso para que Yúnuen tomara mayor velocidad. Nenet giraba su Kanabō alrededor de su cuerpo, realizando ataques contundentes contra Kuux, al mismo tiempo en que generaba poderosas ventiscas afiladas que el Murhedar igualmente tenía que esquivar o cortar; cada que Nenet chocaba su filo contra el suelo o contra la espada de Kuux, de los pinchos de su filo surgían proyectiles afilados que se proyectaban en todas direcciones, algunos de estos alcanzaban al

Murhedar, dañando su armadura. Las estrellas en la armadura de Nenet comenzaban a desprenderse y flotar alrededor de ellos.

—Es un filo único muy peculiar —comentó Kuux durante el combate, parecía estar asombrado con la fuerza de Nenet y empezaba a combatir a la defensiva, evadiendo los aplastantes ataques del Kanabō—. Aunque el filo sea realmente pesado y sus ataques contundentes, manejas el peso con todo tu cuerpo de una forma excepcional y no solo con tus brazos, esto te ayuda a ganar velocidad en tus ataques.

En cierto momento, las estrellas de Nenet comenzaron a rodearlos y arremolinarse con furia, convirtiéndose en pesadas bolas con pinchos afilados y lanzándose contra Kuux, quien viéndose rodeado hizo que una enorme nube de humo emergiera de su armadura, obstaculizando la visión de Nenet, quien, sin perder tiempo impactó su filo contra la nube, dejando un enorme cráter en su lugar. En ese mismo instante las raíces de Kuux rodearon a Nenet, lanzándose conta él para apresarlo, sin embargo, el heredar giró su filo alrededor de sí, lanzando un gran corte de luz circular y destruyendo todas las raíces en un instante, después saltó y juntó energía para destruir el suelo bajo él, suponiendo que Kuux se encontraba aún debajo; pero antes de lograrlo, el filo flamígero salió cual serpiente de la tierra, su extensión parecía ilimitada y atacó a Nenet, quien tuvo que bloquearlo, al hacerlo la flamígera rebotó en su filo, doblándose y extendiéndose hasta chocar contra las rocas de la montaña, rebotando en ellas y proyectándose contra Nenet, quien bloqueó nuevamente el ataque, provocando que la flamígera volviera a chocar contra las rocas y rebotara nuevamente contra él, la velocidad del filo superaba con creces a la del heredar, por lo que no tenía otra opción que bloquearlo. Esto se repitió constantemente, y sin darse cuenta, Nenet estaba rodeado del filo flamígero, que se cerró sobre él, apresándolo en un instante.

—Diste una buena pelea, estoy muy impresionada —comentó Reda, acercándose a Nenet después de que este se desplomara en el suelo, envuelto por el filo de Kuux—. Son muy pocos los heredar que logran hacer que el capitán se defienda.

—Hola Reda —dijo Nenet, quien ya conocía al escuadrón de Kuux con anterioridad.

—Hola Nenet —respondió Reda, sentándose sobre el heredar con una pequeña rama en la mano—. Qué raro es vernos tan de cerca sin atacarnos, ¿no te parece? —comentó, picándole la cara a Nenet con la rama.

—Sí —afirmó Nenet, intentando esquivar la rama para que esta no le picara un ojo—. ¿Nuevo peinado? —preguntó, observándola con atención, no recordaba que fuese tan atractiva la última vez que se vieron.

—¿Te gusta? Es la última tendencia en la red —comentó Reda orgullosa, acomodando su cabello y viéndose en el espejo de su red.

—Te va muy bien, tienes facciones muy delicadas y el cabello corto te luce de maravilla —respondió Nenet con una sonrisa, levantando una de sus cejas y viéndola directamente a los ojos, lo que provocó que Reda riera y volteara su mirada un poco avergonzada.

—¡Basta! Se supone que eres mi prisionero —repuso Reda, golpeando a Nenet con la pequeña rama en la frente.

—¿No has oído hablar del síndrome de Estocolmo? —refutó Nenet, haciendo que Reda se riera y lo golpeara nuevamente, esta vez quebrando la rama en su cabeza.

Lejos de ahí, Kuux continuaba su camino, sintiendo la increíble energía de Cilluen a la distancia y preguntándose la razón por la que habría activado su filo. No pasó mucho para que se detuviera abruptamente, viendo a Yúnuen, quien se encontraba de pie en medio del camino, esperándolo. El Murhedar apoyó sus pies en el piso, observando atentamente a la heredar.

—¡Mi batalla no es contigo Kuux, da media vuelta y déjame continuar! —exclamó Yúnuen, su voz retumbó en los oídos del Murhedar que veía en ella un poder sin igual—. ¡No podrás detenerme!

—En otras circunstancias atendería tu petición, pero lamentablemente las circunstancias actuales no me lo permiten —repuso Kuux. Su armadura comenzó a brillar, como metal al rojo vivo a punto de fundirse; las placas de las que estaba compuesta empezaron a vibrar y expulsar vapor, parecía estar a punto de pelear utilizando su verdadera fuerza.

—¡Théra me acompaña esta noche Kuux, sé que puedes sentirlo! —exclamó Yúnuen. Su armadura cambió drásticamente, las lisas placas con las que estaba compuesta comenzaron a transformarse en gruesas escamas azules, similares a las de una serpiente y sobre estas aparecieron bellas plumas cristalinas afiladas que desprendían estrellas con cada movimiento; en sus guanteletes aparecieron enormes garras curvas, similares a las de las águilas. Su casco dejaba ver los bellos ojos de la heredar; en la parte superior un ostentoso pico de águila cubría su cráneo hasta la raíz de la nariz, mientras que su boca y nariz estaban cubiertas por dos placas escamadas; la parte posterior del cráneo se había llenado de bellas plumas afiladas, formando un ostentoso penacho azul lleno de estrellas. Una deslumbrante luz azul blanquecino emergía de la armadura, y dentro, miles de estrellas se agitaban ferozmente queriendo escapar.

—Solo hay una forma de estar seguros —dijo Kuux, materializando un filo flamígero excepcionalmente largo, con la flexibilidad de un látigo, de él escurría lava y danzaba frente al Murhedar como las llamas de una hoguera.

Yúnuen por su parte invocó una espada ropera, con un bello mango ornamentado con plumas que sostuvo con delicadeza, casi parecía flotar entre sus dedos. En ese instante, el filo de Kuux se lanzó cual serpiente interminable contra Yúnuen, pero el filo de la heredar, imitando la acción del filo rival, se proyectó contra la flamígera, impactándola y desviándola contra las rocas, haciendo que esta rebotara y se lanzara nuevamente contra Yúnuen, sin embargo, el filo de la heredar bloqueaba cada movimiento, extendiéndose indefinidamente. Ninguno de los heredar se movía, se veían fijamente a los ojos mientras sus filos se enfrentaban a una velocidad extraordinaria, enredándose entre sí y formando poco a poco una gran maraña de cuchillas. En un momento, los heredar se perdieron de vista entre los filos y Kuux convirtió su flamígera en humo explosivo, a lo que Yúnuen respondió saltando lejos del lugar y haciendo explotar su propio filo para disipar el humo que seguramente la hubiera envuelto; inmediatamente después invocó una nueva espada para bloquear un ataque que Kuux lanzaba desde las alturas, en ese momento comenzó un intenso duelo de esgrima, ambos portaban roperas y lanzaban poderosas estocadas que, al ser esquivadas, la energía seguía su camino, dejando enormes agujeros en donde impactaran.

«La conexión con Théra de esta niña es realmente intensa y no hace más que crecer, debo detenerla ahora», pensó Kuux, tomando distancia e invocando cientos de raíces que emergían del suelo bajo Yúnuen, a lo que la heredar respondió elevándose a gran altura, haciendo que las raíces la persiguieran. Kuux voló tras ella, materializando su espada zweihänder flamígera, pero algo lo detuvo, era Yúnuen, quien cruzó los brazos frente a su rostro y giró sobre sí misma, para después abrirlos en dirección a las raíces, de ellos salieron disparadas miles de afiladas plumas, con una fuerza y velocidad incomparable, destruyendo todas las raíces de Kuux y gran parte de la montaña sobre la que estaban.

—Tu determinación es admirable —comentó Kuux después de haber esquivado el ataque, lanzándose nuevamente contra Yúnuen, esta vez portaba una espada khopesh, un filo bastante raro de ver en combate y difícil de contratacar.

—Kuux por favor no sigas, solo estás poniendo en peligro la paz entre nuestras naciones —repuso Yúnuen, invocando dos lanzas para intentar contrarrestar el filo del Murhedar.

El filo de Kuux desviaba fácilmente las estocadas de las lanzas de Yúnuen, acercándose peligrosamente al cuello de la heredar, quien de pronto pareció desaparecer y apareció encima del Murhedar, lanzando un doble golpe vertical con sus dos lanzas que Kuux pudo esquivar con algo de dificultad. Al ver a su alrededor, el Murhedar pudo notar que estaba rodeado de estrellas, en ese mismo instante Yúnuen transformó sus lanzas en afilados látigos, comenzando su ataque. Kuux duplicó su espada para bloquear los ataques, que parecían provenir de todas direcciones, las estrellas de Yúnuen no solo aumentaban su velocidad, sino que también hacían que sus ataques cambiaran de dirección repentinamente, algo que solo un heredar excepcionalmente hábil podría esquivar, cosa por la cual Kuux era conocido. El combate estaba igualado, Yúnuen compensaba la desigualdad de poderes con técnicas realmente complejas, haciendo que sus látigos cobraran vida propia y utilizaran sus estrellas para atacar sorpresivamente en direcciones diferentes.

—¡Explícate! —exclamó Kuux, llenando la zona de vapor para sentir de forma más precisa los ataques de Yúnuen, ya que gracias a sus estrellas podía maniobrar a mayor velocidad.

—Yorhalli es la evidencia viviente que mi tío Kélfalli necesita para detener esta guerra —explicó Yúnuen, atacando sin descanso al Murhedar y disipando el vapor con poderosas ventiscas generadas por uno de sus látigos—. Y si muere a manos de Cilluen, la guerra solo empeorará.

—¿Kélfalli está involucrado en esta misión tan extraña? ¿Por qué mandaría a Yorhalli a encontrarse con Cilluen? —se preguntó Kuux, extendiendo sus manos y lanzando de ellas cientos de brasas ardientes que flotaron junto a las estrellas de Yúnuen. Ahora cuando Yúnuen se transportaba entre ellas, las brasas se pegaban a su armadura, transformándose en lava y propagándose rápidamente, Yúnuen simplemente separaba las plumas cubiertas de lava de su armadura para librarse de ella, pero esto la ralentizaba. Sus filos en cambio, cuando se cubrían de lava, tenían que desvanecerse y volverse a materializar.

—Increíble, nadie había encontrado la manera de frenar esta técnica antes —dijo Yúnuen sorprendida, haciendo que sus estrellas regresaran a la armadura y continuando el combate sobre la tierra—. No,

Kélfalli está buscando testigos para presentar un caso ante ambos consejos y así lograr la paz entre ambas naciones, nuestra misión aquí, vino del consejo.

—¿Y ellos enviaron a Yorhalli hacia la posición de Cilluen? —preguntó Kuux, deteniendo sus ataques y reflexionando la situación—. ¿Por qué harían algo así? Si matando a Yorhalli evitarían la paz entre ambos países, ¿quién se beneficiaria de ello? Nadie…

—No teníamos idea de que esto pasaría. ¡Por favor Kuux, necesito salvarla! —exclamó Yúnuen, en su mirada había pasión, un millar de estrellas habitaban sus ojos, podía sentirse como Théra quería comunicarse con Kuux a través de ellos—. No me hagas perder más tiempo aquí.

Kuux desvaneció su filo y alzó ambas manos hacia el cielo, sus guanteletes parecieron convertirse en lava, estaba a punto de materializar su filo único, cuando de pronto, pudo sentir cómo una enorme energía lo rodeaba, esta no procedía de Yúnuen, era realmente sobrecogedora y abrumadora, tanto que lo paralizó, y frente a su rostro, a solo unos milímetros, apareció Yúnuen, conectando sus enormes ojos con los del Murhedar. Kuux pudo ver la verdad dentro de aquellos ojos y todo lo que había sucedido durante la misión; poco a poco el Murhedar bajó sus manos y desvaneció su armadura.

—Vete ya, veré que tus amigos se vayan y averigüen qué está pasando con su consejo y la procedencia de la información para esta misión —dijo Kuux, apartando la mirada y dando media vuelta.

—Gracias Kuux —susurró Yúnuen, retomando su camino.

«Su conexión con Théra es realmente poderosa y pude sentir cómo Théra realmente quiere que se vuelva a encontrarse con Yorhalli, pero ¿qué podría hacer ella ante el poder de Cilluen? ¿Cómo hará para que ella reflexione la situación y las deje vivir?», pensaba Kuux mientras se apresuraba para reunir al escuadrón de Yorha.

No faltaba mucho, la energía de Cilluen había ahuyentado a todo ser vivo en kilómetros a la redonda, y la vegetación se encontraba chamuscada. Yúnuen podía sentir el inmenso calor de la suprema comandante, era como acercarse al cráter de un volcán en erupción. Pero no mostraba temor alguno y su armadura brillaba más que nunca, estaba decidida a cumplir su promesa, Yorha no moriría aquella noche, de eso estaba segura.

489

—Tú no eres bienvenida aquí —susurró una voz en la oscuridad.

—Tu soberbia e hipocresía envenena nuestra paz —susurró otra voz.

—¿Quiénes son ustedes? —preguntó Cilluen, vagando dentro de la oscuridad de Yorha, buscando la procedencia de las voces—. ¿Qué hacen dentro de un heredar sin corrupción?

—Lo único corrupto aquí eres tú hija de la llama —susurraron miles de voces al unísono.

Cilluen pudo sentir una presencia distinta, una que realmente la inquietaba y fortaleció sus llamas, en sus ojos no había temor alguno y concentró sus sentidos en aquel ser.

—¡Revélate! —ordenó.

Frente a ella, la oscuridad parecía distorsionarse y comenzaron a visualizarse pequeños contrastes de colores y rostros deformados, las dimensiones de este ser eran inmensas, no podía verse un final y rodeó a la suprema comandante en un instante.

—¿Tú eres lo que provoca las anomalías en el filo de esta heredar? —preguntó a la criatura.

—Otro asqueroso parásito que cree poder ejercer control sobre nosotros —susurraron los miles de voces.

—¡Contéstame! —ordenó Cilluen.

—No hija de la llama, yo uso a este heredar como conducto para observarlos —respondieron las voces.

—Si no te encuentras aquí, entonces ¿dónde estás? —preguntó Cilluen, habiendo entendido que se comunicaba con la bestia.

—Eso no importa, hemos venido a pedirte que no mates a esta heredar —susurraron las voces—. No es su momento, solo arruinarías nuestros planes.

«¿Y dónde está Heldari? Será que Yorhalli tiene la capacidad de comunicarse con Théra de una forma directa», pensaba Cilluen, pese a la aparición de este ser, ella podía sentir que ninguna de las voces anteriores, incluyendo la de Heldari habían provenido de la bestia.

—Brillante deducción —murmuraron las voces, al parecer podían leer los pensamientos de Cilluen—, es por eso por lo que no debes eliminarla, ella es la conexión directa entre el mundo material y el antimaterial.

—Si ella es el conducto por el cual puedes comunicarte y observarnos, deberíamos poder encontrar la forma de ver a través del mismo conducto y determinar tu ubicación —infirió Cilluen, pensando en los pros y contras de la situación.

—Es una posibilidad —susurraron las voces que comenzaban a desvanecerse—. Déjala vivir hija de la llama y te estaremos eternamente agradecidos —al finalizar estas palabras, aquel ser desapareció sin dejar rastro alguno.

—¿Hacerles un favor? ¡Ja! —Cilluen estaba bajo una encrucijada, si dejaba vivir a Yorhalli, podrían encontrar la manera de usarla para ubicar a la bestia, pero también se exponían a un peligro incierto ya que la bestia la quería con vida por alguna razón—. ¿Qué harías tú, padre?

—Él no está aquí, niña malcriada —susurró una voz.

—Veo que han vuelto —dijo Cilluen con desdén mientras sopesaba la situación—. No creo que sea conveniente esperar a que se liberen si las bestias están implicadas, lo lamento Yorhalli, pero no permitiré que nos sigan espiando a través de ti, es demasiado riesgoso.

—Maldita escoria sarnosa —susurró otra voz esta vez parecían estar más cerca de la suprema comandante.

—¡Heldari! Si sigues aquí, quiero que sepas que esto no es personal, pero considerando las circunstancias, no creo que sea conveniente que Yorhalli siga en nuestro mundo —dijo Cilluen, esperando una respuesta, pero al parecer se había quedado sola, en medio de la oscuridad dentro de Yorha. La suprema comandante apartó entonces su mirada, perdiendo la conexión y observando a su alrededor.

—Te fuiste un buen rato —dijo Kuixi a Cilluen, acercándose para ver si Yorha seguía con vida—. ¿La matarás?

—Sí, lo siento, lo que hay dentro de esta niña es demasiado riesgoso, tendré que eliminarla —respondió Cilluen, que después del enfrentamiento había considerarlo dejarla con vida y pedirle que sea su alumna; después apuntó sus garras al corazón de Yorha.

—Eso es una lástima —comentó Siskun después de un breve suspiro.

—No quedará nada de ti —dijo Cilluen a Yorha, quien apenas conservaba algo de conciencia, sujetando el brazo de la suprema comandante con ambas manos, en un intento inútil por liberarse—. Tranquila, pronto te reunirás con tu padre.

Cilluen comenzó a juntar energía en sus garras, las llamas dentro de su guantelete se agitaban descontroladamente, ella pensaba incinerar totalmente a Yorha para no dejar vestigio alguno de ella que la bestia pudiera recolectar. Pero antes de asestar el golpe, Cilluen pudo sentir algo en Yorhalli, una energía oscura que a medida que la conciencia de la Murhedar se desvanecía, esta se volvía más fuerte y cientos de voces comenzaron a susurrar a oídos de la suprema comandante. Cilluen sacudió la cabeza, intentando desvanecer aquellas voces y sin perder más tiempo, lanzó su ataque, con un poder extraordinario. viendo cómo estaba a punto de tocar el pecho de Yorha, una enorme cuchilla con forma de pluma cayó sobre el guantelete, obstruyendo el ataque y desviándolo hacia el suelo. La suprema comandante soltó a Yorha y retrocedió, habiendo sentido una inmensa energía en aquel filo, que se introdujo bajo la tierra, haciéndola temblar descontroladamente; un instante después, del orificio dejado por el filo emergió una gigantesca serpiente emplumada que atacó a Cilluen, lanzándose contra la suprema comandante a una velocidad desenfrenada, lista para devorarla. Ella detuvo el ataque, sosteniendo las mandíbulas de la serpiente con sus manos y siendo arrastrada cientos de metros, hasta que la increíble fuerza del agarre de Cilluen, destrozó a la serpiente, que explotó, lanzando miles de plumas por todo el lugar. Al caer al piso, estas plumas comenzaron a multiplicarse, llenando todo el campo de batalla y formando un mar de plumas, por lo que Cilluen decidió volar para no hacer contacto con ellas.

—¡No te atrevas a ponerle otro dedo encima! —exclamó Yúnuen, quien volaba por encima de Yorha, con Koyol a su espalda brillando de forma esplendorosa. En la espalda de Yúnuen habían surgido dos bellas alas de luz azul y en la parte posterior de sus brazos, las plumas se habían alargado y multiplicado, formando largas cuchillas, desde el hombro hasta la mano, cada una de estas plumas media aproximadamente un metro con treinta centímetros.

—¡Yúnuen! —gritó Yorha, quien al sentir a su amiga recuperó totalmente la conciencia e intentó levantarse, pero sus piernas no le respondían completamente.

Yúnuen descendió lentamente sin quitar su vista de Cilluen, al tocar el mar de plumas volteó hacia Yorha, viendo cómo escurría sangre de sus heridas y su piel burbujeaba por las quemaduras.

—¿Qué te han hecho Yorha? —preguntó Yúnuen afligida, agachándose e intentando sujetar a su amiga de la armadura, pero ya eran muy pocas las partes que quedaban de esta.

—No te preocupes, esto sanará —respondió Yorha, recuperando sus fuerzas y levantándose con dificultad apoyándose en Yúnuen—. Pero qué bonita armadura, nunca te la había visto —bromeó, intentando distraer a su amiga para que no se afligiera.

—¡Perdóname Yorha, no debí tardar tanto! —exclamó Yúnuen viendo con impotencia las terribles heridas de su amiga, pero poco a poco la impotencia en su mirada se transformó en furia y volteó bruscamente hacia Cilluen incorporándose y colocándose entre Yorha y la suprema comandante.

—Ella es la sobrina de Kélfalli ¿no es así? —preguntó Cilluen a Siskun, quien tenía mejores relaciones con el supremo comandante del filo lunar.

—Sí, es ella —respondió Siskun sorprendido, descendiendo para examinar las plumas de Yúnuen más de cerca, pero sin tocarlas—. Yúnuen eres realmente habilidosa, esta no es solo una magnífica técnica, también es parte de tu filo único.

—¡¿Qué?! —preguntó Kuixi estupefacta, viendo a su alrededor, las plumas no parecían tener fin—. ¡¿Todas estas plumas forman parte de su filo único?!

—Así es, también la armadura que porta bajo las plumas es una armadura única —explicaba Siskun acercándose con cautela a Yúnuen y deteniéndose a una distancia prudente—. Parece que ha logrado la armonía perfecta entre su armadura y su filo, fusionándolos.

—Qué heredar tan espectacular —comentó Kuixi estupefacta, ya que ella, con sus quinientos años de vida no había logrado algo semejante.

—¡Excelso, Magnífico! —exclamaba Cilluen, aplaudiendo alegremente—. ¡Ahora apártate para que pueda terminar mis asuntos con tu capitán!

—¡Ahora tu pelea es conmigo Cilluen, no volverás a tocar un solo cabello de Yorha mientras yo esté con vida! —respondió Yúnuen, lanzando de su cuerpo una poderosa onda de energía que sacudió el cabello de la suprema comandante, haciendo que su confiado rostro se tornara serio—. ¡Tengo una promesa que cumplir a una persona que amo de todo corazón y no pienso fallar, no dejare que ni tú ni nadie en este mundo destruya esta promesa!

El poder emanado por Yúnuen generaba poderosas ventiscas que llenaban todo el lugar de estrellas, estaba realmente furiosa por el trato que Cilluen había ejercido sobre Yorha.

—Muy bien, si lo que quieres es morir junto con tu amiga, puedo arreglarlo —repuso Cilluen, quien comenzó a tomar enserio las palabras de Yúnuen.

—Cilluen, no creo que esa sea una buena idea —comentó Siskun, acercándose a la suprema comandante—. Si ella muere en tus manos,

493

Kélfalli se involucrará directamente en el conflicto, incluso podría quebrantarse el pacto de los grandes maestros y el tratado de guerra.

—Tienes razón, eso sería muy dañino para nuestras naciones —reflexionó Cilluen, dirigiéndose al medio del campo de batalla, y viendo directamente a las heredar de la luna—. Escúchame Yúnuen, lo que hay dentro de Yorhalli es peligroso para todos y no puedo permitir que siga con vida.

—¿Ella pudo ver a través de ti? —preguntó Yúnuen a Yorha, dándole también una capsula hidratante y una medicinal que la Murhedar ingirió al instante.

—Sí, ella puede escuchar las voces, incluso puede conectarse conmigo sin necesidad de contacto visual —respondió Yorha, ya habiendo reconstruido su armadura, de alguna manera sus fuerzas se recuperaban estando junto a Yúnuen.

—Lo que vi dentro de ella es algo de sumo peligro, algo que nos vigila a través de sus ojos y pone en riesgo toda nuestra civilización —repuso Cilluen, sin mencionar a la bestia para no inquietar a los presentes; ella pensaba hablarlo a detalle con su padre y los antiguos al terminar con Yorha.

—¡Lo sabemos! Es por eso por lo que mi tío la necesita, su existencia podría aclarar muchas cosas, entre ellas la aparición de los perdidos procedentes de Tletia —Explicaba Yúnuen, causando que los grandes maestros se miraran entre sí intrigados.

—Puede que Yorhalli sea útil, pero también podría causar nuestra destrucción y no pienso arriesgar a nuestros pueblos Yúnuen —parecía que Cilluen había tomado ya su decisión.

—¡Cilluen! —exclamó Yorha, colocándose al lado de Yúnuen, aparentaba estar totalmente recuperada—. ¡Recuerda la promesa que me hiciste, tú y yo tenemos un acuerdo!

—¿Un acuerdo? —preguntó Yúnuen.

—Sí, ella me permitiría escapar si logro hacer un corte en su piel, por más mínimo que este sea y prometió una pelea justa —respondió Yorha, para después dirigirse a Cilluen—. ¿O es acaso que tus palabras no valen nada?

—Muy bien Yorhalli, respetaré nuestro acuerdo, pero no esperes que haga lo mismo con tu amiga; si para llegar a ti tengo que usar una fuerza superior lo haré —dijo Cilluen, consciente de que las técnicas de Yúnuen serían más difíciles de contrarrestar.

—Eso nos da la ventaja —apuntó Yúnuen confiadamente, haciendo que Cilluen la viera con incredulidad—. ¿Cómo te sientes Yorha, puedes pelear?

—¡Mejor que nunca! —exclamó Yorha, invocando sus katanas y sus filos únicos. Su armadura parecía brillar más que nunca y sus filos asemejaron el color del filo de Yúnuen, entrando en armonía con este.

—Este es el enemigo más poderoso que hubiéramos tenido que enfrentar juntas, necesito que hagas exactamente lo que te diga y sigas mis movimientos a la perfección, mi filo te guiará —indicó Yúnuen, agazapándose y preparándose para el combate.

—Muy bien, solo espero que Roa y su apestosa hermana no vengan a interrumpirnos esta vez —bromeó Yorha, acordándose de aquella ocasión en que Yúnuen le indicó lo mismo.

Cilluen invocó una delgada cola felina hecha con finas cuchillas que surgía de su espalda baja y las garras en sus guanteletes se alargaron y engrosaron, obteniendo un intenso color azul marino y una textura similar a la de la lava. En sus ojos, un mar de lava azul se agitaba descontroladamente, lanzando grandes llamaradas que escapaban descontroladas de ellos y recorrían el rostro hacia su cabello, ganando bellos destellos de llamas azules en toda su larga cabellera.

—Si no empiezan ustedes lo haré yo —dijo Cilluen; su cola se movía de un lado a otro, se mostraba impaciente y de entre su cabello, surgieron dos pequeñas orejas felinas que se movían en todas direcciones, parecían sensibles a los cambios en la atmosfera que la rodeaba.

—¿¡Lista!? —exclamó Yúnuen.

—¡Lista! —exclamó Yorha tomando posición de combate y escondiendo sus filos únicos bajo el mar de plumas.

—¡Cilluen! —gritó Yúnuen conectando sus ojos con los de la suprema comandante—. ¡Deja a las llamas venir a mí!

—¡Estas heredar comienzan a gustarme! —exclamó Cilluen, rodeándose de intensas llamas, lo que provocó que sus consejeros se alejaran del lugar para observar a una distancia prudente y no ser devorados por ellas.

De los antebrazos de la suprema comandante surgieron dos filos curvos que desprendían enormes cuchillas de fuego a su espalda y se lanzó contra las heredar. Al verla venir, Yúnuen gritó con furia y respondió al ataque, proyectándose contra su atacante mientras Yorha tomaba altura para atacar desde al cielo. Yúnuen lanzó un corte con su brazo derecho, chocando con las garras de Cilluen. La fuerza de la suprema comandante era excepcional y destrozó con facilidad las afiladas plumas, dirigiendo sus garras al rostro de la heredar, pero antes de lograrlo, un torrente de plumas envolvió su brazo, ralentizando sus movimientos. Yúnuen tomó ventaja y lanzó un segundo corte al mismo tiempo en que Yorha caía del cielo cual meteoro de luz y sus filos únicos atacaban desde abajo. Eso obligó a Cilluen a defenderse, girando sobre sí misma, haciendo que sus garras lanzaran grandes cortes de lava, bloqueando así el ataque conjunto de Yorha y Yúnuen, mientras que, con su cola, desviaba los ataques de las lunas. La fuerza de Cilluen era tal, que lanzó a las heredar lejos.

—¿¡Qué son estas plumas!? —se preguntó Cilluen emanando una gran onda de energía para retirarlas de su brazo, pero era imposible, tanto sus llamas como su energía pasaban a través de las plumas y procedió a arrancarlas con sus garras, viendo que estas se quedaban pegadas en ellas, haciendo que la suprema comandante comenzara a desesperarse.

Mientras tanto, el mar de plumas comenzó a olear, como si hubiese una tormenta que lo agitara. De una de estas grandes olas de plumas, emergió una serpiente emplumada, que atacó a Cilluen, esta última cerró su puño y golpeó la nariz de la serpiente creando una poderosa llamarada que la destruyó por completo; las plumas de la serpiente se le impregnaron en la armadura, estas no tenían la fuerza suficiente para atravesarla, pero lograban ralentizarla y mitigar sus llamas.

—¡Ahora Yorha! —ordenó Yúnuen, atacando a la suprema comandante desde todas direcciones, mientras que cinco serpientes emplumadas surgían del mar.

Para sorpresa de todos, Cilluen separó completamente su armadura del cuerpo, quedando totalmente al descubierto, pero liberándose de las plumas que la obstruían. Al ver esto Yúnuen sonrió, la suprema comandante había encontrado la forma de deshacerse de sus plumas, pero también la volvía vulnerable por unos instantes al filo de Yorha.

—¡Eres un genio, amiga! —gritó Yorha alegremente, afianzando su filo y sobrepasando a Yúnuen para atacar a la suprema comandante, quien bloqueó su ataque materializando sus garras nuevamente.

Cada que Cilluen movía sus garras, los cortes de lava continuaban su camino, por lo que era muy peligroso lanzar un segundo ataque después del primer impacto, esto hacía que las dos heredar se turnaran para atacar desde diferentes direcciones, mientras que las lunas de Yorha mantenían presión constante ya que no eran vulnerables a la lava de Cilluen. Ahora la suprema comandante tenía que destruir con más cuidado a las serpientes emplumadas para que sus plumas no hicieran contacto con ella, cosa que era sumamente difícil ya que su descomunal tamaño hacía que, al explotar, las plumas abarcaran un área gigantesca.

—¡Tenías razón Yúnuen! —exclamó Cilluen emocionada, el reto que estaba ante ella parecía ser digno de sus habilidades—. ¡Mi batalla ahora es contigo! —Ella pareció entender que Yorha solo era una extensión del filo de Yúnuen.

La armadura de Cilluen cambió en un instante, ya no era lisa, ahora estaba conformada por múltiples placas afiladas realmente finas, de las cuales escurría lava azul. Sus guanteletes estaban ahora conformados por gruesas placas que se levantaban una sobre la otra formando afilados bordes; sus garras se volvieron rectas como espadas, de unos ochenta centímetros de largo, el fuego dentro de ellas era abrumador y distorsionaba la atmósfera del combate. Su cola ahora contaba con una punta en forma de medialuna, que expulsaba fuego en todas direcciones. Ambas heredar se miraron fijamente, como dos poderosas contendientes, Yúnuen pudo ver en Cilluen la aceptación como su igual y la batalla comenzó. Un gran muro de plumas se alzó atrás de la suprema comandante y de este surgieron dos serpientes emplumadas, acompañadas por un millar de plumas que se dispararon contra ella; en ese mismo instante, Yúnuen y Yorha lanzaron sus ataques. Yorha entendía que, para lograr su objetivo, debía esperar a que Cilluen desprendiera parte de su armadura para deshacerse de las plumas y atacar justo en ese momento.

Cilluen esquivaba hábilmente a las serpientes, volando entre ellas y destrozándolas con sus garras, mientras con el filo de su cola creaba poderosas ventiscas de fuego que desviaban las plumas, era como si tuviese ojos en todas direcciones, podía bloquear y esquivar los ataques de las serpientes y de las heredar al mismo tiempo, su sonrisa era inquietante y parecía divertirse, volando al ras de las serpientes mientras les clavaba sus garras, destrozándolas, para después lanzarse contra Yúnuen, quien usaba los muros de plumas para protegerse y cambiar de ubicación. Eran muy pocas las plumas que lograban entrar en contacto con la armadura de la suprema comandante, pero al hacerlo comenzaban a multiplicarse, permitiendo a Yorha lanzar sus ataques. No obstante, la nueva armadura de Cilluen desprendía y suplía con rapidez las delgadas placas, dejando un margen extremadamente diminuto para que Yorha acertara su ataque.

La suprema comandante evitaba a toda costa los ataques conjuntos de Yúnuen y Yorha, ya que al chocar sus garras contra los filos de Yúnuen, esta última siempre alcanzaba a dejar algunas plumas en su guantelete. En cierto momento Yorha desapareció entre los muros y olas de plumas mientras las serpientes rodeaban a la suprema comandante y Yúnuen volaba sobre ella, lanzando una lluvia de afiladas plumas; los ojos de Cilluen se iluminaron, y a la velocidad del rayo, lanzó una serie de ataques en todas direcciones; enormes cuchillas de fuego destrozaron todo a su alrededor, al mismo tiempo que de su armadura se disparaban cientos de proyectiles que destruían las plumas antes de que pudieran alcanzarla.

«Vamos Yorha es tu oportunidad», pensó Yúnuen, viendo cómo algunas de las plumas alcanzaban su objetivo y las placas se sustituían al instante.

Al explotar una de las serpientes, de su vientre apareció Yorha, lanzando un corte con toda su velocidad hacia una de las placas que apenas comenzaba a desprenderse, situada en la pantorrilla izquierda de Cilluen, bloqueando al mismo tiempo la cola con sus filos únicos. Casi cuando parecía haberlo logrado, una segunda cola emergió de Cilluen, atravesando la armadura de Yorha por debajo de la clavícula y saliendo por el otro lado; después Cilluen giró bruscamente preparada para cortar a Yorha en pedazos con sus garras, pero antes de poder hacerlo, miles de plumas se desprendieron del mar bajo ellas, haciendo que la suprema comandante soltara a Yorha y volara lejos de las plumas, desviándolas con una andanada de poderosas cuchillas de fuego.

—¿¡Yorha estás bien!? —preguntó Yúnuen, colocándose entre Cilluen y su amiga para defenderla.

—Sí, no es nada —respondió Yorha, cerrando nuevamente su armadura, pero por dentro su cuerpo luchaba por detener el sangrado y recuperarse.

—Por poco te mata Yorha... —apuntó Yúnuen, quien comenzaba a preocuparse. Las habilidades sensitivas de Cilluen eran mucho mayores a las que esperaba, podía estar rodeada y recibir ataques en todas direcciones, aun así, era capaz de bloquear cada uno de los ataques con precisión, como si pudiera ver el campo de batalla desde posiciones diferentes.

—Tengo una idea —dijo Yorha, llamando la atención de su amiga.

—¿Qué se te ocurre? —preguntó Yúnuen, sintiendo un poder diferente en Yorha—. ¿Qué haces? —Yúnuen volteó hacia su amiga, viendo cómo unía sus katanas, que para sorpresa de la heredar, comenzaban a transformarse en el poderoso filo de Heldari.

—Esto ayudará —dijo Yorha con alegría, al ver la cara de estupefacción de Yúnuen.

—¡Lo has conseguido Yorha! —exclamó Yúnuen, observando el hermoso filo de Heldari y sintiendo el inmenso poder que emanaba—. Con este filo sin duda podremos atravesar su armadura sin esperar a que cambie sus placas.

—¿Quieren elevar el nivel? —preguntó Cilluen, sonriendo de forma maligna, en las comisuras de sus labios comenzaron a propagarse diminutas venas azules que se extendieron por todo su rostro, dándole una apariencia inquietante—. Elevemos el nivel...

Las llamas dentro de los guanteletes de Cilluen comenzaron a emerger, rodeando sus brazos; en ese mismo instante sus garras se curvearon y después lanzó un zarpazo, expulsando de él una serie de cuchillas de fuego, pero estas eran mucho más poderosas que todas las utilizadas con anterioridad y traspasaron el muro de plumas que Yúnuen había colocado al frente, obligándolas a esquivar el ataque, que chocó contra el mar de plumas, destruyéndolas y dejando un enorme hueco que las plumas tardaron en volver a llenar.

—¡Yorha a tu derecha! —gritó Yúnuen, cubriendo a Yorha con una de sus serpientes para ayudarle a esquivar las garras de la suprema comandante, quien ya se encontraba sobre Yorha, deseosa de probar sus filos contra el de Heldari.

—¡No te puedes esconder de mí para siempre! —gritó Cilluen, cortando una de las serpientes dentro de la cual se encontraba Yorha e impactando sus garras contra la poderosa katana, después evadió las lunas de Yorha que la atacaban por ambos costados para continuar lanzando una poderosa cuchilla de fuego contra un par de serpientes, destruyéndolas y bloqueando un ataque de Yorha, instantes después tomó distancia, evitando así una andanada de plumas lanzada por Yúnuen. Las poderosas cuchillas de fuego lo destruían todo, con cada zarpazo, cinco cuchillas se lanzaban en todas direcciones; Yorha podía desviarlas con ayuda del filo de Heldari, pero Yúnuen debía esquivarlas a toda costa.

Las plumas de Yúnuen no soportaban el contacto directo con las garras de Cilluen, desvaneciéndose al instante, por lo que la suprema comandante las traspasaba con facilidad, aunque estas seguían dificultándole la localización visual de Yorha. Bajo la suprema comandante, se empezó a formar un remolino de plumas, al notarlo y sin pensarlo dos veces, la suprema comandante lanzó una enorme llamarada al centro del remolino, causando una gran explosión de la cual surgieron decenas de serpientes que la atacaron. Mientras ella se deshacía de las serpientes, Yúnuen descendió junto con Yorha, perdiéndose entre el mar de plumas, haciendo que la suprema comandante igualmente descendiera, quedándose al ras de las plumas y convirtiendo sus botines en lava similar a la de sus garras, esta evitaba que las plumas se pegaran a ella.

—Sin duda alguna, esta es una técnica que solo con Kélfalli pudiste desarrollar —dedujo Cilluen, observando el mar de plumas a su alrededor—. Es un filo defensivo perfecto, aún sin tocarme directamente puedo sentir cómo absorbe la energía de mis llamas y la reparte entre las plumas, liberándola en forma de luz, eso le permite al filo atacante actuar libremente.

—¿Ahora comprendes que no puedes detener mi técnica solo con poder? —repuso Yúnuen, emergiendo de sus plumas frente a Cilluen.

—Esta técnica está desarrollada para luchar al lado de Kélfalli ¿no es así? —preguntó Cilluen, a lo que Yúnuen asintió con la cabeza—. Dime una cosa Yúnuen... ¿Por qué desarrollarían una técnica tan compleja? Es obvio que no está diseñada para pelear contra seres oscuros, ni siquiera para luchar contra las bestias —Al decir esto, Siskun y Kuixi se acercaron un poco para prestar atención a la respuesta de Yúnuen.

—Te lo diré, solo para que te des cuenta de que no puedes ganar esta batalla —respondió Yúnuen, provocando una pequeña risa en la suprema comandante—. Diseñamos esta técnica para detener momentáneamente el poder de un Murhendoar.

—¡Imposible! —exclamó Siskun acercándose a Yúnuen—. ¿Por qué querrían detener a un Murhendoar?

—Aún falta desarrollar la técnica y mi poder es insuficiente para lograr una hazaña como esa —explicaba Yúnuen, mientras Cilluen parecía cada vez más feliz de escucharla—. Kélfalli consideró tener un poder opositor al de los Murhendoar en caso de que algún día uno de ellos se volviera contra nosotros.

—Muy propio de él —reconoció Siskun—, siempre pensando en las posibilidades, por muy mínimas que estas sean.

La plática se interrumpió por una estruendosa carcajada de felicidad proveniente de Cilluen, era tan inquietante que incluso preocupó a sus consejeros.

—¡Magnífico! ¡Realmente Magnífico! —exclamó entre risas, le era imposible contener la felicidad e intentó respirar profundamente para calmarse—. Parece que hoy es mi día de suerte, he de enfrentarme a una técnica diseñada para detener un poder ligeramente mayor al mío —dijo, acercándose a Yúnuen lentamente, sin querer atacarla en ese instante, así que la heredar lo permitió—. Pongamos a prueba la técnica de tu maestro, pero despreocúpate, no usaré toda mi fuerza, pero sí la iré aumentando poco a poco hasta ver cuánto te falta desarrollarla o hasta que Yorhalli perezca. Conozco el poder de los Murhendoar de primera mano, así que será una buena oportunidad para ti.

Al terminar sus palabras, volvió al punto de partida, justo en medio del mar de plumas y volteó lentamente; mientras lo hacía, las plumas bajo ella, comenzaron a brillar, estaban recibiendo demasiada energía y de un momento a otro, un enorme torrente de lava surgió por debajo de la suprema comandante, destruyendo las plumas en su camino y formando una enorme torre de lava. Yúnuen se preparó para el ataque de Cilluen, pero de pronto, bajo ella otro torrente de lava surgió, haciendo que se moviera rápidamente para no ser consumida por la lava, un instante después volteó, viendo cómo detrás de ella, Yorha bloqueaba un ataque de la suprema comandante. Yúnuen hizo que sus plumas las rodearan, pero Cilluen no les daba descanso, su velocidad aumentaba y destruía las plumas que la obstaculizaban, ahora su objetivo era Yúnuen.

—¡Yorha no caigas en su juego, ella me ataca para que me defiendas y salgas de tu escondite, sigamos el plan! —exclamó Yúnuen, esquivando otro torrente de lava del cual surgía la suprema comandante, lanzando un zarpazo que fue desviado por una de las serpientes de la heredar, en ese mismo momento Yorha lanzaba un ataque sobre Cilluen, que tuvo que esquivar. El combate parecía equilibrado, las olas de plumas eran interrumpidas por los torrentes de lava que emergían de manera aleatoria por el lugar, la velocidad de Cilluen era su mayor ventaja, ya que, al contrario de su energía, esta no podía ser absorbida por las plumas.

Las plumas de Yúnuen comenzaron a rodear los torrentes y a crear muros por todo el lugar, era un combate impresionante, Cilluen y Yúnuen se movían entre plumas y lava, mientras que Yorha lanzaba sus ataques en los momentos exactos, deteniendo el avance de la suprema comandante, quien tenía que bloquearlos ya que el filo de Heldari atravesaría con facilidad su armadura. En cierto momento, después de bloquear varios ataques, la suprema comandante tomó distancia, y estando de cabeza apuntó el dedo índice de su mano izquierda hacia Yúnuen, desvaneciendo el guantelete que lo cubría.

—¡Yúnuen muévete! —gritó Yorha, usando toda su velocidad para lanzarse contra Yúnuen y apartarla del ataque de la suprema comandante. El rayo de energía pura por poco da en su objetivo, destruyendo al instante todas las plumas en su camino, estas se veían sobrepasadas por el ataque de Cilluen.

—¡Rayos de energía pura! —exclamó Yúnuen al ver el ataque—. Mi filo aún no es capaz de absorber algo así, debemos tener cuidado con esos ataques.

Antes de que Yorha pudiera contestar, Cilluen se encontraba en medio de ellas, lanzando un doble zarpazo que alcanzó a rozarlas, haciéndolas sentir su calor; no obstante, las plumas de Yúnuen mitigaban la energía y evitaban quemaduras graves en su piel. La batalla comenzaba a intensificarse, la velocidad de Yorha no era suficiente y los constantes ataques de Cilluen comenzaban a desgastar el filo de Yúnuen. Consciente de que la balanza se inclinaba a su favor, la suprema comandante lanzaba un rayo de energía cuando creía tener a Yorha en la mira, pero gracias a la intervención de Yúnuen, el ataque fallaba.

—¡Es momento de elevar el nivel! —exclamó Cilluen con una maligna sonrisa, clavando su mirada en Yúnuen. En ese instante incrementó su velocidad considerablemente, lanzando zarpazos consecutivos que apuntaban a la heredar; entre cada ataque, Yorha contratacaba, aprovechando las plumas de Yúnuen para cubrirse. La suprema comandante comenzó a leer los movimientos de las heredar, un error provocado por la fatiga, y en un instante, acertó una patada en el abdomen de Yúnuen, lanzándola hacia un torrente de lava.

—¡Yúnuen! —gritó Yorha, intentando sostener a su amiga para que no chocase con el torrente de lava, pero antes de lograrlo, Cilluen estaba sobre ella aplastándola con sus garras. Yorha alcanzó a cubrirse con su katana, pero la fuerza era demasiada para la Murhedar y fue lanzada contra el mar de plumas.

—¡Estás Muerta! —exclamó Cilluen con malicia. Y aprovechando que el golpe de la caída había aturdido a Yorha, ella se colocó a una distancia de no más de cien metros frente a la Murhedar y apuntó sus dedos índice y medio contra ella, desvaneciendo su guantelete (lo que significaba que su siguiente rayo de energía contaría con el doble de poder).

—Se acabó —murmuró Siskun, acercándose para ver como el rayo destruiría hasta la última partícula de Yorha.

—¡No en mi presencia! —gritó Yúnuen con furia, colocándose entre Yorha y Cilluen. En ese mismo instante todas las plumas del campo de batalla desaparecieron y la heredar desvaneció completamente su armadura, quedándose únicamente en la ropa deportiva destrozada que portaba debajo, recibiendo el ataque de Cilluen sin protección alguna.

—¡Está loca! —gritó Kuixi, acercándose al lado de Siskun.

Entonces sucedió, el rayo de energía pura se desprendió de Cilluen, opacando la luz de Koyol y Xauki. Los grandes maestros intentaban vislumbrar lo que pasaba y al lograrlo, quedaron sin palabras. El rayo se partía a la mitad cuando hacia contacto con Yúnuen, destruyéndolo todo a su alrededor; ella había invocado dos delgados filos parecidos a espejos que formaban una cuchilla, colocándola al frente de ellas, esta partía en dos el rayo de la suprema comandante, haciendo que pasara a sus costados.

—¡Esta niña es impresionante! —exclamó Siskun entre risas, no podía creer que una simple heredar de primer nivel estuviera deteniendo un ataque de tal magnitud. Por su parte Kuixi la veía alegremente, sintiendo una gran admiración por ella.

—¡Te dije, que mientras yo esté con vida, tú no podrás dañarla! —gritó Yúnuen enfurecida.

—¡Yúnuen eres increíble! —exclamó Yorha emocionada, colocándose detrás de su amiga y viendo cómo la poderosa energía pasaba a sus costados sin lastimarlas.

Cilluen mostraba un semblante sereno, casi molesto, midiendo la resistencia del filo de Yúnuen ante su ataque. En ese mismo momento, Yúnuen gritó furiosa, introduciéndose más en el rayo y lanzando su propio filo, que poco a poco fue recorriéndolo mientras desviaba la energía; un instante después, el filo de Yúnuen atravesó por completo el rayo de energía pura, llegando hasta la mano de Cilluen, quien tuvo que desvanecerlo para que sus dedos no fuesen rebanados.

—¡Ay! —gritó Cilluen viendo su mano—. ¡Me cortaste!

Siskun y Kuixi comenzaron a reír, no podían creer que Yúnuen le estuviera dando tantas dificultades a la suprema comandante.

—Esta hazaña será escrita en tu historial pequeña niña —dijo Kuixi alegremente.

—Desde hoy se te conocerá como aquella heredar de primer nivel que apagó las llamas del infierno —comentó Siskun con alegría.

Yúnuen estaba de pie, su piel humeaba y el sudor escurría por su cuerpo mientras calmaba su respiración, sus músculos estaban inflamados, había utilizado toda su fuerza y poder para detener el rayo de la suprema comandante. Después de una profunda exhalación y parpadear con fuerza, dio un fuerte pisotón en el suelo, invocando al instante su armadura y todo el mar de plumas en el campo de batalla.

—Hace siglos que no veía mi propia sangre —dijo Cilluen, viendo el pequeño corte en su dedo índice, el cual absorbió la sangre que escurría de él y se cerró completamente.

—Théra está conmigo esta noche Cilluen, si yo pude cortar tu piel, Yorha también lo logrará —apuntó Yúnuen haciendo temblar la tierra a su alrededor.

—Sin duda vas en camino a lograr grandes cosas Yúnuen, pero detenerme no es una de ellas. Tú ya lo has dado todo, y yo ni he comenzado —repuso Cilluen, acercándose lentamente hacia las heredar, esta vez su armadura completa se transformó en gruesas capas de lava y en su rostro aparecieron largos bigotes felinos de fuego azul, mientras que las garras en su mano derecha fueron sustituidas por una bella espada ropera azul.

«Changos, tiene razón, si no encuentro una forma de detenerla, acabará conmigo», pensaba Yúnuen, a sabiendas de que la suprema comandante superaba en creces a las heredar y la ventaja que el filo de Heldari les había proporcionado desaparecía cada vez más cuando Cilluen aumentaba su poder. «No puedo combatir por siempre, mi energía comienza a flaquear y mi cuerpo se desgasta. Siendo realista, el poder que Yorha tiene es insuficiente contra ella y ni siquiera sabemos cuál será su verdadera fuerza».

—¡Vamos amiga! —exclamó Yorha emocionada por las palabras de Yúnuen—. ¡Creo que también puedo lograrlo!

—Yorha… —murmuró Yúnuen.

—¿Qué pasa amiga? —preguntó Yorha, preparada para el siguiente embate de Cilluen.

Yúnuen volteó a verla, desvaneciendo su casco para observar mejor a su amiga. En sus ojos, Yorha pudo ver el amor que le tenía y se afligió, prestando atención a sus siguientes palabras.

—Recuerda que tienes un pacto con mi tío Kélfalli, juntos recuperarían la paz en nuestras naciones —dijo Yúnuen, sintiendo como la cálida brisa acariciaba su rostro.

—Sí, lo recuerdo —interrumpió Yorha—. En cuanto terminemos aquí, iremos juntas a verlo, te lo prometo.

—No me interrumpas y escúchame Yorha, por favor, solo escúchame —dijo Yúnuen tiernamente, tomando el rostro de su amada amiga y mirándola fijamente a los ojos—. Tienes que irte, tu vida es demasiado valiosa.

—No me iré sin ti —respondió Yorha afligida.

—Sí, lo harás, tu deber no está conmigo, sino con todos los seres vivos que habitan nuestro mundo y por eso debo salvarte, no por nosotras... —Yúnuen se incorporó y se plantó frente a Cilluen, quien no tardaría en lanzar el primer ataque, siendo rodeada por un extraño poder, el cual no procedía de ella—. Sino por este planeta, el cual nos dio una segunda oportunidad —dicho esto, comenzó a caminar lentamente hacia Cilluen, dejando atrás a Yorha, quien reflexionaba las palabras de su amiga.

—Hay algo diferente en ella —comentó Siskun.

—¿Qué cosa? —preguntó Kuixi, observando atentamente a Yúnuen.

—Una fuerza que no es suya, mantente alerta —respondió Siskun, observando más de cerca el combate.

—Pongamos fin a esto ¿quieres? —dijo Cilluen con una enorme sonrisa, parecía emocionada al sentir la nueva energía que emanaba Yúnuen.

Ambas heredar se lanzaron una contra la otra, listas para el encuentro final. Cilluen lanzó una estocada hacia Yúnuen, esperando el momento en que la heredar esquivara su movimiento para apartarla con sus garras y acabar con Yorhalli. Sin embargo, y para sorpresa de los ahí presentes, Yúnuen no esquivó el ataque.

—¡¿Qué demonios haces?! —gritó Cilluen enfurecida al ver como la sangre proveniente del abdomen de Yúnuen salpicaba su mano.

—Apresarte —susurró Yúnuen con una sonrisa ensangrentada. En ese instante, Yúnuen tomó con sus manos el guantelete de Cilluen y fusionó su armadura con la de ella, al mismo tiempo en que encerraba a los otros dos grandes maestros en una gigantesca esfera de plumas traslucidas—. ¡Yorha vete ya!

—¡Por favor no! —exclamó Yorha afligida queriendo ir en su ayuda.

—¡Detente Yorha! ¡Valora mi promesa! —gritó Yúnuen con dificultad ya que la sangre llenaba su boca—. ¡Vete de aquí! Yo estaré bien, coloqué su filo en una zona no vital, mientras no se mueva yo viviré.

—¡Maldita mocosa! —gritó Cilluen. Al fusionar sus filos, Yúnuen le impedía desvanecer el suyo, además de que podía transferir su energía a la esfera de plumas para reforzarla—. Usas mi propio poder contra nosotros.

—¡Confía en mi Yorha! —trastabilló Yúnuen, a sabiendas de que Cilluen no se arriesgaría a matarla—. No podré mantenerlos así por mucho tiempo, pero será el suficiente para permitirte cruzar la frontera. ¡Vete!

—Perdóname, no tuve la fuerza… —susurró Yorha decepcionada de sí misma y la vio por última vez, sus ojos comenzaban a perder todas sus estrellas y a oscurecerse al igual que su armadura, después desvaneció su katana y dio media vuelta.

—¡Ah no! ¡No lo voy a permitir! —exclamó Cilluen enfurecida.

—¡Cilluen cálmate! —exclamó Siskun preocupado por la vida de Yúnuen—. Si te liberas puedes dañar sus órganos internos.

—¡No me subestimen! —gritó Cilluen, incrementando su poder y arrancando su filo del abdomen de Yúnuen, rompiendo al mismo tiempo la armadura de la heredar. Al salir, su filo estaba bañado con la sangre y retazos de piel de Yúnuen, lo que provocó un desgarrador grito de dolor en la heredar.

Al escucharla gritar, Yorha volteó, viendo cómo su amiga caía en los escombros y su armadura se desvanecía lentamente al igual que su filo, liberando a los grandes maestros. El sonido de su caída retumbó en los oídos de Yorha, haciendo un eco incontrolable dentro de su cabeza. La sangre que escurría de la herida causada por Cilluen, llenó los ojos de la Murhedar, haciéndola caer de rodillas, su visión se tornaba borrosa y comenzaba a perder los sentidos. En ese momento, la oscuridad se cernió sobre ella…

La lágrima negra

Susurros, cientos de susurros se escuchaban entre la oscuridad, parecían acercarse cada vez más a Yorha, tornándose lentamente más claros.

—Es tiempo de un descanso.

—Sí, has luchado bien, pero ahora nos toca a nosotros.

—¿Quiénes son ustedes? —preguntó Yorha, sola, entre la oscuridad.

—Te prestaremos nuestra fuerza.

—Solo debes descansar, no pienses más.

Su cuerpo estaba cansado, los brazos no le respondían, se encontraba hincada, mirando el negro piso bajo sus rodillas. Lentamente alzó su mirada y alrededor de ella, comenzaron a surgir sombras, siluetas theranias que desprendían una brisa helada; el aliento de Yorha se tornó visible y su piel comenzó a congelarse.

—¿Pueden hacer algo? —preguntó Yorha, intentando vislumbrar el rostro de aquellas sombras—. ¿Pueden salvarla?

Una de estas sombras a la cual le faltaba un brazo, se acercó a la Murhedar, esta era mucho más grande que las otras y se agachó para estar a la par de su mirada, la oscuridad en su cabeza se fue desvaneciendo, surgiendo de esta un rostro masculino, algo familiar para Yorha.

—¿Te conozco de alguna parte? —preguntó Yorha, viendo que las demás sombras comenzaban a revelar sus rostros. Todos ellos mostraban tristeza, aflicción o ira.

—No me conoces, pero sí nos hemos enfrentado antes —susurró la sombra, incorporándose y ocultándose entre las demás.

—Si los dejo ayudarme, ¿la salvarán?

Las sombras no contestaron, simplemente la observaban, furiosas y sollozando, de sus ojos escurría sangre negra. Al no recibir respuesta, Yorha inclinó su cabeza, su rostro se mostró sereno, sin emociones, ella había aceptado la propuesta de aquellas sombras, cerrando sus ojos. Poco a poco, un líquido negro comenzó a juntarse en su ojo derecho y a llenar el lagrimal, hasta que una pequeña gota negra se deslizó por su mejilla…

—¡¿Qué has hecho Cilluen?! —exclamó Siskun en realidad enojado, volando rápidamente hacia Yúnuen y revisando la herida en su abdomen—. No te muevas voy a ayudarte —dijo a la heredar, que respiraba con dificultad, después colocó su mano sobre la herida, emanando una cálida energía sobre ella mientras sacaba su botiquín de un bolsillo.

—¿En qué te ayudo? —preguntó Kuixi, auxiliando a su compañero.

Sin importarle, Cilluen voló lentamente hacia Yorha, quien yacía hincada con la cabeza agachada, su armadura se había vuelto completamente negra, una oscuridad realmente anormal que engullía la luz a su alrededor. Al ver su armadura, la suprema comandante comenzó a tener un mal presentimiento y preparó sus garras para acabar con Yorha de una vez por todas. El rostro de Yorha se levantó lentamente, en este no se mostraba expresión alguna.

—¿Qué es eso? —se preguntó Cilluen, viendo la oscura lágrima que escurría del rostro de Yorha—. ¿Una lágrima negra? —la suprema comandante no podía distinguir la composición de aquella lágrima, que no se veía lo suficientemente espesa como para ser sangre—. Comienza a corromperse, será mejor que termine con ella.

Cilluen se paró frente a Yorha, juntando poder en sus garras, el aire se agitaba con furia a su alrededor y un grupo de espesas nubes negras cubrió el cielo en ese momento. Fue entonces que la suprema comandante lanzó su ataque al rostro de Yorha, sus garras estaban listas para carbonizarla por completo. En ese instante el rostro de Yorha cambió, en sus ojos una ira irracional la invadía y con una de sus manos, detuvo el ataque de Cilluen sin esfuerzo alguno, sujetando su muñeca y apretándola con fuerza.

—¡¿Pero qué demonios?! —exclamó Cilluen, quien no podía liberarse del agarre de Yorha.

—¡Perra engreída! —gritaron miles de voces provenientes de Yorha—. ¡Es hora de que comiences a tragarte tus pútridas palabras!

Yorha se incorporó, al mismo tiempo en que tomó el rostro de Cilluen, elevándola para después azotarla contra el suelo con una fuerza abrumadora, que destruyó todo a su alrededor, lanzando incluso a los grandes maestros, que intentaron proteger a Yúnuen del impacto.

—¡¿Por qué no te callas de una maldita vez?! —gritaba Yorha con una voz anormal, azotando la cabeza de Cilluen una, y otra, y otra vez contra el suelo, agrandando poco a poco el cráter dejado por el primer impacto.

«Maldición, no puedo soltarme de su agarre», pensaba Cilluen, viendo cómo su energía era absorbida por la mano de Yorha mientras era azotada sin control contra los escombros. «Tiene la fuerza de un perdido, pero absorbe mi luz dentro de su oscuridad».

En ese momento apareció Siskun flotando a un costado de Yorha y lanzando una patada a su rostro, esta destrozó la mandíbula de Yorha y quebró su cuello, fracturando el cráneo y llenando de sangre negra a Cilluen mientras Yorha salía volando contra los escombros lejanos e impactaba con ellos.

—Lo siento, pero tuve que matarla —dijo Siskun, extendiendo su mano a Cilluen para ayudarla a incorporarse.

—No te preocupes, hiciste lo correcto, no podía soltarme de su agarre y por alguna razón no me dejaba incrementar mi poder, estaba atrapada —comentó Cilluen viendo su guantelete, que estaba fracturado; en él había quedado marcada profundamente la mano de Yorha—. Tenía una fuerza impresionante, poco faltó para que fracturara mi hueso también, pero al menos pude invocar mi casco.

—Ahora debemos llevar a Yúnuen al hospital —decía Siskun, siendo interrumpido por una abrumadora energía procedente de los escombros en donde se encontraba Yorha.

Ambos heredar voltearon intrigados, viendo cómo Yorha emergía de la tierra, lanzando los escombros en todas direcciones. Su rostro comenzaba a reconstruirse rápidamente y en sus ojos la oscuridad succionaba la luz alrededor de la Murhedar, causando que una oscuridad anormal la rodeara. El cuerpo de Yorha estaba cubierto por una delgada armadura de placas negras que la hacían casi invisible a simple vista dentro de aquella anormal oscuridad que sus ojos provocaban. Un instante después soltó un espantoso grito con miles de voces agonizantes y se lanzó contra Cilluen, pero fue interrumpida por Kuixi, quien, con un corte de su filo en forma de espada recta, atravesó la armadura y desgarró el costado de la Murhedar, exponiendo sus costillas y azotándola contra los escombros.

—Tenemos que grabar esto, si es una corrupción, sería la primera Murhedar de la historia en sucumbir —apuntó Siskun, haciendo que su red grabara cada detalle del combate y yendo en ayuda de su compañera.

—¡¿Qué diablos es esta mujer?! —preguntó Kuixi, defendiéndose de Yorha, quien se recuperó al instante, cerrando sus heridas y reconstruyendo su armadura. Yorha no invocaba su filo, peleaba con sus garras y puños, su fuerza era colosal y hacía que Kuixi tuviera que esquivar todos los golpes de la Murhedar—. ¡Es muy rápida! —gritó, haciendo profundos cortes en los brazos de Yorha que se recuperaban en un instante mientras continuaba su incansable ataque.

—¡Arriba! —gritó Siskun, provocando que Kuixi se agachara, al mismo tiempo en que Siskun lanzaba un ataque contra la Murhedar que cortó una de sus manos.

En ese mismo instante Yorha, aprovechando la oscuridad, propinó una patada a Siskun, quien pensaba erróneamente que Yorha tomaría la defensiva después de ser mutilada, lanzándolo contra Kuixi y estrellándolos en los escombros. Después, del muñón de Yorha emergieron hilos de sangre, que tomaron su mano antes de que esta cayera y la unieron nuevamente a su brazo.

—¿Te olvidas de mí? —preguntó Cilluen, quien se mantenía de brazos cruzados observándola.

—¡Tú! ¡Maldita! —gritó Yorha, corriendo desesperadamente hacia la suprema comandante, en sus ojos las lágrimas no dejaban de escurrir y sus manos se lanzaban para estrangular a la suprema comandante, quien no hacía más que sonreír. Pero antes de poder tocarla, Kuixi tomó su pie y la azotó contra el suelo. Yorha giró sobre si misma para soltarse del agarre de la gran maestra y esquivar un ataque de Siskun. Su pie quedó quebrado por la fuerza del giro, pero se reacomodó al instante, cada que esto pasaba, se podía escuchar el crujir de los huesos y un ápice de dolor se reflejaba en el rostro de la Murhedar.

«Ha sucedido lo que habías predicho Kakiaui», pensó Cilluen, observando cómo Yorha peleaba contra los dos grandes maestros. «Un Murhedar se ha corrompido, y no cualquier Murhedar, sino aquella de la que tanto Mahalli se sentía orgullosa, pero como miembro honorario del batallón de élite, mi deber es exterminarla».

—¡Esta no es una corrupción normal! —exclamó Kuixi, quien no sentía en Yorha el mismo poder que emanaban los perdidos y su sangre parecía normal, con la única diferencia de que era negra. En ese momento Yorha lanzaba golpes interminables contra ella, sin importarle que el filo de Kuixi cortara su carne y rompiera sus huesos.

—¡No creo que esté realmente corrupta! —gritó Siskun, tomando a Yorha del rostro para apartarla de Kuixi y azotarla contra la montaña.

—¡Aléjate de mí, pedazo de porquería! —gritó Yorha, atacando al gran maestro con una serie de golpes y patadas consecutivas, su combate era encarnizado, llegando a golpear la armadura de Siskun y fracturándola, por lo que el gran maestro aumentó su velocidad para no ser víctima de los poderosos golpes de la Murhedar.

—¡Su voz cambia constantemente y parece que proviene de heredar diferentes! —comentó Kuixi mientras daba una patada al hombro de Yorha, apartándola de Siskun y haciendo que ahora la atacara a ella.

—¡Aunque no esté corrupta, Cilluen tiene razón, es demasiado riesgoso mantenerla con vida! —apuntó Siskun, dándose cuenta de que muchos de sus ataques fallaban debido a la oscuridad que emergía de Yorha—. ¡Ella evita que toquemos su corazón! —exclamó, bloqueando un golpe que lo lanzó cientos de metros—. ¡Su fuerza es excepcional, un golpe directo podría dejarnos fuera de combate!

—¡¿Por qué no me dejan en paz?! —gritó Yorha mientras luchaba con furia contra ambos maestros; gracias a su oscuridad, podía evitar los golpes mortales y confundir a sus atacantes, ganando más fuerza con cada intercambio de ataques, mientras que las llamas parecían no afectarle, su armadura era capaz de absorber la energía de ambos filos.

—A ver si esto hace que te relajes —susurró Cilluen colocándose detrás de los dos grandes maestros y apuntando uno de sus dedos contra Yorha. En ese instante los maestros se apartaron y el rayo de energía pura alcanzó a Yorha, quien puso sus manos al frente para intentar detenerlo. El rayo arrastró a la Murhedar y la impactó contra una montaña, haciendo que cientos de rocas le cayeran encima.

—Parece que pudo contener la energía de tu rayo y absorber un poco de esta —Comentó Siskun a Cilluen—. Lo interesante es que no está usando ningún tipo de poder o técnica que provenga de su filo, es como si no supiera como hacerlo, solo combate con sus propias manos como un animal enfurecido.

—Sí, creo que será un combate complicado, puedo ver que usa esa oscuridad para esconder los golpes y confundir los ojos de su adversario —respondió Cilluen, quien había permanecido observando la batalla para aprender sobre su nuevo oponente.

—¿Complicado? —preguntó Kuixi intrigada—. Creo que entre los tres será muy sencillo llegar a su corazón, ella es muy vulnerable sin un filo.

—No Kuixi, yo di mi palabra y aunque Yorha no se encuentre consciente en este momento, la enfrentaré con el honor que se merece y pelearé a la par de su fuerza y poder —aseveró Cilluen, invocando una armadura idéntica a la de Yorha, de placas delgadas, hecha para un combate cuerpo a cuerpo, ágil y preciso—. La enfrentaré en un combate justo, si ella pelea sin un filo, lo haré de igual manera.

—Aunque su poder es inferior, su fuerza y velocidad se asemejan a las tuyas Cilluen, ten mucho cuidado de sus golpes —aconsejó Siskun, desvaneciendo su filo—. Si uno de ellos llega a impactarte en un órgano vital, dudo que puedas recuperarte fácilmente y tendremos que intervenir.

—No debes preocuparte, por esta clase de desafíos es por los que soy una leyenda —repuso Cilluen, igualando el poder y la fuerza de Yorha.

—¿Cómo está Yúnuen? —preguntó Siskun a Kuixi.

—Viva, pero sin atención especializada dudo que dure mucho tiempo así —respondió Kuixi, quien había dejado a Yúnuen lejos de la zona para que no se viera afectada por el combate.

—Terminaré rápido con Yorhalli para que puedan llevarla a un hospital —apuntó Cilluen confiada, siendo interrumpida por un estruendoso grito.

—¡Cerda ególatra! —gritaron miles de estruendosas voces que provenían de Yorha. Ella salía poco a poco de entre las enormes rocas, apartando algunas de su camino y aplastando otras como si fuesen de papel—. ¡No eres merecedora del poder que se te ha otorgado!

—¡Si no me creen merecedora de este poder, los invito a arrebatármelo! —respondió Cilluen con orgullo, acercándose lentamente hacia Yorha.

—¡Cállate! ¡Cállate o cerraremos ese mugriento hocico de cerdo! —gritaron las voces. En ese momento la armadura de Yorha comenzó a emanar una inmensa energía oscura

—¡Salgan de Yorhalli! —exclamó Cilluen, cansada de los insultos de aquellas voces—. ¡Están arruinando su memoria, no pienso recordarla como un montón de basura que no hace más que alardear y gritar!

—¡Cállate! ¡Cállate ya! —gritaron las voces con furia, causando que la tierra temblara. En ese momento Yorha se precipitó sobre Cilluen, con tanta fuerza que causó que gran parte de la montaña se desprendiera y cayera tras ella.

Sin temor alguno, Cilluen corrió hacia su oponente, cerrando sus puños y viéndola directamente a los ojos, a esa oscuridad, en busca de la verdadera Yorha. Entonces sucedió, ambas fuerzas se encontraron, causando que todo a su alrededor se desintegrara, quedando ambas suspendidas en el aire, en medio de una burbuja de energía, dentro de la cual parecía que el tiempo iba más rápido. Yorha lanzaba golpes con una fuerza sobrecogedora, pero Cilluen, teniendo un insuperable conocimiento en artes marciales de todas las épocas, desviaba o esquivaba los ataques, ya que bloquearlos no era una opción. Entre cada intercambio de golpes, la suprema comandante lograba acertar uno, rompiendo cada hueso con el que hacía contacto, pero Yorha se recuperaba al instante y atacaba con más furia, aumentando su fuerza y velocidad. Los aterradores gritos que surgían de su boca distraían la mente de la suprema comandante, quien intentaba encontrar la conciencia de Yorha dentro de sus ojos.

—¡Yorhalli por favor reacciona! —exclamó Cilluen, siendo ya incapaz de introducirse en los ojos de la Murhedar y combatir al mismo tiempo, debido a la oscuridad que la rodeaba y hacía más difícil detectar a tiempo los ataques; se podía ver como la suprema comandante se concentraba al cien por ciento en el combate ya que su energía era absorbida y dependía completamente de su fuerza y velocidad.

—¿Sientes algo familiar escoria? —preguntaron las voces de forma burlona—. ¿Acaso te recuerda a tus heredar corruptos?

Cilluen no respondió, aunque el comentario pareció molestarle. Uno de los golpes de Yorha casi acertó en el rostro de la suprema comandante, quien por un instante se distrajo debido a un recuerdo que llegó a su mente.

—¿Tenemos razón? Sí, la tenemos —se burlaron las voces mientras intensificaban sus ataques—. Por tu culpa ellos se corrompieron y tuviste que asesinarlos.

—¡Qué van a saber ustedes, no son más que parásitos en la mente de Yorhalli! —exclamó Cilluen, acertando una patada en la rodilla de Yorha y quebrándola, haciendo que su articulación se invirtiera, después propinó una serie de golpes hacia el pecho, en busca del corazón, pero la oscuridad le dificultaba el acceso y los ataques de Yorha llegaban a chocar con los de Cilluen, quien resentía los impactos debido a la delgada armadura.

—¡Pero claro que sabemos, lo sabemos todo! —en ese momento Yorha encontró una abertura y lanzó una patada al costado de la suprema comandante, quien tuvo que cubrirla con ambos brazos, pudiéndose notar en su rostro que el golpe le había causado algún daño.

—No hay nada… —murmuró Cilluen, doblando el brazo de Yorha, rompiéndolo y acercándola para propinarle un cabezazo, que hundió su rostro, provocando que uno de sus ojos se saliera de la cuenca—. ¡Nada en mi pasado por lo cual no esté orgullosa! —después lanzó sus garras directo al corazón de la Murhedar, pero su ataque fue desviado por Yorha, quien se defendió lanzando una patada a la cara de la suprema comandante, esta última tuvo que soltarla y apartarse.

El rostro de Yorha se reconstruyó rápidamente, colocando su ojo de nuevo en la cuenca y lanzándose con furia contra Cilluen, las voces dentro de Yorha solo gritaban furiosas, la suprema comandante realmente no sentía ninguna clase de arrepentimiento o remordimiento por sus acciones pasadas, por lo que no caería en sus juegos verbales. Con cada segundo, Cilluen aprendía más sobre la oscuridad que le impedía pelear con precisión, esquivando de forma certera los ataques de Yorha y golpeando cada vez más cerca de su objetivo, ambas heredar tenían cualidades innatas para el combate, pero la experiencia de la suprema comandante le comenzaba a dar la ventaja.

—Bien, si esto continua así lo logrará —comentó Siskun, quien se mantenía cerca en caso de que las cosas se salieran de control. «El poder dentro de Yorha es increíble puedo sentirlo, pero por alguna razón, no lo ocupa correctamente, no puede materializar un filo, solo se vale de la increíble fuerza que obtuvo en un instante, una fuerza que solo los perdidos de grado cuatro suelen tener», pensaba, preparado para intervenir en caso de que Yorha invocara su filo entre su oscuridad sin que Cilluen se diera cuenta.

—¿Qué crees que sea lo que le pasa? —preguntó Kuixi a su compañero.

—Nunca hemos visto lo que ocurre cuando un Murhedar se corrompe, por lo que podemos estar ante ese hecho, sin embargo, su presencia es la de un heredar, no la de un perdido; aunque oscura, su energía parece provenir del filo de Yorhalli y no de una corrupción —explicaba Siskun, repasando en su mente acontecimientos que se asemejaran al que estaba sucediendo.

—¿Y esas voces?

—Las voces son similares a las de un vestigio, otra incongruencia, ya que los perdidos no pueden vocalizar palabra alguna —respondió Siskun, quien no lograba encontrar una explicación a las habilidades de la Murhedar—. La reunificación de miembros cercenados en combate tampoco es parte del repertorio de un perdido, esa técnica está reservada para la élite de los heredar.

—Si no es un perdido, ¿cómo es que no está muerta?

—Sin duda hay corrupción en ella, pero parece no completarse. Los golpes que ha sufrido habrían matado a cualquiera y su recuperación es realmente anormal, ni siquiera un Murhendoar es capaz de recuperarse tan rápido de heridas tan graves; todo este tiempo lo único que ha intentado proteger es su corazón, y esa es la única similitud que puedo encontrarle con los seres oscuros, esa inmortalidad dependiente de su corazón.

—¿Crees que pueda recobrar su conciencia si la capturamos?

—Si no se corrompe totalmente habría una posibilidad. Yúnuen dijo que Kélfalli la necesitaba para comprobar detalles del conflicto y lograr la paz, quiero suponer que él sabe más sobre lo que le ocurre a Yorhalli, pero viéndola ahora, creo que es demasiado arriesgado dejarla vivir y que vuelva a desatarse otro de sus cambios, estando población civil involucrada.

Además, Cilluen vio algo dentro de ella, algo que nos vigila, por lo que se duplica el peligro.

—Es verdad, me olvidaba de Kélfalli —recordó Kuixi preocupada—. No va a estar muy contento cuando sepa que matamos a su testigo y lastimamos a su sobrina.

—Tampoco Mahalli va a estar contenta con la pérdida de Yorhalli —añadió Siskun, extrañado por la situación, no parecía tener lógica—. Es como si alguien nos hubiera tendido una trampa para eliminar a Yorhalli y acrecentar el conflicto.

—¿Por eso grabas el combate y nuestra conversación?

—Así es, sin esta evidencia, el consejo de filo lunar no creería en nuestras palabras, aunque me preocupa más Kélfalli, no sé cuál será su reacción ante los acontecimientos y la repercusión que esta tenga en el conflicto, él tiene una gran influencia entre los grandes maestros de todas las naciones.

—Solo espero que esto no cause más sufrimiento a nuestros pueblos —dijo Kuixi, se veía realmente angustiada, prestando atención al combate.

La oscuridad que emergía de Yorha comenzaba a rodear a la suprema comandante, dificultándole aún más la visión de los ataques, no obstante, la increíble sensibilidad de Cilluen la ayudaba a sentir hasta el más mínimo cambio en la presión del aire a su alrededor, pudiendo predecir los golpes de Yorha, ya que, gracias al contacto con ella, aprendió la sensación que los fotones absorbidos daban, una sensación de vacío. Cilluen ahora podía sentir cómo los guanteletes de Yorha absorbían la luz a su alrededor, revelando su ubicación exacta.

—¿Quieres absorber mi luz? —preguntó Cilluen con una gran sonrisa, consciente de que la balanza se inclinaba a su favor.

—¡Kuixi rápido, un campo de energía cóncavo! —ordenó Siskun, volando rápidamente al otro lado de la zona del combate. Ambos invocaron una barrera alrededor de las heredar que dirigía toda la energía hacia el cielo.

—¡Entonces absórbela! ¡Absórbela toda! —en ese momento la armadura de Cilluen comenzó a brillar con una intensidad abrumadora, haciendo que la noche se transformara en día y mitigando toda la oscuridad de Yorha. La suprema comandante comenzó a destrozar el cuerpo de la Murhedar con una serie de ataques consecutivos en todas direcciones—. ¡Dónde está tu oscuridad ahora! —después le propinó una patada vertical, lanzándola contra el suelo, en el que se hundió decenas de metros.

La suprema comandante desvaneció su luz, transformando su armadura en ardiente lava y recibiendo a Yorha, quien ya se había recuperado de los ataques y se había lanzado contra Cilluen, chocando ambos puños entre sí y generando una fuerza destructiva que gracias a la barrera de los grandes maestros no destruía más el ecosistema, redirigiéndose hacia el cielo. La ira en Yorha era irracional y sus ataques eran cada vez más poderosos, pero Cilluen tenía la ventaja y comenzaba a golpear de forma más precisa, dejando su lava en la armadura de Yorha, reduciendo así su capacidad de recuperación, ya que esta lava seguía quemando a la Murhedar después de recibir un ataque.

—¡Si tú usas la oscuridad, yo usaré la luz! —exclamó Cilluen, su armadura brillaba de forma esplendida, una bella luz azul con tonalidades rojizas.

El intercambio de golpes era espectacular, cientos de ráfagas de luz y oscuridad se propagaban por toda la zona, pero gracias a la comprensión que Cilluen obtuvo del filo de Yorha, comenzaba a imponerse ante su rival, dando golpes cada vez más devastadores de los cuales Yorha tardaba más en recuperarse. Cilluen comenzó a arrinconar a la Murhedar, llevándola hacia la montaña, al mismo tiempo en que los grandes maestros desvanecieron la barrera, viendo que Yorha comenzaba a sucumbir.

—¡Lo logrará! —gritó Kuixi con alegría, viendo cómo Cilluen daba golpes cada vez más cercanos al corazón de la Murhedar—. Será mejor que vaya por Yúnuen.

—Sí, por favor tráela para que pueda hacer una valoración y veamos a que hospital llevarla —respondió Siskun, acercándose para ver el golpe final de Cilluen y observar lo que ocurriría después. La suprema comandante bloqueaba los ataques y endurecía su lava sobre Yorha para ralentizarla y acercarse cada vez más al corazón, en cualquier momento lograría su objetivo, ya solo era cuestión de tiempo.

—¡No esta! —gritó Kuixi, quien regresaba de prisa junto a su compañero.

—¿Cómo que no está? ¿Revisaste bien toda la zona? —preguntó Siskun preocupado, volteando nuevamente hacia el combate.

«Diste un magnífico combate Yorhalli, es una lástima que no estuvieses consciente de ello, o quizá sí, no lo sé», pensó Cilluen, desviando un ataque de Yorha que dejó expuesto su pecho, «es el momento, lo siento, pero debes morir». Las garras de la suprema comandante se dirigían al corazón de Yorha, listas para atravesarlo y terminar el combate, mientras otro ataque de la Murhedar se dirigía al abdomen de Cilluen, pero este llegaría después, dándole la oportunidad de bloquearlo.

—¡No, Yorha! —gritó Yúnuen, que, para el horror de todos los presentes, se interpuso entre ambos ataques, desviando las garras de Cilluen, pero siendo atravesada por las garras de su amiga.

En ese instante Yorha reaccionó, recuperando la conciencia y viendo horrorizada cómo su mano atravesaba la espalda de su amiga, perforando el pulmón derecho y saliendo del otro lado, haciendo que todo dentro de ella se ennegreciera. Un silencio abismal llenó el lugar y todos vieron horrorizados cómo Yorha sacaba lentamente sus garras y tomaba en brazos a su amiga.

—Te hice una promesa —susurró Yúnuen, sus ojos ensangrentados lloraban al ver que Yorha había recuperado la cordura, mezclando sus lágrimas con la sangre que le escurría de la nariz y la boca. En ese momento una pequeña lágrima negra escurrió de los ojos de Yorha, cayendo en la mejilla derecha de su amiga, quien con dificultad usó su mano para limpiarla y observarla—. Nunca te había visto llorar… de cierto modo me alegra que haya sido por mí.

Yorha cerró con fuerza los ojos, intentando no derramar más lágrimas, después levantó su mirada, viendo cómo las nubes se despejaban y un rayo de luz de luna acariciaba su rostro. En ese mismo instante una abrumadora oscuridad lo engulló todo.

—¡¿Qué es esto?! —exclamó Cilluen, lanzando ataques en todas direcciones, en ese momento ni siquiera era capaz de ver la luz que su armadura emitía—. ¿Me he quedado ciega? —se preguntó desesperada, haciendo arder su armadura para comprobarlo, pero tampoco era capaz de sentir el calor de sus llamas.

—¿Alguien me escucha? —preguntó Siskun, quien había invocado una barrera protectora alrededor de sí—. Creo que hemos sido privados de nuestros sentidos.

—Vaya, esta oscuridad es siniestra —comentó Kuixi, pero ninguno de los tres podía sentir o escuchar a los demás, como si hubiesen sido enviados a otra realidad—. ¿Alguien puede sentir algo? ¿Hola?

Después de unos segundos la oscuridad comenzó a desvanecerse. Siskun desplegó su red, para ver la grabación y poder comprender lo que había sucedido, por su parte, Kuixi estaba alegre de poder ver sus manos de nuevo y comenzó a observar su alrededor.

—¡¿Dónde están?! —gritó Cilluen furiosa, golpeando una montaña, fracturándola y provocando que gran parte de esta se derrumbara—.

¡Yorhalli! —gritó desesperada, viendo a su alrededor, pero no había rastro alguno de las heredar—. ¡Enfréntame, teníamos un acuerdo! —furiosa, se elevó para observar y comenzar su búsqueda, volando de prisa hacia el bosque.

—¿Qué fue lo que pasó? —preguntó Kuixi a Siskun, acercándose curiosa para observar la grabación.

—No lo sé, simplemente todo se oscureció, como si nada existiera —respondió Siskun, viendo cómo la grabación se había tornado negra al mismo tiempo que sus ojos, e igualmente se había perdido el sonido—. Creo que mandaré una alerta de perdido a la FURZP y les mandaré las imágenes de lo sucedido.

—Sin duda tenemos que encontrarla o podría volver a enloquecer, por ahora será mejor que ayudemos a Cilluen o será ella la que enloquezca —repuso Kuixi, a lo que Siskun asintió con la cabeza, desvaneciendo su red después de alertar a la FURPZ y siguiendo a su compañera.

En una zona apartada del bosque, el llanto de Yorha rompía el silencio, sus sollozos eran dolorosos, el sufrimiento en su corazón no la dejaba emitir palabra alguna, ella veía como la herida de su amiga no sanaba, sino que se tornaba negra y marchita. Al encontrar una pequeña zona del bosque llena de musgo, Yorha recostó a su amiga con cuidado y desvaneció su armadura.

—Ay amiga… tu rostro —trastabilló Yúnuen entre lágrimas, acariciando con dificultad el deformado rostro de Yorha—. Siempre fuiste la más hermosa —susurró, viéndola con dulzura, como aquella primera vez cuando se conocieron.

—Calla, no digas más —dijo Yorha sollozando y acariciando la mano de su amiga, llenándola de lágrimas negras—. Voy a llevarte a un hospital —trastabilló, su respiración se agitaba y no podía dejar de llorar, su corazón estaba destrozado y sus manos temblaban incontrolablemente.

—No Yorha, escúchame —dijo Yúnuen, tomando las manos de su amiga.

—Mira lo que te hice —dijo Yorha, sollozando incontrolablemente, sus lágrimas llenaban su rostro, escurriendo hasta su mentón y cayendo sobre su amiga—. ¡Qué fue lo que hice Yúnuen! ¡Qué fue lo que hice! —exclamaba, viendo afligida las profundas heridas y como con cada respiración Yúnuen exhalaba sangre.

—Yorha por favor escúchame —pidió Yúnuen, apretando con dificultad las manos de Yorha—. Estas lágrimas negras…

—Estoy corrupta lo sé —interrumpió Yorha limpiándose con tristeza las lágrimas—. No pude darme cuenta de tu presencia y mira lo que hice, estaba cegada por la ira y acabé con lo que más amo.

—No Yorha, no estás corrupta —repuso Yúnuen viéndola con dulzura y acariciando su mano—. Hace años mi tío Kélfa me platicó sobre una leyenda que le contaron los antiguos y que le pidieron no divulgar más que a mí, y solo hasta ahora puedo entender el porqué.

—¿Entonces qué es lo que tengo dentro de mí? ¿Por qué soy diferente? —se preguntó Yorha, viendo con tristeza cómo los brillos en el rostro de Yúnuen se apagaban y los destellos en su cabello se iban con el viento.

—Creo que portas la variante oscura de los heredar, la leyenda dice que podías reconocerlos sin su filo porque sus ojos eran negros, al igual que sus lágrimas y su sangre —explicó Yúnuen, siendo interrumpida por la sangre que se acumulaba en su lengua—. Pero lo que pasó hoy, no sé cómo explicarlo, escuché aquellas voces salir de tu boca y pude verte transformada en esa mujer irracional.

—Lamento que vieras eso y lamento haberte lastimado —mustió Yorha, agarrando con fuerza su pecho, el dolor que sentía no le daba descanso—. Vamos, tenemos que irnos —, dijo, viendo cómo cargar a su amiga sin hacerle más daño.

—Yorha no, hazme caso —insistió Yúnuen, sosteniendo los brazos de Yorha con dificultad para que dejara de moverse—. Cilluen no tardará en encontrarnos, debes escapar, ella te busca a ti.

—Iré por Mahalli entonces, ella nos ayudará —dijo Yorha, invocando su armadura, la cual había perdido todas las estrellas y se había tornado negra, idéntica a la de un perdido.

—Con esa apariencia y después de lo que Siskun grabó darán la alerta de perdido en ambos países —repuso Yúnuen, que mientras más tiempo pasaba, más le costaba respirar, haciendo que Yorha desvaneciera nuevamente su armadura.

—¡No me importa, tenemos que ayudarte! —exclamó Yorha, sus negros ojos ya se encontraban irritados por las interminables lágrimas que derramaban, se negaba a pensar en que debía abandonar a su amiga.

—Escúchame Yorha, solo hay una persona que sabe lo que realmente hay dentro de ti, una persona que sabía que todo esto pasaría de una forma u otra —trastabilló Yúnuen, intentando no ahogarse con su propia sangre.

Yorha se detuvo a pensar mientras las lágrimas caían en sus rodillas, fue entonces que vio su bolsillo, de este sacó la carta que su madre le había dado y comenzó a leerla detenidamente, mientras más avanzaba, más se angustiaba y llenaba de intriga.

—Sí Yorha, tu madre debe saber exactamente lo que hay dentro de ti; ahora todo lo que hacía tiene sentido, prohibirte usar tu filo, negarte la tristeza o el dolor, ella sabía de tu condición y por eso evitaba que llorases. Debes ir con ella, solo ella sabrá guiarte —trastabilló Yúnuen con dolor, estirándose y arrebatándole la carta de sus manos—. Yo me quedaré con esto —después acercó uno de sus dedos al ojo de Yorha, impregnándolo con las lágrimas, acto seguido, sacó una cápsula hidratante de su bolsillo para vaciar su contenido y con delicadeza, colocó una pequeña lágrima negra dentro.

—Mi madre no hizo más que ocultarme la verdad todo este tiempo, ¿crees que ahora será diferente? —repuso Yorha angustiada, arrancando un retazo de su traje y limpiando la sangre que escurría de la boca de su amiga.

—Ella lo hará, creo que todo este tiempo ha esperado este justo momento para hacerlo, confía en mí, debes ir con ella —insistió Yúnuen, sonriendo dulcemente a su amiga—. Debes irte ya, puedo sentir cómo mis luces se apagan y mi tío pierde la conexión conmigo.

—¡No Yúnuen, no puedo hacer esto, no puedo dejarte aquí! —exclamó Yorha, llorando desconsoladamente sobre el hombro de su amiga.

—Yorha, mi tío viene en camino, él no es como Cilluen, si me ve en estas condiciones, si él ve la herida que me causaste, no te dará la oportunidad de explicarte o de una pelea justa, atravesará tu corazón con un solo movimiento —aseveró Yúnuen, tomando el rostro de su amiga y apuntándolo hacia ella.

—Por favor no me hagas dejarte, por favor… no quiero perderte —sollozaba Yorha, el dolor en su corazón era inconsolable y sus ojos reflejaban el inmenso sufrimiento que la apresaba—. ¿Qué haré sin ti? ¿En dónde me refugiaré? ¿A dónde iré cuando me sienta sola? Tu eres mi hogar, solo contigo estoy segura.

—No temas Yorhalli —dijo Yúnuen, besando su frente como cuando eran niñas y tomando su mano, que ahora era más grande que la de Yúnuen—. Yo siempre caminaré a tu lado, siempre que lo necesites podrás tomar mi mano y tener mi compañía.

—¡No por favor, no me hagas dejarte! —exclamó Yorha abrazando a su amiga y escondiendo el rostro en su hombro, como cuando eran niñas.

—Has crecido mucho —dijo Yúnuen con alegría, recordando que Yorha debía subir a un banquito para abrazarla de la misma manera. Acto seguido, acarició su cabello y la abrazó con dulzura, para después separarla y dirigir su rostro hacia ella—. Ahora debes ser más fuerte que nunca y regresar a casa, ella te estará esperando.

—Déjame llevarte conmigo —dijo Yorha, sollozando y limpiando sus lágrimas, viendo cómo las estrellas en los ojos de Yúnuen desaparecían una a la vez.

—Yo todavía tengo una tarea que cumplir aquí Yorha —respondió Yúnuen con una sonrisa, apartando las manos de su amiga—. Y deja ya de llorar, nos volveremos a ver, te lo prometo.

—Quisiera que pudieras cumplir esa promesa —dijo Yorha, poniéndose de pie y viendo con tristeza a su amiga, después arrancó su propia red y la arrojó al piso, sabiendo que podrían localizarla gracias a ella.

—Yo siempre cumplo mis promesas Yorha —repuso Yúnuen con una sonrisa, llevando sus manos hacia una de sus orejas—. Ten, tómalas, te hacen falta.

Yorha se agachó y estiró su mano, viendo cómo Yúnuen colocaba en ella sus aretes con forma de pequeñas estrellas multicolor.

—Ya tienes estrellas nuevamente —bromeó Yúnuen, intentando alegrar a su amiga.

—Gracias Yúnuen —mustió Yorha, colocándose un arete en cada oreja y guardando el resto en su bolsillo—. Perdóname…

—Te perdono Yorhalli —respondió Yúnuen, viéndola con amor y llenándola de paz—. ¿Puedes prometerme algo?

—¿Qué cosa? —preguntó Yorha, incorporándose y limpiándose las lágrimas, que no dejaban de salir, como si todas las lágrimas guardadas durante tantos años escaparan en ese momento.

—Nunca te rindas, quiero volver a ver esa bella sonrisa cuando todo esto termine.

—Lo prometo —dijo Yorha, sonriendo con dulzura mientras las lágrimas recorrían sus mejillas, ella podía sentir cómo la conexión con Théra de Yúnuen desaparecía poco a poco—. Nos vemos luego —Yorha dio media vuelta, sintiendo como su corazón se fragmentaba en mil pedazos, dejarla era por mucho la cosa más difícil que hubiera tenido que enfrentar y comenzó su camino, cada paso era más doloroso que el anterior, ya que mientras más se alejaba, más sentía que perdía lo que más amaba en su vida.

—Nos vemos luego Yorha —susurró Yúnuen, intentando no perder la conciencia y viendo cómo Yorha desaparecía entre las sombras del bosque.

Al dejar de sentir la presencia de Yorha, Yúnuen tomó la carta de Feralli y untando uno de sus dedos con su propia sangre comenzó a escribir con dificultad sobre la parte trasera de la carta. Sus ojos se cerraban involuntariamente y su respiración era cada vez más precaria; ella se esforzaba por terminar la carta y uno de sus ojos comenzaba a tornarse gris, habiendo perdido la totalidad de sus estrellas. El sufrimiento que sus heridas le causaban era notorio, pero pudo terminar su carta, guardándola dentro de su puño y colocando las manos sobre su pecho, en la espera de Cilluen, ya que su energía se sentía cerca.

—Ahora puedo descansar —susurró Yúnuen, cerrando los ojos y sonriendo—. Mi promesa fue cumplida.

A miles de kilómetros del lugar, en Harma, sobre el tejado de una pequeña casa rústica se encontraba una silueta oscura, que veía justo en la dirección a donde se encontraban Yorhalli y Yúnuen; sus cabellos eran lo suficientemente largos como para llegar al piso desde el tejado y se movían cual serpientes alrededor de la casa.

—Tenías razón, parece que todo ha comenzado —apuntó la dama oscura, viendo de reojo a alguien que se encontraba a su lado, pero sin recibir una respuesta—. ¿Qué quieres que haga? —preguntó, obteniendo solo silencio—. ¡Ja! Esto se va a poner feo ¿no es así? Pero después de todo tú ya lo sabías… Tú siempre tienes la razón, quisiera ver que alguna vez te equivocaras.

El mundo de Yorhalli
Libro 1: La lágrima negra

Querido lector, este nuevo mundo es muy diverso, lleno de vida y personajes increíbles, quizá durante tu lectura pudiste leer nombres de los que no se describió o presentó al personaje y es porque saldrán más adelante. En este pequeño anexo, te mencionaré a los personajes y conceptos que habrá que tener en cuenta para continuar con el siguiente libro "Yorhalli y la madre de la oscuridad".

Aldora: Murhedar del filo llameante, capitana del noveno escuadrón de su país; apasionada y sentimental, de carácter fuerte pero racional. Su edad real (años de vida) es de doscientos dos años y su edad aparente (apariencia humana) es de veintiocho años.

Amira: Heredar de primer nivel perteneciente al cuarto escuadrón del filo llameante. Su edad real es de ciento cincuenta y un años, en cuanto a su edad aparente es de veintitrés años.

Antiguos: Los antiguos son aquellos theranios o heredar que vivieron durante la primera o la segunda edad, y que siguen viviendo hasta la cuarta y actual edad. Por el momento solo se sabe de Tohalli y Nellhua.

Bahiana: Therania habitante del País de la Tormenta y pareja de Moyoleuki. Su edad real es de cuarenta y seis años, en cuanto a su edad aparente es de veinticuatro años.

Batallón de élite: Grupo de heredar seleccionados por Kakiaui con habilidades únicas, un batallón con filos de todas las naciones, el cual es llamado para combatir seres especialmente poderosos.

Bestias: Seres ancestrales encarnados en Théralli al final de la primera edad, enemigos naturales de todo aquello que consideren dañino para el universo.

Cihillic: Murhendoar y segundo heredero del filo primigenio llameante, padre de Cilluen; él es un hombre de apariencia y carácter imponentes. Su edad real es de mil ciento noventa y ocho años, en cuanto a su edad aparente es de cuarenta y cinco años.

Cilluen: Suprema comandante del filo llameante, hija de Cihillic; su personalidad puede hacer que pienses en ella como una antagonista, pero ella es un "mal necesario". Su edad real es de mil trescientos treinta y seis años, mientras que su edad aparente es de veintisiete años.

Corban: Theranio habitante de Tekuina, de nacionalidad lunar, mejor amigo de nuestras protagonistas. Su edad real es de cincuenta y cinco años, en cuanto a su edad aparente es de veintisiete años.

Dama oscura o heredar oscura: Una creepypasta para los theranios, pero una gran incógnita para los heredar. Esta mujer de carácter tranquilo e ideales inexpugnables es a lo que podríamos llamar una renegada, y al igual que Dumenor, ella busca encontrar un camino diferente al de la sociedad actual. Su edad real y aparente son desconocidas.

Dohamir: Murhendoar y tercer heredero del filo primigenio tormenta, hermano de Dumenor; es una leyenda entre los theranios del País de la Tormenta, conocido también como: el jinete de los vientos o el dragón del viento. Su edad real es de mil doscientos treinta y seis años, mientras que su edad aparente es de treinta y cinco años.

Domerian: Murhendoar y segundo heredero del filo primigenio tormenta, padre de Dohamir y Dumenor.

Draga: Metrópoli del País de la Tormenta, actualmente en reconstrucción, una ciudad muy importante ya que en ella se originó el ser de oscuridad más poderoso que se haya conocido en la cuarta edad y los acontecimientos que ahí ocurrieron siguen teniendo consecuencias para la trama actual.

Dumenor: Murhedar del filo tormenta, hermano de Dohamir, una leyenda entre los theranios de todas las naciones, también conocido como: el jinete de relámpagos o el dragón del rayo. Su edad real es de mil doscientos treinta y ocho años, mientras que su edad aparente es de cuarenta años.

Dyna: Therania habitante de Tekuina, de nacionalidad cristal, actual pareja de Corban. Su edad real es de cuarenta años, en cuanto a su edad aparente es de veintitrés años.

Elin: Supremo comandante del filo solar, actual pareja de Koa, este apacible y alegre heredar se encarga de vigilar los asteroides traídos por los humanos a la órbita de Théralli. Su edad real es de mil ochocientos cincuenta y seis años, mientras que su edad aparente es de treinta y cinco años.

Feralli: Madre de Yorhalli, al rechazar y deslindarse de su estatus como heredar, ha perdido el reconocimiento en la red de sus pasadas acciones, pero aquellos que la conocen saben del temible poder que ostenta. Su edad real es de novecientos setenta y dos años, mientras que su edad aparente es de cuarenta años.

Filo: Es el poder que se le otorga un a un theranio cuando alcanza una mayor conexión con Théra, con el cual puede combatir contra los seres oscuros. En la actualidad, los theranios lo tienen de manera pasiva en su código genético, pero a principios de la segunda edad, debían realizar actos específicos para obtener cierto tipo de filo. Los filos son: El filo de luz de luna o filo lunar, el filo de luz solar o filo solar, el filo llameante o filo de la llama, el filo latente o filo de vida, el filo tormenta y por último el filo cristal o filo de la ciencia.

FURZP: Fuerza unida para la recuperación de la zona perdida. Su escudo se caracteriza por ser un puño de nudillos puntiagudos regularmente dorado, pero también puede verse en color rojo o plateado.

Harma: Región sureste del País de la Luna, lugar en el que Yorhalli pasó su infancia y cursó el instituto.

Heldari: Padre de Yorhalli y anterior supremo comandante del filo lunar antes de su deceso. Su edad real al momento de su deceso era de novecientos doce años y su edad aparente de cuarenta y cinco años.

Heredar: Título con el que son nombrados los herederos de un filo.

Ikel: Gran maestro del filo cristal, discípulo de Maculli, asignado al caso de la dama oscura. Su edad real es de seiscientos noventa y ocho años, mientras que su edad aparente es de treinta años.

Iuhálli: Murhendoar y primera heredera del filo lunar, se sabe que falleció en el combate final contra la gran bestia.

Jasha: Heredar de primer nivel perteneciente al noveno escuadrón del filo lunar. Su edad real es de ciento sesenta y ocho años, mientras que su edad aparente es de veintiocho años.

Kakiaui: Supremo comandante del filo tormenta y líder de la FURZP. Su edad real es de cuatro mil trescientos noventa y seis años, mientras que su edad aparente es de sesenta y dos años.

Kélfalli: Supremo comandante del filo lunar. Su edad real es de novecientos sesenta y ocho años, mientras que su edad aparente es de cuarenta y nueve años.

Koa: Gran maestra y cazadora del filo lunar, consejera de Mahalli, hermana de Roa. De carácter fuerte y naturaleza desconfiada, tiende a investigar todo antes de darle credibilidad. Su edad real es de setecientos doce años y su edad aparente es de veintiocho años.

Koyol: La más pequeña de ambas lunas.

Kuixi: Gran maestra del filo llameante y consejera de Cilluen. De carácter apacible y personalidad alegre, suele contrastar mucho con Cilluen y a menudo hay fricciones entre ambas, pero nada que no puedan resolver con un combate de práctica. Su edad real es de quinientos cuarenta y ocho años, mientras que su edad aparente es de veintiséis años.

Kuux: Murhedar y capitán del cuarto escuadrón del filo llameante. Un hombre de fuertes convicciones y emocionalmente estable, fue el primer heredar en causar una baja al bando contrario cuando inició el conflicto. Su edad real es de cuatrocientos setenta y nueve años, mientras que su edad aparente es de treinta y tres años.

Leth: Murhendoar y primer heredero del filo primigenio llameante, falleció a finales de la tercera edad.

Linara: Murhedar y capitana del cuarto escuadrón de filo latente, actual pareja de Roa y buena amiga de Yorhalli. Su edad real es de trescientos dos años y su edad aparente es de veintiocho años.

Lókun: Gran maestro del filo llameante es responsable de la seguridad de Nexak. Su edad real es de ochocientos sesenta años y su edad aparente es de cuarenta y siete años.

Maculli: Murhendoar y tercer heredero del filo primigenio cristal. Su edad real es de dos mil cuatrocientos años y su edad aparente es de cuarenta y ocho años.

Mahalli: Murhendoar y tercer heredera del filo primigenio lunar, una mujer aguerrida y con increíbles expectativas sobre sí misma. Tras la muerte de su familia ha dedicado su vida al estudio de los seres oscuros y su eliminación, ella no se detendrá ante nada ni nadie para lograr el exterminio de la oscuridad en el mundo. Su edad real es de mil noventa y ocho años, mientras que su edad aparente es de veintinueve años.

Maiknin: La más reciente compañera de Yorhalli. Ave de presa autóctona del país llameante, de la especie Itstik, habita los bosques alrededor del cruce de las tres montañas, la envergadura de sus alas llega a los dos metros con ochenta centímetros, es un ave temible, una extraña combinación entre un halcón y un cuervo, su color predominante es el negro, pero tiene algunos toques rojizos en la punta de sus plumas.

Marceline: Heredar de segundo nivel del octavo escuadrón del filo llameante, compañera y amiga de Aldora. Su edad real es de ciento tres años y su edad aparente es de veintisiete años.

Milca: Murhedar capitana de la FURZP y alumna de Cilluen, una heredar por demás prometedora, sin embargo, su personalidad y carácter la apartan del mundo real. Su edad real es de doscientos cuarenta y cinco años, mientras que su edad aparente es de veinticinco años.

Moyoleuki: Theranio habitante de Tekuina, pareja de Bahiana. Su edad real es de cuarenta y ocho años, mientras que su edad aparente es de veinticinco años.

Murhedar: Título que se obtiene al superar el poder de un heredar de primer nivel.

Murhendoar: Título con el que se nombra a los filos primigenios y a sus portadores.

Nadra: Heredar de primer nivel perteneciente al cuarto escuadrón del filo llameante. Su edad real es de ciento cincuenta y ocho años, en cuanto a su edad aparente es de veintitrés años.

Nellhua: Murhendoar y segunda heredera del filo primigenio de la vida, ella es una antigua y vivió en carne propia el nacimiento de la gran bestia. Su edad real es de siete mil quinientos seis años y su edad aparente es de cuarenta y tres años.

Nenet: Heredar de primer nivel perteneciente al noveno escuadrón del filo lunar. Su edad real es de ciento cincuenta y nueve años, mientras que su edad aparente es de veintiocho años.

Otoch: Theranio habitante de Tekuina. Su edad real es de doscientos tres años y su edad aparente es de ochenta y seis años.

Perdidos: Heredar que fueron corruptos por un vestigio.

Quiyah: Murhendoar y primer heredero del filo primigenio tormenta, falleció a mediados de la tercera edad.

Reda: Heredar de primer nivel perteneciente al cuarto escuadrón del filo llameante. Su edad real es de noventa años, en cuanto a su edad aparente es de veintidós años.

Roa: Gran maestro y cazador del filo lunar, consejero de Mahalli y hermano de Koa. Su edad real es de setecientos doce años y su edad aparente es de treinta y dos años.

Rommel: Murhedar y capitán del décimo escuadrón de filo llameante. Su edad real es de doscientos dieciocho años y su edad aparente es de treinta años.

Saat: Heredar recién colocada en segundo nivel, portadora de un filo latente, fue corrupta a mediados de la cuarta edad. Su edad real al momento de su deceso es de setenta y dos años, mientras que su edad aparente es de veinticinco años.

Siskun: Gran maestro del filo llameante y consejero de Cilluen, antiguamente consejero de Cihillic. Su edad real es de novecientos tres años y su edad aparente es de cuarenta y cuatro años.

Tamayah: Murhendoar y primera heredera del filo primigenio cristal. Fallecida a principios de la tercera edad.

Théra: Energía o fuente vital, una especie de corriente espiritual que recorre el planeta y que se comunica con todos los seres vivos, conectándolos unos con otros y de la cual proviene la vida.

Théralli: Planeta al borde de la Vía Láctea, en el cual habitan nuestros protagonistas.

Theranio: habitante de Théralli con una fuerte conexión con Théra.

Tohalli: Murhendoar y primer heredero del filo primigenio solar, perteneciente a los antiguos, vivió en carne propia el nacimiento de la bestia. Su edad real es de siete mil cuatrocientos noventa y ocho años, mientras que su edad aparente es de treinta y cinco años.

Vestigios: Pequeños fragmentos de las bestias, pequeñas sombras, rezagos de aquella neblina que se ocultaban a la espera de poder corromper a algún theranio.

Xaly: Heredar de primer nivel perteneciente al noveno escuadrón del filo lunar. Su edad real es de ciento cincuenta y siete años, mientras que su edad aparente es de veintisiete años

Xauki: Luna mayor de Théralli.

Xomak: Murhedar y capitán del doceavo escuadrón del filo llameante. Su edad real es de ciento ochenta y dos años, mientras que su edad aparente es de treinta años.

Yassir: Heredar de primer nivel perteneciente al cuarto escuadrón del filo llameante. Su edad real es de ciento veinte años, en cuanto a su edad aparente es de veintiocho años.

Yoltic: Heredar de primer nivel perteneciente al noveno escuadrón del filo lunar. Su edad real es de ciento cuarenta y tres años, mientras que su edad aparente es de veintinueve años.

Yorhalli: Protagonista de la primera trilogía de la saga. Su edad real es de cincuenta y dos años, mientras que su edad aparente es de veintitrés años

Yúnuen: Heredar de primer nivel perteneciente al noveno escuadrón del filo lunar. Su edad real es de cincuenta y cuatro años, mientras que su edad aparente es de veinticinco años.

Zabulón: Gran maestro del filo lunar y comandante de la FURZP. Su edad real es de setecientos treinta y cinco años, mientras que su edad real es de treinta y nueve años.

Estos son los nombres y conceptos para tener en cuenta cuando comiences a leer el siguiente libro (Yorhalli y la madre de la oscuridad), espero que hayas disfrutado el comienzo de esta gran historia, si tienes alguna duda o comentario, y quieres conocer más de mis obras, contacta conmigo a través de Instagram: "Jonas.is.athie".

De todo corazón, gracias por adentrarte en nuestro nuevo mundo de fantasía.

Made in the USA
Coppell, TX
18 March 2024

30253194R10308